Ullstein

ÜBER DAS BUCH:

Nach achtzehn Monaten auf See kehrt Flaggkapitän Richard Bolitho nach Falmouth zurück, um dort neue Instruktionen entgegenzunehmen. Doch die Lage ist besorgniserregend, denn mitten im Krieg gegen Bonaparte wird die britische Flotte durch die Große Meuterei gelähmt. Und Bolitho läuft aus auf der *Euryalus*, einem der wenigen noch zuverlässigen Linienschiffe, um an der Spitze von Admiral Broughtons Geschwader Gibraltar zu passieren. Man will versuchen, der französisch-spanischen Allianz bei ihrem Griff nach Nordafrika in den Arm zu fallen. Arabische Piraten, ein Schiffbruch und der weit überlegene Feind können Bolitho nicht niederzwingen. Doch Bolitho braucht seine ganze Kraft, um dem tief in seinem Stolz getroffenen England wieder Vertrauen in seine Flotte zu schenken.

DER AUTOR:

Alexander Kent kämpfte im Zweiten Weltkrieg als Marineoffizier im Atlantik und im Mittelmeer und erwarb sich danach einen weltweiten Ruf als Verfasser spannender Seekriegsromane. Seine marinehistorische Romanserie um Richard Bolitho machte ihn zum meistgelesenen Autor dieses Genres neben C. S. Forester. Seit 1958 sein erstes Buch erschien *(Schnellbootpatrouille)*, hat er über vierzig Titel veröffentlicht, von denen die meisten bei Ullstein vorliegen. Sie erreichten eine Gesamtauflage von 15 Millionen und wurden in 14 Sprachen übersetzt. – Alexander Kent, dessen wirklicher Name Douglas Reeman lautet, lebt in Surrey, ist Mitglied der Royal Navy Sailing Association und Governor der Fregatte *Foudroyant* in Portsmouth, des ältesten noch schwimmenden britischen Kriegsschiffs.

Alexander Kent

Der Stolz der Flotte

Flaggkapitän Bolitho
vor der Barbareskenküste

Roman

Ullstein

maritim
Ullstein Buch Nr. 23519
im Verlag Ullstein GmbH,
Frankfurt/M – Berlin
Titel der Originalausgabe:
The Flag Captain
Aus dem Englischen
von Karl H. Kosmehl

Neuauflage der
deutschen Erstausgabe

Umschlaggestaltung:
Hansbernd Lindemann
Umschlagillustration:
Chris Mayger

Printed in Germany 1994
Druck und Verarbeitung:
EBNER ULM
ISBN 3 548 23519 0

November 1994
Gedruckt auf alterungsbeständigem Papier mit
chlorfrei gebleichtem Zellstoff

Vom selben Autor
in der Reihe
der Ullstein Bücher:

Bolitho-Saga:
Der Piratenfürst (3463)
Nahkampf der Giganten (3558)
Feind in Sicht (20006)
Der Stolz der Flotte (20014)
Eine letzte Breitseite (20022)
Galeeren in der Ostsee (20072)
Admiral Bolithos Erbe (20485)
Der Brander (20591)
Donner unter der Kimm (20973)
Die Seemannsbraut (22177)
Des Königs Konterbande (22330)
Fieber an Bord (22460)
Die Entscheidung (22725)
Mauern aus Holz,
Männer aus Eisen (22824)
Kanonenfutter (22933)
Klar Schiff zum Gefecht (23063)
Zerfetzte Flaggen (23192)
Bruderkampf (23219)
Die Feuertaufe (40044)
Strandwölfe (40065)

Blackwood-Saga:
Die Ersten an Land,
die Letzten zurück (20511)
Die Faust der Marine (20715)
In vorderster Linie (23391)

Außerdem 19 moderne
Seekriegsromane

Die Deutsche Bibliothek –
CIP-Einheitsaufnahme

Kent, Alexander:
Der Stolz der Flotte : Flaggkapitän Bolitho vor der Barbareskenküste ; Roman / Alexander Kent. [Aus dem Engl. von Karl H. Kosmehl]. – Neuaufl. der dt. Erstausg. – Frankfurt/M ; Berlin : Ullstein, 1994
(Ullstein-Buch ; Nr. 23519 : Maritim)
ISBN 3-548-23519-0
NE: GT
Vw: Reeman, Douglas [Wirkl. Name]
→ Kent, Alexander

Inhalt

Über den Meeren dieser Welt
schweben die Geister der Väter.
Das Schiffsdeck war ihr Ruhmesfeld,
ihr Grab die tiefe See.

Campbell

I Laß fallen Anker!

Als an der Glocke im Vorderkastell sechs Glasen angeschlagen wurden, kam Captain Richard Bolitho unter der Kampanje hervor. Beim Kompaß blieb er einen Moment stehen. Der Steuermannsmaat am großen Doppelruderrad meldete eilig: »Nordwest zu Nord liegt an, Sir!« und schlug dann die Augen nieder, als Bolitho ihn ansah. Es ist, dachte Bolitho, als wüßten sie alle genau Bescheid, wie nervös und gespannt ich bin, und als wollten sie mich mit aller Gewalt aus dieser Stimmung herausreißen.

Er schritt über das breite Achterdeck zur Luvseite hinüber. Ohne hinzusehen wußte er, daß seine Offiziere ihn beobachteten, Vermutungen über seine Laune anstellten, neugierig waren, wie sich dieser Tag wohl anlassen würde.

Aber achtzehn Monate lang war das Schiff ununterbrochen auf See gewesen, und die Besatzung war, abgesehen von denen, die im Kampf gefallen oder ihren Verwundungen erlegen waren, noch die gleiche, die an jenem Oktobermorgen 1795 mit ihm ausgelaufen war. Sie hatten also reichlich Zeit gehabt zu begreifen, daß man ihn in diesen kostbaren ersten Minuten des Tages in Ruhe lassen mußte.

Nasser Nebel hatte das Schiff fast die ganze Nacht hindurch verfolgt, während es langsam im Kanal vordrang, und war nun dicker denn je. Er zog in Wirbeln um die schwarze Schraffur der Takelage und hing wie Tau am Schiffsrumpf. Jenseits der Netze mit den sauber weggestauten Hängematten hob und senkte sich die See in einer breiten ablandigen Dünung; ihre Oberfläche, matt und bleifarben, blieb jedoch unter der schwachen Brise beinahe glatt.

Ein leichter Schauer überfiel Bolitho; er verschränkte die Hände unter den Rockschößen und blickte zu den mächtigen Rahen hoch, über denen die Konteradmiralsflagge feucht und schwer vom Kreuzmast hing. Kaum zu glauben, daß dieser Himmel irgendwo auf der Welt klar, warm und freundlich war; an diesem Maimorgen hätte die Sonne eigentlich schon das Land berühren sollen, das immer näher kam. Sein Land: Cornwall.

Er wandte sich um. Da stand Keverne, der Erste Offizier, sah ihn aufmerksam an und wartete offenbar auf den richtigen Moment.

Bolitho rang sich ein Lächeln ab. »Guten Morgen, Mr. Keverne. Kein rauschender Willkomm, wie mir scheint.«

Keverne war deutlich erleichtert. »Guten Morgen, Sir. Der Wind ist stetig Südwest, aber viel ist es nicht damit.« Er drehte nervös an seinen Rockknöpfen. »Der Master* meint, wir sollten lieber erst einmal hier draußen ankern und abwarten, bis der Nebel steigt; es könnte nicht lange dauern.«

Bolitho sah kurz zu dem kleinen rundlichen Segelmeister hinüber. Sein abgetragener schwerer Rock war bis an das Doppelkinn zugeknöpft, und in dem seltsamen Gegenlicht sah der Mann aus wie ein runder blauer Ball. Er war vorzeitig ergraut, beinahe weiß, und trug das Haar im Nacken zu einem altmodischen Zopf gebunden, so daß es an die gepuderte Perücke eines Gutsbesitzers erinnerte.

»Na, Mr. Partridge«, Bolitho versuchte wieder, etwas Wärme in seinen Ton zu legen, »Sie sind doch sonst nicht so schüchtern vor einer Küste?«

Partridge trat nervös von einem Fuß auf den anderen. »Bin noch nie in Falmouth vor Anker gegangen. Das heißt, noch nie mit einem Dreidecker.«

Bolitho befahl dem Steuermannsmaaten: »Geht nach vorn und setzt zwei gute Lotgasten in die Rüsten. Das Lot braucht frischen Talg. Ich will keine falschen Meldungen hören!«

Wortlos eilte der Mann davon. Bolitho war überzeugt, er würde wie alle anderen an Bord auch ohne besonderen Befehl wissen, was zu tun war, ebenso wie er selbst wußte, daß er das nur gesagt hatte, um Zeit zu gewinnen und über seine Motive nachdenken zu können.

Warum ankerte er eigentlich nicht draußen, wie der Master vorgeschlagen hatte? Warum ging er immer näher an diese unsichtbare Küste heran? Wollte er damit zeigen, wie mutig er war? Oder war es einfach Eitelkeit?

Vom Vorschiff kam der langgezogene Ruf des Lotgasten: »Sieben Faden**!«

Die Segel waren in ständiger leichter Bewegung, sie glänzten im Nebel wie geölte Seide. Wie alles an Bord troffen auch sie vor Nässe und füllten sich kaum in der flauen Brise, die achterlich von Backbord kam.

Falmouth. Vielleicht war er deswegen so unsicher und verkrampft. Achtzehn Monate lang hatten sie erst Blockadedienst ge-

* Steuermann, auch Segelmeister genannt, der Navigationsoffizier.
** 1 Faden = 1,829 m (Längenmaß für die Wassertiefe)

fahren und dann die südlichen Zufahrtswege nach Irland überwacht. Von einer Woche zur anderen wartete man darauf, daß die Franzosen versuchen würden, in Irland zu landen und dort einen Aufstand zu organisieren; und als es vor fünf Monaten soweit gewesen war, hatte die Blockadeflotte nicht aufgepaßt. Daß der Versuch fehlschlug, war nicht das Verdienst der überbeanspruchten Patrouillenschiffe gewesen, sondern das französische Geschwader war durch Stürme auseinandergerissen worden.

Im Gang unter der Kampanje waren Schritte zu hören – der Admiralssteward brachte seinem Herrn das Frühstück in die große Oberdeckskajüte.

Seltsam, wie sich das alles noch ergeben hatte, ehe sie hier in Falmouth, Bolithos Heimatstadt, einliefen. Was galten Dienstvorschriften und Admiralitätsorder – das Schicksal hatte sie einfach überrannt.

»... und sechsdreiviertel«, sang der Lotgast aus.

Bedächtig, das Kinn tief in der Halsbinde, schritt Bolitho an der Luvseite auf und ab. Vizeadmiral Sir Charles Thelwall, dessen Flagge dort oben so schlapp im Masttopp hing, war jetzt seit einem Jahr an Bord. Schon als seine Flagge zum erstenmal gehißt worden war, galt er als kranker Mann. Er war verhältnismäßig alt für seinen Dienstrang, und die Verantwortung für ein übermäßig beanspruchtes Geschwader machte ihm schwer zu schaffen. In dem Nebel und der schneidenden Kälte der letzten Wintermonate war seine Gesundheit zusammengebrochen. Als sein Flaggkapitän* hatte Bolitho getan, was er konnte, um den Druck zu mindern, der auf dem müden, runzligen kleinen Admiral lastete, und es war schmerzlich mitanzusehen, wie dieser Tag um Tag vergeblich gegen seine Krankheit ankämpfte, der er schließlich doch erliegen sollte.

Nun kehrte das Schiff endlich nach England zurück, um seine Vorräte zu ergänzen und neu ausgerüstet zu werden. Sir Charles Thelwall hatte bereits eine Korvette mit Berichten, Anforderungen und der Mitteilung über seinen Gesundheitszustand vorausgeschickt.

»Sechs Faden!«

Wenn das Schiff Anker warf, würde also der Admiral an Land

* der Kommandant des Schiffes, das den Admiral an Bord hat (= Flaggschiff). Steht zu den anderen Kommandanten des Geschwaders in einem gewissen Vorgesetztenverhältnis und ist Stellvertreter des Admirals.

gehen und dort bleiben. Aber er würde wohl kaum lange genug leben, um sich seines Ruhestandes zu erfreuen.

Und da war noch so eine Laune des Schicksals. Vor zwei Tagen, als das Schiff eben majestätisch Wolf Rock gerundet hatte, kam eine schnellsegelnde Brigg mit neuen Befehlen für den Admiral. Dieser lag zu der Zeit in seiner Koje, von trockenem, tödlichem Husten geschüttelt, der sein Taschentuch mit roten Blutstropfen sprenkelte; er hatte Bolitho gebeten, die Depesche zu lesen, welche die Jolle der Brigg an Bord gebracht hatte.

Die Order besagte mit aller Kürze, daß Seiner Britannischen Majestät Schiff *Euryalus* so schnell wie möglich die Bucht von Falmouth anlaufen sollte, nicht Plymouth, wie ursprünglich vorgesehen. Dort sollte es die Flagge von Sir Lucius Broughton, Ritter des Bath-Ordens*, übernehmen und weitere Instruktionen abwarten.

Sobald die Order quittiert war, segelte die Brigg mit beinahe unhöflicher Eile wieder ab. Das war ebenfalls merkwürdig. Das Land befand sich in einem immer wütender und grimmiger werdenden Krieg, und da war für zwei Schiffe, die sich auf hoher See trafen, und für deren Besatzungen, die bei jedem Wetter und unter schwierigsten Bedingungen nach dem Feind Ausschau halten mußten, jede, auch die gringfügigste Nachricht von hohem Wert. Die Brigg hatte sich der *Euryalus* sogar nur sehr vorsichtig genähert. Daran war Bolitho gewöhnt, denn sie war ein Prisenschiff und sah noch so französisch aus, wie man es von einem erst vier Jahre alten Schiff nicht anders erwarten konnte.

Aber trotzdem – auch diese Einzelheit verstärkte Bolithos Gefühl der Unsicherheit.

»Sechs Faden!«

Er wandte sich um und befahl: »Lassen Sie mir das Lot bringen, Mr. Keverne; sie sollen aber unterdessen mit dem zweiten Lot weitermachen!«

Ein barfüßiger Matrose kam mit klatschenden Sohlen aufs Achterdeck und führte grüßend die Handknöchel an die Stirn. Dann hielt er Bolitho das große, tropfende Lot hin und sah interessiert zu, wie dieser mit dem Finger in die Höhlung fuhr: die Talgfüllung war voll mattglänzender Körner, die wie rötlicher Korallenbruch aussahen. Bolitho rieb die Körnchen in der Handfläche auseinander und

* eine Adelsgesellschaft, die ihren Namen von dem Bade hat, das ein Teil des Aufnahmezeremoniells ist.

sagte zerstreut: »Die ›Sechs Schweine‹.«

Hinter ihm murmelte Partridge bewundernd: »Also, wenn ich's nicht gesehen hätte, ich würd's nicht glauben.«

Bolitho sagte: »Fallen Sie einen Strich ab und lassen Sie ›An die Brassen‹ pfeifen.«

Keverne hüstelte und fragte leise: »Was bitte sind die ›Sechs Schweine‹, Sir?«

»Sandbänke, Mr. Keverne. Wir sind jetzt ungefähr zwei Meilen südlich von St. Anthony's Head.« Doch auf einmal genierte er sich, weil er so tat, als könne er Wunder wirken, und erläuterte lächelnd: »So heißen diese Sandbänke – warum, weiß ich auch nicht. Aber seit ich denken kann, bedecken dort diese kleinen Steine den Grund.«

Rasch wandte er sich um und sah, daß ein Streifen Sonnenlicht durch den Nebel drang und das Achterdeck wie ein blaßgoldener Finger berührte. Partridge und die anderen würden die Ehrfurcht vor seiner Navigationskunst sehr rasch verlieren, wenn er sich in seinen Berechnungen geirrt hatte. Vielleicht war es auch mehr Instinkt als Berechnung gewesen. Schon lange, bevor er als schlaksiger zwölfjähriger Midshipman zur See geschickt worden war, kannte er jede Bucht und Einfahrt in weitem Umkreise von Falmouth. Aber trotzdem konnte einem das Gedächtnis einen Streich spielen, und es wäre weder für den Admiral noch für seine eigenen Beförderungsaussichten sehr erfreulich gewesen, hätte die *Euryalus* am frühen Morgen, in Sichtweite seiner Heimatstadt, entmastet und aufgelaufen vor der Küste gelegen.

Laut killten die großen Marssegel, das Deck krängte unter dem Andruck einer plötzlichen Brise, und wie ein fliehendes Geisterheer zog der Nebel durch die Takelage weg vom Schiff.

Bolitho unterbrach sein Auf- und Abgehen. Er starrte auf das sich ständig erweiternde Panorama der grünen Küste vor dem Bug. Sie wurde immer breiter, immer lebensvoller. Dort – es sah fast aus, als balanciere er auf dem Bugspriet – stand der Leuchtturm von St. Anthony, normalerweise der erste Gruß der Heimat an den heimkehrenden Seemann. Etwas nach Backbord hockte der graue Steinklotz von Pendennis Castle bedrohlich auf der Landzunge. Seine grauen Mauern trotzten der Sonne und ihrer Wärme; seit Jahrhunderten bewachte die Festung die Hafeneinfahrt und die Straße ins Landesinnere.

Bolitho leckte sich die Lippen. Sie waren trocken, und das nicht nur von der Salzluft.

»Kurs auf die Reede, Mr. Partridge! Ich gehe inzwischen zum Admiral.«

Partridge starrte ihn an und faßte dann an seinen zerbeulten Hut. »Aye, aye, Sir.«

Unter der Kampanje war es kühl und dunkel nach der blendenden Helligkeit auf dem Hüttendeck; und als Bolitho zum Niedergang schritt, der zur Wohnkajüte des Admirals führte, grübelte er immer noch darüber nach, was die Zukunft ihm und seinem Schiff wohl bringen würde. Während er leichtfüßig den Niedergang hinabeilte, wurde ihm plötzlich wieder einmal klar, mit was für gemischten Gefühlen er damals das Kommando über die *Euryalus* übernommen hatte. Es war durchaus nichts Ungewöhnliches, Prisenschiffe in die Flotte zu übernehmen und gegen ihre früheren Herren einzusetzen, und meistens ließ man ihnen auch den alten Namen. Viele Matrosen glaubten, den Schiffsnamen zu wechseln, bringe Unglück; aber was Seeleute so daherredeten, beruhte meist nur auf alten Überlieferungen und nicht auf Tatsachen.

Sie hatte vorher *Tornade* geheißen und war das Flaggschiff des französischen Admirals Lequiller gewesen, der die britische Blokkade durchbrochen hatte und in den Westatlantik bis zu den Kariben vorgestoßen war, wo er Tod und Verderben verbreitete*; doch schließlich hatte ihn ein relativ kleines britisches Geschwader in der Biskaya gestellt. Lequiller hatte vor Bolithos Schiff die Flagge streichen müssen, vor der alten *Hyperion*; aber er hatte den hochbetagten Zweidecker vorher so zusammengeschossen, daß er nur noch ein schwimmendes Wrack war.

Die Lords der Admiralität hatten entschieden, daß Bolithos große Prise umbenannt werden sollte, wohl hauptsächlich aus verletzter Eitelkeit, denn Lequiller hatte sie mit diesem Schiff mehr als einmal überlistet. Komisch, dachte Bolitho damals, daß die Herren, die Seiner Majestät Kriegsflotte von den Höhen der Admiralität aus leiteten, so wenig von Schiffen und Seeleuten verstanden, daß sie einen solchen Namenswechsel für nötig hielten.

Nur die neue Galionsfigur der *Euryalus* war englisch. Jethro Miller in St. Austell, Grafschaft Cornwall, hatte sie geschnitzt, ein Geschenk der Bürger von Falmouth für einen der berühmtesten Söhne ihrer Stadt. Miller war Schiffszimmermann auf der *Hyperion* gewesen und hatte in jener letzten furchtbaren Seeschlacht ein Bein

* Siehe ›Feind in Sicht‹, Ullstein Buch 20006

verloren. Aber seine Kunstfertigkeit war ihm geblieben, und die Figur, die aus kalten blauen Augen nach vorn starrte, mit Schild und erhobenem Schwert, hatte das Wesen des Schiffes ein wenig verändert. Vielleicht sah sie dem Helden der Belagerung von Troja nicht sehr ähnlich, aber es reichte aus, um das Herz so manchen Feindes mit Furcht zu erfüllen, der sie sah und ahnte, was auf ihn zukam.

Denn der mächtige Dreidecker repräsentierte eine Kampfkraft, mit der man rechnen mußte. In Brest von einer der besten Werften Frankreichs erbaut, besaß er alle modernen Verfeinerungen und Verbesserungen in Bau und Besegelung, die sich ein Kommandant nur wünschen konnte.

Vom Vorsteven bis zur Heckreling maß das Schiff 225 Fuß*, und in ihren zweitausend Tonnen Raum trug sie nicht nur hundert Geschütze, darunter die schweren Zweiunddreißigpfünder** der Unterdeckbatterie, sondern auch über achthundert Mann Besatzung – Offiziere, Matrosen und Marine-Infanteristen. Sie konnte, wenn sie richtig geführt wurde, ein respektheischendes, ja vernichtendes Wort mitreden.

Als sie in Dienst gestellt wurde, mußte Bolitho jeden Mann nehmen, den er kriegen konnte, denn der rund um die Uhr gehende Schiffsdienst erforderte eine Menge Menschen. Bleiche Schuldner und Taschendiebe aus den Gefängnissen, ein paar ausgebildete Seeleute von anderen im Dock liegenden Schiffen, und die übliche Mischung, die von den gefürchteten Preßkommandos*** eingebracht wurde. Denn die Zeiten waren hart, und die menschenhungrige Kriegsflotte hatte schon jeden Hafen, jedes Dorf durchsiebt und bejagt; und da man immer stärker mit der Möglichkeit einer französischen Invasion rechnen mußte, konnte es sich kein Kapitän leisten, noch groß zu wählen und auszusuchen, wenn er sein Schiff kampffähig machen wollte.

Es hatte auch Freiwillige gegeben, meistens Männer aus Cornwall, die Bolithos Namen und Ruf kannten, doch waren viele darunter, die ihn nie im Leben persönlich gesehen hatten.

Im Grunde war er mit der *Euryalus* dienstlich ein gutes Stück

* = 68.60 m (1 Fuß = 30,48 cm).
** bezieht sich auf das Gewicht des Geschosses.
*** ›Pressen‹ nannte man die gewaltsame Rekrutierung zum Dienst auf Kriegsschiffen.

worwärtsgekommen, wie er sich damals oft gesagt hatte. Sie war ein großartiges und noch dazu neues Schiff. Außerdem war dieses Kommando sowohl eine offene Anerkennung seiner bisherigen Leistungen als auch das Sprungbrett zu weiterer Beförderung. Von so etwas träumte jeder ehrgeizige Marineoffizier; und in einer Laufbahn, bei der das Avancement oftmals vom Tode eines Ranghöheren abhing, mußte die *Euryalus* Bewunderung und Neid bei denen erregen, die weniger Glück hatten.

Doch für Bolitho bedeutete sie noch etwas mehr, etwas sehr Persönliches. Während er die Karibische See durchstreifte und dann zu jener letzten Schlacht in die Biskaya zurücksegelte, hatte ihn die Erinnerung an Cheney, seine Frau, gequält, die unterdessen in Cornwall gestorben war; er war in ihrer Todesstunde, als sie ihn am nötigsten gebraucht hätte, nicht bei ihr gewesen. Er hätte zwar nichts tun können, dessen war er sich bewußt. Die Kutsche war umgestürzt; Cheney war dabei ums Leben gekommen, und ihr ungeborenes Kind auch. Es hätte nichts genutzt, wenn er dabeigewesen wäre. Und doch ließ ihn der Gedanke daran nicht los, und er zog sich von seinen Offizieren und der Mannschaft so sehr zurück, daß er zu allem anderen auch noch unter seiner Einsamkeit litt.

Und jetzt war er wieder zu Hause, in Falmouth. Das große, graue steinerne Haus wartete auf ihn wie immer, wie es auf alle anderen vor ihm gewartet hatte. Doch nun würde es ihm leerer denn je vorkommen.

Aufstampfend nahm der vor der Kajütentür Posten stehende Marine-Infanterist Haltung an, die Augen starr auf einen Punkt über Bolithos Schulter gerichtet. Wie ein Spielzeugsoldat sah er aus mit seinem ausdruckslosen Gesicht und dem scharlachroten Uniformrock.

Das Sonnenlicht stach durch die großen Heckfenster und warf zahllose Reflexe über die Täfelung und die dunklen Möbel. Der grauhaarige Sekretär des Admirals war damit beschäftigt, allerlei Papiere durchzusehen und sie in einem langen Metallbehälter zu verstauen. Er machte Miene aufzustehen, aber Bolitho schüttelte nur den Kopf und schritt langsam zur anderen Seite der Kajüte. Er hörte, wie sich der Admiral in seiner Schlafkammer nebenan bewegte, und konnte sich vorstellen, was ihm während dieser letzten Stunden an Bord seines Flaggschiffes durch den Kopf ging.

Am Schott hing ein Spiegel; Bolitho blieb einen Moment stehen, prüfte sein Aussehen und zog sich den Rock zurecht wie vor der

Musterung durch einen kritischen Vorgesetzten.

Er konnte sich immer noch nicht an die neue Uniform-Mode gewöhnen, an die schweren Goldepauletten, die seinen Rang als Kapitän höherer Dienstalterstufe bezeichneten. Es kam ihm völlig verkehrt vor, daß in einem Land, welches sich im schwersten Krieg seiner Geschichte befand, neue Rangabzeichen entworfen und hergestellt wurden. Letzten Endes diente dergleichen doch nur dem persönlichen Schmuckbedürfnis; diese Leute hätten sich lieber etwas Neues auf dem Gebiet der Strategie und Taktik einfallen lassen sollen, fand er.

Er strich die rebellische Haarlocke aus der Stirn, die ihm immer wieder über das rechte Auge fiel. Unter ihr erstreckte sich bis in den Haaransatz hinein die grausame Narbe, die ihn nie vergessen ließ, daß er damals dem Tode so nahe gewesen war. Aber sein Haar war noch schwarz; nicht eine graue Strähne deutete an, daß er vierzig Jahre alt war, von denen er achtundzwanzig auf See verbracht hatte. Als er jetzt ein bißchen lächelte, wirkte sein Mund etwas weicher und verlieh seinen gebräunten Zügen den Ausdruck jugendlicher Unbekümmertheit. Er wandte sich von seinem Spiegelbild ab, wie man einen Untergebenen entläßt, mit dem man zufrieden ist.

Die Tür der Schlafkajüte öffnete sich, und der kleine Admiral schritt unsicher auf einen schwankenden Flecken Sonnenlicht zu.

»Wir werden in einer knappen Stunde Anker werfen, Sir«, sagte Bolitho. »Ich habe entsprechenden Befehl gegeben, so daß Sie an Land gehen können, sobald es Ihnen genehm ist.« Plötzlich fielen ihm die langen Meilen auf schlechten, holperigen Straßen ein, die Schmerzen und Unbequemlichkeiten, die der Admiral auszuhalten hatte, bis er in seinem Heim in Norfolk war. »Mein Haus steht Ihnen selbstverständlich so lange zur Verfügung, wie Sie es wünschen, Sir.«

»Danke.« Der Admiral rückte die Schultern in dem schweren Rock zurecht. »Im Kampf für sein Vaterland zu fallen, ist *eine* Art zu sterben, aber . . .« Er seufzte und ließ den Rest ungesagt.

Bolitho sah ihn ernst und nachdenklich an. Er hatte den Admiral schätzengelernt, seine gemessene Anteilnahme, seine Menschlichkeit gegenüber den Angehörigen des kleinen Geschwaders.

»Wir werden Sie vermissen, Sir«, sagte er. Es war ganz ehrlich gemeint, und doch empfand er seine Worte als unangebracht. »Ich vor allem schulde Ihnen sehr viel, wie Sie wissen.«

Der Admiral kam um den Tisch herum. Neben Bolithos hoher

schlanker Gestalt wirkte er sehr alt und sehr wehrlos seinem Schicksal gegenüber. Nach einer kleinen Pause erwiderte er: »Sie schulden mir gar nichts. Ohne Ihre Loyalität wäre ich schon ein paar Wochen, nachdem ich meine Flagge hier gehißt hatte, erledigt gewesen.« Er hob die Hand. »Nein, lassen Sie mich ausreden. Viele Flaggkapitäne hätten meine Krankheit ausgenutzt, um sich persönliche Vorteile zu verschaffen und vor den Höchstkommandierenden ihre Unentbehrlichkeit zu beweisen. Doch Sie haben immer nur gegen die Feinde des Vaterlandes gekämpft und sich mit ganzer Kraft für Ihre Untergebenen eingesetzt; wenn Sie auch ab und zu Ihre eigenen Interessen wahrnehmen würden, dann hätten Sie bestimmt schon längst den Rang, den Sie verdienen. Es ist keine Schande, daß Sie sich nicht genügend um Ihren persönlichen Aufstieg gekümmert haben, aber es ist ein Verlust für England. Vielleicht wird Ihr neuer Admiral ebenso wie ich zu schätzen wissen, was Sie für ein Mann sind, und wird besser als ich imstande sein, Ihre . . .« Ein Hustenanfall unterbrach seine Rede; er preßte das blutige Taschentuch vor den Mund, bis der Krampf vorüber war. »Sorgen Sie dafür«, sagte er mühsam, »daß mein Sekretär und mein Steward rechtzeitig an Land gehen. Ich komme gleich an Deck.« Er wandte den Kopf ab. »Aber jetzt möchte ich ein Weilchen allein sein.«

Stumm und nachdenklich ging Bolitho wieder hinauf an Deck. Der Himmel war jetzt klar und hellblau, die See vor der nächsten Landzunge blinkte und glitzerte. Dieses Wetter, dachte er, würde es dem Admiral nur noch schwerer machen, von Bord zu gehen.

Er überschaute das Oberdeck in seiner ganzen Länge, sah die Matrosen an den Brassen, die Toppsgasten, die schon auf die Rahen ausgeschwärmt waren und sich schwarz vom klaren Himmel abhoben. Die *Euryalus* machte kaum Fahrt, da nur noch Mars- und Klüversegel standen; der breite Rumpf stampfte leicht, als wolle er prüfen, wieviel Wasser er noch unterm Kiel hatte. Wer von der Mannschaft nichts zu tun hatte, spähte zur Küste mit den sauberen Häusern und den grünen Hügeln hinüber. Die Hügel waren mit winzigen Kühen gesprenkelt; unter den Mauern von Pendennis Castle grasten Schafherden.

Stille hing über dem Schiff, nur vom Klatschen des Wassers gegen die Luvseite, vom taktmäßigen Quietschen der Takelage, vom Flüstern der Segel hoch oben unterbrochen. Der weitaus größte Teil der Besatzung würde nicht an Land gehen dürfen, das wußten die Männer ganz genau. Und doch war es wie ein Nachhausekommen; jeder

Seemann empfand das so, selbst wenn er es sich nicht erklären konnte.

Bolitho ließ sich von einem Midshipman ein Teleskop geben und studierte die Küstenlinie. Er verspürte das bekannte Ziehen im Herzen dabei. Ob wohl seine Haushälterin und Ferguson, sein Verwalter, wußten, daß er kam, und ob sie jetzt das langsame Näherkommen des Dreideckers beobachteten?

»Also schön, Mr. Keverne, Sie können halsen.«

Der Erste, der ihn genau beobachtet hatte, hob die Sprechtrompete, und die kurze Spanne Frieden war vorbei.

»An die Leebrassen! Klar zur Halse!«

Nackte Füße schurrten über das Deck, und die Luft erzitterte unter dem Quietschen der Blöcke und dem Schnarren der Fallen.

Wenn man diese gut gedrillten Matrosen sah, konnte man sie sich kaum noch als jenen buntscheckigen Haufen vorstellen, der damals an Bord gekommen war. Selbst die Unteroffiziere fanden wenig Grund zum Schimpfen, als die Männer auf ihre Stationen flitzten; damals, als das Schiff in Dienst gestellt worden war, hatte es so viele Flüche und Prügel gegeben, daß von irgendwelcher Ordnung kaum die Rede sein konnte. Eine gute Mannschaft, fand Bolitho, wie sie sich ein Kapitän nur wünschen konnte.

»Marsschoten los!«

Wieselschnell legten die Männer auf den Rahen aus, und er sah ihnen mit einer Art Neid zu. Da oben zu arbeiten, manchmal zweihundert Fuß über Deck, hatte ihm in seiner Kadettenzeit jedesmal Übelkeit verursacht, und jedesmal war er verlegen und wütend darüber gewesen.

»Hol an die Geitaue!« Keverne war schon ganz heiser; vielleicht machte es ihn nervös, daß ihm die ganze Stadt bei diesem Manöver zusah.

Langsam, aber zielbewußt glitt die *Euryalus* auf ihren Ankerplatz zu; ihr Schatten schwamm auf dem ruhigen Wasser vor ihr her.

»Leeruder!«

Die Radspeichen knarrten, und das Schiff schwang widerstrebend in den Wind. Schon verschwand, wie von einer einzigen Kraft bewegt, die Leinwand von den Rahen.

»Laß fallen Anker!«

Laut platschend fiel der Anker neben dem Bug ins Wasser, und wie ein Seufzen ging es durch Schiffsrumpf und Takelage, als beide zum erstenmal seit Monaten am straffgespannten Ankertau zur Ruhe kamen.

»Sehr schön, Mr. Keverne. Sie können mein Boot klarmachen und dann Kutter und Jolle aussetzen lassen.«

Bolitho wandte sich ab – auf Keverne konnte er sich durchaus verlassen. Er war ein guter Erster; allerdings wußte Bolitho weniger von ihm als von irgendeinem seiner früheren Offiziere. Das war zum Teil seine eigene Schuld, zum Teil lag es aber auch an der zusätzlichen Arbeit, die ihm die Krankheit des Admirals verursacht hatte. Vielleicht war es auch ganz gut so für sie beide, dachte Bolitho. Die zusätzliche Verantwortung, die Notwendigkeit, sich immer intensiver mit der strategischen und taktischen Führung nicht eines, sondern mehrerer Schiffe zu befassen, hatten ihn so in Anspruch genommen, daß ihm nicht viel Zeit zum Nachgrübeln über den Tod seiner Frau geblieben war. Auf der anderen Seite mußte Keverne, da Bolitho mit den Angelegenheiten des Admirals beschäftigt war, mehr Verantwortung übernehmen, was ihm sehr zustatten kommen würde, wenn er einst sein eigenes Schiff hatte.

Keverne war außerordentlich tüchtig; er hatte nur einen Fehler: während der Reise hatte er mehrfach kurze Ausbrüche von Jähzorn gehabt. Er war Ende Zwanzig, groß, schlank und sehnig, tiefbrünett und auf eine beinahe zigeunerhafte Art gutaussehend. Mit seinen dunklen, blitzenden Augen und außerordentlich weißen Zähnen mußte er Glück bei Frauen haben, dachte Bolitho.

Doch als der Admiral, den Hut in der Hand und mit seinen blassen Augen in die Sonne blinzelnd, an Deck kam, dachte Bolitho nicht mehr an Keverne. Sekundenlang sah er zu, wie die Kommandantengig gefiert wurde – Blöcke und Taljen quietschten, und Tebbutt, der Bootsmann mit den mächtigen Oberarmen, blaffte seine Befehle vom Steuerbord-Decksgang hinunter.

Bolitho beobachtete den Admiral genau: für diesen zählte jede dieser letzten Sekunden, er speicherte gewiß die kurzen Bilder der Bordroutine in seinem Gedächtnis wie einen Schatz.

Jetzt erklang eine wohlbekannte Stimme aus nächster Nähe; Bolitho fuhr herum: da stand Allday, sein Bootsführer, und sah ihn gelassen an.

»Das wär's, Captain«, grinste er und blickte dann zu dem Admiral hinüber. »Soll ich Sir Charles jetzt an Land bringen?«

Bolitho antwortete nicht gleich. Wie oft hatte er es einfach selbstverständlich gefunden, daß Allday da war. Er kannte ihn durch und durch, seine Treue, seine Unbezahlbarkeit ... Er konnte sich ein Leben ohne Allday nur sehr schwer vorstellen. Jetzt war er nicht mehr der ranke Toppmatrose von damals, den vor so vielen Jahren ein Preßkommando an Bord seiner geliebten Fregatte *Phalarope* gebracht hatte. Er war breiter, untersetzter geworden. Sein dichtes Haar hatte graue Strähnen bekommen, und sein gemütliches, gebräuntes Gesicht war durchgearbeitet wie altes Schiffsholz. Aber im Grunde war er der gleiche geblieben, und das erfüllte Bolitho unvermittelt mit Freude und Dankbarkeit.

»Ich frage ihn gleich, Allday.«

»Wachboot kommt, Sir«, unterbrach Keverne.

Bolitho fuhr herum und spähte über das glitzernde Wasser: da kam ein armierter Kutter schnell und zielstrebig auf den vor Anker liegenden Dreidecker zu. Jetzt erst fiel es Bolitho auf, daß außer dem Kutter kein einziges Boot den Hafen verlassen hatte. Ein plötzliches Angstgefühl überkam ihn. Was stimmte da nicht? Irgendein furchtbares Fieber im Hafen? Es war bestimmt nicht so, daß man die *Euryalus* für einen Franzosen hielt. Dann hätte die Festungsbatterie schon von sich aus ihr Mißfallen kundgetan.

Er nahm ein Teleskop aus der Halterung und richtete es auf den Kutter. Die braunen Segel, ein paar verkniffene Matrosengesichter schwammen über die Linse. Aber in der Plicht saß ein Kapitän, dessen leerer Ärmel am Rock festgesteckt war, und blickte starr zur *Euryalus* herüber. Beim Anblick der Uniform mit dem leeren Ärmel durchfuhr Bolitho wiederum ein schmerzliches Gefühl. So hätte sein toter Vater ausgesehen, wenn er plötzlich wieder zum Leben erwacht wäre.

»Was ist los?« fragte der Admiral irritiert.

»Irgendwelche Formalitäten, Sir Charles«, antwortete Bolitho. Und zu Keverne: »Lassen Sie bitte antreten zum Seitepfeifen.«

Hauptmann Giffard von der Marine-Infanterie zog seinen Degen, marschierte gewichtig zur Fallreepspforte und musterte seine Männer, die in dichtgeschlossenen, scharlachroten Reihen angetreten waren, um den ersten Besucher an Bord vorschriftsmäßig zu empfangen. Auch mehrere Bootsmannsmaaten und Schiffsjungen waren mit angetreten. Bolitho ging die Achterdeckstreppe hinunter und trat zu Keverne und dem Offizier der Wache.

Die Segel des Kutters wurden eingeholt, der Buggast schlug seinen Haken in die Rüsten, die Bootsmannsmaatenpfeifen trillerten ihren Salut, der einarmige Kapitän kletterte unbeholfen durch die

Fallreepspforte und lüftete seinen Hut zum Achterdeck hin, wo der Admiral stand und gleichmütig, ohne sichtbares Interesse, die Szene beobachtete. Vielleicht fühlte er sich schon gar nicht mehr dazugehörig, dachte Bolitho.

»Captain James Rook, Sir.« Der Besucher setzte den Hut wieder auf und blickte sich rasch um. Er hatte die Lebensmitte schon weit überschritten; wahrscheinlich hatte man ihn reaktiviert, um einen jüngeren Mann zu ersetzen. »Ich bin Befehlshaber der Hafenwache und der Preßkommandos, Sir.« Unter Bolithos gelassenen grauen Augen wurde er etwas unsicher. »Habe ich die Ehre, mit Sir Charles Thelwalls Flaggkapitän zu sprechen?«

»Der bin ich.«

Bolitho blickte an ihm vorbei in den Kutter. Im Bug war ein Drehgeschütz montiert, und außer der Normalbesatzung waren noch einige bewaffnete Matrosen an Bord.

»Erwarten Sie einen Angriff?«

Rook gab keine direkte Antwort. »Ich habe eine Depesche für Ihren Admiral.« Er räusperte sich, als wüßte er genau, daß ihn alle gespannt beobachteten. »Vielleicht gehen wir nach achtern, Sir?«

»Gewiß.«

Bolitho war über Gebühr irritiert durch die wichtigtuerische und ausweichende Art des Mannes. Schließlich hatten sie ihre Order, und was ihnen dieser Kapitän auch erzählen konnte, hätte bestimmt Zeit gehabt, bis der Admiral an Land war.

Am oberen Ende der Leiter drehte er sich scharf um. »Sir Charles befindete sich nicht wohl. Ist diese Sache denn so eilig?«

Captain Rook holte tief Atem, und Bolitho bekam einen scharfen Brandygeruch in die Nase, als Rook leise fragte: »So wissen Sie also noch nichts? Sie hatten keinen Kontakt mit der Flotte?«

»Zum Donnerwetter«, fuhr Bolitho ihn an, »hören Sie endlich mit dem Drumherumreden auf, Mann! Ich muß heute noch ein Schiff ausrüsten, Kranke an Land bringen und noch zweihundert andere Dinge erledigen. Sie können doch nicht vergessen haben, was es heißt, ein Schiff zu kommandieren!«

Er sah, wie sich die Augen des Mannes verdunkelten, und legte ihm die Hand auf den Arm. »Das war unfair von mir. Entschuldigen Sie!« Er schämte sich seiner Ungeduld. Meine Nerven müssen wohl noch schlechter sein als ich glaubte, dachte er bitter.

Captain Rook schlug die Augen nieder. »*Meuterei*, Sir.« Mit seiner einen Hand knöpfte er sich sorgfältig die Uniform am Halse auf und zog einen großen versiegelten Umschlag hervor.

Bolitho starrte auf diese Hand, und das eine furchtbare Wort hallte wie ein Glockenton in seinem Kopf. »Meuterei« hatte Rook gesagt – aber wo? Die Festung sah aus wie sonst, die Flagge leuchtete wie buntes Metall am hohen Mast. Die Garnison konnte sowieso wenig Grund zur Meuterei haben. Dort standen hauptsächlich Freiwillige und Milizen aus dieser Gegend, die genau wußten, daß es ihnen hier, wo sie ihr eigen Haus und Hof verteidigten, besser ging, als wenn sie irgendwo weit weg auf einem Feldzug durch Matsch oder Sand stapfen müßten.

Langsam sprach Rook weiter. »Die Flotte in Spithead hat gemeutert. Vorigen Monat ging es los; die Besatzungen haben die Schiffe in ihre Gewalt gebracht und stellten Bedingungen.« Verlegen zuckte er die Achseln. »Es ist schon vorbei. Lord Howe hat mit den Anführern verhandelt, und die Kanalflotte ist wieder auf See.« Er sah Bolitho bedeutsam an. »Ganz gut, daß Ihr Geschwader nichts davon wußte. Es hätte Ihnen sonst schlimm ergehen können.«

Bolitho blickte an ihm vorbei und sah Keverne mit einigen anderen Offizieren, die von der gegenüberliegenden Deckseite herüberstarrten. Sicher hatten sie gemerkt, daß etwas nicht stimmte. Wenn sie die Wahrheit wüßten ... Brüsk wandte er ihnen den Rücken zu.

»Ich habe schon oft gedacht, daß es auf dem einen oder anderen Schiff einmal losbrechen würde.« Seine Stimme zitterte vor mühsam unterdrücktem Zorn. »Manche Politiker und Seeoffiziere denken, einfache Matrosen sind nicht viel besser als Ungeziefer, und dementsprechend behandelt man sie auch.« Starr sah er Rook in die Augen. »Aber daß eine ganze Flotte wie *ein* Mann meutert! Furchtbar!«

Rook schien sich etwas erleichtert zu fühlen, weil er seine schlimme Nachricht losgeworden war. Oder vielleicht hatte er halb und halb erwartet, die *Euryalus* in den Händen von Meuterern zu finden, die haarsträubende Forderungen stellten.

»Manche Leute fürchten«, sagte er, »daß das Schlimmste erst noch kommt. Auch bei der Nore*-Flotte hat es Unruhen gegeben; wir wissen allerdings noch nicht, in welchem Ausmaß. Unter den

* The Nore ist eine Schiffsreede in der Themse-Mündung vor Sheerness. Von diesem Liegeplatz hat die dort stationierte Flotte ihre Bezeichnung.

dortigen Rädelsführern sollen mehrere Iren sein, und vielleicht hält die Admiralität diese ganze Geschichte für das Ablenkungsmanöver vor einer beabsichtigten Invasion.« Er seufzte bedrückt. »Daß ich so etwas noch erleben muß, geht über meinen Verstand!«

Meuterei! Bolitho blickte zu dem Admiral hinüber, der dort drüben im eifrigen Gespräch mit seinem Sekretär stand. Das wäre ein schlimmes Ende für seine Karriere. Bolitho wußte aus eigener böser Erfahrung, wieviel hitzige, sinnlose Wut bei einer Meuterei stets zum Ausbruch kam. Aber bisher hatte es sich immer nur um einzelne Schiffe gehandelt, wo Lebensbedingungen oder Klima, Entbehrungen oder schiere Brutalität des Kommandanten die Ursachen waren. Daß aber eine ganze Flotte explosionsartig gegen die Disziplin, gegen die Autorität ihrer Offiziere und damit gegen König und Parlament rebellierte, war etwas völlig anderes. Dahinter mußten Organisation und außerordentliche Geschicklichkeit stecken, und ein willensstarker, vorwärtsdrängender Kopf mußte an der Spitze stehen, sonst hatte ein solches Unternehmen keinerlei Aussicht auf Erfolg. Aber zweifellos hatte es Erfolg gehabt.

»Ich spreche sofort mit Sir Charles«, sagte Bolitho und nahm Rook den Umschlag aus der Hand. »Das ist eine bittere Heimkehr.«

Rook wollte zu Keverne und den anderen treten, doch Bolitho sagte scharf: »Sie werden so freundlich sein und nicht darüber sprechen, bis ich Erlaubnis gebe!«

Rook blieb stehen.

Der Admiral hörte mit gesenktem Kopf schweigend zu, bis Bolitho mit seinem Bericht fertig war. Dann sagte er: »Wenn die Franzosen jetzt einen Großangriff unternehmen, ist England erledigt.« Er hob die Hände und ließ sie dann resigniert fallen. »Wo ist Konteradmiral Broughton? Kommt er nun doch nicht?«

Bolitho hielt das Kuvert hoch und sagte beschwichtigend: »Vielleicht steht hier drin, was wir tun sollen, Sir.«

Widerstrebende Gefühle zerwühlten das gefurchte Gesicht des Admirals. Der Gedanke, seine Flagge endgültig streichen zu müssen, war ihm scheußlich, aber er hatte die Tatsache akzeptiert. Das war wie seine Krankheit – nicht zu ändern. Doch jetzt, da die Möglichkeit weiterzumachen auftauchte, wurde er vermutlich von gegensätzlichen Empfindungen hin und her gerissen.

»Geleiten Sie unseren Besucher nach achtern«, sagte er und versuchte, die Schultern entschlossen zu straffen. »Und dann geben Sie der Mannschaft etwas zu tun. Es wäre unklug, sie merken zu lassen, daß ihre Führung ratlos ist.« Mühsam schritt er, von seinem Sekretär gefolgt, in den Schatten der Kampanje.

Als Bolitho wieder zu ihm in die große Kajüte trat, saß der Admiral am Schreibtisch, als hätte er immer dort gesessen.

»Die Depesche ist von Sir Lucius Broughton«, sagte er und winkte Bolitho, Platz zu nehmen. »Die *Euryalus* bleibt in Falmouth und wird sein Flaggschiff, doch zur Zeit ist er in London. Anscheinend wird dort ein neues Geschwader zusammengestellt, aber zu welchem Zweck, das sagt er nicht.« Der Admiral mußte sehr müde sein. »Sie sollen dafür sorgen, daß unsere Leute keinen Kontakt mit dem Land haben; die Verwundeten und Kranken, die an Land geschickt werden, kommen nicht wieder an Bord.« Ärgerlich verzog er den Mund. »Zweifellos hat man Angst, sie könnten die Leute an Bord anstecken.«

Bolitho war stehengeblieben und versuchte sich klarzumachen, was diese Worte bedeuten konnten.

Mit der gleichen ausdruckslosen Stimme fuhr der Admiral fort: »Sie werden Ihren Offizieren natürlich mitteilen, was Sie für richtig halten; aber unter keinen Umständen darf die Mannschaft etwas über die Nore-Unruhen erfahren. Es ist schlimmer, als ich gefürchtet habe.« Mit einem Blick auf Bolithos grimmiges Gesicht fügte er noch hinzu: »Captain Rook wird Sie bei der Neuausrüstung des Schiffes unterstützen; er hat Anweisung, alle Lebensmittel, neue Spieren, neues Tauwerk und so weiter unverzüglich an Bord zu bringen.«

Nachdenklich erwiderte Bolitho: »Sir Lucius Broughton – ich weiß wenig von ihm. Schwierig, seine Wünsche vorauszusehen.«

Der Admiral lächelte flüchtig. »Seine Flagge wehte auf einem der Schiffe, die in Spithead gemeutert haben. Ich kann mir vorstellen, sein Hauptanliegen ist, daß ihm so etwas nicht noch einmal passiert.« Er tastete nach seinem Taschentuch und hielt sich an der Tischkante. »Ich muß ein Weilchen ruhen und nachdenken. Es wäre besser, wenn Sie statt meiner an Land gingen. Vielleicht sehen Sie, daß es gar nicht so gefährlich ist, wie wir denken. Aber an Ihrer Stelle würde ich zuallererst Hauptmann Giffard informieren, damit die Seesoldaten bereit sind, falls es Ärger gibt.« Er blickte Bolitho bedeutsam in die Augen, wandte sich dann ab und sprach weiter: »Ich habe gesehen, wie Ihre Leute zu Ihnen aufblicken, Bolitho. Matrosen sind einfache Menschen und erwarten zum Lohn für ihr schweres Leben auf See nicht viel mehr als Gerechtigkeit. Aber –«, und das Wort hing in der Luft –, »sie sind auch nur Menschen. Und unsere erste Pflicht ist es, sie wieder unter Kontrolle zu bekommen, koste es, was es wolle.«

Bolitho nahm seinen Hut. »Ich weiß, Sir.«

Die zusammengepferchte Welt jenseits dieser paneelverkleideten Schottenwand! Auf See, in der Schlacht, kämpften und starben sie, ohne auch nur eine Frage zu stellen. Die ständigen Anforderungen der harten Disziplin und die Gefahr ließen wenig Raum. Aber wenn der Funke einmal die latente Kraft in diesen Männern zündete, dann konnte alles mögliche passieren; dann hatte es keinen Zweck zu sagen, man hätte nichts gewußt oder wäre ihnen zu fern gewesen.

Als er wieder auf dem Achterdeck war, merkte er die Veränderung. Wie konnte man auch erwarten, daß so etwas geheim bleibt? Neuigkeiten breiteten sich auf einem vollgestopften Schiff aus wie ein Waldbrand, ohne daß jemand sagen konnte, wie das möglich war.

Er winkte Keverne und sagte knapp: »Gehen Sie bitte nach achtern zu Captain Rook.« Das brünette Gesicht Kevernes erstarrte zu einer erwartungsvollen Maske. »Sie werden dann die Leutnants und die höheren Deckoffiziere über die allgemeine Lage informieren. Sie sind für das Schiff verantwortlich, bis ich wieder an Bord bin. Veranlassen Sie, daß die Kranken und Verwundeten an Land gebracht werden, aber nicht in unseren Booten – verstanden?«

Keverne öffnete den Mund, schloß ihn aber wieder und nickte nur.

»Ich sage Ihnen jetzt, was los ist«, fuhr Bolitho fort. »Es gehen Gerüchte um von einer Meuterei in der Nore-Flotte. Falls ein Fremder versucht, an Bord zu kommen, ist er abzuweisen. Ist das nicht möglich, so wird er festgenommen und sofort in Einzelhaft gesteckt.«

Keverne faßte an seinen Degengriff. »Wenn ich so einen verdammten See-Advokaten* erwische, dann werde ich ihm schon zeigen, wo es langgeht, Sir.« Gefährlich blitzten seine Augen.

Unbewegt sah Bolitho ihm ins Gesicht. »Sie werden tun, was ich befehle, Mr. Keverne. Nicht mehr und nicht weniger.« Er wandte sich um und schaute nach Alldays untersetzter Gestalt aus. Er stand

* Bezeichnung für einen querulierenden (›sein Recht suchenden‹) Matrosen – was manchmal als Vorstufe zur Meuterei angesehen wurde.

bei den Netzen. »Lassen Sie sofort meine Bootsbesatzung antreten.«

»Sie nehmen Ihr eigenes Boot, Sir?« fragte Keverne.

»Wenn ich denen nicht trauen kann«, erwiderte Bolitho kalt, »nach allem, was wir zusammen durchgemacht haben – dann ist die Lage völlig aussichtslos.«

Ohne ein weiteres Wort schritt er die Treppe hinunter zur Fallreepspforte, wo bereits die Ehrenwache wartete. Unten lag auch schon das schwankende Boot.

Er blieb noch einen Moment stehen und sah auf sein Schiff zurück und auf die Mannschaft, die bereits geschäftig Bahren aufriggte und den Kranken die Niedergänge hinaufhalf. Seiner Gewohnheit nach hatte er dafür gesorgt, daß jeder Mann, der neu an Bord kam, Dienstkleidung faßte. Darin war er anders als manche geizigen Kommandanten, die ihre Männer in den Lumpen herumlaufen ließen, die sie angehabt hatten, als sie in der Stadt oder auf dem Dorf gepreßt worden waren. Doch im Moment fand er keinen Trost beim Anblick der weiten Hosen, der karierten Hemden, der gesunden Gesichter und der allgemeinen Geschäftigkeit. Auf Kleidung und anständiges Essen, wenn es nur irgend verfügbar war, hatten sie ein Recht; das war keine Gnade, die ein gottähnlicher Kommandant austeilte. Und es war wenig genug Gegenleistung für das, was die Männer gaben.

Er verdrängte diese Gedanken, lüftete den Hut zum Achterdeck und zur Ehrenwache hin und kletterte dann hinunter in die Gig, welche Allday absichtlich zwischen den Kutter und den turmhohen Schiffsrumpf manövriert hatte.

»Legt ab!« Allday blinzelte in die Sonne und paßte genau auf, daß die Gig klar von dem anderen Boot und der Bordwand kam.

»Rudert an! Zu. . . gleich!«

Dann, als die Gig Fahrt aufnahm und die Riemen sich im exakten Gleichtakt hoben und senkten, blickte er auf Bolithos Rücken hinunter und kniff die Lippen zusammen. Er kannte Bolithos Stimmungen beinahe besser als seine eigenen und konnte sich recht wohl vorstellen, was dieser jetzt dachte. Meuterei in dem Dienst, den er liebte und für den er alles hingegeben hatte! Durch den Bootsmann des Kutters, einen ehemaligen Schiffskameraden, wußte Allday Bescheid. Wie konnte auch ein solches Geheimnis länger als ein paar Minuten Geheimnis bleiben?

Sein Auge glitt über Bolithos straffe Schultern mit den komischen neuen Goldepauletten und über das jettschwarze Haar unter dem Dreispitz. Der hat sich kaum verändert, dachte er, obwohl er uns alle durch eine Gefahr nach der anderen getragen hat!

Wütend starrte er den Bugmann an, der nicht aufpaßte und einer Möwe nachsah, die voraus nach einem Fisch herabschoß, und überdachte dann, was den Captain von Rechts und Gottes wegen in Falmouth hätte erwarten sollen: seine reizende Frau und sein Kind, die ihn froh willkommen hießen. Statt dessen hatte er nichts als Ärger und mußte wieder einmal anderer Leute Arbeit neben seiner eigenen machen.

Jetzt trommelten Bolithos Finger im Takt auf den Degengriff. Allday entspannte sich etwas, als er das sah. Sie beide hatten viel zusammen erlebt und geleistet. Dieser Degen faßte das alles weit besser zusammen, als Worte oder Gedanken es könnten.

Die Gig schwang herum und glitt in den Schatten der Pier, der Bugmann schlug den Haken ein, Allday nahm seinen Hut ab, Bolitho stand auf, kletterte über das Dollbord und die abgetretenen, wohlbekannten Stufen hinauf.

Er hätte Allday gerade jetzt gern bei sich gehabt, aber es wäre falsch gewesen, die Gig ohne Aufsicht zu lassen.

»Sie kehren zum Schiff zurück, Allday.« Er sah Besorgnis in des Bootsführers Augen aufblitzen und fügte gelassen hinzu: »Ich weiß ja, wo Sie sind, wenn ich Sie brauche.«

Allday blieb noch einen Moment stehen und sah Bolitho nach, der zwischen zwei salutierenden Milizsoldaten auf den Kai trat. Halblaut murmelte er: »Bei Gott, Käpt'n, *wir* brauchen *Sie*!«

Dann sah er auf die müßigen Rudergasten hinunter und knurrte: »Na, ihr faulen Hunde, laßt mal sehen, ob ihr dieses Boot heute noch in Fahrt kriegt!«

Der Schlagmann, ein abgehärteter Vollmatrose mit dickem rotem Haar, sagte mit zusammengebissenen Zähnen: »Haste Angst, wir kriegen was von der Schweinerei zu hören?«

Allday sah ihn an, ohne eine Miene zu verziehen. Also wußten sie es schon. Er grinste. »Ein Wort ist wie Dung, Mann. Es muß breitgestreut werden, wenn's wirken soll.« Und etwas leiser: »Also liegt es an uns, daß das nicht geschieht – oder?«

Als er sich umschaute, war Bolitho bereits außer Sicht. Was mochte wohl zu Hause auf ihn warten?

II Der Besucher

Ein paar Minuten lang stand Bolitho reglos und starrte auf sein Haus. Er war absichtlich nicht durch die Stadt gegangen, sondern hatte den enggewundenen, angenehm ländlich duftenden, heckenumwachsenen Feldweg genommen. Nun stand er im hellen Sonnenschein und spürte, wie still es war, und wie hart das Land gegen seine Schuhsohlen drückte. Es war alles so anders als an Bord, es fehlten die ständigen Geräusche, die ständige Bewegung. Diese Erkenntnis überraschte und erfreute ihn sonst jedesmal. Diesmal allerdings war es nicht dasselbe. Mit halbem Ohr lauschte er auf das freundliche Summen der Bienen, das ferne Gebell eines Schäferhundes, der die Herde umkreiste; aber seine Augen ruhten auf dem Haus. Kantig und kompromißlos stand es vor dem Himmel und den sanften Hängen, die es umgaben und zur Landzunge hinunterführten.

Mit einem Seufzer schritt er weiter, seine Schuhe wirbelten Staub auf, und er blinzelte in die grelle Sonne. Als er das breite Tor in der Steinmauer durchschritten hatte, stockte er wieder – er hätte lieber nicht herkommen sollen, dachte er.

Doch als die Doppeltür oben an den Treppenstufen aufging und er Ferguson erblickte, seinen einarmigen Verwalter, und die beiden Dienstmädchen hinter ihm, die ihn begrüßen wollten, da war ihr Lächeln so aufrichtig erfreut, daß er für den Augenblick seine eigenen trüben Gedanken vergaß und gerührt war.

Ferguson ergriff seine Hand und murmelte: »Gott segne Sie, Sir. Schön, daß wir Sie wieder mal zu Hause haben.«

Bolitho lächelte. »Nicht für lange. Aber ich danke Ihnen.«

Da kam auch Fergusons Frau herbeigeeilt, rundlich, rosig, mit weißem Häubchen und makelloser Schürze, und in ihren Zügen kämpften Freude und Tränen miteinander, als sie ihn begrüßte. »Wir hatten ja keine Ahnung, Sir. Wenn nicht Jack, der Zollwächter, gewesen wäre, hätten wir gar nicht gewußt, daß Sie wieder da sind! Er hat Ihre Obersegel gesehen, als der Nebel hochging, und ist extra hergeritten, um uns Bescheid zu sagen!«

»Vieles ist jetzt anders geworden.« Bolitho nahm den Hut ab und ging durch das hohe Entree. Da war es wieder: der kühle Stein, das alterslose Eichenpaneel, das matt im einfallenden Sonnenlicht glänzte. »Früher konnten die jungen Männer von Falmouth ein Schiff des Königs schon riechen, wenn seine Masten noch gar nicht über der Kimm standen!«

Ferguson wandte den Blick ab. »Sind nicht mehr viele junge Männer hier, Sir. Die keine feste Stellung haben, sind alle gepreßt worden oder haben sich freiwillig gemeldet.« Er folgte Bolitho in die große Halle mit dem leeren Kamin und den hochlehnigen, lederbezogenen Stühlen. Auch hier war es ruhig – es war überhaupt, als hielte das ganze Haus den Atem an.

»Ich hole Ihnen ein Glas Wein, Sir«, sagte Ferguson, und hinter Bolithos Rücken winkte er seiner Frau und den Mägden, hinauszugehen. »Sie werden in der ersten Stunde ein bißchen allein sein wollen.«

Bolitho drehte sich um. »Danke.« Er hörte, wie sich die Tür hinter ihm schloß, und trat an den Fuß der Treppe, wo die Bilder all derer hingen, die hier vor ihm gelebt hatten. So vertraut ... Nichts war verändert worden, und doch ...

Langsam stieg er die knarrenden Stufen hinan, an den Porträts vorbei, die ihn anblickten: Kapitän Daniel Bolitho, sein Ururgroßvater, der in der Bantry Bay gegen die Franzosen gekämpft hatte. Kapitän David Bolitho, sein Urgroßvater, hier an Deck seines brennenden Schiffes dargestellt, gefallen vor der afrikanischen Küste im Kampf gegen Piraten. Wo die Treppe einen Bogen nach rechts machte, wartete der alte Denziel Bolitho, sein Großvater – der einzige der Familie, der es bis zum Konteradmiral gebracht hatte –, auf ihn. Bolitho konnte sich noch erinnern, oder glaubte es wenigstens, daß er als kleines Kind auf seinen Knien gesessen hatte. Aber vielleicht waren es auch nur die Erzählungen seines Vaters und das vertraute Bild, woran er sich erinnerte. Vor dem letzten Porträt blieb er stehen.

Sein Vater, Kapitän James Bolitho, war jünger als die anderen gewesen, als es gemalt wurde. Hoch aufgerichtet, gelassen blickend, den leeren Ärmel quer am Rock festgesteckt – das hatte der Maler nachträglich geändert, nachdem er den Arm in Indien verloren hatte. Es war schwer, sich daran zu erinnern, wie er bei ihrem letzten Zusammensein vor vielen Jahren ausgesehen hatte, damals, als er Bolitho von der Schande seines älteren Bruders berichtet hatte. Hugh, sein Augapfel, der einen Offizierskameraden im Duell getötet hatte, war nach Amerika geflohen und hatte bei der Revolution gegen sein eigenes Vaterland gekämpft.

Tief seufzte Bolitho auf. Sie waren alle tot, auch Hugh, der seine Missetaten vor Bolithos eigenen Augen mit dem Leben gebüßt hatte. Dieser Tod war immer noch ein Geheimnis, das er mit niemandem teilen konnte. Hughs Leben, ein Leben voller Mißerfolg und Betrug, würde ein Geheimnis bleiben; was ihn, Richard Bolitho, anging, so mochte Hugh im Frieden der Vergessenheit ruhen.

Ferguson rief vom Fuß der Treppe: »Das Glas steht hier beim Fenster, Sir. Rotwein.« Er zögerte, ehe er weitersprach: »Da ist etwas im Schlafzimmer, Sir.« Anscheinend traute er sich kaum, es zu sagen. »Es sollte eine Überraschung sein, aber sie waren noch nicht fertig, als Sie das letzte Mal hier waren.« Seine Stimme verklang; Bolitho schritt rasch zur Tür am Ende des Treppenabsatzes und stieß sie auf.

Im ersten Moment fiel ihm nichts Besonderes auf: da war das Himmelbett in einem breiten Strahl fleckigen Sonnenlichts, das durch das Fenster kam – und der hohe Spiegel, vor dem sie gesessen und ihr Haar gekämmt haben mußte, wenn er weg war . . . Aber die Kehle wurde ihm trocken, als er sich umwandte und die beiden neuen Bilder an der Rückwand sah. Als ob sie wieder lebte, hier in diesem Zimmer, wo sie vergeblich auf ihn gewartet hatte. Er wollte näher herantreten, aber er hatte Angst – Angst, daß der Zauber weichen würde. Der Maler hatte sogar das Seegrün ihrer Augen getroffen und das herrliche Kastanienbraun ihres langen Haares. Und ihr Lächeln. Langsam trat er einen Schritt näher. Das Lächeln war wunderbar. Freundlich, etwas belustigt, so wie sie ihn immer lächelnd angesehen hatte, wenn sie beieinander waren.

Unter der Tür hörte er einen Schritt und dann Fergusons leise Stimme: »Sie wollte, daß sie nebeneinander hängen, Sir.«

Jetzt erst warf Bolitho einen Blick auf das andere Bild. Er war in seinem alten Galarock gemalt, dem mit den breiten weißen Aufschlägen, den Cheney so gern gehabt hatte.

»Danke«, sagte er heiser. »Schön, daß Sie ihren Wunsch erfüllt haben.«

Damit trat er rasch ans Fenster und lehnte sich über das warme Sims. Dort, gerade hinter jenem Hügel, konnte er die glitzernde Linie des Horizonts sehen. Es war dieselbe Landschaft, die Cheney von diesem Fenster aus gesehen hatte. Er hätte vielleicht zornig oder traurig sein können, weil Ferguson die Bilder hier aufgehängt, Erinnerungen an sie und seinen Verlust heraufbeschworen hatte. Aber das wäre falsch gewesen; jetzt, als er hier stand, die Hände auf das Sims gestützt, hatte er zum erstenmal seit langer Zeit ein seltsam friedvolles Gefühl.

Ein alter Gärtner unten spähte herauf und schwenkte seinen verbeulten Hut, aber Bolitho sah ihn nicht.

Er trat ins Zimmer zurück und wandte sich erneut den Bildern zu. Hier waren sie wieder beieinander. Cheney hatte dafür gesorgt, und nichts konnte sie jetzt mehr trennen. Wenn er wieder auf See war, vielleicht auf der anderen Seite der Erdkugel, dann konnte er an dieses Zimmer denken. An die beiden Porträts nebeneinander, die zusammen auf den Horizont hinaussahen.

»Ich komme gleich hinunter«, sagte er. »Der Wein ist sicher schon warm.«

Später, als er an seinem großen Schreibtisch saß und Briefe an Hafenbeamte und Schiffsausrüster schrieb, dachte er darüber nach, was dieses Haus alles erlebt hatte. Was würde damit geschehen, wenn er starb? Der einzige, der Anspruch auf das Erbe der Bolithos hatte, war sein junger Neffe, Adam Pascoe, Hughs illegitimer Sohn. Er tat zur Zeit unter Kapitän Thomas Herrick Dienst; aber Bolitho war entschlossen, dem Jungen so bald wie möglich die Besitzrechte an dem Haus zu sichern. Er biß die Zähne zusammen. Sosehr er seine Schwester Nancy liebte, aber es kam gar nicht in Frage, daß ihr Mann, Ratsherr in Falmouth und einer der größten Grundbesitzer der Grafschaft, das Haus in die Hände bekam.

Ferguson trat ins Zimmer. »Entschuldigung, Sir«, sagte er stirnrunzelnd, »aber da ist ein Mann, der Sie unbedingt sprechen will. Er ist außerordentlich hartnäckig.«

»Wer ist's?«

»Ich habe den Kerl noch nie gesehen. Ein Seemann, keine Frage, aber weder Offizier noch Gentleman, auch das ist keine Frage.«

Bolitho lächelte. Es war schwierig, sich Ferguson als den Mann vorzustellen, den einst ein Preßkommando an Bord der *Phalarope* gebracht hatte, zusammen mit Allday übrigens. Zwei grundverschiedene Charaktere, wie es damals den Anschein hatte. Jedoch waren die beiden sehr gute Freunde geworden; und selbst als Ferguson seinen Arm verloren hatte, wollte er in Bolithos Diensten bleiben. So war er hier Verwalter geworden. Ebenso wie Allday ging er sofort in Abwehrstellung, wenn irgend etwas Unerwartetes oder Ungewöhnliches auf Bolitho zukam.

»Lassen Sie ihn ein, Ferguson«, sagte er. »Er wird ja wohl nicht allzu gefährlich sein.«

Ferguson führte den Besucher herein und schloß die Tür mit offensichtlichem Mißbehagen hinter ihm. Bestimmt wartet er direkt davor für alle Fälle, dachte Bolitho.

»Was kann ich für Euch tun?«

Der Mann war untersetzt und muskulös, tiefgebräunt und trug sein Haar in einem altmodischen Zopf. Er hatte einen Rock an, der ihm viel zu klein war, und Bolitho kam auf die Idee, daß er ihn nur trug, damit man nicht gleich sah, daß er Seemann war. Aber schon die weiten Hosen waren unverkennbar. Auch wenn er splitternackt gewesen wäre, hätte man gewußt, daß er Seemann war.

»Entschuldigung, daß ich so frei bin, Sir.« Er klopfte grüßend mit der Faust an die Stirn; dabei flitzten seine Augen durch den Raum. »Mein Name ist Taylor, Steuermannsmaat auf der *Auriga*, Sir.«

Bolitho sah ihn ruhig und aufmerksam an. Er sprach mit einem leichten Nordengland-Tonfall und war offensichtlich nervös. Ein Deserteur, der auf Gnade hoffte, oder auf einem anderen Schiff untertauchen wollte? Es war gar nicht so ungewöhnlich, daß solche Leute wieder in die eine und einzige Welt zurückwollten, wo sie mit ein bißchen Glück Sicherheit finden konnten.

Rasch fuhr Taylor fort: »Ich war bei Ihnen auf der *Sparrow*, Sir. Damals im Jahr '79, in Westindien.« Gespannt blickte er Bolitho an. »Ich war Topsgast.«

Langsam nickte Bolitho. »Natürlich, ich erinnere mich jetzt.« Auf der kleinen Korvette *Sparrow*, seinem allerersten Kommando, als er dreiundzwanzig war, als das Leben noch Spaß machte und ihm die ganze Welt ein Tummelplatz für seinen grenzenlosen Ehrgeiz schien.

»Wir hörten, Sie sind zurück, Sir.« Taylor redete sehr schnell. »Und weil ich Sie sozusagen kenne, haben sie mich gewählt, daß ich zu Ihnen geh'n soll.« Er lächelte bitter. »Hab erst gedacht, ich müßt 'n Boot klauen oder zu Ihrem Schiff schwimmen. Aber Sie sind ja an Land, da war's einfacher, sozusagen.« Unter Bolithos starrem Blick schlug er die Augen nieder.

»Seid Ihr in Schwierigkeiten, Taylor?«

Mit plötzlicher Abwehr im Blick schaute der Mann auf. »Hängt von Ihnen ab, Sir. Mich haben sie gewählt, daß ich mit Ihnen spreche, und weil ich weiß, daß Sie 'n fairer und gerechter Käpt'n sind, Sir, hab ich mir gedacht, Sir, Sie würden mich vielleicht anhören . . .«

Brüsk stand Bolitho auf und sah ihn fest an. »Wo liegt Euer Schiff?«

Taylor deutete mit dem Daumen über die Schulter. »Ostwärts an der Küste, Sir.« Etwas wie Stolz erhellte sein tiefgebräuntes Gesicht. »Fregatte, sechsunddreißig Geschütze, Sir.«

»Ah.« Langsam schritt Bolitho an den leeren Kamin und wieder zurück. »Und Ihr und Euresgleichen habt das Schiff in Eure Gewalt gebracht, ist es so? Seid Ihr ein Meuterer?« Der Mann zuckte zusammen. »Wenn Ihr mich kennt, wirklich kennt, müßtet Ihr wissen, daß ich nicht mit Leuten verhandle, die ihr Land verraten haben«, schloß Bolitho hart.

Leise erwiderte Taylor: »Wenn Sie mich zu Ende anhören wollen, Sir – mehr will ich ja gar nicht. Dann können Sie mich hängen lassen, wenn Sie wollen – das weiß ich.«

Bolitho biß sich auf die Lippen. Einfach hierherzukommen, dazu gehörte Mut. Mut und noch etwas anderes. Dieser Taylor war kein frisch gepreßter Mann, kein Querulant vom unteren Deck. Er war Berufsseemann. Es konnte nicht leicht für ihn gewesen sein. Jede Minute seines Weges nach Falmouth hätte ihn jemand sehen können, der sich bei den Behörden in ein günstiges Licht setzen wollte, und sogar in diesem Moment konnte eine Patrouille zum Stadttor unterwegs sein.

»Schön«, sagte er, »ich kann Euch nicht versprechen, daß ich Euren Ansichten zustimme, aber anhören will ich Euch. Das ist alles, was ich sagen kann.«

Taylor schien etwas erleichtert. »Wir gehören zur Kanalflotte, Sir, und waren zwei Jahre lang ständig im Dienst. Wir hatten nich' viel Ruhe, denn Fregatten sind knapp, wie Sie ja wissen. Wir waren in Spithead, als die Geschichte vorigen Monat losging, aber unser Käpt'n stach in See, bevor wir unsere Solidarität mit den anderen zeigen konnten.« Er preßte die Hände zusammen und fuhr bitter fort: »Ich muß Ihnen das sagen, Sir, damit Sie verstehen. Unser Käpt'n ist ein harter Mann, und der Erste Offizier hat sich angewöhnt, die Leute so zu piesacken, daß kaum einem der Rücken nich' von der Katze* zerfetzt is'!«

Bolitho preßte die Hände zusammen. Ich müßte ihm jetzt das Wort abschneiden, ehe er noch mehr sagt; schon indem ich ihm zuhöre, habe ich mich auf Gott weiß was eingelassen, dachte er. Doch er entgegnete nur kalt: »Wir sind im Krieg, Taylor. Die Zeiten sind eben hart, für Offiziere ebenso wie für Matrosen.«

Doch Taylor war hartnäckig. »Als die Geschichte in Spithead

* ›neunschwänzige Katze‹ = die Peitsche

losging, waren sich die Delegierten darüber einig, daß wir raussegeln und gegen die *Frogs** kämpfen. Da war kein einziger Mann, der nich' loyal gewesen wäre, Sir. Aber manche Schiffe haben eben schlechte Offiziere, Sir, das kann keiner bestreiten. Da gibt's welche, die haben seit Monaten keinen Sold bekommen, und die Leute sind halb tot vor Hunger, weil das Fleisch so schlecht is'. Der Schwarze Dick –«, Taylor errötete –, »'tschuldigung, Sir, ich meine Lord Howe, hat mit den Delegierten gesprochen, und da war alles klar. Er is' auf ihre Forderungen eingegangen, so gut er konnte.« Böse zog er die Brauen zusammen. »Aber die *Auriga* war zu der Zeit auf See, für uns galt das anscheinend nich'. Im Gegenteil, unser Käpt'n wurde immer schlimmer statt besser! Und das is' die Wahrheit, ich schwör 's Ihnen!«

»So habt ihr also das Schiff in eure Gewalt gebracht?«

»Aye, Sir. Bis uns Gerechtigkeit zugesichert wird.« Er sah zu Boden. »Wir haben gehört, daß wir zu diesem neuen Geschwader kommen sollen, unter Vizeadmiral Broughton. Das bedeutet, wir sind vielleicht wieder jahrelang weg von England. Es is' nich' fair, was man uns angetan hat. Wir haben Admiral Broughton in Spithead gesehen. Er soll 'n guter Offizier sein, aber er würde mächtig hart durchgreifen, wenn 's wieder Ärger gibt.«

»Und wenn ich Euch sage, daß da nichts zu machen ist – was dann?«

Taylor sah ihm in die Augen. »Es gibt 'ne ganze Menge an Bord, die schwören, sie hängen uns sowieso alle. Die wollen das Schiff nach Frankreich segeln und es da gegen ihre Freiheit eintauschen.« Er biß die Zähne zusammen. »Aber ich und noch andere, wir wollen das nich'. Wir wollen nur unser Recht – wie die Jungs in Spithead.«

Bolitho kniff die Augen zusammen. Wieviel wußte Taylor von den Unruhen in der Nore-Flotte? Vielleicht war er aufrichtig, vielleicht war er aber auch das Werkzeug in den Händen eines erfahreneren Aufrührers. Was er da von seinem Schiff gesagt hatte – daran war kaum zu zweifeln.

»Hat es Verletzte bei den Offizieren gegeben?«

»Keinen einzigen, Sir, auf mein Wort.« Beschwörend breitete Taylor die Hände aus. »Wenn Sie uns versprechen, daß Sie unsere Sache dem Admiral unterbreiten, Sir, dann würde das mächtig viel ausmachen.« Der Anflug eines Lächelns huschte über seine rauhen

* = *frogeaters* (Froschfresser), Spitzname für die Franzosen, ähnlich wie später *krauts* für die Deutschen.

Züge. »Ich glaube, der Master und der eine oder andere Leutnant sind ganz froh, daß es so gekommen is'. Das war 'n mächtig unglückseliges Schiff, Sir.«

Bolithos Gedanken rasten. Vizeadmiral Broughton war vielleicht in London, er konnte aber auch sonstwo sein. Bis er seine Flagge auf der *Euryalus* hißte, war Konteradmiral Thelwall sein direkter Vorgesetzter, und der war zu krank, als daß man ihn mit so etwas belasten konnte. Da waren auch noch Captain Rook und der Garnisonskommandant von Falmouth. Dann gab es wahrscheinlich Dragoner in Truro und den Hafenadmiral in Plymouth, dreißig Meilen weit weg. Und alle waren sie bei diesem Zeitdruck gleichermaßen nutzlos.

Wenn tatsächlich eine Fregatte zu den Franzosen überlief, dann konnte das wie ein Signal auf die Männer der Nore wirken, die noch am Rande der Meuterei standen. Denen mochte es als ein letztes Mittel erscheinen, wenn sonst nichts mehr half. Und wenn die Franzosen etwas davon erfuhren, konnten sie unverzüglich eine Invasion starten. Bei dem bloßen Gedanken lief es Bolitho eiskalt den Rükken hinunter. Unvorstellbar, daß eine verwirrte und demoralisierte Flotte vernichtet wurde, bloß weil er sich nicht zu handeln getraut hatte. Eventuelle spätere persönliche Konsequenzen durften da keine Rolle spielen.

»Was solltet Ihr mir sonst noch mitteilen?« fragte er knapp.

»Die *Auriga* liegt in der Veryan Bay vor Anker. Gut acht Meilen von hier. Kennen Sie die Gegend, Sir?«

Bolitho lächelte grimmig. »Ich bin in Cornwall geboren, Taylor. Ja, die kenne ich sehr gut.«

Taylor leckte sich die Lippen. Vielleicht hatte er erwartet, sofort festgenommen zu werden. Nun aber, da Bolitho ihn tatsächlich anhörte, überstürzten sich seine Worte.

»Wenn ich bei Sonnenuntergang nich' zurück bin, setzen sie Segel, Sir. Ein paarmal kam 'n armierter Kutter ran, aber wir haben gesagt, sie sollen wegbleiben, wir liegen da wegen Reparaturen.«

Bolitho nickte. Es war nichts Ungewöhnliches, daß Schiffe mittlerer Größe in dieser Bucht Schutz suchten, wenn das Wetter nicht allzu schlimm war. Der Mann, der diese Meuterei bis zum gegenwärtigen Stand der Dinge geführt hatte, wußte bestimmt ganz genau, was er tat.

Taylor sprach weiter. »Da is' 'n kleiner Gasthof an der Westseite der Bay, Sir.«

»Der ›Drachenkopf‹«, nickte Bolitho. »Ein Schmugglernest.«

»Kann sein, Sir.« Taylor sah ihn unsicher an. »Aber wenn Sie heute nacht dahin kommen und sich mit unseren Delegierten treffen, dann können wir an Ort und Stelle alles klarmachen.«

Bolitho wandte sich ab. Das hörte sich alles so einfach an. Und was sollte nachher der Kommandant der *Auriga* machen? Seinen Koffer packen und von Bord gehen? Diese wirren Gedankengänge mochten im Zwischendeck ganz einleuchtend klingen, aber höheren Ortes würde man wenig Verständnis dafür haben.

Doch das Wichtigste und Vordringlichste war zu verhindern, daß das Schiff dem Feind übergeben wurde. Bolitho hatte nicht den geringsten Zweifel, daß der Kommandant der *Auriga* genauso war, wie Taylor ihn beschrieben hatte, vielleicht noch schlimmer. Solche Tyrannen gab es überall in der Flotte; er selber hatte einmal ein Schiff nur bekommen, weil sein Vorgänger so ein brutaler, kaltherziger Schinder gewesen war.

Jedenfalls konnte er nicht den Kopf in den Sand stecken und tun, als wüßte er von nichts.

»Also gut.«

»Danke Ihnen, Sir«, sagte Taylor heftig nickend. »Sie müssen allein kommen, höchstens mit einem Diener. Die haben gesagt, sie bringen den Käpt'n um, wenn Sie uns reinlegen.« Er ließ den Kopf hängen. »Tut mir leid, Sir, ich war dagegen. Ich will weiter nichts, als meine Tage in Frieden zu Ende leben, wenn's geht in einem Stück, und 'n Topf voll Prisengeld, damit ich mal irgendwo 'ne kleine Kneipe aufmachen kann oder 'ne Schiffshandlung.«

Bolitho sah ihn nachdenklich an. Aber vermutlich wirst du an einer Rah enden, dachte er.

Taylor fing wieder an: »Auf Sie werden sie hören, Sir. Das weiß ich. Und mit 'nem neuen Käpt'n lebt auch das Schiff wieder auf.«

»Ich kann nichts versprechen. Lord Howes Pardon müßte auch auf euer Schiff Anwendung finden, aber . . .« Er sah Taylor fest in die Augen. »Es könnte ziemlich schlimm für euch alle werden, wie Ihr vermutlich wißt.«

»Aye, Sir. Aber wenn man so lange in solchem Elend gelebt hat, muß man eben was riskieren.«

Bolitho ging zur Tür. »Ich werde bei Sonnenuntergang zum Gasthof reiten. Wenn das stimmt, was Ihr mir gesagt habt, werde ich tun, was ich kann, um die Sache zu einem gerechten Abschluß zu bringen.«

Die Erleichterung in Taylors Zügen schwand jedoch, als Bolitho fortfuhr: »Andererseits, wenn das nur Verzögerungstaktik ist, damit ihr mehr Zeit habt, das Schiff in Feindeshand zu bringen, dann seid euch über die Konsequenzen klar. So etwas hat es früher schon gegeben, und die Schuldigen haben dafür büßen müssen.« Er machte eine bedeutsame Pause. »Das war bisher jedesmal ein Ende am Strick.«

Der Mann tippte sich mit der Faust an die Stirn und eilte auf den Flur hinaus. Ferguson sah ihm mit offensichtlichem Mißfallen nach. »Alles klar, Sir?« fragte er besorgt.

»Im Augenblick ja, danke.« Er zog seine Uhr. »Lassen Sie nach meiner Gig signalisieren.« Ferguson machte ein enttäuschtes Gesicht. »Ich komme später noch einmal an Land, aber da ist noch verschiedenes zu erledigen.«

Eine Stunde später kletterte Bolitho durch die goldbronzierte Fallreepspforte an Bord und lüftete den Hut zum Trillern der Bootsmannsmaatenpfeifen und dem Stampfen des Musketen.

Keverne sah äußerst besorgt aus. »Der Schiffsarzt macht sich Sorgen um den Admiral, Sir«, berichtete er. »Es geht ihm sehr schlecht, und ich fürchte ...«

Bolitho warf einen Blick auf Allday, dem die Neugier im Gesicht geschrieben stand, seit die Gig am Kai festgemacht hatte.

»Die Rudergasten sollen sich bereit halten, Allday. Ich werde sie bald wieder brauchen.« Damit ging er nach achtern und hinunter in die Admiralskajüte.

Der Admiral lag reglos in seiner Koje, noch kleiner und zerbrechlicher als sonst. Er hatte die Augen geschlossen. Hemd und Taschentuch waren blutbefleckt.

Bolitho sah den Schiffsarzt an, einen mageren, drahtigen Mann mit ungewöhnlich großen, haarigen Händen.

»Nun, Mr. Spargo?«

Der hob die Schultern. »Ich weiß nicht recht, Sir. Eigentlich müßte er an Land. Ich bin schließlich nur ein Schiffsarzt.« Wieder zuckte er die Achseln. »Aber die Anstrengung könnte gerade jetzt tödlich sein.«

Bolitho nickte. Er hatte sich entschlossen. »Dann lassen Sie ihn hier, und passen Sie gut auf ihn auf.« Und zu Keverne: »Kommen Sie mit hinauf in meine Kajüte.«

Stumm ging Keverne hinter ihm her, bis sie in der großen Kajüte waren, die über die ganze Breite der Kampanje ging. Durch die offenen Heckfenster hatte man einen wunderbaren Blick auf St. Anthony's Head. Es sah aus, als ob der Leuchtturm leise schwanke, denn das Schiff wiegte sich majestätisch im Tidenstrom.

»Ich gehe wieder an Land, Mr. Keverne.« Er mußte aufpassen, daß er den Ersten nicht mit in die Sache hineinzog; aber andererseits mußte er soweit informiert werden, daß er wußte, was er zu tun hatte, falls der Plan danebenging.

Kevernes Gesicht glich einer Maske. »Sir?«

Bolitho löste seinen Degen aus dem Gehänge und legte ihn auf den Tisch. »Von Vizeadmiral Broughton gibt es noch keine Nachricht. Auch keine Anzeichen von Unruhen an Land. Captain Rooks Boote kommen längsseit, sobald unsere Leute gegessen haben, und dann können Sie mit der Übernahme von Vorräten weitermachen – den ganzen Nachmittag und bis in den Abend, wenn die See ruhig bleibt.«

Keverne wußte, daß noch etwas kommen würde, und wartete.

»Sir Charles ist sehr krank, wie Sie ja selbst gesehen haben.« Warum zeigte Keverne nicht ein bißchen Neugier, wie Herrick es getan hätte, als er noch sein Erster gewesen war. »Sie haben also das Kommando, bis ich zurück bin.«

»Wann wird das sein, Sir?«

»Weiß ich nicht. Spät in der Nacht vielleicht.«

Jetzt wurde Keverne endlich neugierig. »Kann ich Ihnen irgendwie helfen, Sir?« Er machte eine Pause. »Wird es Ärger geben?«

»Nicht, wenn ich's verhindern kann. Ich hinterlasse Ihnen schriftliche Order, nach der Sie handeln werden, falls ich länger als diese Nacht aufgehalten werde. Sie werden sie dann öffnen und Schritte –«, er hob die Hand –, »nein, *alle notwendigen Schritte* unternehmen, um die Befehle unverzüglich auszuführen.« Er versuchte, sich über die Landkarte klarzuwerden, die er im Kopfe hatte. Die *Euryalus* würde mehr als zwei Stunden brauchen, um Anker zu lichten und die Veryan Bay zu erreichen; und dann würde der Anblick ihrer schweren Kanonen sehr bald auch das tapferste Herz zur Unterwerfung veranlassen. Aber bis dahin konnte es zu spät sein.

Warum nicht jetzt gleich in See gehen? Niemand würde ihn deswegen tadeln, ganz im Gegenteil. Er runzelte die Stirn. Nein, auf keinen Fall. Hier wurde ein neues Geschwader aufgestellt. Und jetzt, da der Krieg in seine gefährlichste Phase trat, wäre es ein schlechter Anfang, wenn das Flaggschiff ein vor Anker liegendes eigenes Schiff zu blutigen Fetzen zusammenschießen mußte, bloß weil er nicht die Nerven gehabt hatte, es anders zu machen.

Überraschenderweise zeigte Keverne lächelnd seine ebenmäßigen Zähne. »Ich bin nicht achtzehn Monate mit Ihnen gefahren, Sir, ohne etwas von Ihren Methoden gelernt zu haben.« Das Lächeln schwand. »Und ich hoffe, ich besitze Ihr Vertrauen.«

Jetzt lächelte Bolitho. »Ein Kommandant kann allenfalls seine Gedanken mit jemandem teilen, Mr. Keverne. Die Verantwortung bleibt immer bei ihm selbst, wie Sie eines Tages noch merken werden.« Wenn es heute nacht schiefgeht, dachte er trübe, dann könntest du früher befördert werden, als du glaubst.

Trute, der Kajütsteward, spähte vorsichtig durch die Tür und fragte: »Darf ich den Tisch zum Lunch decken, Sir?«

Keverne sagte: »Ich werde mich um die Leute kümmern, Sir.« Abwesend sah er einen Moment zu, wie Trute sich mit Tellern und Bestecken zu schaffen machte. »Ich bin froh, wenn wir erst wieder auf See sind.« Ohne ein weiteres Wort ging er hinaus.

Mißmutig saß Bolitho an seiner einsamen Tafel und stocherte in der kalten Kaninchenpastete herum, die Rook von Land geschickt haben mußte. Er überdachte nochmals, was Taylor ihm erzählt hatte. Die Tatsache, daß dieser unbehelligt nach Falmouth hereingekommen war und das Haus der Bolithos so schnell gefunden hatte, sprach Bände und ließ darauf schließen, daß andere wachsame Augen in nächster Nähe waren, bereit, der *Auriga* Nachrichten zu übermitteln. Jeder Täuschungsversuch, etwa die Landung von Seesoldaten am Kai, würde sofort Verdacht erregen; der Kommandant der *Auriga* war dann in größter Gefahr, und die Konsequenzen mußten furchtbar sein.

Ärgerlich stand er auf. Wann endlich wurden solche Männer ein für allemal aus der Flotte ausgestoßen? Eine neue Generation Seeoffiziere wuchs heran, die wußte, daß die Mannschaft einen um so höheren Kampfwert hatte, je besser ihre Lebensbedingungen waren. Aber hier und da gab es immer noch Schinder und Tyrannen, oft Männer, die höherenorts Einfluß hatten, und die man erst bei solchen Gelegenheiten wie dieser maßregeln oder entlassen konnte – wenn es zu spät war.

Trute kam wieder herein und sah ihn besorgt an. »Hat Ihnen die Pastete nicht geschmeckt, Sir?« Er stammte aus Devon, und Leute aus Cornwall waren ihm ein bißchen unheimlich – Bolitho auch.

»Später vielleicht.« Bolitho warf einen Blick auf seinen Degen.

Er war so alt und abgegriffen; auf allen Familienporträts war er schon abgebildet. »Den lasse ich in Eurer Obhut.« Er gab sich Mühe, möglichst normal zu sprechen. »Ich nehme meinen Entersäbel mit – und Pistolen.«

Trute starrte auf den Degen. »Den wollen Sie hierlassen, Sir?«

Bolitho ging nicht darauf ein. »Jetzt geben Sie durch, daß mein Bootsführer kommen soll.«

Allday war ebenso überrascht. »Ohne Ihren Degen, das ist nicht richtig, Captain.« Er schüttelte den Kopf. »Was denn nun noch alles!«

»Ich habe Ihnen schon oft gesagt«, fuhr Bolitho ihn an, »daß Sie eines Tages den Mund noch mal zu weit aufreißen werden. Sie sind nicht alt und weise genug, als daß ich Ihnen nicht mal eine verpasse!«

»Aye, aye, Captain«, grinste Allday.

Es war hoffnungslos. »Wir gehen zusammen an Land. Kennen Sie den ›Drachenkopf‹?«

Allday wurde ernst. »Aye. In der Veryan Bay. Der Wirt ist'n alter, scheeläugiger Schurke. Ein Auge nach vorn, das andere beinah' nach achtern, aber er ist so schlau wie'n Midshipman hungrig.«

»Gut. Dahin gehen wir.«

Allday runzelte die Stirn, als Trute hereinkam und ein Paar Pistolen und einen krummen Entersäbel auf den Tisch legte. »Ein Duell, Captain?« fragte er naiv.

»Lassen Sie die Gig holen. Dann richten Sie Mr. Keverne mein Kompliment aus, und ich ginge von Bord, sobald ich seine Orders fertig hätte.«

Bolitho ging noch einmal zum Admiral; aber dessen Befinden war kaum verändert. Er schien ruhig zu schlummern; sein runzliges Gesicht wirkte im Schlaf etwas entspannter.

An Deck wartete Keverne schon. »Gig längsseit, Sir.« Keverne blickte hoch zu der schlaffen Flagge. »Der Wind ist für die nächste Zeit gestorben, glaube ich.«

Bolitho knurrte. Es war, als wolle Keverne ihn warnen: daß er, sobald er von Bord ging, allein war und nicht damit rechnen konnte, daß ihm das Schiff zu Hilfe käme. Er verfluchte seine eigene Unsicherheit. Keverne hatte doch keine Ahnung, worum es ging; und überhaupt, was konnte er anderes tun? Zuwarten, bis der Admiral kam, hieße nur, sich vor der Verantwortung zu drücken, die er freiwillig übernommen hatte. »Passen Sie gut auf das Schiff auf«, sagte er kurz und kletterte dann zu dem wartenden Boot hinunter.

Als sie am Kai waren, stieg er die Stufen hinauf, blieb stehen und schaute zurück. Da lag sein Schiff wie eingerahmt im blauen Wasser unter dem klaren Himmel, unzerstörbar, wie auf ewig. Eine Illusion, dachte er grimmig. Kein Schiff ist stärker als die Männer, die auf ihm dienen.

Kritisch sah Allday zu, wie der Bootsmannsmaat die Gig von den Steinen wegmanövrierte und sich zur Rückfahrt anschickte.

»Was jetzt, Captain?«

»Zum Haus. Ich habe noch etwas zu erledigen, und wir brauchen zwei Pferde.«

Er faßte sich an die Brust und fühlte das Medaillon unter seinem Hemd. Cheney hatte es ihm geschenkt, es enthielt eine Locke ihres herrlichen braunen Haares. Er würde es zu Hause lassen. Was heute nacht auch geschah, keiner sollte mit seinen dreckigen Pfoten dieses Medaillon anfassen.

»Ein schöner Tag«, sprach er langsam weiter. »Schwer, dabei an Krieg und dergleichen zu denken.«

»Aye, Captain«, stimmte Allday zu, »ein Krug Bier und eine Frauenstimme, das wäre jetzt nicht schlecht.«

Aber nun hatte es Bolitho auf einmal eilig. »Na, dann los, Allday. Wenn der Ofen heiß ist, muß man Brot backen. Hat keinen Zweck, die Zeit mit Träumen zu vergeuden.«

Bereitwillig ging Allday hinter ihm her, ein Lächeln auf den Lippen. Wie auf See war wieder mal alles drin. Was der Captain auch vorhatte, es schien ihn nicht nur zu bedrücken, sondern auch wütend zu machen, also würde jemand noch vor dem Morgenrot kräftig eins auf den Kopf kriegen.

Beim Gedanken an Bolithos Worte verzog er das Gesicht. Ein Bramsegel oder eine Pardune – mit beiden wurde er fertig. Auch eine zimperliche Frau ging noch an. Aber ein Pferd! Er rieb sich den Hintern. Wenn wir erst im »Drachenkopf« sind, dachte er düster, dann brauche ich mehr als nur einen Krug Bier.

Kurz vor Sonnenuntergang saßen sie auf, aber als sie den Fluß über eine kleine Furt hinter Falmouth durchritten, wurde es schon schnell dunkel. Doch Bolitho kannte die Gegend wie seinen Handrücken und ritt in flottem Trab voran; der unglückliche Allday folgte ihm, bis sie an den engen, gewundenen Feldweg kamen, der zur Bucht führte. Stellenweise war er sehr steil, die Baumwipfel berührten sich beinahe in der Höhe, und aus dem dichten Gebüsch am Wegrand kamen die Geräusche aufgeschreckter Tiere. Dann eine scharfe Biegung: ein paar Minuten lang hatten sie den Strand im Blickfeld, etwas weiter draußen die weißen Linien der Brandung und die mächtigen Steine, die wie schwarze Zähne am Fuß der hohen Klippen lagen.

»Mein Gott, Captain«, keuchte Allday, »dieser Gaul hat keinen Respekt vor meinem Hintern!«

»Still, zum Teufel!« Bolitho parierte sein Pferd am Kamm der nächsten Erhebung und spähte angestrengt auf eine dunkle Linie dichten Gestrüpps.

Der Rand der Steilküste verlief jetzt wieder landeinwärts und reichte wahrscheinlich bis auf ein paar Meter an die Büsche heran. Dahinter glänzte matt das Meer, so glatt wie ein Zinnteller. Doch die Bucht lag in tiefem Schatten – vielleicht war überhaupt kein Schiff da. Aber ebenso konnten es ein halbes Dutzend sein.

Ein kleiner Schauer überlief ihn, und er war ganz froh, daß er sich von Mrs. Ferguson hatte überreden lassen, den dicken Bootsmantel anzuziehen. Hier oben war es kalt und die Luft feucht. Vor Sonnenaufgang würde wieder Nebel aufkommen.

Er hörte Alldays schweren Atem neben sich und sagte: »Nicht mehr weit. Der Gasthof liegt ungefähr eine halbe Meile vor uns.«

»Das alles gefällt mir nicht, Captain«, knurrte Allday.

»Es muß Ihnen auch nicht gerade gefallen.« Bolitho sah ihn an. Er hatte Allday in den Grundzügen gesagt, worum es ging, aber nicht mehr. Gerade so viel, damit er sich in Sicherheit bringen konnte, falls etwas schiefging. »Sie haben doch hoffentlich nicht vergessen . . .« Er brach ab und packte Allday am Arm. »Was war das?«

Allday stellte sich in die Steigbügel. »Ein Hase vielleicht?«

Der Anruf kam so plötzlich wie ein Schuß. »Stehenbleiben! Und die Hände so hoch, daß wir sie sehen können!«

»Bei Gott, ein verdammter Hinterhalt!« Allday griff nach seinem Entersäbel.

»Laß das!« Bolitho riß sein Pferd herum und schlug Allday die Hand vom Säbelgriff. »Genau das habe ich erwartet, Mann!«

»Sachte, Käpt'n!« sprach die Stimme von vorhin. »Wir wollen Ihnen ja nichts tun, aber . . .«

Eine andere Stimme, härter und gespannter, fuhr dazwischen: »Wir haben keine Zeit zu verlieren! Entwaffne sie, und zwar schnell!«

Es schienen etwa drei Mann zu sein. Eine schattenhafte Gestalt griff an Alldays Seite und befreite ihn von seinem Entersäbel. Bolitho hörte, wie der Stahl klirrend auf den steinigen Weg fiel. Neben ihm tauchte ein anderer Mann aus dem Dunkel auf. »Und Sie auch, Sir. Sie haben doch bestimmt Pistolen mit?«

Bolitho reichte sie ihm zusammen mit dem Säbel hinunter und sagte kaltblütig: »Ich habe ja gehört, daß es eine Vertrauenssache ist, aber ich wußte nicht, daß das Vertrauen einseitig sein soll.«

Der Mann zögerte. »Wir riskieren eine ganze Menge, Käpt'n. Sie hätten ja Miliz mitbringen können.« Er schien etwas Angst zu haben.

Der andere, der sich noch nicht hatte sehen lassen, rief dazwischen: »Nehmt die Pferde beim Kopf und führt sie!« Und nach einer kurzen Pause: »Ich bleibe achtern. Eine falsche Bewegung, und ich schieße ohne langes Palaver!«

»So eine Frechheit«, murmelte Allday. »Den Saukerl schnappe ich mir noch.«

Bolitho blieb stumm und ließ den Mann das Pferd führen. Er hatte es nicht anders erwartet. Nur ein Dummkopf hätte bei einem solchen Treffen die elementarsten Vorsichtsmaßregeln außer acht gelassen. Wahrscheinlich war man ihnen schon während der letzten paar Minuten gefolgt. Der Hufschlag ihrer Pferde hatte die Geräusche wohl überdeckt.

An der Wegbiegung leuchtete ein einzelnes Licht auf, und er sah die weißlichen Umrisse des Gasthofes. Ein kleines schäbiges Bauwerk, das im Lauf der Jahre mehrfach um- und ausgebaut worden war – offenbar ohne viel Sinn für architektonische Schönheit.

Der Mond schien nicht, und die Sterne sahen ganz winzig aus. Es war auch kälter geworden; die See lag nicht weit entfernt, wie Bolitho wußte. Ein rauher, gefährlicher Pfad von etwa einer halben Meile führte zum Fuß der Klippen. Kein Wunder, daß der Gasthof bei den Schmugglern als sicherer Ort galt.

»Absitzen!«

Vom Hause her kamen noch zwei Gestalten, und als Bolitho sich aus dem Sattel schwang, sah er Metall glitzern.

»Mir nach!«

Im Gastzimmer mit dem niedrigen Gebälk brannte nur eine Laterne, aber nach dem stockfinsteren Feldweg wirkte sie wie ein Leuchtturm. Der Raum stank nach Bier und Tabak, Speck und

Dreck.

Der Wirt trat ins Lampenlicht, sich die Hände an einer langen schmutzigen Schürze reibend. Er sah genauso aus, wie Allday es beschrieben hatte: sein eines Auge schielte so stark, als wolle es aus der Höhle fallen.

»Hab nichts mit zu tun, Sir«, winselte er dünn. »Bitte vergessen Sie das nich'!« Er richtete sein gesundes Auge auf Bolitho und jammerte weiter: »Ich hab Ihren Vater gekannt, Sir, ein feiner Mann!«

»Halt's Maul!« blaffte die Stimme dazwischen. »Ich häng' dich an deinen eigenen Deckenbalken auf, wenn du nicht mit diesem Gewinsel aufhörst!«

Der Gastwirt kroch wieder in den Schatten zurück, und Bolitho wandte sich langsam um. Der Sprecher war etwa dreißig; sein Gesicht war rot, aber nicht so gegerbt, wie man es bei einem Seemann erwartet hätte. Er war recht gut gekleidet: einfacher blauer Rock und frischgewaschenes Hemd. Ein intelligentes, hartes Gesicht. Ein Mann, der wahrscheinlich zu Wutausbrüchen neigte.

»Ich sehe Taylor nicht.«

Der Mann, offenbar der Anführer, erwiderte kalt: »Er ist bei den Booten.«

Bolitho sah sich die anderen an: vier, und draußen waren wahrscheinlich noch zwei. Lauter Matrosen. Sie schienen sich außerordentlich unbehaglich zu fühlen und blickten mit einer Mischung aus Angst und Resignation ihren Sprecher an.

»Setzen Sie sich bitte, Captain. Ich habe Ale bestellt.« Er lächelte höhnisch. »Aber vielleicht möchte ein Gentleman wie Sie lieber Brandy?«

Der Mann wollte offensichtlich provozieren. »Ale ist mir sehr willkommen«, antwortete Bolitho gelassen, knöpfte sich den Mantel auf und ließ sich in einen Stuhl fallen. »Ihr seid der gewählte Delegierte?«

»Bin ich.« Mit wachsender Nervosität sah er zu, wie der Wirt einen schäumenden Tonkrug mit Ale und ein paar Humpen anbrachte. »Du bleibst in deiner Küche!«

Etwas ruhiger fuhr er fort: »Nun, Captain, haben Sie sich entschlossen, unsere Bedingungen anzunehmen?«

»Ich wüßte nicht, daß wir irgend etwas abgesprochen hätten.« Bolitho hob den Humpen und merkte mit Befriedigung, daß seine Hand noch ruhig war. »Ihr habt ein Schiff in eure Gewalt gebracht. Das ist Meuterei, und wenn ihr weiter auf eurem Plan beharrt, auch noch Hochverrat.«

Seltsamerweise schien der Mann eher befriedigt als zornig zu sein. »Da hört ihr's, Jungs! Mit solchen Leuten ist nicht zu verhandeln. Statt Zeit zu vergeuden, hättet ihr gleich auf mich hören sollen!«

Ein grauhaariger Deckoffizier fuhr dazwischen: »Sachte! Vielleicht erzählst du ihm erst mal das andere, worüber wir uns geeinigt haben?«

»Du Narr!« Der Sprecher wandte sich wieder an Bolitho. »Ich wußte, daß es so kommen würde. Die Jungs in Spithead haben gewonnen, weil sie zusammengehalten haben. Nächstes Mal lassen wir uns durch keine verdammten Versprechungen auseinanderbringen!«

Der Deckoffizier sagte rauh: »Würden Sie sich bitte dieses Buch ansehen, Sir.« Er schob es über den Tisch und blickte Bolitho dabei fest ins Gesicht. »Dreißig Jahre fahre ich zur See, als Junge und als Mann, und ich war noch nie an so einer Geschichte beteiligt, bei Gott nicht, Sir.«

»Deswegen hängen sie dich doch, du Narr«, sagte der Sprecher verächtlich. »Aber zeig's ihm ruhig, wenn dir davon besser wird.«

Bolitho schlug das leinengebundene Buch auf und durchblätterte die Seiten. Es war das Strafbuch der Fregatte; und als er die saubergeschriebenen Eintragungen überflog, drehte sich ihm vor Abscheu der Magen um.

Keiner der Männer konnte wissen, was das Buch für ihn bedeutete. Sie versuchten nur, ihm zu zeigen, was sie durchgemacht hatten. Aber grundsätzlich sah sich Bolitho bei jedem Schiff, das er übernahm, zuerst das Strafbuch an. Er war überzeugt, daß es besser als alles andere zeigte, was der vorherige Kommandant für ein Mensch war.

Er wußte, daß sie ihn beobachteten, und spürte die Spannung im Raum wie etwas Körperliches. Die meisten der aufgeführten Vergehen waren banal und ziemlich typisch: ungebührliches Betragen, Ungehorsam, mangelnde Sorgfalt im Dienst, Unverschämtheit. Er wußte aus Erfahrung, daß sie größtenteils nicht viel mehr bedeuteten als Unwissenheit des Betreffenden.

Aber die Strafen waren furchtbar. Allein in einer Woche, in der die *Auriga* Patrouille vor Le Havre gefahren war, hatte der Kommandant insgesamt tausend Peitschenhiebe verhängt. Zwei Mann waren in dieser Woche zweimal ausgepeitscht worden; einer war daran gestorben.

Er klappte das Buch zu und sah hoch. Es gab dazu viele Fragen. Warum hatte der Erste Offizier nichts unternommen, um dieser Brutalität Einhalt zu gebieten? Aber das war natürlich Unsinn. Was hätte zum Beispiel Keverne dagegen tun können, wenn sein Kommandant solche Strafen verhängt hätte? Bei dieser Vorstellung stieg plötzliche Wut in Bolitho hoch. Er hatte oft genug bemerkt, wie die Leute ihn ansahen, wenn etwas nicht klappte. Und das kam gar nicht so selten vor, denn die Bedienung eines Linienschiffes war eine komplizierte, schwere Arbeit. Manchmal lag wildes Entsetzen in diesen Blicken, und das machte ihn jedesmal ganz krank. Der Kommandant, jeder Kommandant, kam gleich nach Gott, soweit es die Mannschaft betraf: ein höheres Wesen, das mit einer Hand Beförderungen und mit der anderen die schlimmsten Strafen austeilen konnte. Der Gedanke, daß manche, wie der Kommandant der *Auriga*, diese Macht mißbrauchten, war abscheulich.

Langsam sagte er: »Ich möchte an Bord kommen und mit Ihrem Kommandanten sprechen.« Ein paar Männer wollten gleichzeitig etwas sagen, aber er sprach weiter: »Ohne das kann ich nichts tun.«

Der Hauptdelegierte sagte: »Sie mögen ja die anderen eingewickelt haben, aber ich durchschaue Sie.« Zornig fuhr er mit der Hand durch die Luft. »Zuerst tun Sie, als ob Sie Mitgefühl mit uns haben, und dann liefern Sie uns an den Galgen, damit jeder Seemann sieht, was es einbringt, einem Offizier zu trauen!«

Allday fluchte und wollte aufspringen, sah aber Bolitho nur hilflos an, als dieser sagte: »Nur Ruhe, Allday! Wenn ein Mann denkt, es ist Zeitverschwendung, ein Unrecht gutzumachen, dann hat es keinen Sinn, mit ihm zu diskutieren.«

»Aye«, brummte einer der Matrosen. »Was is'n dabei, wenn der Käpt'n an Bord kommt? Wir können ihn ja als Geisel mitnehmen, wenn er uns reinlegt.«

Zustimmendes Gemurmel – sekundenlang wußte der Anführer nichts einzuwenden, das sah Bolitho recht gut.

Er riskierte daher den nächsten Zug. »Wenn ihr andererseits nicht die Absicht hattet, Gerechtigkeit zu suchen, sondern lediglich einen Vorwand wolltet, um mit dem Schiff zum Feind überzulaufen –«, er ließ das Wort einen Moment in der Luft hängen –, »für diesen Fall muß ich euch allerdings darauf hinweisen, daß ich bereits gewisse Anordnungen getroffen habe, um euch zuvorzukommen.«

»Er blufft!« Aber die Stimme des Mannes klang nicht mehr so sicher. »Hier ist meilenweit kein Schiff!«

»Bei Sonnenaufgang kommt wieder Nebel auf.« Bolitho steckte die Hände unter die Tischplatte, weil er wußte, daß sie vor Erregung oder Schlimmerem zitterten. »Erst im Laufe des Vormittags könnt ihr Segel setzen. Ich kenne die Bucht genau – sie ist zu gefährlich.« Seine Stimme wurde härter. »Ganz besonders ohne eure Offiziere!«

Der Deckoffizier murmelte: »Da hat er recht, Tom.« Er streckte den Kopf vor. »Warum sollen wir 's nicht so machen, wie er sagt? Anhören kann doch nicht schaden.«

Nachdenklich betrachtete Bolitho den Anführer. Tom war also sein Name. Immerhin ein Anfang.

»Hol der Satan eure Augen, allesamt!« schrie dieser, kirschrot vor Jähzorn. »Delegierte wollt ihr sein? Ein Haufen alter Weiber seid ihr!«

Aber seine Wut verflog so rasch, wie sie gekommen war, und Bolitho mußte wieder an Keverne denken. »Also gut, einverstanden«, sagte der Mann grob und deutete auf den alten Unteroffizier. »Du bleibst hier mit einem Mann als Ausguck.« Und mit einem feindseligen Blick auf Allday: »Diesen Lakaien da kannst du als Geisel hierbehalten. Wenn wir ein entsprechendes Signal geben, legst du ihn um. Wenn uns irgendeiner angreift, schießen wir sie alle beide tot und hängen sie neben unseren ehemaligen Herrn und Gebieter – recht so?«

Der Deckoffizier zuckte zusammen, nickte aber.

Mit einem Blick in Alldays finsteres Gesicht sagte Bolitho: »Sie wollten Ruhe und ein Bier. Jetzt haben Sie beides.« Dann legte er ihm kurz die Hand auf die Schulter und konnte dabei den Zorn und die Gespanntheit des Mannes beinahe fühlen. »Es wird schon klargehen.« Er versuchte, seinen Worten etwas mehr Gewicht zu geben. »Wir kämpfen ja schließlich nicht gegen den Landesfeind.«

»Das werden wir sehen.« Der Mann namens Tom machte eine spöttische Verbeugung und öffnete die Tür. »Jetzt gehen Sie vor und verhalten sich anständig. Es macht mir gar nichts aus, wenn ich Sie auf der Stelle niederhauen muß!«

Ohne zu antworten, schritt Bolitho in die Dunkelheit hinaus. Sie hatten die ganze Nacht vor sich, aber bis zum Morgengrauen mußte noch viel getan werden, wenn es Hoffnung auf Erfolg geben sollte. Während er eilig den steilen Pfad hinunterstieg, dachte er wieder an das Strafbuch. Es war eigentlich überraschend, daß sich Männer, die solche Unmenschlichkeiten erduldet hatten, noch die Mühe machten, Gerechtigkeit zu suchen, und das durch Mittel, von denen sie kaum etwas verstanden. Noch überraschender war, daß die Meuterei nicht schon vor Monaten ausgebrochen war. Diese Erkenntnis machte ihm Mut, obwohl er wußte, daß sie nur eine unsichere Grundlage darstellte.

III Flaggengruß

»Boot ahoi!« Der Anruf schien aus dem Nirgendwo zu kommen. Ein Mann am Bug legte die Hände an den Mund und sang aus: »Die Delegierten!«

Bolitho versteifte sich in der Ducht, als die vor Anker liegende Fregatte plötzlich aus der Dunkelheit herauswuchs, die leeren Rahen und die langsam kreisenden Masten sich schwarz gegen den Sternenschimmer abzeichneten. Während die Jolle längsseit ging, unterschied er die sorgfältig aufgeriggten Enternetze über dem Laufgang und eine Anzahl dunkler Gestalten, die sich um die Fallreepspforte drängten. Er fühlte sein Herz rasen und fragte sich, ob die wartenden Meuterer wohl ebenso gespannt waren wie er.

Eine Hand rüttelte ihn an der Schulter. »Hinauf mit Ihnen!«

Als er sich durch die Pforte schwang, wurde eine Laterne aufgeblendet; der gelbe Lichtstrahl spielte um seine Epauletten, und die Männer drängten sich neugierig heran.

»Also ist er gekommen«, sagte einer.

Dann Taylors Stimme, scharf und befehlend: »Macht Platz, Männer! Wir haben zu tun.«

Wortlos wartete Bolitho ab, bis die Delegierten der Deckswache ihre Instruktionen zugeflüstert hatten. Das Schiff schien unter Kontrolle zu sein; es gab keine Anzeichen von Streit oder Trunkenheit, wie es auch zu erwarten gewesen wäre. Zwei Geschütze waren ausgerannt, vermutlich mit gehacktem Blei geladen, für den Fall, daß ein mißtrauisches Patrouillenboot zu dicht herankam.

Auf dem Achterdeck befand sich ein Deckoffizier als Befehlshaber der Wache, aber es waren weder Offiziere noch Marine-Infanteristen zu sehen. Der Mann, der Tom hieß, sagte scharf: »Wir gehen nach achtern, und Sie können den Käpt'n sprechen.« Was er dazu für ein Gesicht machte, konnte Bolitho nicht sehen. »Aber keine Tricks!«

Bolitho ging nach achtern und duckte sich unter die Kampanjepforte. Obwohl er nacheinander zwei Linienschiffe kommandiert hatte, konnte er sich nicht an ihre beträchtliche Stehhöhe gewöhnen. Vielleicht hatte er sich in all dieser Zeit nach dem Schwung und der Unabhängigkeit eines Fregattenkapitäns gesehnt.

Zwei bewaffnete Matrosen sahen ihn kommen und nahmen nach kurzem Zögern Haltung an. Den Hauptdelegierten schien das zu amüsieren. »So ist's richtig, Jungs – Respekt, Respekt, wie sich's gehört – wie?« grinste er.

Damit riß er die Tür auf und ließ Bolitho den Vortritt. Die Kajüte, in der drei Laternen brannten, war ziemlich hell, aber die Läden vor den Heckfenstern waren geschlossen, und die Luft war stickig und feucht. Ein Matrose mit einer Muskete lehnte am Schott, und auf der Bank saß der Kommandant der *Auriga.*

Er war ziemlich jung, etwa sechsundzwanzig, schätzte Bolitho; die einzelne Epaulette auf der rechten Schulter zeigte, daß er noch nicht drei Kapitänsjahre hinter sich hatte. Seine Gesichtszüge waren scharf und feingeschnitten, aber die Augen saßen sehr nahe beieinander, so daß die Nase unproportioniert wirkte. Er starrte Bolitho sekundenlang an und sprang dann auf.

»Das ist Kapitän Bolitho«, sagte der Delegierte rasch und wartete dann, bis sich der Kommandant beruhigt hatte. »Er ist allein. Hat keine Armee Bullen* mit, um Sie hier rauszuhauen, fürchte ich.«

Bolitho nahm den Hut ab und legte ihn auf den Tisch. »Sie sind Captain Brice? Dann muß ich Ihnen gleich sagen, daß ich ohne jede andere Autorität als meine eigene hier bin.«

Wie ein Schock ging es über Brices Züge, aber dann fiel das Visier, und er wirkte wieder ruhig. Ruhig, aber wachsam wie ein wildes Tier.

»Meine Offiziere sind unter Bewachung«, erwiderte er, »und die Marine-Infanterie war noch nicht an Bord. Sie sollte direkt von Plymouth kommen.« Er schoß einen wütenden Blick auf den Delegierten ab. »Sonst würde *Mister* Gates hier ein anderes Lied singen, verdammt seien seine Augen!«

Ruhig erwiderte der Delegierte: »Lassen Sie das gefälligst, *Sir.* Wenn ich wollte, könnte ich Sie auf der Stelle an den Gratings** tanzen lassen. Aber dazu ist ja immer noch Zeit.«

* Spottname für Marine-Infanteristen
** Holzrahmen, an den der Delinquent bei der Auspeitschung gebunden wurde

»Ich möchte Captain Brice allein sprechen«, unterbrach Bolitho.

Er wartete auf Widerspruch, aber der Delegierte sagte kühl: »Wie Sie wollen. Es nützt ja doch nichts, und das wissen Sie auch.« Lässig pfeifend verließ er zusammen mit dem bewaffneten Matrosen die Kajüte und schlug die Tür hinter sich zu.

Brice wollte sprechen, aber Bolitho sagte rasch: »Wir haben wenig Zeit, ich will mich also so kurz wie möglich fassen. Das ist eine ernste Sache, und wenn das Schiff tatsächlich dem Feind übergeben wird, kann kein Mensch sagen, was es für Konsequenzen hat. Ich könnte kaum etwas dagegen tun und habe diesen Männern auch nur sehr wenig anzubieten, was sie zum Nachgeben veranlassen könnte.«

Brice starrte ihn an. »Aber, Sir, Sie sind doch der Flaggkapitän? Sie brauchen doch nur Ihre Macht zu demonstrieren, nur einmal richtig anzugreifen, und dieser Abschaum der Flotte würde bald die Lust zum Meutern verlieren.«

Bolitho schüttelte den Kopf. »Das neue Geschwader ist noch nicht aufgestellt. Alle Schiffe sind irgendwo anders, zu weit weg jedenfalls, um hier von Nutzen zu sein. Mein eigenes liegt in Falmouth. Es kann Ihnen genausowenig helfen, als läge es auf dem Mond.« Sein Ton wurde härter. »Ich habe einiges von dem gehört, worüber sich Ihre Mannschaft beklagt, und kann wenig oder gar kein Mitgefühl für Ihre selbstverschuldete persönliche Situation aufbringen.«

Hätte er Brice ins Gesicht geschlagen, wäre die Wirkung nicht stärker gewesen. Der Kommandant sprang auf, seine dünnen Lippen zitterten vor Wut. »Das ist eine Gemeinheit, was Sie da sagen! Ich habe das Schiff nach bestem Können geführt, meine lange Prisenliste ist der Beweis dafür! Aber ich war mit dem Abschaum der Gosse geschlagen, und mit Offizieren, die entweder zu jung oder zu träge waren, um den Ausbildungsstandard durchzusetzen, den ich von meinen Leuten erwarte.«

Bolitho verzog keine Miene. »Mit Ausnahme Ihres Ersten, nehme ich an?«

Und ehe Brice antworten konnte, fuhr er ihn an: »Und setzen Sie sich gefälligst! Wenn Sie mit mir reden, dann reden Sie höflich, verstanden?« Er hatte tatsächlich gebrüllt, und das überraschte ihn. Dergleichen muß ansteckend sein, dachte er. Aber sein Ausbruch schien gewirkt zu haben.

Brice sank wieder auf die Bank und sagte dumpf: »Mein Erster Offizier ist ein guter Soldat. Ein harter Mann, aber das . . .«

Bolitho beendete den Satz für ihn. »Aber gerade das erwarten Sie von ihm – eh?«

Jenseits des Schotts hörte man streitende Stimmen, doch es wurde gleich wieder still.

»Ihr Verhalten«, fuhr Bolitho fort, »könnte Sie vor ein Kriegsgericht bringen, wenn wir im Hafen wären.«

Das saß – Brices Finger preßten sich plötzlich nervös zusammen.

»Nach der Spithead-Affäre«, fuhr Bolitho fort, »hätten Sie doch zumindest etwas auf die Bedürfnisse Ihrer Mannschaft eingehen müssen. Herrgott im Himmel, Mann, sie verdienen doch wenigstens gerechte Behandlung!«

Brice sah ihn böse an. »Die haben nur gekriegt, was sie verdienten.«

Bolitho mußte an Taylors Worte denken: *Ein unglückseliges Schiff*. Leicht konnte er sich vorstellen, was für eine Hölle dieser Mann daraus gemacht hatte. »Dann kann ich Ihnen nicht helfen«, sagte er.

In Brices Augen glomm Bosheit auf. »Jetzt läßt man Sie bestimmt nicht mehr vom Schiff.«

»Mag sein.« Bolitho stand auf und schritt zur anderen Wand. »Aber bei Morgengrauen wird hier Nebel aufkommen. Wenn er sich hebt, wird dieses Schiff etwas anderes vor sich sehen als leere Worte und Drohungen. Kein Zweifel, daß Ihre Leute kämpfen werden, aber dann wird es zu spät sein. Zu spät für Kompromisse.«

»Ich hoffe nur, ich sehe sie alle krepieren«, sagte Brice.

»Das bezweifle ich, Captain. Aus dem Jenseits vielleicht. Sie und ich werden so hoch baumeln, daß wir tot die allerbeste Aussicht genießen.«

»Das wagen sie nicht!« Aber Brices Stimme klang nicht mehr so sicher.

»Nein?« Bolitho beugte sich vor, bis ihre Gesichter nur noch zwei Fuß voneinander entfernt waren. »Sie haben sie sinnlos gequält, Sie haben sich nicht wie ein Offizier des Königs, sondern wie ein irrsinniger Unhold benommen.« Er faßte zu, riß Brice die Epaulette von der Schulter und warf sie auf den Tisch. Sein Gesicht war starr vor Zorn. »Wie können Sie sich unterstehen, davon zu reden, was Ihre Leute nach solcher Behandlung tun oder nicht tun können? Wenn

Sie Offizier auf meinem Schiff wären, hätte ich Ihnen schon längst das Rückgrat gebrochen, ehe Sie Schimpf und Schande über das Kommando bringen konnten, das man Ihnen anvertraut hat!« Er trat zurück; wild schlug ihm das Herz gegen die Rippen. »Machen Sie sich da nichts vor, Captain Brice: wenn Ihr Schiff hier herauskommt und zum Feind überläuft, wären Sie sowieso besser tot. Sonst wird die Schande Sie schwerer drücken als jedes höllische Joch, das können Sie mir glauben!«

Brices Augen fuhren wild in der Kajüte herum und kamen dann auf der abgerissenen Epaulette zur Ruhe. Er war niedergeschmettert, vollkommen betäubt von Bolithos Vorwürfen.

Etwas ruhiger fuhr Bolitho fort: »Sie können das menschliche Freiheitsbedürfnis nicht erschlagen, begreifen Sie das nicht? Freiheit ist schwer zu gewinnen und noch schwerer zu bewahren; aber diese Männer, so unwissend sie auch sein mögen, verstehen alle sehr genau, was Freiheit bedeutet.« Er hatte keine Ahnung, ob seine Worte irgendwelche Wirkung erzielten. Die Stimmen an Deck waren wieder lauter geworden, und seine Hoffnungslosigkeit wuchs. Er sprach weiter: »Jeder Matrose weiß: Sobald er im Dienste des Königs steht, hängt es allein von seinem Kommandanten ab, wie gut oder wie schlecht es ihm geht. Aber Sie können nicht erwarten, daß die Männer ihr Bestes im Kampf geben, wenn sie ohne Sinn und Verstand geschunden werden.«

Brice sah auf seine Hände hinunter. Sie zitterten heftig. »Sie haben gemeutert«, sagte er dumpf. »Gegen mich, gegen meine Autorität.«

»Mit Ihrer Autorität ist es sowieso vorbei«, erwiderte Bolitho ernst. »Ihretwegen habe ich meinen Bootsführer als Geisel an Land gelassen. Sie haben weit mehr als unser aller Leben aufs Spiel gesetzt, und es tut mir nur leid, daß Sie selbst nicht lange genug leben werden, um zu sehen, was Sie angerichtet haben.«

Die Tür wurde aufgerissen, und Gates trat in die Kajüte, die Hände an den Hüften. »Alles klar, Gentlemen?« Er lächelte höhnisch.

Bolitho sah ihn fest an, seine Kehle war staubtrocken; in der stikkigen Kajüte war es auf einmal totenstill.

»Danke, ja.« Ohne Brice anzusehen, sprach er gleichmütig weiter. »Ihr Kommandant ist damit einverstanden, sich als unter Arrest stehend zu betrachten und meine weiteren Befehle abzuwarten. Wenn Sie die Offiziere des Schiffes sofort freilassen . . .«

Gates starrte ihn an. »Was haben Sie da gesagt?«

Bolitho spannte sich in der Erwartung, daß Brice ihn lauthals beschimpfen und die sofortige Zurücknahme dieser Forderung verlangen würde. Aber es kam nichts, und als er den Kopf wandte, sah er, daß Brice auf die Planken starrte, reglos, wie betäubt.

Steuermannsmaat Taylor drängte sich durch die anderen und rief wild: »Hört ihr, Jungs? Was hab' ich euch gesagt?« Erleichtert starrte er Bolitho an. »Mein Gott, Käpt'n, das sollen Sie nie bereuen!«

Heiser rief Gates dazwischen: »Ihr Narren, ihr blinden, unwissenden Idioten!« Dann wandte er sich an Bolitho: »Nun sagen Sie ihnen schon, wie es weitergeht!«

Bolitho hielt seinem starren Blick stand. »Wie es weitergeht? Hier hat es ungesetzliche Befehlsverweigerung gegeben. Unter diesen Umständen glaube ich, daß das Urteil einigermaßen milde ausfallen wird. Allerdings –«, er sah die durch die Tür spähenden Matrosen bedeutsam an –, »völlig übersehen kann man euer Vergehen nicht.«

»Der Galgen übersieht nie jemanden, nicht wahr?« sagte Gates.

Taylor war der erste, der die darauf plötzlich eintretende Stille brach. »Was haben wir für Chancen, Käpt'n?« Er straffte die Schultern. »So blind, wie manche Leute denken, sind wir auch wieder nicht. Wir wissen, daß wir 's verpatzt haben, aber wenn's irgendwelche Hoffnung für uns gibt, dann . . .« Wieder blieb alles still, als seine Stimme verklang.

Ruhig und fest erwiderte Bolitho: »Ich werde mit Sir Charles Thelwall sprechen. Er ist ein menschlicher, großzügiger Offizier, dafür kann ich mich verbürgen. Er wird zweifellos so denken wie ich: was passiert ist, war schlimm genug, aber was hätte passieren können, ist noch viel schlimmer.« Er hob die Schultern. »Mehr kann ich nicht sagen.«

Garrtes starrte um sich. »Na, Jungs – seid ihr noch auf meiner Seite?«

Taylor wandte sich den Männern zu. »Wir werden uns besprechen. Aber ich bin dafür, daß wir Käpt'n Bolithos Ehrenwort annehmen.« Er rieb sich das Kinn. »Ich hab mein Leben lang hart gearbeitet, um so weit zu kommen, wie ich gekommen bin, und zweifellos ist das jetzt alles beim Teufel. Höchstwahrscheinlich werde ich die Katze schmecken müssen, aber es wäre nicht das erstemal. Lieber das als dieses Hundeleben. Und ich habe keine Lust, den Rest meiner Tage in Frankreich zu verbringen oder mich hier jedesmal zu verstecken, wenn ich 'ne englische Uniform sehe.« Er wandte sich zur Tür. »Mannschaftsbesprechung, Jungs!«

Einzeln gingen sie hinaus. Gates blickte ihnen nach und sagte dann kalt: »Falls sie auf Ihre leeren Versprechungen eingehen, Captain Bolitho, dann will ich erst *sein* Geständnis hier schriftlich haben.« Er nickte zum Kommandanten hin.

Bolitho schüttelte den Kopf. »Sie können Ihre Aussage vor dem Kriegsgericht machen.«

»Ich?« lachte Gates. »Ich werde nicht an Bord sein, wenn diese Narren geschnappt werden.« Er drehte sich halb um und horchte auf das Stimmengemurmel. »Bin gleich wieder hier.« Damit ging er.

Brice atmete langsam aus. »Das war ja furchtbar. Und vielleicht glauben sie Ihnen doch nicht.«

»Wir können nur hoffen.« Bolitho setzte sich. »Und ich hoffe, Sie glauben mir auch. Das war keine leere Drohung, um die Männer zu täuschen.«

Verstohlen, damit Brice nicht merkte, wie unsicher er war, blickte er zur Tür. »Dieser Gates scheint ja eine ganze Menge zu wissen.«

»Er war mein Schreiber.« Brice schien in Gedanken versunken. »Ich erwischte ihn beim Schnapsstehlen und ließ ihn peitschen. Bei Gott, wenn ich den jemals in die Finger kriege . . .« Er sprach nicht zu Ende.

Die Kajütenlaternen begannen im Gleichtakt zu schwanken und kamen in einem spitzeren Winkel zur Ruhe. Die Brise hatte aufgefrischt; da würde es morgen vielleicht doch keinen Nebel geben. Das widerspenstige Wetter von Cornwall konnte einen jederzeit Lügen strafen.

Die Tür flog auf, und Taylor trat ein. »Es ist entschieden, Sir.« Brice ignorierte er. »Wir sind einverstanden.«

Bolitho stand auf und versuchte, seine Erleichterung zu verbergen. »Danke.« Ein Boot prallte dumpf an die Bordwand, und er vernahm laute Befehle an die Rudergasten.

»Die holen die anderen, Sir, und Ihren Bootsführer. Gates ist ausgerissen«, sagte Taylor und schlug verlegen die Augen nieder.

Noch mehr Stimmen, und drei Offiziere, in etwas unordentlicher Kleidung, aber voller Spannung, traten in die Kajüte. Zwei waren sehr jung, und der etwas ältere Mann, hochgewachsen, dünnlippig, war offenbar der Erste, von dem Taylor gesagt hatte, er wäre ein

Schinder und ließe die Leute beim geringsten Anlaß peitschen. Bolitho mußte an Keverne denken und hatte dabei plötzlich ein Gefühl der Dankbarkeit.

Der Leutnant sagte rauh: »Mein Name ist Massie, Sir. Ich bin der Dienstälteste.« Er blickte fragend zu Brice hinüber, fuhr aber zusammen und versteifte sich, als Bolitho sagte: »Begeben Sie sich vorläufig in Kajütenarrest. Zu Ihrem eigenen Besten!« Dann wandte er sich an die anderen beiden Offiziere. »Wie ist der Wind?«

»Frischt auf, Sir. Aus Südwesten.« Der junge Leutnant begriff anscheinend nicht, was los war.

»Sehr schön. Sagen Sie dem Master Bescheid, daß wir Anker lichten, sobald das Boot zurückkehrt. Wenn wir morgen früh in Falmouth sein wollen, müssen wir ein ganzes Stück aus der Bucht herauskommen.« Er zwang sich ein Lächeln ab. »Ich wünsche nicht, daß die *Auriga* auf Gull Rock festsitzt, wo sie jeder begaffen kann!«

Die Atmosphäre an Deck kam ihm sauberer vor, nicht mehr so bedrohlich. Eine Illusion, dachte Bolitho, aber nicht gänzlich unbegründet. Er sah, daß sich der Steuermann die Instruktionen des Leutnants stumm und mit ungläubigem Kopfschütteln anhörte. »Ich übernehme die Verantwortung«, sagte er gelassen, »es ist viel besser, ein kleines Risiko einzugehen, als daß Ihre Männer jetzt nichts zu tun haben.« Und außerdem, dachte er bei sich, ist es besser, im Dunkeln zu segeln, als morgen in aller Herrgottsfrühe die Breitseiten der *Euryalus* vor sich zu haben.

Als das Boot wieder längsseit lag, sah er Allday durch die Fallreepspforte klettern und wild nach allen Richtungen um sich starren, als wolle er das Schiff ganz allein kapern.

Endlich sah er Bolitho und rief gepreßt: »Bei Gott, Captain, das hätte ich nie erwartet!« Seine Bewunderung für Bolitho wurde nur noch von seiner offenkundigen Besorgnis übertroffen.

»Tut mir leid, daß ich Sie in Gefahr gebracht habe«, grinste Bolitho.

Der Bootsführer wartete einen Moment, bis einige vorüberhastende Matrosen außer Hörweite waren. »Ich wollte gerade abhauen, Captain, und noch mal mein Glück auf diesem verdammten Gaul versuchen. Vielleicht wäre ich noch rechtzeitig nach Falmouth gekommen und hätte Alarm geben können.«

Bolitho runzelte die Stirn. »Und Ihre Bewacher?«

Allday zuckte die Schultern und zog dann ein Hosenbein hoch. Im schwachen Sternenlicht konnte Bolitho erkennen, daß eine kleine, doppelläufige Pistole aus seinem Strumpf hervorsah.

»Ich hätte die zwei Hübschen ohne viel Mühe schlafenlegen können.«

Verblüfft starrte Bolitho ihn an. »Sie überraschen mich immer wieder, Allday. Da hatten Sie sich einen eigenen Plan zurechtgelegt?«

»Es war nicht nur mein eigener. Bryan Ferguson hat mir die Pistole gegeben, bevor wir abritten. Er hatte sie dem Offizier des Postbootes in Falmouth abgekauft.« Er atmete laut aus. »Ich hatte keine Lust, Sie alles allein machen zu lassen, Captain.« Dabei sah er sich auf dem Achterdeck um. »Nicht bei so einem Sauhaufen wie diesem hier!« schloß er grimmig.

Bolitho wandte sich ab und dachte kurz über Alldays simple Treue nach. Er wollte die rechten Worte finden, Worte, die ausdrückten, was diese gerade jetzt für ihn bedeutete.

»Danke Ihnen, Allday. Das war tollkühn, aber außerordentlich umsichtig.« Warum konnte er nie die Worte finden, wenn er sie brauchte? Und warum grinste Allday so über alle Backen?

»Weiß der Deibel, Captain, Sie sind ganz schön kaltblütig! Wir könnten beide tot sein, und statt dessen stehen wir hier so sicher wie der Tower von London.« Er rieb sich den Hosenboden. »Und außerdem kommen wir per Schiff nach Falmouth zurück, wie es sich für Seeleute gehört, nicht auf so einer knochigen Mißgeburt von Gaul.«

Bolitho packte seinen muskulösen Unterarm. »Freut mich, daß Sie zufrieden sind.«

Ein Leutnant kam über das Deck und faßte an den Hut. »Gangspill ist klar, Sir, und Boot eingesetzt.«

»Recht so.« Jetzt war ihm auf einmal das Herz wieder leicht. Möglicherweise hatte er bei alledem gar nicht erkannt, wie nahe er der Katastrophe gewesen war. Allday hatte das begriffen und auf seine eigene Weise Vorbereitungen getroffen. Aber angenommen, Brice hätte sich geweigert nachzugeben, oder Gates hätte seine Männer noch fest unter Kontrolle gehabt . . . Er schob den Gedanken von sich. Das war vorbei, und er konnte Gott danken, daß bei dieser Revolte niemand verwundet oder gar getötet worden war.

»Bestellen Sie bitte dem Master, er soll einen ablandigen Kurs setzen. So weit südöstlich, daß wir genügend Seeraum zum Halsen haben.«

Der junge Offizier stand reglos. In der Dunkelheit sah es aus, als wären seine Augen so groß wie sein ganzes Gesicht. Freundlich fuhr Bolitho fort: »Ihr Name ist Laker, stimmt das?« Der junge Mann nickte. »Schön, Mr. Laker, stellen Sie sich vor, Ihre beiden Vorgesetzten wären vorm Feind gefallen.« Wieder ein Nicken. »Im Moment gehört das Achterdeck also Ihnen, und es wird den Leuten guttun, wenn sie sehen, daß Sie unverzüglich den Befehl übernommen haben. Vertrauen ist wie Gold, man muß es sich verdienen, wenn es seinen wahren Wert haben soll.«

Gelassen sagte der junge Mann: »Danke, Sir.« Dann schritt er davon, und Sekunden später war das Klicken des sich drehenden Ankerpills zu hören; sogar ein halbherziger Shanty ertönte dazu.

Langsam ging Bolitho nach achtern und postierte sich neben dem Ruderrad. Er wollte zur Stelle sein für den Fall, daß die Fregatte zu nahe an die Küste herantrieb. Aber wenn die *Auriga* jemals wieder ihren alten Platz im Geschwader einzunehmen hoffte, dann mußte sie jetzt und hier, unter ihrer eigenen Besatzung, damit anfangen.

Allday hatte anscheinend seine Gedanken gelesen. Leise sagte er: »Erinnert mich an die alte *Phalarope*, Captain.« Er schaute zu den Segeln hoch, die knatternd auf den nächsten Befehl warteten. »Damals hat es auch lange gedauert, bis wir unseren guten Namen wiederhatten!«

»Ich weiß«, nickte Bolitho.

»Laß fallen die Breitfock!«

Füße trappelten über das krängende Deck, und von vorn kam das stetige Klank-klank des Ankerspills, das die Männer rundtrieben.

»Anker ist frei!«

Die dunkle Landmasse blieb zurück, die Fregatte kam langsam von der Küste frei und legte sich in die leichte Brise. Kurz dachte Bolitho dabei auch an Brice, der unten in seiner Kajüte saß und sein Schiff zum Leben erwachen fühlte, wobei nicht er, sondern ein anderer die Kommandos gab . . . Wie wäre mir wohl unter solchen Umständen zumute? grübelte er, und ein Schauer überlief ihn. Wenn ich je in eine solche Situation käme, dann hätte ich sie verdient, genau wie Brice. Mit dieser energischen Feststellung vertrieb er sich die dunklen Gedanken.

»Nordwest zu West liegt an, Sir.« Das mächtige Rad knarrte, als die *Auriga* langsam auf das Land zuglitt.

Von der Luvreling aus beobachtete Bolitho die in der Morgensonne glitzernde Stadt. Der sich langsam nähernden Fregatte kam die *Euryalus* direkt entgegen; hell schimmerten ihre Bramsegel im bleichen Sonnenlicht, scharf hob sich die golden Galionsfigur mit den wilden Augen vom dunklen, schaumbespritzten Schiffsrumpf ab.

Bolitho sah sich auf seinem Hauptdeck um, wo geschäftige Tätigkeit herrschte. Jetzt erst konnte er die Fregatte bei Tageslicht studieren. Brice mußte nicht nur ein Tyrann, sondern auch ein Geizkragen sein. Die Farbe war ausgeblaßt und blätterte ab, die meisten Matrosen waren in Lumpen gekleidet und sahen halbverhungert aus. Einige Männer arbeiteten mit nacktem Oberkörper; ihre Rücken waren zerfetzt wie von Raubtierpranken. Vorn stand die Ankerwache und beobachtete die weit offenen Arme der Bucht; die Stadt Falmouth lag noch im morgendlichen Schatten. Ein Wachboot dümpelte träg über seinem Spiegelbild; die blaue Flagge am Masttopp wies der einlaufenden Fregatte die Stelle an, wo sie Anker werfen sollte. Der junge Leutnant und der Steuermann konzentrierten sich auf die letzten beiden Kabellängen* bis dorthin.

»Lassen Sie lieber Ihrem Stückmeister Bescheid sagen, daß er einen Salut vorbereitet, Mr. Laker. Wenn Sie den Kopf auch noch so voll haben, es wäre eine Schande, wenn Sie vergäßen, daß einem Konteradmiral dreizehn Schuß zustehen.«

Verwirrt zuckte der Leutnant zusammen und grinste dann schüchtern: »Vergessen hab ich's nicht, Sir, wenn ich auch nicht gedacht hätte, daß Sie mich auf die Probe stellen wollen.« Er deutete zu den Netzen hinüber. »Aber wie Sie wissen, stehen dem Admiral fünfzehn Schuß zu.«

Bolitho schritt zu den Netzen hinüber und stieg auf einen Poller. Das konnte doch nicht sein! Der Leutnant mußte die Flagge nicht richtig erkannt haben, entweder wegen des Gegenlichts, oder weil die *Euryalus* ihnen direkt entgegenkam.

Er sprang vom Poller und sah, daß Allday ihn aufmerksam beobachtete. Also doch kein Irrtum. Die Flagge, die jetzt im Sonnenlicht glänzte, flatterte am Fockmast des Dreideckers.

»Dann ist er also schon da, Captain«, sagte Allday gelassen.

* 1 Kabellänge = 0,1 Seemeile = 185,3 m

Während die *Auriga* langsam auf ihren Ankerplatz zuglitt und die Salutschüsse im Fünfsekundenabstand dröhnten, zwang sich Bolitho, an der Luvseite des Achterdecks auf- und abzuschreiten. Bestimmt waren zahlreiche Teleskope auf die *Auriga* gerichtet; man mußte sehen, daß er unverletzt war und das Schiff unter Kontrolle hatte. Diese letzten Minuten schienen sich zu Ewigkeiten zu dehnen, während er sich fragte, wie es Konteradmiral Thelwall ging und wie Broughton wohl über seine Aktion denken würde. Als er wieder hinsah, schwang die *Euryalus* eben am Buspriet vorbei, denn die Fregatte drehte schon mit knatternden Segeln in den Wind. Kaum war der Anker gefallen, da hörte Bolitho einen anderen Ton, der in der klaren Luft wie der Wirbel einer Riesentrommel anwuchs. Er fuhr herum und rannte zur Reling, und vor Bestürzung über das, was er sah, wurde ihm beinahe übel: die drei Reihen Stückpforten im Rumpf der *Euryalus* öffneten sich mit einem Schlag, und wie von einer einzigen Hand geführt, wurde die gesamte dreifache Reihe schwarzer Geschützrohre ausgerannt.

»Mein Gott!« murmelte der Leutnant.

Taylor kam nach achtern gelaufen. Er deutete aufgeregt und verwirrt zum Hafen. »Dort kommen Boote, Sir.«

Es waren beinahe ein Dutzend Kutter und Barkassen voller Seesoldaten, die reglos zwischen den Ruderern saßen. Rot wie Blut glänzten ihre Röcke.

Viele Matrosen schienen die Augen nicht von den schweren Geschützen der *Euryalus* losreißen zu können, als erwarteten sie, daß diese sofort das Feuer eröffneten. Einige starrten auch zum Achterdeck hoch, auf Bolitho; vielleicht hofften sie, ihr Schicksal von seinem Gesicht ablesen zu können.

Das vorderste Boot umrundete das Heck der Fregatte im Feuerschutz des Flaggschiffs und nahm Kurs auf die Fallreepspforte. Captain Rook saß in der Plicht, und als das Boot längsseits kam, rief er hinauf: »Sind Sie in Sicherheit, Sir?«

»Dämlicher Hund«, murmelte Allday, aber Bolitho hatte das nicht gehört. Er blickte hinunter in Rooks dunkelrotes Gesicht und antwortete: »Selbstverständlich.« Hoffentlich hatten es die Matrosen in seiner Nähe gehört. Sie würden in den nächsten Minuten ihre ganze Kraft und ihr ganzes Vertrauen brauchen.

Rook kletterte an Deck und faßte an den Hut. »Wir waren besorgt, Sir, wirklich sehr besorgt.« Dann sah er die beiden Leutnants und schrie sie an: »Übergeben Sie sofort Ihre Degen an den Leutnant der Infanterie!«

»Auf wessen Befehl?« fuhr Bolitho dazwischen.

»Entschuldigung, Sir – auf Befehl von Vizeadmiral Broughton«, antwortete Rook und wandte sich etwas verlegen ab, denn jetzt machten die anderen Boote längsseit fest, und die Laufbrücke war auf einmal voll grimmig dreinblickender Seesoldaten, die ihre Musketen mit aufgepflanzten Bajonetten auf die zusammengedrängten Matrosen richteten.

Bolitho ging zu den Leutnants hinüber. »Verlassen Sie sich darauf, ich sorge dafür, daß Sie anständig behandelt werden.« Und mit einem scharfen Blick auf Rook: »Dafür mache ich Sie persönlich haftbar!«

Bedrückt wischte sich der einarmige Offizier die Stirn. »Jawohl, Sir.«

Bolitho ging wieder zur Achterdecksreling und blickte über die Masse der stummen Matrosen. »Ich habe euch mein Wort gegeben. Haltet Frieden und tut, was euch befohlen wird. Ich gehe sofort hinüber und spreche unverzüglich mit dem Admiral.«

Er sah, daß Taylor zu ihm wollte, aber stehenblieb, als ein Seesoldat mit gefälltem Bajonett dazwischentrat. »Ich habe Euch nicht vergessen, Taylor!« rief er ihm zu.

Dann wandte er sich um und schritt zur Fallreepspforte. Ein Boot kam von der *Euryalus*, zweifellos, um ihn abzuholen. Broughton wartete auf eine Erklärung.

Er wandte sich noch einmal zu den stumm starrenden Männern um. Sie fürchteten sich vor dem Kommenden; nein, sie waren halb verrückt vor Angst, er konnte ihre Angst beinahe riechen und hätte sie gern beruhigt.

Brice, der alles das angerichtet hatte, fiel ihm plötzlich wieder ein, und der Schreiber Gates, der des Kommandanten Grausamkeit für seine eigenen Zwecke genutzt hatte. Jetzt war Gates in Freiheit, und auch Brice hatte Chancen, ohne großen Schaden aus der Sache herauszukommen. Bolitho biß die Zähne zusammen und wartete ungeduldig, bis das Boot längsseit kam. Wir werden ja sehen, dachte er kalt.

Bolitho lüftete den Hut zum Achterdeck hin und fragte gelassen: »Nun, Mr. Keverne? Ich denke, ich brauche eine Erklärung, und zwar schnell.«

Ebenso gelassen erwiderte Keverne: »Ich konnte nichts dagegen machen, Sir. Vizeadmiral Broughton kam gestern in der zweiten Hundewache* an Bord. Er reiste auf dem Landwege, über Truro.« Hilflos und sorgenvoll hob er die Schultern. »Ich konnte ihm ja Ihre versiegelte Order nicht verheimlichen, und er verlangte, daß ich sie öffne.«

Bolitho blieb an der Kampanje stehen und sah auf die Backbordbatterie hinunter, deren Zwölfpfünder immer noch ausgerannt und auf die *Auriga* gerichtet waren. Doch die meisten Geschützbedienungen blickten nach achtern auf ihn, überrascht, aber auch besorgt. Sie haben auch allen Grund dazu, dachte er bitter. Aber es war nicht Kevernes Schuld, und das war immerhin etwas. Denn eine Zeitlang hatte ihn der Gedanke beunruhigt, daß Keverne nur zu bereitwillig mit seiner Geheimorder zu Broughton gelaufen wäre, um sich bei dem neuen Admiral beliebt zu machen.

»Wie geht es Sir Charles?« fragte er.

Keverne schüttelte betrübt den Kopf. »Nicht besser, Sir.«

Der Zweite Offizier kam herzu und faßte an den Hut. »Der Vizeadmiral erwartet Sie, Sir.« Nervös fingerte er an seinem Degengriff. »Mit allem Respekt, Sir, er scheint etwas ungeduldig zu sein.«

Bolitho rang sich ein Lächeln ab. »Gewiß, Mr. Meheux, das wird offenbar ein hektischer Tag.« Aber ihm war nicht nach Lächeln zumute. Er konnte es zwar dem Admiral nicht übelnehmen, wenn er wissen wollte, wo sein Flaggkapitän steckte. Schließlich waren Admirale es nicht gewohnt, sich zu entschuldigen, wenn sie sich verspätet hatten, oder ihren Untergebenen ihre Gründe zu erläutern. Aber eine Fregatte des eigenen Geschwaders mit den Kanonen des eigenen Flaggschiffs zu bedrohen – das war denn doch unerhört.

Absichtlich ging er das letzte Stück zur Admiralskajüte langsamer, um sich für die Konfrontation zu sammeln.

Ein Korporal der Marine-Infanterie öffnete ihm unbewegten Gesichts die Tür. Selbst der kam ihm wie ein Fremder vor.

Vizeadmiral Sir Lucius Broughton stand am Heckfenster und blickte durch ein Teleskop auf die Küste. Er trug einen blauen Interimsrock mit goldenen Epauletten und schien ganz in die Betrachtung der Küste versunken. Als er sich endlich umwandte, fand Bolitho ihn weit jünger als erwartet: etwa vierzig, ebenso alt wie er selbst. Sir Lucius war nicht groß, aber schlank und hielt sich gerade, so daß er größer wirkte. Auch das war ziemlich ungewöhnlich.

* die Wachen von 16 bis 18 und von 18 bis 20 Uhr.

Admirale neigten oft zum Dickwerden, wenn sie erst einmal ihre Flagge hatten. Sie brauchten nicht mehr ständig Wache zu gehen oder zu allen Tages- und Nachtzeiten an Deck zu erscheinen; ihr Sold lag erheblich höher, und sie konnten auch noch mit anderen materiellen Vorteilen rechnen.

Brougthon sah weder zornig noch ungeduldig aus. Er wirkte im Gegenteil entspannt bis zur völligen Seelenruhe. Er hatte hellbraunes, ziemlich kurzes Haar, das überm Kragen zu einem kleinen Zopf zusammengebunden war.

»Ah, Bolitho, da sind Sie ja endlich.« Das war nicht ironisch, sondern ganz sachlich gemeint. Als ob Bolitho von irgendeiner unwesentlichen Reise zurückgekommen wäre.

Seine Sprechweise war unbeschwert und aristokratisch; jetzt trat er in das Sonnenlicht, das durch die Heckfenster einfiel, und Bolitho sah, daß seine Uniform aus feinstem Tuch und sein Degengriff beste Goldschmiedearbeit war.

»Tut mir leid«, erwiderte er, »daß ich nicht an Bord war, um Sie zu begrüßen, Sir. Wir wußten ja auch nicht genau, wann Sie kommen würden.«

»Gewiß.« Broughton setzte sich an seinen Schreibtisch und fixierte Bolitho kühl. »Ich erwarte in aller Kürze Nachricht über meine anderen Schiffe. Und dann – je eher wir in See gehen und im Verband manövrieren können, um so besser.«

Bolitho räusperte sich. »Die *Auriga*, Sir. Ich bitte, berichten zu dürfen.«

»Aber natürlich, Bolitho, obwohl ich dachte, Erklärungen seien da kaum nötig. Was Sie unternahmen, um zu verhindern, daß das Schiff in die Hand des Feindes fiel, war – gelinde gesagt – unorthodox und mit nicht geringem persönlichem Risiko verbunden. Hätte ich Sie dabei verloren, so wäre das für mich ein harter Schlag gewesen, wenn mancher auch sagen könnte, der Verlust der Fregatte wäre noch schlimmer gewesen.« Er setzte sich im Sessel zurecht, und sein Lächeln verblaßte. »Aber jetzt ist die Fregatte endlich hier in Falmouth, und von solchen Fahrzeugen haben wir zu wenig, um hinsichtlich ihrer Vergangenheit allzu penibel sein zu dürfen.«

»Ich bin der Ansicht, ihr Kommandant sollte sofort abgelöst werden, und der Erste Offizier auch.« Bolitho versuchte, etwas freier zu sprechen, aber auf einmal fühlte er sich unbehaglich; er wußte nicht recht, wie er mit dem neuen Admiral dran war. »Es muß ein schwerer Entschluß für die Mannschaft gewesen sein, so zu handeln. Wäre die Spithead-Affäre nicht gewesen und die Versprechungen, die den Leuten danach gemacht wurden, dann wäre es vielleicht auch auf der *Auriga* nicht so weit gekommen.«

Broughton sah ihn nachdenklich an. »Das glauben Sie doch selber nicht. Sie glauben, dieser Brice ist selbst schuld, und vermutlich haben Sie recht.« Er hob die Schultern. »Sir Charles hat mir gesagt, daß er großes Vertrauen in Ihre Urteilskraft setzt, und das ist natürlich auch für mich maßgebend.«

»Ich habe den Leuten mein Wort gegeben, daß ihre Beschwerden gerecht geprüft werden.«

»Ach? Nun ja, es ging natürlich nicht anders. Das kann Ihnen kein Mensch übelnehmen, jetzt, da Sie die Fregatte unbeschädigt zurückgeholt haben.« Wieder das kurze Lächeln. »Eine geschickte Lüge für eine gute Sache ist immer verzeihlich.«

»Das war keine Lüge, Sir.« Jetzt war Bolitho nicht mehr nervös, sondern einfach wütend. »Sie sind brutal behandelt worden – mehr noch, sie sind um Sinn und Verstand gebracht worden.« Er wartete auf irgendein Zeichen, aber Broughtons Miene blieb völlig ausdruckslos. Langsam fuhr er fort: »Ich bin sicher, Sir Charles würde hier human vorgehen, Sir. Besonders in Anbetracht der Umstände.«

»Sir Charles ist an Land gegangen.« Es hörte sich an, als rede Sir Lucius von einem überflüssigen Gepäckstück. »*Ich* werde entscheiden, was zu tun ist. Sobald ich alle Fakten geprüft habe.« Pause. »Fakten, Bolitho, keine Vermutungen. Dann werde ich Ihnen sagen, was ich vorhabe. Inzwischen werden Kapitän Brice und seine Offiziere an Land, in der Garnison, Unterkunft nehmen. Und Sie werden eine Wache für die *Auriga* abstellen, zusätzlich zur Marine-Infanterie.«

Er stand auf und ging um den Tisch herum, leicht, beinahe graziös. »Unnötige Härte ist mir zuwider, Bolitho.« Seine Lippen wurden schmal. »Aber von diesen entwürdigenden Verhandlungen mit Delegierten habe ich seit Spithead genug. Unter meiner Flagge kommt so etwas nicht in Frage.«

Verzweifelt blickte Bolitho ihn an. »Wenn Sie mir gestatten würden, die Sache zu regeln, Sir? Allzu strenge Strafmaßnahmen wären ein schlechter Anfang . . .«

Der Admiral seufzte. »Sie sind hartnäckig. Ich hoffe, diese Eigenschaft beschränkt sich nicht nur auf innerdienstliche Angelegenheiten. Aber wenn Sie mir einen ausführlichen Bericht vorlegen, werde ich sehen, was ich tun kann.« Er blickte Bolitho unbewegt in die Augen. »Sie werden selbst wissen, daß man sich nötigenfalls auch unbeliebt machen muß, wenn man etwas erreichen will.« Jetzt schien er ungeduldig zu werden. »Aber erst einmal genug davon. Ich gebe heute abend ein Essen in meiner Kajüte. Das halte ich für die beste Art, meine Offiziere kennenzulernen.« Nun lächelte er wieder. »Dagegen werden Sie doch hoffentlich nichts einzuwenden haben?«

Bolitho versuchte, ebenfalls zu lächeln, um seinen Zorn zu verbergen. Zorn – nicht über das geplante Dinner, sondern weil es ihm nicht gelungen war, Broughton zu überzeugen. Er war wütend auf sich selbst, weil er die Unterredung schlecht geführt hatte. Der Admiral konnte, wie er soeben erklärt hatte, nur auf Grund von Tatsachen entscheiden; aber er wußte auch nur das, was ihm berichtet wurde.

»Entschuldigung, Sir«, erwiderte er, »ich hatte nicht die Absicht . . .«

Broughton hob die Hand. »Entschuldigen Sie sich nicht. Mir ist es nur lieb, wenn ein Mann etwas Feuer im Leib hat. Wenn ich einen Flaggkapitän wollte, der immer nur ja sagt – von der Sorte hätte ich hundert haben können.« Er nickte. »Und Sie sind die ganze Nacht auf gewesen, daran liegt es vielleicht auch. Jetzt seien Sie so gut und schicken Sie mir den Zahlmeister. Ich will ihm sagen, was ich aus der Stadt brauche. Ich habe sie mir gerade angesehen. Klein, aber nicht allzu ländlich, wie ich hoffe.«

Erst jetzt lächelte Bolitho ebenso unbeschwert. »Ich bin hier geboren, Sir.«

Kühl sah ihm der Admiral in die Augen. »Nun, das ist wenigstens ein Zugeständnis.«

Bolitho schickte sich zum Gehen an, blieb aber stehen und fragte: »Kann ich Befehl geben, daß die Geschütze eingefahren werden, Sir?«

»Sie sind der Kommandant dieses Schiffes, Bolitho.« Er zog eine Braue hoch. »Hatten Sie etwas gegen meine Maßnahme?«

»Nicht eben das.« Es ging wieder los, aber er konnte sich nicht zurückhalten. »Ich bin jetzt achtzehn Monate an Bord der *Euryalus*. Die Affäre mit der Fregatte ist schon schlimm genug, ohne daß meine Männer obendrein auf ihresgleichen schießen müssen.«

»Na schön«, gähnte Broughton. »Ihnen liegt viel daran, wie?«

»Am Vertrauen meiner Leute? Aye, sehr viel.« Er nickte bedeutsam.

»Ich muß Sie wirklich mal mit nach London nehmen, Bolitho.« Broughton schritt wieder zum Fenster, sein Gesicht lag im Schatten. »Sie wären tatsächlich etwas ganz Neues dort. Ein Unikum, sozusagen.«

Als Bolitho wieder auf dem sonnigen Achterdeck stand, wußte er nicht, wie er dorthin gekommen war.

Keverne faßte an den Hut und fragte nervös: »Haben Sie Befehle, Sir?«

»Ja, Mr. Keverne. Sagen Sie dem Zahlmeister, er soll zum Admiral kommen. Anschließend lassen Sie die Geschütze einfahren. Und dann ...« Er stockte und dachte an die *Auriga* und Broughtons stille Amüsiertheit.

»Und dann, Sir?«

»Dann gehen Sie mir aus dem Wege, bis auf Widerruf, Mr. Keverne!«

Er trat zur Reling und begann, dort auf- und abzugehen, in tiefster Konzentration und mit grimmig zusammengezogenen Brauen. Der Master sah hinter ihm her und sagte leise zu dem erschütterten Keverne: »Da hat's Stunk gegeben. Und nicht wenig, wie mir scheint.«

Keverne blitzte ihn an. »Wenn ich Ihre Meinung brauche, Mr. Partridge, dann werde ich Sie, verdammt noch mal, danach fragen!« Damit enteilte er zur Achterdecksleiter.

Partridge warf einen Blick auf die neue Flagge am Fockmast. So ein junger Hund, dachte er mitleidslos. Es ist doch immer dasselbe in der Flotte: ein Anschiß wird nach unten weitergegeben. Er wandte sich um – da hatte der Kommandant seinen Spaziergang unterbrochen und starrte ihn nachdenklich an.

»Sir?«

»Ich denke gerade, Mr. Partridge, wie schön es sein muß, wenn man auf der ganzen weiten Welt nichts anderes zu tun hat als in der Sonne zu stehen und zu grinsen wie ein Dorftrottel.«

Der Master schluckte mühsam. »Entschuldigung, Sir.«

Überraschenderweise lächelte Bolitho. »Aber wenn Sie wollen, bleiben Sie ruhig so stehen. Ich habe das Gefühl, daß dieser Frieden recht kurz sein wird.« Er drehte sich um und schritt rasch unter die Kampanje, seiner Kajüte zu.

Seufzend fuhr sich Partridge mit einem roten Tuch über sein

Doppelkinn. Als Steuermann auf einem Flaggschiff hatte man manchmal ein hartes Leben. Dann sah er zu der vor Anker liegenden Fregatte hinüber und schüttelte melancholisch den Kopf. Anderen geht es noch viel schlechter, dachte er. Ganz erheblich schlechter.

IV Als Warnung für alle

Die elegante, kastanienbraun lackierte Berline* ratterte geschäftig über die gewölbte Brücke und bog dann links in die Landstraße nach Falmouth ein.

Richard Bolitho fing mit einer Hand das Schaukeln ab, mit dem die Räder in die tiefen Wagenspuren tauchten, und blickte in den Staub, den die Pferdehufe und die Räder aufwühlten. Nur mit halbem Auge sah er die Landschaft vorbeiziehen, das viele Grün, hier und da ein paar Schafe in den Wiesen zu seiten der schmalen, gewundenen Straße. In seinem besten Galarock fühlte er sich heiß und unbehaglich, und in der heftig schaukelnden Kutsche war es schlimmer als in einem kleinen Boot im kabbligen Hafenwasser; doch all das kam ihm kaum zum Bewußtsein.

Tags zuvor war Konteradmiral Thelwall in Bolithos Haus im Schlaf gestorben und hatte nun, zum erstenmal seit Monaten, Frieden. Als Captain Rook die Nachricht zu der vor Anker liegenden *Euryalus* brachte, hatte Vizeadmiral Broughton gesagt: »Soviel ich weiß, wollte er in Norfolk beerdigt werden. Erledigen Sie das, Bolitho.« Und dabei hatte er wieder so leicht gelächelt. »Ich denke mir, Sir Charles hätte es sich gewünscht, daß Sie ihn auf seiner letzten Reise ein Stück begleiten.«

Mit unpassender Eile war die kleine Wagenprozession nach Truro aufgebrochen, wo die sterbliche Hülle des Admirals auf Fahrgelegenheit für die weite Reise nach Norfolk warten würde.

Es ließ sich nur schwer sagen, ob Broughtons Bedauern aufrichtig war. Gewiß hatte er mit seinem neuen Kommando viel zu tun, und doch gewann Bolitho den deutlichen Eindruck, daß Broughton ein Mann war, der wenig Zeit an Dinge wandte, die sich nicht hundertprozentig lohnten. Oder an Menschen, denen man nicht mehr helfen konnte, oder die ihm nichts mehr nützten.

* leichte Reisekutsche; ein ursprünglich in Berlin entwickelter Wagentyp.

Die Berline bog ab, und Bolitho hörte den Kutscher lauthals einen kleinen Leiterwagen beschimpfen, den ein schläfriges Pony zog. Der Wagen war mit Hühnern und allerlei Farmprodukten beladen, und der rotgesichtige Kutscher schimpfte ebenso ordinär zurück.

Bolitho lächelte. Das war vermutlich ein Tagelöhner seines Schwagers; und plötzlich fiel ihm ein, daß er in den vier Tagen, seit er die *Auriga* nach Falmouth gebracht hatte, weder ihn noch sonst jemanden von der Familie gesehen hatte.

Jetzt erreichte die Kutsche das bessere Stück Landstraße, die letzten drei Meilen bis zur Küste; und er dachte an die hektischen und anstrengenden Tage seit seiner und des neuen Admirals Ankunft.

Einen Menschen wie Broughton hatte er noch nie erlebt. Gewöhnlich wirkte er ganz ungezwungen; aber seine Stimmungen wechselten schnell, und er wurde anscheinend nie müde.

Bolitho erinnerte sich an das Dinner in der großen Kajüte; wie er da das Gespräch der versammelten Offiziere in Gang gehalten hatte, ohne es jemals an sich zu reißen, und doch wußte jeder einzelne, daß er ständig kontrolliert wurde.

Bolitho war keineswegs sicher, daß er genau ergründet hatte, was für ein Mann hinter dieser Maske aus Charme und Eleganz steckte. Wenn Bolitho Sir Lucius manchmal kalt und unnahbar fand, so war das, wie er genau wußte, nur ein anderes Wort für sein Unbehagen und Mißtrauen gegenüber vielem, was der Admiral verkörperte: die Privilegien, die unbestrittene Macht, diese ganz andere Welt, an der Bolitho keinen Anteil hatte und auch keinen Anteil wollte.

Wenn Broughton von seinem Haus in London sprach, von den Leuten mit großen Namen und großem Einfluß, die dort ständig ein und aus gingen, dann war das keineswegs leere Prahlerei. Es war seine natürliche Art zu leben, etwas, das ihm einfach zustand.

Wenn man ihn in der leicht schwankenden Kajüte des großen Dreideckers und beim gemütlich kreisenden Wein so reden hörte, konnte man sich des Gedankens nicht erwehren, daß alle wichtigen Entscheidungen in diesem Kriege gegen Frankreich und seine immer zahlreicheren Alliierten nicht in der Admiralität getroffen wurden, sondern bei Gesellschaften an Londoner Kaffeetafeln und in Häusern wie dem Broughtons.

Trotzdem zweifelte Bolitho nicht, daß Sir Lucius eine ganze Menge von Strategie und internationaler Flottenpolitik verstand. Vor drei Monaten hatte Broughton in der Seeschlacht von St. Vincent* mitgekämpft; und sein taktischer Verstand, seine Fähigkeit, ein anschauliches Bild vom Verlauf des Kampfes zu geben, hatten Bolitho sehr beeindruckt.

Bolitho konnte sich noch daran erinnern, mit wieviel Neid und Bitterkeit er die Nachricht von Jervis' großem Sieg aufgenommen hatte, während er selbst diese elende Routineblockade vor Südirland fuhr. Hätte der Feind wirklich eine Invasion von Irland versucht und dabei die *Euryalus* mitsamt ihrem kleinen Geschwader in ein Gefecht verwickelt, so wäre ihm anders zumute gewesen. Beim eifrigen Studium der Berichte über Jervis' Sieg war ihm wieder einmal klargeworden, wieviel Glück dazu gehörte.

Der alte Admiral Jervis war daraufhin zum Earl St. Vincent ernannt worden; und ein anderer Name, Kommodore** Nelson, ließ Hoffnung für die Zukunft anklingen. Bolitho erinnerte sich daran, den jungen Nelson anläßlich der unglückseligen Aktion von Toulon*** kurz gesehen zu haben. Nelson war zwei Jahre jünger als er und doch schon Kommodore; wenn er am Leben blieb, würde er bald noch höher auf der Rangliste steigen.

Einem so begabten Seeoffizier neidete Bolitho seine verdienten Erfolge nicht. Doch dabei war er sich bewußt, daß er selbst ins Hintertreffen geraten war – oder so kam es ihm jedenfalls vor.

Drei weitere Linienschiffe, lauter Vierundsiebziger, waren zur *Euryalus* gestoßen, sowie noch eine Fregatte außer der *Auriga*, und eine kleine Korvette. Prächtig in der Bucht von Falmouth nebeneinander aufgereiht, boten sie einen eindrucksvollen Anblick; aber er wußte aus bitterer Erfahrung, daß sie, einmal auf hoher See und in der wogenden Leere verstreut, nicht mehr so machtvoll und unbesiegbar aussehen würden. Unwahrscheinlich, daß Broughtons kleines Geschwader anders als am Rande größerer Unternehmungen eingesetzt werden würde.

Der einzige Lichtblick in diesen ersten hektischen Tagen von Broughtons Kommando war, daß er Bolithos Vorschläge und Bitten für die *Auriga*-Besatzung doch noch akzeptiert hatte. Bootsmannsmaat Taylor saß in Arrest und würde zweifellos degradiert werden. Kapitän Brice und sein Erster Offizier waren noch an Land

* Sieg der Engländer unter Admiral Jervis am 14. 2. 1797 über die Spanier bei Kap St. Vincent, Spanien

** Kommandant eines kleinen Geschwaders, nicht im Admiralsrang.

*** siehe ›Nahkampf der Giganten‹, Ullstein Buch 3558

in der Garnison, und der Dienstbetrieb an Bord der *Auriga* lief erstaunlich glatt. Außer ihren eigenen neu eingetroffenen Marine-Infanteristen war keine besondere Wache an Bord, und Bolitho hatte Leutnant Keverne als vorläufigen Kommandanten hinübergeschickt, bis ein neuer ernannt wurde. Die Tatsache, daß Keverne offiziell und mit Zustimmung Broughtons ausgewählt worden war, ließ durchaus vermuten, daß er bald befördert und in seinem Kommando bestätigt werden sollte. Bolitho verlor ihn nur ungern, freute sich aber auch, daß er eine so unerwartet Chance bekam.

Die Pferde gingen langsamer und erreichten die höchste Stelle der Straße, so daß Bolitho Meer und Hafen wie eine bunte Landkarte vor sich ausgebreitet sah. Das vor Anker liegende Geschwader, das geschäftige Kommen und Gehen von Captain Rooks Patrouillebooten vermittelten den Eindruck bester Planung und Bereitschaft. Auf hoher See würde es also nicht allzu lange dauern, bis sich die Kommandanten so aufeinander eingestellt hatten, daß die Schiffe im Verband zusammenwirken und gemeinsam nach den Befehlen ihres Admirals manövrieren konnten.

Aber wann sie endlich segeln und welchen endgültigen Auftrag sie bekommen würden, das blieb immer noch Geheimnis. Broughton wußte bestimmt eine ganze Menge mehr, als er verlauten ließ, und hatte wiederholt gesagt: »Machen Sie nur meine Schiffe segelfertig, Bolitho. Das andere erledige ich dann schon, sobald ich von London Bescheid habe.«

Broughton war anscheinend davon überzeugt, daß sich alles zu seiner Befriedigung entwickeln würde. An den Schiffen wurde von Sonnenaufgang bis -untergang gearbeitet: Übernahme von Verpflegung und Trinkwasser, von Ersatzteilen, Gerät, und auch ihrem Anteil an menschlicher Ware, die Rooks Preßkommandos brachten. Der Admiral war meist in seiner Kajüte oder an Land, wo er mit irgendwelchen städtischen Beamten speiste, die ihm bei der Ausrüstung von Nutzen sein konnten.

Die düstere Spannung, welche die Ankunft der *Auriga* verursacht hatte, war größtenteils geschwunden, und Bolitho registrierte dankbar, daß Broughton die Affäre so human und nachsichtig behandelte. Was in Spithead passiert war, durfte nie wieder passieren, und er würde nicht nur die *Auriga*, sondern jedes Schiff des Geschwaders genau im Auge behalten müssen, um dessen völlig sicher zu sein.

Bolitho nahm seinen Degen vom Nebensitz auf. Die Berline

rollte über das abgefahrene Kopfsteinpflaster und hielt quietschend vor dem Gasthof am Kai. Die nassen Pferde wandten die Köpfe, warteten ungeduldig auf Futter und Ruhe.

Ein paar Stadtbewohner spazierten auf dem Markt herum, doch Bolitho fielen sofort die rotröckigen Soldaten auf und eine Atmosphäre allgemeiner Spannung, die noch nicht geherrscht hatte, als er mit Thelwalls Leichnam nach Truro aufgebrochen war. Jetzt kam ihm Rook entgegen, offenbar erleichtert, aber auch besorgt.

»Was ist los?« Bolitho nahm ihn beim Arm und zog ihn in den Schatten des Gasthofes.

Rook blickte sich vorsichtig um. »Die Meuterei in der Nore-Flotte hat sich ausgebreitet: die ganze Flotte ist in der Hand der Meuterer und unter Waffen!« Er senkte die Stimme. »Eine Brigg aus Plymouth hat die Nachricht gebracht. Ihr Admiral ist mächtig wütend.«

Bolitho schritt mit ihm zusammen weiter, äußerlich ruhig, doch seine Gedanken rasten angesichts dieser neuen Entwicklung.

»Wie kommt es, daß wir das erst jetzt erfahren?«

Rook zerrte an seiner Halsbinde, als ersticke sie ihn. »Eine Patrouille fand den Kurier aus London tot in einer Hecke, mit durchschnittener Kehle und leerer Depeschentasche. Jemand hat gewußt, daß er hierher ritt, und dafür gesorgt, daß Admiral Broughton so lange wie möglich nichts erfuhr!« Rook winkte einem Matrosen am Kai: »Rufen Sie ein Boot her, Mann!«

Bolitho trat an die Kante der sonnenwarmen Steinmauer und sah zu den Schiffen hinüber. Das Bild der *Euryalus* flirrte in der heißen Luft, und sowohl in den Masten als auch an Deck schien lebhafter Betrieb zu herrschen.

War es möglich, daß sich die Lage so schnell änderte? Eben noch schien alles einigermaßen in Ordnung, und auf einmal war eine ganze Flotte in hellem Aufruhr?

Zögernd fuhr Rook fort: »Ich weiß nicht, ob ich mir erlauben darf, es zu sagen; aber ich glaube, Sir Lucius Broughton war schwer erschüttert von dem, was er in Spithead erlebt hat. Wer in Zukunft versucht, sich ihm zu widersetzen, dem geht es ziemlich dreckig.«

Das Boot schrammte am Kai, und Bolitho stieg mit Rook hinein. Rook blieb stehen, bis Bolitho sich im Heck gesetzt hatte, und gab dann dem Bootsführer ein Zeichen, Kurs auf das Flaggschiff zu nehmen.

»Hoffentlich können wir ohne weitere Verzögerung in See gehen«, sagte Bolitho ernst. »Wenn wir erst klar von Land sind, haben wir Zeit zum Nachdenken.« Rook sagte nichts dazu – Bolitho hatte auch nur laut gedacht.

Es schien endlos zu dauern, bis sie bei dem Dreidecker längsseit waren; er sah schon aus einiger Entfernung, daß die Enternetze aufgeriggt waren, daß Marine-Infanteristen auf den Decksgängen patrouillierten und Posten an Kampanje und Vorschiff aufgezogen waren.

Rasch kletterte er an Bord und lüftete seinen Hut zum Trillern der Pfeifen und dem Stampfen der präsentierten Musketen.

Weigall, der Dritte Offizier, meldete nervös: »Der Admiral erwartet Sie, Sir. Tut mir leid, daß Ihre Gig nicht am Kai war, aber alle Bootsfahrten sind gesperrt.«

»Danke«, nickte Bolitho. Ohne sich seine Spannung merken zu lassen, schritt er nach achtern in den Schatten der Kampanje. Er mußte ruhig und normal erscheinen, obwohl ihm ganz anders zumute war.

Am Kajütschott standen statt des normalen Einzelpostens drei Seesoldaten mit Musketen und aufgepflanzten Bajonetten.

Er biß die Zähne zusammen und öffnete die Tür. Hinter sich hörte er Rooks schweren Atem und spürte eine heftige Trockenheit in der Kehle beim Anblick der bereits versammelten Offiziere. In der Kajüte war ein Tisch quergestellt, Stühle standen dahinter, so daß Bolitho unwillkürlich an einen Gerichtssaal erinnert wurde. Stumm blickten ihm die herumstehenden Offiziere entgegen, alles Kommandanten der anderen Schiffe; sogar der junge Kommandant der Korvette *Restless* war dabei.

Ein Leutnant, den Bolitho überhaupt nicht kannte, kam eilig auf ihn zu; sein etwas angestrengtes Lächeln konnte Begrüßung bedeuten oder auch nur Erleichterung, daß er endlich da war.

»Willkommen an Bord, Sir.« Er deutete zu der geschlossenen Tür von Sir Lucius' kleinem Kartenraum. »Sir Lucius erwartet Sie, Sir.«

Und als er merkte, daß Bolitho immer noch unbeweglich stand, fügte er beflissen hinzu: »Mein Name ist Calvert, Sir. Der neue Flaggleutnant* des Admirals.«

Er hatte die gleiche gedehnte Sprechweise wie Broughton, aber sonst war er ihm ganz und gar nicht ähnlich. Calvert machte eher

* Adjutant.

einen verwirrten, gequälten Eindruck; und Bolithos Unbehagen verstärkte sich plötzlich, als warne ihn etwas. In der kurzen Zeit, während er nach Truro gefahren war, allen möglichen maßgebenden Leuten die Hände geschüttelt und sich ihre wohltönenden Kondolenzreden angehört hatte, war das alles passiert!

»Dann gehen Sie voraus, Mr. Calvert«, sagte er. »Wir werden uns zweifellos zu gegebener Zeit besser kennenlernen.«

In dem kleinen Kartenraum schien es ihm sehr heiß. Das Oberlichtfenster war geschlossen, und man konnte kaum atmen. Broughton stand mit verschränkten Armen neben dem Tisch und starrte auf die Tür, als ob er in dieser Haltung schon seit Stunden eingefroren wäre. Sein Uniformrock lag auf einem Stuhl, und in dem einfallenden Sonnenlicht sah man auf seinem blendendweißen Hemd dunkle Schweißflecken.

Er war ruhig, das Gesicht völlig ausdruckslos, als er Bolitho zunickte und den Leutnant anfuhr: »Warten Sie draußen, Calvert!«

Der Leutnant fingerte an seinen Rockknöpfen und murmelte: »Ich dachte . . . Die Briefe, Sir . . .«

»Mein Gott, Mann, sind Sie außer dämlich auch noch taub?« Broughton beugte sich über den Tisch und brüllte wie ein Stier: »Raus, habe ich gesagt!«

Als die Tür hinter dem armen Calvert ins Schloß fiel, wartete Bolitho darauf, daß Broughton jetzt seine Wut an ihm auslassen würde. Es sah aus, als hätte er sie gerade noch bis zu diesem Moment zurückhalten können, um sie dann mit ganzer Schärfe auf Bolitho abzuschießen. Überraschenderweise sprach der Admiral jedoch mit fast normaler Stimme. »Bei Gott, Bolitho, ich bin froh, daß Sie so pünktlich zurück sind«, sagte er und deutete auf ein offenes Kuvert auf dem Tisch. »Endlich die Segelorder. Dieser Esel von Calvert hat sie aus London mitgebracht.«

Bolitho wartete einen Moment, damit Broughton sich weiter beruhigen konnte. Dann sagte er: »Ich hätte Ihnen einen Flaggleutnant vom Geschwader abstellen können, wenn Sie einen brauchen, Sir . . .«

Broughton warf ihm einen kalten Blick zu. »Ach, hol ihn der Teufel! Sein Vater hat mir vor ein paar Jahren mal einen Gefallen getan, und ich habe ihm versprochen, ihm seinen Narren von Sohn abzunehmen, damit er von London wegkommt.« Er brach ab und spähte mit schiefem Kopf zum Oberlicht empor, als horche er auf etwas.

Dann fuhr er fort: »Sie haben zweifellos das Neueste gehört.« Tief und zornig atmete er ein. »Dieses elende, verräterische Gesindel hatte die Frechheit zu meutern, wie? Die ganze Nore-Flotte brennt vor . . .« Er suchte vergeblich nach dem passenden Wort und schloß: »Da haben Sie Ihre Humanität. Einbildung nenne ich das, wenn Sie auch nur eine Minute glauben, daß dieses Pack Verständnis für Nachsicht hat!«

»Mit allem Respekt, Sir«, warf Bolitho ein, »zwischen der *Auriga* und den Unruhen in der Nore besteht kein Zusammenhang.«

»So, meinen Sie?« Broughtons Stimme war jetzt wieder ganz ruhig. Zu ruhig. »Ich kann Ihnen versichern, Captain Bolitho, daß ich bereits in Spithead genügend Verräterei erlebt habe, wo ein Haufen kriechender, schleimiger, lügender Bastarde mein eigenes Flaggschiff in seine Gewalt brachte. Diese Demütigung, diese Schande hängt mir jetzt noch an wie Latrinengestank.«

Ein diskretes Klopfen an der Tür, Hauptmann Giffard von der Marine-Infanterie steckte den Kopf herein und meldete: »Alles bereit, Sir.« Unter Broughtons wütendem Blick verschwand er eiligst.

»Darf ich fragen, was hier vorgeht, Sir?« fragte Bolitho.

»Sie dürfen.« Broughton nahm seinen Rock vom Stuhl auf. Sein Gesicht war schweißnaß. »Ihretwegen habe ich gegen meine Überzeugung gehandelt. Ihretwegen habe ich die Meuterer der *Auriga* frei und ohne Gerichtsverfahren ausgehen lassen.« Mit wutblitzenden Augen fuhr er herum. »Wegen Ihnen und Ihren verdammten Versprechungen, zu denen Sie weder die Autorität noch das Recht hatten – muß ich diese Kerls ungeschoren lassen, nur um Ihr Ansehen als Flaggkapitän nicht in Frage zu stellen!« Er war ins Schreien geraten, und Bolitho konnte sich vorstellen, wie die anderen Kommandanten jenseits der Tür ihn entweder bemitleideten oder sich freuten, daß ein Vorgesetzter auch nicht besser behandelt wurde als sie selbst. Bolitho kannte sie noch nicht genug, um das entscheiden zu können. Er wußte nur, daß ihn diese plötzliche Attacke des Admirals erzürnte und verbitterte.

Fest und bestimmt erwiderte er: »Es war *meine* Aufgabe, Sir. Kein anderer war zu der Zeit verfügbar, und so . . .«

»Unterbrechen Sie mich nicht, Bolitho!« brüllte der Admiral. »Bei Gott, es wäre besser gewesen, wenn Sie die *Auriga* angegriffen und in Stücke geschossen hätten. Wenn in der Nore solche Offiziere wie Sie dienen, dann mag der Himmel England helfen!« Er griff nach seinem Degen und hängte ihn ein. »Na, wir werden ja sehen, wie es in *diesem* Geschwader mit Meuterei geht!«

Nur mit Mühe konnte Bolitho sich beherrschen. »Tut mir leid, Sir, daß Sie meine Entscheidung nicht akzeptieren wollen.«

»Entscheidung?« Broughton starrte ihn wütend an. »Kapitulation nenne ich das!« Mit verächtlichem Achselzucken griff er nach seinem Hut. »Ich kann ein Unrecht nicht wieder zu Recht machen, aber, beim Himmel, ich werde denen zeigen, daß es auf meinen Schiffen keine Insubordination gibt!«

Er riß die Tür auf und stampfte in die große Kajüte. »Nehmen Sie Platz, Gentlemen.« Er setzte sich in den Mittelstuhl und bedeutete Bolitho, sich neben ihn zu setzen. »Nun, Gentlemen, ich habe dieses Standgericht einberufen auf Grund des mir übertragenen Oberbefehls, der mir Sondervollmachten bis zur Beendigung des gegenwärtigen Notstandes einräumt.«

Bolitho warf einen raschen Blick auf die anderen. Ihre Gesichter waren wie Masken. Überrascht und verwirrt durch die Ereignisse, mochten sie sich fragen, was dabei für sie persönlich herauskommen würde.

Es war, als spräche Broughton zu der gegenüberliegenden Schottwand, aber er hatte seine Stimme wieder in der Gewalt. »Der Rädelsführer bei der Insurrektion der *Auriga* war ein gewisser Thomas Gates, Kapitänsschreiber. Man hat ihn, äh, entwischen lassen. Zweifellos ist er zusammen mit anderen verantwortlich für den Tod des Kuriers und den Verlust der versiegelten Depeschen.«

Die Luft in der Kajüte zitterte vor Spannung, so daß die altgewohnten Bordgeräusche auf einmal überlaut und unwirklich klagen. »Der Steuermannsmaat –«, er blickte auf ein vor ihm liegendes Papier –, »John Taylor, derzeit in Arrest wegen Konspiration, ist demzufolge der einzige Haupttäter, an den sich dieses Gericht halten kann.«

»Darf ich etwas sagen, Sir?« Alle Köpfe wandten sich Bolitho zu. In diesen wenigen Sekunden sah er die anderen als Individuen, deren unterschiedliche Empfindungen sich in ihren Augen spiegelten. Sympathie, Verständnis – einer schien sich sogar zu amüsieren. Doch als Bolitho weitersprach, dachte er nicht mehr an sie. »Taylor war nur einer von vielen, Sir«, sagte er ruhig. »Er kam zu mir, weil er Vertrauen zu mir hatte.«

Auch Broughton hatte den Kopf gewandt und sah ihn an – kalt und nachdenklich. »Zwei seiner Genossen haben bereits gegen ihn ausgesagt, er sei nach Gates der Rädelsführer gewesen.« Eine Sekunde lang schimmerte etwas wie Mitleid in seinen Augen auf. »Kann sein, sie wollten sich an ihm rächen, weil er gegen Gates war. Sie können aber auch genausogut ordentliche und loyale Matrosen sein.« Er bekam ganz schmale Lippen. »Das ist nicht mehr meine Sache. Meine Sache ist das Geschwader, und ich werde dafür sorgen, daß es jede ihm gestellte Aufgabe erfüllt, und zwar ohne Einmischung.« Sein Blick lag wie festgeschmiedet auf Bolitho. »Von keiner Seite.«

Dann klopfte er mit den Knöcheln auf den Tisch. »Führt den Gefangenen herein!«

Bolitho saß reglos im Stuhl, als Taylor zwischen zwei Marine-Infanteristen eintrat. Steif marschierte Hauptmann Giffard hinter ihnen her. Taylor sah bleich, aber gefaßt aus, und als er Bolitho erblickte, flog ein Schimmer des Erkennens über sein Gesicht.

Broughton musterte ihn kalt. »John Taylor, Ihr seid der konspirativen Meuterei und der Insurrektion auf Seiner Britannischen Majestät Schiff *Auriga* angeklagt, und zwar in Gemeinschaft mit einem anderen, der noch in Freiheit ist. Ihr seid vorgeladen, um Euer Urteil zu hören.« Er tippte die Fingerspitzen aneinander und fuhr fort: »Mit Eurer Verräterei zu einer Zeit, da England um sein Leben kämpft, habt Ihr Euch als ein Mann ohne Stolz und Gewissen gezeigt und Euch außerhalb der Gemeinschaft gestellt. Ihr als ausgebildeter Bootsmannsmaat, dem Eure Vorgesetzten vertrauten, habt die Flotte betrogen, die Euch Euren Lebensunterhalt gewährt.«

Taylor war wie betäubt. »Das stimmt nicht«, erwiderte er ganz leise. »Das ist nicht wahr.«

»Wie dem auch sei«, sprach Broughton weiter, lehnte sich in seinen Sessel zurück und blickte zu den Decksbalken auf, »in Anbetracht Eurer bisherigen Verdienste und all dessen, was mein Flaggkapitän zu Euren Gunsten gesagt und getan hat . . .« Er brach ab, denn Taylor war mit einem plötzlichen Hoffnungsschimmer in den Augen einen halben Schritt vorgetreten. Ein Seesoldat zog ihn zurück, und Broughton fuhr fort: ». . . habe ich mich entschlossen, nicht die Höchststrafe zu verhängen, die in Eurem Falle meiner persönlichen Ansicht nach gerechtfertigt wäre.«

Verwirrt wandte Taylor den Kopf und blickte Bolitho an. »Danke, Sir! Gott segne Sie«, flüsterte er kaum hörbar.

Das schien Broughton nur zu irritieren. »Statt dessen werdet Ihr zu zwei Dutzend Peitschenhieben und Degradierung verurteilt.«

Mit Tränen der Bewegung in den Augen nickte Taylor. »Danke, Sir.«

Broughtons Stimme war messerscharf. »Zwei Dutzend Hiebe *von jedem Schiff*, das hier in Falmouth liegt.« Er nickte der Wache zu. »Führt den Gefangenen ab.«

Taylor sagte kein Wort, als die Seesoldaten ihn umdrehten und hinausführten.

Bolitho starrte auf die geschlossene Tür, auf die Stelle, wo Taylor gestanden hatte. Ihm war, als sei die Kajüte plötzlich ganz eng. Als sei er selbst und nicht Taylor verurteilt worden.

Broughton erhob sich und sagte kurz: »Begeben Sie sich wieder auf Ihre Schiffe, meine Herren, und lesen Sie die neuen allgemeinen Dienstbefehle, die Mr. Calvert Ihnen aushändigen wird. Der Strafvollzug findet morgen früh um acht Glasen statt. Normale Prozedur.«

Als sie einzeln hinter Calvert hinausgegangen waren, fragte Bolitho leise: »Warum, Sir? Im Namen des Allmächtigen, warum?«

Mit ausdruckslosen Augen sah Broughton an ihm vorbei. »Weil ich es befehle.«

Ganz betäubt von Broughtons so unerwartet brutalem Urteil nahm Bolitho seinen Hut.

»Noch weitere Befehle, Sir?« Er wußte selbst nicht, wie er es schaffte, so dienstlich unbewegt zu sprechen.

»Ja. Übermitteln Sie Captain Brice meine Order, das Kommando über die *Auriga* wieder zu übernehmen.« Sekundenlang sah er Bolitho ins Gesicht. »Ich habe die Verantwortung. Und die Verfügungsgewalt.«

Bolitho hielt seinem Blick stand und erwiderte: »Wenn Taylor eine regelrechte Kriegsgerichtsverhandlung bekommen hätte, Sir . . .« Er hielt inne, denn er merkte, daß er in die Falle gegangen war.

Broughton lächelte freundlich. »Ein reguläres Kriegsgericht hätte ihn gehängt, das wissen Sie genau. Aber es hätte so lange gedauert, daß es kein abschreckendes Beispiel mehr gewesen wäre, und Milde wäre sinnlos. Wie die Dinge jetzt liegen, wird Taylors Bestrafung diesem Geschwader eine Warnung und ein abschreckendes Beispiel sein, und das haben wir verdammt nötig. Vielleicht überlebt er es ja auch, und dann hat er von der Tatsache profitiert, daß seine persönliche Rädelsführerschaft nur kurze Zeit gedauert hat; dann kann er sich bei Ihnen dafür bedanken.«

Als Bolitho sich zum Gehen wandte, sagte er noch: »Dienstbesprechung hier an Bord gleich nach Ende des Strafvollzugs. Geben Sie Signal an alle Kommandanten: ›Melden an Bord des Flaggschiffes um . . .‹« Er zog seine Uhr. ». . . aber das kann ich wohl Ihnen überlassen. Ich bin bei einem der hiesigen Ratsherren zum Dinner eingeladen. Ein Mann namens Roxby. Kennen Sie ihn?«

»Mein Schwager, Sir.« Bolithos Gesicht war steinern.

»Tatsächlich?« Broughton ging zu seiner Schlafkajüte. »Ihre Familie sitzt anscheinend überall.« Damit warf er die Tür ins Schloß.

Wie ein Blinder ging Bolitho zum Achterdeck. Schon fielen die Schatten schräger, denn die sinkende Sonne berührte bereits den Arm der Bucht. Ein paar Matrosen lungerten auf den Decksgängen herum, und vom Vorschiff klangen die kläglichen Töne einer Fiedel. Der Wachoffizier ging auf die andere Seite hinüber, damit Bolitho seine gewohnte Ruhe hatte, und von den Bootsblöcken ertönte das schrille Lachen zweier Midshipmen, die einander um die Wanten des Großmastes jagten.

Bolitho stützte die Hände auf das Schanzkleid und starrte ohne zu blinzeln in die feurige Sonne. Nach Auf- und Abgehen war ihm jetzt nicht zumute, und wohin er auch sah, sah er immer Taylors Gesicht, seine rührende Dankbarkeit für die zwei Dutzend Hiebe, die sich in furchtbaren Schrecken verwandelte, als er das ganze Urteil hörte. Jetzt war er unter Deck, hörte das Lachen der Midshipmen und das klagende Lied des Fiedlers. Vielleicht spielte er seinetwegen etwas so Melancholisches. In diesem Fall war Broughtons grausame Abschreckung bereits umsonst, dachte er bitter.

Sein Blick glitt zur *Auriga* hinüber, die sanft an ihrem Kabel schwojte. Manche mochten sagen, mit Taylor werde ein Mann für viele geopfert. Hätte Bolitho nicht eingegriffen, so wäre jeder einzelne Meuterer gepeitscht oder noch schlimmer bestraft worden, oder aber das Schiff wäre tatsächlich in Feindeshand gefallen.

Aber andere mochten dagegen einwenden: wie es auch ausgegangen wäre, Gerechtigkeit in der Flotte sei nicht durch das Auspeitschen einzelner Sündenböcke zu erreichen. So ein Sündenbock war Taylor – Bolitho wußte es und schämte sich deswegen.

Mit leeren Augen starrte Bolitho durch das große Heckfenster seiner Kajüte, als Allday eintrat und meldete: »Alles klar, Captain.«

Ohne eine Antwort abzuwarten, nahm er den alten Degen vom Halter an der Schottwand, drehte ihn in den Händen und rieb den altersgeschwärzten Griff an seinem Jackenärmel. Dann sagte er gelassen: »Sie haben Ihr Bestes getan, Captain. Es hat keinen Zweck, sich Vorwürfe zu machen.«

Bolitho hob die Arme, damit sein Bootsführer ihm den Degen umschnallen konnte, und ließ sie dann fallen. Durch die dicken Glasfenster sah er die ferne Stadt leise schwanken, denn die *Euryalus* dümpelte gemächlich in Wind und Tidenstrom. Wieder wurde er sich der Totenstille bewußt, die sich über das Schiff gesenkt hatte, seit Keverne heruntergekommen war und ihm gemeldet hatte, daß das Deck klar und es kurz vor acht Glasen sei.

Er nahm seinen Hut und blickte sich kurz in der Kajüte um. Ein guter Tag zum Auslaufen. Eine frische südwestliche Brise war aufgekommen, die Luft war frisch und sauber. Mit einem Seufzer ging er am Tisch und dem unberührten Frühstück vorbei durch die Tür mit dem strammstehenden Posten davor und trat hinaus auf das sonnenhelle Achterdeck.

Keverne wartete schon. Sein brünettes Gesicht war undurchdringlich, als er an den Hut faßte und dienstlich meldete: »Zwei Minuten, Sir.«

Bolitho musterte den Leutnant nachdenklich. Wenn Keverne über den plötzlichen Verlust seiner Aussicht auf ein selbständiges Kommando enttäuscht war, so zeigte er es jedenfalls nicht. Und wenn er sich über die Gefühle seines Kommandanten Gedanken machte, so verbarg er das ebenfalls.

Bolitho nickte und schritt langsam zur Luvseite des Decks, wo die Leutnants des Schiffes bereits Aufstellung genommen hatten. Etwas weiter nach Lee zu standen die höheren Deckoffiziere und die Midshipmen in sauber ausgerichteten Reihen, die mit den Schiffsbewegungen leise schwankten.

Ein rascher Blick nach achtern bestätigte ihm, daß Giffards Marine-Infanteristen vor der Kampanje aufmarschiert waren. Ihre roten Röcke leuchteten grell in der Sonne, ebenso die weißen, gekreuzten Schulterriemen und die blankgewichsten Stiefel.

Er wandte sich um, trat zur Achterdecksreling und ließ seine Augen über die Masse der Matrosen gleiten, die sich auf den Decksgängen, bei den aufgeblockten Booten drängten, sich am Rigg festhielten, als wollten sie um keinen Preis das bevorstehende Drama versäumen. Aber die dumpfe Stille, die Atmosphäre grimmiger Erwartung verrieten ihm, daß sie in diesem Falle, so abgebrüht und so gewohnt an schnelle, harte Disziplinarstrafen sie auch sein mochten, kein Verständnis für das Urteil hatten.

Acht Glasen tönten vom Vorschiff, und er sah, wie die Offiziere Haltung annahmen: Broughton, von Leutnant Calvert begleitet, kam flotten Schrittes auf das Achterdeck. Wortlos faßte Bolitho an den Hut.

Die Luft über dem Ankerplatz erzitterte von einem einzelnen, dumpfen Kanonenschuß. Dann folgte der trübselige Wirbel der Trommeln. Er sah, wie der Schiffsarzt unten an der Fallreepspforte mit Tebutt flüsterte; der eine seiner beiden Maate trug den wohlbekannten roten Leinwandsack. Letzterer schlug die Augen nieder, als er sah, daß sein Kommandant ihn anblickte.

Broughtons Finger trommelten auf den Griff seines schöngearbeiteten Degens, anscheinend im Takt mit dem fernen Trommelwirbel. Er sah so entspannt und frisch aus wie immer.

Bolitho versteifte sich, als er sah, daß sich einer der jungen Midshipmen mit der Hand über den Mund fuhr, eine rasche nervöse Bewegung, die unvermittelt eine Erinnerung wach werden ließ, wie den Schmerz einer alten Wunde.

Er selbst war erst vierzehn gewesen, als er zum erstenmal eine Auspeitschung durch die ganze Flotte hatte mitansehen müssen. Das meiste davon hatte er nur durch einen Nebel von Tränen und Übelkeit wahrgenommen und war diesen Alpdruck nie ganz losgeworden. In einem Dienst, bei dem die Peitsche ein ganz gewöhnliches, allgemein akzeptiertes Strafmittel war, in manchen Fällen sogar ein durchaus gerechtfertigtes, war diese schwerste Form auch die schlimmste für die Zuschauer, die sich dabei fast ebenso erniedrigt vorkamen wie der Delinquent.

»Wir werden heute nachmittag Anker lichten, Bolitho«, bemerkte Broughton beiläufig. »Unser Ziel ist Gibralter, wo ich weitere Order und Nachricht über die neuesten Entwicklungen erhalten werde.« Er sah zu seiner Flagge am Fockmast hoch und schloß: »Ein prächtiger Tag dafür.«

Bolitho blickte zur Seite und versuchte, seine Ohren vor den nicht endenwollenden Trommelwirbel zu verschließen.

»Alle Schiffe sind voll provisioniert, Sir.« Er hielt inne. Broughton wußte das so gut wie er selbst. Es war nur, um etwas zu sagen. Warum machte dieses eine Geschehen alles zunichte? Er mußte doch inzwischen begriffen haben, daß er nicht mehr der junge Fregattenkapitän von früher war. Damals hatten die Menschen noch Gesichter gehabt und waren wirkliche Individuen gewesen. Wenn einer litt, dann spürte es das ganze überfüllte Schiff. Jetzt mußte er sich damit abfinden, daß die Menschen keine Individuen mehr waren. Sie waren Notwendigkeiten wie die Artillerie und die Takelage, der Süßwasservorrat und die Planken, auf denen er stand.

Er merkte, daß Broughton ihn beobachtete, und drehte absichtlich den Kopf weg. Aber die Menschen waren ihm wichtig, sie dauerten ihn, und er würde sich darin auch nicht ändern, das wußte er genau; nicht Broughtons wegen, nicht einmal seiner eigenen Beförderung in einem Dienst zuliebe, den er jetzt nötiger brauchte denn je.

Um den Bug der *Zeus*, des nächstliegenden Vierundsiebzigers, kam eine langsame Prozession von Kuttern, einer von jedem Schiff des Geschwaders; ihre Riemen hoben und senkten sich im Takt mit dem Armesündermarsch der Trommeln. Das Boot der *Euryalus* war das zweite in der Reihe, dunkelgrün wie die anderen, die jetzt auf den Blöcken festgelascht waren, von schweigenden Männern umstanden. In jedem Boot der Prozession saßen Marine-Infanteristen, deren tödlich glitzernde Bajonette und scharlachrote Röcke etwas Farbe in die grimme Linie der jetzt leicht abfallenden und Kurs auf das Flaggschiff nehmenden Boote brachten.

Leise sagte Broughton: »Es wird nicht allzu lange dauern, denke ich.«

»Riemen hoch!«

Der Kutter der *Auriga* glitt längsseit und machte an den Großrüsten fest. Die anderen schwankten über ihrem Spiegelbild im Wasser, stumme Zeugen des Strafvollzugs.

Keverne reichte Bolitho die Kriegsartikel, und dieser schritt rasch zur Fallreepspforte. Schiffsarzt Spargo und die beiden Bootsmannsmaaten waren bereits unten im Kutter, und der erstere blickte hoch, als Bolithos Schatten über die wie erstarrt sitzenden Rudergasten fiel. »Delinquent straffähig, Sir«, meldete er.

Bolitho zwang sich dazu, auf die Gestalt im Kutter hinunterzuschauen. Weit vorgebeugt, die Arme an einer Gangspillspake festgelascht wie ein Gekreuzigter – man konnte kaum glauben, daß es Taylor war. Der Mann, der zu ihm gekommen war. Um Hilfe. Um

Vergebung und ... Er nahm den Hut ab, schlug das Buch auf und verlas den Abschnitt der Kriegsartikel über Meuterei und ihre Bestrafung.

Unten im Boot bewegte sich Taylor etwas; Bolitho hielt inne und schaute nochmals hinunter. Auf den Spanten und Planken des Bootes stand Blut. Schwarzes Blut, nicht das Blut der Schlacht. Schwarz wie die Hautfetzen, die von Taylors zerhauenem Rücken hingen. Schwarz und aufgerissen, so daß die freiliegenden Knochen in der Sonne wie Marmor glänzten.

Der Bootsmaat blickte hoch und fragte gepreßt: »Zwei Dutzend, Sir?«

»Tut Eure Pflicht.«

Bolitho setzte den Hut wieder auf und sah starr auf den nächstliegenden Zweidecker. Der Maat holte aus und schlug mit furchtbarer Kraft zu.

Bolitho hörte Schritte neben sich, und dann Broughtons gelassene Stimme: »Er scheint es ja ganz gut auszuhalten.« Ohne Anteilnahme, ohne echtes Interesse, nur eine beiläufige Bemerkung.

Ebenso unvermittelt wie es begonnen hatte, war es vorbei, und als das Boot ablegte und weiter zum nächsten Schiff fuhr, sah Bolitho, wie Taylor versuchte, den Kopf zu heben und zu ihm hinaufzublicken. Aber er schaffte es schon nicht mehr.

Bolitho wandte sich weg; ihm wurde übel beim Anblick des verzerrten Gesichts, der zerbissenen Lippen, dieses Stückes Fleisch, das einmal John Taylor gewesen war.

»Lassen Sie die Leute wegtreten, Mr. Keverne«, sagte er rauh. Unwillkürlich sah er der sich neu formierenden Prozession nach. Zwei Schiffe noch. Taylor würde es bestimmt nicht überleben. Ein jüngerer Mann vielleicht. Aber Taylor nicht.

Wiederum, ganz dicht an seinem Ohr, hörte er Broughtons Stimme: »Wenn er nicht früher unter Ihnen gedient hätte – auf der *Sparrow*, nicht wahr? –, dann würden Sie es nicht so persönlich nehmen und wären nicht so – äh – empfindlich.«

Da Bolitho nicht antwortete, fuhr er fort: »Ein Exempel mußte statuiert werden. Die Leute werden es nicht vergessen.«

Bolitho richtete sich auf und sah Sir Lucius voll ins Gesicht. Mit fester Stimme entgegnete er: »Und ich auch nicht, Sir.«

Sekundenlang sahen sie einander in die Augen, dann ließ Broughton das Visier wieder fallen. »Ich gehe wieder nach unten. Setzen Sie zu gegebener Zeit das Signal an alle Kommandanten.«

Bolitho bemühte sich, seiner Gedanken, seines Zornes, seines Ekels, seines Abscheus wieder Herr zu werden.

»Mr. Keverne, der Midshipman der Wache soll folgendes Signal vorbereiten: ›Alle Kommandanten an Bord des Flaggschiffs!‹«

»Wann soll es gehißt werden?« fragte Keverne. Die Frage schien ihm bedeutungsschwer.

Jemand sang aus: »Signal von der *Valorous*, Sir: ›Gefangener bei Strafvollzug verstorben‹.«

Mit einem langen Blick auf Keverne sagte Bolitho: »Jetzt.«

Damit drehte er sich kurz um und schritt nach achtern in seine Kajüte.

V Ein schlechter Anfang

Pünktlich um zwei Glasen der Vormittagswache kam Vizeadmiral Sir Lucius Broughton auf das Achterdeck der *Euryalus*, ließ sich von einem Midshipman ein Teleskop reichen und musterte, eins nach dem anderen, jedes Schiff seines Geschwaders.

Bolithos Auge schweifte rasch über das Deck, wo Geschützbedienungen exerzierten, die Mr. Meheux, der Zweite Offizier mit dem runden Gesicht, jetzt, da der Admiral an Deck war, besonders scharf herannahm.

Es war drei Tage her, daß sie in Falmouth Segel gesetzt hatten, drei lange und langsame Tage, in denen sie nur etwa vierhundert Meilen geschafft hatten. Bolitho faßte die Achterdecksreling fester; er stand schräg geneigt auf dem stark krängenden Deck, denn die *Euryalus* segelte wie die anderen Schiffe schwer und langsam auf Backbordbug; die riesigen Rahen waren rundgebraßt, und die Marssegel hatten in der kräftigen Brise eisenharte Bäuche.

Nicht daß schlechtes Segelwetter gewesen wäre; ganz im Gegenteil. Am Rande der Biskaja zum Beispiel hatte Steuermann Partridge gesagt, er habe sie selten so zahm erlebt. Doch jetzt, unter dem auffrischenden Nordwest, sah man bis zur Kimm nichts als kabelige, weißköpfige Wellen – anscheinend war die beste Zeit vorbei. Bald würde man reffen müssen.

Sobald sie klar von Land gewesen waren, hatte Broughton die Schiffe voll aussegeln lassen, damit ihre guten und schlechten Eigenschaften, die Stärken und Schwächen seines neuen Geschwaders deutlich wurden.

Wieder blickte Bolitho rasch und verstohlen zum Admiral hin und fragte sich, was er jetzt nach dieser Musterung wieder auszusetzen oder anzuordnen haben würde.

Auf jedem Flaggschiff war sich der Kommandant ständig der Anwesenheit seines Admirals bewußt, mußte jede seiner Stimmungen oder Launen hinnehmen und daraus seinen eigenen Plan für einen geordneten Dienstbetrieb entwickeln. Und doch wunderte sich Bolitho ständig aufs neue darüber, daß er Broughton so gut wie gar nicht kannte. Sein Alltag schien, mit sehr geringen Abweichungen, nach der Uhr zu verlaufen: Frühstück um acht, Mittagessen um halb drei, Abendbrot um neun. Punkt neun Uhr kam er jeden Morgen an Deck und tat, was er jetzt tat. Allenfalls fiel eine gewisse Starre an ihm auf, und das nicht nur in seinen persönlichen Gewohnheiten. Zum Beispiel hatte er gleich am ersten Tag seine Kampftaktik im Verband durchexerziert. Ganz ungebräuchlicherweise fuhr er die *Euryalus* an dritter Stelle der Gefechtslinie, mit nur einem einzigen Vierundsiebziger, der *Valorous*, hinter sich.

Während die Schiffe im achterlich anlaufenden Seegang mühsam seinen kurzen Befehlen nachkamen und Kurs zu halten versuchten, hatte Broughton gesagt: »Man muß die Kapitäne ebenso studieren wie die Schiffe, die sie kommandieren.«

Bolitho hatte sofort verstanden, was er meinte, und fand es im Grunde richtig.

Unter Umständen war es sinnlos, das kampfstärkste Schiff, besonders wenn es die Admiralsflagge führte, gleich als erstes in die feindliche Gefechtslinie zu segeln. Es konnte manövrierunfähig werden und gerade dann nutzlos sein, wenn es am nötigsten gebraucht wurde. Besser war es, wenn der Admiral mehr Zeit gewann und Informationen über die Absichten des Feindes sammeln konnte.

Auch ohne Glas konnte Bolitho die vordersten Schiffe gut beobachten. Sie hielten die Stationen, die Broughton gleich anfangs befohlen hatte. An der Spitze der Gefechtslinie, von den schwellenden Marssegeln und der Fock des zweiten Schiffes fast verdeckt, fuhr der Zweidecker *Zeus*. Das war ein älterer Vierundsiebziger, ein Veteran des ›Glorreichen Ersten Juni‹, der Seeschlacht von St. Vincent und mehrerer kleinerer Aktionen. Kapitän Robert Rattray kommandierte sie seit drei Jahren und war wegen seiner ebenso aggressiven wie hartnäckigen Gefechtsführung bekannt, ein bulldoggenhafter Charakterzug, der sich deutlich auf seinem breiten, verwitterten

Gesicht abzeichnete. Genau der richtige Kommandant, um, wenn man die Stärke des Feindes prüfen wollte, die erste krachende Breitseite hinzunehmen. Ein ausgekochter Berufsseemann, der jedoch außer sturer Pflichterfüllung und brennender Kampfgier nicht sehr viel im Kopfe hatte.

Kapitän Falcon von der *Tanais*, dem zweiten Vierundsiebziger, war ganz das Gegenteil. Ein melancholischer, nachlässig gekleideter Mann mit schwerlidrigen, nachdenklichen Augen, der jeden Befehl ohne zu fragen ausführte, darüber hinaus jedoch sowohl seine Phantasie als auch sein beachtliches Können einsetzte, um aus Rattrays erstem Anstürmen etwas zu machen.

Etwa eine Meile achteraus der *Euryalus* stand das letzte Linienschiff, die *Valorous*. Kapitän Rodney Fourneaux kommandierte sie, ein dünnlippiger, hochmütiger Autokrat. Sie hatte sich unter fast allen Bedingungen als schnelles, gut manövierbares Schiff erwiesen; und vorausgesetzt, daß sie ihre Station halten konnte, war sie dort gut plaziert, um das Flaggschiff zu decken oder um vorzustoßen und einem Schiff des Geschwaders zu helfen, das in Schwierigkeiten geraten war.

Bolitho hörte, wie das Glas mit dem gewohnten Schnappen zusammengeschoben wurde, wandte sich um und faßte an den Hut, denn jetzt kam Broughton auf ihn zu.

Dienstlich meldete er: »Wind immer noch aus Nordost, Sir, frischt auf. Neuer Kurs Süd zu West.« Broughtons Augen glitten lässig die Reihe der an den Kanonen schwitzenden Matrosen entlang; er bestätigte Bolithos Meldung zunächst nur mit einem kurzen Grunzen, sagte aber dann: »Gut. Ihre Geschützbedienungen scheinen ja halbwegs in Ordnung zu sein.«

Das war auch etwas, das Bolitho schon kannte. Broughton eröffnete meistens den Tag mit einem solchen Kommentar: eine Art Sporenstich oder eine wohlberechnete Kränkung.

»Klarschiff zum Gefecht in zehn Minuten oder darunter, Sir«, erwiderte Bolitho kühl, »und dann drei Breitseiten alle zwei Minuten.«

Nachdenklich musterte ihn Broughton. »Das ist Ihr Standard, nicht wahr?«

»Jawohl, Sir.«

»Ich habe Verschiedenes über Ihre *Standards* gehört.« Broughton stützte die Hände in die Hüften und spähte zum Großmast hinauf, wo Marine-Infanteristen an einem Schwenkgeschütz übten.

»Ich hoffe, unsere Leute werden zu gegebener Zeit daran denken.«

Bolitho wartete. Da würde noch mehr kommen. Wie geistesabwesend sprach der Admiral weiter: »Als ich bei Ihrem Schwager speiste, erzählte er mir einiges über Ihre Familie.« Er wandte sich um und starrte Bolitho an. »Ich wußte natürlich schon von dem – äh – Mißgeschick Ihres Bruders.« Er machte eine Pause, um das wirken zu lassen. »Daß er aus der Flotte desertierte.« Wieder machte er eine Pause und legte den Kopf etwas schief.

Kalt starrte Bolitho zurück. »Er ist in Amerika ums Leben gekommen, Sir.« Merkwürdig, wie leicht ihm die Lüge von den Lippen ging. Aber die Kränkung war so stark wie eh und je; er hatte plötzlich den irren Wunsch, etwas Schockierendes zu sagen und Broughton von seinem Thron zu stoßen. Was hätte er zum Beispiel gesagt, wenn er erführe, daß Hugh eben dort an derselben Stelle, wo Sir Lucius jetzt stand, im Seegefecht gefallen war? Aber wenigstens hatte Broughtons Stichelei bewirkt, daß Bolitho ohne viel Reue und Trauer an Hughs Tod denken konnte. Wenn er jetzt über Broughtons Schulter zu dem breiten, sauberen Deck, dem großen Doppelrad mit den aufmerksamen Rudergasten und dem Steuermann hinblickte, war es schwer, sich das blutige Tohuwabohu vorzustellen, das damals, als Hugh gefallen war, dort geherrscht hatte. Mit dem eigenen Körper hatte er, im Kampfeslärm und inmitten brüllender, sterbender Männer, seinen Sohn Adam gedeckt, der immer noch keine Ahnung hatte, daß Hugh sein Vater war.

»Und alles, glaube ich, wegen eines Duells«, fuhr der Admiral fort. »Ist mir immer unverständlich gewesen, daß man ein Duell zum Verbrechen stempelt. So eine Stupidität! Fechten Sie zufällig auch?«

Bolitho rang sich ein Lächeln ab. »Mein Degen hat mir im Kampf oftmals gute Dienste geleistet, Sir.«

Der Admiral zeigte lächelnd die Zähne, sie waren sehr klein und ebenmäßig. »Ein Duell ist etwas für Gentlemen.« Er schüttelte den Kopf. »Aber da heutzutage so viele Leute im Parlament sitzen, die weder Fechter noch Gentlemen sind, kann man sich wohl über diese Voreingenommenheit nicht wundern.« Flüchtig blickte er zur Kampanje hinüber. »Ich gehe jetzt eine Stunde spazieren.«

Bolitho sah ihm nach, als er die Kampanjeleiter hinaufstieg. Der tägliche Spaziergang des Admirals. Das war auch so etwas Unabänderliches.

Dann mußte er wieder an Broughthons Gefechtsplanung denken.

Vielleicht war es nicht so sehr der Plan wie der Mann selbst. Zu starr. Aber er hätte doch sicher aus Erfahrung wissen können, daß Schiffe oft auch dann kämpfen mußten, wenn sie weit zerstreut fuhren, ohne jede Ordnung, ohne jede Position in einem Verband? Broughton hatte doch bei St. Vincent mitgekämpft, wo Kommodore Nelson wieder einmal alle Kritiker vor den Kopf gestoßen hatte, weil er sich ohne jede Rücksicht auf einen festen strategischen Plan in die Schlacht geworfen hatte. Als Bolitho das gelegentlich Broughton gegenüber erwähnte, bekam er einen weiteren Hinweis auf dessen starre Haltung.

»Ich höre immer nur Nelson, Nelson!« hatte er geknurrt. »Ich habe ihn mit seiner verdammten *Captain* gesehen, wenn ich auch selbst alle Hände voll zu tun hatte. Der hat auch mehr Glück als Sinn für zeitliche Abstimmung!« Aber ebenso unvermittelt wurde Broughton wieder ganz kühl. »Drillen Sie Ihre Leute auf einen Plan, bis sie alle zusammen danach handeln können, auch im Stockfinstern oder mitten im Taifun. Arbeiten Sie ohne Rast und Ruhe mit ihnen daran, bis sie an nichts anderes mehr denken. Ihre verdammten Heldentaten können Sie von mir aus behalten. Geben Sie mir einen Plan, einen gut ausgereiften Plan, und ich gebe Ihnen einen Sieg!«

Bolitho dachte über diese psychologischen Streiflichter nach. Broughton war schlicht neidisch. Er war ranghöher als Nelson, den er persönlich überhaupt nicht kannte; er konnte auf Grund seiner Herkunft und seines Einflusses der Unterstützung von oben gewiß sein – und doch war er neidisch.

Nicht daß Bolitho seinen Vorgesetzten nun auf Grund dieser Erkenntnis besser verstand – aber es war doch wenigstens ein menschlicher Zug.

Seit sie auf See waren, hatte Broughton nie wieder Taylors Tod und die brutale Strafe erwähnt. Sogar bei der eiligen Dienstbesprechung gleich nach dem Strafvollzug hatte er nur indirekt darauf angespielt, indem er sagte, die Disziplin müsse stets und unter allen Umständen aufrechterhalten werden. Auch als in derselben Kajüte, in der Taylor zitternd sein furchtbares Schicksal vernommen hatte, den versammelten Kommandanten Wein gereicht wurde, war Broughton bester Stimmung gewesen und hatte sogar bei der Bekanntgabe der Segelorder nach Gibraltar kleine Scherze gemacht.

Bolitho erinnerte sich noch daran, wie der Kutter der *Auriga* eine

Sandbank angelaufen hatte und die Seesoldaten Taylor dort begraben hatten, in aller Eile, denn die Flut lief bereits auf. In diesem Grab, das weder Kreuz noch Namen trug, würde Taylor nun verrotten: ein Märtyrer oder einfach ein Opfer der Umstände? Schwer zu sagen.

Auf See hatte Bolitho immer wieder seine Mannschaft beobachtet und nach irgendwelchen Unruhezeichen Ausschau gehalten; aber vielleicht ließ ihnen der tägliche Dienstbetrieb keine Zeit für Diskussionen und Anklagen. Ohne Zwischenfäile, ohne neue Nachrichten von den Unruhen in der Nore segelte das Geschwader seinem Ziel entgegen.

Er beschattete die Augen, um die glitzernde Kimm abzusuchen. Dort draußen, irgendwo in Luv, nur dem Ausguck im Masttopp sichtbar, stand die *Auriga*. Sie war wieder unter dem Befehl Brices, ihres alten Kommandanten. Absichtlich hatte ihm Bolitho persönlich den betreffenden Befehl mitgeteilt, kurz vor dem Auslaufen, und hatte ihn für die Zukunft verwarnt. Aber schon beim Sprechen hatte er erkannt, daß es vergeblich war.

Brice hatte in dienstlicher Haltung, reglos, den Hut unterm Arm, in der Kajüte gestanden, und seine blauen Augen hatten Bolitho gemieden, bis dieser fertig gesprochen hatte.

Dann hatte er leise und ruhig erwidert: »Vizeadmiral Broughton betrachtet die fraglichen Vorgänge nicht als Meuterei. Sie taten es übrigens auch nicht, Sir, als Sie an Bord meines Schiffes kamen. Die Tatsache, daß ich wieder in mein rechtmäßiges Kommando eingesetzt worden bin, beweist, daß alle unrechtmäßigen Handlungen nicht von mir, sondern von anderen begangen worden sind.« Dabei hatte er flüchtig gelächelt. »Und zwar von einem, der entwischt ist, und von einem anderen, der mit mehr Nachsicht behandelt worden ist, als man in diesen gefährlichen Zeiten erwarten sollte.«

Bolitho spürte den Haß, der hinter Brices Maske stiller Amüsiertheit lauerte; dieser Haß beruhte auf Gegenseitigkeit. Er schritt um den Tisch auf Brice zu.

»Jetzt hören Sie gut zu, Brice, und vergessen Sie meine Worte nicht. Wir haben einen Sonderauftrag, der vielleicht von höchster Wichtigkeit für England ist. Sie werden gut daran tun, Ihr Verhalten zu ändern, wenn Sie Ihre Heimat wiedersehen wollen.«

Brice hatte sich steif aufgerichtet. »Auf meinem Schiff wird es keinen Aufruhr mehr geben, Sir!«

Bolitho hatte sich ein Lächeln abgerungen. »Ich rede nicht von

Ihrer Mannschaft. Wenn Sie noch einmal das in Sie gesetzte Vertrauen mißbrauchen, sorge ich persönlich dafür, daß Sie vor ein Kriegsgericht kommen, und daß dann *Sie* bestraft werden – Sie, der andere so gern bestraft!«

Jetzt trat Bolitho an die Netze und blickte hinab in die Wellen, die an der hohen Bordwand aufliefen. Das Geschwader stand etwa hundert Meilen nordwestlich von Kap Ortegal, der äußersten Ecke Spaniens. Wenn Schiffe hätten denken können – hätte sich dann die *Euryalus* an dieses Kap erinnert? Hier hatte sie unter französischer Flagge gegen seine alte *Hyperion* gekämpft. Hier hatten sich ihre Decks scharlachrot gefärbt, hatte die Schlacht gnadenlos getobt bis zum grimmigen Ende. Aber den Schiffen selbst war es vielleicht ganz gleichgültig. Männer starben, schrieen nach ihren halbvergessenen Frauen und Kindern, nach ihren Müttern oder nach ihren Kameraden in der Hölle. Andere vegetierten als Krüppel an Land, vergessen von der See und von den Gesunden, die ihnen aus dem Wege gingen, statt ihnen zu helfen. Aber die Schiffe segelten weiter und machten sich nichts aus den Dummköpfen, die ihre Mannschaft bildeten.

»Sir! Signal von der *Zeus*!« Der Midshipman vom Dienst erwachte plötzlich zum Leben wie ein galvanisierter Frosch. Er sprang in die Wanten und hob das mächtige Teleskop ans Auge. »*Zeus* an Flaggschiff: ›Unbekanntes Segel auf Nordwestkurs.‹« Schwitzend vor Aufregung sah er zu Bolitho hinab.

Der nickte. »Ausgezeichnet, Mr. Tothill. Das ging ja fix.« Er blickte sich um – da kam Keverne schon herbeigeeilt. Wahrscheinlich bedeutete das Signal gar nichts; aber nach all dem Exerzieren und der lähmenden Ungewißheit war ihm jeder Wechsel willkommen, denn er fegte seine trüben Gedanken hinweg wie Spinnweben.

»Sir?« fragte Keverne und starrte Bolitho erwartungsvoll an.

»Exerzieren abbrechen und Bramsegel setzen!« Er blickte nach oben, und die frische Brise jagte ihm das Wasser in die Augen. »Die Bramstagsegel auch, wenn der Wind nicht noch mehr auffrischt.«

Keverne eilte hinweg, und da erschien Broughton auf dem Achterdeck. Sein Gesicht war steinern.

»Segel auf Gegenkurs voraus, Sir«, meldete Bolitho. Er sah die Erregung in den Augen des Admirals aufblitzen. Es mußte ihn schwer ankommen, äußerlich so ruhig zu bleiben.

Broughton schob die Lippen vor. »Signalisieren Sie der *Auriga*, sie soll sich dazwischenschieben.«

»Aye, Sir.«

Bolitho winkte dem Signal-Midshipman und konnte dabei Broughtons Ungeduld fast physisch in seinem Rücken spüren. Erst gestern hatte er die andere Fregatte, die *Coquette*, mit Höchstgeschwindigkeit nach Gibraltar vorausgeschickt, um nachzufragen, ob sich an den Plänen für sein Geschwader etwas geändert hatte. Die *Auriga* stand weit draußen in Luv, und die kleine Korvette *Restless* jagte vor dem Winde herum und spürte nach französischen und spanischen Fischerbooten, um vielleicht von diesen Informationen zu erhalten. Die Reserven des Admirals waren also ziemlich beschränkt.

»Die *Auriga* hat bestätigt, Sir«, meldete der Midshipman.

Bolitho konnte sich lebhaft vorstellen, was an Deck der Fregatte vorging, nachdem das Signal abgelesen worden war, vermutlich von einem Midshipman wie Tothill, auf schwankendem Sitz hoch über der See. Und auch was Brice jetzt dachte, konnte er sich gut vorstellen: diese Chance, seine Position beim Admiral und im ganzen Geschwader zu verbessern, durfte er auf keinen Fall verpassen. Und mochte der Himmel jedem armen Teufel helfen, der bei einer solchen Gelegenheit unangenehm auffiel!

Bolitho nahm das große Teleskop und kletterte in die Luvwanten. Neben dem Midshipman stehend, richtete er es auf die Kimm. Die Fregatte sprang ins Blickfeld, ihre Marssegel füllten sich bereits, sie ging über Stag und flog auf das fremde Schiff zu. Er konnte sich vorstellen, wie das Sprühwasser über ihren Bug zischte, die Blöcke und Fallen knirschten, mehr und mehr Leinwand an den Rahen auswehte, um den Wind zu fangen und noch mehr Fahrt zu machen.

Bei solchen Gelegenheiten konnte man leicht vergessen, daß es Menschen wie Brice gab, dachte Bolitho flüchtig. Wie sie dort am Winde lag, bis an die Lee-Stückpforten im Gischt, war die *Auriga* ein wunderschönes Schiff, etwas Lebendiges, Vitales. Er wandte sich wieder an Deck und fragte: »Verfolgung aufnehmen, Sir?«

Eine erregende Sekunde lang verstanden sie einander. Er sah, wie Broughton die Zähne zusammenbiß, wie seine Augen glänzten.

»Ja.« Er trat beiseite, als Bolitho ein Handzeichen an Keverne gab. »Aber alle Schiffe sollen auf jeden Fall ihre Positionen einhalten. Sorgen Sie dafür!«

Kaum waren die Signalflaggen zur Rah hochgestiegen und ausgeweht, kamen auch schon, von allen Schiffen gleichzeitig, die Bestätigungen. Jeder Kommandant mußte darauf gewartet haben, mußte gebetet haben, daß diese monotone, ungewisse Aufpasserei, mit der sie sich seit Falmouth herumquälten, ein Ende fand.

Hoch oben kam immer mehr Leinwand hinzu; sie donnerte und brauste, die Rahen spannten sich wie Bögen unter der Faust der Schützen, als würden sie von den Masten gerissen. Das Schiff krängte stärker, die hin und her eilenden Männer liefen im schrägen Winkel zu den Decksplanken, es sah ganz unwirklich aus. Und immer mehr, immer härter füllten sich die Segel mit Wind.

Die Stückpforten des untersten Decks mußten vollständig unter der Wasserlinie liegen; Bolitho konnte bereits die Pumpen janken hören, denn das Wasser drückte mit vermehrter Kraft gegen den Schiffsrumpf.

Aber sie kamen schon dicht an den nächsten Vierundsiebziger heran, und durch das Kreuzmuster der Stagen und Pardunen konnte Bolitho die Offiziere auf dem Achterdeck der *Tanais* sehen, die zum Flaggschiff herüberspähten.

»Signalisieren Sie der *Tanais*, sie soll mehr Segel setzen, verdammt!« sagte Broughton gereizt und schritt zur anderen Deckseite hinüber.

»Wenn sie das macht«, murmelte Partridge hinter ihm her, »dann reißt sie sich bei Gott die Masten aus.«

»Mr. Tothill«, rief Bolitho, »hinauf mit Ihnen in den Masttopp, aber fix! Ich brauche heute ein paar gute Augen da oben!«

Absichtlich langsam ging er in Luv auf und ab, wütend darüber, daß das Geschwader trotz allem so schwer vorankam. Er versuchte sich vorzustellen, was das fremde Schiff tun würde.

»An Deck!« kam Tothills schrille Stimme vom Masttopp. »Signal von der *Zeus*: ›Feind in Sicht! Fregatte auf Ostkurs!‹«

Keverne rieb sich die Hände. »Die will nach Vigo, das ist gar keine Frage.« Er sah ungewöhnlich gespannt aus. Wahrscheinlich, dachte Bolitho, stellt er sich vor, wie es wäre, wenn er und nicht Brice die *Auriga* kommandieren würde.

»Es ist durchaus möglich, daß wir ihr den Weg abschneiden können, Mr. Keverne«, erwiderte er.

Brice hatte den Wind beinahe unter den Rockschößen und flog fast wie ein Vogel quer über den Kurs der langsameren, gewichtigen Linienschiffe des Geschwaders. Der Franzose konnte entweder versuchen, noch schneller zu sein als Brice, oder er konnte über Stag gehen; aber das würde ihn wertvolle Zeit kosten, denn er mußte ja nachher wieder Seeraum gewinnen. Im letzteren Falle konnten sogar die Linienschiffe Gelegenheit bekommen . . .

Er fuhr herum, denn Broughton schimpfte: »Die verdammte *Valorous*! Jetzt fällt sie auch noch zurück!« Er warf sein Teleskop einem Matrosen zu.

Sofort stieg ein Signal an den Rahen der *Euryalus* hoch: ›Setzen Sie mehr Segel!‹ Aber noch während die *Valorous* bestätigte, sah Bolitho, daß sich ihr Vorbramsegel löste und wie Papier im Wind zerplatzte.

»Soll ich der *Zeus* signalisieren, daß sie allein die Verfolgung aufnimmt, Sir?« fragte Bolitho. »Sie hat einen guten Vorsprung.« Aber als er sah, wie Broughton die Lippen zusammenpreßte, wußte er schon die Antwort und fügte noch rasch hinzu: »Der Franzose kann der *Auriga* immer noch entwischen.«

»Nein.« Ein Wort nur, ohne jedes Zeichen von Enttäuschung oder Ärger.

Bolitho wandte sich ab. Der Franzose würde sich wundern, daß das Geschwader seine Marschformation nicht änderte. Er lag irgendwo direkt vor den Verfolgern und machte schnelle Fahrt; die hohe Segelpyramide der *Zeus* verdeckte ihn. Aber die *Auriga* kam jetzt auf, sie flog vorm Wind unter aller verfügbaren Leinwand direkt auf den Feind zu. Als sie sich auf einen Wellenkamm hob, konnte Bolitho die Sonne auf dem Kupferbeschlag des schlanken Rumpfes blinken sehen.

Jetzt schor die *Zeus* etwas aus. Bolitho hielt den Atem an, weil dadurch die französische Fregatte besser in Sicht kam, etwa fünf Meilen voraus. Kaum zu glauben, daß sie so schnell auf konvergierenden Kurs gekommen war. Die *Auriga* mußte etwa drei Meilen weit weg sein, sie hatte die französische Fregatte bereits überholt. Bolitho versuchte, mit klarem Kopf zu überlegen, was er in der Situation des Feindes tun würde. Den Kurs ändern oder auf das Land zuhalten, das hinter dieser täuschenden Kimm verborgen lag? Ausgeschlossen, daß der Franzose jetzt noch der *Auriga* entwischen konnte. Wenn er es versuchte, würde er fast sicher einer britischen Patrouille vor der portugiesischen Küste vor die Kanonen laufen. Vigo war die letzte sichere Zuflucht. Aber vielleicht war er bereit, zu wenden und zu kämpfen.

»Signal an alle!« sagte Broughton. »›Segel kürzen, vorgeschriebene Stationen wieder einnehmen!‹« Er war wieder ganz gelassen, fast gleichgültig. »Die *Auriga* kann sich jetzt den Franzosen allein vornehmen.«

Als das Signal abgesetzt war und von einem Schiff zum anderen weitergegeben wurde, konnte Bolitho die Enttäuschung ringsum fast körperlich fühlen: vier kampfstarke Schiffe, aber wegen Broughtons sturem Plan so ohnmächtig wie Kauffahrer!

Ein dumpfes Krachen rollte über die See, eine braune Rauchwolke driftete auf den Franzosen zu. Brice hatte einen Schuß zum Abschätzen der Entfernung abgefeuert, aber Bolitho konnte den Einschlag nicht sehen.

Alle Teleskope waren in Benutzung. Heiser sagte Keverne: »Der *Frog* fährt eine Halse! Bei Gott – sehen Sie bloß!«

Der französische Kommandant hatte die Zeit sehr schlecht abgepaßt und versuchte verzweifelt, am Bug der *Auriga* vorbeizukommen. Er tat Bolitho beinahe leid. Jetzt war das nackte Unterwasserschiff zu sehen. Die Sonne tanzte auf den steifen Segeln, als die Rahen herumschwangen, bis die Fregatte ihr eigenes Kielwasser kreuzte. Eine volle Salve hatte über das wirbelnde Wasser, und Bolitho wartete darauf, Brices erste Breitseite in den Rumpf des Franzosen schmettern zu hören, denn Brice hatte seine Position und den Windvorteil genutzt, um die Halse des Franzosen nachzufahren.

Jemand im Vortopp der *Euryalus* schrie hurra, sonst blieb alles still. Matrosen und Seesoldaten beobachteten gespannt, wie die beiden Fregatten in überlappender Position einander näher und näher kamen – schon wirbelte wieder Qualm, allen sichtbar, im Winde.

Abermals Mündungsfeuer, diesmal beim Franzosen, aber Masten und Rahen der *Auriga* blieben intakt. Die Segel des Feindes jedoch waren durchlöchert; sein Focksegel war schon bei der ersten Salve in Fetzen gegangen.

»Eine gute Prise, denke ich«, flüsterte Keverne heiser. »Wir können sowieso noch eine Fregatte gebrauchen.«

Es war schwer zu unterscheiden, was jetzt geschah. Die beiden Schiffe konnten höchstens eine halbe Kabellänge auseinander sein, und mit jeder Minute kamen sie sich näher. Wieder donnerten die Kanonen, dann stürzte der Großmast des Franzosen in wirbelndem Rauch nieder, die zerfetzten Segel und Stage mit sich ins Chaos reißend.

»Sie wird bald die Flagge streichen«, sagte Broughton.

»Der Wind flaut ab, Sir«, sagte Partridge mit gedämpfter

Stimme, als fürchte er, die allgemeine Konzentration zu stören.

»Spielt jetzt auch keine Rolle mehr«, erwiderte Bolitho lächelnd.

Wieder war alles still, und über die letzten drei Meilen hinweg, die zwischen der *Zeus* und den beiden Fregatten lagen, konnte man sehen, daß das Geschützfeuer aufgehört hatte und die beiden Fregatten Rumpf an Rumpf lagen.

Es war vorbei.

»Na, Bolitho«, fragte Broughton leise, »was sagen Sie jetzt?«

Ein paar Marine-Infanteristen auf dem Vorschiff rissen die Tschakos ab und schrien hurra; ihr Siegesgeschrei wurde von der Mannschaft der direkt voraus liegenden *Tanais* aufgenommen.

Bolitho stürzte am Admiral vorbei und riß ein Teleskop aus der Halterung; da wurde das Hurrageschrei auch schon dünner und erstarb so schnell, wie es begonnen hatte. Er bekam eine Gänsehaut: die Flagge der *Auriga* flatterte gleich einem wunden Vogel nieder und wurde augenblicklich durch eine andere ersetzt – dieselbe, die auch jetzt noch über den zerfetzten Segeln des Gegners wehte: die Trikolore Frankreichs.

»Bei Gott«, keuchte Keverne, »diese Bastarde haben sich den *Frogs* ergeben! Sie haben nicht mal versucht zu kämpfen!« Die Unglaublichkeit des Vorgangs verschlug ihm fast die Stimme.

Die *Auriga* war bereits von dem Franzosen klargekommen; neues Treiben herrschte an Deck und in den Rahen, langsam drehte sie vor den Wind und segelte dem hilflos zuschauenden Geschwader davon. Durch sein Glas konnte Bolitho die Marine-Infanteristen in ihren scharlachroten Röcken erkennen, die von den Matrosen entwaffnet wurden und sich vor dem französischen Enterkommando zusammendrängten. Als ob ein Enterkommando überhaupt nötig gewesen wäre, dachte er bitter. Eben noch hatten sie so gut gekämpft, und im nächsten Moment hatte sich die ganze Besatzung ergeben, war zum Feind übergelaufen. Er steckte das Glas wieder in die Halterung, denn vor Wut und Verzweiflung zitterten ihm die Hände so sehr, daß er es beinahe fallen gelassen hätte.

Wieder sah er die Delegierten vor sich, damals in dem kleinen Wirtshaus in der Bucht von Veryan. Diesen Kerl namens Gates. Und John Taylor, gekreuzigt, von der Peitsche zerfetzt, weil er versucht hatte zu helfen.

Leise und gepreßt sagte Partridge: »Keine Chance, daß wir sie jetzt noch einholen. Vor der Morgendämmerung sind sie in Vigo.«

Mit schlaffen Schultern wandte er sich ab. »Daß man so etwas mitansehen muß!«

Broughton starrte immer noch zu den beiden Fregatten hinüber, die bereits Fahrt aufgenommen hatten und mehr Segel setzten. »Sie können der *Restless* signalisieren, daß sie in Luv auf Station gehen soll.« Es klang ganz unbeteiligt, als spräche ein Fremder. »Dann geben Sie Signal an alle: ›Ursprünglichen Kurs wieder aufnehmen‹.« Jetzt erst sah er Bolitho an. »Da haben Sie Ihre Loyalität!« Sein Ton war wie ein Peitschenhieb.

Bolitho schüttelte den Kopf. »Sie haben mir einmal gesagt, man muß über den Kommandanten ebenso Bescheid wissen wie über sein Schiff. Das glaube ich auch, Sir.« Er wandte den Blick zu der fernen *Auriga.* Unter der fremden Flagge wirkte sie kleiner. »Ebenso wie ich glaube, daß wir noch mehr solche Dinge erleben werden, wenn Männer wie Brice weiterhin unsere Schiffe kommandieren dürfen.«

Broughton wich einen Schritt zurück, als hätte Bolitho etwas schrecklich Unanständiges gesagt. »Kapitän Brice ist vielleicht im Kampfe gefallen«, erwiderte er dann und schritt nach achtern. »Um seinetwillen hoffe ich, daß es so ist.« Damit verschwand er im Schatten unter der Kampanje.

»Nun«, sagte Leutnant Meheux sehr laut, »wir jedenfalls konnten es nicht verhindern. Aber wenn meine Batterie so weit tragen würde, dann wollte ich sie immer noch Mores lehren.«

Mehrere Offiziere, die im Moment nichts zu tun hatten, mischten sich in die Diskussion; Allday, der für alle Fälle unter der Kampanje gestanden hatte, betrachtete sie wütend. Er sah, wie Bolitho, den Kopf in tiefem Nachdenken gesenkt, auf und ab schritt. Die anderen alle taten, als wollten sie ihn trösten, ihn und sich selber; aber in Wirklichkeit wollten sie nur die Bestätigung, daß sie nichts dafür konnten, und hatten im übrigen keinen Schimmer davon, wie dem Kommandanten zumute war.

Aber Allday wußte es. Er hatte den Schmerz in diesen grauen Augen beim ersten Anblick der verhaßten Trikolore gesehen, die Kapitän Bolitho an jenes andere Gefecht erinnerte, als er ebenfalls ein britisches Schiff unter Feindesflagge bekämpfen mußte, noch dazu eins, das sein Bruder kommandierte.

Der Kommandant fühlte die Schande der *Auriga*, als sei es seine eigene; und die einzige Sorge dieser hohlköpfigen jungen Hunde war, ob *ihnen* jemand einen Vorwurf daraus machen konnte.

Fast ohne es zu wissen, ging Allday auf Bolitho zu. Der blieb stehen; zornig blitzten seine Augen, weil er gestört wurde.

»Was ist?« Es klang eiskalt, doch Allday ließ sich nicht abschrekken.

»Ich hab mir das gerade überlegt, Captain.« Er hielt inne, um den richtigen Moment zum Weitersprechen abzupassen. »Die *Frogs* haben eben eine britische Fregatte bekommen, aber kampflos.«

»Na und?« Es klang gefährlich ruhig.

Allday grinste. »Ich sehe das so.« Er grinste noch breiter. »Dieser Dreidecker hier, zum Beispiel. Um den haben wir mit ein paar wütenden *Frogs* kämpfen müssen – und *wir* haben ihn genommen.«

Bolitho starrte ihn an. »Das ist ein verdammt blöder Vergleich! Wenn Ihnen nichts Besseres einfällt, dann gehen Sie mir gefälligst aus den Augen!« Er sprach so laut, daß sich mehrere Köpfe nach ihm umdrehten.

Langsam schlich sich Allday davon. Vielleicht hilft es etwas, dachte er, kann aber auch sein, ich hab mir diesmal den falschen Moment ausgesucht.

Aber da hörte er Bolithos Stimme und blieb stehen.

»Weil Sie gerade davon reden, Allday –«, Bolitho senkte die Lider, als Allday sich zu ihm umwandte –, »es war wirklich eine feine Prise. Und ist es immer noch. Danke, daß Sie mich daran erinnert haben. Ich hätte nicht vergessen dürfen, was britische Seeleute leisten können.«

Allday warf einen Blick zu den still gewordenen Offizieren hinüber und ging mit leisem Lächeln wieder auf seinen Platz an der Kampanjeleiter.

Bolitho brach das allgemeine Schweigen. »Schön, Mr. Keverne, Sie können die untere Batterie auf Stationen pfeifen lassen. Jetzt sind ja die Stückpforten nicht mehr unter Wasser, da können Sie weiterexerzieren.«

Er verstummte und sah zu den Netzen hinüber, so daß Keverne näher kommen mußte, um zu verstehen, was Bolitho etwa noch zu sagen hatte. Aber dann war er nicht sicher, ob er zuhören sollte.

»Wir treffen uns wieder, altes Mädchen«, sagte Bolitho halblaut und beinahe heiter hinter der *Auriga* her, »und dann sieht die Sache bestimmt anders aus.«

Achtzehn Tage, nachdem es hatte zusehen müssen, wie die *Auriga* vor dem Feind die Flagge strich, ging Broughtons Geschwader in Gibraltar vor Anker. Auf Grund des Zeitverlustes, der am Anfang der Reise durch Broughtons Gefechtsübungen entstanden war, kam sie noch später im Schatten des großen Felsens an, als Bolitho vorausberechnet hatte. Sie wurden von ständig wechselnden Winden behindert. Einmal, etwa neunzig Meilen westlich von Lissabon, mußten sie einen Sturm von solcher Stärke abreiten, daß die *Zeus* sechs Mann verlor. Und dann, gleich am nächsten Tag, trieben alle Schiffe mit schlaffen Segeln unbewegt in einer totalen Flaute; die Sonne brannte so stark, daß selbst der Routinedienst fast unerträglich wurde.

Nun ruhte sich das Geschwader aus; Sonnensegel waren aufgeriggt, zwischen Schiffen und Land krochen die Boote geschäftig wie Wasserkäfer hin und her.

Eine Stunde nach dem Ankerwerfen trat Bolitho in seine Kajüte. Dort waren bereits alle Kommandanten versammelt, denn er hatte eine Dienstbesprechung angesetzt.

Nach der langen Reise sahen sie müde und angestrengt aus; und gleich nach der Ankunft hatte sich allerlei ereignet, so daß keiner von ihnen viel Zeit zum Ausruhen gehabt hatte.

Natürlich war es Rattray von der *Zeus*, der davon anfing.

»Wer ist dieser Kerl, der beim Admiral ist? Kennt ihn jemand?«

Kapitän Fourneaux von der *Valorous* nahm sich ein Glas von dem Wein, den der Kajütsteward herumreichte, und beäugte es kritisch. »Sieht nicht nach einem Diplomaten aus, wenn Sie mich fragen.« Er wandte sein hochmütiges Gesicht Bolitho zu. »Aber im Krieg laufen einem ja seltsame ›Ratgeber‹ über den Weg, wie?«

Lächelnd nickte Bolitho den anderen zu und trat an die offenen Heckfenster. Drüben auf der anderen Seite der Bucht lag unter einem zitternden Hitzeschleier Algeciras, wo sicher schon zahlreiche Teleskope auf das britische Geschwader gerichtet waren und Kuriere in den Sattel stiegen, um den Garnisonen im Landesinnern die Nachricht zu überbringen.

Der Mann, der an Bord des Flaggschiffes gekommen war und dessen plötzliches Auftauchen so viele Spekulationen auslöste, war sicherlich ein ungewöhnlicher Mann. Er war in der Gig des Gouverneurs eingetroffen und hatte schon beinahe die Fallreepspforte passiert, ehe die Ehrenformation zu seinem Empfang angetreten war. »Lassen Sie diesen Quatsch, wir haben keine Zeit zu verlieren«, blaffte der in eine gutgeschnittene, teure Uniform gekleidete Mann.

Sein Name lautete Sir Hugo Draffen, und trotz seiner Eleganz und seines Titels sah er aus wie jemand, der körperliche Anstrengung gewohnt war, keineswegs wie ein Müßiggänger: kräftig, untersetzt, mit tiefgebräuntem Gesicht, winzige Fältchen um die Augen, schien er in Sonnenbrand und rauhen Winden eher zu Hause zu sein als in dem milden Klima von Londons Whitehall. Broughton, der den Rest der Reise vorwiegend in seinem Logis verbracht hatte, war eilig herausgerufen worden und hatte sich dem Gast gegenüber merkwürdig still, fast unterwürfig benommen. Nach Bolithos Ansicht hatte es mit Draffen weit mehr auf sich, als es zur Zeit schien.

Kapitän Gifford von der Fregatte *Coquette*, der dem Geschwader vorausgeschickt worden war, um die neuesten Informationen einzuholen, berichtete düster: »Er kam zu mir an Bord, gleich als ich Anker geworfen hatte.« Gifford war ein langer, beinahe ungeschickt wirkender jüngerer Mann, und sein hageres Gesicht verzerrte sich bei der Erinnerung an diese Begegnung. »Ich sagte ihm, ich müsse wohl gleich wieder los und mit dem Geschwader Verbindung aufnehmen, aber er meinte, das könne ich mir sparen.« Er schüttelte sich. »Und als ich ihn fragte, wieso, da sagte er doch tatsächlich, ich solle mich um meine eigenen verdammten Angelegenheiten kümmern.«

Falcon von der *Tanais* stellte sein Glas ab und sagte grimmig: »Auf diese Weise brauchten Sie wenigstens die Schweinerei mit der *Auriga* nicht mitanzusehen.«

Die Kommandanten sahen erst Falcon und dann einander an. Bis jetzt war diese Sache noch nicht erwähnt worden.

Bolitho mischte sich ein: »Ich glaube nicht, daß wir noch lange im unklaren bleiben werden.« Ob ihnen wohl aufgefallen war, daß er als Flaggkapitän an diesem Gespräch, das eben jetzt in Broughtons Kajüte direkt unter ihnen stattfand, nicht teilnahm? Das war ungewöhnlich. Aber Draffen war anscheinend ein ungewöhnlicher Mann.

»Wenn ich in der Nähe gewesen wäre«, sagte Gifford heftig, »dann hätte ich lieber beide Schiffe versenkt, als so etwas zugelassen.«

»Aber Sie waren eben nicht da, junger Freund«, näselte Fourneaux, »und somit kann Ihnen erfreulicherweise niemand einen

Vorwurf machen – eh?«

»Das genügt, meine Herren.« Bolitho spürte die plötzliche Spannung und trat dazwischen. »Was geschehen ist, ist geschehen, und es gibt nichts mehr darüber zu sagen, höchstens, daß wir in Zukunft besser aufpassen müssen.« Er sah einen nach dem anderen bedeutsam an. »Wir werden in Kürze eine Menge zu tun bekommen, also sparen Sie Ihre Kräfte.«

Die Tür ging auf, Broughton kam herein, hinter ihm Draffen und der Flaggleutnant.

»Nehmen Sie Platz, Gentlemen«, sagte Broughton mit kurzem Nicken. Der Steward bot ihm ein Glas an, aber er lehnte ab und schickte ihn hinaus.

Bolitho fiel auf, daß Draffen sich ans Heckfenster gestellt hatte. Interessierte ihn nicht, was jetzt kam, oder wollte er so stehen, daß er die anderen, diese aber nicht sein Gesicht sehen konnten?

Broughton räusperte sich, blickte zu Draffens untersetzter Gestalt hin, die sich fast schwarz von den sonnenhellen Fenstern abhob, und begann: »Wie Sie wissen, ist das Mittelmeer unserer Flotte seit Ende vorigen Jahres verschlossen. Bonapartes Vormarsch und seine Eroberungen in Italien und Genua haben uns alle Häfen gesperrt, und wir waren genötigt, uns zurückzuziehen.«

Draffen verließ seinen Platz am Fenster und trat herzu. Es war eine rasche behende Bewegung. Offenbar wurde er ungeduldig; das merkte man auch an seinem Ton.

»Wenn ich unterbrechen darf, Sir Lucius?« Er wartete Broughtons Antwort nicht ab, sondern drehte ihm den Rücken zu. »Wir wollen uns kurz fassen. Von der Langmut, mit der die Marine ihre Angelegenheiten betreibt, halte ich nicht viel.« Er lächelte, und die Fältchen um seine Augen wurden scharf wie Krähenfüße. »England führt Krieg gegen einen von seiner Sache überzeugten und, wenn Sie mir den Ausdruck verzeihen wollen, professionellen Gegner. Angesichts der Massierung französischer und spanischer Schiffe in Brest zu einem Großangriff auf England mit anschließender Invasion scheint es nicht nur klug, sondern höchst notwendig, unsere Schiffe zurückzuziehen und mit ihnen die Kanal- und Atlantikflotte zu verstärken.«

Bolitho beobachtete Broughton genauf auf Anzeichen von Ärger oder Unmut, aber dessen Gesicht war wie aus Stein.

Munter fuhr Draffen fort: »Jervis' Sieg bei St. Vincent hat jedoch die Möglichkeit einer Invasion Englands fürs erste, wenn nicht überhaupt, zunichte gemachte. Außerdem hat er die Brüchigkeit der französisch-spanischen Zusammenarbeit auf See bewiesen. Somit muß man logischerweise annehmen, daß Bonaparte seinen Einfluß anderswo geltend machen wird, und zwar bald.«

»Soll ich fortfahren?« fragte Broughton unvermittelt dazwischen.

»Wenn Sie wünschen.« Draffen zog seine Uhr. »Aber bitte rasch.«

Broughton schluckte mühsam. »Unser Geschwader ist der erste britische Verband von nennenswerter Größe, der das Mittelmeer wieder befahren wird.« Weiter kam er nicht.

»Sehen Sie auf diese Karte, Gentlemen«, unterbrach ihn Draffen, riß Leutnant Calvert die Rolle aus der Hand und breitete sie auf dem Tisch aus.

Während die anderen herbeidrängten, warf Bolitho einen raschen Blick auf Broughton. Der war bleich geworden und starrte sekundenlang mit wutglühenden Augen Draffens breiten Rücken an.

»Hier, zweihundertfünfzig Meilen die spanische Küste aufwärts, liegt Cartagena, wo zahlreiche Schiffe, die jetzt in Brest sind, ihre Basis hatten.« Bolitho folgte dem spatelförmigen Finger, der jetzt quer übers Mittelmeer zu der zerrissenen Linie der algerischen Küste fuhr. »Südöstlich von Spanien, bloß hundertfünfzig Meilen entfernt, liegt Djafou.«

Bolitho fuhr zusammen, denn auf einmal sah Draffen ihn an, sehr ruhig und durchdringend. »Kennen Sie es, Captain?«

»Vom Hörensagen, Sir. War früher ein Schlupfwinkel der Berber-Piraten, glaube ich. Guter Naturhafen, sonst ohne Bedeutung.«

Draffen lächelte, aber seine Augen blieben unbewegt. »Die Dons* haben Djafou vor ein paar Jahren übernommen, um ihren Küstenhandel zu schützen. Jetzt, da sie mit den Franzosen alliiert sind, muß man diesen Hafen vielleicht in einem ganz anderen Licht sehen.«

»Als Flottenbasis, Sir?« fragte Raffles mit seiner groben Stimme.

»Vielleicht.« Draffen richtete sich auf. »Aber meine Agenten haben mir von einem regen Kommen und Gehen in Cartagena berich-

* Spitzname für Spanier

tet. Es wäre gut, wenn unser Wiedereintritt ins Mittelmeer mit einer Aktion verbunden wäre, mit etwas Positivem.« Wieder tippte er auf die Karte. »Ihr Admiral weiß bereits, worum es sich handelt; aber Ihnen, Gentlemen, will ich jetzt verraten, daß ich *unsere* Flagge über Djafou zu sehen wünsche, und zwar möglichst bald.«

»Mein Geschwader hat nicht seine volle Sollstärke, Sir«, warf Broughton ein. In der plötzlichen Stille klangen seine Worte beinahe ablehnend. Doch dann wandte er die Augen ab und fuhr fort: »Aber natürlich, wenn Sie meinen ...«

Draffen nickte mit Nachdruck. »Jawohl, das meine ich, Sir Lucius. Ich habe Bombenwerferschiffe aus Lissabon angefordert. Sie werden in ein oder zwei Tagen eintreffen.« Sein Ton wurde härter. »Wenn die Flotten von Spithead und der Nore nicht so sehr mit ihren internen Angelegenheiten zu tun hätten, hätte Ihr Geschwader fünfzehn oder sogar zwanzig Linienschiffe statt vier.« Er zuckte die Achseln. »Und jetzt hat es nur *eine* Fregatte ...«

Mit neuerlichem Achselzucken ließ er das Thema fallen. »Aber das ist Ihre Sache.« Er schnippte mit den Fingern. »Jetzt wäre ein Schluck Wein angebracht, also rufen Sie den Steward wieder herein.« Grinsend sah er in die Gesichter der Offiziere, in denen sich recht gemischte Gefühle spiegelten. »Anschließend haben wir noch eine Menge zu tun.«

Wieder sah er Bolitho an. »Sie sagen sehr wenig, Captain.«

Ärgerlich fuhr Broughton dazwischen: »Ich werde meinen Flaggkapitän selbst informieren, wenn Sie nichts dagegen haben.«

»So gehört es sich auch. Immerhin – ich werde mich Ihrem Geschwader auf einige Zeit anschließen.« Draffen nahm dem Steward ein Glas ab und fuhr unentwegt lächelnd fort: »Nur um sicherzustellen, daß Ihr Weg auch der meine ist – wie?«

Bolitho wandte sich ab. In Gedanken war er bereits mit Draffens munter vorgebrachten, aber außerordentlich mageren Informationen beschäftigt.

Daß britische Schiffe aufs neue die südlichen Verbindungswege von Bonapartes wachsendem Imperium angreifen sollten, war in der Tat eine gute Nachricht. Eine neue, strategisch günstig gelegene Basis für die Flotte zu erobern und zu halten, war gewiß ein Plan, zu dem sowohl Können als auch Phantasie gehörte.

Aber wenn andererseits Broughtons Geschwader nur die Kastanien aus dem Feuer holen, als Mittel zu dem Zweck dienen sollte, den Feind zur Verlegung bedeutender Streitkräfte aus dem Atlantik ins Mittelmeer zu veranlassen, dann konnte es für sie alle sehr übel ausgehen. Daß Draffen eine ganze Menge zu sagen hatte, daran war wohl nicht zu zweifeln; aber sein genauer Status blieb noch immer im dunkeln. Vielleicht wußte er schon etwas über eine Verschlimmerung der Lage in der Nore? Ein kleines Geschwader zu opfern, um den starken feindlichen Druck auf die Kanalflotte zu mildern, das mußte den Lords der Admiralität nicht mehr Skrupel verursachen als Taylors Tod Broughton belastet hatte.

Eins wußte Bolitho ganz genau: was auch bereits entschieden sein mochte, er würde in jeder Phase direkt und persönlich beteiligt sein. Diese Aussicht hätte ihn eigentlich freuen müssen; aber der Gedanke, daß der Oberbefehl in den Händen Broughtons *und* Draffens liegen würde, gab der Sache einen ganz anderen Aspekt.

Broughton war zu Fourneaux getreten und sprach mit ihm. Draffen kam zu Bolitho herüber, offenbar im Begriff, sich zu verabschieden.

»Freut mich, Sie kennengelernt zu haben, Captain«, sagte er. »Ich glaube, wir werden gut miteinander auskommen.« Er machte Calvert ein Zeichen und fuhr ganz beiläufig fort: »Übrigens kannte ich Ihren Bruder.« Damit drehte er sich kurz um und ging zu Broughton und den anderen hinüber.

VI Im Verband

Erst drei Tage später bekam Bolitho Sir Hugo Draffen wieder zu Gesicht. Er hatte an Bord der *Euryalus* und auf den anderen Schiffen so viel zu tun gehabt, daß ihm wenig Zeit zum Nachdenken über Draffens Abschiedsworte geblieben war.

Die Tatsache, daß er Hugh gekannt hatte, verriet, daß Draffen in Westindien gelebt und gearbeitet hatte oder sogar in Amerika während der Revolution. Sonst wäre es wenig sinnvoll gewesen, daß er so geheimnisvoll tat. Draffen war der typische Geschäftsmann, einer von denen, die Kolonien gründen halfen, um persönlichen Gewinn daraus zu ziehen. Ein gerissener Kaufmann, der auch, Bolithos Ansicht nach, ziemlich rücksichtslos sein konnte, wenn es sich so ergab.

Vielleicht war Draffens Bemerkung nur ein Eröffnungszug gewesen, um mit Bolitho in persönlicheren Kontakt zu kommen. Wenn sie in den nächsten Wochen und Monaten harmonisch zusammenarbeiten sollten, war das ganz natürlich. Aber seit sein Bruder zum Feind übergelaufen war, hatte Bolitho eine regelrechte Mauer der Vorsicht in seinem Innern aufgebaut und reagierte auf die bloße Erwähnung von Hughs Namen mit krankhafter Empfindlichkeit.

Es gab viel zu tun: Ergänzung der Verpflegungs- und Trinkwasservorräte für die Reise und Übernahme aller Ersatzteile, die man von der Administration durch Bitten oder Bestechung ergattern konnte. War man erst einmal im Mittelmeer, so hatte man keine Basis mehr und war auf solche Lebensmittel angewiesen, die man erbeutete oder sonstwie beschaffte.

Aus einem weiteren, noch dringlicheren Grunde war Selbstversorgung nötig. Zwei Tage nach dem Ankerwerfen hatte Bolitho eine Korvette in die Bucht kreuzen sehen, die, wie es hieß, Depeschen aus England brachte.

Unverzüglich hatte Broughton ihn kommen lassen und ihm mit grimmigem Gesicht eröffnet: »Die Meuterei in der Nore hat sich ausgeweitet. Fast alle Schiffe sind in den Händen von *Delegierten.*« Er spie das Wort aus, als sei es Gift. »Sie blockieren die Themse und stellen der Regierung erpresserische Forderungen.«

Broughton war aufgesprungen und ruhelos in der Kajüte umhergegangen wie ein wildes Tier im Käfig. »Und Admiral Duncan sollte Blockade vor der holländischen Küste fahren. Was kann er jetzt noch tun, wenn die meisten seiner Schiffe in den Händen von Aufrührern sind und festliegen?«

»Ich werde die anderen Kommandanten informieren, Sir.«

»Ja, sofort! Die Korvette segelt gleich wieder mit Depeschen nach England zurück; es ist also kaum zu befürchten, daß unsere Leute angesteckt werden.« Etwas langsamer fuhr er fort: »Ich habe in meinem Bericht auch den Verlust der *Auriga* mit allen Einzelheiten geschildert. Es könnte den Franzosen einfallen, sie zu Spionagezwecken zu benutzen; je eher also unsere Flotte über ihre neue Nationalität Bescheid weiß, um so besser. Wir wissen noch nicht, ob sie die Flagge tatsächlich auf Grund einer Meuterei gestrichen hat.« Dabei hatte er Bolitho nicht angesehen. »Vielleicht waren alle Offiziere schon gefallen oder kampfunfähig, als sie Bord an Bord lagen; so kann die führungslose Mannschaft überwältigt worden sein.«

Aber offensichtlich glaubte er das ebensowenig wie Bolitho. Immerhin blieb genug Raum für Zweifel offen, daß Broughton diese Ausflüchte in seinem Bericht unterbringen konnte. Gerade jetzt konnte die Nachricht, daß ein britisches Schiff zum Feinde übergegangen war, noch mehr (und wenn möglich schlimmere) Unruhen in der Flotte auslösen.

Broughton hatte sich nicht gescheut, immer mehr Arbeit auf Bolitho abzuwälzen, während das Geschwader seeklar gemacht wurde. Die Nachrichten von der Nore und der Verlust der *Auriga* hatten ihn merklich beeindruckt. Er zog sich sehr zurück und wirkte, wenn er mit Bolitho allein war, lange nicht so gelassen wie früher. Was er in Spithead mit seinem eigenen Flaggschiff erlebt hatte, schien eine tiefe Narbe in seinem Gemüt hinterlassen zu haben. Er verbrachte viel Zeit an Land, führte Besprechungen mit Draffen und dem Gouverneur, aber er fuhr immer allein und behielt seine Gedanken für sich.

Leutnant Calvert schien außerstande zu sein, seinem Admiral irgend etwas recht zu machen; sein Leben wurde schnell zu einem Alptraum. Er mochte aus sehr guter Familie stammen, war aber anscheinend vollkommen unfähig, auch nur den routinemäßigen Signalverkehr innerhalb des Geschwaders zu begreifen, der offiziell in seinen Händen lag.

Bolitho hatte den Verdacht, daß Broughton seinen Adjutanten als Blitzableiter für die eigene quälende Unsicherheit benutzte. Wenn es seine Absicht war, Calvert ein Hundeleben zu bereiten, so hatte er damit bestimmt Erfolg.

Es war jammervoll anzuhören, wie Midshipman Tothill Calvert wieder und wieder, mit allem Respekt, aber mit Nachdruck, die Einzelheiten der Signalprozedur erklärte; fast noch jammervoller war Calverts offensichliche Dankbarkeit. Nicht daß es viel genutzt hätte. Es brauchte nur einen von Broughtons plötzlichen Wutausbrüchen, und Calverts geringer Wissenschatz war unwiederbringlich im Winde verweht.

Am Nachmittag des dritten Tages, als Bolitho die Vorbereitungen mit Keverne besprach, meldete der Wachoffizier das Eintreffen der beiden Bombenschiffe, die bereits auf Reede Anker warfen. Kurz danach kam ein Kutter längsseit, und der Bootsführer reichte einen versiegelten Brief an Bolitho herauf. Er war von Draffen und typisch kurz. Bolitho sollte unverzüglich an Bord des Bombenschiffes *Hekla* kommen, und zwar mit dem Boot, das den Brief gebracht hatte.

Broughton war an Land, also kletterte Bolitho, nachdem er Keverne entsprechend instruiert hatte, in den Kutter, der ihn zur

Hekla hinüberbrachte.

Allday sah ihm mit schlecht verhehltem Unmut nach. Daß Bolitho ein anderes Boot als seine Kommandantengig benutzte, paßte ihm sowieso nicht, und als der Kutter von der *Euryalus* ablegte, überkam ihn plötzliche Angst: Wenn Bolitho irgend etwas zustieß, und er war, wie eben jetzt, allein . . . was dann? Noch als das Boot hinter dem Heck der *Zeus* verschwand, starrte er ihm nach, besorgter denn je.

In seiner ganzen Dienstzeit hatte Bolitho noch nie ein Bombenwerferschiff gesehen, wenn er auch oft genug von ihnen gehört hatte. Dieser Typ war zweimastig, etwa hundert Fuß lang, mit sehr gedrungenem Rumpf und niederem Schanzkleid. Das Seltsamste war die asymetrische Stellung des Fockmastes: verhältnismäßig weit achtern, so daß das Schiff aussah, als sei es ganz falsch ausbalanciert oder eigentlich ein Dreimaster, dem der richtige Fockmast in Höhe des Decks abgeschossen worden war.

Ein Bombenschiff war ungefähr so lang wie eine Korvette, doch ohne deren Eleganz und Beweglichkeit, vielmehr, wie es hieß, teuflisch schwer zu segeln, sobald das Wetter auch nur etwas rauh wurde.

Als das Boot an den Rüsten festmachte, sah Bolitho Draffen allein auf dem winzigen Achterdeck stehen. Er beschattete die Augen mit der Hand und beobachtete, wie Bolitho an Bord kletterte.

Bolitho lüftete den Hut zum Empfangszeremoniell der kleinen Ehrenwache und nickte einem jungen Leutnant zu, der ihn fasziniert anstarrte.

»Kommen Sie herauf, Captain«, rief Draffen, »da haben Sie bessere Übersicht.«

Bolitho ergriff Draffens ausgestreckte Hand. Wie der ganze Mann war auch sie zäh und hart. »Dieser Leutnant da«, sagte er, »ist das der Kommandant?«

»Nein. Den habe ich hinuntergeschickt, kurz bevor Sie an Bord kamen. Tut mir leid, wenn ich damit Ihre altehrwürdigen Zeremonien störe, aber ich brauchte meine Karte aus seiner Kajüte. Schöne Kajüte übrigens – da wohnt mein Hund besser«, grinste Draffen und deutete zum Vorschiff. »Kein Wunder, daß diese Bombenwerfer so komisch gebaut sind. Jede Planke ist doppelt so dick wie bei einem anderen Schiff. Denn Rück- und Vertikalstoß sind bei diesen Dingern so stark, daß sie einen normalen Schiffsrumpf zerreißen würden.«

Bolitho sah genauer hin. Da waren sie, die beiden mächtigen Mörser, mitten auf dem Vorderdeck montiert: kurznasig, schwarz und unglaublich häßlich, und die Mündungen hatten einen imponierenden Durchmesser. Leicht konnte er sich vorstellen, was sie beim Abschuß für einen Druck auf die Planken ausübten.

Das andere Schiff sah ganz ähnlich aus und hieß passenderweise *Devastation**.

Halb im Selbstgespräch fuhr Draffen fort: »Die Bombenwerfer laufen heute nacht aus, ehe diese Schakale in Algeciras genaueres über sie erfahren.«

Bolitho nickte. Das war vernünftig. Draffen wandte sich ab und beobachtete ein paar Matrosen, die so geschickt in der Takelage herumkletterten wie Spinnen, die ihr Netz bauten. Bolitho warf ihm einen verstohlenen Blick zu.

Der Mann war doch älter, als er gedacht hatte. Näher an Sechzig als an Fünfzig. Das graue Haar kontrastierte scharf mit dem tiefgebräunten Gesicht und dem muskulösen, doch beweglichen Körper.

»Schlechte Nachrichten aus England, Sir«, sagte Bolitho. »Ich weiß es von Sir Lucius.«

»Mancher lernt's eben nie«, sagte Draffen scheinbar gleichgültig in die Luft hinein. Er führte aber nicht näher aus, wie er das meinte. »Was Ihren Bruder betrifft«, wechselte er das Thema, »ich traf mit ihm zusammen, als er dieses Kaperschiff führte. Sie selbst haben ja sein Schiff schließlich vernichtet, wie ich hörte.« Sein Blick verlor etwas an Schärfe. »Ich habe in letzter Zeit eine ganze Menge über Sie gehört, und gerade dieser Streich machte mich neidisch. Ich hoffe, auch ich könnte so etwas fertigbringen, wenn Not am Mann ist.« Und wieder schlug seine Stimmung um. »Ich kann natürlich nicht alles glauben, was ich über Sie gehört habe. So gut kann keiner sein.« Er grinste, weil Bolitho ihn verblüfft ansah, und deutete über seine Schulter. »Was mir zum Beispiel der Kommandant der *Hekla* da über Sie erzählt hat – also so was habe ich noch nie gehört!«

Bolitho fuhr herum, starr vor Überraschung. Der Mann, auf dessen langem Gesicht sich erst Verwirrung, dann Entzücken malte, war Francis Inch – kein kleiner Leutnant mehr, sondern ein Mann mit der einzelnen Epaulette auf der linken Schulter: Commander Inch, damals bei dem letzten blutigen Gefecht gegen Lequillers Schiffe in der Biskaja Erster Offizier der *Hyperion*.

* = Vernichtung

Inch kam heran und machte eine ungeschickte Verbeugung. »Ich bin's, Sir – Inch!«

Bolitho nahm Inchs Hand in seine beiden; dabei merkte er erst, wie sehr er ihn vermißt hatte, und was für ein Stück Vergangenheit er ihm bedeutete.

»Ich habe Ihnen ja versprochen, ich würde dafür sorgen, daß Sie ein selbständiges Kommando kriegen.« Doch ansonsten wußte er nicht, was er sagen sollte – da war der über das ganze Gesicht grinsende Draffen, und Inch starrte ihn auf seine altbekannte diensteifrige Art an, die ihn manchmal so nervös gemacht hatte.

»Ich konnte entweder ein Bombenschiff kriegen«, strahlte Inch, »oder ich hätte wieder Erster auf einem Vierundsiebziger werden können, Sir. Aber nach der alten *Hyperion* hatte ich dazu keine Lust mehr . . .« Dabei sah er auf einmal ganz traurig aus; doch dann brach sein Grinsen wieder durch. »Jetzt habe ich das hier –«, stolz flog sein Blick über das kleine Schiff –, »und das!« Damit tippte er auf seine Epaulette.

»Und eine Frau haben Sie jetzt auch?« Von sich aus hätte Inch das wohl nie erwähnt, weil er Bolitho nicht an dessen Verlust erinnern wollte.

»Aye, Sir«, nickte Inch. »Von einem Teil des Prisengeldes, das Sie uns verschafft haben, konnte ich ein bescheidenes Haus in Weymouth kaufen. Ich hoffe, Sie werden uns mal die Ehre geben . . .« Jetzt wurde er wieder wie früher, unsicher, zerfahren. »Aber Sie werden wohl zu viel zu tun haben, Sir . . .«

Bolitho faßte seinen Arm. »Es wird mir eine Freude sein, Inch. Schön, Sie wiederzusehen.«

»Also hat ein Seeoffizier doch warmes Blut im Leib«, bemerkte Draffen trocken.

Verlegen trat Inch von einem Fuß auf den anderen. »Ich schreibe gleich nachher an Hannah. Sie wird sich sehr freuen, daß wir uns getroffen haben.«

Nachdenklich sah Bolitho Draffen an. »Das haben Sie sich als Überraschung aufgehoben, Sir.«

»Dic Flotte hat ihre Methoden, und ich habe meine«, erwiderte dieser mit einem nachdenklichen Blick auf den hochragenden Gibraltarfelsen. Dann wandte er sich Inch zu. »Und jetzt, Commander, wenn Sie uns allein lassen wollten – ich habe mit Captain Bolitho etwas zu besprechen.«

»Essen Sie heute mit mir, Inch«, sagte Bolitho, »auf dem Flaggschiff.« Auch er grinste jetzt, um die Bewegung zu verbergen, die ihn bei Inchs plötzlichem Auftauchen überkommen hatte. »Vielleicht geht's dann schneller mit Ihrer nächsten Beförderung.«

Er sah noch, wie Inch sich freute, als er eilig zu seinem Leutnant hinüberging – wahrscheinlich würde er diesem zum soundso vielten Mal alte Geschichten zur Erbauung erzählen.

»Mit dem war vermutlich als Offizier nicht viel los, bis Sie ihn in die Finger bekamen«, bemerkte Draffen.

»Er hat sich schwergetan«, erwiderte Bolitho; »aber ich habe nie einen Mann getroffen, der so loyal war und in mancher Hinsicht so viel Glück hatte. Wenn wir Feindberührung bekommen, Sir, dann rate ich Ihnen, halten Sie sich dicht bei Inch. Der hat den Trick raus, am Leben zu bleiben, wenn alle um ihn fallen und das Schiff in Stücke geht.«

Draffen nickte ernsthaft. »Ich will daran denken.« Dann fuhr er munterer fort: »Wenn alles klargeht, setzt Ihr Geschwader morgen abend Segel. Die Werfer stoßen später zu Ihnen. Die Einzelheiten kann Ihnen der Admiral ausführlicher erklären als ich.« Anscheinend war er zu einer Entscheidung gelangt. »Ich habe mir die Mühe gemacht, Ihre Personalakte zu studieren, Bolitho. Zu dem Unternehmen, das wir vorhaben, brauchen wir allerhand Initiative und Findigkeit. Vielleicht wird man die Dienstvorschriften der Admiralität ein bißchen den Umständen entsprechend abwandeln müssen. Ich weiß, daß Ihnen solche Methoden nicht unbekannt sind. Ich habe die Erfahrung gemacht«, schloß er mit trockenem Lächeln, »daß man im Kriege Männer braucht, die eigene Ideen haben. Starre, feste Regeln taugen dabei nichts.«

Auf einmal fiel Bolitho wieder ein, was Broughton damals, als er der *Zeus* die Verfolgung des Franzosen hätte freigeben sollen, für ein Gesicht gemacht hatte. Und sein Gefechtsplan, seine Vorliebe für Pläne überhaupt, sein offenkundiges Mißtrauen gegen alles Unerprobte, was nach unorthodoxen Methoden roch . . .

»Ich hoffe nur«, erwiderte er, »daß wir nicht zu spät kommen und die Franzosen die Verteidigungsanlagen von Djafou nicht schon verstärkt haben.«

Draffen sah sich rasch um und antwortete dann: »Ich habe in dieser Gegend einen gewissen Einfluß oder Verbindungen, wenn Sie wollen, und es ist nicht meine Absicht, daß Sie sich ausschließlich auf Ihr Glück und Ihre persönliche Tapferkeit verlassen sollen. Ich kenne die algerische Küste gut, auch die Menschen dort – größtenteils Halsabschneider, denen absolut nicht zu trauen ist.« Wieder lächelte er. »Aber wir werden sehen, daß wir sie für unsere Zwecke gebrauchen und das Beste daraus machen, nach dem alten Sprichwort: Wenn man nicht haben kann, was einem gefällt, dann muß einem eben gefallen, was man hat.«

Er hielt Bolitho die Hand hin. »Ich muß jetzt gehen und mit ein paar Leuten an Land sprechen. Bestimmt sehen wir uns sehr bald wieder.«

Er kletterte in sein Boot hinunter, und Bolitho trat an die Schanz zu Inch.

»Ein merkwürdiger Mann, Sir«, sagte dieser. »Sehr undurchsichtig.«

»Glaube ich auch. Immerhin hat er anscheinend ziemlich viel zu sagen.«

Inch seufzte und schüttelte den Kopf. »Vorhin hat er mir von der Gegend erzählt, wo wir hinsegeln. Er scheint dort recht gut Bescheid zu wissen. Aber meiner Ansicht nach ist da kaum was zu holen.«

Nachdenklich nickte Bolitho. Handel, ja – aber was für einen Handel konnte man in einem so gottverlassenen Nest wie Djafou treiben? Und wo war eine Verbindung zur Karibik und Draffens Bekanntschaft mit Hugh?

»Ich muß wieder an Bord«, sagte er. »Wir reden beim Dinner noch darüber. Aber Sie werden keine bekannten Gesichter antreffen, fürchte ich.«

»Außer Allday, Sir«, grinste Inch. »Ohne den kann ich mir Sie überhaupt nicht vorstellen.«

Bolitho schlug ihm auf die knochige Schulter. »Ich mich auch nicht!«

Später, allein in seiner Kajüte, knöpfte Bolitho sein Hemd auf, spielte mit dem Medaillon und starrte blicklos durch das offene Heckfenster. Inch würde nie ermessen, wieviel ihm dieses Wiedersehen bedeutet hatte: es war wie dieses Medaillon etwas, woran man sich festhalten konnte, etwas Vertrautes. Einer von seinen alten Hyperianern.

Es klopfte; nervös trat Calvert ein, einen Stoß Papiere wie zum Schutz vor der Brust.

Bolitho lächelte. »Setzen Sie sich. Ich werde sie gleich unterschreiben, und Sie können sie noch vor Sonnenuntergang an das Geschwader verteilen.«

Calvert konnte seine Erleichterung nicht verbergen, als sich Bolitho an den Tisch setzte und zur Feder griff. Dadurch blieb es ihm erspart, Broughton gegenübertreten zu müssen, wenn dieser wieder an Bord kam.

Sein Auge fiel auf Bolithos Degen, der noch auf der Sitzbank lag, wo Bolitho ihn nach seiner Rückkehr von der *Hekla* hingelegt hatte. Er vergaß alle Vorsicht und rief: »Oh, Sir – darf ich mir diese Waffe näher ansehen?«

Überrascht wandte sich Bolitho ihm zu. Es sah Calvert gar nicht ähnlich, mehr von sich zu geben als gemurmelte Entschuldigungen. Seine Augen funkelten tatsächlich vor eifrigem Interesse.

»Aber bitte, Mr. Calvert.« Er lehnte sich zurück und sah zu, wie der Leutnant die alte Klinge aus der Scheide zog und sie in Kinnhöhe vor sich hielt. »Sind Sie Fechter wie Sir Lucius?«

Calvert gab keine direkte Antwort. Er ließ die Finger über den alten, schwarzangelaufenen Griff gleiten und sagte: »Wunderbares Equilibre, Sir. Wunderbar.« Schüchtern blickte er zu Bolitho auf. »Ich habe ein Auge dafür, Sir.«

»So? Dann passen Sie auf, daß Sie Ihr Auge im Zaum halten, Mr. Calvert. Es könnte Sie sonst in erhebliche Schwierigkeiten bringen.«

Calvert schob die Klinge ein und war auf einmal wieder wie immer. »Vielen Dank, Sir, daß ich ihn in die Hand nehmen durfte.«

Bolitho schob ihm die Papiere hin und sagte bedeutsam: »Und versuchen Sie, in Ihrem Dienst etwas sorgfältiger zu sein. Mancher Offizier würde einen Arm dafür geben, Ihre Stelle zu haben. Also machen Sie guten Gebrauch davon.«

Unter Stammeln und verlegenem Lächeln machte sich Calvert davon. Seufzend stand Bolitho auf. Da kam Allday herein und sah sofort den Degen. Er nahm ihn und steckte ihn in seine Halterung an der Schottwand. »Also war Mr. Calvert hier?« fragte er.

Bolitho mußte über Alldays Neugier lächeln. »Stimmt. Der Degen schien ihn sehr zu interessieren.«

Nachdenklich betrachtete Allday die Waffe. »Kann ich mir vorstellen. Gestern habe ich gesehen, wie er den Midshipmen was zeigte. Sie steckten ' ne Kerze an, Drury, der Jüngste, hielt sie hoch, und Mr. Calvert hieb mit seinem Degen die Flamme ab.«

Bolitho fuhr herum. »So ein verdammter Blödsinn!«

Allday zuckte die Schultern. »Keine Angst, Captain. Der Hieb ging dicht unter der Flamme durch den Docht, die Klinge berührte die Kerze überhaupt nicht.« Er räusperte sich geräuschvoll. »Auf den werden Sie aufpassen müssen, Captain.«

Bolitho sah ihn überrascht an. »Tatsächlich, Allday. Das werde ich.«

Joe Partridge, der Master, tippte an seinen zerbeulten Hut, als Bolitho unter der Kampanje hervorkam, und meldete: »Stetiger Wind, Sir. Kurs Südost zu Ost liegt an.«

»Recht so.«

Bolitho nickte dem Offizier der Wache zu, ging zur Luvseite hinüber und füllte sich die Lungen mit der kühlen Abendluft. Das Geschwader war in der gnadenlosen Nachmittagssonne in See gegangen und hatte sich dank einer ermutigenden nordwestlichen Brise zu einer geschlossenen Linie formiert. Jedes Schiff hielt eisern seine vorgeschriebene Station, und die Signaltätigkeit blieb auf ein Minimum beschränkt.

Viele Teleskope mußten ihnen von der spanischen Küste her gefolgt sein, und es würde allerlei Spekulationen über ihren Bestimmungsort geben. Unwahrscheinlich, daß der Feind einem so kleinen Verband viel Wichtigkeit beimessen würde, aber es hatte keinen Sinn, es darauf ankommen zu lassen. Waren sie erst einmal klar von der Küste, dann konnte beinahe jedes entgegenkommende Schiff ein Gegner sein, das wußten alle Kommandanten. Selbst Neutrale, und von denen gab es herzlich wenig, mußten als gefährlich betrachtet werden, da sie den Gegner über Position und Kurs des Geschwaders informieren konnten.

Doch jetzt war es Abend, und die Abende im Mittelmeer faszinierten Bolitho immer wieder. Während die vier Linienschiffe vor dem stetigen rauhen Wind mühelos dahinglitten, wurden die Schatten auf den Decksgängen immer länger, und vor dem Bug schimmerten die Schatten bereits in unbestimmtem tieferem Purpur. Doch achteraus war der Himmel noch lachsrot; im scheidenden, vom Horizont herabfließenden Sonnenlicht schimmerten die Marssegel der *Valorous* perlmuttern wie riesige Muschelschalen.

Wenn Wind und Seegang so blieben, würde jedes Schiff während der Nacht ohne Schwierigkeiten seine Position halten können. Darüber mußte sich Broughton freuen, dachte Bolitho.

Keverne trat heran. »Mit der Sicht wird es wohl bald vorbei sein, Sir«, sagte er.

Bolitho blickte zum Rad hinüber, wo der dicke Master bei dem

Rudergasten stand. »Wir werden gleich zwei Strich abfallen, Mr. Partridge.« Er hielt nach Midshipman Tothill Ausschau, der bei den Leewanten stand, und befahl ihm: »Signal an Geschwader vorbereiten: ›In Kiellinie Kurs Ost zu Süd.‹«

Um den Midshipman brauchte er sich nicht weiter zu kümmern. Tothill und seine Signalgasten waren außerordentlich tüchtig. Der Junge würde einen guten Offizier abgeben.

Zu Keverne sagte er: »Jedes Schiff soll ein Hecklicht führen, für den Fall, daß wir auseinandergeraten. Das kann auch eine Hilfe für die *Coquette* sein, wenn sie uns sucht.«

Die Fregatte patrouillierte nämlich fünfzehn Meilen achteraus, eine Vorsichtsmaßnahme, damit sie nicht bereits von einer neugierigen Feindpatrouille beschattet wurden.

Die kleine Korvette *Restless* war in Luv der *Zeus* eben noch sichtbar, und Bolitho konnte sich vorstellen, wie wichtig sich ihr junger, frisch ernannter Kommandant auf einmal vorkam. Sie war als einziges Schiff im Geschwader schnell genug, falls ein verdächtiges Segel auftauchte und erkundet werden mußte.

Es war immer dasselbe: Fregatten gab es nie genug; und jetzt, da ihnen die *Auriga* fehlte, mußten sie bei weiträumigen Operationen noch sparsamer disponieren.

»Signal vorbereitet, Sir«, rief Tothill.

»Recht so.« Bolitho nickte Keverne zu. »Machen Sie weiter. Ich muß den Admiral informieren.«

In der großen Kajüte saßen Broughton und Draffen einander gegenüber an dem langen Tisch. Keiner von ihnen sprach; Bolitho konnte das Schweigen zwischen ihnen geradezu spüren.

»Nun?« Broughton lehnte sich zurück und tippte lässig an sein unberührtes Glas Rotwein.

»Klar zur Kursänderung, Sir Lucius.« Draffen beobachtete ihn genau, seine Augen glänzten im Licht der Deckenlampe und dem rötlichen Schein, der durch die Fenster einfiel.

»Recht so.« Broughton zog seine Uhr. »Irgendwelche Anzeichen, daß wir verfolgt werden?«

»Keine, Sir.«

»Dann machen Sie bitte weiter«, knurrte Broughton. »Ich komme vielleicht später an Deck.«

Draffen stand auf und stützte sich auf die Tischplatte, denn die *Euryalus* sank soeben in ein Wellental. »Ich würde mich Ihnen gern anschließen, Captain«, sagte er und nickte Broughton gleichmütig zu. »Schiffsführung interessiert mich immer wieder, wissen Sie.«

»Äh – Moment mal«, fuhr Broughton auf. Aber als Bolitho sich zu ihm umwandte, schüttelte er abweisend den Kopf. »Nichts. Gehen Sie an Ihren Dienst.«

Auf dem Achterdeck bemerkte Draffen gelassen: »Mit dem Admiral das Quartier zu teilen, ist auch nicht die bequemste Art zu reisen.«

Bolitho lächelte. »Sie können gern meine Kajüte beziehen. Ich verbringe mehr Zeit im Kartenraum als in meiner Koje.«

Draffen schüttelte den Kopf. Seine Augen überflogen die einzelnen Divisionen, die bereits an ihren Stationen auf den nächsten Befehl vom Achterdeck warteten. »Sir Lucius und ich kommen jeder von einem anderen Pol, Bolitho. Aber es wäre ganz gut, wenn wir die gesellschaftlichen Unterschiede wenigstens einige Zeit beiseite lassen könnten.«

Bolitho vergaß Draffen und die Spannungen in der Admiralskajüte. Er wandte sich Keverne zu. »Vorbereitetes Signal hissen!« befahl er. Und als die Flaggen zur Rahe hinaufflogen und sich ungeduldig im Winde entfalteten, rief er: »Klar zur Kursänderung, Mr. Partridge!«

»Die *Zeus* hat bestätigt, Sir.«

In der Tat drehte das Führungsschiff bereits majestätisch auf den neuen Kurs; Marssegel und Besan killten sekundenlang, kamen aber rasch wieder unter Kontrolle. Die *Tanais* folgte ihrem Beispiel; der gewölbte Rumpf glänzte in dem schwindenden Licht, als sie rasch auf die neue Ruder- und Segelstellung reagierte.

Keverne hob die Sprechtrompete. Er preßte seinen schlanken Körper gegen die Reling, als wollte er das mächtige Schiff herumdrücken.

»An die Brassen!« Er deutete in den purpurnen Schatten am Fuß des Großmastes. »Mr. Collins, schreiben Sie den Mann da auf! Der stolpert ja 'rum wie 'ne Hure auf der Hochzeit!«

Unbekannte Stimmen murmelten aus der Düsternis, Partridges weißes Haar schimmerte gelb im Schein der Lampe, als er sich über den Kompaß beugte.

»Hol an! Zugleich!«

Die Männer lehnten sich zurück und holten die mächtigen Rahen herum; taktmäßig stampften die Marine-Infanteristen am Kreuzmast. Das Schiff krängte stärker, die Segel zitterten und brausten unter dem Wechsel des Winddrucks.

Bolitho lehnte sich über die Reling und suchte mit den Augen sein Schiff ab; seine Ohren nahmen das vielfältige Knarren und Stöhnen der Wanten und Stagen auf – das tat er ganz automatisch, aber es entging ihm nichts.

»Gehen Sie auf den neuen Kurs, Mr. Partridge!« Er sah zum Mast hoch, wo Broughtons Flagge und der Windstander sich langsam drehten, bis sie über den Backbordbug wiesen.

»Ost zu Süd liegt an, Sir!« Partridge trat auf die andere Seite der Bussole, als Bolitho nach achtern kam und sich über die herumschwingende Windrose beugte.

»Recht so.« Er spürte, wie das Schiff reagierte, sah die mächtigen dunklen Rechtecke der Segel im Wind wieder steif werden, als die *Euryalus* nun gehorsam auf neuem Kurs lief.

Es wurde jetzt rasch dunkel. In diesen Breiten war das immer so. In der einen Minute ein scheinbar nicht endenwollendes glühendes Abendrot, und dann auf einmal alles schwarz, bis auf das sahnige Weiß am Bug und hier und da einen Wellenkamm, wenn eine Bö sie streifte.

Keverne brüllte: »An die Leebrassen! Zum Donnerwetter, hol dicht! Mr. Weigall, Ihre Leute müssen besser ran!«

Über dem tiefen Saitenton von Wanten und Stagen hallten Stimmen; wahrscheinlich verfluchte der Dritte Offizier Kevernes unheimlich scharfe Augen – oder sein auf Sachverstand beruhendes Ahnungsvermögen.

Draffen hatte wortlos zugesehen, wie die einzelnen Divisionen ihre vielfältigen Aufgaben ausführten. »Hoffentlich bin ich an Bord, wenn Sie mal Gelegenheit haben zu zeigen, was sie unter vollen Segeln wirklich leisten kann!« murmelte er.

Bolitho lächelte. »Heute nacht wird es kaum dazu kommen, Sir. Wir werden die Marssegel sicherlich reffen müssen. Wenn man so eng aufgeschlossen segelt, besteht immer Kollisionsgefahr.«

Keverne kam wieder nach achtern und faßte an den Hut.

»Bitte die Wache unter Deck schicken zu dürfen, Sir.«

»Genehmigt. Das hat gut geklappt, Mr. Keverne.«

»Die *Valorous* ist auf Station, Sir«, erklang eine Stimme.

»Recht so.« Bolitho ging nach Luv hinüber. Er blickte den Matrosen und Seesoldaten nach, die zum Niedergang eilten, unter Deck verschwanden und ihre Logis aufsuchten. Eine vollgestopfte, strudelnde Welt, wo sie zwischen den Kanonen schliefen, die sie in der Schlacht zu bedienen hatten, mit einer knappen Schulterbreite Raum für jede Hängematte. Was mochten sie wohl denken, wo es hinging? Und was sie da sollten?

Draffen kam wieder zu Bolitho; beim Kompaß glühte sein Gesicht im Lampenschein kurz auf. Im Gleichschritt gingen sie beide an den Finknetzen auf und ab.

»Muß ein seltsames Gefühl sein, Bolitho.«

»Was meinen Sie, Sir?« Bolitho hatte fast vergessen, daß er bei seinem ruhelosen Auf und Ab nicht allein war.

»So ein Schiff zu kommandieren. Eines, das Sie selbst in der Schlacht erobert haben.« Er redete schnell; offenbar hatte er über dieses Thema eingehend nachgedacht. »Ich an Ihrer Stelle wüßte nicht recht, ob ich ein Schiff, das ich selbst unter großer Gefahr erobert habe, auch verteidigen könnte.«

»Das kommt immer auf die Umstände an, Sir«, erwiderte Bolitho stirnrunzelnd.

»Mich interessiert das sehr. Sagen Sie, was halten Sie von der *Euryalus* – als Schiff, meine ich?«

Bolitho blieb stehen und stützte sich auf die Achterdecksreling. Er fühlte das Holz unter seinen Händen erzittern, als sei dieses ganze komplexe Gebilde aus Holz und Hanf ein lebendes Wesen. »Sie ist sehr schnell für ihre Größe, Sir, und erst vier Jahre alt. Sie segelt gut, und auch der Rumpf ist gut gebaut.« Er wies nach vorn. »Anders als bei unseren eigenen Linienschiffen läuft die Plankung um den Bug, so daß es keine Schwachstelle gibt, die dem feindlichen Feuer ausgesetzt ist.«

Draffen zeigte die Zähne. »Ihre Begeisterung gefällt mir. Wenigstens ein Trost. Und ich dachte, Sie würden ganz anders reden. Ich hätte gewettet, daß Sie sagen, der französische Schiffsbau tauge nichts.« Er lachte leise auf. »Aber da habe ich mich anscheinend geirrt.«

»Die Franzosen sind großartige Schiffsbauer«, antwortete Bolitho gelassen. »Ihre Schiffsrümpfe sind in jeder Linie besser und schneller als unsere.«

In spöttischer Bestürzung hob Draffen die Hände. »Aber wie können wir dann gewinnen? Wie haben wir bisher siegen können, noch dazu gegen ihre zahlenmäßige Überlegenheit?«

Bolitho schüttelte den Kopf. »Die Schwäche der Franzosen liegt nicht in ihren Schiffen oder im Mangel an Mut. Es ist die Führung. Zwei Drittel ihrer ausgebildeten und erfahrenen Offiziere wurden unter der Schreckensherrschaft abgeschlachtet. Und so lange sie durch unsere Blockade in ihren Häfen eingeschlossen sind, werden sie sich auch nichts zutrauen.« Er merkte recht gut, daß Draffen ihn nur ausholen wollte, aber er sprach weiter. »Jedesmal, wenn sie ausbrechen und unsere Geschwader in ein Gefecht verwickeln, lernen sie ein bißchen mehr, bekommen ein bißchen mehr Selbstvertrauen, auch wenn ihnen der Sieg versagt bleibt. Die Blockade ist meiner Meinung nach nicht mehr das richtige Mittel. Sie schädigt Unschuldige genauso wie diejenigen, gegen die sie gerichtet ist. Klare, entschiedene Aktionen, das ist die Lösung. Den Feind treffen, wo und wie immer wir können! Der Umfang solcher Aktionen ist dabei relativ unwichtig.«

Eben wies der Wachoffizier mit schneidend böser Flüsterstimme einen Übeltäter zurecht, den der Bootsmannsmaat nach achtern gebracht hatte.

Bolitho ging weiter, Draffen im Gleichschritt neben ihm. »Aber schließlich wird eine entscheidende Konfrontation der beiden großen Flotten stattfinden.«

»Zweifellos, Sir. Dennoch glaube ich, je mehr Angriffe wir auf die Basen, die Verbindungswege, den Handel des Gegners unternehmen, um so wahrscheinlicher ist es, daß wir ihn zu Lande auf lange Sicht besiegen.« Er lächelte verlegen. »Als Seemann sage ich das nur ungern; aber einen vollständigen Sieg erzielen wir erst, wenn die Flagge unserer Infanterie auf den feindlichen Zinnen weht.«

»Vielleicht haben Sie sehr bald die Chance, Ihre Theorie in die Praxis umzusetzen«, antwortete Draffen bedeutsam lächelnd. »Es hängt weitgehend von unserem Treffen mit einem meiner Agenten ab. Ich habe ein Rendezvous arrangiert. Hoffentlich kann er es schaffen.«

Bolitho spitzte die Ohren. Das war das erste, was er davon hörte. Broughton hatte ihm nur kurze Andeutungen gemacht. Das Geschwader sollte außer Sichtweite vor Djafou patrouillieren; die *Coquette* sollte näher heransegeln und rekognoszieren. Ganz normale Taktik. Normal und bedrückend langweilig, hatte er gedacht. Aber jetzt, da Aussicht auf neue, geheime Informationen über den Aufmarsch des Gegners bestand, bekam die Operation ein ganz anderes Gesicht.

Draffen fuhr fort: »Ich werde ein bißchen nervös, wenn ich an morgen denke. Wir könnten auf die ganze feindliche Flotte stoßen. Beunruhigt Sie das nicht auch?«

Bolitho blickte Draffen forschend an, aber dessen Gesicht lag in tiefem Schatten. Vielleicht wollte er ihn nur wieder prüfen – es war schwer zu sagen. Vielleicht scherzte er auch über etwas, das eine durchaus reale Möglichkeit war.

»Seit meinem zwölften Jahr lebe ich mehr oder weniger mit dieser Erwartung, in Angst, Erregung oder Betroffenheit, Sir.« Auch Bolitho war ernst geworden, aber dann grinste er. »Doch bis jetzt hat sich kein Mensch um meine Empfindungen gekümmert – am allerwenigsten der Feind.«

Draffen lachte leise. »Dann will ich nach unten gehen und beruhigt schlafen. Ich habe Sie schon zu lange in Anspruch genommen. Aber bitte informieren Sie mich, wenn etwas Außergewöhnliches geschieht.«

Bolitho trat beiseite. »Gewiß, Sir. Sie *und* meinen Admiral.«

Noch im Abgehen lachte Draffen vor sich hin. »Wir müssen uns öfter unterhalten!« Damit verschwand er.

Der Midshipman der Wache kam übers Deck gerannt und meldete seinem Leutnant, daß die Hecklaterne brenne. Durch die Takelage vorn schimmerte die Laterne der *Tanais* wie ein Glühwürmchen über ihrem Kielwasser.

Bolitho hörte die scharfe Stimme des Leutnants: »Hat auch lange genug gedauert, Mr. Drury!« und das Antwortgemurmel des Jungen. Es war gar nicht schwer, sich vorzustellen, daß dort Adam Pascoe stünde statt des unglückseligen Drury.

Bolitho versuchte, sich um seinen jungen Neffen keine Sorgen zu machen; aber durch das Zusammentreffen mit Inch war ihm in aller Härte bewußt geworden, daß der Junge für ihn unerreichbar war. Er hatte natürlich Briefe bekommen, sowohl von ihm selbst als auch von seinem Kommandanten, von Herrick, Bolithos bestem Freund. Aber wie sein eigenes Schiff, die *Euryalus*, konnte auch Herricks alter Vierundsechziger, die *Impulsive*, wenig Rücksicht auf das bißchen menschliche Wärme und Hoffnung nehmen, das die Postboote brachten, oder das in irgendeinem Hafenbüro lagerte, in der Erwartung der entfernten Möglichkeit, daß das Adressatschiff eines Tages dort vor Anker ging.

Bolitho nahm seinen Marsch wieder auf und versuchte, sich Adam vorzustellen, wie er ihn zuletzt gesehen hatte. Doch jetzt mußte er anders aussehen. Vielleicht ganz fremd? Bolitho schritt rascher aus. Unvermittelt wurde ihm klar, wie sehr ihn das berührte. Vor zwei Jahren hatten sie sich getrennt. Der Junge war zu Herrick an Bord gegangen, Bolitho bekam das Kommando über seine Prise, die spätere *Euryalus*, und mußte sie neu ausrüsten und versorgen. Adam war jetzt siebzehn; vielleicht wartete er schon auf die Chance zum Offiziersexamen. Ob er sich wohl in den zwei Jahren sehr verändert hatte? Hatte er seine eigene Form gefunden, oder war er nach Hugh geschlagen?

Zusammenfahrend bemerkte Bolitho, daß der Midshipman ihm den Weg versperrte; weiß glänzten seine Augen in der Dunkelheit.

»Entschuldigung, Sir, aber der Wachoffizier läßt mit allem Respekt anfragen, ob . . . ob . . .« Unter dem Blick seines Kommandanten fing er an zu stottern. »Ob wir reffen könnten. Der Wind scheint aufzufrischen, Sir.«

Bolitho musterte ihn unbewegt. »Ja, Mr. Drury.« Er hatte nicht einmal an dem veränderten Summen in den Wanten gemerkt, daß der Wind stärker geworden war, so tief war er in Gedanken gewesen. »Wie alt sind Sie, Mr. Drury?« fragte er.

Der Junge schluckte. »Dreizehn, Sir.«

»Aha. Nun, Mr. Drury, bis Sie ein eigenes Schiff bekommen, haben Sie noch eine lange, stürmische Fahrt vor sich.«

»Jawohl, Sir.« Was, um Gottes willen, mochte nun kommen?

»Und wenn ein junger Offizier keine Finger mehr hat, kann das ein wirkliches Problem für ihn sein. Daher wünsche ich in Zukunft nicht mehr zu hören, daß Sie Kerzen hochhalten, um anderen Leuten bei ihren Degentricks zu assistieren – verstanden?«

»Nein, Sir – ich meine, ja, Sir!« Drury fiel fast auf die Nase, als er zum Wachoffizier zurückrannte; vermutlich schwirrte ihm der Kopf im Gedanken an den unfehlbaren Nachrichtendienst des Kommandanten.

Keverne erschien an Deck, sich noch den Mund mit dem Taschentuch betupfend, und spähte zu den Segeln hinauf.

»Sie wünschen, Sir?«

»Wir wollen die Marssegel gleich reffen, Mr. Keverne.« Bolitho sprach ganz dienstlich. Was er fühlte oder fürchtete, durfte er auf keinen Fall zeigen, durfte er mit keinem von denen teilen, die von seinem Können und seiner Urteilskraft abhängig waren. Keverne rannte bereits los, im Laufen seinen Rock zuknöpfend und nach dem Bootsmannsmaat der Wache brüllend.

Aber manchmal, fand Bolitho, war das schwerer, als er je gedacht hätte.

VII Breitseite!

Um Mittag des folgenden Tages krochen die Schiffe langsam über Steuerbordbug voran, hart am Wind, mit dichtgebraßten Rahen, um möglichst viel Höhe herauszufahren. Kurz nach dem ersten Morgenlicht hatten sie eine neue Kursänderung vorgenommen und segelten nun nach Ostnordost. Jetzt standen sie über ihren zitternden Spiegelbildern wie festgenagelt, und die glühende Sonne machte jede körperliche Anstrengung zur Qual. Es war wie in einem Schmelzofen, und selbst der Wind, der stetig aus Norden kam, brachte weder Frische noch Erleichterung, sondern stach auf der Haut wie heißer Sand.

Bolitho zupfte sich das Hemd vom Leibe ab und floh in den Schatten der Finknetze. Keverne und Partridge setzten eben ihre Sextanten ab und verglichen ihre Bestecks. Mehrere Midshipmen sahen bei dieser routinemäßigen Prozedur zu und taten desgleichen, allerdings war es bei ihnen nur Übungssache.

Oben vor der Kampanje, wo ein schmales Sonnensegel aufgeriggt war, schritt Draffen langsam auf und ab. Auf den sonnengedörrten Planken klangen seine Schritte unverhältnismäßig laut. Keverne kam mit seinem Besteck zu Bolitho herüber und sagte müde: »Es stimmt mit Ihrer Berechnung überein, Sir.« Gleich den anderen Offizieren war er ohne Rock und Hut, und sein Hemd klebte ihm am Körper wie eine zweite Haut. Er war anscheinend zu apathisch, um sich über die Genauigkeit der Berechnung zu freuen oder zu wundern.

Es war eine ereignislose Nacht gewesen. Das Geschwader segelte gut und hielt die vorgeschriebenen Positionen ein. Bei Morgengrauen war Broughton an Deck erschienen – das war ungewöhnlich und mußte etwas zu bedeuten haben.

Als die Signale für den neuen Kurs hochgingen und die Vorbereitungen für Reinschiff und Frühstückfassen begannen, hatte Broughton säuerlich bemerkt: »Wir sollen heute vormittag Kontakt mit einem von Sir Hugos ›Freunden‹ aufnehmen. Bei Gott, es kotzt mich an, daß ich mich nach so einem verdammten Amateur richten muß!« Ob er damit Draffen oder den Agenten meinte, ließ er offen; und Bolitho hielt es nach einem Blick auf sein Gesicht für besser, sich auch die taktvollste Rückfrage zu verkneifen.

Je länger der glühende Vormittag sich hinzog, um so deutlicher schwand Draffens Zuversicht. Bei jedem plötzlichen Ausruf eines

Matrosen blieb er stehen, bis sich herausstellte, daß er nichts zu bedeuten hatte.

»Schon gut, Mr. Keverne«, sagte Bolitho. »Im Moment können wir nichts weiter tun.«

Vor zwei Stunden hatte der Ausguck im Masttopp das Deck angerufen; und als jedes Auge auf seinen winzigen, schwankenden, zweihundert Fuß hohen Sitz gerichtet war, hatte er ›Land in Sicht‹ gemeldet.

Obwohl Bolitho die Höhe haßte, enterte er in die vibrierenden Webeleinen auf, über die Großsaling, immer höher, bis er neben dem bezopften Matrosen war, der die Meldung gemacht hatte. Die Beine fest um die Marssaling geschlungen, hatte er krampfhaft vermieden, aufs Deck hinunterzusehen, und sich auf sein Teleskop konzentriert; dabei sah er, daß der Ausguck die ganze Zeit gelassen durch die Zähne pfiff und sich nicht einmal festhielt.

Aber die Aussicht war beinahe alle Mühe und Ängste des Aufenterns wert gewesen. Weit hinten im Süden erstreckte sich die lange ungleichmäßige Linie eines fernen Gebirgszuges, eisblau im harten Sonnenlicht, vom Flachland durch einen Streifen Bodennebel getrennt, in fremdartiger Schönheit: die Küste von Afrika. Die Berge waren schätzungsweise dreißig Meilen entfernt, und doch schienen sie unerreichbar wie eine Fata Morgana.

Aber dann war es auf einmal wieder mit der Landsicht vorbei, und überall tanzten und glitzerten Millionen blendender Reflexe auf der See, so daß die Matrosen auf den Rahen sich festhalten und mühsam jede unverhoffte Bewegung des Schiffes ausbalancieren mußten, denn die Sonne blendete so stark, daß sie sich auf ihre Augen nicht mehr verlassen konnten.

Das Geschwader hatte sich mehr und mehr zerstreut und fuhr jetzt in weit auseinandergezogener Linie, so daß die *Tanais* gut zwei Meilen voraus lag.

Broughton hatte eingeräumt, daß es praktischer sei, die Formation auseinanderzuziehen, damit sie von irgendeinem kleinen Fahrzeug, auf dem sich Draffens Agent befand, besser gesichtet werden konnten. Und falls ein Feind aufkreuzte, war es gut, wenn das Geschwader möglichst groß wirkte. Weit draußen in Lee schimmerten wie brünierter Stahl die Marssegel der Korvette, die geschäftig, einem nach Kaninchen schnüffelnden Terrier gleich, vorm Winde dahinflog.

Von der *Coquette* war immer noch nichts zu sehen; das würde auch noch einige Zeit dauern. Vielleicht war sie weit achteraus hinter einem fremden Segel her. Ebensogut konnte sie aber auch ernsthafte Feindberührung bekommen haben.

Calvert erschien auf dem Achterdeck. Im hellen Sonnenlicht wirkte sein Gesicht noch bekümmerter, angestrengter als sonst.

»Kompliment von Sir Lucius«, meldete er, »und Sie möchten zu ihm in die Tageskajüte kommen, Sir.«

Keverne verzog den Mund und fragte: »Vielleicht ein Planänderung, Sir?«

Ohne zu antworten schritt Bolitho hinter Calvert her. Ob Keverne wohl beleidigt war, weil er so wenig wußte? Aber er, der Kommandant, wußte auch nicht viel mehr. Als er in die Kajüte trat, dauerte es ein paar Sekunden, bis sich seine Augen an den schattigen Raum gewöhnt hatten und an die vergleichsweise Kühle im Gegensatz zum ungeschützten Achterdeck. Bolitho hatte zwar nicht bemerkt, daß Draffen die Kampanje überhaupt verlassen hatte, aber er saß neben dem Schreibtisch.

»Sir?« Broughton stand an einem der offenen Heckfenster, sein hellbraunes Haar glänzte im Widerschein der Sonne. Weit achteraus lag die *Valorous* auf Kurs; sie sah aus wie ein winziges Schiffsmodell, das auf der Epaulette des Admirals balancierte.

»Ich habe Sie heruntergebeten«, sagte Broughton unwirsch, »damit Sie Sir Hugo klarmachen, daß die *Restless* in Signaldistanz zum Verband bleiben muß.« Er atmete heftig aus. »Also?«

Bolitho legte die Hände auf den Rücken. In Gegenwart der beiden wie immer tadellos gekleideten Herren kam er sich auf einmal ungekämmt und schmutzig vor. Er merkte, daß zwischen ihnen Spannung herrschte; vermutlich hatten sie sich gestritten.

Draffen blieb unbeeindruckt. »Ich muß meinen Agenten finden, Captain. Die Korvette ist klein und schnell genug für diesen Zweck.« Er zuckte die Achseln. »Das ist doch einzusehen, nicht wahr?«

Bolitho wurde mißtrauisch. Beide zerrten an ihm, jeder wollte ihn auf seine Seite bringen. Noch nie hatte Broughton ihn in strategischen Angelegenheiten um seine Meinung befragt. Und Draffen schlug zwar seit ihrer damaligen Unterhaltung immer einen leichten, vertraulichen Ton an, hatte jedoch über seine eigentlichen Absichten kaum etwas verlauten lassen.

»Darf ich fragen, Sir Hugo, was das für ein Schiff ist, mit dem wir zusammentreffen sollen?«

Draffen wand sich verlegen im Sessel. »Oh, irgend etwas Kleines. Wahrscheinlich eine arabische Dhau oder so.« Das klang unbestimmt und ausweichend.

Bolitho gab nicht nach. »Und wenn wir sie verfehlen – was dann?«

Der Admiral am Fenster wandte sich um und fuhr brüsk dazwischen: »Soll ich vielleicht noch eine Woche mit dem Geschwader hin und her kreuzen?« Wütend starrte er Draffen an. »Noch eine Woche, in der wir den offenen Kampf vermeiden und ständig Kurs ändern müssen?«

Draffen blieb unbewegt. »Weiß ich alles, Sir Lucius. Aber diese Sache erfordert sehr viel Takt und Vorsicht. Und außerdem«, schloß er in schärferem Ton, »eine sehr exakte Schiffsführung.«

Bolitho trat einen Schritt vor. »Ich verstehe schon, Sir Hugo.« Er war sich darüber klar, daß er zwischen diesen beiden mächtigen und unnachgiebigen Männern stand. Außerhalb der Flotte hatte er nie viel Kontakt mit solchen Leuten gehabt und machte sich jetzt Vorwürfe, daß er so schlecht mit ihnen umzugehen verstand, ihre Welt nicht begriff, die so verschieden von der seinen war. »Aber in diesem kleinen Geschwader sind über dreitausend Mannschaften und Offiziere, die jeden Tag, den wir auf See sind, verpflegt werden müssen, die beiden Bombenwerfer nicht mitgerechnet. Allein das Trinkwasser wird in diesem Klima rasch zu einem Problem. Und wenn wir nicht bald eine neue Versorgungsbasis einplanen können, müssen wir vielleicht nach Gibraltar zurück, ehe wir unsere Mission beendet haben.«

»Bitte um Entschuldigung, Captain«, nickte Draffen. »Das hört sich ganz vernünftig an. Der Binnenländer neigt dazu, ein Schiff als bloßes Fahrzeug anzusehen und nicht als Behältnis für eine Anzahl Menschen, die genauso zu essen haben müssen wie andere, die das Glück haben, an Land zu leben.«

Broughton starrte ihn an. »Aber genau das habe ich Ihnen doch eben gesagt.«

»Es geht nicht nur darum, *was* Sie mir gesagt haben, Sir Lucius, sondern *wie* Sie es gesagt haben.«

Er stand auf und sah erst Broughton, dann Bolitho an. »Auf jeden Fall muß ich Sie bitten, daß Sie die *Restless* zum Flaggschiff zurückbeordern. Ihr Steuermann hat mir versichert, daß sich dieser Wind noch eine Zeitlang halten wird. Das ist wohl auch Ihre Meinung, Captain?«

Bolitho nickte. »Höchstwahrscheinlich, Sir. Aber verlassen können Sie sich nicht darauf.«

»Das muß mir genügen. Ich werde auf die Korvette umsteigen und mit ihr näher an die Küste heransegeln. Wenn ich bis Sonnenuntergang keinen Kontakt mit meinem Agenten habe, komme ich zum Geschwader zurück.«

Broughton rieb sich den Nacken. »Und dann segeln wir wie vorgesehen nach Djafou?«

Nach kurzem Zögern erwiderte Draffen: »Sieht so aus.«

Der Admiral lächelte dünn. »Na schön.« Er schnippte mit den Fingern nach Calvert, der am anderen Ende der Kajüte herumstand. »Signal an die *Restless*: ›Aufschließen zum Flaggschiff!‹« Nervös ging er auf dem Bodenbelag mit den schwarz-weißen Karos hin und her. »Und dann noch ein Signal an die *Valorous*.« Bolitho warf einen verstohlenen Blick auf den Flaggleutnant, der eifrig in seinem Notizbuch kritzelte. Hoffentlich nahm er alles richtig auf.

»Äh – die *Valorous* soll das Kommando über das Geschwader übernehmen und auf jetzigem Kurs weitersegeln. Die *Euryalus* macht kehrt und fährt der *Restless* entgegen.« Er lächelte Draffen flüchtig zu. »Damit sparen wir Zeit, und Sie haben ein paar Stunden zusätzlich für Ihre, äh, Suche.«

Er fuhr herum und blaffte Calvert an: »Was, zum Teufel, stehen Sie da und glotzen mich an? Scheren Sie sich raus und lassen Sie die Signale sofort absetzen!«

Als die Tür hinter Calvert ins Schloß fiel, brummte er: »Dämlicher Bengel! In der St. James Street mag er ja ein feiner Geck sein, aber hier nutzt er mir so viel wie eine blinde Nähmamsell!«

Draffen stand auf und schritt zur Nebenkajüte, die gegenüber der größeren lag, wo der Admiral schlief. »Ich muß mich noch umziehen«, sagte er mit einem gelassenen Blick auf Broughton. »Ich möchte nämlich nicht, daß mich der Kommandant der Korvette für einen Geck wie Calvert hält.«

Broughton wartete, bis er draußen war, und brach dann los: »Bei Gott, jetzt reicht's mir bald!«

»Ich kümmere mich um den neuen Kurs, Sir.«

»Ja, tun Sie das«, antwortete Broughton kühl. »Ich werde froh sein, wenn wir in Djafou sind. Von diesen ewigen Einmischungen habe ich wirklich die Nase voll.«

Bolitho eilte aufs Achterdeck hinaus, wo die Hitze ihn anfiel wie glühende Kohlen aus einem Herdfeuer.

Nach einem kurzen Blick auf den Windstander rief er scharf: »Lassen Sie ›Alle Mann‹ pfeifen, Mr. Keverne! Wir halsen sofort. Dann können Sie Bramsegel setzen.«

Die Pfeifen schrillten, sofort ergoß sich der Strom der barfüßigen Matrosen auf das sonnenüberflutete Deck. Nur hier und da blickte einer zum Achterdeck hin, neugierig, was denn auf einmal los war.

Achteraus setzte die *Valorous* bereits mehr Segel; das Bestätigungssignal verschwand von der Rah, die große Fock kam frei und bauschte sich im Wind. Der Kommandant wird sich über dieses Signal freuen, dachte Bolitho. Fourneaux war nie so richtig mit seiner Funktion als Nachhut zufrieden gewesen. Dieser Befehl würde den anderen unmißverständlich klarmachen, was Broughton wirklich von ihm hielt.

Dann vergaß er Fourneaux, denn Midshipman Tothill meldete: »Die *Restless* hat bestätigt, Sir.« Verzweifelt blickte er auf Calverts gebeugten Rücken, der in das Signalbuch starrte, als wäre es arabisch geschrieben.

»Na, Mr. Partridge«, lächelte Bolitho, »dann wollen wir mal sehen, was sie sagt, wenn sie wieder ein bißchen Wind zu spüren kriegt.«

Er sah zu den Männern hinunter, die bereits auf ihren Stationen am Fuße jedes Mastes angetreten waren. »Machen Sie weiter, Mr. Keverne!«

»Entert auf! Bramsegel setzen!« Keverne wartete ab, bis die halbnackten Matrosen die obersten Rahen erreicht hatten, wo sie sich schwarz vom blauen Himmel abhoben.

»An die Brassen!«

Partridge gab ein Handzeichen, die Rudergänger warfen sich in die Speichen und brachten das mächtige Rad herum.

»Laß gehn und hol an!« Metallisch verfremdet klang Kevernes Stimme aus dem Sprachrohr. »Hievt, ihr faulen Vetteln!«

Knarrend und stöhnend kamen die mächtigen Rahen herum, tief tauchte der Schiffsrumpf in die Wellen und schor majestätisch langsam aus der Linie des Geschwaders. Oben knatterten die Segel ein paar Sekunden lang wild und laut durcheinander, aber noch lauter tönte das Schimpfen, Fluchen und Drohen der Bootsmaaten an den Masten, die ihre Leute antrieben. Schon flogen die Bramsegel peitschend von den Rahen und härteten sich zu festen bräunlichen Rechtecken unter dem Winddruck, rissen und zerrten an Blöcken und Schoten, jederzeit bereit, einen Topsgasten hinunterzuschleudern, wenn er nicht aufpaßte.

»Südost zu Süd!«

Bolitho stand mit gespreizten Beinen da; er spürte das Vibrieren des Decks durch seine Schuhsohlen, als die Segel das Schiff vorwärts und über den nächsten Wellenkamm zogen. Triumphierend flog Gischt an der Galionsfigur hoch und flockte über die Männer an Vorstengestagsegel und Klüver. Um die Wette rannten die barfüßigen Matrosen übers Deck, in Erwartung neuer Befehle. Das Schiff lag jetzt beinahe vorm Wind und machte mehr Fahrt; jetzt bildete das Deck nicht mehr einen stetigen schrägen Winkel wie vorher, sondern schwankte hin und her.

Wie mochte das Schiff wohl für die *Restless* aussehen? dachte Bolitho mit einem Blick nach oben. Die Korvette war dazu gebaut, dem Wind fast direkt in die Zähne zu segeln; daß Broughton es sich anders überlegt hatte, würde ihr und dem Geschwader eine ganze Menge Zeit sparen. Aber wahrscheinlich, dachte Bolitho, hatte sich Broughton nur deswegen so entschieden, weil er Draffen, wenn auch nur für kurze Zeit, loswerden wollte.

Doch im Moment konnte er zufrieden sein. Die *Euryalus* benahm sich großartig, und er spielte mit dem Gedanken, Keverne auch noch die Stengestagsegel setzen zu lassen. Aber gerade diese zusätzlichen Obersegel konnten sie unter Umständen einem noch unsichtbar unter der Kimm stehenden Feind verraten.

Er wandte sich um, denn Draffen kam an Deck. »Sie wollten sie doch mal unter vollen Segeln sehen, Sir.« Er sah, wie Draffens Blick staunend über die steifen, brausenden Segel glitt, und wie schön er den Anblick fand, wenn er auch nicht viel davon verstand.

»Eine richtige Lady, Bolitho! Das allein lohnt schon die Mühe.«

Er trug einen einfachen grünen Rock und eine weite Hose. Unter dem Rock blinkte es metallisch. Offensichtlich war es Draffen nichts Neues, eine Pistole zu tragen; er machte durchaus den Eindruck, als könne er ganz gut auf sich aufpassen. Jetzt eben beschattete er die Augen mit der Hand und versuchte zu begreifen, was die *Restless* vorhatte: Sie drehte wieder in den Wind, ihre Segel flatterten beinahe mittschiffs, aber dann schwang sie auf ihren neuen Kurs herum.

Bolitho ging nach Backbord hinüber und hielt Ausschau nach dem Geschwader. Die *Euryalus* hatte in der kurzen Zeit so viel Abstand gewonnen, daß die Schiffe im Pulk zu stehen schienen und aus der Entfernung aussahen wie ein mißgestaltetes Seeungeheuer.

»Mr. Keverne«, rief er, »in dreißig Minuten nehmen wir Segel weg. Die *Restless* kann in Lee liegen, bis Sir Hugo an Bord ist.«

Später, als die *Euryalus* beigedreht lag und ohnmächtig in den Wellen rollte, die Segel nutzlos und lärmend gegen die Masten schlugen, kam Broughton an Deck und sah zu, wie das kleine Dingi der Korvette Draffen abholte.

»So, das wäre das!« sagte er befriedigt.

Bolitho sah noch, daß Draffen beim Anbordklettern einen Augenblick verhielt und zurückwinkte.

»Ich würde jetzt gern einen Schlag nach Nordost machen, Sir. Das spart Zeit, wenn wir uns nachher wieder dem Geschwader anschließen«, sagte er.

Broughton wandte der Korvette, die sich mit gefüllten Segeln in rascher Fahrt davonmachte, den Rücken zu. »Bitte, wie Sie meinen«, stimmte er zu und sah Bolitho prüfend ins Gesicht. »Sie können es wohl nicht erwarten, Ihren Platz in der Formation wieder einzunehmen?« Er lächelte ironisch. »Nun, es wird Fourneaux nichts schaden, wenn er noch ein bißchen länger Admiral spielen kann.«

Bolitho ging zu Keverne hinüber, der noch immer der Korvette nachsah. »Wir gehen hart an den Wind über Steuerbordbug, Mr. Keverne, Kurs Nordost. Lassen Sie also noch mal ›Alle Mann‹ pfeifen. Nachher können sie Essen fassen. Appetit werden sie ja inzwischen bekommen haben.« Eben spähte der wüst aussehende Oberkoch, ein bärtiger Riese, aus der Kombüse. »Allerdings schaudert es mich bei dem Gedanken, was dieser Kerl manchmal zusammenschmort.«

Dann ging er wieder nach Luv hinüber, und die Matrosen schwärmten nochmals in die Wanten und auf die langen Rahen hinaus. Broughton verstand ihn besser als er wußte: Unabhängigkeit und Eigeninitiative, so hatte ihn sein Vater gelehrt, waren die beiden kostbarsten Besitztümer für jeden Kommandanten. Jetzt, da er ein Flaggschiff kommandierte und ans Geschwader gebunden war, begriff er erst richtig, wie er das gemeint hatte.

Plötzlich fiel ihm sein Haus in Falmouth ein und die beiden Porträts, die einander gegenüberhingen. Er empfand eine gewisse Rührung, weil er ohne Kummer und Bitterkeit daran denken konnte. Es war fast, als hätte er jemanden dort, der auf seine Rückkehr wartete.

Unbewegten Gesichts kam Keverne wieder. »Zwei Mann stehen

heute nachmittag zur Bestrafung an, Sir.«

»Was?« Bolitho fuhr auf und starrte den Leutnant an. »Ach so. Ja, ist gut.«

Der kurze Augenblick des Friedens war vorbei. Doch als er zur Achterdeckreling ging, wünschte er sich heiß und innig, er möge wiederkehren.

Um sechs Uhr desselben Tages saß Bolitho an seinem Schreibtisch und sah durch das Heckfenster, den Kopf voller Gedanken. Trute, der Kajütsteward, stellte ihm einen Topf frischgebrühten Kaffee hin und trat wortlos wieder ab. Er hatte sich an die Launen seines Kommandanten gewöhnt, der anscheinend unbedingt allein sein wollte, auch wenn er sich seinen Kaffee selbst eingießen mußte. Auch daß sein Schreibtisch nach achtern blicken mußte, und daß er, wenn irgend möglich, lieber dort aß als an seinem schönen Eßtisch in der Nebenkajüte. Trute hatte bisher drei Kommandanten betreut, aber so einer war nicht darunter gewesen. Alle drei hatten hinten und vorn, zu jeder Tages- und Nachtzeit, bedient werden wollen. Alle drei konnten sehr schnell sehr unangenehm werden, wenn etwas nicht nach Wunsch ging. Aber sosehr er Bolitho als gerechten und rücksichtsvollen Vorgesetzten schätzte, hatte er sich doch bei seinen Vorgängern wohler gefühlt. Wenigstens hatte er bei denen die meiste Zeit gewußt, was sie gerade dachten.

Bolitho nippte an dem glühendheißen Kaffee. Auch der würde eines Tages, wie so manches andere, ein Luxusartikel werden. Man wußte nie genau, wann ein Schiff in bezug auf Lebensmittel und Trinkwasser die Sicherheitsgrenze überschritt.

Vier Glasen wurden angeschlagen; irgendwo hörte er eilige Schritte poltern, vielleicht war es ein Deckoffizier, der eingeduselt war und jetzt rennen mußte, um rechtzeitig für die zweite Hundewache abzulösen.

Bolitho hatte den Nachmittag über viel zu tun gehabt, und zwar hauptsächlich in Angelegenheiten seines eigenen Schiffes, nicht des Geschwaders. Es hatte sich viel angesammelt. Eine endlose Prozession von Leuten wartete, die alle etwas von ihm wollten.

Grubb, der Schiffszimmermann, grauhaarig, immer argwöhnisch und pessimistisch auf der Jagd nach dem Erzfeind aller Schiffe, der Fäule. Nicht daß er bei seinen täglichen maulwurfsgleichen Streifzügen durch die Eingeweide des Rumpfes, die er nie anders gesehen hatte oder sehen würde als bei Laternenlicht, etwas gefunden hätte.

Er wollte wohl nur Bolitho vor Augen führen, wie unermüdlich er um das Schiff besorgt war.

Ein paar Minuten hatte er Clove, dem Küfer, gewidmet, weil sich der Zahlmeister vor einiger Zeit über den Zustand mehrerer Wasserfässer beklagt hatte. Aber Zahlmeister Nathan Buddle beklagte sich oft und gern, wenn es sich um Dinge handelte, für die jemand anderer zuständig war. Er war ein dünner, hinterhältig aussehender Mann mit pergamentener Haut und ewig ängstlicher Miene, hinter der, wie Bolitho argwöhnte, etwas ganz anderes stecken mochte als ein paar angefaulte Wasserfässer. Fairerweise mußte er zugeben, daß Buddles Abrechnungen bisher immer gestimmt hatten; aber man mußte ihm, wie allen Zahlmeistern, ständig auf die Finger sehen.

Und, wie Keverne schon gemeldet hatte, zwei Mann wurden zum Strafvollzug nach achtern gebracht; wie immer sahen alle dabei zu, die nicht gerade Wache gingen.

Bolitho haßte diese Schauspiele, obwohl er wußte, daß sie unvermeidbar waren. Es dauerte immer so lange. Die Grätings wurden aufgeriggt, die Delinquenten ausgezogen und festgezurrt, und dann kam seine eigene Stimme, die, das Brausen von Wind und Leinwand übertönend, die Kriegsartikel verlas.

Der eigentliche Strafvollzug interessierte die Zuschauer gar nicht so sehr.

Der erste Mann, der sich ein Dutzend Hiebe eingehandelt hatte, war beim Kameradendiebstahl erwischt worden. Man war der Meinung, daß er billig weggekommen wäre im Vergleich zu dem, was seine Messekameraden mit ihm angestellt hätten, wäre nicht der Schiffskorporal zur rechten Zeit dazwischengekommen. Wie Bolitho gehört hatte, sollte es vorgekommen sein, daß Männer, die ihre Kameraden bestohlen hatten, nachts über Bord geworfen wurden; ja, einer sollte tatsächlich ohne die Hand, die gestohlen hatte, aufgefunden worden sein. In der brodelnden, ständig unter Druck stehenden Welt des Zwischendecks gab es für einen Dieb wenig Sympathie.

Der zweite Matrose bekam zwei Dutzend wegen Nachlässigkeit im Dienst und Insubordination. Sawle, der jüngste Leutnant, hatte ihn gemeldet. In diesem besonderen Fall gab sich Bolitho selbst die Schuld. Er hatte Sawle vor etwa sechs Monaten zum Leutnant befördert; aber hätte er nicht unter dem kranken Admiral Thelwall so viel mit Geschwaderangelegenheiten zu tun gehabt, so hätte er sich das, wie ihm heute klar war, zweimal überlegt. Sawle schien das Zeug zu einem guten Offizier zu haben, aber das war nur äußerlich. Er war ein mürrisch aussehender junger Mann von achtzehn Jahren, und Bolitho hatte Keverne gesagt, er solle aufpassen, daß seine Neigung zum Schikanieren sich in Grenzen hielt. Vielleicht hatte Keverne sein Bestes getan; vielleicht hatte er auch gedacht, das sei alles nicht so schlimm, solange Sawle sonst seinen Dienst versah.

Sei dem wie ihm wolle; der blutige Rücken des Mannes war Bolitho eine grimmige Mahnung, Sawle in Zukunft ständig im Auge zu behalten. Wenn Meheux, der lustige, rundgesichtige Zweite Offizier, oder Weigall, der Dritte, an Stelle von Sawle gewesen wären, dann wäre es jedenfalls nicht so weit gekommen. Meheux war beliebt wegen seines grobschlächtigen Nordlandhumors. Er rühmte sich mit gutem Grund, daß er genauso klettern und spleißen könne wie jeder Matrose, und so hätte er schlimmstenfalls zu dem Mann gesagt: »Mal sehen, wer's besser macht!« Weigall, der den Körperbau, aber leider auch die Intelligenz eines Preisboxers besaß, hätte den Mann mit seiner massiven Faust auf die Planken geschmettert und dann die ganze Geschichte völlig vergessen. Weigall war bei seiner Division nicht unbeliebt, aber meistens ging man ihm aus dem Wege. Er hatte das mittlere Geschützdeck unter sich und war unglücklicherweise seit einem Gefecht mit einem Blockadebrecher sehr schwerhörig. Manchmal bildete er sich ein, die Leute redeten hinter seinem Rücken über ihn, und dann setzte es beim geringsten Anlaß Strafexerzieren.

Bolitho lehnte sich im Sessel zurück und starrte achteraus auf das blasige Kielwasser der *Euryalus*, die in dem steifen Nordwest stetige Fahrt machte.

Er schenkte sich noch Kaffee ein und verzog das Gesicht. Bald würde das Schiff drehen und mehr Segel setzen, denn das Geschwader mußte möglichst rasch wieder gefunden werden. An diesem einen Nachmittag und Abend relativer Freiheit hatte er Zeit gehabt, über die Männer nachzudenken, mit denen er am engsten zusammenarbeiten mußte, die aber durch Rang und Stellung von ihm getrennt waren. Broughton ließ ihn völlig in Ruhe; Calvert hatte verlauten lassen, der Admiral säße entweder über den Karten oder lese immer wieder seine Geheimorder durch, als suche er etwas darin, das ihm bisher entgangen sei.

Es klopfte, und der Posten draußen brüllte: »Midshipman der Wache, Sir!«

Es war Drury. Der ging Strafwache wegen der Mißhelligkeiten, die er mit seinem Leutnant wegen der Laterne gehabt hatte.

»Mr. Bickford läßt Sie mit allem Respekt bitten, Sir, an Deck zu kommen.«

Bolitho lächelte über die Neugier des jungen Mannes, dessen Blicke eifrig in der Kajüte herumhuschten, damit er nachher in der wesentlich bescheideneren Fähnrichsmesse eine möglichst detaillierte Beschreibung liefern konnte.

»Und warum, Mr. Drury? Das Beste haben Sie anscheinend vergessen.«

»Ein Segel, Sir«, erwiderte der Junge verwirrt. »In Nordwest.«

Bolitho sprang auf. »Danke.« Er eilte zur Tür. »Ich könnte ja Trute Bescheid sagen, daß er Sie später in meiner Kajüte herumführt, Mr. Drury. Aber im Moment haben wir zu tun.«

Errötend rannte Drury hinter ihm her, und so kamen sie zusammen auf Deck an.

Bickford war der Vierte Offizier. Er nahm seine Dienstpflichten sehr ernst, war aber völlig humorlos.

»Der Ausguck hat soeben ein Segel gemeldet, Sir. Im Nordwesten.«

Bolitho ging nach Luv hinüber und suchte die Kimm ab. Sie war hart und silberweiß wie eine Säbelschneide. Doch der Wind wehte stetig; wenigstens etwas. Immerhin konnte er bis zum Morgen erheblich auffrischen. Dann würde es lange dauern, bis sie wieder beim Geschwader waren und mit Draffen an Bord der *Restless* Verbindung aufnehmen konnten.

Bickford hielt Bolithos Schweigen für Unsicherheit. »Meiner Überzeugung nach ist es die *Coquette*, Sir«, sagte er mit leicht erhobener Stimme, um bei Drury und einem zweiten dabeistehenden Midshipman Eindruck zu schinden. »Das wäre am wahrscheinlichsten.«

Bolitho hob den Kopf und starrte auf die gebauschten Marssegel oben, den heftig knatternden Windanzeiger. Wie eine Riesenpeitsche. Er dachte an die schwindelerregende Kletterei, das furchtbare Vibrieren der Wanten.

»Soso, Mr. Bickford. Danke sehr.«

Der Leutnant nickte bestimmt. »Schon weil es ein einzelnes Schiff ist und so zuversichtlich herankommt.«

Bolitho sah immer noch in die vibrierenden Rahen. Eben kam Keverne die Kampanjeleiter herauf und eilte zu ihnen.

»Mr. Keverne, entern Sie mit einem Glas auf. So schnell Sie können. Da ist ein Schiff an Backbord – vielleicht allein.« Er warf Bickford einen raschen Blick zu. »Vielleicht auch nicht.«

Bickford und die anderen erstarrten plötzlich und traten zurück – also mußte Broughton an Deck gekommen sein.

»Äh, Bolitho – warum diese Aufregung?«

»Ein Segel, Sir«, sagte Bolitho und deutete über die Finknetze zum Horizont.

»Hmhm.« Broughton wandte sich um und sah Keverne nach, der leichtfüßig in die Wanten aufenterte. »Wer mag das sein?«

»Ich glaube«, sagte Bickford rasch, »daß es die *Coquette* ist, Sir.«

Ohne mit der Wimper zu zucken, sagte der Admiral zu Bolitho: »Wollen Sie bitte diesem Herrn klarmachen: wenn ich jemals in die schlimme Lage komme, daß ich eine völlig wertlose Ansicht brauche, wird er der erste sein, der es erfährt.«

Bolitho lächelte, als Bickford in die Gruppe an der Reling zurückwich. »Ich glaube, er hat Sie schon verstanden, Sir.«

Seltsam, daß sie alle äußerlich so ruhig waren, dachte er. Bestimmt hatte Broughton, der so tat, als interssiere ihn das Ganze nur beiläufig, den Kopf bereits voller Probleme und Kalkulationen. Ob er wohl diesmal den Flaggkapitän nach seiner Meinung fragen würde?

Keverne kam die Pardune heruntergerutscht, landete platschend an Deck und eilte herbei. Auf seinem brünetten Gesicht arbeitete es erregt. »Kauffahrer, Sir. Aber gut bewaffnet, fünfzig Geschütze, würde ich sagen. Steht direkt vorm Wind, hat aber keine Bramsegel gesetzt.« Er merkte, daß Broughton ihn ungeduldig anstarrte, und schloß: »Spanier, Sir. Kein Zweifel.«

Broughton biß sich auf die Lippe. »Hol' ihn der Teufel!«

Bolitho dachte laut nach. »Selbst ohne Bramsegel könnten wir ihn nur schwer erwischen, Sir. Aber wenn wir ihn schnappen, bekommen wir vielleicht Informationen.« Broughtons steife Haltung verriet seine innere Spannung. »Informationen, die Sie weitergeben können, sofern Sie es für richtig halten.«

Das saß. Mit blitzenden Augen fuhr Broughton herum.

»Bei Gott, ich sehe direkt Sir Hugos Gesicht vor mir, wenn er mit leeren Händen zurückkommt, während wir ihm was Neues erzählen können!« Er seufzte. »Aber es hat ja keinen Zweck. Bis Sie diese Elefantenkuh von Schiff gewendet haben, ist der Don schon halb zu Hause. Und eine lange Verfolgung, die mich noch weiter vom Geschwader wegbringt, kann ich mir nicht leisten.«

»Ich glaube, wir alle haben ein wichtiges Detail übersehen, Sir«, erwiderte Bolitho und schlug die Faust in die Handfläche. »In gewissem Sinne hatte Mr. Bickford gar nicht so unrecht.« Lächelnd blickte er zu den anderen hinüber. Bickford hielt sich im Hintergrund, als hätte er Angst vor einem Anschnauzer. Bolitho fuhr fort: »Der Don denkt, die *Euryalus* ist ein Franzose!« Er blickte Broughton an, der jetzt nicht mehr so zweifelnd und enttäuscht, sondern ein bißchen hoffnungsvoll aussah. »Warum auch nicht, Sir? Wie die Dinge liegen, kann doch niemand annehmen, daß sich ein einzelnes britisches Schiff hier im Mittelmeer herumtreibt. Und in der kurzen Zeit können sie noch gar nicht erfahren haben, daß wir von Gibraltar ausgelaufen sind.«

Broughton trat an die Netze und stieg auf einen Poller. Starr blickte er zur Kimm hinüber, als wolle er den Spanier beschwören, sich ihm zu zeigen.

»Schiff läuft immer noch vorm Wind, Sir«, rief der Ausguck herunter.

Broughton kam wieder und rieb sich das Kinn. »Sie müssen uns gesehen haben! So blind sind nicht mal die Dons.«

»Aber sowie wir Segel wegnehmen oder auf ihn zudrehen, wissen sie Bescheid!«

»Verdammt, Bolitho! Erst machen Sie mir Hoffnung, und dann zerschlagen Sie sie wieder!«

»Ich kann sie sehen, Sir! Zwei Strich vorlicher als querab!« Drury hing in den zitternden Wanten, ein Teleskop fest vorm Auge.

Bolitho nahm ein Glas aus der Halterung und balancierte es gegen die Schiffsbewegung aus. Dann sah er es ebenfalls: ein blasses Dreieck an der Kimm. Mit allen Segeln holte ihr Steuermann aus der frischen Brise heraus, was sie hergab.

»Sie kommt schnell auf, Sir.«

Wieder überlegte er, ob er selbst aufentern sollte. Aber statt dessen fragte: »Fünfzig Kanonen meinen Sie, Mr. Keverne?«

»Aye, Sir. Ich kenne den Typ. Gut bewaffnet gegen Piraten und dergleichen. Wir könnten sie Meile um Meile einholen, aber wahrscheinlich ist sie zu wendig für uns.«

»Damit kommen wir auch nicht weiter«, fuhr Broughton wütend dazwischen.

»Wir müssen sie dicht herankommen lassen, Sir.« Rasch ging

Bolitho zum Rad hinüber und wieder zurück, ohne es recht zu merken. »Aber wir müssen den Windvorteil behalten. Sonst können wir uns bald ihr Heck besehen.«

»Vielleicht sollten wir die französische Flagge hissen, Sir?« schlug Partridge vor.

Der Admiral hieb sich vor Ungeduld auf den Schenkel. »Viel zu auffällig!«

Er sah Hauptmann Giffard und seinen Leutnant mit Teleskopen auf dem Achterdeck stehen und das fremde Schiff betrachten. »Weg mit diesen Offizieren da! Rotröcke auf einem französischen Kriegsschiff – was bilden Sie sich eigentlich ein, Giffard?«

Die beiden Marine-Infanteristen verschwanden wie der Blitz.

»Mann über Bord, Sir«, sagte Bolitho langsam.

»Wie war das?« Broughton starrte ihn an, als sei er verrückt geworden. »*Mann über Bord?*«

»Der einzige Grund, weshalb ein Schiff auf hoher See halsen kann, ohne Verdacht zu erregen.«

Broughton öffnete den Mund und schloß ihn wieder. Unsicherheit und Zweifel überwältigten ihn fast.

»Wir brauchen einen guten Schwimmer«, fuhr Bolitho mit sanfter Überredung fort. »Und die Besatzung der Jolle muß schon bereitstehen. Wir können sie später wieder aufgreifen. Ist einen Versuch wert, Sir«, schloß er mit zuversichtlichem Nicken.

Schweigend überlegte Broughton. »Es könnte klappen«, sagte er schließlich. »Und wir hätten Zeit, um . . .« Er stampfte auf die Planken. »Jawohl, bei Gott! Wir probieren es!«

Bolitho atmete tief. »Mr. Keverne, holen Sie die Breitfock ein. Wir bleiben unter Marssegel und Klüver. Das ist bei diesem Kurs ganz normal, sie werden nicht groß darauf achten.« Keverne eilte hinweg, und Bolitho wandte sich an Partridge. »Das wird unsere Fahrt ein bißchen mindern. Wir wollen auch nicht zu sehr vor ihren Bug kommen.«

Grinsend nickte Partridge, so daß sein Doppelkinn an der Halsbinde wabbelte. Er hatte sich zwar geärgert, als Broughton seinen Vorschlag so scharf ablehnte, schien aber bereits wieder bester Laune zu sein.

Von Kevernes Sprechtrompete angetrieben, rannten die Matrosen an die Schoten und Fallen, und die Fock schlug knatternd nach innen.

Als der Erste zurückkam und »Fock aufgeholt und festgemacht!«

meldete, sagte Bolitho: »Schicken Sie einen erfahrenen Unteroffizier nach oben, der den Spanier genau beobachtet und sofort meldet, wenn er Miene macht, abzudrehen. Anschließend können Sie die Männer auf Gefechtsstationen pfeifen. Wir können das Oberdeck jetzt nicht gefechtsklar machen; es muß also nachher schnell und gut klappen.«

Keverne eilte hinweg, und Broughton fragte ungeduldig: »Wie lange?«

»Eine Stunde höchstens, Sir. Ich gehe noch einen Strich höher an den Wind. Das hilft etwas.«

»Und in drei Stunden ist es so dunkel, daß man nichts mehr sieht«, nickte Broughton grimmig. »Also dann!«

Der Admiral wandte sich zur Kampanje, blieb aber noch einen Moment stehen und sagte ganz sanft: »Aber wenn Sie mir mein Flaggschiff dabei kaputtmachen, Bolitho, dann geht's Ihnen dreckig, das kann ich Ihnen versprechen!«

Bolitho sah zum Steuermann hinüber. »Einen Strich nach Luv!« Dann zwang er sich dazu, langsam, die Hände auf dem Rücken, an der Luvseite auf und ab zugehen. Wenn der *Euryalus* etwas passiert, dann geht's uns allen dreckig, dachte er.

Bolitho hielt sein Glas auf das fremde Schiff gerichtet. Seit es zuerst über der Kimm erschienen war und die *Euryalus* gefechtsklar gemacht hatte, wartete er auf irgendwelche Anzeichen, daß der Spanier etwas gemerkt hatte; aber das Schiff drüben hielt seinen Kurs und lag nun knapp zwei Meilen entfernt. Wenn die *Euryalus* auf ihrem jetzigen Kurs weitersegelte, würde der Spanier mit etwa einer Meile Abstand ihr Kielwasser kreuzen.

Keverne hatte das Schiff ganz richtig beschrieben: ein Zweidecker unter allen verfügbaren Segeln, ein schöner Anblick in voller Fahrt; der Schaum spritzte über die knallrot und blau gemalte Galionsfigur bis zur Höhe ihrer bauchigen Fock. Bolitho konnte noch das altmodische dreieckige Besansegel über der reichgeschnitzten Kampanje ausmachen und die Sonnenreflexe auf den Teleskopen der Offiziere, die sie auf die *Euryalus* gerichtet hatten, wobei sie sich zweifellos die Köpfe darüber zerbrachen, wer sie sei und was sie hier zu suchen habe.

»Langsam kommen wir der Sache näher«, sagte Keverne grimmig.

Bolitho schritt zur Achterdecksreling und sah unten einen kräftigen Matrosen inmitten einer schnatternden Gruppe von Gaffern stehen.

»Fertig, Williams?«

Der Mann schielte zu ihm hinauf und grinste unsicher. »Aye, Sir.«

Bolitho nickte. Wohlwollende hatten ihn zweifellos kräftig mit Rum gelabt. Nicht zu kräftig, war zu hoffen, sonst konnte sich die Kriegslist zu einem plötzlichen Begräbnis auf hoher See auswachsen. Bolitho ging wieder nach Luv hinüber, richtete sein Glas auf das fremde Schiff und befahl: »Mr. Keverne, mittleres und unteres Batteriedeck sollen die Steuerbordgeschütze doppelt laden. Sorgen Sie dafür, daß erst auf ausdrücklichen Befehl ausgerannt wird. Wenn auch nur ein Rohr vorzeitig erscheint, sind unsere Freunde auf und davon.«

Keverne winkte einem Midshipman, und Bolitho rief Leutnant Meheux, der das obere Batteriedeck kommandierte. Mit ungewöhnlich düsterer Miene starrte er auf seine Kanonen.

»Keine Angst, Mr. Meheux, Ihre Geschützbedienungen werden bald genug zu tun bekommen. Aber wenn die drüben sehen, daß wir die Persennings abnehmen und laden, ist es mit der Täuschung vorbei.«

Meheux faßte an den Hut, aber der Schatten düsterer Enttäuschung hing weiterhin über seinem runden Gesicht.

Allday kam mit Bolithos Degen über das Achterdeck gerannt. Bolitho nahm die Arme hoch, Allday schnallte ihm gewandt das Koppel um und sagte dabei: »Ich habe dem Bootsführer der Jolle gesagt, was Sie von ihm erwarten, Captain, und auch, was er kriegt, wenn er's verpatzt.« Dabei grinste er schadenfroh.

Bolitho runzelte die Stirn. Der Spanier kam doch weiter achterlich vorbei, als er berechnet hatte. Jetzt mußte gehandelt werden, jetzt oder nie.

»Also los, Williams, über Bord!«

Der riesige Matrose kletterte auf den Backborddecksgang und beugte sich grimmig entschlossen über die Reling.

»Na, der gibt ja ein tolles Schauspiel ab«, murmelte Keverne grimmig. Mit Armen und Beinen um sich schlagend, verschwand Williams in der Tiefe.

»Da geht er hin!« Partridge rannte zurück auf seinen Platz beim Ruderrad.

»Mann über Bord!« Bolitho eilte zu den Netzen, die Besatzung der Jolle ließ die scheinbar anderweitige Beschäftigung sein und stürzte auf ihre Station. Erleichtert atmete er auf, als der Kopf des Matrosen dicht an der Bordwand auftauchte. »Mr. Keverne, brassen Sie das Kreuzmarssegel back!Und raus mit dem Boot!« rief er. Leicht hätte Williams in seinem Eifer den rechten Moment verpassen und sich an der ausladenden Rundung des Schiffsrumpfes einen Arm oder den Schädel brechen können.

Die Besatzung sprang in das schon längsseit liegende Boot; oben schlug das Kreuzmarssegel gegen Mast und Rah und wirkte wie die Bremse eines Frachtwagens, dem die Pferde durchgehen, eben lange genug, daß Bolitho seine Augen von dem gelenkten Durcheinander losreißen und zu dem spanischen Schiff hinüberspähen konnte. Es lag etwa zwei Kabellängen von dem Punkt entfernt, wo es das Kielwasser der *Euryalus* kreuzen würde, und er konnte erkennen, daß Matrosen zum Vorschiff eilten, um sich das Schauspiel anzusehen.

Er hob die Hand. »Jetzt! Klar zum Halsen!«

Schon drehte sich die Großbramrah knarrend in die alte Position zurück, und die Matrosen rannten aus ihren Verstecken auf Stationen, vom gellenden Hurrageschrei der ungeduldig wartenden Geschützbedienungen angetrieben.

»Ist klar, Sir!« rief Partridge.

»Hart Steuerbord!« Bolitho richtete das Glas auf den Spanier. Soweit er ausmachen konnte, war dort noch alles ruhig.

»Ruder liegt hart Steuerbord, Sir!«

Die Vorsegelschoten waren bereits los, das Ruder wirbelte, und das mächtige Heck drehte ganz langsam durch den Wind, die Männer holten, weit zurückgebeugt, keuchend und fluchend, von Keverne noch mehr angetrieben, die Brassen dicht. Brausend füllten sich die Segel, und als das Schiff noch weiter drehte, wurde es auf der Kampanje des Spaniers plötzlich lebendig. Ein Offizier schwenkte wild die Arme und rief seine Matrosen herbei, die sich noch am Bug zusammendrängten.

»Schoten und Halsen los!«

Bolitho beschattete die Augen und spähte durch das Gewirr killender Segel und peitschender Schoten nach oben, wo sich die Matrosen bereits zu den Bramrahen hinaufkämpften, um für die nächste Phase des Angriffs bereit zu sein. Sekundenlang wagte er kaum zu atmen. Der Wind war immer noch ziemlich stark und konnte, wenn es ganz schlimm kam, die Maststengen abreißen und das schwere Schiff hilflos machen.

Aber der Windstander sprang um, das Schiff reagierte und drehte durch den Wind wie ein gut dressiertes Mammut.

»Hol dicht!« Keverne hatte die Männer an Deck nicht aus den Augen gelassen. »Uuuund – dicht!«

Langsam, aber gleichmäßig reagierten die mächtigen Rahen auf den Zug der Brassen; es klang wie Donner im Gebirge, als die Segel sich auf dem neuen Bug füllten, während das Deck sich nach der anderen Seite überlegte.

Gespannt beobachtete Bolitho das spanische Schiff. Durch das Gewirr der Fockwanten betrachtet, sah es aus, als schwimme es im Bogen nach rückwärts, bis es nicht mehr unerreichbar an Backbord, sondern wunderschön Steuerbord voraus lag.

Von dem Boot und dem Schwimmer war nichts zu sehen. Hoffentlich, so hatte Bolitho gerade noch Zeit zu denken, hielt jemand nach ihnen Ausschau.

»Geben Sie durch, Mr. Keverne: untere Batterie ausrennen!«

Die Stückpforten flogen auf, drohend knarrten und quietschten die Geschützschlitten; er konnte sich vorstellen, wie die Männer tief unter seinen Füßen fluchten und keuchten, während sie die schweren Kanonen die Schräglage hinauf und ans Sonnenlicht zerrten.

»Flagge zeigen, Mr. Tothill!«

Er hörte Broughtons Stimme und fuhr herum. »Das war ja eine kühne Wende, Bolitho! Ich dachte schon, Sie reißen ihr die Masten aus.« Er war in seinem goldbetreßten Rock an Deck gekommen, den wunderbaren Degen an der Seite, wie zur Geschwaderinspektion.

Ein dumpfer Knall, und eine Rauchwolke trieb von der Kampanje des Spaniers ab. Die mußten ein geladenes Geschütz in Bereitschaft gehabt haben, dachte Bolitho; aber er konnte nicht sehen, wohin die Kugel ging.

»Bramsegel setzen, Mr. Keverne! Der will uns entwischen!«

Beide Schiffe lagen jetzt auf Parallelkurs, die *Euryalus* etwa zwei Kabellängen achteraus.

Noch ein Knall; jemand schnappte vor Schreck nach Luft, denn eine Kugel fuhr durch das Fockmarssegel und platschte weit in Luv ins Meer.

Das spanische Schiff hatte ein stark gerundetes Heck, und Bolitho rechnete damit, daß dort ein paar kräftige Kanonen montiert waren, um Verfolger abzuwehren.

»Noch länger zu warten, hat keinen Sinn«, knurrte Broughton.

Bolitho nickte. Jeden Moment konnte eine Kugel eine lebenswichtige Spiere herunterreißen. »Mittlere Batterie, Mr. Keverne. Einzelfeuer!« Und zu Partridge: »Luven Sie noch einen Strich weiter an!«

Die *Euryalus* drehte etwas von ihrem Opfer ab, und vom mittleren Geschützdeck stiegen braune Rauchwolken hoch. Von vorn nach achtern, alle zwei Sekunden, krachte ein schwerer Vierundzwanzigpfünder und glitt nach binnenbords zurück, wenn die glühende Zunge des Mündungsfeuers herausgefahren war.

Bolitho beobachtete die aufspringenden Wassersäulen, die an und hinter dem Achterdeck des Spaniers lagen; aber mehrere Kugeln hatten auch getroffen: splitternd flogen Holzteile von der Schanz hoch. Von unten klang das Triumphgeschrei der Kanoniere herauf, und das wütende Quietschen der Geschützschlitten, denn die Bedienungen wetteiferten miteinander, um die Kanonen wieder auszufahren. Keverne sah Bolitho an, die Augen dunkel vor Spannung und Erregung. »Sie streicht die Flagge nicht, Sir.«

Bolitho biß sich auf die Lippe. Die rot-gelbe spanische Flagge wehte noch über der Kampanje, schon wieder krachte ein Geschütz, und eine Kugel flog kreischend wie eine gemarterte Seele in der Hölle dicht über die Masten der *Euryalus* hinweg.

Er hatte erwartet, daß sich der Spanier beim Anblick der britischen Flagge ergeben würde. Es war etwa eine Kabellänge Distanz zwischen ihnen, und mit ihren gut ziehenden Bramsegeln holte die *Euryalus* in jeder Minute mehr auf.

Dann sah er die Jolle schwarz gegen die glitzernde See; die Ruderer, und Williams hoffentlich auch, standen aufrecht und schrien hurra zu dieser einseitigen Schlacht.

Wieder spuckte die Achterdecksbatterie des Spaniers hellrote Flammen; diesmal hatten drei, vielleicht vier Kanonen gefeuert; und ehe sich der Rauch verzogen hatte, spürte Bolitho, wie das Deck unter seinen Füßen zuckte: eine Kugel war wie ein Hammer in den Rumpf der *Euryalus* eingeschlagen.

»Einen Strich anluven, Mr. Partridge!« Was tat dieser Narr von einem Spanier? Es war absoluter Irrsinn, noch weiterzukämpfen. Lief er weiter vorm Wind, mußte die *Euryalus* ihn überholen. Drehte er ab, konnte er in Sekundenschnelle entmastet und das Heck zerschmettert sein.

Wieder blitzte es; und diesmal pflügte eine Kugel in den Steuerborddecksgang. Zwei Matrosen rollten schreiend und um sich schlagend an Deck, von herumfliegenden Splittern niedergestreckt.

»Untere Batterie, Mr. Keverne«, sagte Bolitho. Er hielt inne und blickte auf die trotzige Flagge. Würde sie ... »Breitseite!« stieß er wütend hervor.

Die beiden unteren Geschützdecks hatten reichlich Zeit gehabt. In aller Ruhe hatten die Geschützführer ihre Bedienungen mustern und einweisen können, die Leutnants waren auf und ab geschritten und hatten durch die offenen Geschützpforten gespäht, während sich die *Euryalus* würdevoll etwas vom Gegner abgedreht und die Doppelreihe ihrer Geschütze wie schwarze Zähne gebleckt hatte. Dann pfiffen die Leutnants »Feuer«, die Geschützführer zogen die Reißleinen ab, alle Rohre brüllten gleichzeitig auf, und das ganze Schiff erzitterte, als sei es knirschend auf ein unter Wasser liegendes Riff gelaufen.

Vom Achterdeck aus beobachtete Bolitho, wie der Rauch zu dem Spanier hinübertrieb und sah dort den Besanmast wanken und über die Kampanje stürzen; er hörte das Krachen und Brechen trotz des Widerhalls der Breitseite, der noch wie Donner über die See rollte.

Als sich der Rauch verzogen hatte, sah er auch die klaffenden Löcher im Rumpf längs des Achterdecks, die herabhängende Masse der zerfetzten Takelage und gebrochenen Spieren. Trunken schwankte das Schiff im Wind; das hohe Heck bot sich dem letzten vernichtenden Schlage dar.

Doch da gellte eine Stimme: »Sie streicht die Flagge!« Und das Triumphgeschrei wurde von den unteren Decks aufgenommen, wo die Geschützbedienungen schon wieder die Rohre ausputzten und für die nächste Breitseite luden.

»Ein tapferer Kommandant«, sagte Bolitho.

»Ein Dummkopf!« Broughton spähte zu dem spanischen Schiff hinüber, das hilflos unter Rauchwolken dahintrieb – vor kurzem noch so zuversichtlich und lebensvoll, jetzt ein mitleiderregendes Wrack.

»Wir nehmen gleich Segel weg, damit sie in Lee von uns bleibt, Mr. Keverne.« Bolitho wartete ab, bis Keverne die entsprechenden Befehle gegeben hatte, und sagte dann: »Jetzt werden wir vielleicht herausbekommen, warum der Mann sich so verzweifelt gewehrt hat – er muß ja etwas ganz Wichtiges an Bord haben!«

Vizeadmiral Broughton riß dem Midshipman der Wache das Teleskop aus der Hand, trat flotten Schritts neben Bolitho und richtete das Glas auf den Spanier, der eine halbe Kabellänge in Lee der *Euryalus* steuerlos trieb. »Was, zum Teufel, machen die eigentlich so lange da drüben?«

Bolitho antwortete nicht. Auch er musterte das rollende Schiff, auf dem der endlich gehißte weiße Wimpel vom Masttopp flatterte – also hatte Leutnant Meheux mit seinem Prisenkommando wenigstens etwas zustande gebracht.

Er sah zu seinen killenden Segeln und losen Schoten hoch. Es war fast eine Stunde her, seit die Boote abgefiert worden waren, die Meheux und seine Männer zu der Prise hinübergebracht hatten; und inzwischen hatte sich das Wetter deutlich und besorgniserregend verändert. Der Himmel bezog sich sehr schnell, die See wurde bleiern und glanzlos, die schnellen, weißmützigen Wellen waren jetzt schmutziggrau und drohend. Nur die Kimm blieb klar und kaltglänzend wie Stahl, als würde sie von einem anderen Licht als der untergehenden Sonne erhellt. Ohne auf den Stander zu sehen, wußte Bolitho, daß der Wind gedreht hatte und jetzt fast genau von Westen kam; mit jeder Minute frischte er bedrohlich auf.

Ein Sturm war im Anzug. Angesichts des manövrierunfähigen spanischen Schiffes und der Ungewißheit über Meheux kam er zur allerungünstigsten Zeit.

»Endlich kehrt die Jolle zurück – wird auch verdammt Zeit!« schimpfte Broughton. Es sah gefährlich aus, wie das kleine Boot durch den hohen Seegang stampfte; schon daran merkte man deutlich, wie sehr sich das Wetter verschlechtert hatte.

Die anderen Boote waren bereits zurückgerufen und an Bord gehievt worden. Die Jolle war Meheux' letzte Verbindung zum Flaggschiff. In der Ducht saß sprungbereit Midshipman Ashton. Er und ein Steuermannsmaat, dazu ein verläßlicher Unteroffizier und eine Anzahl Matrosen waren unter Meheux als Prisenkommando hinübergeschickt worden.

Während das kleine Boot schwer arbeitend auf das Achterdeck der *Euryalus* zuhielt, rief Ashton durch die hohlen Hände: »Sie ist ziemlich leck, Sir! Und die Ruderzüge sind zerschossen!«

Bolitho beugte sich über die Reling und rief: »Wie heißt das Schiff? Warum dauert das so lange?«

»Die *Navarra,* Sir«, antwortete Ashton. »Unterwegs von Malaga.« Eine wütende Welle warf ihn fast über Bord. »Mit Stückgut und –«, er schien erst jetzt den Admiral gewahr zu werden –, »und einer Menge Passagiere, Sir.«

»Himmeldonnerwetter, Bolitho! Fragen Sie diesen jungen Idioten, was der Kapitän gesagt hat!«

Aber Ashton antwortete ihm direkt: »Der ist tot, Sir. Bei der Breitseite gefallen. Die meisten Offiziere auch. Das Schiff ist in einem schauderhaften Zustand, Sir«, schloß er verzweifelt.

Bolitho winkte Keverne herbei. »Ich denke, Sie setzen am besten über. Der Seegang nimmt zu, und an der Prise scheint mehr dran zu sein, als wir dachten.«

Aber Broughton hielt Keverne zurück. »Befehl belegt.« Kalt glänzten seine Augen in dem seltsamen Licht. »Und wenn Keverne mit der Sache nicht fertig wird – was dann?« wandte er sich an Bolitho. »Noch mehr Verzögerung, und wir kommen obendrein in einen Sturm! Nein, *Sie* gehen an Bord der *Navarra.*« Er fuhr zusammen, als hoch über seinem Kopf die Takelage zu summen und zu jaulen anfing wie ein schlecht gestimmter Kontrabaß. »Entscheiden Sie, was zu tun ist, und zwar schnell. Ich würde die Prise ungern verlieren, aber ehe ich mit so einer lahmen Ente zum Geschwader zurückkriechen muß und dabei Stunden oder sogar Tage vergeude, bohre ich sie lieber gleich auf der Stelle an.« Er spürte, daß Bolitho eine Frage auf der Zunge hatte, und schloß: »Nötigenfalls übernehmen wir Mannschaft und Passagiere.«

»Jawohl, Sir«, nickte Bolitho. Keverne war sichtlich enttäuscht. Erst war ihm das Kommando über die *Auriga* entgangen, und jetzt verlor er eine weitere Möglichkeit, seine Stellung zu verbessern. Wenn die *Navarra* zwar gerettet werden, aber nicht im Verband mitsegeln konnte, dann hatte der Prisenkommandant, der sie nach Gibraltar zurücksegelte, durchaus die Chance, Kapitän zu werden. Bolitho hatte seine erste wirkliche Chance auf dieselbe Art bekommen und konnte verstehen, daß Keverne verärgert, vielleicht sogar wütend war.

Er verbannte diesen Gedanken und signalisierte der Jolle. Wenn der Wind noch stärker wurde, gab es vielleicht in einer Stunde überhaupt keine Prise mehr.

Allday war neben ihm aufgetaucht und half ihm in den Bootsmantel. »Sie brauchen mich natürlich, Captain.«

Bolitho blickte ihm kurz ins Gesicht. Er sah genauso besorgt aus wie damals, als er ohne ihn auf das Werferschiff gegangen war. »Ganz recht, Allday – natürlich«, lächelte er.

Ins Boot zu kommen, war ebenso gefährlich wie unbequem. In einem Moment wurde es hart gegen die Schiffswand geworfen, im anderen sackte es tief in ein Wellental; fluchend mühten sich die Ruderer ab, damit die Bootsplanken nicht eingedrückt wurden.

Bolitho sprang von der Bordwand weg und hinunter, im Bewußtsein, daß er, wenn er fehlsprang, unter die Rundung des Rumpfes gesaugt oder von der tanzenden Jolle zerquetscht werden würde.

Atemlos sank er in der Plicht zusammen, von Gischt geblendet und fast bewußtlos von dem Sprung, der eher ein Fall gewesen war.

Grinsend sah Allday durch die fliegenden Schaumfetzen zu, wie die Rudergasten das Boot von der Bordwand wegdrückten und sich anschickten, zur *Navarra* zu rudern.

»Es weht ganz hübsch, Captain!«

»Solche Böen können in Minuten vorüber sein«, erwiderte Bolitho. »Oder aber sie bringen ein Schiff zur Verzweiflung.« Erstaunlich, wie rasch Allday jetzt, da er wieder bei ihm war, seine gute Laune wiedergefunden hatte!

Achteraus sah er die *Euryalus* schwer in den Wellen liegen. Ihre gerefften Marssegel gaben ihr gerade so viel Fahrt, daß sie sich steuern ließ und von der *Navarra* frei blieb. In dem stahlgrauen Licht sah sie riesig und machtvoll aus; Gott sei Dank hatte Keverne bereits die unteren Stückpforten schließen lassen, denn offene Pforten hätten nicht nur zusätzliche Arbeit für die Pumpen bedeutet, sondern auch noch Unbequemlichkeiten für die Männer, die dort unten wohnen mußten.

Selbst im Zwielicht waren die schweren Wunden des spanischen Schiffes deutlich zu erkennen. Kampanje und Achterschiff hatten gähnende Löcher an verschiedenen Stellen, die geschwärzten Balken ragten heraus wie brüchige Zähne. Das alles hatte diese eine und nicht einmal volle Breitseite verursacht.

Midshipman Ashton rief: »Mr. Meheux hat ein paar Schwenkgeschütze montiert, Sir. Aber die Mannschaft ist so durcheinander, daß sie kaum versuchen wird, das Schiff zurückzuerobern.«

»Da wird bald nichts mehr zurückzuerobern sein«, brummte Allday.

Beim vierten Versuch gelangte das Boot endlich in Lee der *Navarra* und konnte an den Großrüsten festmachen. Bolitho nahm seine Würde in beide Hände und versuchte einen wilden Sprung nach dem Fallreep, wobei ihm der Hut vom Kopf flog und er selbst von einem die Bordwand entlanglaufenden Brecher bis zum Gürtel durchweicht und beinahe weggespült wurde.

Mehrere Hände streckten sich ihm über die Schanz entgegen und hievten ihn unzeremoniell an Deck, wo Meheux und der Steuermannsmaat ihn empfingen, sichtlich überrascht von seinem plötzlichen und wenig würdevollen Auftauchen.

Nach ihm kletterte Allday an Bord; er hatte es sogar irgendwie geschafft, den verlorenen Hut aufzufischen, allerdings war die ursprüngliche Form unwiderbringlich dahin. Bolitho nahm ihn entgegen und musterte ihn kritisch, während er langsam wieder zu Atem kam und mit ein paar raschen Blicken den Umfang des angerichteten Schadens abschätzte.

Da war der gestürzte Besanmast, das Gewirr von Stagen und Leinwand, eine Anzahl Tote mit klaffenden Wunden, deren Blut mitsamt dem überkommenden Sprühwasser weggeschwemmt wurde wie das Leben selbst.

»Nun, Mr. Meheux«, sagte er, »ich wäre Ihnen verbunden, wenn Sie mir mitteilen würden, was Sie gesehen und welche Schlüsse Sie daraus gezogen haben.« Er fuhr herum, denn von irgendwo fiel ein Block herunter und schlug in einen Haufen zerschmetterter Planken ein, die einst ein Boot gewesen waren. »Aber bitte kurz.«

Der Zweite der *Euryalus* blickte auf dem chaotischen Deck umher und sagte: »Sie hat ein paar böse Lecks und auch mehrere Risse dicht über der Wasserlinie. Wenn die größer werden, nimmt sie mehr Wasser über, als die Pumpen bewältigen können.« Er hielt inne, damit Bolitho das taktmäßige Janken der Pumpen hören konnte. »Das eigentliche Problem aber sind die vielen Menschen unter Deck, Sir. Außer der Besatzung hat das Schiff etwa einhundert Passagiere an Bord: Frauen und sogar Kinder sind da unten zusammengepfercht. Wenn die durchdrehen, gibt es eine Riesenpanik.« Er deutete auf das zerschmetterte Bootslager. »Und die Boote sind auch Schrott.«

Bolitho rieb sich das Kinn. Alle diese Passagiere ... Warum hatte der Kapitän eigentlich deren Leben riskiert, als er gegen einen Dreidecker zu kämpfen versuchte? Das war doch sinnlos. Es paßte auch gar nicht zu der gewohnten Haltung der Spanier, wenn es ums eigene Überleben ging.

»Sie haben dreißig Mann unter Ihrem Befehl, Mr. Meheux.« Er

versuchte, nicht an die unten in Todesangst zusammengedrängten Menschen zu denken. »Lassen Sie noch ein paar Matrosen der *Navarra* an die Pumpen gehen. Wenn sie sich ablösen, müßten wir mit dem überkommenden Wasser fertig werden. Und dann das Ruder. Haben Sie da schon etwas unternommen?«

»Mein Unteroffizier, Mr. McEwen, kümmert sich um die Züge, Sir.« Meheux schüttelte den Kopf. Offenbar hielt er das alles für Zeitverschwendung. »Aber auch der Kopf der Ruderpinne ist beschädigt und wird in schwerer See bestimmt brechen.«

Midshipman Ashton war durch die Schanzpforte an Deck geklettert und schüttelte sich wie ein halb ertrunkener Terrier.

Bolitho warf rasch einen Blick zum Himmel. In dem schwindenden Licht schienen sich die Wolken schneller auszubreiten und tiefer herabzukommen. Auf jeden Fall haben wir eine böse Nacht vor uns, dachte er grimmig.

Er sah, daß Meheux ihn besorgt beobachtete, zweifellos neugierig, wie sein Kommandant mit einer unlösbaren Aufgabe fertig werden würde. Mit einer Zuversicht, die er ganz bestimmt nicht verspürte, schlug Bolitho dem Leutnant auf die Schulter. »Aber Mr. Meheux, Sie machen ja ein Gesicht wie ein Säufer über einer Schale Milch! Jetzt schicken Sie Ihre Männer an die Arbeit, und Mr. Ashton soll mir die Passagiere zeigen.«

Er ging mit Ashton zum Kampanjeluk. Dort lag ein Toter in goldbetreßtem Rock, der von der brennenden Leiter gefallen war. Das mußte wohl der Kapitän sein. Das Gesicht war fast weggerissen, doch auf dem makellos sauberen Rock war kaum ein Tröpfchen Blut.

Zwei bezopfte Matrosen standen am Rad und drehten es vorsichtig nach den rauhen Anweisungen des Unteroffiziers. Sie sahen Bolitho, und der eine von ihnen grinste mit offensichtlicher Erleichterung. »Wir gehen doch von Bord, Sir? Die läßt sich nie mehr ordentlich steuern, so wie das aussieht.«

Daß sie auf einmal ihren Kommandanten höchstselbst zu Gesicht bekamen, nachdem sie schon gedacht hatten, sie seien auf diesem havarierten Kahn ihrem Schicksal ausgeliefert, ließ ihn vorübergehend den gewohnten Respekt beim Anreden eines Offiziers vergessen. Aber Bolitho sah nur, wie sich das zutrauliche Gesicht des Mannes in einem breiten Grinsen spaltete. Unter den mehr als achthundert Seelen der *Euryalus* hatte er ihn bisher kaum bemerkt, aber in diesem Moment kam er ihm wie ein alter Freund an einem fremden, unheimlichen Ort vor.

Er lächelte. »Ich glaube, so ein Schiff ist immer noch besser als ein Floß.«

Als er sich unter die Decksbalken duckte, blinzelte der Matrose seinem Kameraden zu. »Was hab ich dir gesagt? Hab doch gewußt, unser Dick* läßt uns nich' lange allein!«

Der Unteroffizier, dessen Hände und Unterarme mit schwarzglänzender Ruderschmiere bedeckt waren, tauchte hinter ihnen auf und knurrte: »Wahrscheinlich weiß er, daß er sich nich' auf euch verlassen kann – genau wie ich.« Aber sogar er war überrascht, daß sein Kommandant an Bord gekommen war – und das genügte ihm vorerst.

Ein Deck tiefer ging Bolitho hinter Ashton den gefährlich schiefen Gang hinunter und vernahm bei jedem Schritt das Knarren und Stöhnen der Balken, das Klappern und Rasseln von zerbrochenem Gerät und allerlei weggeworfenem Zeug. Auch die gegen den Rumpf schlagenden Wellen waren zu hören und das lange, zitternde Protestieren der Planken, wenn sich das Schiff durch ein Wellental quälte und dann schwerfällig wieder hob. Einmal stolperte er und sah im Licht der schwankenden Laterne den Leichnam eines Mannes über dem Lukensüll liegen. Der Körper war von einer Kanonenkugel, die durch eine offene Stückpforte geflogen sein mußte, fast entzweigeschnitten; sie mußte ihn erwischt haben, als er eine Meldung an Deck bringen wollte oder vor dem gnadenlosen Bombardement um sein Leben gerannt war.

Zwei Matrosen standen an einem anderen Niedergang, der oben mit einem schweren Lukendeckel gesichert war. Beide waren bewaffnet und starrten Bolitho überrascht und beinahe schuldbewußt an. Vermutlich haben sie ein paar Kabinen durchstöbert, dachte er. Hauptsache, daß sie nicht an das Schnapslager geraten waren oder in der Seekiste eines Offiziers Wein gefunden hatten. Dreißig angetrunkene Männer wären für die Rettung des Schiffes kaum von Nutzen gewesen.

»Sind alle Passagiere hier unten?« fragte er scharf.

»Aye, Sir.« Der eine stieß mit seiner Muskete auf den Lukendeckel. »Die meisten sind schon vor dem Angriff runtergebracht worden, Sir.«

»Aha.« Das war eine kluge Maßnahme gewesen, so schrecklich

* Kurzform von Richard

es auch sein mochte, dem Geschützfeuer hier unten hilflos ausgesetzt zu sein. Aber andernfalls hätte es sicher außer dem Kapitän und den Offizieren noch mehr Tote gegeben.

»Sie wollen doch nicht etwa runter, Captain?« flüsterte Allday.

Bolitho hörte gar nicht hin. »Macht das Luk auf!«

Mit geneigtem Kopf hörte er zu, wie Meheux oben seine Befehle brüllte, und horchte auf das darauffolgende Tappen nackter Füße an Deck. Anscheinend war da wieder eine gefährliche Situation eingetreten; aber Meheux konnte allein damit fertig werden. Jetzt mußte er erst die Passagiere sehen, denn hier unter der Wasserlinie würde er sicher die Antwort auf eine seiner Fragen finden.

Zuerst konnte er überhaupt nichts sehen. Aber als die Matrosen den Lukendeckel aufgeklappt hatten und Ashton seine Laterne direkt über die Leiter hielt, spürte er die plötzlich von unten hochsteigende Angst und Spannung wie etwas Körperliches. Er stieg zwei Stufen hinab, und als das Licht der Laterne auf ihn fiel, barsten ihm fast die Ohren von dem wilden Geschrei. Hunderte von Augen, so kam es ihm vor, glühten in dem grellen Lichtstrahl auf, wie von allem Menschlichen losgelöst. Aber die Stimmen waren menschlich genug. Über dem Schreckens- und Angstgebrüll erhoben sich die schrillen Schreie von Frauen und Kindern. Dabei wurde ihm klar, daß viele von denen da unten überhaupt nicht wußten, was an der Oberwelt geschehen war. Er blieb stehen. »Still da unten!« brüllte er hinab. »Ich sorge dafür, daß euch nichts . . .«

Es war hoffnungslos. Schon faßten Händen nach den Stufen und nach seinen Beinen, die Masse der glühenden Augen kam schwankend näher, weil die weiter hinten Stehenden nachdrängten.

»Lassen Sie mich veruschen, Sir«, keuchte Ashton, »ich kann ein bißchen Spanisch.«

Bolitho zog ihn die Leiter hinunter und brüllte: »Sagen Sie ihnen bloß, sie sollen ruhig sein!«

Ashton versuchte, sich in dem Getöse verständlich zu machen, und Bolitho rief den beiden Matrosen zu: »Holt noch ein paar Mann her! Schnell, sonst trampeln sie euch zu Mus!«

Ashton zupfte ihn am Ärmel. »Sir! Da will Ihnen jemand etwas sagen!«

Es war ein dicker, ängstlicher Mann, dessen kahler Kopf im Laternenlicht wie polierter Marmor schimmerte. »Ich spreche englisch, Captain! Ich werde ihnen sagen, daß sie gehorchen sollen; Sie müssen mich nur aus diesem schrecklichen Loch herausholen!« Vor

Angst und Erschöpfung weinte er fast, aber er hielt noch irgend etwas krampfhaft fest in der Hand – eine Perücke, wie Bolitho jetzt erkannte.

»Ich hole Sie sofort heraus. Bleiben Sie auf der Leiter und sagen Sie ihnen Bescheid!« Der Unbekannte, der weder jung noch fest auf den Füßen war, tat ihm plötzlich leid. Aber im Augenblick war er sehr wertvoll, und man durfte ihn keinesfalls aus den Augen verlieren.

Der Kahlkopf besaß eine bemerkenswert tragende Stimme, wenn er auch ein paarmal absetzen mußte, um wieder zu Atem zu kommen. Die Leute schrien nicht mehr ganz so laut, und auf seine Beschwörungen hin ließ der Ansturm auf die Leiter etwas nach.

Keuchend kam der Steuermannsmaat mit drei Matrosen herbeigeeilt. »Ah, Mr. Grindle, das ging schnell«, rief Bolitho ihnen entgegen. »Jetzt fangen Sie an, die Kinder nach oben zu bringen; weiß der Himmel, wieviel es sind. Und dann die Frauen ...« Er brach ab, denn ein völlig verstörter Mann versuchte, an Ashton vorbei die Leiter hinaufzukommen. Er packte ihn am Rock und sagte grob: »Erklären Sie dem Mann, daß ich ihn über Bord werfen lasse, wenn er den Befehlen nicht gehorcht!« Etwas ruhiger fuhr er fort: »Bringen Sie alle arbeitsfähigen Männer an Deck zu Mr. Meheux!«

Zweifelnd wandte Grindle ein: »Das sind doch keine Seeleute, Sir!«

»Ganz egal. Geben Sie ihnen Äxte; sie sollen die Wrackteile kappen und alles losgerissene laufende Gut. Sie können auch die Geschütze über Bord werfen, wenn Sie es schaffen, ohne daß die Dinger an Deck herumrollen.« Er hielt inne und horchte auf den Wind, der gegen die Bordwand peitschte, auf das immer stärker werdende Stöhnen und Krachen der Planken, das von allen Seiten zu kommen schien.

Grindle nickte. »Aye, Sir. Aber retten werden wir das Schiff damit doch nicht.«

»Tun Sie, was ich sage.« Grindle wollte fort, aber Bolitho hielt ihn zurück. »Hören Sie, Mr. Grindle, eins müssen Sie kapieren: diese Menschen können nicht von Bord, denn es sind keine Boote mehr da, und bei diesem Seegang kann man kein Floß bauen. Ihre Offiziere sind tot, und jeden Moment kann Panik ausbrechen.« Grindle war ein erfahrener Mann; es gehörte sich, daß man ihm die Zusammenhänge erklärte, selbst in diesem kritischen Augenblick.

Der Steuermannsmaat nickte. »Aye, Sir. Ich tue, was ich kann.«

Er hob die Stimme: »He, ihr beiden da! Bewacht das Luk, wir gehen jetzt runter und holen die Kinder.«

Stolpernd kam ein Matrose durch den Gang. »Captain, Sir! Empfehlung von Mr. Meheux, und die *Euryalus* signalisiert!« Er riß die Augen auf, als sich Grindle mit zwei schreienden Babys, die er wie ein Bündel Leinwand unterm Arm hatte, durch das Luk quetschte.

»Helft Mr. Grindle!« befahl er scharf. Dann rief er Ashton zu: »Gehen Sie an Deck, sehen Sie nach, was sie will! Aber machen Sie schnell, mein Junge! Ich brauche bestimmt gleich wieder Ihre Spanisch-Kenntnisse!«

Mit jeder Minute schwoll die Flut der stolpernden, keuchenden Gestalten an; ab und zu griff ein Matrose dazwischen und holte einen Mann heraus, der sich zwischen den Frauen verbergen wollte.

Bolitho gewann einen verschwommenen Eindruck von schwarzen Haaren und angstvollen Augen, von Tränenspuren in Gesichtern, von Verzweiflung, die jeden Moment in Panik umschlagen konnte.

Ashton war wieder da, er drängte und stieß sich durch die Menge, der Hut saß ihm schief. »Der Admiral wünscht zu wissen, wann Sie zurückkommen, Sir«, meldete er.

Bolitho versuchte, sich durch die Angst und den Lärm, die ihn von allen Seiten bedrängten, verständlich zu machen. »Signalisieren Sie zurück: ›Brauche mehr Zeit.‹ In Kürze ist es stockfinster.«

Ashton starrte ihn ratlos an. »Es ist ja jetzt schon fast dunkel, Sir.«

»Und der Wind?« Er mußte nachdenken. Mußte seine Gedanken von der Masse dieser verschreckten, unwirklichen Gestalten losreißen.

»Stark, Sir. Mr. Meheux sagt, er wird immer stärker.«

Bolitho wandte sich ab. Es war entschieden. Vielleicht hatte er von Anfang an nicht daran gezweifelt. »Gehen Sie, setzen Sie Ihr Signal ab. Geben Sie noch durch, daß ich versuchen will, das Schiff binnen einer Stunde in Fahrt zu bringen.«

Ashton war völlig erschlagen. Vielleicht hatte er erwartet, daß Bolitho befahl, das Schiff zu verlassen. Die Jolle konnte immer noch fahren, wenigstens mit einem Teil des Prisenkommandos.

Keuchend kam Grindle herbei, das graue Haar gesträubt wie dürres Gras. »Wie viele bis jetzt?« rief Bolitho ihn an.

Er kratzte sich den Kopf. »Ungefähr zwanzig Gören. Und Frauen sind es zirka fünfzig.« Grinsend bleckte er seine unregelmäßigen Zähne. »Des Seemanns Traum, möcht' man sprechen, Sir.«

Grindles Humor gab Bolitho die Ruhe wieder. Beinahe hätte er den Midshipman zurückgerufen, ehe er das Signal setzen konnte. Um in letzter Minute einen Kompromißvorschlag zu machen, den Broughton mit voller Berechtigung ablehnen würde, um ihn auf die *Euryalus* zurückzubeordern. Aber das kam nicht in Frage. Undenkbar, daß er Meheux hier allein weitermachen ließ, während er sich hinter seinem Rang als Flaggkapitän versteckte.

Ashton kehrte sehr schnell wieder zurück. Er war kreidebleich und sichtlich erschüttert. »Signal von der *Euryalus*, Sir. Wenn Sie sicher sind, die Prise retten zu können, sollen Sie sofort bestätigen.« Er schluckte heftig, denn etwas Hartes krachte aufs Oberdeck, und die Matrosen schrien und fluchten laut.

»Dann bestätigen Sie, Mr. Ashton!«

»In diesem Falle«, fuhr der Midshipman fort, »sollen Sie aus eigener Kraft zum Treffpunkt des Geschwaders laufen. Das Flaggschiff setzt Segel.«

Bolitho versuchte, seine Gefühle zu verbergen. Zweifellos war es Broughtons allergrößte Sorge, nicht die Kontrolle über sein Geschwader zu verlieren. Dort lag schließlich seine Hauptverantwortung. Wenn er sich von einem kräftigen Sturm erwischen ließ, konnte es ihn Tage kosten, bis er seine Schiffe wiederfand und erfuhr, ob Draffen etwas Nützliches herausgefunden hatte. Nüchtern überdachte Bolitho die Folgen seines Entschlusses. Keverne konnte recht gut auf eigene Faust fertig werden, das hatte er bereits bewiesen. Hier dagegen . . . Lieber nicht weiterdenken. Er schlug Ashton auf die Schulter. »Jetzt ab mit Ihnen!« Ashton rannte los, aber er rief hinter ihm her: »Gehen Sie langsam! Es kann nichts schaden, wenn Sie ruhig wirken, ganz egal, wie Ihnen dabei zumute ist.«

Der Midshipman wandte sich nach ihm um, rang sich ein Lächeln ab und setzte seinen Weg fort. Im Schritt.

Alldays Stimme übertönte den Lärm: »Können Sie an Deck kommen, Captain?« Er sah ein paar Passagieren nach, die von zwei bewaffneten Matrosen in die entgegengesetzte Richtung gescheucht wurden. »Verflucht noch mal, Captain, das ist ja, als ob die Tore der Hölle aufspringen!«

»Was soll *ich* jetzt tun, Sir?« fragte Grindle.

»Halten Sie die Passagiere ruhig, bis ich Sie ablösen lassen kann.

Anschließend versuchen Sie, Seekarten aufzutreiben, und dann werden wir besprechen, was als nächstes zu tun ist.«

Er stieg hinter Allday die Leiter hoch und sagte dann: »Lassen Sie diesen Toten wegschaffen. Das ist kein Anblick für die Kinder, wenn es morgen hell wird.«

Allday sah ihn von der Seite an und lächelte grimmig. Erst hatte es so ausgesehen, als müßten sie das Schiff aufgeben. Jetzt sprach er von morgen früh. Vielleicht stand dann alles schon besser.

Oben an Deck fielen Wind und See Bolitho an wie tollwütige Meeresungeheuer. Es war schon fast kein Licht mehr, nur schmale Streifen von hellerem Grau leuchteten zwischen den schwarzen Wolken. Gerade so viel, daß er die Männer sehen konnte, die über das zernarbte Deck taumelten, und die leere Stelle, wo der zerschossene Besanmast zwischen dem zerfetzten laufenden Gut gelegen hatte.

Scharf gab er seine Befehle und sagte dann zu Meheux: »Das ist schon sehr schön für den Anfang.«

Meheux hob den Arm und deutete über die Reling. Bolitho sah hin: die *Euryalus* war nur noch ein Schatten; ihre Marssegel füllten sich mit Wind und schwebten als bleiche Flecken über ihr. Jetzt ging sie über Stag, sekundenlang sah er noch die im Gischt glitzernde Bordwand, die weißen Karos der geschlossenen Stückpforten, und stellte sich vor, wie Keverne statt seiner auf dem Achterdeck stand – vielleicht rechnete er sich bereits wieder eine neue Chance aus.

»Wir müssen vorm Wind bleiben, Mr. Meheux. Sowie wir versuchen, gegenanzukreuzen, verlieren wir das Ruder, oder es passiert noch Schlimmeres.«

Aus der Finsternis stolperte der Steuermannsmaat heran; er hielt eine Karte an die Brust gepreßt.

»Sie wollte nach Port Mahon, Sir. Die meisten Passagiere sind Kaufleute mit ihren Familien, soweit ich verstanden habe.«

Bolitho runzelte die Stirn. Dann hatte die *Navarra*, als sie gesichtet wurde, viel weiter südlich gestanden als nötig. Noch ein ungelöstes Rätsel.

»Wir wollen versuchen, das Marssegel zu setzen, Mr. Meheux. Stellen Sie zwei gute Männer ans Rad. Mr. Ashton kann Ihre Befehle den spanischen Matrosen übersetzen.«

Er schaute noch einmal nach der *Euryalus* aus, aber von ihr war nichts mehr zu sehen. »Zur Zeit möchte ich lieber die Spanier in die Masten schicken, da behalten wir sie wenigstens im Auge«, sagte er.

Meheux verzog das Gesicht. »Wird ihnen wenig Spaß machen, bei diesem Wind aufzuentern, Sir.«

»Sagen Sie ihnen, wenn sie sich weigern, dann gibt es für sie nur einen Ort – etwa tausend Faden senkrecht abwärts!«

Ein Matrose kam herbeigelaufen und rief: »Unten im Logis sind etwa fünfzig Verwundete, Sir! Alles voll Blut – ein scheußlicher Anblick!«

Bolitho sah den schattenhaften Gestalten nach, die vorsichtig in den Wanten hochkletterten, angetrieben von Meheux' Befehlen in improvisiertem Spanisch und wütenden Armbewegungen.

»Geht hinunter und sagt Mr. McEven, er soll feststellen, ob ein Arzt unter den Passagieren ist. Wenn ja, soll er an Deck kommen«, befahl er dem Matrosen.

Wieder rief Meheux ihn an: »Am Großmast sind eine ganze Menge Stage gebrochen, Sir! Der könnte runterkommen, sobald wir Segel setzen!«

Bolitho erschauerte – erst jetzt merkte er, daß er bis auf die Haut durchgeweicht war. »Bemannen Sie die Brassen, Mr. Meheux. Stellen Sie ein paar von den Passagieren dazu an. Ich brauche jeden verdammten Muskel, den Sie nur auftreiben können!« Und zu Grindle schrie er hinüber: »Klar bei Ruder!« Seine Stimme ging im Geheul des Windes und dem Sprühwasservorhang an der Luvseite fast unter, als wollten die Seegespenster sie über Bord und in die Tiefe ziehen. Er blickte sich nach einer Sprechtrompete um, sah aber nur die Gesichter der Männer am Ruder wie Wachsmasken im Licht der Kompaßlampe glänzen. War es richtig, was er tat? Der Sturm konnte in der nächsten Minute vorbei sein, dann wäre er besser unter gerefftem Großmarssegel liegen geblieben. Aber wenn der Sturm nicht so schnell abflaute, wie er gekommen war, mußte er ihn abreiten. Das war die einzige Chance. Selbst dann konnte das Ruder wegbrechen oder die Pumpen das ständig einströmende Wasser nicht mehr schaffen. Und vor Tageslicht war es unmöglich, den ganzen Schaden, das Ausmaß der Havarie, festzustellen.

»Fertig, Sir!« schrie Meheux heiser.

Bolitho fiel Broughtons Kommentar wieder ein. »Na schön!« hatte er gesagt. Lieber Gott, wie lange schien das her zu sein! Und dabei wehte ihre Flagge erst seit gut drei Stunden über der *Navarra*.

Am Vorschiff hörte er den Klüver wütend knattern und die

Blöcke ungeduldig rasseln. Er mußte an die Männer auf den Rahen denken – hilflos wie Mäuse auf Treibholz.

»Vormarssegel setzen!« Schon rannte Meheux nach vorn, um seine Befehle zu geben. »Ruder legen, Mr. Grindle!« Heftig schwenkte er den Arm. »Sachte! Vorsicht mit den neuen Ruderzügen!«

Vom Vorschiff kam durch die Finsternis plötzlich das Knattern sich füllender Segel, dazu undeutliches Rufen hoch oben vom Mast.

»An die Leebrassen!« Er rutschte auf dem unbekannten Deck aus, spähte aber angestrengt nach vorn. »Großmarssegel setzen!«

Erregt schrie Grindle: »Sie reagiert, Sir!«

Rollend, gegen den Druck von Ruder und Segeln ankämpfend, glitt die *Navarra* wie betrunken in eine steile See; immer mehr gaben die Rahen dem stetigen Druck nach. »Hart Backbord, Mr. Grindle!« Bolitho rannte wieder zur Schanz und beobachtete gespannt das im Dunkel undeutlich schimmernde Großmarssegel, unter dessen Druck das Schiff sich drehte.

Weiter drehte sich das Rad, und Bolitho brüllte den unsichtbaren Männern seine Befehle zu, bis seine Kehle wund wie rohes Fleisch war.

Aber die *Navarra* gehorchte: langsam, schmerzhaft, die Segel grollend wie lebendige Ungeheuer, während der einsame Klüver wie ein bleicher Halbmond durch das schwarze Gewirr der Fallen und Wanten leuchtete.

Bolitho wischte sich Gischt aus den Augen und rannte zur Luvseite. Schon hatte sich der Winkel des Seegangs verändert, und die wütend brechenden Wellenkämme kamen jetzt direkt von Steuerbord. Überall stöhnten Holz und Hanf, klapperte gebrochenes Geschirr; er wartete nur darauf, daß irgend etwas mit reißendem Ton von oben kam, als Signal seiner Niederlage.

Aber nichts geschah, und die Männer am Rad behielten das Ruder unter Kontrolle. Wer die *Navarra* auch konstruiert hat, der Mann verstand sein Handwerk, dachte Bolitho halb im Traum.

»Wir steuern genau Ost, Mr. Grindle!« Er mußte es zweimal rufen, damit sie ihn hörten. Oder vielleicht waren sie wie er selbst nur zu zerschlagen vom tobenden Wetter, um noch vernünftig zu denken, etwas verstehen zu können.

»Klar bei Brassen!« Im Dunkel war es, als schreie er über ein leeres Deck. Ein Geisterschiff, auf dem er ganz allein war – hoffnungslos. »Schoten los und hol dicht!« War es die Dunkelheit, war es die Anstrengung – anscheinend konnte er nicht richtig sehen; er mußte die Sekunden zählen, um das Rundkommen der Rahen abzuschätzen; seinen tränenden Augen konnte er nicht mehr trauen.

Meheux kam nach achtern gestolpert, schwankend wie ein Betrunkener. Er rutschte aus und fiel lästerlich fluchend über den toten spanischen Kapitän, der noch immer am Fuß der Leiter lag.

»Wir müssen noch ein Reff einstecken, Sir.« Er hielt inne, anscheinend verblüfft, daß er noch lebte. »Am besten schicken wir die Dons gleich nach oben. Später kriegen wir sie bestimmt nicht mehr rauf, ganz gleich, was wir ihnen androhen!«

Bolitho grinste mit schmerzenden, aufgesprungenen Lippen. Unsicherheit und Angst waren weg, als ginge es in eine Schlacht. Eine ganz eigene Art von Irrsinn, kaum weniger verzehrend als echter Wahnsinn. Später, wenn sie vorbei war, hinterließ sie eine Leere, man war so völlig verbraucht wie ein Fuchs am Ende der Hetzjagd.

»Na dann los!« brüllte er. »Alles festmachen und belegen!« Starr stand noch immer das Grinsen auf seinem Gesicht. »Und betet, daß der Kasten hält!«

Auch den Leutnant schien die gleiche Wildheit erfaßt zu haben. Sein Nordengland-Akzent war stärker als sonst. »Beten tu' ich schon, seit ich auf diesem Wrack bin, Sir!« Laut lachte er durch die Gischt. »Und'n klein bißchen hat's ja auch geholfen!«

Schwankend ging Bolitho zum Ruder. »Wir reffen, Mr. Grindle. Aber sobald Sie das Gefühl haben, daß sie anluvt, sagen Sie Bescheid. Eine Wende kann ich nicht riskieren.«

Der Unteroffizier tauchte neben ihm auf. »Kein Arzt, Sir. Und achtern sind an Steuerbord ein paar böse Risse.«

»Sagen Sie Mr. Meheux, er soll seine Dons unter Deck schicken, sobald sie in den Rahen fertig sind. Ich brauche jede Pütz, alles, was Wasser hält. Wir müssen Ketten bilden, um die Pumpen zu entlasten. Und damit die Pütz für die nächste Zeit was zu tun haben.«

Der Mann zögerte. »Ein paar von den Frauen wollen nach vorn gehen und sich um die Verwundeten kümmern, Sir.«

»Gut. Geben Sie ihnen Bedeckung mit, McEwen. Und«, schloß er laut und bestimmt, »sorgen Sie dafür, daß ihnen sonst nichts passiert – verstanden?«

»Aye, Sir«, grinste McEwen.

»Da muß einer schon mächtig was zu bieten haben, wenn er mit diesen Weibern fertig werden will, bei Gott«, murmelte Grindle.

Jetzt erschien Ashton wieder. »Können Sie mitkommen, Sir? Ich glaube, unten muß was abgestützt werden. Ich hab's versucht, aber ich – ich schaffe es nicht ...« Die Stimme versagte ihm.

Und so ging es die ganze Nacht weiter. Schließlich konnte Bolitho die Stunden nicht mehr voneinander unterscheiden, denn eine Krise folgte der anderen. Gesichter und Stimmen verschwammen, und selbst Allday war außerstande, den dauernden Strom von Hilferufen und Anweisungen zu stoppen. Verzweifelt pflügte die *Navarra* durch die stürmenden Wogen.

Aber irgendwie ging es, wenn auch die Männer an den Pumpen so erschöpft waren, daß ihre Ablösung sie wegzerren mußte. Immer weiter ging der Kampf gegen das gierig einströmende Wasser. Ohne Stocken lief die Eimerkette, bis die völlig erschöpften Männer wie tot umfielen, unempfindlich gegen das über ihre zerschundenen Leiber strömende Wasser oder die Flüche und Fußtritte der britischen Matrosen. Die Ruderzüge dehnten sich, das Steuern wurde schwieriger. Aber die Segel rissen trotz des furchtbaren Winddrucks nicht von den Rahen.

Beim ersten Anzeichen der Morgendämmerung flaute der Wind ab, fast schuldbewußt wie ein Räuber, dessen Überfall abgeschlagen worden war. Der Seegang beruhigte sich, das angeschlagene Schiff gehorchte seinen neuen Herren besser und machte ruhigere Fahrt.

Bolitho blieb die ganze Zeit auf dem Achterdeck, und beim ersten Licht des neuen Tages suchte er sorgfältig die Kimm ab – doch er sah nur, daß sie das Meer für sich allein hatten.

Er rieb sich die wunden Augen und blickte zu seinen wie tot unter der Reling liegenden Männern hinüber. Meheux schlief im Stehen; mit dem Rücken lehnte er am Vormast wie festgebunden.

Noch eine Sekunde, und er selbst konnte nicht mehr weiter. Würde einschlafen, völlig erschöpft. Er vermochte nicht einmal Befriedigung zu empfinden oder Stolz über das, was er erreicht hatte. Nur den alles verzehrenden Wunsch nach Schlaf.

Er schüttelte sich und rief: »Mr. McEwen zu mir!« Die Stimme versagte ihm, sie klang wie das Krächzen eines ärgerlichen Seevogels.

»Holen Sie alle Leute zusammen, Mr. Grindle, wir wollen sehen, was wir zur Verfügung haben.«

Am Vorschiff tauchten zwei Frauen auf und starrten um sich. Die eine hatte Blut an der Schürze; als er zu ihr hinsah, hob sie die Hand zum Gruß. Bolitho versuchte zu lächeln, doch es wurde nichts daraus. Aber er winkte zurück, obwohl sein Arm schwer wie Blei war.

Es gab so viel zu tun. In ein paar Sekunden gingen die Fragen und Forderungen wieder los.

Er holte tief Atem und stützte die Hände auf die Reling. Eine Kugel hatte ein Stück herausgerissen. Er starrte immer noch auf die Lücke, als Allday zu ihm trat und sagte: »Ich habe unter der Kampanje eine Hängematte für Sie angeschlagen, Captain.« Er hielt inne und wartete auf Widerspruch, aber er merkte, daß Bolitho kaum noch die Kraft dazu hatte, und so fuhr er fort: »Ich rufe Mr. Meheux, damit er die Wache übernimmt.«

Dann wußte Bolitho nur noch, daß er in einer schmalen Hängematte lag und ihm jemand die vollgesogenen Schuhe und den zerrissenen Rock auszog. Und damit kam auch schon der Schlaf: wie ein schwarzer Vorhang, in Sekundenschnelle und abgrundtief.

IX Ein neuer Feind

Bolitho saß an einem behelfsmäßig zusammengezimmerten Tisch in der kleinen Heckkajüte der *Navarra* und starrte trübsinnig auf eine Seekarte nieder. Er hatte drei Stunden wie tot geschlafen, bis irgendein Instinkt, für den er mit Augen und Ohren nach einer Erklärung suchte, ihn hochgejagt hatte.

Während dieser drei Stunden hatte sich der Sturm völlig gelegt, nichts war mehr von seiner früheren Wut zu spüren; und als er an Deck geeilt war, hatten die Segel leblos gehangen. Leise atmete die See in der totalen Flaute.

Während Meheux weiter dem trübseligen Geschäft der Totenbestattung oblag, zählte Grindle unter vielen Schwierigkeiten die Passagiere und die spanische Mannschaft und teilte Lebensmittel aus. Bolitho durchsuchte inzwischen langsam und methodisch die Kajüte des toten Kapitäns.

Er blickte hoch und sah sich in dem kleinen Raum um. Hier hatte noch vor kurzem ein Mann wie er selbst Pläne gemacht, geruht und gehofft. Durch einen großen Riß in der Bordwand konnte er das glänzend blaue Meer sehen, das gegen den Schiffsrumpf schlug, als wolle es ihn verspotten. Von den Heckfenstern her spürte er, wie es heißer wurde, denn die Breitseite der *Euryalus* hatte jede Scheibe Glas zerschmettert. Außerdem hatte sie aus der Kajüte eine wüste schwarze Ruine gemacht. Es mußte heftig gebrannt haben, denn als er nach den Schiffspapieren suchte, fand er nur schwarze, durchnäßte Asche. Nichts, was ihm Auskunft gab, nicht einmal einen Sextanten, um die ungefähre Position festzustellen. Der nächtliche Sturm konnte sie viele Meilen weit nach Osten abgetrieben haben. Das nächste Land mochte dreißig, vierzig Meilen entfernt liegen; er wußte nicht einmal, ob es Spanien oder Nordafrika war.

Meheux kam herein. Seine Schuhsohlen knirschten auf den Glasscherben. Wie alle vom Prisenkommando sah er todmüde und überanstrengt aus.

»Wir kochen endlich so etwas wie ein Mittagessen, Sir.« Er deutete auf die Karte. »Besteht Aussicht, daß Sie feststellen, wo wir sind?«

»Nein.« Es hatte keinen Sinn, dem Leutnant etwas vorzumachen. Wenn ihm selbst etwas zustieß, mußte Meheux das Schiff in Sicherheit zu bringen versuchen. »Diese Flaute nützt uns nicht gerade.« Er blickte Meheux ernst ins Gesicht. »Wie kommen Sie mit den Passagieren zurecht?«

Meheux zuckte die Achseln. »Sie krakeelen durcheinander wie die Möwen. Ich glaube, die begreifen gar nicht, was mit ihnen passiert.«

Ich auch nicht, dachte Bolitho. Laut sagte er: »Wenn unsere Leute gegessen haben, müssen sie weiter unter Deck arbeiten. Wir nehmen immer noch mächtig Wasser ein. Sorgen Sie also dafür, daß die Pumpen ordentlich gewartet werden.«

In dem halb eingebrochenen Türrahmen erschien Allday. »Entschuldigung, Captain«, sagte er stirnrunzelnd, »einer von den Dons wünscht Sie zu sprechen. Aber wenn Sie wollen, schmeiße ich ihn raus, damit Sie in Ruhe essen können.«

Meheux nickte. »Tut mir leid, das habe ich ganz vergessen. Der kleine dicke Spanier, der Ashton dolmetschen geholfen hat, bat mich vorhin darum. Aber ich habe so viel im Kopf . . .«

Bolitho lächelte. »Wird nicht besonders wichtig sein, aber schikken Sie ihn ruhig herein, Allday.« Und zu Meheux: »Ich brauche jede Information so dringend, daß ich nehmen muß, was ich kriegen kann.«

Nervös, den Kopf unter dem Decksbalken gebeugt, obwohl er noch gut zwei Fuß Raum hatte, trat der Spanier ein. Er trug seine Perücke, aber damit wirkte er zu Bolithos Überraschung eher älter als jünger.

Bolitho hatte schon herausbekommen, daß sein Name Luis

Pareja war und daß er nach Port Mahon wollte, wo er anscheinend seine Tage zu beschließen gedachte.

»Nun, Señor, was kann ich für Sie tun?«

Pareja blickte auf die zerschossenen, angesengten Wände und sagte dann schüchtern: »Ihr Schiff hat furchtbaren Schaden angerichtet, Captain.«

Grob fuhr Meheux dazwischen: »Wenn wir euch 'ne volle Breitseite verpaßt hätten, würden Sie und alle anderen jetzt auf dem Meeresgrund schlafen – also benehmen Sie sich gefälligst!«

Pareja zuckte zusammen. »Ich wollte ja nicht sagen, daß Sie . . .« Er trat nervös hin und her und setzte neu an: »Viele von uns machen sich große Sorgen. Sie wissen nicht, was wird und ob sie jemals ihre Heimat wiedersehen werden.«

Bolitho musterte ihn nachdenklich. »Das Schiff ist jetzt eine britische Prise. Sie müssen verstehen, daß ich unter diesen Umständen unmöglich wissen kann, wie es weitergeht. Aber es ist reichlich zu essen an Bord, und ich nehme an, daß wir bald wieder zu unserem Schiff stoßen werden.« Er glaubte, Zweifel in des Mannes Augen zu sehen, und wiederholte bestimmt: »Sehr bald sogar!«

»Ich werde es ihnen ausrichten.« Aber es klang unsicherer denn je. »Wenn ich Ihnen irgendwie helfen kann, dann sagen Sie es bitte, Captain. Sie haben uns das Leben gerettet, indem Sie auf dem Schiff geblieben sind, das weiß ich jetzt. Wenn nicht, wären wir bestimmt alle ertrunken.«

»Sagen Sie, Señor Pareja«, fing Bolitho an, hielt jedoch inne und schloß die Lider halb. Wenn er zu vertraulich wurde, hielt Pareja das vielleicht für Unsicherheit. Daher fuhr er möglichst beiläufig fort: »Wissen Sie irgendeinen Grund, warum Ihr Kapitän so weit nach Süden abgekommen ist?«

Pareja schob die Lippen vor. »Da kursierte so ein Gerücht. Aber in der Hast der Abreise habe ich nicht darauf geachtet. Ich mußte meine Frau aus Spanien wegschaffen. Seit der Allianz mit Frankreich sind die Verhältnisse bei uns sehr schlecht. Ich wollte mit ihr nach Menorca, auf mein Gut. Es ist nicht groß, aber . . .«

»Erzählen Sie uns von diesem Gerücht«, forderte Meheux ihn auf.

»Langsam, Mr. Meheux!« Bolitho warf ihm einen warnenden Blick zu. »Er hat doch auch seine Sorgen, oder?«

Dann wandte er sich wieder dem Spanier zu und fragte leichthin: »Sie wollten etwas sagen, Señor?«

»Ich hörte, wie ein Offizier – leider ist er jetzt tot – sagte, daß sie mit irgendeinem Schiff zusammentreffen wollten. Einer der Passagiere wollte umsteigen. Irgend etwas in der Art war es.«

Bolitho suchte sein plötzliches Interesse zu verbergen. »Sie sprechen gut englisch. Das ist eine große Hilfe.«

Pareja lächelte bescheiden. »Es ist die Muttersprache meiner Frau. Und ich habe geschäftlich viel mit London zu tun gehabt. In glücklicheren Tagen.«

Bolitho zwang sich, ganz still zu sitzen; er spürte Meheux' Ungeduld und die trägen Bewegungen des Schiffes. Ruhig fragte er weiter: »Erinnern Sie sich, wo dieses Zusammentreffen stattfinden sollte?«

»Ich glaube nicht.« Pareja hob den Kopf und schob ihn vor, so daß er wie ein dicker kleiner Junge aussah, der sich mit einer alten Perücke verkleidet hatte.

Vorsichtig schob Bolitho ihm die Karte hin. »Schauen Sie mal hier. Kennen Sie die Namen an dieser Küste?« Gespannt sah er zu, wie Parejas Augen verständnislos über die zerfledderte Karte glitten.

»Nein.«

Meheux wandte sich ab und biß sich auf die Lippe. »Hol ihn der Teufel«, murmelte er.

Bolitho drehte sich in seinem Stuhl, um die Enttäuschung zu verbergen. »Wenn Sie sich noch an irgend etwas erinnern, Señor Pareja, dann seien Sie so gut und sagen Sie es einem meiner Leute.«

Pareja verbeugte sich gravitätisch und machte Miene zu gehen, blieb jedoch stehen und hob, Stille gebietend, die Hand. Aufgeregt sagte er: »Aber der Offizier hat noch etwas gesagt.« Wieder das unsichere Stirnrunzeln. »Daß – daß es ihm komisch vorkommt, wieder mit einem Franzosen zu tun zu haben.« Er blickte Blitho verlegen an und schloß: »Aber das ist alles. Es tut mir wirklich leid.«

»Mr. Meheux, sind Franzosen an Bord?« fragte Bolitho gespannt.

Ehe der Leutnant antworten konnte, sagte Pareja rasch: »Aber ja. Da ist ein Mann, Witrand heißt er, der kam in Malaga so spät an Bord, daß er keine Kabine mehr bekam.« Er sah ganz aufgeregt aus. »Und trotzdem durfte er die Kapitänskajüte mitbenutzen. Sehr merkwürdig!«

Langsam stand Bolitho auf. Er traute sich kaum, etwas zu hoffen. Und doch bestand nun eine Chance. Jemand, der mit in der Kapitänskajüte wohnte, konnte durchaus ein so wichtiger Mann sein, daß seinetwegen etwas so Ungewöhnliches wie das Umsteigen auf hoher See arrangiert wurde. Für die anderen Passagiere hätte das nur bedeutet, daß die Reise eben ein paar Tage länger dauerte; politische Macht war, ebenso wie Reichtum, ein schlagendes Argument. Dieser Witrand konnte ein Schmuggler sein oder auch ein hochgeborener Verbrecher auf der Flucht. Ein Verräter oder ein Kaufmann, der die Konkurrenz überlisten wollte. Aber vielleicht wußte er etwas, das einiges Licht auf die Vorgänge in diesen Gewässern warf.

Plötzlich hörte man draußen auf dem Gang heftige Bewegung und Alldays ärgerliche Stimme: »Nein! Hier können Sie nicht rein!« Und dann, in gebrochenem Spanisch: »*Esto* verdammt *no bene, Señora*!«

Aber die Tür wurde fast aus ihren zerbrochenen Angeln gerissen, eine Frau kam mit blitzenden Augen in die Kajüte gestürmt und rief: »Ah! Hier steckst du also, Luis! Alle wollen wissen, was mit ihnen wird, und du stehst hier und klatschst wie ein Fischweib!«

Überrascht blickte Bolitho sie an. Sie war groß und schlank und hatte langes Haar, so schwarz wie sein eigenes, und trug ein offenbar teures blaues Kleid, das aber voller Salzwasserstreifen war und um die Taille einige dunklere Flecken hatte – wohl Blut.

Verwirrt sagte Pareja: »Das ist meine Frau, Captain. Sie stammt aus England wie Sie.«

Bolitho schob ihr den einzigen noch vorhandenen Stuhl hin. »Bitte nehmen Sie Platz, Señora.«

Sie war fast einen Kopf größer als ihr Mann und schätzungsweise zwanzig Jahre jünger. Das eher aparte als schöne Gesicht war von den sehr dunklen Augen beherrscht und von einem Mund, der jetzt, zu einer schmalen Linie zusammengepreßt, eiserne Entschlossenheit und Zorn ausdrückte.

»Ich bleibe nicht!« Zum erstenmal sah sie ihn an. »Alle reden davon, wie wichtig mein Mann auf einmal für Sie ist. Ich bin nur gekommen, damit er sich nicht zum Narren macht!«

»Aber mein Täubchen!«

Sie fuhr herum, und Pareja trat erschrocken zurück. »Ich bin nicht dein Täubchen! Du hast mir versprochen, mich aus diesem Krieg und aus der Angst vor diesem Krieg herauszubringen. Und kaum sind wir auf See, was passiert?« Verachtungsvoll zeigte sie mit dem Finger auf Bolitho. »Der da kapert unser Schiff und bringt uns dabei fast ums Leben!«

Meheux fuhr dazwischen. »Halten Sie gefälligst den Mund, Madam! Captain Bolitho ist ein Offizier des Königs, und Sie tun gut daran, das nicht zu vergessen!«

»Oh, *Captain*!« Sie machte einen spöttischen Knicks. »Welche Ehre, in der Tat!«

Allday machte Miene, sie von hinten zu fassen, aber Bolitho schüttelte den Kopf. »Tut mir leid, daß Sie Unbequemlichkeiten haben, Señora Pareja. Ich will mein möglichstes tun, Sie alle nach Malaga zurückzuschaffen, so schnell es irgend geht.«

Sie biß sich auf die Lippen; er sah, daß ihr geschmeidiger Leib vor Wut bebte.

»Sie wissen ganz genau, daß das unwahrscheinlich ist, Captain. Vermutlich werden wir von einem Schiff zum anderen geschoben, müssen von Ihren Matrosen Unwürdiges erdulden und stranden schließlich in irgendeinem Hafen. Ich habe ähnliches schon gehört, das können Sie mir glauben!«

Ihre Stimme war wie ihr Körper recht kraftvoll, und sie sah aus, als könne sie sich ganz gut verteidigen. Jedoch wie sie da in der ausgebrannten Kajüte stand, mit den Flecken auf dem Kleid, die der Sturm und die Pflege der Verwundeten verursacht hatten, hörte Bolitho aus ihrer Stimme noch etwas anderes heraus. Zorn ja – aber keine Angst. Eher Enttäuschung als Verzweiflung über ihre mißliche Lage.

»Ich werde veranlassen«, erwiderte er, »daß Sie und Ihr Gatte eine andere Kabine bekommen. Ihre eigene ist, wie ich höre, zerstört worden?«

»Ja. Und alle meine Koffer hin.« Zornig blitzte sie ihren Mann an. »Aber seine sind natürlich noch da!«

»Aber meine Taube!« Pareja fiel beinahe vor ihr auf die Knie. »Ich werde dich beschützen!«

Verwundert und unangenehm berührt, wandte Bolitho den Kopf ab und sagte zu Meheux: »Lassen Sie die beiden jetzt . . .« Er brach ab, denn draußen erklang ein Schreckensruf und dann ein Schuß. Er ergriff seinen Degen, stieß Pareja beiseite und stürzte hinaus, Meheux und Allday hinter ihm her.

Die Sonne schien so blendend, daß er in den ersten Sekunden nichts Besonderes erkennen konnte. Am Hauptluk standen noch einige Passagiere und warteten auf Verpflegung. Andere starrten angstvoll erschrocken zum Vorderkastell, wo zwei Männer hinter einer Drehbasse standen, die auf das Achterdeck gerichtet war. Neben dem Geschütz lag leise stöhnend einer von Meheux' Matrosen, dem das Blut aus einer Schulterwunde floß, wo ihn anscheinend eine Pistolenkugel getroffen hatte.

»Das ist ja der Mann!« rief Pareja erschrocken. »Witrand!«

Bolitho rührte sich nicht. Ein Zug an der Reißleine, und eine Ladung Schrapnell würde das ganze Deck leerfegen. Sie mußte nicht nur ihn, sondern auch die meisten Dazwischenstehenden niedermetzeln.

»Bleibt weg von dem Geschütz!« brüllte er. »Ihr könnt nichts machen!«

»Es wäre auch wirklich blanker Unsinn, *capitaine*!«

Die Stimme des Mannes war sanft, aber überraschend laut. »Einige Ihrer Leute hatten das – *eh bien* – Mißgeschick –«, und dabei lächelte er »– ein Fäßchen exzellenten Brandy zu entdecken. Sie können Ihnen, fürchte ich, wenig helfen.« Die Mündung schwenkte etwas herum. »Werfen Sie Ihre Waffen weg. Die spanischen Matrosen werden ihren Dienst wieder aufnehmen. Zweifellos können sogar sie das Schiff segeln, wenn sie müssen.« Jetzt lächelte er ganz breit; sehr weiß leuchteten seine Zähne in dem tiefgebräunten Gesicht. »Ihr eigenes Schiff ist weg. Es wäre sinnlos für Sie, sich oder andere zu opfern, nur Ihres Stolzes wegen.«

Krampfhaft versuchte Bolitho, das Problem zu durchdenken, dem er da gegenüberstand. Selbst wenn er mit denen, die noch nüchtern waren, die Kampanje halten konnte, waren sie doch nicht imstande, das Schiff zu führen. Witrands Drehbasse machte ihn zum Herrn des Oberdecks, auch des Proviants und Trinkwassers. Es mochten keine spanischen Offiziere mehr am Leben sein, aber Witrand hatte recht: die Mannschaft konnte allein die Segel bedienen, und früher oder später würde ein feindliches Schiff auftauchen und wissen wollen, was mit der *Navarra* los war.

Allday flüsterte: »Wenn wir wieder in die Kajüte kommen, können wir sie uns mit Musketen vom Leibe halten, Captain.«

»Ich wartc, *capitaine*«, erscholl die Stimme wieder. »Werfen Sie die Waffen weg – sofort!«

»Ob er wirklich feuert?« fragte Meheux. »Er könnte die Hälfte der Frauen und Kinder damit umbringen.«

Langsam schnallte Bolitho den Degen ab. »Wir nutzen niemandem, wenn wir tot sind. Tut, was er sagt!«

Wie ein tiefer Seufzer kam es von den reglosen Passagieren, als

Bolitho und seine Gefährten ihre Waffen an Deck niederlegten. Zwei Spanier kamen mit gezogenen Pistolen über den Decksgang herbeigerannt, stiegen die Kampanjeleiter herauf und postierten sich so dicht hinter Bolitho, daß sie unmöglich fehlschießen konnten. Witrand übergab die Reißleine seinem zweiten Mann und schritt langsam den Decksgang entlang. Auf dem Achterdeck angekommen, machte er eine kurze Verbeugung.

»Paul Witrand, zu Ihren Diensten, *capitaine.*«

Er war mittelgroß, hatte eckige Kinnbacken und wirkte soldatisch. Etwas Tollkühnes ging von ihm aus, und er wäre Bolitho bestimmt aufgefallen, wenn ihn Parejas Frau nicht so lange aufgehalten hätte. Vielleicht war sie sogar bloß deswegen gekommen.

Kalt erwiderte er: »Ich habe mich ergeben, um Menschenleben zu retten. Aber früher oder später werden wir wieder mit meinem Schiff zusammentreffen. Und dann wird es Ihnen nichts helfen, wenn Sie uns als Geisel benutzen.«

»Nur ein einzelnes Schiff, *capitaine*? Interessant. Was mag es wohl in Gewässern, die Frankreich beherrscht, für eine Mission haben?« Er schüttelte den Kopf. »Sie sind ein tapferer Offizier – meine Hochachtung! Aber Sie müssen diese Wendung der Dinge akzeptieren, so wie ich akzeptieren mußte, daß Sie so unvermutet an Bord kamen. Es wäre besser für uns beide gewesen, wenn wir uns nie getroffen hätten. Aber Krieg ist Krieg«, schloß er mit sehr ausdrucksvollem Achselzucken. Ein paar Sekunden lang musterte er Bolitho; in dem grellen Sonnenlicht waren seine Augen beinahe gelb. »Zweifellos werden Sie sich weigern, dieses Schiff für mich zu segeln. Aber«, fuhr er lächelnd fort, »Sie werden mir Ihr Wort als Offizier geben, daß Sie nicht versuchen, es zurückzuerobern.« Er nahm Bolithos Degen auf. »Dann können Sie den hier behalten – als Zeichen meines Vertrauens, eh?«

Bolitho schüttelte den Kopf. »So etwas kann ich nicht versprechen.«

»Ich auch nicht«, sagte Meheux mit dumpfer Stimme.

»Loyalität?« Er schien durchaus darauf gefaßt zu sein. »Dann werden Sie unter Deck geschafft und in Eisen gelegt. Das tut mir natürlich leid, aber ich habe viel zu tun. Außer mir sind noch drei Franzosen an Bord. Die anderen –«, er zuckte verächtlich die Schultern, »– spanisches Gesindel. Ich werde alle Mühe haben, sie von den Frauen fernzuhalten, glaube ich.« Er winkte den bewaffneten Matrosen. »Ihr Schiff ist in Frankreich gebaut, ja?«

»Die ehemalige *Tornade.*« Bolitho gab sich Mühe, möglichst gleichmütig zu sprechen, und doch barst ihm fast das Hirn bei dem Versuch, einen Plan auszudenken – mochte er auch noch so schwach sein –, mit dem er das Schiff wieder in seine Gewalt bekommen konnte.

Witrand riß seine gelben Augen weit auf. »Die *Tornade*? Admiral Lequillers Flaggschiff?« Er schlug sich mit der offenen Hand vor die Stirn. »Wie dumm von mir, daß ich nicht gleich darauf gekommen bin! Sie mit Ihrem unaussprechlichen Namen! Der Mann, der nur mit einem Vierundsiebziger die *Tornade* genommen hat!« Mit plötzlichem Ernst nickte er. »Sie werden selbst eine feine Prise abgeben, wenn oder falls wir Frankreich jemals wiedersehen.«

Die Matrosen stießen ihnen die Pistolenläufe in den Rücken, und Witrand sagte scharf: »Gehen Sie mit!« Er sah Allday an, dessen Fäuste sich in ohnmächtiger Wut schlossen und öffneten, und in dessen Gesicht immer noch der Schrecken über diese Wendung geschrieben stand. »Ist das einer von Ihren Offizieren?«

Bolitho sah Allday an. Das war ein Moment, in dem das Leben zu Ende gehen konnte. Und wenn sie jetzt getrennt wurden, konnte es sein, daß er Allday nie wiedersah.

Ruhig erwiderte er: »Er ist ein Freund, *m'sieur.*«

Witrand seufzte melancholisch. »Und das ist etwas Rares. Er mag bei Ihnen bleiben. Aber irgendein Trick – und Sie sterben!« Er warf Pareja einen schneidenden Blick zu. »Da gibt es, wie bei Verrätern, nur *eine* Lösung!«

Bolitho wandte sich zur Kampanjeleiter. Dabei schweifte sein Blick über die in der Nähe stehenden Passagiere. An der Kampanje stand Parejas Frau. Unbeweglich stand sie da, nur ihre heftig atmende Brust verriet Erregung. Er hörte ein knarrendes Geräusch, und als er den Kopf wandte, sah er die britische Flagge bereits am Großmast hinuntergleiten.

Das war, wie der Verlust seines Degens, ein Symbol für die Vollständigkeit seiner Niederlage.

Bolitho lehnte sich gegen ein mächtiges Faß Salzfleisch und horchte, während sich seine Gefährten ganz still verhielten, auf die gedämpften Geräusche jenseits der Tür. Der Raum, in dem sie gefangengehalten wurden, war völlig dunkel; nur in der Tür befand sich ein kleines kreisrundes Guckloch, das vom schwachen Schein einer Laterne erhellt war. Gott sei Dank – so konnten sie wenigstens sein verzweifeltes Gesicht nicht sehen. Er hörte die Kette klirren und spürte einen leisen Ruck an der Fußfessel. Meheux oder einer der anderen hatte sich bewegt. Neben ihm, ebenfalls mit dem Rücken an das Faß gelehnt, saß Allday; an der entgegengesetzten Wand des kleinen Stauraums waren Grindle und Ashton aneinandergekettet und jeder mit seinen eigenen Gedanken beschäftigt.

Unmöglich zu sagen, was an Bord vor sich ging. Die Pumpen arbeiteten noch, aber gelegentlich hatte er auch andere Geräusche gehört: Rufe, Flüche, das Schluchzen und Schreien einer Frau. Einmal einen Pistolenschuß – vermutlich hatte Witrand Schwierigkeiten mit der spanischen Mannschaft. Nach der todbringenden Kanonade der *Euryalus*, dem Sturm, der demütigenden Wegnahme des Schiffes konnte sich Bolitho leicht vorstellen, was sich unter Deck für Szenen abspielten. Ohne die Offiziere, an die sie gewohnt waren, ohne erkennbares Ziel mochte die Disziplin bald zum Teufel gegangen sein und trunkenes Chaos herrschen.

Der Wind hatte nicht wieder aufgefrischt. Das merkte er an den trägen Bewegungen des Schiffes, an dem nutzlosen Klappern des losen Geschirrs.

Wütend sagte Meheux: »Wenn ich diese Saufbolde jemals in die Finger bekomme, dann lasse ich sie in Fetzen peitschen, die unnützen Lausekerle!«

»Das mit dem Brandy«, erwiderte Bolitho, »war eine sehr schlaue List Witrands. Ich hätte eine gründlichere Durchsuchung veranstalten müssen«, schloß er bitter.

Bekümmert sagte Grindle: »Sie hatten zu viel zu tun, um denen das Leben zu retten, Sir. Hat keinen Sinn, daß Sie sich Vorwürfe machen.«

»Ganz meine Meinung«, warf Allday böse ein. »Man hätte sie alle verrecken lassen sollen.«

»Fühlen Sie sich besser, Mr. Ashton?« rief Bolitho hinüber. Er machte sich Sorgen um den Midshipman. Als man sie in den Stauraum zerrte, hatte er den blutigen Verband um seinen Kopf gesehen und sein totenbleiches Gesicht. Anscheinend hatte Ashton auf eigene Hand versucht, die Angreifer aufzuhalten, da seine Männer, was er aber nicht wußte, zu betrunken waren, um ihm auf sein Rufen zu Hilfe zu kommen. Jemand hatte ihm eine Muskete über den Schädel gehauen, und er hatte seither kaum gesprochen.

Aber jetzt antwortete er sofort: »Ich bin wieder in Ordnung, Sir. Es wird bald vorbeigehen.«

»Sie haben sich gut gehalten.«

Wahrscheinlich dachte Ashton ebenfalls über seine Zukunft nach. Er war erst siebzehn, hatte sich aber als vielversprechend und recht fähig erwiesen. Doch jetzt waren seine Aussichten trübe: Gefängnis oder sogar Tod durch Fieber in irgendeiner gottvergessenen feindlichen Garnison. Er war von zu niederem Rang, zu unwichtig, um für einen Austausch in Frage zu kommen, selbst wenn man höherenorts an dergleichen dachte.

Bolitho versuchte, sich sein Schiff vorzustellen – wo es jetzt wohl war und was Broughton tun mochte? Der Admiral hatte sie wahrscheinlich allesamt abgeschrieben. Nach diesem Sturm mußte er annehmen, daß die schwer havarierte *Navarra* gesunken sei; Bolitho und seine Männer würden binnen kurzem nur noch Erinnerung für ihn sein – weiter nichts.

Er versuchte, sich etwas anders hinzusetzen, und ärgerte sich dabei über seine Fußfessel. Er war schon früher in Gefangenschaft gewesen, aber der Gedanke daran tröstete ihn wenig. Denn damals hatte er eine wenn auch geringe Chance gehabt, zu entkommen und den Spieß umzudrehen. Und die Hoffnung, daß ihm britische Schiffe zu Hilfe kamen. Eine geringe Hoffnung, aber immerhin. Doch hier gab es nichts dergleichen. Die *Euryalus* würde nicht zurückkommen und nach ihm suchen. Wie konnte sie auch, wenn die Mission, zu der sie hier war, noch nicht einmal in Angriff genommen war?

Sein Magen zog sich zusammen, und er merkte, daß er seit dem Vortag nichts gegessen hatte. Es kam ihm vor, als sei es eine Woche her – die geordnete Welt seines eigenen Schiffes, das Gefühl, dazu zu gehören . . .

Er stellte sich vor, daß Parejas Frau jetzt vermutlich Witrand berichtete, wie leicht sie hatte verhindern können, daß Bolitho ihn unter den Passagieren herausfand. Oder vielleicht sah sie auch tränenüberströmt an Deck zu, wie ihr ältlicher Gatte an einem Strick von der Großrah hing und sein Leben verzappelte. Wo kam sie her? Wie geriet eine solche Frau in diesen Teil der Welt? Noch ein Rätsel und eins, das jetzt ungelöst bleiben würde.

Füßescharren vor der Tür. »Kommen uns wohl beglotzen, diese Bastarde!« knurrte Allday hitzig. Der Riegel wurde zurückgeschoben, und Witrand, zwei Bewaffnete hinter sich, schaute herein. »Ich möchte gern, daß Sie an Deck kommen, *capitaine*«, sagte der Franzose.

Seine Stimme klang ziemlich ruhig, aber es war etwas an ihm, das Bolitho vor Aufmerksamkeit erstarren ließ. Vielleicht frischte der Wind endlich wieder auf, und Witrand hatte doch nicht so viel Vertrauen zur Mannschaft, wie er vorgegeben hatte. Aber das Schiff dümpelte immer noch so träge, die Pumpen jankten immer noch so trübselig und gleichmäßig vor sich hin.

Kalt entgegnete er: »Was soll ich oben? Ich befinde mich hier ganz wohl.«

Witrand gab einem der Männer einen Wink, und dieser kam vorsichtig herein, den Schlüssel zu den Fußeisen in der Hand. »Als Gefangener haben Sie zu tun, was ich befehle«, sagte der Franzose ärgerlich.

Während der Matrose mit aller Vorsicht die Fußeisen aufschloß, versuchte Bolitho krampfhaft, einen Grund für das plötzlich veränderte Benehmen Witrands zu finden. Der Mann schien tatsächlich äußerst besorgt.

Meheux half ihm auf und murmelte: »Seien Sie vorsichtig, Sir!« Er sprach ein ganz klein bißchen zu leichthin, fand Bolitho; vielleicht dachte er, sein Kommandant sollte eingehend befragt werden oder etwas noch Schlimmeres.

Bolitho ging hinter Witrand den Gang hinauf – alles war so merkwürdig still! Nur die Pumpen und das leise Knarren von Holz an Holz – überhaupt keine Stimmen. Und das in einem mit aufgeregten Passagieren vollgestopften Schiff!

Es war später Nachmittag, an Deck brannte die Sonne blendend hell herunter, der Teer in den Fugen klebte an Bolithos Sohlen, als er hinter Witrand die Leiter zur Kampanje hinaufstieg. Das Glitzern der blauen See war so intensiv, daß er über eine zersplitterte Planke gestürzt wäre und Witrand ihn stützen mußte.

»Nun, was ist?« Bolitho beschattete die Augen mit der Hand und musterte den Franzosen. »Ich habe es mir nicht anders überlegt. In keiner Hinsicht.«

Witrand schien das gar nicht zu hören. Er faßte Bolitho beim Arm und drehte ihn zur Reling herum. Seine Stimme klang sehr eindringlich. »Sehen Sie, dort. Was halten Sie von denen?«

Jetzt erst wurde Bolitho gewahr, daß das ganze Deck voll lautlos gespannter Menschen war. Ein paar waren sogar in die Wanten geklettert, lehnten sich gegen die schlaffen Segel und Masten und starrten zur Kimm.

Witrand hielt ihm ein Teleskop hin. »Bitte, *capitaine*. Sagen Sie es mir!«

Bolitho stützte das Glas auf den Unterarm und stellte es ein. Die Menschen an Deck hatten sich ihm zugewandt; auch Witrand beobachtete ihn gespannt, beinahe ängstlich, von der Seite.

Sehr langsam fuhr Bolitho mit dem Glas die Kimm ab und hielt den Atem an, als die kleinen bunten Lateinersegel zögernd in die Linse schwammen. Drei, vier, vielleicht fünf standen über ihrem hellen Widerschein im Meer – wie die Flügel munterer Schmetterlinge sahen sie aus.

Dann setzte er das Glas ab und sah Witrand an. »Das sind Schebecken.« Die Besorgnis Witrands war unverkennbar. »Fünf vielleicht.«

Witrand starrte ihn an und deutete dann auf die leblosen Segel der *Navarra.* »Aber sie bewegen sich doch, sie kommen schnell näher. Wie kann das sein?«

»Sie können genausogut gerudert wie gesegelt werden, *m'sieur.* Meiner Überzeugung nach sind das Berberpiraten«, erwiderte er gelassen.

Witrand fuhr zurück. »*Mon dieu, le corsaire*!« Er riß Bolitho das Glas aus der Hand und richtete es sekundenlang auf die winzigen Segel. Dann, etwas gefaßter: »Das ist unangenehm. Was wissen Sie von diesen Leuten?«

Bolitho wandte den Blick ab. »Es sind wilde, barbarische Krieger. Wenn sie an Bord gelangen, töten sie alle bis zum letzten Mann und schleppen dann die Ladung weg.« Er hielt inne. »Und die Frauen.«

Witrand atmete mühsam. »Aber unsere Geschütze sind doch gut, *oui*? Sie haben sich doch, *mon dieu*, gegen Ihr Schiff ganz ordentlich gehalten. Wir können doch sicher diese kleinen Boote zerschmettern, ehe sie da sind?«

Bolitho sah ihm ernst in die Augen. »Sie begreifen noch nicht. Schebecken manövrieren sehr schnell, und wir liegen in der Flaute. Deswegen haben sich diese Piraten auch so lange gehalten und mit solchem Erfolg. Wenn sie nahe genug sind, manövrieren sie sich mit ihren langen Riemen schnell unter unser Heck. Dann schießen sie uns zusammen. Zweifellos hat jedes Boot eine schwere Kanone im Bug. So machen sie es immer.« Er ließ seine Worte ein paar Sekunden wirken. »Das hat sich als sehr erfolgreich erwiesen. Ich habe von Kriegsschiffen gehört, die hilflos bekalmt lagen und weiter nichts tun konnten, als zusehen, wie diese Galeeren einen Kauffahrer nach dem anderen mitten im Geleit überfielen.«

Wieder schaute er zur Kimm. Die Segel waren schon viel näher, und er konnte erkennen, wie sich die glänzenden Reihen der langen Riemen in exaktem Gleichtakt hoben und senkten. Die hellen Lateinersegel wirkten noch bedrohlicher; und er konnte sich die freudige Erwartung der Piraten angesichts einer so leichten Beute ausmalen.

»Was sollen wir tun?« fragte Witrand und breitete die Hände aus. »Sie würden auch Sie töten, *capitaine*, wir müssen zusammenhalten.«

Bolitho hob die Schultern. »Normalerweise würde ich Boote zu Wasser lassen und versuchen, das Schiff umzudrehen. Dann könnten wir ihnen eine Breitseite verpassen. Aber Boote haben wir nicht, außer dem kleinen, mit dem ich an Bord gekommen bin.« Er rieb sich das Kinn. »Jedenfalls wäre das ziemlich viel verlangt.«

»Aber um Gottes willen, Mann! Wollen Sie hier stehen und nichts tun?« Er deutete auf die stummen Zuschauer, denen langsam klar wurde, welch neue Bedrohung mit den immer näher herangleitenden Fahrzeugen auf sie zukam. »Und was wird mit denen da – eh? Wollen Sie sie umkommen lassen? Sie der Folter der Vergewaltigung aussetzen? Sie müssen doch irgendwas tun!«

Bolitho lächelte grimmig. »Sie sind wirklich rührend um ihr Leben besorgt. Seit Beginn unserer Bekanntschaft haben Sie sich in mancher Hinsicht verändert.« Ehe der Franzose antworten konnte, befahl er scharf: »Lassen Sie sofort meine Offiziere und Matrosen frei und geben Sie ihnen die Waffen wieder!« Und als es in Witrands Augen wütend aufblitzte, sagte er grob: »Sie haben keine Wahl, *m'sieur*. Und wenn wir heute sterben sollen, dann möchte ich das lieber mit dem Degen in der Hand.«

Witrand nickte. »Das ist wahr. Einverstanden.«

»Dann lassen Sie Señor Pareja nach achtern bringen. Er kann dolmetschen.«

Witrand winkte bereits einen Matrosen heran. »Und der Wind?« fragte er. »Wird Wind aufkommen?«

»Gegen Abend vielleicht, wenn es kühler wird.« Bolitho sah ihn bedeutsam an. »Aber wenn wir es nicht schaffen, dann spielt auch das keine Rolle mehr.«

Minuten später waren Meheux und die anderen bei ihm auf der Kampanje. Ashton hatte noch Schmerzen und stützte sich schwer auf des Leutnants Arm.

Auf dem Hauptdeck sah Bolitho den ebenfalls befreiten Unteroffizier McEwen sowie sechs Matrosen – die anderen waren wohl noch so betrunken, daß sie nicht hochzukriegen waren. Vielleicht starben sie, ohne eine Ahnung zu haben, was überhaupt los war . . . Um so besser für sie, dachte Bolitho.

»Sie brauchen mich, Captain?« Das war Luis Pareja, schüchtern und furchtsam.

Bolitho lächelte ihn freundlich an. Er war unter Bewachung gewesen, hatte also keine privaten Abmachungen mit dem Franzosen getroffen. »Sie müssen jedem sagen, was ich von ihm will«, erklärte Bolitho, und Pareja warf einen angstvollen Blick über die Reling. »Von Ihnen wird sehr viel abhängen, Señor. Davon, wie Sie sprechen, und was Sie dabei für ein Gesicht machen.« Er lächelte wieder. »Also gehen wir zusammen aufs Achterdeck, ja?«

Pareja blinzelte zu ihm empor. »Zusammen, Captain?« Dann nickte er heftig; und die plötzliche Entschlossenheit auf seinem runden Gesicht wirkte rührend.

Erregt flüsterte Meheux: »Wie können wir sie abschlagen, Sir?«

»Holen Sie unsere Männer heran und stellen Sie aus ihnen eine Geschützbedienung zusammen. Die beste Kanone kommt in die Achterkajüte. Sie müssen sie da irgendwie montieren – schwierig, aber es muß klappen, und zwar sehr schnell. In einer Stunde können diese Boote in Schußweite sein. Vielleicht schon eher.« Er faßte den Leutnant bei seinem zerfetzten Rock. »Und hissen Sie unsere Flagge wieder, Mr. Meheux!« Witrand öffnete schon den Mund zum Protest, schwieg aber und wandte sich zur Reling. »Wenn wir kämpfen«, schloß Bolitho, »dann unter unserer eigenen Flagge.«

Allday sah zu, wie die Flagge am Großmast emporstieg, und bemerkte grinsend: »Ich würde eine ganze Menge darauf wetten, daß diese gottverdammten Seeräuber noch nie so ein Schiff des Königs gesehen haben wie diese alte Tante!«

Bolitho sah Pareja an. »Und jetzt, Señor, kommen Sie mit. Heute wollen wir zusammen ein wenig Marinegeschichte machen – eh?«

Aber als er in all die zu ihm emporgerichteten Gesichter sah, die Frauen, die ihre Kinder an sich preßten, ihre wachsende Verzagtheit und Angst, da konnte er nur mit Mühe und Not seine wahren Empfindungen vor ihnen verbergen.

»Jetzt dauert es nicht mehr lange, Sir.« Grindle hakte die Daumen in den Gürtel und beobachtete gelassen die sich nähernde Flotille. In der letzten halben Stunde hatten die Boote sich zur Linie formiert; das Manöver ging ohne Eile oder sichtbare Anstrengung vor sich, als hätten sie alle Zeit der Welt.

Als sie jetzt stetig im Bogen auf die Backbordseite der *Navarra* zufuhren, sahen sie aus wie ein historischer Aufzug oder wie Rudergaleeren. Dieser Eindruck wurde noch durch das dumpfe Trommeln verstärkt, das den Männern an den Riemen ermöglichte, gleichmäßig Takt zu halten.

Die vorderste Schebecke war noch etwa eine Meile entfernt, aber schon konnte Bolitho an ihrem langen, schnabelförmigen Bug den Pulk dunkelhäutiger Gestalten erkennen, die wahrscheinlich das Buggeschütz für den ersten Angriff fertig machten. Die Segel waren bei allen Booten aufgegeit, und er konnte am Vormast den blauen, gespaltenen Wimpel mit dem Halbmondemblem ausmachen.

Er riß sich vom Anblick der stetig und zielbewußt näher kommenden Boote los und sagte zu Grindle: »Ich gehe mal kurz unter Deck. Passen Sie gut auf, bis ich zurück bin.«

Während er den Kampanjeniedergang hinabstieg, versuchte er, sich darauf zu konzentrieren, was er bis jetzt getan hatte, und suchte nach einem Loch in seinem fadenscheinigen Verteidigungsplan. Als Pareja seine Befehle übersetzte, hatte er die Gesichter sowohl der Mannschaft als auch der Passagiere genau beobachtet. Für sie war jeder Plan besser, als hilflos dazustehen wie Schafe, die auf den Schlächter warten. Aber jetzt, als sie sich geduckt im Schiff zusammendrängten und diesem gleichmäßigen, selbstsicheren Trommelschlag lauschten, mochte sich ihr erster Hoffnungsschimmer bald in Panik verwandeln.

Wenn sie nur mehr Zeit gehabt hätten! Aber nach der Breitseite der *Euryalus* war die *Navarra* in einem so traurigen Zustand, daß schnelle Reparatur nicht möglich war. Das Schiff lag zu tief im Wasser, und selbst wenn Wind aufkam, würde sie ohne Besan nur schlecht segeln. Sie hatten die Kampanje-Geschütze über Bord werfen müssen, um das Achterschiff zu entlasten, das am meisten abbekommen hatte. Der Gedanke, daß diese Geschütze gerade jetzt, da sie am nötigsten gebraucht wurden, auf dem Meeresgrund lagen, war nicht eben ermutigend.

In der Heckkajüte waren Meheux und seine Männer fieberhaft an der Arbeit, um ihren Anteil an dem Plan zu erfüllen. Die *Navarra* besaß zwei starke Heckgeschütze; eins davon war jedoch durch eine Kugel der *Euryalus* zerschmettert worden. Aber das andere war von seinem ungünstigen Platz an Steuerbord verholt worden und stand jetzt mitten in der Kajüte, die Mündung auf das Fenster gerichtet. Fenster waren allerdings nicht mehr da. Meheux hatte alle Rahmen weggeschlagen, so daß die Kanone weites Schußfeld über die ganze Breite des Hecks hatte. McEwen überprüfte eben die hastig aufgeriggten Taljen, und die Matrosen stapelten eifrig Pulver und Kugeln am Kajütschott.

Meheux wischte sich das dampfende Gesicht und grinste mühsam. »Die müßte es schaffen, Sir.« Er schlug auf den runden Verschluß. »Ein englischer Zweiunddreißigpfünder. Möchte bloß wissen, wo dieses lausige Diebespack den her hat.«

Bolitho nickte und trat an die klaffende Fensteröffnung. Wenn er sich hinausbeugte, konnte er das vorderste Boot sehen; wie Gold schimmerten seine Ruder im Sonnenlicht. Die meisten Geschütze der *Navarra* waren alt und nutzten nicht viel. Sie waren eher für die Abschreckung irgendwelcher Amateurpiraten gedacht, als für den Kampf auf Leben und Tod. Die *Navarra* hatte sich, wie die meisten Kauffahrer auf allen Weltmeeren, mehr auf ihre Behendigkeit als auf ihre Kampfkraft verlassen. Aber diese Kanone hier – das war tatsächlich der einzige Fund von einigem Wert, ein ähnlicher Typ wie die Geschütze in der unteren Batterie der *Euryalus* und in den richtigen Händen eine vernichtende Waffe. Bei den Matrosen hatte sie den Spitznamen »Lange Neun«, weil ihr Rohr neun Fuß lang war. Sie war auf anderthalb Meilen noch ziemlich treffsicher, und dann durchschlug die Kugel noch drei Fuß dicke Eichenplanken. Treffsicherheit war im Moment wichtiger als alles andere.

Bolitho wandte der See den Rücken zu und sagte: »Wir feuern, sobald wir die erste Schebecke direkt vor dem Rohr haben.«

McEwen, der auf der *Euryalus* Geschützführer war, fragte: »Doppelte Ladung, Sir?«

Bolitho schüttelte den Kopf. »Nein. Das ist gut beim Kampf Schiff gegen Schiff, wenn man nichts Kleineres vor sich hat als eine Breitseite. Aber heute können wir uns nicht leisten, aufs Geratewohl zu schießen.« Er lächelte in ihre glänzenden, fettverschmierten Gesichter. »Also zielt sorgfältig, jede Kugel muß sitzen.«

Er nahm Meheux beiseite und gab ihm mit gedämpfter Stimme

Instruktionen. »Ich glaube, sie werden vorn und achtern gleichzeitig angreifen. Auf diese Weise teilen sie unsere Verteidigungskraft und bekommen gleichzeitig eine Idee davon, wie stark wir sind.«

Der Leutnant nickte. »Ich wünschte, wir hätten dieses verdammte Schiff nie gesehen, Sir«, knurrte er und grinste dabei entschuldigend. »Oder wir hätten sie wenigstens mit einer vollen Breitseite auf den Grund geschickt.«

Bolitho mußte lächeln, denn dabei fielen ihm Witrands Worte ein: ›Es wäre besser für uns beide gewesen, wenn wir uns nie getroffen hätten.‹ Nun, für Bedauern war es jetzt zu spät.

Er blieb im Türrahmen stehen und musterte noch einmal die geschäftigen Matrosen, die trübselige Kajüte, der man so übel mitgespielt hatte. »Sollte ich fallen, Mr. Meheux –«, er sah die plötzliche Bestürzung in des Leutnants Augen und fuhr so gelassen wie möglich fort: »– dann kämpfen Sie unbedingt weiter. Dieser Gegner kennt keine Gnade, vergessen Sie das nicht!« Er zwang sich zu einem Lächeln. »Sie waren es ja, der gestern ein Seegefecht wollte. Jetzt haben Sie eins.«

Rasch ging er wieder in die Sonne hinaus, an dem unbemannten Ruder vorbei zu Grindle, der immer noch unentwegt auf seinem Posten stand und die näherkommenden Fahrzeuge beobachtete.

Auf beiden Seiten des Oberdecks standen die spanischen Matrosen an der Reling oder knieten bei ihren Geschützen, deren stärkste Zwölfpfünder waren. Hier und dort, wo Deckung vorhanden war, sah er auch Passagiere, die sich eilig mit Musketen aus dem Schiffsarsenal versehen hatten; andere trugen irgendwelche eigenen Jagdflinten, um auch etwas zur Verteidigung beizutragen.

Er verschloß sein Gehör dem fernen Trommelschlag und versuchte, sich darüber klarzuwerden, welche Feuerkraft das Schiff in den nächsten Minuten entwickeln konnte. Von den Backbordgeschützen waren mehrere völlig unbrauchbar, verbogen und zerschmettert von der Salve der *Euryalus*. Es hing sehr viel davon ab, was der Feind als erstes tun würde.

Die Pumpen arbeiteten noch durchaus gleichmäßig; hoffentlich hatte Pareja denen, die dort am Werke waren, klargemacht, wie lebenswichtig es war, den Wasserstand unter Kontrolle zu halten. Oder vielleicht würden sie auch beim ersten Schuß von den Pumpen weglaufen und der See den Sieg überlassen.

Unter den Passagieren befanden sich auch eine ganze Anzahl Bauersfrauen: zähe, sonnengebräunte Wesen, die gar nichts dagegen gehabt hatten, als er vorschlug, sie sollten mit an die Pumpen gehen. Denn, wie er versucht hatte zu erklären, jetzt gab es keine Passagiere mehr an Bord der *Navarra* – sie waren alle eine Schiffsmannschaft, von deren Entschlossenheit und Stärke das Überleben abhing.

»Die teilen sich, Sir«, rief Grindle.

Die beiden letzten Boote schwenkten bereits ab und ruderten parallel zu der treibenden *Navarra*. Sichelgleich schnitten ihre langen Schnäbel durchs Wasser, und zielstrebig hielten sie auf das Heck zu.

Bolitho überschaute das Oberdeck: dort stand Witrand, eine Pistole im Gürtel, eine zweite neben sich auf dem Lukendeckel. Neben ihm stand Ashton; das bleiche Gesicht verzerrt vor Entschlossenheit und Schmerzen, wartete er auf einen Befehl von der Kampanje. »Sie können ausrennen, Mr. Ashton!« rief Bolitho. Er biß sich auf die Lippen, als die Geschützrohre mit protestierendem Quietschen durch die offenen Pforten glitten. Jetzt waren die Lükken in der Verteidigung erst richtig zu sehen, besonders an Backbord und achtern, wo die Schäden am größten waren.

Er winkte Pareja, der wie hypnotisiert unter der Kampanjetreppe stand. »Sagen Sie ihnen, sie dürfen erst auf Befehl feuern. Kein Schuß aufs Geratewohl, und sie sollen keine Zeit und Kraft damit verschwenden, auf die leere See zu zielen!«

Er kniff die Augen vor der blendenden Sonne zusammen und beobachtete, wie zwei der elegant gebauten Boote langsam herankamen, als wollten sie am Bug der *Navarra* vorbei. Sie waren etwa zwei Kabellängen entfernt und schienen den passenden Moment abwarten zu wollen.

Achtern war es dasselbe: drei Boote nahmen in perfektem Gleichtakt Kurs auf das Achterschiff und blieben etwa auf gleicher Distanz.

Er hörte, wie Meheux kurz und knapp seine Befehle gab – ob er sich wohl zutraute, die Angreifer abzuwehren?

Er fuhr zusammen, denn jetzt stoppte eins der Boote und wendete langsam, so daß sich der Bootskörper vor seinen Augen zu verkürzen schien, bis es mit dem Bug direkt auf die *Navarra* zeigte. Dann erst begann sich die Reihe der Riemen wieder zu bewegen, doch in langsamerem Tempo; das Wasser schäumte vom Bug wie eine schlanke weiße Pfeilspitze.

Da – ein Wölkchen schwarzen Rauches am Bug und dann ein

lautes Krachen. Das Wasser erzitterte unter der unsichtbaren Kugel, die nur ein paar Fuß über der Wasserfläche dahinfuhr und hart in die Bordwand der *Navarra* schlug, direkt unter der Stelle, wo Bolitho stand. Er hörte schrille Schreckensschreie aus dem Schiffsraum, ein kurzes Stocken der Pumpen; auf dem Vorschiff des Piraten vollführten die Männer Freudentänze.

Wieder ein Krach, diesmal von vorn; und etwa drei Kabellängen entfernt stieg eine schlanke Wassersäule hoch: die andere Schebecke hatte gefeuert und gefehlt. Aber nach dem fedrigen Schaum beim Einschlag konnte man das Kaliber recht gut schätzen.

Hilflos hockten die spanischen Matrosen an den Geschützpforten, starrten auf die höhnisch glitzernde See und spannten die Muskeln in Erwartung der nächsten Kugel.

Sie hatten nicht lange zu warten. Das Boot, das an Backbord am nächsten war, gab Feuer, und die Kugel schmetterte hart in die Kampanje; Holzsplitter wirbelten über die See, und das ganze Deck erzitterte heftig.

»Ich gehe nach unten, Mr. Grindle!«

Meheux würde bestimmt nach seinen Befehlen handeln, dessen war er sicherer als seiner eigenen Fähigkeit, bei diesem gnadenlosen Beschuß, der so viel Schaden anrichtete, untätig zu bleiben. Doch so mußte er vorgehen, wenn ihnen auch nur ein Fetzen Hoffnung bleiben sollte.

Meheux lehnte am Geschütz; gespannt verfolgte er mit den Blikken das Führungsschiff, das leicht auf das Heck der *Navarra* zuglitt; es war noch etwa eine Kabellänge entfernt.

Das Buggeschütz der Schebecke spuckte wieder Rauch und Feuer, und Bolitho erstarrte, als das Geschoß unter ihm in den Heckbalken schlug – vermutlich nahe bei der bereits durch den Sturm havarierten Stelle.

Mit zusammengebissenen Zähnen sagte Meheux: »Bei Gott, Sir, wir brechen auseinander, wenn das so weitergeht!«

Bolitho spähte über das Rohr. Die Muskeln der nackten Rücken der Männer an den Kanonen spannten sich krampfhaft – sie erwarteten wie Meheux, daß die nächste Kugel mitten zwischen ihnen einschlagen würde.

Das Erzittern der *Navarra* nach der nächsten dumpfen Explosion verriet, daß ein schweres Geschoß direkt ins Vorschiff geschlagen war. Doch er konnte nicht an zwei Stellen zugleich sein. Und hier achtern war die lebenswichtigste und zugleich verwundbarste

Stelle.

Der nächste Schuß von achtern ging durch eine leere Stückpforte in den Heckbalken; bei dem schmetternden Krachen im Schiffsrumpf knirschte Bolitho mit den Zähnen – schrille Schreie verrieten ihm, daß die Kugel diesmal nicht nur auf Holz getroffen hatte.

»Worauf wartet er denn noch, verdammt noch mal!« fluchte Meheux.

Bolitho fiel auf, daß der Feind nicht nochmals gefeuert hatte, obwohl bisher die Intervalle zwischen den Schüssen kurz und regelmäßig gewesen waren. Gespannt beobachtete er; kaum wagte er zu hoffen, als die Schebecke plötzlich und zielstrebig das Heck der *Navarra* rundete. Sekundenlang marterte ihn der Gedanke, daß er es sich nur einbilde, daß es in Wirklichkeit die *Navarra* sei, die sich in einer unkontrollierbaren Strömung bewegte.

Atemlos stieß Meheux hervor: »Jetzt will er uns den Todesstoß versetzen, Sir!« Er warf einen raschen bewundernden Blick zu Bolitho hinüber. »Bei Gott, er denkt, wir sind hier wehrlos!«

Grimmig nickte Bolitho. Der Führer der Schebecke hatte ausprobieren wollen, ob sich die *Navarra* wehren konnte. Angesichts der Beschädigungen und der zwei leergebliebenen Stückpforten im Heck mochte er sie wohl für hilflos halten.

»Also, Jungs!« sagte Meheux scharf, und die Männer am Geschütz wurden plötzlich lebendig. »Jetzt werden wir sehen!« Er duckte sich hinter den Verschluß, und seine Augen funkelten wie zwei geschliffene Kristalle, als er die schlanken Masten der Feinde, in gerader Linie hintereinander stehend, aufkommen sah. »Backbord-Bordwand!« Ungeduldig stampfte er auf, während die Männer sich in die Handspeichen warfen. »Gut!« Er schwitzte mächtig und mußte sich mit dem zerrissenen Ärmel die Stirn wischen. »Jawohl, Ziel erfaßt!«

McEwen trat zur Seite und holte die Reißleine langsam durch. »Fertig!« Meheux fluchte lästerlich, weil die Schebecke eine Sekunde lang aus der Reihe schor; aber sofort brachte die Trommel wieder Ordnung in die Ruderer.

In der plötzlichen Stille klang Bolithos Stimme wie ein Pistolenschuß. »Jetzt, Mr. Meheux!«

»Aye, Sir.«

Die Sekunden dehnten sich – geduckt, reglos wie eine Holzfigur hockte Meheux hinter dem Geschütz.

Und dann – so unvermittelt, daß Bolitho erschrak, obwohl er die ganze Zeit darauf gewartet hatte, sprang Meheux zur Seite und brüllte: »Feuer!«

In der Enge der Kajüte hallte der Abschuß wie ein Donnerschlag, hustend und keuchend taumelten die Männer im dicken Qualm, das Geschütz stieß in seinem Gestell zurück, wild erzitterten die Planken unter Bolithos Füßen, und einen Moment dachte er halb betäubt, es würde sich losreißen und ihn am Heckbalken zu Brei quetschen. Aber die Zurringe hielten, und als der wirbelnde Rauch aus dem Fenster gestoben war, hörte er Meheux' irres Brüllen: »Seht den Bastard! Seht doch bloß, Jungs!«

Bolitho drängte sich zum Fenster und starrte auf das vorderste Boot, das noch vor Sekunden ein Bild der Eleganz und Kampfgier gewesen war. Das schwere Geschoß mußte eine ganze Ruderbank der Länge nach umgepflügt haben; trotz des Qualms sah er, daß der schlanke Bootskörper umgeschlagen war, während die Ruderer auf der heil gebliebenen Längsbank mit wild fuchtelnden Riemen das Wasser peitschten und verzweifelt versuchten, das Boot wieder aufzurichten.

»Stopft das Zündloch! Ausputzen!« brüllte Meheux und rief fragend zu Bolitho hinüber: »Doppelladung diesmal, Sir?«

»Wenn's sehr schnell geht, Mr. Meheux.« Bolitho summten noch die Ohren von der Explosion, aber auch er spürte wie der Leutnant ein wildes, verzweifeltes Triumphgefühl in sich aufsteigen. »Und Schrapnell obendrein, wenn Sie welches haben!«

Den Matrosen, die so fieberhaft in der zerschossenen Kajüte hantierten, war die Kanone so vertraut wie jene, die sie täglich zu bedienen hatten. Vorbei war es jetzt mit dem entnervenden, hilflosen Hinnehmen des feindlichen Feuers auf dem schon schwer havarierten Schiff. Jetzt konnten sie endlich zurückschießen. Unter triumphierendem Gebrüll rammten sie die Ladung fest, von McEwen aufmerksam kontrolliert, der ein viel zu erfahrener Stückmeister war, als daß er irgendeine Nachlässigkeit hätte durchgehen lassen. Er betastete sogar jede Kugel sorgfältig, ehe er sie laden ließ, um sicher zu sein, daß sie so vollkommen rund war, wie man es auf einem spanischen Schiff nur erhoffen konnte.

Schwerfällig drehte sich die angeschlagene Schebecke nach Steuerbord. Bolitho bemühte sich, sie im Auge zu behalten und nicht den Matrosen zuzusehen, die sich fieberhaft anstrengten, mit dem Laden fertig zu werden, ehe sie außer Sicht kam. Doch die »Lange Neun« brauchte normalerweise fünfzehn Mann Bedienung, und Meheux hatte nur knapp die Hälfte.

»Ausrennen!« Er hatte es in zwei Minuten geschafft.

Die anderen beiden Schebecken fuhren jetzt entgegengesetzte Bogen, weg von der plötzlich so wehrhaften *Navarra.* Eine feuerte; aber die Kugel mußte weit vorbeigegangen sein; der Einschlag im Wasser war nicht einmal zu sehen.

Heiser schrie Meheux: »Andere Bordwand!« sprang zur Seite und versuchte mit zusammengekniffenen Augen, das Tempo des Gegners abzuschätzen.

Bolitho hörte oben an Deck Krachen und Schreien. »Ich muß hinauf!« rief er. Meheux hörte ihn nicht. »Mehr nach links! Noch mehr!« Er packte eine Handspeiche und warf auch noch sein eigenes Körpergewicht mit in den Kampf. Dabei spähte er über den Verschluß am Rohr entlang. Bolitho riß sich los und eilte auf die Kampanje.

Er war kaum draußen in der Sonne, als Meheux Feuer gab. Bolitho rannte nach Steuerbord hinüber: die Doppelladung schmetterte in den Rumpf der Schebecke; fasziniert sah er zu, wie das Deck steil abkippte und die Ruderer sich in dichtem Pulk zusammendrängten wie Schafe, die verschreckt einen steilen Abhang hinaufrasten. Die beiden schweren Kugeln mußten den Rumpf dicht unter der Wasserlinie durchschlagen haben. Bei dem starken Druck der Riemen mußte sich das katastrophal auswirken. Denn jetzt begann das Boot zu sinken; die wimmelnden Gestalten sprangen teils über das Dollbord, teils rannten sie in wilder Panik zum Heck. Keine der anderen Schebecken machte einen Versuch, näher zu kommen und die Schwimmenden zu retten oder den Angriff fortzusetzen; wahrscheinlich befand sich der Anführer in dem zerschossenen Boot.

Grindle zupfte ihn am Arm. »Ein Boot wendet, Sir! Hält direkt auf unseren Bug zu!«

Bolitho starrte nach vorn und sah die schlanken Masten in voller Fahrt auf die *Navarra* zukommen; die aufgegeiten Segel schienen nur noch ein paar Fuß von ihrem Klüverbaum entfernt zu sein. Im allerletzten Moment wechselte die Schebecke den Kurs und streifte zielbewußt fast den Backbordbug der *Navarra*; die Ruder flogen hoch und ins Boot wie die Schwingen eines riesigen Seeadlers, der zum tödlichen Angriff niederstößt.

»Backbordbatterie – Feuer!« brüllte Bolitho. Stolpernd rannte Ashton die Reihe der Geschütze entlang; eins nach dem anderen fuhr im Rückstoß binnenbords, der Rauch wirbelte zum Feind hinüber, aber die Kugeln richteten wenig Schaden an, außer daß sie den Fockmast fällten wie die Axt einen jungen Baum.

Bolitho fühlte das knirschende Vibrieren, sah Schrapnell über den Decksgang fliegen und riß seinen Degen heraus.

»Sie entern! Schlagt sie zurück!« Witrand hatte bereits die Pistole herausgerissen und stieß einige der wie gelähmt dahstehenden spanischen Matrosen zum Decksgang hin.

»Mr. Ashton! Die Drehbasse!« schrie Bolitho. Über das Deck kam Allday herangestürzt, im trüben rauchigen Licht funkelte bereits der blanke Entersäbel in seiner Faust.

»Ich habe Ihnen doch gesagt, Sie sollen bei Mr. Ashton bleiben!« rief er ärgerlich – aber er wußte, es war nutzlos; nie würde Allday beim Kampf anderswo als an seiner Seite sein, da konnte er sagen, was er wollte.

Schon tauchten über der Reling, die nicht durch Enternetze, sondern nur durch die Decksgänge gesichert war, braune Köpfe auf. Die Matrosen hieben und hackten mit Piken und Entersäbeln nach ihnen. Ohrenzerreißendes Kampfgeschrei – und immer mehr dunkelhäutige Krieger zogen sich an der Schiffswand hoch. Schon tauchten sie beim Vorderkastell auf; da aber spuckte die Drehbasse Feuer und Eisen, und sie verschwanden wie Papierschnitzel im Wind.

»Aufpassen, Captain! Von hinten!« Allday schwang den Säbel und hieb ihn einem Piraten über den Turban, hackte ihm den Unterkiefer weg, ehe der Mann einen Schrei herausbrachte.

Bolitho sah, wie ein bärtiger Riese mit einem Schwung seines Enterbeils zwei spanische Matrosen niederhieb und dann zu einem der Niedergänge raste. Er dachte an die Frauen und Kinder, die hilflosen Verwundeten unter Deck – jeder Hoffnungsfunken mußte sich in panischen Schrecken verwandeln, wenn dieser Kerl da unten eindrang. Ehe Allday dazwischentreten konnte, war er am Luk, stützte einen Fuß gegen das Süll, da war der Pirat auch schon heran, kam rutschend zum Halten und riß das Beil hoch, das noch vom Blut der Niedergehauenen troff.

Das Beil setzte zum Hieb an, Bolitho sprang zur Seite, sein Degen fuhr unter dem muskulösen Arm des Piraten hindurch und knirschend zwischen die Rippen in den Brustkorb, so daß es den zähnebleckenden Kerl herumriß. Aber brüllend wie ein verwundetes Raubtier stürzte er sich auf Bolitho; die messerscharfe Schneide des Beiles beschrieb einen silbrigen Bogen, und Bolitho mußte gegen die Kampanje zurückweichen. Ein Matrose brach mit gefällter Pike vor, aber der Riese hieb sie zur Seite und führte einen wohlgezielten Schlag nach des Mannes Nacken, der wild um sich schlagend, mit fast vom Rumpf getrenntem Kopf, auf die Planken stürzte.

Bolitho wußte: ließ er sich gegen die Kampanje drücken, würde ihn der Pirat genauso niederhauen. Er riß sich zusammen, und als der Kerl die Axt hoch über den Kopf schwang – die tiefe Stichwunde schien er gar nicht zu spüren –, fiel er mit dem Degen aus, die Spitze direkt auf die vom Bart bedeckte Kehle gerichtet. Aber seine Schuhsohle rutschte in einer Blutlache aus, er verlor das Gleichgewicht, stürzte schwer gegen eine Kanone, klirrend entfiel der Degen seiner Hand und lag außer Reichweite auf den Planken.

In diesem Sekundenbruchteil sah er die ganze Szene wie ein einziges großes Gemälde vor sich, die verzerrten Gesichter so deutlich, wie sie der Maler vor sich sieht: Allday, zu weit weg, um ihm helfen zu können, im Gefecht mit einem Piraten. Grindle und ein paar Matrosen im verzweifelten Handgemenge auf dem Decksgang; blitzende, klirrende Säbel, in Wut und Schrecken aufgerissene Augen.

Und den Mann mit dem Beil sah er ebenfalls, der hochgereckt auf seinen nackten Zehen stand, als wolle er zum Hieb Maß nehmen. Der Kerl grinste tatsächlich; offenbar genoß er diesen Moment.

Den Schuß konnte Bolitho in dem furchtbaren Getöse nicht hören, aber er sah, wie sein Angreifer vorwärts taumelte, auf einmal nicht mehr Inbegriff der Mordlust, sondern des tiefen Erstaunens – dann verzerrte sich das Gesicht im Todeskampf, und er stürzte schwer zu Bolithos Füßen hin.

Witrands Pistole rauchte noch über seinem linken Unterarm; er ließ sie sinken und schrie: »Sind Sie verletzt, *capitaine*?«

Bolitho tastete nach seinem Degen, stand auf und schüttelte den Kopf. »Nein – aber danke!« Er grinste. »Ich glaube, dieses Gefecht gewinnen wir.« Richtig. Schon zogen sich die Enterer auf den Decksgängen zurück und ließen ihre Toten und Verwundeten liegen, die bei dem noch hin- und herwogenden Rückzugsgefecht unter die Füße der Kämpfenden gerieten.

Bolitho war an ein paar schreienden Spaniern vorbeigerannt und stand neben Allday. Sein Degen parierte einen Skimitar* und riß Alldays Gegner eine lange, rotklaffende Schulterwunde. Allday sah den Mann zur Seite taumeln und hieb ihn mit dem schweren Entersäbel nieder: »Damit du schneller zur Hölle fährst, du Hund!«

* runder Türkensäbel

Bolitho wischte sich das schweißtriefende Gesicht und blickte in das längsseit liegende Boot. Es hatte bereits abgestoßen und kam von der Bordwand klar, ein paar Enterer konnten eben noch hineinspringen. Unter dem schmalen Deck hockten die Ruderer und versuchten verzweifelt, ihre Riemen von der Bordwand der *Navarra* freizubekommen.

Von unten knallten Musketenschüsse; dicht neben seiner Hand streifte eine Kugel das Schanzkleid, und er sah, wie ein Mann im roten Gewand auf ihn deutete, um einige Scharfschützen auf dem schmalen Achterdeck aufmerksam zu machen.

Aber die Riemen kamen in Gang, Trommelschlag übertönte das Triumphgeschrei der spanischen Matrosen, die Schmerzensschreie der Verwundeten und die Hilferufe der im Wasser paddelnden Piraten. Langsam löste sich die Schebecke von der Bordwand.

Wie Bolitho sah, lagen die anderen Fahrzeuge über eine Meile entfernt; sie mußten sich während des Kampfes absichtlich außer Schußweite gehalten haben.

Jetzt fiel ihm Meheux in der Kajüte wieder ein; heiser rief er: »Ich muß ihm sagen, daß er noch mal feuert!«

Er rannte nach achtern und stürzte beinahe über einen Toten, dessen gebrochene Augen zu den leblosen Segeln aufstarrten – die Rechte umklammerte noch den blutverschmierten Entersäbel. Es war Steuermannsmaat Grindle; seine wehenden grauen Haarsträhnen sahen aus, als wollten sie irgendwie ohne ihn leben bleiben.

»Schaffen Sie ihn weg, Allday«, sagte Bolitho.

Allday stieß den Entersäbel in die Scheide und sah Bolitho nach. Müde sprach er zu dem Toten: »Du warst zu alt für so was, mein Freund.« Dann zog er ihn sorgfältig in den Schatten des Schanzkleids. Eine schmierige Blutspur blieb auf den Planken zurück.

Meheux konnte noch einen Treffer anbringen, ehe der Feind durch Ruderkraft außer Schußweite gelangte. Die Schebecke, die so tollkühn die *Navarra* geentert hatte, lag fast drei Kabellängen achteraus, ehe Meheux schußfertig war. Die Kugel schmetterte ins Heck des Bootes, kappte den kleinen Lateinerbesan, pflügte durch den geschnitzten Heckaufbau und fuhr dann mit einer Schaumfontäne ins Meer.

Das Führerboot war gesunken; nur Treibgut und ein paar Leichen kennzeichneten die Stelle. Der Rest der Flottille machte sich nach Süden davon, so schnell die Ruder sie nur vorwärtstreiben konnten, während die blutenden, noch halb betäubten Verteidiger ihnen nachstarren und kaum fassen konnten, daß sie noch am Leben waren.

Mit schweren Schritten ging Bolitho wieder auf die Kampanje. In seinem rechten Arm pulsierte das Blut, als hätte er eine Wunde davongetragen.

Die spanischen Matrosen warfen bereits die toten Piraten über Bord, die längsseit noch eine kurze Zeit wie in einem makabren Totentanz auf- und abdümpelten und dann wie weggeworfene Stoffpuppen abtrieben. Gefangene gab es nicht, denn die wutentbrannten Spanier waren nicht in der Stimmung gewesen, Pardon zu geben.

»Heute werden sie nicht mehr angreifen«, sagte Bolitho zu Meheux. »Wir wollen daher lieber die Verwundeten unter Deck schaffen. Dann will ich die Schäden am Schiffsrumpf inspizieren, ehe es dunkel wird.«

Er sah sich um und versuchte, den Katzenjammer nach der Schlacht zu überwinden. »Wo ist Pareja?«

»Er hat eine Musketenkugel in die Brust bekommen, Captain«, rief Allday herüber. »Ich habe noch versucht, ihn davon abzuhalten, daß er an Deck blieb und sich unnütz in Gefahr brachte. Aber er sagte, Sie würden von ihm erwarten, daß er mithilft. Und das tat er auch. Komischer kleiner Kerl«, schloß er mit einem Seufzer und einem trüben Lächeln.

»Ist er tot?« Bolitho dachte an Parejas Eifer, die rührende Nachgiebigkeit seiner Frau gegenüber.

»Wenn nicht, Captain, wird er's bald sein.« Allday fuhr sich mit den Fingern durchs Haar. »Ich hab ihn mit den anderen Verwundeten nach unten bringen lassen.«

Über das blutbespritzte Deck kam Witrand und fragte: »Diese Piraten – kommen sie noch mal, *capitaine*?« Er sah sich unter den Hinkenden, Verwundeten, zu Tode Erschöpften um. »Und was dann?«

»Dann kämpfen wir eben noch mal, *monsieur*.«

Witrand blickte ihn nachdenklich an. »Sie haben dieses halbe Wrack gerettet, *capitaine*. Es freut mich, daß ich das mit angesehen habe.« Er schob skeptisch die Lippen vor. »Und morgen – *eh bien*, wer weiß? Was für ein Schiff mag wohl kommen und uns finden?«

Bolitho, schwankend vor Erschöpfung, erwiderte gepreßt: »Wenn eine Ihrer Fregatten auf uns stößt, *monsieur*, werde ich das Schiff übergeben. Es wäre sinnlos, diese Menschen noch mehr leiden zu lassen. Aber bis dahin, *monsieur*, ist es mein Schiff, unter meiner Flagge!«

Kopfschüttelnd sah Witrand ihm nach. »*Stupéfiant*«, murmelte er nur.

Unter den niederen Decksbalken zog Bolitho den Kopf ein und musterte nachdenklich die Reihe der Verwundeten. Die meisten lagen ganz still, doch als das Schiff unbeholfen zu gieren anfing und die Laternen an den Decksbalken kreisten, schien es, als wänden sich die Hingestreckten in Qualen und verfluchten ihn stumm als Urheber ihrer Schmerzen.

Die Luft stank nach Blut, verschmortem Öl, Bilgewasser und Erbrochenem, und er mußte sich zusammennehmen, um weiter nach vorn zu gehen. Allday schritt mit einer Laterne vor ihm her, deren Schein immer einige Gesichter anleuchtete und sie dann im Weiterschreiten in der Finsternis zurückließ, die ihre Schmerzen, ihre Verzweiflung gnädig verbarg.

Wie oft schon hatte er dergleichen gesehen. Weinende, um Vergebung ihrer Sünden betende Männer. Männer, die um die Versicherung bettelten, daß sie vielleicht doch noch nicht sterben mußten. Hier waren Sprache und Tonfall anders, aber sonst war es genauso. Er erinnerte sich, wie er als verängstigter Midshipman auf dem Achtzig-Kanonen-Linienschiff *Manxman* zum ersten Mal in seinem Leben Männer fallen, sterben und sich nach der Schlacht in Qualen winden gesehen hatte. Er war beschämt gewesen, hatte sich vor sich selbst geekelt, weil er nichts empfinden konnte als überwältigende Freude und Erleichterung, daß er noch lebte und unverwundet war und ihm die Folter unter Messer und Säge des Schiffsarzts erspart blieb.

Aber nie hatte er seine Gefühle ganz unterdrücken können. Jetzt zum Beispiel empfand er Mitleid und Hilflosigkeit, etwas, das er ebensowenig bezwingen konnte wie seine Höhenangst.

»Da liegt er, Captain«, hörte er Alldays Stimme wie von fern, »da beim Lampenraum.«

Er trat hinter Allday über zwei flache, mit Leinwandfetzen belegte Stufen. Im Schein der kreisenden Laternen hörte er Stöhnen, Keuchen und leise, tröstende Frauenstimmen. Als er einmal kurz den Kopf wandte, sah er ein paar spanische Bäuerinnen, die sich von der schweren Arbeit an den Pumpen ausruhten. Sie waren nackt bis zur Taille; Brüste und Arme glänzten vor Schweiß und Bilgewasser;

die verfilzten Haare hingen ihnen in die von Anstrengung gezeichneten Gesichter. Sie dachten gar nicht daran, ihre Blöße zu bedekken, und schlugen auch nicht die Augen nieder, als er vorbeiging; eine schenkte ihm sogar ein müdes Lächeln.

Bolitho blieb stehen und kniete dann bei Luis Pareja nieder. Man hatte ihm seinen eleganten Anzug ausgezogen, und er lag unter den leise schwankenden Laternen wie ein dickes Kind; doch seine Augen waren reglose, dunkle, schmerzerfüllte Löcher. Der breite Verband um seine Brust war blutdurchtränkt; in der Mitte glomm ein runder hellerer Fleck im dämmerigen Licht wie ein rötliches Auge; und mit jedem Atemzug floß sein Leben dahin.

Leise sagte Bolitho zu ihm: »Ich bin zu Ihnen gekommen, so schnell ich konnte, Señor Pareja.«

Langsam wandte sich das runde Gesicht ihm zu, und er sah, daß Parejas Kopf nicht, wie er erst gedacht hatte, auf einem Kissen lag, sondern auf einer blutverschmierten Schürze, und diese bedeckte die Knie einer Frau – Parejas Frau, wie er sah, als die Laterne etwas höher schwang. Ihre dunklen Augen ruhten nicht auf ihrem sterbenden Gatten, sondern starrten unbewegt in die Dunkelheit. Das Haar hing ihr lose und ungeordnet über Gesicht und Schultern, doch atmete sie ganz regelmäßig, als sei sie völlig unbewegt; aber vielleicht war sie auch nur betäubt von dem Schrecklichen, das sie durchgemacht hatte.

Undeutlich begann Pareja zu sprechen: »Sie haben alle diese Menschen gerettet, Captain. Vor den mörderischen Sarazenen.« Er versuchte, die Hand seiner Frau zu ergreifen, aber er hatte nicht mehr die Kraft dazu, und seine Hand fiel auf das blutgetränkte Laken wie ein toter Vogel. »Meine Catherine ist jetzt in Sicherheit. Sie werden dafür sorgen.« Bolitho war zu keiner Antwort fähig, und Pareja stützte sich mühsam auf einen Ellbogen; er sprach auf einmal wieder ganz klar. »Sie werden dafür sorgen, Captain? Sie geben mir Ihr Wort – ja?«

Bolitho neigte langsam den Kopf. »Sie haben mein Wort, Señor.«

Er blickte ihr kurz in das überschattete Gesicht. Catherine hieß sie also; aber sie kam ihm so fern und unwirklich vor wie je. Als Pareja ihren Namen genannt hatte, dachte Bolitho, sie würde sich etwas lockern, würde ihre reservierte, hochmütige Pose aufgeben. Doch sie starrte unbewegt an der Laterne vorbei ins Dunkel, nur ihr Mund glänzte matt im rauchigen Licht.

Ashton stolperte durch das Halbdunkel heran. »Entschuldigung, Sir«, sagte er, »aber wir haben die betrunkenen Matrosen endlich wachgekriegt. Soll ich sie draußen zum Rapport antreten lassen?«

»Nein«, erwiderte Bolitho kurz. »Stellen Sie sie an die Pumpen.« Es klang so rauh und böse, daß der Midshipman zurückwich. »Wenn die Weiber sie sehen«, fuhr Bolitho im gleichen Ton fort, »um so besser. Zum Kämpfen haben sie nicht getaugt; so können sie wenigstens an den Pumpen arbeiten – von mir aus, bis sie umfallen!«

Hinter seinem Rücken warf Allday dem Midshipman einen raschen warnenden Blick zu, und ohne ein weiteres Wort eilte der Knabe hinweg.

Zu Pareja sagte Bolitho: »Ohne Ihre Hilfe hätte ich nichts ausrichten können.«

Dann blickte er auf, denn seine Frau sagte tonlos: »Sparen Sie sich Ihre Worte, Captain. Er hat uns verlassen.« Sie streckte die Hand aus und drückte ihrem Gatten die Augen zu.

Die Kerzenflamme in Alldays Laterne flackerte und stand schief gegen das Glas; Bolitho spürte unter seinen Knien, daß das Schiff plötzlich krängte, und dann hörte er an Deck das Klappern der Blöcke und des losen Geschirrs, als erwache die *Navarra* aus dem Schlaf.

»Wind, Captain«, flüsterte Allday, »endlich Wind!«

Aber Bolitho blieb neben dem Toten. Er versuchte, die rechten Worte zu finden, und wußte doch, daß es sie nicht gab. Niemals.

Schließlich sagte er halblaut: »Señora Pareja, wenn ich Ihnen irgendwie helfen kann, dann sagen Sie es mir bitte. Ihr Gatte war ein tapferer Mann. Sehr tapfer sogar.« Er hielt inne und vernahm Meheux' Stimme, der auf der Kampanje seine Befehle brüllte. Es gab viel zu tun. Segel mußten gesetzt, ein Kurs mußte abgesteckt werden, damit das Schiff, wenn irgend möglich, wieder zum Geschwader stieß. Er sah auf ihre Hände, die neben Parejas stillem Antlitz in ihrem Schoß ruhten. »Ich schicke Ihnen jemanden zu Hilfe, sobald ich wieder an Deck bin.«

Ihre Stimme klang, als käme sie aus weiter Ferne. »Sie können mir nicht helfen. Mein Mann ist tot, und ich bin wieder eine Fremde in seinem Land. Ich besitze nichts als das, was ich auf dem Leibe trage, und ein paar Schmuckstücke. Nicht viel für das, was ich gelitten habe.« Sanft hob sie Parejas Kopf von ihrem Schoß und ließ ihn auf den Planken ruhen. »Und das verdanke ich Ihnen, Captain.« Sie blickte auf; ihre Augen glitzerten im Laternenschein. »Also gehen Sie, tun Sie weiter Ihre *Pflicht* und lassen Sie mich in Ruhe!«

Wortlos stand Bolitho auf und ging zur Kampanjeleiter. Draußen in der frischen Luft stand er minutenlang still, atmete tief und sah in den dunkelglühenden Sonnenuntergang.

»Hören Sie nicht auf sie, Captain«, sagte Allday. »Ihre Schuld war es nicht. Viele sind gefallen, und bis dieser Krieg aus ist, werden noch eine ganze Menge fallen.« Er verzog das Gesicht. »Sie hat Glück, daß sie noch lebt – wir alle haben Glück.«

Meheux kam nach achtern. »Kann ich die Dons anstellen, Sir? Ich dachte, wir setzen Bramsegel und die Fock, damit sie sich wieder steuern läßt. Wenn der Wind zu stark wird, können wir immer noch alles bis auf Klüver und Großbramsegel reffen.« Er rieb sich geräuschvoll die Hände. »Daß wir wieder Fahrt machen, ist ein reines Wunder!«

»Recht so, Mr. Meheux.« Bolitho trat an die Reling und blickte auf die ersten bleichen Sterne. »Wir werden auf Steuerbordbug gehen und Ostsüdost steuern.« Er warf einen Blick auf den Rudergast – fast dachte er, Grindle stände daneben und paßte auf. »Aber sowie Sie merken, daß der Druck zu stark wird, pfeifen Sie ›Alle Mann‹ und reffen.«

Der Leutnant eilte davon, um die müden Matrosen aufzupurren, und Allday fragte: »Soll ich den Koch suchen gehen, Captain? Ich finde, eine warme Mahlzeit wirkt manchmal Wunder, wenn sonst nichts hilft.«

Er richtete sich starr auf, denn unten an Deck kam Witrand herbei. »Und der da – soll ich ihn in Eisen legen, wie er es verdient?«

»Der stellt nichts mehr an, Allday«, erwiderte Bolitho mit einem gelassenen Blick auf den Franzosen. »Solange hier noch Piraten auftauchen können, wird niemand etwas gegen uns unternehmen, denke ich.« Er wandte sich wieder Allday zu. »Ja, sagen Sie dem Koch Bescheid.« Allday ging zur Treppe, und Bolitho rief ihm nach: »Und ich danke Ihnen!«

Allday blieb stehen, einen Fuß in der Luft. »Captain?«

Bolitho sagte nichts weiter; Allday wartete noch einen Moment, stieg dann die Leiter hinunter und machte sich Gedanken über diese neue und seltsam beunruhigende Stimmung seines Kommandanten.

Um Mitternacht, als die *Navarra* langsam in die tiefe Finsternis hineinsegelte, stand Bolitho am Leedecksgang. Der kühle Wind spielte in seinem Haar. Die Bestattung der Gefallenen nahm ihren Fortgang. Ein Gebetbuch war nicht vorhanden, auch war kein spanischer Priester unter den Passagieren, der für die Gefallenen oder ihren Wunden Erlegenen einen Gottesdienst hätte abhalten können.

Auf eine Art, dachte er, war das tiefe Schweigen beeindruckender als Gebete. Auch gab es noch andere Laute: die See, die Segel, Wanten und Stage, das Knarren des Ruders. Ein passender Grabspruch für Männer, die vom Meer gelebt hatten, das sie jetzt für alle Ewigkeit aufnahm.

Grindle und Pareja waren zusammen bestattet worden, und Bolitho hatte gesehen, wie Ashton sich die Augen wischte, als der Steuermannsmaat über Bord ging.

»Das sind jetzt alle, Sir«, rief Meheux. Er rief es mit gedämpfter Stimme, und Bolitho war ihm dankbar dafür. Ohne daß er es ihm sagen mußte, hatte der Leutnant verstanden, daß die Gefallenen besser bei Nacht bestattet wurden, um es den am Leben Gebliebenen nicht noch schwerer zu machen. Es hatte absolut keinen Sinn, ihren Kummer zu vermehren; und morgen würde es weitere Tote geben, dessen war er sicher.

»Gut«, antwortete er, »ich schlage vor, wir trimmen den Großmast und lassen dann die Wache unter Deck gehen. Sie und ich gehen Wache um Wache; ich glaube nicht, daß uns jemand dieses zweifelhafte Privileg streitig machen wird.«

»Ich bin stolz darauf, es mit Ihnen teilen zu dürfen, Sir«, sagte Meheux nur.

Bolitho wandte sich um und ging das schiefe Deck hinunter bis zur Heckreling. Der westliche Horizont war schon ganz finster, und selbst das lebhafte Kielwasser des Schiffes war kaum zu erkennen.

Unter seinen Füßen, in der ausgebrannten Achterkajüte, konnte er das leise Pfeifen McEwens hören, der sich mit seinem Zweiunddreißigpfünder beschäftigte. Merkwürdig, wie sicher sich alle fühlten. Wie geborgen.

Er wandte den Kopf: die spanischen Matrosen waren mit dem Trimmen des Großmastes fertig und sicherten geräuschvoll die Brassen an den Belegnägeln. Sogar sie – die mit dem Federstrich irgendeines Politikers oder Monarchen seine Feinde geworden waren – schienen unter seinem Kommando ganz zufrieden zu sein.

Er lächelte müde über seine grotesk schweifenden Gedanken und begann, langsam auf und ab zu gehen. Einmal, als sein Auge auf den nächstliegenden Niedergang fiel, mußte er wieder an den bärtigen Riesen mit dem Enterbeil denken – was wäre wohl geschehen, wenn Witrand nicht so schnell geschossen hätte? Mit der zweiten Pistole hätte er ebenso schnell ihn selbst erledigen können. In dem grimmigen Scharmützel hätte kein Mensch den zweiten Schuß bemerkt. Aber vielleicht fühlte sich sogar Witrand sicherer, wenn Bolitho am Leben blieb.

Er schüttelte sich ärgerlich. Diese absurden Gedanken kamen nur von seiner Müdigkeit. Morgen waren die Rollen vielleicht wieder vertauscht: er war wieder Gefangener, Witrand ging wieder seinen mysteriösen Geschäften nach, und alles war nur ein Zwischenspiel gewesen. Eine kleine Episode im Fluß des Ganzen.

Aber so mußte man den Krieg ansehen. Einen Feind durfte man nicht als Persönlichkeit betrachten; das war zu gefährlich. Ihn an den eigenen Hoffnungen und Ängsten teilnehmen zu lassen, war reiner Selbstmord.

Was hätte er selbst wohl unter ähnlichen Umständen getan? Darüber dachte er noch nach, als Meheux ihn ablösen kam.

Und so, unter der leichten Brise und den wenigen, aber gut ziehenden Segeln, setzte die *Navarra* ihre Reise fort. Die einzigen Geräusche kamen von den Pumpen, und gelegentlich stieß ein Verwundeter einen Schrei aus. Schlaflos lag Bolitho in seiner provisorischen Hängematte. Diese Laute faßten alles zusammen, was er und seine Männer miteinander erlebt und erreicht hatten.

Er rasierte sich eben vor einem zersprungenen, an ein zusammengebrochenes Bücherschapp gelehnten Spiegel, als Meheux hereinkam und meldete, ein Segel sei in Sicht – es läge beinahe direkt achteraus und käme sehr schnell auf.

Bolitho musterte sein zerrissenes, geschwärztes Hemd und zog es sich dann widerstrebend an. Vielleicht war das Rasieren reine Zeitverschwendung gewesen, aber er fühlte sich doch besser danach, wenn er auch immer noch wie eine Vogelscheuche aussah. Meheux starrte ihn wortlos und fasziniert an. Bolitho spürte direkt, wie seine Augen am Rasiermesser hingen, das er jetzt, nachdem er es an einem Tuchfetzen abgewischt hatte, in den Schottkasten warf, wo er es gefunden hatte.

Langsam sagte er: »Tja, Mr. Meheux, dagegen können wir diesmal nicht viel tun.«

Er nahm den Degen auf und schnallte ihn um; dann ging er hinter

Meheux her hinaus. Es war früh am Morgen, die Luft war noch frisch, heiß werden würde es später. Die Wanten hingen voller Kleidungsstücke, meistens Frauenkleider, und Meheux murmelte entschuldigend: »Sie haben gebeten, waschen zu dürfen, Sir. Aber jetzt, da Sie an Deck sind, werde ich ihnen sagen, sie sollen das Zeug runternehmen.«

»Nein.«

Bolitho setzte das Teleskop ans Auge. Dann warf er es einem Matrosen zu und sagte: »Das Glas ist entzwei. Wir müssen abwarten.«

Er schritt zur Heckreling, beschattete die Augen gegen das grelle Sonnenlicht und spähte nach dem Schiff aus. Die schlanke, leuchtend weiße Segelpyramide über der Kimm sprach Bände. Er hörte Schritte an Deck und wandte sich um: da stand Witrand und beobachtete ihn.

»Sie sind Frühaufsteher, *m'sieur.*«

Witrand hob die Schultern. »Und Sie sind sehr ruhig, *capitaine.*« Er blickte über die Wasserfläche. »Obwohl es um Ihre Freiheit vielleicht bald geschehen ist.«

Bolitho lächelte. »Hören Sie, Witrand, was machen Sie eigentlich auf diesem Schiff? Wo wollten Sie hin?«

»Ich habe das Gedächtnis verloren«, grinste der Franzose.

Der Ausguck rief dazwischen: »Das ist 'ne Fregatte, Sir!«

Leise fragte Meheux: »Wie meinen Sie, Sir? Sollen wir Kurs ändern und ausreißen?« Aber als Bolitho auf das gereffte Marssegel und das tiefliegende Deck deutete, grinste er beschämt. »Sie haben recht, Sir. Das hätte wenig Sinn.«

Halblaut sagte Witrand: »Ich verstehe Ihre Gefühle, *capitaine.* Kann ich Ihnen irgendwie behilflich sein? Vielleicht mit einem Brief an Ihre Familie? Sonst könnte es Monate dauern ...« Er blickte auf den Degen, dessen Griff Bolitho soeben umfaßte. »Ich könnte Ihren Degen nach England schicken. Besser als daß ihn irgendein Hafenhändler in die Klauen bekommt, eh?«

Bolitho wandte sich ab und beobachtete das Schiff, das jetzt so schnell zu der havarierten *Navarra* aufkam, daß er das Gefühl hatte, es wäre auf Kollisionskurs. Er konnte die vollen Mars- und Bramsegel unterscheiden und den hellen, züngelnden Wimpel im Masttopp. Mit voller Fahrt pflügte die Fregatte durch die tanzenden Wellen.

Eine braune Rauchwolke, die sofort im Wind verwehte, dann ein

Krachen. Sekunden später sprang fünfzig Fuß vom Achterdeck entfernt eine schlanke Wassersäule hoch.

Gedämpfte Schreie tönten aus den offenen Luken, und Bolitho sagte finster: »Drehen Sie bei, Mr. Meheux.« Er sah zum Großmast hoch und fragte scharf: »Wo ist die Flagge?«

»Entschuldigung, Sir«, antwortete der Leutnant bedrückt, »mit der Flagge hatten wir Mr. Grindle zugedeckt, bis wir ihn bestatteten.«

»Ja.« Bolitho wandte sich ab, damit sie sein Gesicht nicht sehen sollten. »Aber hissen Sie sie jetzt, bitte.«

Meheux eilte hinweg, rief die Matrosen vom Decksgang und von den Webeleinen, von wo aus sie das fremde Schiff beobachteten. Minuten später ging die *Navarra* mit der flatternden, vor dem klaren Himmel gut sichtbaren Flagge in den Wind; die leeren Segel schlugen protestierend, und das Deck war auf einmal voller Menschen, die von unten heraufgeströmt kamen.

Bolitho balancierte die ungleichmäßigen Bewegungen der *Navarra* aus und trat wieder zu Witrand. »Ihr Angebot, *m'sieur* – war es ernst gemeint?« Er fingerte an seinem Koppel und fuhr mit niedergeschlagenen Augen fort: »Ich hätte da jemanden . . .«

Er brach ab und fuhr herum, denn ein tosendes Hurrageschrei hallte über das Wasser.

Die Fregatte halste und kam heran, und als sie zum Aufschießen in den Wind ging, sah er die Flagge am Besan. Es war die gleiche wie die der *Navarra*, und er mußte sich abwenden, um seine Bewegung zu verbergen.

Unter Freudensprüngen schrie Ashton: »Das ist die *Coquette*, Sir!«

Meheux grinste von einem Ohr zum anderen, schlug Allday auf die Schulter und brüllte: »Na also!« Und noch ein Schlag: »Na also!« Weiter brachte er nichts heraus.

Bolitho sah zu dem Franzosen hinüber. »Es wird nicht mehr nötig sein, *m'sieur*.« Die gelben Augen des Mannes waren starr. Er hatte verstanden. »Aber ich danke Ihnen«, schloß Bolitho.

Witrand starrte die Flagge an. »Anscheinend sind die Engländer wieder im Mittelmeer«, sagte er nur.

Sie brauchten noch zwei Tage, um das Geschwader zu finden, und während dieser Zeit fragte Bolitho sich oft, was wohl passiert wäre, wenn die *Coquette* nicht so rechtzeitig erschienen wäre. Der Chronometer der *Navarra* war zerbrochen; weder ein Sextant noch ein verläßlicher Kompaß waren vorhanden. Auch ohne die Sturmschäden wäre es ihm schwergefallen, den Schiffsort auch nur schätzungsweise festzulegen; vom Abstecken eines Kurses nach dem Gebiet, wo das Geschwader sich sammeln sollte, ganz zu schweigen.

Gifford, der lange, schlaksige Kommandant der *Coquette*, nannte es »reines Teufelsglück«, und das mit Recht. Denn wäre er auf seiner vorgeschriebenen Station im Kielwasser des Geschwaders geblieben und hätte sich dort auf die befohlenen kurzen Späh- und Patrouillenfahrten beschränkt, so hätte er die havarierte, nicht voll manövrierfähige *Navarra* nie gefunden. Er hatte ein Segel gesichtet, hatte seinen Kurs geändert und war rekognoszieren gefahren; in der Sturmnacht hatte er es jedoch wieder verloren. Am nächsten Tag hatte er es wiedergefunden – es war eine britische Korvette, die noch dazu auf der Suche nach ihm selbst war. Sie war vierundzwanzig Stunden nach dem Auslaufen des Geschwaders in Gibraltar angekommen und brachte Depeschen für Broughton. Diese hatte sie an Gifford übergeben und war schleunigst wieder zurückgesegelt, da sie sich verständlicherweise in diesen feindverseuchten Gewässern nicht recht wohl fühlte.

Gifford wußte nicht, was dieser versiegelte Umschlag enthielt, und sprach auch immer nur von seiner Überraschung beim Anblick der *Navarra* und besonders der Flagge, die auf dem so schwer beschädigten Schiff wehte. Und noch mehr staunte er, als er in dem zerlumpten, blutbefleckten Mann, der ihn beim Anbordkommen begrüßte, seinen eigenen Flaggkapitän erkannte.

Bei den vielen Frauen, die an Deck der *Navarra* herumwimmelten, war es kein Wunder, daß sich auf der *Coquette* massenhaft Freiwillige meldeten, als Männer für die Reparaturen gesucht wurden. Der Erste Offizier der Fregatte, der bekanntermaßen sehr geizig mit den Reservebeständen seines Schiffes war, ließ sogar einen Hilfsmast hinüberschicken, um den gekappten Besan zu ersetzen.

Oft hörte Bolitho während der Arbeit schrilles Lachen und diskretes Gekicher vom Unterdeck. Da erlaubte sich offenbar der eine oder andere von der Mannschaft der *Coquette* einen kleinen Spaß.

Und als er am nächsten Morgen an der Luvreling der *Navarra* stand, war er stolz, als er die Sonne auf den wohlbekannten Marssegeln des Geschwaders schimmern sah und die flinke *Restless* heranschoß, um nachzusehen, wer da käme.

Meheux schien ebenfalls bewegt zu sein. »Fein sehen die aus, Sir«, sagte er befriedigt. »Ich habe gar nichts dagegen, von Bord dieser schwimmenden Ruine zu kommen.«

Und dann setzte die *Coquette* mehr Segel und eilte dem havarierten Schiff voraus. Schon flatterten die Signalflaggen munter an den Rahen; Bolitho sah sein eigenes Schiff hell im Sonnenlicht stehen. Es halste, und langsam füllten sich die bräunlichen Segel über dem neuen Bug; dann schien es wieder wie die anderen Linienschiffe bewegungslos über seinem Spiegelbild zu stehen, und nur an einer winziger Schaumspur am Bug erkannte man, daß es stetig aufkam.

»Sie wird gleich ein Boot aussetzen. Sie behalten hier das Kommando, Mr. Meheux, bis drüben entschieden wird, was mit der *Navarra* geschehen soll. Sie werden wohl nicht lange darauf zu warten haben«, sagte Bolitho.

»Ich bin erleichtert, das zu hören, Sir«, lächelte Meheux und deutete auf ein offenes Luk, aus dem das Klappern und Janken der Pumpen heraufklang. »Was ist mit den Männern da unten, Sir? Soll ich sie unter Bedeckung hinüberschicken?«

Bolitho schüttelte den Kopf. »Sie haben ganz ordentlich gearbeitet, und ich glaube, sie werden es sich in Zukunft überlegen, ob sie sich wieder an einer Gratisladung Brandy vergreifen.«

Ashton rief: »Flaggschiff signalisiert an Geschwader: ›Beidrehen‹, Sir!« Er sah wieder kräftiger aus, obgleich er die Augen zusammenkniff, als hätte er Kopfschmerzen.

Eben knurrte Allday vernehmlich: »Bei Gott, Captain, da kommt Ihre Gig! Diesen Bootsführer bringe ich um, er steuert ja saumäßig!«

»Holen Sie Witrand herauf«, sagte Bolitho nur. »Wir nehmen ihn mit auf die *Euryalus*.«

Die nächsten Augenblicke waren unwirklich und ziemlich herzbewegend für Bolitho. Als die Gig längsseit kam, die hochgestellten Riemen schimmernd wie zwei Reihen polierter Walknochen, und Meheux ihm zum Fallreep folgte, drängten sich die meisten Passagiere der *Navarra* heran, um ihn von Bord gehen zu sehen. Manche winkten ihm zu, und einige Frauen lachten und weinten gleichzeitig.

Er glaubte Parejas Witwe auf der Kampanje gesehen zu haben, aber er war sich dessen nicht sicher, und wieder fragte er sich, wie er ihr helfen könne.

Witrand, der neben ihm stand, schüttelte den Kopf. »Denen tut es wahrhaftig leid, daß Sie gehen, *capitaine*. Die gemeinsamen Leiden der letzten Tage haben uns einander nähergebracht, wie?« Aber mit einem Blick auf die *Euryalus* fuhr er ernüchtert fort: »*Eh bien*, das war gestern. Morgen ist alles wieder anders.«

Bolitho kletterte nach Ashton und dem Franzosen in die kleine Gig, wo Allday bereits dem Matrosen, der mit unbewegtem Gesicht an der Pinne saß, Drohungen ins Ohr zischte. Noch eine Sekunde lang blickte er hoch in die Reihe der Gesichter, auf die Schußlöcher und die vielen Narben, wo die dunkelhäutigen Angreifer ihre Enterhaken geschleudert hatten, um wie eine brüllende Horde wilder Tiere an Bord zu schwärmen. Witrand hatte recht – das war vorbei.

Die Rückkehr auf sein eigenes Schiff war nicht weniger herzbewegend. Die Matrosen, die in den Wanten hingen oder gefährlich auf den Mattenkästen balancierten, schrien grinsend hurra und freuten sich offensichtlich. Als er durch die Fallreepspforte kletterte, fielen ihm fast die Ohren zu von dem Schrillen der Querpfeifen und dem Trommeln des kleinen Musikkorps, und er fand noch Zeit festzustellen, daß die sonst so hölzern-starren Gesichter der Spielleute heftige Gemütsbewegung ausdrückten.

Keverne trat vor und bemühte sich, nicht zu auffällig Bolithos zerfetzte Uniform anzustarren. »Willkommen an Bord, Sir«, sagte er lächelnd. »Da habe ich also meine Wette gegen den Master gewonnen.«

Bolitho fiel es nicht leicht, ein Dienstgesicht zu bewahren. Da stand Partridge und verrenkte sich fast den Hals, um ihn hinter der Reihe der Marine-Infanteristen sehen zu können. »Sie haben wohl gedacht, ich käme nicht wieder, he?« rief er ihm zu.

Hastig erwiderte Keverne: »Nein, Sir; er dachte, Sie würden schon gestern eintreffen.«

Bolitho blickte in die Masse der Gesichter rundum. Sie hatten alle miteinander einen langen Weg hinter sich gebracht. Einmal, während der scheußlichen Affäre mit der *Auriga*, hatte er Feindseligkeit zu spüren geglaubt. Enttäuschung über das, was er getan oder zu tun versucht hatte. Aber tatsächlich kannten sie ihn besser, als er vielleicht angenommen hatte, und das bewegte ihn tief.

»Ich muß dem Admiral Meldung machen«, sagte er. Selbst

Keverne, das las er aus seinen dunklen Zügen, war ehrlich froh, ihn wieder an Bord zu haben. Dabei hätte er es ihm nicht übelgenommen, wenn er andere Gefühle gehegt hätte, besonders nach den früheren Enttäuschungen.

»Sir Lucius hat mich beauftragt, Ihnen zu sagen, daß er die Depeschen von der *Coquette* liest«, erwiderte Keverne. »Er deutete an, Sir, Sie würden vielleicht gern eine halbe Stunde für sich haben, um sich, äh, ein wenig frisch zu machen.« Jetzt flog sein Blick ungeniert über Bolithos zerfetzten Rock. »Er hat Sie von seinem Kajütbalkon aus kommen sehen.«

In diesem Moment wurde Witrand durch die Fallreepspforte eskortiert, und Bolitho sagte: »Das ist Monsieur Paul Witrand. Er ist Kriegsgefangener, aber ich wünsche, daß er anständig behandelt wird.«

Keverne sah den Franzosen mißtrauisch an und sagte dann: »Ich werde dafür sorgen, Sir.«

Witrand machte eine steife Verbeugung. »Danke sehr, *capitaine.*« Er blickte nach oben auf die mächtigen Rahen und die schlagenden Segel. »Kriegsgefangener vielleicht – aber für mich ist dieses Schiff immer noch ein Stück Frankreich.«

Leutnant Cox von der Marine-Infanterie, ein geschmeidiger junger Mann, dessen Uniform so eng saß, daß Bolitho der Meinung war, er könne sich unmöglich bücken, trat vor und berührte Witrands Arm; dann gingen sie zusammen zum Niedergangsluk.

»Kommen Sie mit nach achtern, Mr. Keverne«, sagte Bolitho. »Erzählen Sie mir, was es Neues gibt, während ich mich umziehe.«

Keverne ging hinter ihm her an den neugierig starrenden Matrosen vorbei. »Viel ist da nicht zu berichten, Sir. Sir Hugo Draffen ist wieder beim Geschwader; er hat seinen Agenten getroffen und Informationen über die Verteidigungsanlagen von Djafou bekommen. Einzelheiten weiß ich nicht.«

In der Kajüte war es im Gegensatz zu der Vormittagshitze auf dem Achterdeck ziemlich kühl. Bolitho war überrascht, einige Möbelstücke zu sehen, die vorher nicht dagewesen waren.

»Captain Fourneaux war während Ihrer Abwesenheit stellvertretender Flaggkapitän, Sir«, erläuterte Keverne. »Aber er ist wieder auf die *Valorous* übergewechselt, als uns die *Coquette* Ihre Rückkehr signalisierte.«

Bolitho warf ihm einen raschen Blick zu, aber in Kevernes Zügen war keine Spur von Schadenfreude zu entdecken. Fourneaux hatte offenbar gedacht, er würde als planmäßiger Flaggkapitän an Bord bleiben. »Lassen Sie ihm die Sachen bei passender Gelegenheit wieder zustellen«, sagte er.

An das Heckfenster gelehnt, sah Keverne zu, wie Bolitho sich auszog und seinen müden Leib mit kaltem Wasser erfrischte. Trute, der Steward, nahm das schmutzige Hemd und warf es nach kurzem Zögern aus dem Fenster. Bolithos Aussehen hatte ihn offensichtlich tief beeindruckt, er konnte kaum die Augen von ihm losreißen.

Bolitho zog ein reines Hemd an, setzte sich dann in einen Sessel, und Trute drehte ihm geschickt das Haar zu einem kurzen Zopf im Nacken zusammen.

»Also war weiter nichts los, seit ich von Bord gegangen bin?«

Keverne zuckte die Achseln. »Wir haben ein paar Segel gesichtet, Sir, aber die *Restless* konnte nicht nahe genug heran. Also werden auch sie uns wahrscheinlich nicht erkannt haben. Ich habe mit dem Kommandanten der Korvette gesprochen, aber der hatte Sir Hugos Agenten gar nicht gesehen. Er kam in einem arabischen Fischerboot, und Sir Hugo ist allein an Bord gegangen. Er bestand darauf.«

Bolitho wartete ungeduldig, bis Trute ihm das Halstuch gebunden hatte, und stand dann auf. Das Waschen und Umziehen hatte die lähmende Müdigkeit verscheucht; die bekannten Stimmen und Gesichter bewirkten, daß er sich wieder ganz wohl fühlte.

Immerhin waren Kevernes Neuigkeiten, oder vielmehr der Mangel daran, höchst beunruhigend. Wenn nicht sehr bald etwas geschah, würden sie in ernste Schwierigkeiten kommen. In Spanien und Frankreich mußte man bald wissen, daß sie hier waren; schon jetzt konnte ein starkes Geschwader unterwegs sein und nach ihnen suchen.

Allday kam mit Bolithos Degen in die Kajüte. Er warf Trute einen wütenden Blick zu und sagte: »Ich habe die Scheide geölt, Captain.« Er zog den geschwärzten Griff ein Stückchen heraus und ließ ihn wieder einschnappen. »Ist jetzt wie neu, jawohl.«

Lächelnd legte sich Bolitho das Koppel um. Stirnrunzelnd schnallte Allday den Verschluß ein Loch enger, und Bolitho wußte, daß er, wenn Keverne nicht dabeigewesen wäre, geknurrt hätte, es wäre schon das dritte in einem Monat und Bolitho müsse mehr essen; denn wie die meisten Seeleute war Allday der Überzeugung, daß man so oft wie möglich so viel wie möglich essen und trinken solle.

Oben schlug eine Glocke die volle Stunde, und Bolitho schritt zur Tür. »Tut mir leid, daß ich Ihnen bei der Beförderung nicht behilflich sein konnte, Mr. Keverne. Aber ich zweifle nicht daran, daß sich bald eine Gelegenheit ergeben wird.«

Keverne lächelte gemessen. »Danke, Sir, daß Sie sich um mich Sorgen machen.«

Eilig schritt Bolitho den Niedergang zum mittleren Deck hinunter und dachte dabei an Kevernes Zurückhaltung, seine ständige Defensive gegen die eigenen Gefühle. Eines Tages mochte er einen guten Kommandanten abgeben, besonders wenn er seine Neigung zum Jähzorn überwinden konnte.

Die beiden Wache stehenden Marine-Infanteristen nahmen stampfend Haltung an; ein Korporal öffnete ihm die große Doppeltür. Schon lange bevor er an der Achterkajüte war, hatte er Broughtons Stimme vernommen und sich entsprechend zusammengerissen.

»Hol der Teufel Ihre Augen, Calvert, das ist unerhört! Gehen Sie doch zu einem Midshipman und lernen Sie bei dem Orthographie!«

Beim Eintreten sah Bolitho Broughtons schwarze Silhouette vor dem hohen, sonnenhellen Fenster. Der Admiral warf ein zusammengeknülltes Schriftstück nach dem Leutnant, der am Tisch dem Schreiber gegenübersaß. »Mein Schreiber schafft doppelt so viel wie Sie und in der halben Zeit!« brüllte er.

Bolitho sah nicht hin; er schämte sich für Calvert und wollte diese Demütigung nicht mitansehen. Calvert, dem der Schreiber mit offensichtlicher Schadenfreude ins Gesicht grinste, zitterte vor Nervosität und Wut.

Jetzt sah der Admiral Bolitho. »Ah, da sind Sie ja«, sagte er kurz. »Gut. Ich bin gleich fertig.« Er riß Calvert ein weiteres Schriftstück aus den Fingern und überflog rasch die fahrige Schrift. Er hatte dunkle Ringe um die Augen und schien mächtig wütend zu sein.

Wieder starrte er Calvert böse an. »Mein Gott, warum sind Sie bloß als solch ein Narr auf die Welt gekommen?«

Calvert stand halb auf. Seine Schuhsohlen machten ein kratzendes Geräusch auf dem Leinenteppich. »Ich habe nicht darum gebeten, auf die Welt zu kommen, Sir!« Es klang, als würde er im nächsten Moment in Tränen ausbrechen.

Bolitho beobachtete den Admiral verstohlen in der Erwartung, daß er bei dieser seltenen Bekundung von Widerstand explodieren würde. Aber er antwortete nur obenhin: »Wenn Sie's getan hätten, dann wäre Ihre Bitte hoffentlich nicht erhört worden.« Er zeigte zur Tür. »Jetzt gehen Sie und arbeiten Sie diese Orders durch. In einer halben Stunde sind sie fertig zur Unterschrift!« Dann fuhr er herum und schnauzte seinen Schreiber an: »Und Sie hören auf zu grinsen wie ein altes Weib! Los, helfen Sie dem Leutnant!« Der Schreiber eilte zur Tür, und Broughton rief ihm nach: »Oder ich lasse Sie auspeitschen, verstanden?«

Die Tür fiel ins Schloß. Bolitho hatte das Gefühl, die Kajüte würde in der drückenden Stille zu eng.

Doch Broughton sagte nur müde: »Setzen Sie sich.« Er ging zum Tisch und nahm eine Karaffe auf. »Ein Schluck Wein, denke ich?« Und in halbem Selbstgespräch fuhr er fort: »Wenn ich jetzt nicht was trinke, ehe mir wieder so ein plärrender Untergebener vor die Augen kommt, dann werde ich bestimmt verrückt.« Er trat zu Bolithos Sessel und reichte ihm ein Glas. »Auf Ihre Gesundheit, Captain. Ich bin überrascht, daß Sie wieder da sind; und nach dem, was Gifford von der *Coquette* gequasselt hat, müssen Sie selbst einigermaßen erleichtert sein, daß Sie noch leben.« Er schritt zu den Heckfenstern und starrte zur *Navarra* hinüber. »Sie haben, wie ich höre, einen Gefangenen?«

»Jawohl, Sir. Ich glaube, er ist Kurier. Er hatte zwar keine Briefe bei sich, aber anscheinend sollte er auf hoher See von einem anderen Schiff übernommen werden. Die *Navarra* ist erheblich von ihrem Kurs abgewichen; ich glaube, er wollte zur afrikanischen Küste.«

Broughton stieß einen Grunzer aus. »Er könnte uns einiges erzählen. Diese französischen Beamten sind sehr versiert. Das müssen sie auch sein; sie haben ja gesehen, wie schnell ihre Vorgänger unter dem Terror ihre Köpfe losgeworden sind. Wenn man ihm verspricht, daß er bald gegen einen englischen Gefangenen ausgetauscht wird, löst ihm das vielleicht die Zunge.«

»Mein Bootsführer hat sich seinen Diener vorgenommen, Sir. Die *Navarra* hatte reichlich Wein geladen, das hat sehr geholfen. Unglücklicherweise wußte der Mann wenig von Auftrag und Bestimmungsort seines Herrn; nur daß er bei der französischen Artillerie Offizier war. Aber ich glaube, wir behalten diese Information vorläufig noch für uns, bis wir besseren Gebrauch davon machen können.«

»Das ist dann sowieso zu spät«, erwiderte Broughton trübe und ging stirnrunzelnd wieder zu dem Tisch mit der Karaffe. »Draffen hat einen ausgezeichneten Plan der Verteidigungsanlagen von Djafou bekommen. Er muß ein paar sehr bemerkenswerte Freunde in dieser lausigen Gegend haben. Aber die *Coquette* hat mir schlechte Nachrichten gebracht. Anscheinend sind die Spanier aktiv geworden, besonders bei Algeciras. Es steht zu befürchten, daß die beiden Bombenwerferschiffe nicht ohne Geleit segeln können. Und da mit einem franko-spanischen Durchbruch unserer Blockade zu rechnen ist, haben wir keine Fregatte dafür übrig.« Er verschränkte die Finger und sagte wütend: »Anscheinend wollen sie mir die Schuld dafür in die Schuhe schieben, hol sie der Teufel, daß die *Auriga* zum Feind übergegangen ist!«

Bolitho sagte nichts dazu; es würde noch mehr kommen. Es war in der Tat sehr schlimm, denn wenn die Bombenwerfer ausfielen, mußte diese spezielle Aktion vielleicht verschoben werden. Aber er billigte die Entscheidung, sie nicht ohne Eskorte loszuschicken. Bei auch nur etwas rauher See waren sie schwierig zu manövrieren und eine leichte Beute für eine patrouillierende feindliche Fregatte. Die *Auriga* hätte in Gibraltar für diese Aufgabe abgestellt werden können; und für den Oberkommandierenden war vermutlich die Tatsache, daß Broughton nicht fähig gewesen war, sie bei der Stange zu halten, ein guter Vorwand, keins der anderen Schiffe von der Blokkade vor Cadiz und aus der Straße von Gibraltar abzuziehen. Oder vielleicht war es auch einfach so, daß keine Schiffe verfügbar oder in Abrufweite waren. Seltsamerweise hatte Bolitho seit Gibraltar kaum jemals an die Meuterei gedacht, während Broughton offenbar die ganze Zeit darüber gebrütet hatte. Ja – in diesem Moment, während sie beim Wein saßen und die strahlende Sonne in tausend Reflexen an der Kajütendecke und über die Möbel tanzte, landeten die Franzosen vielleicht in England oder hatten ein Feldlager bei Falmouth aufgeschlagen. Er schob jedoch den Gedanken sofort von sich, ärgerlich über sich selbst – er wurde schon wieder so müde, daß er sich von Broughtons Auffassungen beeinflussen ließ.

»Wir müssen bald etwas tun«, sagte der Admiral, »oder wir schlagen uns plötzlich mit einem französischen Geschwader herum, ehe wir wissen, wo wir überhaupt sind. Und dann werden wir uns ohne eine Basis, wo wir unsere Havarien ausbessern können, schwertun, nach Gibraltar zurückzukommen, von der Einnahme Djafous ganz zu schweigen.«

»Darf ich fragen, wozu Sir Hugo rät?«

»Seine Aufgabe ist es, in Djafou, sobald wir es eingenommen haben, eine Verwaltung auf die Beine zu stellen, die in unserem Sinne arbeitet. Er kennt den Ort von früher her und hat gute Beziehungen zu den dortigen Führern.« Broughton wurde rot vor aufgestautem Ärger. »Lauter Banditen sind das!«

Bolitho nickte. Draffen hatte also den Grund zu der ganzen Operation gelegt und würde im Auftrag der britischen Regierung handeln, sobald die Stadt besetzt war, und vielleicht so lange, bis die britische Flotte wieder in voller Stärke im Mittelmeer präsent war. Bis dahin war Broughton verantwortlich, und von seiner Entscheidung hing das ganze Unternehmen ab – seine Karriere selbst ebenfalls.

»Spanien«, sagte Bolitho, »hat in den letzten Jahren viel zuviel dafür investieren müssen, seine amerikanischen Kolonien zu halten, als daß es Geld oder Waffenhilfe für einen Ort wie Djafou übrig hätte, Sir. Spanien hat alle Hände voll mit dem Kleinkrieg in der Karibik. Sowohl mit Kaperschiffen als auch mit den Großmächten – je nachdem, mit welcher es gerade alliiert ist.« Er beugte sich vor. »Angenommen, die Franzosen sind ebenfalls an Djafou interessiert, Sir? Es kann leicht sein, daß Spanien irgendwann die Partei wechselt. Dann wäre ein weiterer Stützpunkt auf dem afrikanischen Festland genau das, was Frankreich braucht. Und damit bekommt Djafou für die Franzosen erheblich mehr Bedeutung.«

Broughton nippte an seinem Rotwein. Zeit gewinnen will er, dachte Bolitho, bevor er sich durch eine Antwort festlegt. Um Broughtons Augen liefen feine Linien, die auf Sorgen deuteten, und seine Finger trommelten nervös auf den Armlehnen.

Für das Schiff und das gesamte Geschwader mußte Broughtons Autorität etwas Gottähnliches haben. Wenn schon ein Leutnant so himmelhoch über einem gewöhnlichen Matrosen stand, wie konnte da jemand einen Mann wie Broughton wirklich verstehen? Aber jetzt, wenn man sah, wie er grübelte und Bolithos vage Andeutungen in Gedanken um und um drehte, sah man mit seltener Deutlichkeit, was für ein Problem diese Autorität für den Mann war, der sie besaß.

Endlich sagte Broughton: »Dieser Witrand. Halten Sie ihn für eine Schlüsselfigur?«

»In gewisser Hinsicht ja, Sir.« Bolitho war dankbar für Broughtons rasche Auffassungsgabe. Thelwall war ein alter und, wenigstens so lange er auf der *Euryalus* gewesen war, noch dazu kranker Mann gewesen. Bolithos früherer unmittelbarer Vorgesetzter, ein schwankender, unentschlossener Kommodore*, hätte ihn beinahe Schiff und Leben gekostet. Broughton war jedenfalls jung und intelligent genug, um zu sehen, wo eine lokale Aktion des Feindes auf etwas weit Größeres hindeutete, das in der Zukunft lag. Er fuhr fort: »Mein Bootsführer hat von Witrands Diener herausbekommen, daß er früher mit Quartiermachen, Anlegen von Artilleriestellungen und ähnlichem zu tun hatte. Ich glaube, er ist ein Mann von einiger Bedeutung.«

Broughton lächelte dünn. »Sir Hugos Gegenspieler im feindlichen Lager, eh?«

»Jawohl, Sir.«

»In welchem Falle wir noch weniger Zeit hätten, als ich dachte.«

Bolitho nickte. »Wir haben gehört, daß in Cartagena Schiffe zusammengezogen werden. Das liegt nur hundertzwanzig Meilen von Djafou, Sir.«

Der Adrmiral stand auf. »Sie würden mir also raten anzugreifen, ohne auf die Bombenwerfer zu warten?«

»Wir haben, soviel ich sehe, gar keine Alternative, Sir.«

»Eine Alternative gibt's immer.« Broughton sah ihn wie aus weiter Ferne an. »In diesem Fall könnte ich mich entscheiden, nach Gibraltar zurückzusegeln. Dann müßte ich aber sehr gute Gründe dafür haben. Wenn ich mich jedoch für einen Angriff entscheide, dann muß dieser Angriff erfolgreich sein.«

»Ich weiß, Sir.«

Broughton trat wieder ans Fenster. »Die *Navarra* wird mit dem Geschwader segeln. Wenn ich sie freilasse, wird die Anwesenheit und Stärke unseres Geschwaders schneller bekannt, als wollte ich Bonaparte eine schriftliche Einladung schicken. Wenn wir sie versenken und Mannschaft und Passagiere auf unsere Schiffe verteilen, gibt das zuviel Unruhe für eine kurz bevorstehende Aktion.« Er drehte sich um und sah Bolitho forschend an. »Wie sind Sie eigentlich mit den Schebecken fertig geworden?«

»Ich habe Passagiere und Mannschaft der *Navarra* zum Dienst des Königs gepreßt, Sir.«

Broughton schob die Lippen vor. »Das hätte Fourneaux nie fertiggebracht, bei Gott! Er hätte tapfer gekämpft, aber sein Kopf würde jetzt irgendeine Moschee schmücken, daran habe ich keinen Zweifel.« Und in bestimmtem Ton fuhr er fort: »Signalisieren Sie:

* Befehlshaber eines kleineren Geschwaders, nicht im Admiralsrang

›In einer Stunde alle Kommandanten an Bord zur Dienstbesprechung!‹ Dann setzen wir Segel und benutzen den Rest des Tages dazu, etwas Ordnung ins Geschwader zu bringen. Mit dem Wind ist ja nicht viel los, aber er bleibt ein stetiger Nordwest. Das sollte genügen. Sie werden Draffens Plan studieren und sich alle Details zu eigen machen.«

Bolitho lächelte nachdenklich. »Sie haben also entschieden, Sir.«

»Vielleicht tut uns das beiden noch einmal leid.« Broughton lächelte nicht bei diesen Worten. »Einen Hafen oder ein befestigtes Stück Land anzugreifen, ist immer Glückssache. Wenn ich einen festen Schlachtplan habe und so und so viele feindliche Schiffe vor mir, dann sage ich Ihnen, was der Oberkommandierende vorhat. Aber das hier –«, er zuckte verächtlich die Schultern –, »ist ja, als schicke man ein Frettchen ins Loch. Man weiß nie, wie oder wohin das Kaninchen läuft.«

Bolitho nahm seinen Hut. »Ich habe Witrand unter spezielle Bewachung gestellt, Sir. Er ist sehr gerissen; wenn er eine Möglichkeit sieht, würde er sofort fliehen und seine Kenntnisse ausnutzen. Er hat mir an Bord der *Navarra* das Leben gerettet, aber deswegen unterschätze ich nicht seine sonstigen Qualitäten.«

Der Admiral hörte anscheinend gar nicht zu. Er spielte mit seinem Uhranhänger und starrte geistesabwesend durchs Fenster. Doch als Bolitho zur Tür ging, sagte er scharf: »Wenn ich in der Schlacht falle . . .« Er hielt inne, und Bolitho sah ihn regungslos an. »Dergleichen soll ja vorkommen, dann haben Sie natürlich den Oberbefehl bis auf weiteres. Da sind gewisse Papiere . . .« Er schien ungeduldig zu werden und sich über sich selbst zu ärgern, und so schloß er kurz: »Sie werden weiter mit Sir Hugo zusammenarbeiten.«

»Sicher sind Sie zu pessimistisch, Sir«, erwiderte Bolitho.

»Nur vorsichtig. Ich halte nichts von Sentimentalitäten. Tatsache ist, ich traue Sir Hugo nicht ganz.« Er hob die Hand. »Mehr kann ich nicht sagen. Mehr will ich auch nicht sagen.«

Bolitho starrte ihn verblüfft an. »Aber, Sir, seine Beglaubigungsschreiben müssen doch in Ordnung sein?«

Ärgerlich erwiderte Broughton: »Gewiß doch. Sein Status bei der Regierung ist völlig klar. Aber seine Motive machen mir Sorge. Jedenfalls seien Sie gewarnt, und vergessen Sie nicht, wo Ihre Loyalität liegt.«

»Ich weiß, was meine Pflicht ist, Sir.«

Der Admiral musterte ihn gelassen. »Reden Sie nicht in so gekränktem Ton mit mir, *Captain.* Ich dachte auch, mein voriges Flaggschiff wäre loyal – bis es meuterte. In Zukunft verlasse ich mich auf nichts mehr. Wenn man in eine Kanonenmündung blickt, ist ›Pflicht‹ eine Krücke für die Schwachen. In einem solchen Moment zählt nur wahre Loyalität.« Er wandte sich ab. Die kurze Vertraulichkeit war vorbei.

Die Dienstbesprechung fand in Bolithos Wohnkajüte statt, und alle Anwesenden schienen sich bewußt zu sein, wie wichtig sie war. Es war Bolitho völlig klar, daß jeder der Männer, die ihm hier gegenübersaßen, bereits wußte, daß ein Angriff auf Djafou ohne Mitwirkung der Bombenwerfer bevorstand. So seltsam und unerklärlich ging es eben in einem Verband zu. Neuigkeiten flogen mit Blitzesschnelle von einem Schiff zum anderen, fast unmittelbar nachdem der ranghöchste Kommandant seine Entschlüsse gefaßt hatte.

Während er sich durch das Gewirr der Notizen und Planskizzen kämpfte, die Broughton ihm bringen ließ, hatte er sich unter anderem gefragt, ob der Admiral ihn testen wolle. Schließlich war es ihre erste gemeinsame Aktion, bei der das ganze Geschwader als Einheit zusammenwirken sollte. Daß Broughton ausdrücklich angeordnet hatte, Bolitho solle die Besprechung in seiner eigenen Kajüte abhalten, bestärkte ihn in der Überzeugung, daß er genauso geprüft wurde wie jeder andere Untergebene Broughtons.

Mit Draffen war er seit seiner Rückkehr an Bord nur einmal zusammengekommen. Draffen war freundlich, aber zurückhaltend gewesen und hatte über die bevorstehende Aktion nur sehr wenig gesagt. Vielleicht wollte er wie Broughton den Flaggkapitän bei der Arbeit sehen, selbständig, ohne Hilfe seiner beiden Vorgesetzten.

Jetzt saß er neben Broughton am großen Tisch in der Kajüte; manchmal huschten seine Augen von einem Gesicht zum anderen, während Bolitho seinen Zuhörern klarmachte, was jeder von ihnen, ohne Rücksicht auf Verluste, auszuführen hatte.

Das Schiff rollte heftig; Bolitho hörte die tappenden Füße auf der Kampanje, das dumpfe Knattern der Leinwand, das Knarren der Spieren, als das Schiff langsam nach Steuerbord überholte. Achteraus konnte er die *Valorous* sehen; ihre Marssegel zogen gut. Der stetige Nordwest frischte bereits auf.

Er mußte sich kurz fassen. Alle Kommandanten mußten so bald wie möglich wieder an Bord ihrer Schiffe sein, um ihren Offizieren den Plan, soweit sie ihn verstanden hatten, zu erklären. Und ihre Bootsbesatzungen hatten einen langen, schweren Pull vor sich, ganz abgesehen von dem immer stärker werdenden Wind.

»Wie Sie gesehen haben, Gentlemen«, begann er, »ist die Bucht von Djafou wie eine tiefe Tasche. Die Ostseite wird durch diesen Landvorsprung geschützt.« Er tippte mit dem Zirkel auf die Seekarte. »Er hat die Form eines gebogenen Schnabels und bietet den in der Bucht ankernden Schiffen vorzüglichen Schutz.« Er sah ihnen in die gespannt vorgeneigten Gesichter. Ihre Mienen waren so unterschiedlich wie ihre Charaktere.

Fourneaux sah verächtlich an seiner Nase herunter, als brauche man ihm gar nichts zu erklären. Und Falcon von der *Tanais*: seine Augen unter den schweren Lidern verrieten sehr wenig von dem, was er dachte. Rattrays Bulldoggengesicht war in grimmiger Konzentration verzerrt. Er schien von allen die meisten Schwierigkeiten zu haben, sich einen Plan, der auf dem Papier stand, konkret klarzumachen. War er erst einmal im Gefecht, so würde er sich auf seine unnachgiebige Sturheit verlassen und auf das, was er mit eigenen Augen sehen konnte, bis er entweder gesiegt hatte oder tot war.

Die beiden jüngeren Kommandanten, Gifford von der *Coquette* und Poate von der Korvette *Restless*, verhielten sich weniger reserviert; Bolitho hatte gesehen, daß sie sich von Anfang an Notizen machten. Sie beide würden nicht an die Gefechtslinie gebunden sein; sie konnten Patrouille fahren oder zum Angriff vorstoßen, wie es ihnen ihre Initiative und ihr Gefühl für den richtigen Moment eingab. Sie waren so unabhängig, wie Bolitho es liebend gern gewesen wäre und jetzt nicht mehr war.

»Im Zentrum unserer Stoßrichtung liegt das Kastell.« Er sah es so vor seinem geistigen Auge, wie er es sich aus den Erinnerungen Draffens und dem neuesten Agentenbericht zusammengebaut hatte. »Vor vielen Jahren haben die Mauren es errichtet, es hat starke Mauern und ist gut armiert. Es steht auf einem kleinen Felseneiland, doch ist es seit längerer Zeit durch einen Fahrdamm mit der Westseite der Bucht verbunden.« Draffen hatte ihm erzählt, daß der Damm von Sklaven gebaut war. Als er das hörte, hatte er sich, wie auch jetzt wieder, gefragt, wie viele Menschen in Schmerzen und Elend bei diesem Bau umgekommen waren. »Es soll dort eine etwa zweihundert Mann starke spanische Garnison liegen und dazu ein paar eingeborene Kundschafter. Keine große Streitmacht, aber durchaus fähig, einem üblichen Frontalangriff standzuhalten.«

Rattray räusperte sich laut. »Wir können doch sicherlich direkt in die Bucht hineinsegeln. Die Batterie des Kastells würde zwar einigen Schaden anrichten, aber bei dem herrschenden Nordwest wären wir durch und drin, ehe sie mehr tun könnten, als uns ein bißchen anzukratzen.«

Bolitho musterte ihn unbewegt. »Es gibt nur eine Zufahrt, die tief genug ist, und die liegt dicht beim Fort. An einer Stelle beträgt der Abstand nur eine halbe Kabellänge. Wenn das vorderste Schiff beim Angriff auf Grund gesetzt wird, kommen die anderen nicht weiter. Und wenn das letzte aufsitzt, können wir nicht mehr heraus.«

Rattray war böse. »Kommt mir ziemlich blöd vor, einen befestigten Hafen so anzulegen, wenn Sie mich fragen, Sir.«

Captain Falcon lächelte ihn freundlich an. »Ich vermute, damals hatte man wenig Ursache, große Schiffe willkommen zu heißen, Rattray.«

Jetzt sprach Draffen zum erstenmal. »Das stimmt. Ehe die Spanier den Hafen für sich eroberten, gehörte er mal dem einen, mal dem anderen lokalen Scheich. Er wurde immer nur von kleinen Küstenfahrzeugen benutzt, und –«, er sah Bolitho bedeutsam an –, »und von Schebecken.«

Bolitho nickte. »Es gibt noch einen weiteren Zugang zum Fort auf dem Wasserwege. Früher haben die Verteidiger manchmal, bei Belagerungen zum Beispiel, direkt von See Proviant hereinbekommen. Kleinere Fahrzeuge können unter der nordwestlichen Mauer hineingelangen. Aber auch dann sind sie ständig im Schußfeld der äußeren Brustwehr.«

Jetzt sagte keiner etwas; sie waren nicht mehr erregt, sondern höchst nachdenklich. Das war anscheinend hoffnungslos. Hätten die beiden Bombenwerfer am Landvorsprung gelegen, so hätten sie das Fort pausenlos bombardieren können. Die oberen Werke hätten das nicht ausgehalten, und die spanische Artillerie hätte wegen der vorspringenden Landzunge kein Schußfeld gehabt. Kein Wunder, daß Draffen so still blieb. Er hatte diese Operation bis ins einzelne rekognosziert und geplant. Aber weil die Werfer nicht rechtzeitig eintrafen, was letzten Endes auf den Verlust der *Auriga* zurückzuführen war, mußte er jetzt mitansehen, wie sich alles in Zweifel und Ungewißheit auflöste.

Bolitho fuhr fort: »Die Bucht ist ungefähr drei Meilen breit und zwei Meilen tief. Die Stadt ist klein und wird kaum verteidigt. Hier kommt also nur ein Landeunternehmen, gleichzeitig von Ost und West, in Frage. Die Hälfte der Marine-Infanteristen des Geschwaders wird hier, dicht unter der Landzunge, landen. Der Rest wird *hier* an Land gesetzt und marschiert landeinwärts.« Er tippte mit der Zirkelspitze auf die Karte und sah, daß Falcon sich auf die Unterlippe biß; zweifellos dachte er an die Schwierigkeiten, welche beide Infanterieabteilungen zu überwinden hatten. Der ganze Küstenstrich war, um es milde auszudrücken, wild und unfreundlich. Ein paar Steilküsten vor mächtigen Bergen, mit Felsklippen bestanden und von tiefen Rissen durchzogen, so daß sie ausgezeichnete Möglickeiten für Hinterhalte boten. Es war nicht zu verwundern, daß sich das Fort so lange Zeit hatte halten können und nur durch das Bündnis mit einem dortigen Scheich in die Hände der Spanier gekommen war. Dieser Scheich war inzwischen gestorben, und sein Stamm lebte zerstreut in den wilden Bergen, die manchmal von See aus sichtbar waren.

Doch war Djafou erst in Händen der Franzosen, so würde es bei deren militärischen Fähigkeiten und technischen Ambitionen eine wesentlich größere Bedrohung sein: ein Zufluchtsort für ihre Schiffe, die von dort aus gegen jedes britisches Geschwader zum Angriff vorstoßen konnten.

Er durfte sich seine Verzweiflung nicht anmerken lassen. Warum war das, was man am nötigsten brauchte, nie zur rechten Zeit und in genügender Menge da? Mit zwanzig Linienschiffen und ein paar Transportern voll erfahrener Soldaten und bespannter Artillerie hätten sie in ein paar Tagen das erreichen können, was die Franzosen schon seit vielen Monaten geplant haben mußten.

Wahrscheinlich wußte Witrand die Lösung des Rätsels. Das war auch etwas, worüber Bolitho sich gewundert hatte: als er den Franzosen Draffen gegenüber erwähnte, hatte dieser nur achselzuckend gesagt: »Aus dem kriegen Sie nichts heraus. Seine Anwesenheit hier bedeutet für uns eine Warnung, aber viel mehr auch nicht.«

Er sah durch das Heckfenster. Schon bekamen die Wellen kleine weiße Mähnen, und als zusätzliche Warnung stand der Verklicker der *Valorous* steif im Wind.

»Das ist für den Augenblick alles, Gentlemen. Leutnant Calvert gibt Ihnen die schriftlichen Befehle. Wir segeln unverzüglich nach Djafou. Morgen früh sind wir vor der Bucht.«

Broughton stand auf und musterte sie gelassen. »Sie kennen jetzt meine Absichten, Gentlemen. Sie kennen auch meine Methoden. Ich erwarte, daß alle Signale bis ins kleinste befolgt werden. Das Geschwader greift von Osten nach Westen an und zieht den größtmöglichen Vorteil daraus, daß der Feind die Sonne im Gesicht hat. Beschuß von See her, kombiniert mit einem Zangenangriff zu Lande – das müßte reichen.« Er hielt einen Moment inne und fuhr dann kühl fort: »Wenn nicht, greifen wir immer wieder an, so lange, bis wir Erfolg haben. Das wär's, Gentlemen.« Er drehte sich um und ging ohne ein weiteres Wort aus der Kajüte.

Während die anderen Kommandanten sich gebührend verabschiedeten und zu ihren Booten eilten, stand Draffen stirnrunzelnd über die Karte gebeugt.

Die Tür schloß sich hinter dem letzten Kommandanten, und Draffen sagte langsam: »Ich hoffe zu Gott, daß der Wind abflaut. Dann würde Sir Lucius diesen Angriff unterlassen.«

Bolitho starrte ihn an. »Ich dachte, Ihnen liegt am allermeisten daran, daß Djafou eingenommen wird, Sir?«

Draffen verzog das Gesicht. »Die Lage hat sich jetzt geändert. Wir brauchen Verbündete, Bolitho. Im Kriege darf man hinsichtlich seiner Bettgenossen nicht zu wählerisch sein.«

Die Tür ging auf – Keverne stand im Rahmen und sah Bolitho an. Vielleicht wartete er auf neue Befehle, oder er hatte wieder eine Liste von Dingen, die das Schiff und das Geschwader brauchten.

Zögernd fragte Bolitho: »Und gibt es solche Verbündete?«

Draffen kreuzte die Arme vor der Brust und hielt seinem Blick stand. »Dessen bin ich sicher. Aber die haben nur vor Stärke Respekt. Wenn sie sehen, daß dieses Geschwader bei seinem ersten Gefecht mit der spanischen Garnison geschlagen wird, dann ist das sehr schlecht für unser Prestige.« Er fuhr mit der Hand über die Karte. »Diese Menschen leben von ihren Krummschwertern. Stärke ist das einzige, was sie zusammenhält, ihr einziger Gott. Wir brauchen Djafou nur vorübergehend als Stützpunkt, bis wir wieder voll im Mittelmeer präsent sind. Wenn es soweit ist, wird Djafou wieder vergessen sein, ein elendes, unfruchtbares Loch wie vorher. Aber nicht für die, die dort leben müssen. Für die ist Djafou ihre Vergangenheit und ihre Zukunft. Alles was sie haben.«

Dann lächelte er und ging zur Tür. »Wir sehen uns morgen. Jetzt habe ich zu arbeiten.«

Bolitho wandte sich ab. Seltsam, unter welch verschiedenen Gesichtspunkten diese beiden Männer Djafou betrachteten,

Broughton und Draffen. Für den Admiral war es einfach ein Hindernis. Ein Störfaktor in seiner alles beherrschenden strategischen Planung. Für Draffen schien es etwas ganz anderes zu sein: ein Teil seines Lebens vielleicht. Oder ein Teil seiner selbst.

»Alle Kommandanten sind zu ihren Schiffen unterwegs, Sir«, meldete Keverne. Falls er Angst hatte, merkte man es ihm jedenfalls nicht an. Eines Tages vielleicht würde er in einer Position sein, in der er sich Sorgen machen mußte wie Broughton. Aber jetzt hatte er seinen Dienst zu tun und sonst nichts. Vielleicht lebte er so besser.

»Danke, Mr. Keverne. Ich komme gleich an Deck. Aber jetzt lassen Sie Mr. Tothill dem Geschwader signalisieren, daß es die befohlenen Positionen einnehmen soll.« Er hielt inne. Von diesen ständigen Verzögerungen und Unsicherheiten hatte er reichlich genug. »Wir greifen morgen an, wenn der Wind sich hält.«

Keverne zeigte grinsend die Zähne. »Also hat das Warten Gott sei Dank ein Ende, Sir.«

Bolitho sah ihm nach, wie er hinausging, und trat dann wieder ans Fenster. Aye, ein Ende, dachte er. Und wenn wir Glück haben, ist es ein neuer Anfang.

XII Das Kastell

»Wachen Sie auf, Captain!«

Bolitho öffnete die Augen. Er mußte an seinem Schreibtisch eingeschlafen sein. Da stand Allday und sah auf ihn hinunter; die einzige Deckenlaterne warf einen gelblichen Schein auf sein Gesicht. Beide Kerzen auf dem Schreibtisch waren ausgebrannt, seine Kehle war trocken und rauchig. Allday stellte einen Zinnbecher auf den Tisch und goß schwarzen Kaffee hinein.

»Die Sonne wird bald aufgehen, Captain.«

»Danke.«

Bolitho nippte an dem glühendheißen Kaffee und wartete, bis sein Hirn die letzten Fesseln des Schlafes abgeschüttelt hatte. In der Nacht war er mehrmals an Deck gewesen, um noch vor Tagesanbruch die letzten Einzelheiten zu überprüfen, den Wind zu studieren, Kurs und Geschwindigkeit des Geschwaders abzuschätzen. Beim nochmaligen Durcharbeiten von Draffens Notizen war er in tiefen Schlaf gesunken, aber der Schlummer in der stickigen Kajüte hatte ihn keineswegs erfrischt.

Ärgerlich über sich selbst stand er auf. Alles hing vom Ausgang dieses Tages ab. Nichts war dadurch gewonnen, daß er in dieser frühen Phase schon Vermutungen anstellte.

»Rasch noch rasieren, Allday!« Er goß den Kaffee hinunter. »Und noch etwas Kaffee!«

Aus der Kajüte unter ihm hörte er ein Geräusch: Broughtons Steward war im Begriff, seinen Herrn zu wecken. Ob der wohl geschlafen hatte? Oder hatte er wach in seiner Koje gelegen und sich über den bevorstehenden Kampf und seine möglichen Konsequenzen den Kopf zerbrochen?

»Wind kommt stetig aus Nordwest, Captain.« Geschäftig legte Allday Rasiermesser und Handtuch zurecht, Bolitho warf sein Hemd auf die Sitzbank und ließ sich dann wieder in den Sessel fallen.

»Mr. Keverne hat schon vor einer Stunde ›Alle Mann‹ pfeifen lassen.«

Bolitho entspannte sich etwas, während das Rasiermesser über sein Kinn schabte. Die Bootsmannspfeifen hatten die mehreren hundert Mann Besatzung an Deck geholt, und er hatte keinen Ton davon gehört. Während er im Erschöpfungsschlaf über dem Tisch lag, hatten sie gegessen und dann trotz der Dunkelheit angefangen, die Decks zu klarieren. Denn ganz gleich, was kam, es hatte keinen Sinn, ihnen Zeit zum Nachdenken zu lassen. Wenn der Kampf begann, mußte ihr Schiff in Ordnung sein. Das Schiff bestimmte ja nicht nur ihr Leben, es war auch ihre Heimat, ihr Zuhause. Alles war ihnen bekannt und gewohnt: die Segel, das Klatschen des Wassers gegen den Schiffsrumpf, die Gesichter an der Back beim Essen, die gleichen Gesichter, die bald durch offene Stückpforten spähen würden.

Während Allday ihn, rasch und geschickt wie immer, fertig rasierte, überdachte er noch einmal die hektischen Vorbereitungen des letzten Tages. Die Marine-Infanterie des ganzen Geschwaders war in zwei gleichstarke Divisionen geteilt worden. Die eine Hälfte war auf Rattrays *Zeus*, das Führungsschiff, gekommen, die andere auf die *Valorous*, das letzte Schiff der Formation. Auch alle großen Kutter des Geschwaders waren auf diese beiden Schiffe verteilt worden; und Bolitho konnte sich vorstellen, was sie mit so vielen zusätzlichen Leuten an Bord für eine unruhige Nacht gehabt hatten.

Er stand auf, wischte sich das Gesicht ab und sah dabei durchs

Heckfenster. Aber draußen war es noch zu finster; man erkannte nur ein bißchen Schaum am Ruder. Die Schiffe liefen fast genau mit Ostkurs, und die Küste lag etwas über fünf Meilen an Steuerbord voraus. Broughton hatte recht daran getan, den Kurs beizubehalten, bei dem der Wind sehr bequem über das Achterdeck kam, und nicht zu versuchen, jetzt schon die endgültige Formation für den Angriff auf die Küste herzustellen. Denn dabei hätten die Schiffe leicht auseinandergeraten können, wogegen sie jetzt, bei dem günstigen Wind und den üblichen, leicht abgeblendeten Hecklichtern, ohne weiteres in zwei Reihen heransegeln konnten, sobald der Admiral das entsprechende Signal gab.

In der dicken Fensterscheibe sah er sein Spiegelbild, und dahinter, wie einen zweiten Schatten, Allday. Sein Hemd war noch offen, und er sah das Medaillon an seinem Halse im Takt der Schiffsbewegung leicht hin und her schwingen, und auch die dunkle Locke, die ihm rebellisch übers Auge hing. Unwillkürlich faßte er hin und berührte die tiefe Narbe unter dem Haar vorsichtig mit der Fingerspitze. Es war eine ganz automatische Bewegung, und doch dachte er jedesmal, er würde dort Hitze fühlen oder Schmerz wie damals, als er niedergehauen und für tot liegengelassen worden war.

Allday, hinter ihm, lächelte erleichtert. Diese wohlbekannte Bewegung, die offensichtliche Überraschung Bolithos, jedesmal wenn er die Narbe berührte, hatte immer etwas Beruhigendes. Er wartete noch, bis Bolitho das Halstuch locker geschlungen hatte, dann brachte er Uniformrock und Degen.

»Sind Sie bereit, Captain?«

Einen Arm im Rock hielt Bolitho inne und musterte ihn. Seine grauen Augen waren wieder völlig unbewegt.

»Bereit bin ich immer«, entgegnete er lächelnd. »Ich hoffe, Gott ist uns heute gnädig.«

Allday grinste und blies die Laterne aus. »Amen darauf, kann ich nur sagen.«

Beide gingen zusammen in die kühle Dunkelheit hinaus.

»An Deck: Land voraus!« Überlaut klang die Stimme des Ausgucks durch die klare Luft. »Einen Strich an Steuerbord!«

Bolitho hielt in seinem Auf- und Abgehen inne und spähte durch die schwarzen Linien des Riggs. Hinter dem langsam kreisenden Bugspriet und dem flappenden Klüver breitete sich der erste Schimmer der Morgenröte über die Kimm. Dort, ein bißchen nach Steuerbord, hob sich etwas ab, das wie eine lange, schmale, scharfkonturierte Wolke aussah; doch es war, wie er wußte, der Kamm eines fernen Berges, der, von der noch unsichtbaren Sonne gerötet, sichtbar wurde.

Er zog seine Uhr und hielt sie dicht ans Auge. Es wurde bereits heller, und wenn alles gutgegangen war, würde die *Valorous* jetzt beidrehen, ihre Marine-Infanteristen würden in die Boote klettern und zur Küste rudern. Hauptmann Giffard von der *Euryalus* hatte das Kommando, und er tat Bolitho jetzt schon leid. Es war schlimm genug, zweihundert Seesoldaten mit ihren schweren Stiefeln und Musketen durch rauhes, unbekanntes Gelände zu führen, aber wenn die Sonne erst stieg, würde es eine Tortur sein. Marine-Infanteristen waren gedrillt und diszipliniert wie Landsoldaten, aber da war es mit der Ähnlichkeit auch schon vorbei. Sie waren an ihr seltsames Bordleben gewohnt, der enge Raum bot ihnen wenig Bewegungsmöglichkeit, und daher waren sie einem Gewaltmarsch nicht gewachsen.

»Ich kann die *Tanais* sehen, Sir«, sagte Keverne.

Bolitho nickte. Der rote Schein lag auf der Großrah des Vierundsiebzigers wie Feenglanz in den Wäldern von Cornwall, dachte er. Seine Hecklaterne verblaßte bereits; und als er zum Verklicker der *Euryalus* emporsah, glänzte das Großmarssegel feucht im Frühtau, und mit jeder Sekunde vertiefte sich der Widerschein der Morgenröte auf seiner Fläche.

Man hörte leichte Schritte, und Keverne flüsterte: »Der Admiral, Sir.«

Broughton schritt zum Achterdeck und starrte auf den fernen Berg. Bolitho machte seine dienstliche Meldung.

»Klar zum Gefecht, Sir. Die Rahen sind angekettet, die Schutznetze aufgeriggt.«

Bei dem Krach, mit dem diese Vorbereitungen verbunden waren – Zwischenwände abreißen, die Zurrings von den Kanonen nehmen, das Tappen nackter Füße, wenn die Matrosen sich selbst und ihr Schiff kampffähig machten – mußte auch Broughton das wissen. Aber Meldung mußte nun einmal gemacht werden.

»Haben wir schon Sichtverbindung mit dem Geschwader?« knurrte Broughton.

»Mit der *Tanais*, Sir. Aber wir werden bald mit allen direkte Signalverbindung aufnehmen können.«

Der Admiral ging zur Leeseite und spähte zum Land hinüber. Es war nicht mehr als ein dunkler Schatten, über dem der Berggipfel frei im Raum zu hängen schien. »Ich bin froh«, sagte er, »wenn das Geschwader über Stag gehen kann. Ich hasse es, vor einer Leeküste zu stehen, wenn die Sicht so schlecht ist.«

Er fiel wieder in Schweigen, und Bolitho hörte schwere regelmäßige Schritte auf dem Steuerborddecksgang; es klang, als schlüge jemand mit einem Hammer gegen einen Baumstamm.

»Sagen Sie diesem Offizier, er soll nicht so laut sein, hol ihn der Teufel«, blaffte Broughton.

Keverne gab diesen plötzlichen Ausbruch des Unwillens an den Schuldigen weiter, und Bolitho hörte Meheux rufen: »Bitte um Entschuldigung, Sir Lucius!« Aber es klang trotzdem ganz vergnügt. Bolitho hatte ihn von der *Navarra* zurückberufen, damit er wieder seine geliebte obere Batterie von Zwölfpfündern übernahm, und Meheux grinste beinahe unaufhörlich, seit er wieder an Bord war.

Immerhin war das ein Zeichen, daß es Broughton nicht recht wohl bei dem ganzen Unternehmen war.

»Ich habe den Gefangenen ins Orlopdeck* bringen lassen, Sir Lucius.«

Der Admiral schnob verächtlich. »Dieser verdammte Witrand! Der sollte lieber hier oben bleiben – würde ihm guttun!«

Bolitho lächelte. »Eines ist jedenfalls sicher: er weiß über diese Gegend besser Bescheid, als ich zuerst dachte. Als Keverne ihn nach unten bringen wollte, war er schon fertig angezogen und durchaus darauf vorbereitet – jemand, der von militärischen Dingen nichts versteht, wäre zumindest überrascht gewesen.«

»Das war umsichtig von Keverne«, entgegnete Broughton, aber es klang nur ganz beiläufig. Vermutlich dachte er nach wie vor daran, was dort drüben hinter den Schatten lag.

Wieder waren laute Schritte an Deck zu vernehmen, und Broughton fuhr herum: Calvert stolperte ungeschickt über die Taljen eines Geschützes.

»Passen Sie gefälligst auf Ihre Füße auf! Sie machen ja mehr Krach als ein Blinder mit 'nem Holzbein!«

Im Halbdunkel murmelte Calvert irgend etwas, und Bolitho sah, wie die Männer der nächstliegenden Geschützbedienung einander wissend angrinsten. Calverts prekäres Verhältnis zum Admiral

* Zwischendeck, unter der Wasserlinie gelegen.

mußte im ganzen Schiff bekannt sein.

»Guten Morgen, Gentlemen!« Draffen kam unter der Kampanje heraus. Er trug ein plissiertes weißes Hemd und eine dunkle Kniehose, in deren Gürtel eine Pistole stak, und wirkte wohlausgeruht, wie soeben aus tiefem, traumlosem Schlaf erwacht.

»Die *Zeus* in Sicht, Sir!« rief Midshipman Tothill.

Bolitho schritt zur Achterdecksreling und spähte nach vorn. Stetig wuchs die *Tanais* aus dem Schatten heraus, und hinter ihr, etwas nach Backbord, konnte er eben noch den führenden Vierundsiebziger ausmachen; die oberen Rahen schimmerten bereits im Widerschein des Morgenrots.

Der Rand der Sonne stieg langsam und gleichmäßig über die Kimm, das warme Licht erreichte beide Seiten des Bugs, rührte an die lebhaften Wogenkämme, breitete sich weiter aus.

»Da ist ja Land, Sir!« schrie Tothill plötzlich.

Das war nun kaum eine vorschriftsmäßige Sichtmeldung, aber sie waren alle viel zu aufgeregt, um diesen Formfehler zu bemerken. Und in Anbetracht von Broughtons Gereiztheit war das auch besser so, dachte Bolitho. »Danke, Mr. Tothill«, antwortete er kühl. »Sie merken auch alles.«

Im rasch zunehmenden Sonnenlicht konnte man sehen, daß der Midshipman rot anlief, aber er war klug genug, den Mund zu halten.

Bolitho wandte sich um und beobachtete, wie das Land immer deutlicher aus dem zurückweichenden Schatten hervortrat: langgestreckte Hügel, jetzt noch grau und purpurn, aber schon wurden die kahlen Abhänge sichtbar, in deren dunkleren Flächen sich Schluchten und tiefe Spalten verbargen.

»Die *Valorous* ist in Sicht, Sir.« Lucey, der Fünfte Offizier, der auch die Achterdeck-Neunpfünder unter sich hatte, meldete es mit gedämpfter Stimme. »Sie hat die Bramsegel gesetzt.«

Bolitho ging die Deckschräge zur Luvseite hinan und starrte über die Hängemattsnetze. Der Vierundsiebziger, das letzte Schiff der Reihe, bot ein schönes Bild, wie es stürmisch hinter den langsameren Schiffen aufkam; die Mars- und Bramsegel schimmerten wie polierte Muscheln, während der Rumpf sich noch im Schatten verbarg. Bald schon würde ein Ausguck die Fregatte weit draußen auf See sichten können, und dann auch die kleine *Restless*, die sich näher an die Küste heranschlich, und endlich auch das letzte Schiff, das die Finsternis freigab: ihre Prise, die *Navarra*, sollte auf Signaldistanz bleiben, aber nicht näher kommen. Es konnte nichts schaden, wenn die Verteidiger von Djafou dachten, daß Broughton mindestens noch ein weiteres Kriegsschiff zur Verfügung hätte. Bolitho hatte sogar vorgeschlagen, daß der Steuermannsmaat, der zur Ablösung Meheux' hinübergeschickt worden war, irgendwelche beliebigen Signale hissen sollte, damit der Eindruck entstünde, hinter der Kimm befänden sich noch mehr Schiffe.

Es hing so viel von der ersten Attacke ab. Der Widerstandswille der Spanier würde rascher erlahmen, wenn sie nach einem ersten Angriff, der bereits erheblichen Schaden verursacht hatte, noch mit einem größeren Schiffsverband rechnen mußten.

Bolitho zwang sich dazu, langsam an der Luvseite auf und ab zugehen. Der Admiral blieb regungslos am Fuß des Großmastes stehen.

Kampanje und Netze wirkten seltsam nackt ohne die gewohnten scharlachroten Reihen der Seesoldaten, die immer ein gewisses Gefühl der Sicherheit gaben. Aber davon abgesehen, war sein Schiff kampfbereit. Auf dem Oberdeck, neben den beiden Reihen der Geschütze, warteten bereits die halbnackten Bedienungen auf den Feuerbefehl. Die Männer hatten bunte Tücher um die Ohren gebunden, damit ihr Trommelfell durch das Krachen der Kanonen nicht beschädigt wurde. Oben in den Masten waren, wie er durch die Schutznetze sehen konnte, die Drehbassen geladen; weitere Matrosen, die zur Zeit nichts zu tun hatten, warteten an den Brassen und Fallen auf Kommandos vom Achterdeck.

Partridge schneuzte sich heftig in ein grünes Taschentuch und erstarrte unter dem wütenden Blick des Admirals. Aber Broughton sagte nichts; der weißhaarige Master steckte das anstoßerregende Tuch in die Manteltasche und grinste Tothill verlegen zu.

Bolitho hatte die Hand auf dem Degengriff. Das Schiff war lebendig, ein vitales, vielschichtiges Kriegsinstrument. Er dachte an den Kampf auf der *Navarra*, den harten Kontrast zwischen dieser geschulten, geordneten Welt und der primitiven Mann-gegen-Mann-Verteidigung dort drüben. An die Spanier, deren anfängliche Angst sich in blutrünstige Wildheit verwandelt hatte; an die halbnackten Frauen, die schweißglänzend von ihrer schweren Arbeit an den Pumpen ausruhten. An Meheux' Fluchen, als er auf dem Blut des spanischen Kapitäns ausrutschte, und an Ashtons helle Knabenstimme, die sich über den Kampfeslärm erhob, als er die Geschützbedienungen in seinem unbeholfenen Spanisch anfeuerte, schneller zu laden.

Und an den kleinen Pareja. Der sich solche Mühe gegeben hatte. Der, vielleicht zum erstenmal in seinem Leben, das Gefühl hatte, wirklich gebraucht zu werden. Auch an seine Witwe dachte er. Was würde sie wohl jetzt tun? War sie noch böse auf ihn, weil sie seinetwegen den Mann verloren hatte? Oder auf die Umstände, durch die sie überhaupt nach Spanien gekommen war? Schwer zu sagen. So eine seltsame Frau war ihm noch nie begegnet: sie trug die Kleidung, den Schmuck einer vornehmen Dame mit der kühnen, feurigen Arroganz einer Frau, die ein weit lustigeres Leben gewohnt war, als Pareja ihr geboten hatte.

Tothills Stimme riß ihn aus seinen Gedanken. »Die *Tanais* gibt ein Signal der *Zeus* an uns weiter, Sir!« Er kritzelte etwas auf seine Schiefertafel. »›Feind in Sicht‹, Sir.«

»Verdammte Schweinerei!« fluchte Broughton halblaut.

Die Segel der *Tanais* hatten Rattrays Signal vor dem Flaggschiff verdeckt; und so war durch die Weitergabe von Schiff zu Schiff eine Verzögerung entstanden. Bolitho runzelte die Stirn. Auch aus diesem Grund wäre es besser gewesen, wenn die *Euryalus* die Führung übernommen hätte. Er konnte sich vorstellen, wie Rattray einem Midshipman vom Schlage Tothills seinen Befehl gegeben hatte. Er würde sich seiner Position als erstes Schiff sehr bewußt sein und darauf dringen, daß seine Signale so schnell wie möglich gehißt wurden. Nun stand aber im ganzen Signalhandbuch nichts, was dem Wort Djafou irgendwie nahekam. Der Eile halber, und weil er vermeiden wollte, den Namen auszubuchstabieren, hatte er statt dessen ein geläufigeres Signal genommen. Captain Falcon hätte an seiner Stelle etwas mehr Phantasie entwickelt – oder überhaupt nichts gesagt. Kannte man den Kapitän, so wußte man auch, wie es auf seinem Schiff zuging.

Das Land hatte andere Farben bekommen, während die Sonne sich höher über ihr Spiegelbild im Wasser hob: das Purpurrot war zu einem matten Grünbraun geworden, die grauen Klippen und Schluchten zeichneten sich deutlich ab, wie auf einem Holzstich in der *Gazette**. Aber im großen und ganzen hatte sich der erste Eindruck nicht verändert: baumlos, ohne ein Zeichen von Leben, die Luft bereits flirrend vor Hitze oder vielleicht auch vor Staub, den der stetige Landwind aufwirbelte. Der westliche Arm der Bucht

* das halbamtliche Marine-Journal

wurde von dem anderen, schnabelförmigen, noch im tiefen Schatten liegenden Arm überschnitten. Genau voraus lag ein runder Hügel, dessen Vorderseite durch einen Erdrutsch ins Meer gestürzt war. Die Entfernung betrug etwa vier Meilen, doch konnte Bolitho sehen, wie die See in weißen Federn auf dem steinigen Strand auflief und sich einen kleinen Priel an diesem trübseligen Küstenstrich suchte.

Die *Zeus* würde jetzt in Höhe der nächstgelegenen Landzunge sein und bei dieser klaren Luft gute Sicht auf das Fort haben. Rattray würde sich inzwischen schon selbst ein Bild davon machen können, was ihn in den nächsten Stunden erwartete.

»Die *Zeus* soll anfangen, die Marine-Infanterie zu landen!« befahl Broughton. Dabei sah er Calvert an. »Kümmern *Sie* sich um das Signal und versuchen Sie, sich wenigstens ein bißchen nützlich zu machen!«

Und etwas ruhiger zu Bolitho: »Sobald Rattrays Boote weg sind, signalisieren Sie: ›Geschwader in Linie halsen!‹ Wir haben dann den äußeren Verteidigungsgürtel gesehen und können den Angriff kalkulieren.«

Bolitho nickte. Das klang vernünftig. Halsen und auf Gegenkurs zurücksegeln war weniger gefährlich, als jetzt gleich anzugreifen, da sie Schiff um Schiff die Öffnung der Bucht kreuzen mußten. Wenn sie beim ersten Blick auf das Fort merkten, daß die Pläne und die flüchtigen Notizen nicht stimmten, dann würden sie immer noch Zeit haben, von der Küste freizukommen. Auf jeden Fall konnte Rattray, wenn die *Zeus* gehalst hatte und wieder Führungsschiff war, hoffentlich ein wachsames Auge auf Land und Wind haben. Wenn der Wind plötzlich auffrischte oder ausschoß*, dann würden sie allesamt reichlich zu tun haben, um von den Felsen klarzukommen, und kaum Zeit finden, sich auf ein Artillerieduell einzulassen. Er beobachtete, wie die Signalflaggen zur Rah aufstiegen und sich im Winde entfalteten; Sekunden später sah er, wie es daraufhin an Deck der *Zeus* lebendig wurde und sich immer mehr Leinwand an den Rahen bauschte.

Bis jetzt hatte jeder Kommandant genau nach Broughtons Plan gehandelt. Rattray würde vielleicht eine Stunde brauchen, bis alle seine Boote weg waren, und inzwischen konnten die anderen Schiffe vor der Bucht auf ihren Positionen bleiben.

* rechtsdrehte, also in diesem Falle nach Norden

Bolitho sah nach oben, denn von dort kam der Ruf: »Da ist die *Coquette*, Sir! In Luv, zwei Strich achterlicher als dwars!«

Bolitho zupfte an seinem Hemd. Es war schon ganz naßgeschwitzt, und in Kürze würde es noch erheblich heißer sein. Er mußte trotz seiner trüben Gedanken lächeln: heißer in mehr als einer Hinsicht.

Partridge hatte das flüchtige Lächeln bemerkt. Er stieß den Leutnant in die Seite und flüsterte: »Sehen Sie das? Der Alte ist so kühl wie'n Zofenkuß!«

Leutnant Lucey, normalerweise ein munterer, etwas leichtsinniger junger Mann, hatte Angst vor dem Morgenrot gehabt und vor dem, was es ihm bringen mochte. Als er sah, wie der Kommandant vor sich hin lächelte, wurde ihm ein bißchen besser.

Da waren sie auch schon in Höhe der ersten Landzunge. Nach der langen und langsamen Anfahrt schienen alle überrascht zu sein, daß sie schon da waren. Als sie die Landspitze achteraus hatten, sah er das mächtige Fort blaugrau in der Morgensonne liegen und fühlte sich sonderbar erleichtert: es war genauso, wie er es sich vorgestellt hatte. Ein massiver, kreisrunder Bau, innen ein kleinerer Turm mit einem Fahnenmast, der in der Sonne weiß glänzte. Aber es wehte noch keine Flagge daran, und auch sonst deutete nichts darauf hin, daß Alarm gegeben worden war. Alles sah so still aus, daß es ihn an ein großes, einsames Grabmal erinnerte.

Unbeirrt kreuzte das Schiff die träge Küstendünung, und er konnte jetzt tiefer in die Bucht hineinsehen. Ein kleines Fahrzeug lag vor Anker, wahrscheinlich eine Brigg, und ein paar Dhaus. Wie mochten Giffard und seine Marine-Infanteristen wohl vorangekommen sein? Würden sie den Fährdamm einnehmen können?

Er sah, wie die *Restless* vorsichtig seewärts kreuzte. Gott sei Dank hatte Poate, ihr junger Kommandant, zwei Lotgasten in die Rüsten beordert. Der Meeresboden fiel hier sehr steil ab, aber es war immerhin möglich, daß jemand bei der letzten Kartenkorrektur eine Sandbank oder ein Riff übersehen hatte.

Da die andere Landzunge weiter vorstieß, passierten sie sie in wesentlich kürzerer Entfernung, und als sie den stillen Bau des Forts verdeckte, rief Keverne aus: »Sehen Sie mal, Sir! Da ist jemand wach!«

Bolitho nahm ein Teleskop und stellte es auf die Schräge der schnabelförmigen Landzunge ein. Zwei Reiter, reglos wie aus Stein; nur manchmal schlugen die Pferde mit den Schweifen oder die langen weißen Burnusse wehten im Wind. Sie sahen auf die Schiffe hinunter, die da weit vor ihnen langsam im zunehmenden Sonnenlicht segelten. Dann, wie auf Signal, wendeten beide ihre Pferde und verschwanden hinter der Kante, ohne Eile, ohne Zeichen von Erregung.

»Jetzt sagen sie denen Bescheid, daß wir da sind, Jungs«, bemerkte jemand.

Bolitho warf einen Blick auf Broughton, doch der starrte auf den leeren Abhang, als ob die beiden Reiter noch da wären.

Bis auf die normalen Geräusche von See und Wind war alles ruhig – zu ruhig; das Gefühl, auf etwas zu warten, war stärker geworden, und das machte nervös. Giffard hatte sogar die Musiker seiner Marine-Infanteristen mitgenommen; Bolitho dachte flüchtig daran, den Schiffsfiedler irgendeinen geläufigen Shanty spielen zu lassen, den die Matrosen mitsingen konnten. Aber Broughton schien nicht in der Stimmung für solche Zerstreuung zu sein, und so ließ er den Gedanken wieder fallen.

Von Broughtons geradem Rücken ging sein Blick zu ein paar Matrosen bei den Neunpfündern. Sie standen und starrten über die Netze auf die langsam vorüberziehende Mauer aus Felsen und Steinen. Wie seltsam das den meisten vorkommen mußte! Sie wußten vielleicht nicht einmal, wo sie sich befanden, oder warum sie wegen eines so armseligen Hafendorfes ihre gesunden Knochen, ja sogar ihr Leben riskieren mußten. Und Broughton – der hatte wahrscheinlich ebenso seine Zweifel darüber, warum er überhaupt hier war, doch konnte er sie und seine Spannung mit niemandem teilen.

Bolitho drehte sich um – er wollte sehen, was Draffen machte; aber der war bereits unter Deck gegangen und wollte anscheinend das Weitere den Experten überlassen. Langsam schritt er wieder nach Luv hinüber. Im Kriege, das wußte er aus bitterer Erfahrung, gab es keine Experten. Man hörte nie auf zu lernen – es sei denn, man fiel.

»Die *Zeus* ist dicht unter der Landzunge, Sir!«

Bolitho ging zur Luvseite des Achterdecks. »Danke, Mr. Tothill.« Es kostete ihn Anstrengung, so gelassen und ruhig zu sprechen. Das Schlußmanöver: das Sammeln des Geschwaders, dann das Halsen und nochmalige Absegeln des gleichen leeren, dürren Küstenstrichs hatten viel länger gedauert als gedacht. Das Absetzen von Rattrays Booten war ziemlich schnell gegangen; aber als sie etwas tiefer in die Bucht kamen, war deutlich zu sehen, daß die Männer an den Riemen große Schwierigkeiten hatten, die überladenen Fahrzeuge zu den vorgesehenen Landestellen zu bringen. Dicht unter der Wasseroberfläche lagen Klippen, und außerdem war da eine bisher unbekannte Grundströmung, die die Boote herumwarf wie Blätter in einem Mühlteich, wobei die Riemen zeitweise völlig aus dem Takt gerieten und wild in der Luft fuchtelten.

Selbst Broughton hatte zugegeben, daß sie mehr Zeit benötigten, und als jetzt die *Zeus* mehr Segel setzte, um ihre Station an der Spitze des Geschwaders wieder einzunehmen, konnte er kaum seine Nervosität verbergen.

Die Korvette hatte so dicht, wie sie es riskieren konnte, unter der großen schnabelförmigen Landzunge geankert; in der starken Dünung quirlten ihre Mastspitzen in der Luft, daß es schon grotesk wirkte, und gegen den massiven schwarzen Fels wirkte ihr schlanker Rumpf beinahe winzig.

Aber jetzt segelten sie wieder die Bucht an. Die *Zeus* passierte die vor Anker liegende *Restless* so dicht, daß es von weitem aussah, als hätte es eine Kollision gegeben. Alle Schiffe lagen auf Backbordbug, die Rahen vollgebraßt, um den frischen Wind möglichst auszunutzen. Die beiden vordersten Schiffe hatten bereits die Backbordgeschütze ausgerannt, und im Teleskop konnte Bolitho sogar erkennen, daß die untere Batterie der *Zeus* maximale Erhöhung hatte – man konnte meinen, die Doppellinie der schwarzen Mündungen striche direkt an der schwarzen Landzunge entlang. Das war natürlich nur eine optische Täuschung durch die Entfernung. Sie war noch gute zwei Kabellängen von Land entfernt. Hoffentlich hatte Rattray einen erfahrenen Rudergänger, der im Notfall sehr schnell reagieren konnte.

Tothill rief: »Signal von der *Restless*, Sir! Die Marine-Infanterie hat die Spitze der Landzunge erreicht!«

Bolitho fuhr herum und sah die große blaue Flagge an der Großrah der Korvette flattern; als er das Glas etwas hob, bekam er einige Marine-Infanteristen ins Blickfeld, die um einen Hügelvorsprung rannten und in der hellen Sonne wie ein Schwarm scharlachroter Sandkäfer aussahen.

»Gut!« sagte Broughton. »Wenn sie diese Höhe nehmen und halten, kann uns von da keiner beschießen.« Er trat zur Achterdecksreling und sah auf Meheux herab, der langsam die Reihe der Backbordgeschütze abschritt.

»Sie können jetzt ausrennen lassen, Mr. Keverne!« befahl Bolitho. »Und sagen Sie zum unteren Batteriedeck durch, Mr. Bickford soll jedes Geschoß genau prüfen. Sein Kaliber ist heute das schwerste, das wir einsetzen.«

Keverne faßte an den Hut und winkte den Midshipmen, die als Läufer für die Batteriedecks eingeteilt waren. Während er sich über die Reling lehnte und ihnen mit leiser, aber scharfer Stimme die entsprechenden Anweisungen gab, sah Bolitho sie sich genau an. Ashton wirkte unter seinem Kopfverband immer noch bleich. Dann der kleine Drury, mit dem unvermeidlichen Schmutzfleck auf dem runden Gesicht, und Lelean vom unteren Batteriedeck, ganz jung noch, und mit der pickligsten Haut, die Bolitho je gesehen hatte.

Sie liefen los; Keverne schrie: »Ausrennen!« und als auf allen Decks die Bootsmannspfeifen schrillten, erbebte das ganze Schiff im Rumpeln der Zugvorrichtungen; mit lauten Rufen feuerten die Stückmeister ihre Leute an, die schweren Kanonen das krängende Deck hinan und in die offenen Pforten zu ziehen.

Urplötzlich erzitterte die Luft unter der langsamen, gemessenen Kanonade der *Zeus*, deren Echo rollend von der Landzunge zurückkam. Das erste Schiff lag in einem großen Rauchring, und die schwarzen Mündungen waren nicht mehr zu sehen, weil die Bedienungen bereits in höchster Eile die Rohre für eine neue Breitseite ausputzten.

Der Qualm rollte landeinwärts und wurde unterwegs von irgendeiner verrückten Wirbelströmung tief aufs Wasser heruntergedrückt. Sollte die Besatzung der spanischen Garnison noch irgendwelche Zweifel gehabt haben, dachte Bolitho, so wußte sie jetzt ganz bestimmt, was los war.

Noch eine Breitseite, wieder geschlossen abgefeuert; die Kanonen bleckten ihre langen gelbroten Feuerzungen, das aufgegeite Großsegel zuckte heftig in der aufsteigenden Heißluft.

Alle Teleskope waren auf die tanzenden, weißbemähnten Brecher rings um das führende Vierundsiebzig-Kanonen-Schiff gerichtet. Aber noch war kein Abschuß vom Kastell zu sehen, überhaupt kein Anzeichen feindlicher Tätigkeit.

»Das klappt ja«, knurrte Broughton, »das klappt sogar sehr gut.«

Bolitho sah verstohlen zu ihm hin. Vielleicht wollte der Admiral seinen Flaggkapitän immer noch testen. Wollte irgendwelche Vorschläge von ihm, die er dann entweder akzeptieren oder voll Arroganz zurückweisen konnte. Aber bis jetzt hatte Bolitho noch nichts zu bieten, womit Broughton etwas anfangen konnte. Dazu war es noch zu früh.

»Da! Eine Kugel!« schrie jemand. »Knapp am Steuerbord-Achterdeck der *Zeus* vorbei!« Bolitho setzte sein Glas wieder ans Auge, beobachtete den Flug des Geschosses und zählte die Sekunden, während die weiße Schaumfeder bösartig von Woge zu Woge sprang, bis sie schließlich eine gute Meile jenseits der *Zeus* einen eiszapfenförmigen Geyser hochjagte.

»Ach du lieber Gott, viel zu weit!« flüsterte Leutnant Lucey dem Master zu.

Dann kam noch ein Schuß, fast genau auf derselben Linie wie vorher, und von gleichem Kaliber.

»Nur *ein* Geschütz, Bolitho«, bemerkte Broughton. »Wenn das alles ist, was sie haben, dann brauchen wir nicht mehr lange zu warten.«

»Signal von der *Zeus*, Sir.« Tothill hing in den Leewanten, um das erste Schiff besser beobachten zu können. »›Setze mich ab zur Wende‹.«

Bolitho sah Partridge an. »Wie lange hat das gedauert?«

Der Master sah auf seine Tafel. »Zehn Minuten, Sir.«

Zehn Minuten, um das Schußfeld des Kastells zu kreuzen, das in dieser Zeit nur zweimal gefeuert hatte.

»Die *Tanais* schließt auf, Sir.« Keverne stützte sein Teleskop auf den Unterarm. »In ein, zwei Minuten ist sie feuerbereit.«

Bolitho antwortete nicht. Er hielt den Atem an, bis der große schwarz-rote Signalwimpel »Habe freies Schußfeld« von der Marsrah der *Tanais* flatterte. Falcon wartete nicht so lange wie Rattray; fast im selben Moment spien seine Geschütze Feuer und Rauch.

Broughton rieb sich befriedigt die Hände. »Ein paar Zentner Eisen – da kriegen die Dons blutige Köpfe, wie?«

Doch der Feind schwieg immer noch, und Bolitho sagte hastig: »Ich glaube, die Spanier haben feststehende Geschütze, Sir. Auf die *Zeus* haben sie nur gefeuert, um sich einzuschießen, aber jetzt . . .«

Er brach ab, denn rollend hallte der Kanonendonner aus der Bucht. Und dann kam das schreckliche Geräusch von splitternd berstendem Holz. Eilig trat er an die Reling: Von der Kampanje der *Tanais* stieg Rauch empor, ein schwarzes Gewirr gebrochener Stage fiel über Bord ins Meer. Mindestens zwei Treffer, dachte Bolitho, und ein Fehlschuß, der die Wogenkämme wie ein wütender Delphin auseinanderblies. Mit verzweifeltem Aufstöhnen mußten sie ohnmächtig zusehen, wie die Kugeln auf die *Tanais* einhämmerten und zu beiden Seiten ihres Rumpfes Holzstücke in die See wirbelten.

Falcons Männer erwiderten das Feuer noch einmal, aber der Rhythmus war weg; mehrfach erkannte Bolitho in der Reihe der Pforten ein schiefstehendes Rohr, was bedeutete, daß das betreffende Geschütz keine Bedienung mehr hatte, oder gar eine leere Stückpforte, die deutlicher als mit Worten beschrieb, was dahinter lag.

»Vier Geschütze gleichzeitig, würde ich sagen, Sir«, bemerkte Keverne. Er sprach ganz kühl und unbeteiligt. Ein Zuschauer.

»Und ziemlich schweres Kaliber anscheinend«, fügte Lucey hinzu.

Bolitho sah flüchtig zu ihm hin. Lucey war knapp zwanzig und hatte zuerst mächtig Angst gehabt. Bolitho kannte alle Anzeichen: man weiß nicht, was man mit seinen Händen anfangen soll – die vielen, vielen Kleinigkeiten, welche die wachsende Angst eines Mannes verrieten. Doch jetzt tauschte er mit Keverne sachverständig Kommentare aus wie ein uralter Krieger. Um seinetwillen war zu hoffen, dachte Bolitho, daß er diesen Anschein aufrechterhalten konnte.

»Ich kann vor lauter Rauch überhaupt nichts erkennen«, sagte Broughton. »Was tut Falcon?«

Wie aus einem Schornstein wirbelte Qualm aus den Heckfenstern der *Tanais*, aber es war schwer zu sagen, ob es Brandrauch war oder Pulverqualm der Kanonen. Schießen konnte sie immer noch, aber sie sah schlimm aus. Ihre Segel boten ein gutes Ziel und waren ganz durchlöchert, sowohl von den eigenen Holzsplittern als auch von den feindlichen Geschossen. Lange Strähnen gebrochener Takelage hingen über die Decksgänge, und Bolitho konnte ausmachen, daß bereits gekappt wurde; aus der Entfernung sah es aus, als liefen die Männer mit ihren Äxten so wild durcheinander wie die Ameisen.

Partridge räusperte sich und hielt seine mächtige Taschenuhr vors Auge. »Sie gibt Signal, daß sie durch ist, Sir. Beinahe fünfzehn Minuten diesmal.«

Broughton warf dazwischen: »Ich hoffe, Ihre Zweiunddreißigpfünder sind ihr Futter wert.« Er lächelte; die straff von den gleichmäßigen Zähnen weggezogenen Lippen verrieten, welche Anstrengung ihn das kostete.

Aber Bolitho hatte andere Dinge im Kopf. Fünfzehn Minuten, in denen das Schiff nochmals einem gnadenlosen Artilleriebeschuß ausgesetzt war. Die spanischen Kanoniere brauchten nicht einmal die Erhöhung ihrer Geschütze zu ändern. Sie brauchten nur abzuwarten, bis ein Schiff nach dem anderen über diesen Streifen offenen Wassers segelte, und dann zu feuern. Auch gegen die Sonne war das so leicht wie Hühner vom Ast zu schießen.

»Ich schlage vor, Sie signalisieren dem Geschwader ›Aktion einstellen‹, Sir.« Er hatte ganz leise gesprochen, aber Broughton fuhr hoch, als hätte er ihn gröblich beschimpft. Rasch sprach Bolitho weiter: »Unabhängige Operationen zur Unterstützung der Landungskorps wären ...«

Weiter kam er nicht.

»Niemals! Bilden Sie sich ein, ich kneife vor ein paar lausigen Dons? Bei Gott, ich dachte, Sie hätten ein bißchen mehr Mumm im Leibe!« Wütend, fast verächtlich starrte er Bolitho an.

Der sah an ihm vorbei und rief: »Fock setzen, Mr. Keverne! Dann Bramsegel!« Fest sah er dem Leutnant in die schreckgeweiteten Augen. »So schnell wie möglich!«

Die Männer schwärmten an den Webeleinen hoch, und Bolitho schritt absichtlich langsam zur Achterdecksreling. Er wußte, daß Broughton hinter ihm herstarrte, aber das war ihm egal. Broughton hatte seine Entscheidung getroffen, und dem Befehl mußte er gehorchen. Aber die *Euryalus* war sein Schiff, und er würde sie nach bestem Können einsetzen; Broughton mochte denken, was er wollte.

Die große Breitfock bauschte sich knallend, und der Druck des Windes warf die Männer durcheinander. Gischt sprühte über die Galionsfigur und den Klüverbaum.

»Voll und bei!« rief er Partridge zu.

»Voll und bei, Sir. West zu Nord liegt an.«

Die dunkle Landzunge glitt schneller vorbei; prall stand die Leinwand im Sonnenlicht. Hoch überm Deck arbeiteten die Toppmatrosen wie die Teufel, und durchs Teleskop sah Bolitho, wie ein paar Marine-Infanteristen auf der Landzunge Freudensprünge vollführten und die Musketen schwenkten, als das Flaggschiff die Landenge passierte.

Die andere Seite der Bucht lag jetzt in flimmerndem Dunst, oder vielleicht war es auch der Qualm von der *Tanais*. Wie blau das Wasser unter diesem fernen Landstreifen war! Blau und unerreichbar. Bolitho fuhr sich mit der Zunge über die knochentrockenen Lippen.

»Mein Gott, mein Gott!« flüsterte Lucey. Wahrscheinlich wußte er gar nicht, daß er etwas sagte.

Im Vorschiff stand Meheux, einen Fuß leicht auf das Gestell der Karronade gestützt, und spähte in die Bucht. Er hatte den Degen gezogen, und jetzt hob er ihn ganz langsam über den Kopf. Reglos stand er in der Sonne, und Bolitho erinnerte sich an ein Kriegerdenkmal, das er irgendwann in Exeter gesehen hatte. »Ziel in Sicht, Sir!« rief Meheux und schwenkte dabei leicht den Degen.

Bolitho spürte die starre, fast körperlich greifbare Spannung, die ihn umgab. »Feuer frei!« rief er durch die hohlen Hände. Von den Matrosen, die dort hinter ihren Geschützen hockten, sahen einige zu ihm auf, maskenhaft unbewegt. Er zwang seine Lippen zu einem Grinsen und schrie: »Ruft hurra, Jungs! Zeigt ihnen, daß wir kommen!«

Eine Sekunde lang geschah gar nichts, und während das Schiff gleichmäßig an den letzten Klippen vorbeipflügte, dachte Bolitho, sie wären zu verzweifelt, um zu reagieren. Aber dann sprang ein Matrose auf einen Zwölfpfünder und brüllte: »Ein Hurra für die *Euryalus*! Und Hurra unserm Dick!«

Wildes Geschrei fegte über das Deck, die Männer in den vollgestopften unteren Batterien nahmen es auf, und Bolitho schwenkte den Hut für sie alle. Jetzt ging der Irrsinn wieder los. Bis zum nächsten Mal. Und immer wieder.

»Feuer, wenn Ziel erfaßt!« Meheux' Stimme ging in dem Tohuwabohu fast unter.

Die ersten Kanonen im Vorschiff brüllten auf. Bolitho packte die Reling. Das harte Bellen der Oberdeckgeschütze ging im ohrenzerreißenden Dröhnen der Zweiunddreißigpfünder fast unter. Qualm stieg aus den unteren Stückpforten auf, wirbelte um die Decksgänge nach oben; Bolitho rieb sich die tränenden Augen und spähte auf das ferne Kastell, um das die Wassersäulen der ersten Salve hochsprangen. Was da wie weißer Puder aussah, war Schutt von der Festungsmauer, der einzige Schaden, den das Geschwader bisher angerichtet hatte.

»Lieber Gott«, murmelte Keverne heiser, »das ist ja, als wolle man eine Eiche mit 'nem Zahnstocher fällen!«

Das Feuer ging in Dreiergruppen weiter, die Kanonen glitten zurück, wurden ausgeputzt und neu geladen; die Männer waren schon halb betäubt und arbeiteten ganz mechanisch. Putzen, laden und ausrennen – sonst gab es überhaupt nichts mehr: weiterfeuern, ganz gleich, was kam.

Meheux schritt jetzt die Reihe der Kanonen ab, manchmal tippte er mit dem Degen auf ein Verschlußstück oder deutete auf eine bestimmte Stelle des Forts, um dem betreffenden Geschützführer einen Hinweis zu geben. Sein Gesicht war vor Konzentration verzerrt.

»Wo ist die andere Abteilung Marine-Infanterie?« fragte Broughton. »Hauptmann Giffard müßte doch inzwischen den Dammweg erreicht haben.«

Bolitho antwortete nicht. Der Kopf dröhnte ihm vom Kanonendonner, seine Augen bluteten beinahe vor Qualm und Anstrengung; er konzentrierte sich ganz auf das Fort. Er konnte den dunklen Flecken unter der runden Mauer erkennen, wo der Eingang von See lag, und auch die Doppellinie viereckiger Fenster, wie Schießscharten, die anscheinend um den ganzen Bau gingen.

Da blitzte es in zweien dort oben grell auf, und er bildete sich ein, die Kugel über die See direkt auf sich zufliegen zu sehen. Ein dumpfer Schlag gegen die untere Bordwand – die andere Kugel jagte weit vorn eine Schaumfontäne hoch.

Er blickte nach achtern. Das Schiff hatte die Bucht fast zur Hälfte überquert; da alle Segel gut zogen, mußte es in fünf Minuten die andere Landzunge erreicht haben.

Wieder die unheilverkündenden Feuerzungen, und diesmal schmetterten die Kugeln in die Bordwand der *Euryalus* wie Eisenhämmer in eine hölzerne Schachtel.

Drei Treffer; wie schwer, das wußte er noch nicht. Aber das Kastell war äußerlich unbeschädigt, nur an ein paar Stellen lag etwas Schutt.

Achteraus konnte er erkennen, daß die Masttopps der *Valorous* die Landzunge rundeten, und konnte sich vorstellen, was Fourneaux denken mochte, wenn er das Flaggschiff im Feuer der schweren Festungsgeschütze liegen sah.

»Kann ich der *Valorous* signalisieren, daß sie sich heraushalten soll, Sir?«

»Heraushalten?« Broughtons starre Augen waren jetzt auf ihn gerichtet. »Haben Sie ›heraushalten‹ gesagt?« Ein Muskel zuckte auf seiner Wange, als die untere Batterie wieder losdonnerte und die herausschießenden Mündungsflammen den Qualm nach Lee trieben.

Wortlos musterte Bolitho sekundenlang den Admiral. Daß sein

Geschwader nicht imstande war, dem Kastell ernsthaften Schaden zuzufügen, schien ihn völlig aus der Fassung zu bringen; oder vielleicht war er auch nur von dem unaufhörlichen Kanonendonner betäubt.

Bolitho nahm jetzt keine Rücksicht mehr. »Hier werden Schiffe ohne Sinn und Zweck geopfert, Sir.« Er fuhr zusammen, denn die Planken unter seinen Füßen ruckten heftig. Wieder ein Treffer, irgendwo unter dem Achterdeck.

Doch da blies der Wind auf einmal den Qualm vom Deck; jetzt erst konnte er Broughtons Gesicht richtig sehen und erkannte blitzartig, daß er sich die ganze Zeit geirrt hatte: Broughton hatte ihn gar nicht testen oder sich ein Bild über seine taktischen Fähigkeiten machen wollen! Wie ein Eiswasserguß über den Rücken kam ihm die Erkenntnis, daß Broughton keine Ahnung hatte, was er tun sollte! Sein Plan war zu starr, und wenn er nicht funktionierte, hatte er keine Alternative parat!

Er sagte: »Im Augenblick können wir nichts weiter tun, Sir.«

Partridge rief: »Acht Minuten, Sir.«

Da nickte Broughton. »Schön. Wenn Sie meinen . . .«

»Feuer einstellen!« brüllte Bolitho. »Mr. Tothill, Signal an die *Valorous*: ›Sofort abdrehen und Aktion einstellen!‹«

Als die *Euryalus* schwieg, schoß auch das Fort nicht mehr – vermutlich mußte die Besatzung sehr sparsam mit ihrer Munition umgehen. Eine Niederlage hätten sie trotzdem nicht fürchten müssen, dachte er bitter: fast jeder Schuß der Festungsbatterie hatte gesessen.

»*Valorous* bestätigt, Sir!«

Der Umriß des Zweideckers wurde länger, er begann die Wende und drehte mit fast backschlagenden Segeln durch den Wind.

»Mr. Keverne«, rief Bolitho, »melden Sie Verluste und Schäden!« Und zu Broughton: »Wir müssen die Marine-Infanterie unterstützen, Sir. Sie warten bestimmt auf Hilfe.«

Resigniert blickte der Admiral auf die vorbeigleitende Küstenlinie. Unten schrie und wimmerte jemand; Bolitho spürte das dringende Verlangen, sich erst einmal um seine Männer und sein Schiff zu kümmern.

Aber er ließ nicht locker. »Ihre Instruktionen, Sir?«

Broughton schien sich zusammenzureißen, und als er antwortete, war seine Stimme wieder fester, jedoch ohne Überzeugungskraft. »Signal an Geschwader: ›Bei Flaggschiff sammeln!‹« Seine Lippen arbeiteten, als wollten sie noch einen weiteren Befehl formulieren, doch der kam nicht.

»Mr. Tothill«, sagte Bolitho, »hissen Sie das Signal sofort!«

»Und dann«, fuhr Broughton zögernd fort und schob die Unterlippe vor, »könnten wir noch ein weiteres Landekommando absetzen. Mit ein paar Geschützen, wenn wir eine günstige Stelle finden.«

Bolitho sah ihn nicht an. »Jawohl, Sir.« Schon jetzt war ihm klar, was es für eine ungeheure Anstrengung kosten würde, auch nur einen Zweiunddreißigpfünder an Land und den Hügel hinaufzuschaffen. Nur ein Geschütz von diesem Kaliber konnte gegen das Kastell irgend etwas ausrichten. Man würde dazu hundert Mann oder noch mehr brauchen, und eine beträchtliche Eingreifreserve für den Fall, daß der Feind einen Ausfall machte und angriff. Eine »Lange Neun« wog über hundert Tonnen; und man würde mehr als eine brauchen.

Aber das war immer noch besser, als das Geschwader bei der sinnlosen Prozession über die Bucht in Stücke hauen zu lassen.

Er drehte sich um und fuhr zusammen, denn Tothill hatte ihn angerufen. »Was ist? Haben alle bestätigt?«

»Das meine ich nicht, Sir.« Der Midshipman deutete über die Steuerbordnetze. »Die *Coquette* verläßt ihre Station und setzt mehr Segel, Sir.«

Bolitho hob das Teleskop und sah, daß dunkle Knäuel zur Rah der *Coquette* aufstiegen und sich zu bunten Tupfen entfalteten.

»Signal von *Coquette*, Sir«, rief Tothill. »›Unbekanntes Segel mit Kurs Nordwest‹.«

Bolitho setzte sein Glas ab und sah Broughton an. »Soll ich die *Coquette* die Verfolgung aufnehmen lassen, Sir?«

Tothills Stimme schnitt die Antwort Broughtons ab. »*Coquette* setzt weiteres Signal.« Eine Pause – wieder sah Bolitho den Muskel an Broughtons Wange scharf und regelmäßig zucken. Dann meldete Tothill wieder: »›Fremdes Schiff geht über Stag‹, Sir.«

Ratlos hob Broughton die Arme. »Mindestens eine Fregatte. Da müßte die *Coquette* mit ihr fertig werden können.« Er blickte Bolitho unsicher an. »Die wird jetzt überall ausposaunen, daß wir hier sind!«

»Ich schlage vor, wir rufen die Marine-Infanterie zurück, Sir.« Bolitho hatte den Gedanken an das Landen von Geschützen, an das nötige Geschirr und die erforderlichen Boote fallengelassen. Dazu war jetzt keine Zeit mehr, sie konnten von Glück sagen, wenn sie alle ihre Marine-Infanteristen heil zurückbekamen; es konnte ja ein feindliches Geschwader in der Nähe sein.

»Nein.« Broughtons Augen waren steinern. »*Ich ziehe mich nicht zurück*. Ich habe meine Befehle. Und Sie auch!« Er deutete auf die kahlen Hügel. »Djafou muß genommen werden, ehe feindliche Schiffe hier sind! *Muß*, verstehen Sie?« Er schrie beinahe; ein paar Matrosen an den Geschützen starrten herauf.

Messerscharf schnitt Draffens Stimme durch die kurze Stille. Wo er während der ganzen Aktion gesteckt hatte, wußte Bolitho nicht; aber jetzt wirkte er sehr ruhig. Seine Augen waren kalt und gelassen wie die eines Jägers kurz vor dem Fangschuß. »Ich mache einen Vorschlag, Sir Lucius.«

Broughton wandte sich zu ihm um, und Draffen fuhr fort: »Denn ich denke, wir haben jetzt mit *konventionellen* Methoden genügend Zeit verschwendet.«

Einen Moment dachte Bolitho, der Admiral würde wieder aggressiv werden. Doch er sagte nur: »Bitte sprechen Sie, Sir Hugo, ich höre.« Er blickte sich um, als suche er die Kampanjeleiter. »In meiner Kajüte am besten.«

Bolitho sagte: »Ich werde dem Geschwader ›Kurs West‹ signalisieren, Sir. Die *Restless* und die *Coquette* können vorläufig auf ihren Stationen bleiben.«

Er wartete, denn er sah, daß Broughton nach Worten suchte. »Ja«, brachte er schließlich heraus und wiederholte mit etwas festerer Stimme: »Ja, machen Sie das.«

Als sie das Achterdeck verließen, sagte Keverne leise: »Wir sind immer noch besser weggekommen als die *Tanais*, Sir. Die hat zwanzig Mann verloren. Wir haben sieben Tote und fünf durch Splitter Verwundete.«

Bolitho blickte noch immer zur Kampanje und fragte sich, was Draffen wohl jetzt noch vorschlagen konnte.

»Schäden?«

»Hörte sich schlimmer an, als es ist, Sir. Die Zimmerleute sind schon unten.«

»Gut. Sagen Sie Mr. Grubb, er soll seine Männer so bald wie möglich anfangen lassen.«

Der erste Tote wurde durch das Hauptluk heraufgebracht und zur Bestattung an Deck gelegt. In diesen wenigen Minuten hatten sie sieben Tote gehabt. Ungefähr einen pro Minute.

Bolitho preßte die Hände auf dem Rücken zusammen und schritt langsam zur Luvseite. Plötzlich überkam ihn Wut. Die *Euryalus* war sozusagen der stärkste Trumpf der Seekriegsführung. Und doch war sie gegen ein uraltes Kastell mit ein paar Kanonieren so ohnmächtig wie eine königliche Prunkbark.

»Ich gehe zum Admiral, Mr. Keverne.«

»Sir?«

»Auch ich habe ein paar Ideen, und die will ich ihm sofort vortragen.«

Allday sah ihn vorbeigehen und lächelte bedächtig; Bolitho war also stinkwütend. Höchste Zeit, dachte er, daß der Captain den Oberbefehl übernimmt, sonst geht es uns allen dreckig.

XIII Die zweite Chance

Vizeadmiral Broughton sah vom Schreibtisch auf und blickte Bolitho ärgerlich-überrascht entgegen. »Wir sind noch nicht ganz fertig, Bolitho.« Er deutete auf Draffen, der an der Schottwand lehnte. »Sir Hugo ist eben dabei, mir etwas zu erklären.«

Doch Bolitho blieb entschlossen in der Mitte der Kajüte stehen, die irgendwie leer wirkte, da die wertvolleren Möbel und Einrichtungsgegenstände vor dem erfolglosen Angriff zur Sicherheit unter die Wasserlinie geschafft worden waren. Immerhin konnte Broughton zufrieden sein, denn ihm blieb das totale Durcheinander erspart, das bei Klarschiff in einem Dreidecker britischer Bauart geherrscht hätte. Dann wäre nämlich sein Quartier, wie alle Wohnräume im ganzen Schiff, vollkommen geleert worden und die sonst so geheiligte Kajüte von den Abgasen der dort stationierten Geschütze völlig verqualmt und verdreckt gewesen. Aber hier befand sich die nächste Kanone hinter der Schottenwand, so daß der Anblick dieser Kajüte, nach der spannungsgeladenen Atmosphäre an Deck, Bolithos Ärger über die Zurücksetzung noch verstärkte.

»Ich würde vorschlagen, daß wir rasch handeln, Sir«, erwiderte er.

Broughton hob die Hand. »Über die Dringlichkeit bin ich mir durchaus klar.« Doch er schien zu spüren, daß Bolitho sich ärgerte, und fuhr kühl fort: »Aber sprechen Sie nur, wenn Sie wünschen.«

»Sie haben das Kastell gesehen, Sir, und wissen, daß der Versuch, die Spanier von See aus zur Aufgabe zu zwingen, zwecklos ist. Der

Einsatz von Schiffen gegen feste Küstenbatterien und Verteidigungsanlagen hat nach meiner Erfahrung noch nie Erfolg gehabt.«

Finster erwiderte Broughton: »Wenn Ihnen daran liegt, daß ich es zugebe: Sie waren von Anfang an gegen eine solche Aktion – bitte sehr. Da wir jedoch weder die Möglichkeit noch die Kampfkraft für eine kombinierte Operation, noch die Zeit haben, die Garnison auszuhungern, sehe ich keine Alternative.«

Bolitho atmete langsam aus. »Nur durch sein Kastell wird Djafou zu einem Dorn im Fleisch jeder in diesen Gewässern operierenden Seemacht, Sir.«

»Aber Bolitho, das ist doch einigermaßen selbstverständlich«, warf Draffen ein.

»Meiner Ansicht nach«, erwiderte Bolitho und sah ihn fest an, »müßte das in erster Linie für den selbstverständlich gewesen sein, der diesen Plan entworfen hat, Sir Hugo.« Er wandte sich wieder dem Admiral zu. »Ohne das Kastell ist diese Bucht wertlos, Sir.« Er hielt inne und beobachtete Broughtons Augen. »Und *mit* dem Kastell ist diese Bucht für uns genauso wertlos.«

»Was?« Broughton richtete sich steil im Sessel hoch, als hätte ihn etwas gestochen. »Das müssen Sir mir erst erklären!«

»Wenn wir das Fort tatsächlich nehmen, dann werden wir größte Schwierigkeiten haben, es als Operationsbasis zu halten, Sir. Früher oder später wird der Feind, speziell die französische Armee, irgendwo an der Küste Artillerie landen, und dann können unsere Schiffe den Ankerplatz nicht halten. Somit wären wir in derselben Situation wie die jetzigen Verteidiger: in diesen Steinkasten eingeschlossen und zu nichts anderem fähig, als andere Schiffe daran zu hindern, in dieser Bucht aus irgendwelchen Gründen Zuflucht zu suchen.«

Broughton stand auf und ging langsam zum Fenster. »Sie haben immer noch keine Alternative genannt.« Aber es klang nicht mehr so aggressiv.

Langsam sagte Bolitho: »Sie lautet: Nach Gibraltar zurückzusegeln. Dem Oberkommandierenden zu berichten, wie die Dinge wirklich liegen. Dann gibt er Ihnen bestimmt genügend Schiffe und Seesoldaten für einen zweiten Versuch, eine Basis zu erobern.« Er dachte, Broughton würde ihn anfahren, aber da das nicht der Fall war, sprach er mit fester Stimme weiter: »Eine günstiger gelegene Basis, von der aus unsere Flotte später in weiterem Umkreis operieren kann. Weiter nach Osten zu, wo wir noch Freunde haben, die bereit wären, sich gegen ihre neuen Unterdrücker zu erheben, wenn wir ihnen ausreichend helfen und sie ermutigen.«

»Djafou nützt uns nichts, wollen Sie sagen?« Darüber konnte Broughton anscheinend nicht hinwegkommen.

»Jawohl. Ich bin ganz sicher, daß die maßgebenden Männer in der Admiralität niemals auf diesen Vorschlag eingegangen wären, wenn sie über die tatsächlichen Verhältnisse genau Bescheid gewußt hätten.«

»Falls Sie das nicht wußten, Bolitho«, sagte Draffen scharf, »der Vorschlag kam von *mir*.«

Bolitho musterte ihn gelassen. Nach all der Unsicherheit und den fehlenden Stücken in diesem Puzzlespiel kam jetzt wenigstens etwas ans Licht. Er entgegnete: »Dann sollten Sie lieber zugeben, daß dieser Vorschlag falsch war, Sir.« Stahlhart klang seine Stimme. »Ehe noch mehr von unseren Leuten dafür geopfert werden.«

Broughton fuhr dazwischen. »Sachte, Bolitho! Ich gestatte keine kleinlichen Streitereien unter meiner Flagge, verdammt noch mal!«

»Dann lassen Sie mich nur noch eins sagen, Sir.« Bolitho sprach ganz ruhig, obwohl er innerlich vor Zorn und Verzweiflung kochte. »Wenn Sie nicht das Geschwader so plazieren, daß wir mehr Seeraum zum Kämpfen haben, dann geraten Sie unter Umständen auf Legerwall*. Bei dem herrschenden Nordwest und ohne genug Raum, den Windvorteil wiederzugewinnen, sind Sie ernstlich gefährdet, wenn ein Feind hier auftaucht. Auf offener See können wir ihm immer eine blutige Nase verpassen, ganz gleich, wie das Kräfteverhältnis ist.«

Broughton erwiderte: »Sir Hugo hat bereits einen zweiten Plan vorgeschlagen.«

Draffen stieß sich von der Schottwand ab. Er lächelte, aber seine Augen waren eiskalt. »Sie sind zu lange auf den Beinen, Bolitho. Schade, daß mir das nicht früher aufgefallen ist. Ich habe da eine Idee, zwar vorerst nur ganz allgemeiner Natur, doch ich bin sicher, daß ich die Hilfe beschaffen kann, die wir so verzweifelt nötig brauchen.«

»Sir Hugo kann mit seinem Agenten, wie es scheint, irgendwo an der Küste Kontakt aufnehmen«, erläuterte Broughton müde.

»Genau.« Draffen wurde langsam lockerer. »Ich habe mit einem

* Das Schiff hat die Küste in Lee und kann sich nicht freisegeln.

mächtigen Scheich geschäftlich zu tun gehabt. Dabei habe ich sogar persönlich mit ihm verhandelt. Habib Messadi hat an diesem Küstenstrich großen Einfluß und liebt die spanischen Invasoren gar nicht.«

Gelassen erwiderte Bolitho: »Aber wenn die spanische Garnison vertrieben wird, dann sind *wir* die Invasoren. Wo ist da der Unterschied für ihn?«

»Herrgott im Himmel, Bolitho«, fuhr Broughton ärgerlich dazwischen, »Ihnen kann man anscheinend überhaupt nichts recht machen!«

Bolitho behielt Draffen im Auge. »Dieser Messadi ist, nehme ich an, eine Art Räuberhauptmann; sonst könnte er doch an so einer Küste nicht so viel Macht haben?«

Draffens Lächeln schwand. »Er ist nicht der Mann, den ich in Westminster Abbey frei herumlaufen lassen würde, das muß ich zugeben«, entgegnete er achselzuckend. »Aber um diese Mission erfolgreich auszuführen, würde ich auch Hilfe aus dem Zuchthaus von Newgate oder der Irrenanstalt von Bedlam akzeptieren, wenn sie uns nützen könnte.«

»Nun, Bolitho?« Mit deutlicher Ungeduld blickte Broughton von einem zum anderen.

Draffen sprach zuerst. »Wie ich schon gesagt habe, werden wir Djafou eines Tages aufgeben, wenn wir etwas Besseres haben, etwa entsprechend dem Vorschlag, den Sie Sir Lucius soeben gemacht haben. Messadi hat Djafou lange Jahre beherrscht und weder für die Franzosen noch für die Dons etwas übrig. Es wäre bestimmt besser, wenn wir ihn zum Verbündeten hätten: einen weiteren Dorn im Fleische des Feindes.«

»Genau meine Meinung«, warf Broughton ein.

Bolitho wandte sich ab. Ihm standen sofort die brüllenden Gestalten wieder vor Augen, die über das blutige Deck der *Navarra* schwärmten, und die schreckverzerrten Gesichter der Mannschaft beim Anblick der Schebecken. Und jetzt wollte Broughton sich mit diesen Menschen verbünden, bloß weil er den Gedanken nicht ertragen konnte, mit leeren Händen nach Gibraltar zurückzukehren.

»Ich bin dagegen«, sagte er.

Broughton ließ sich in seinen Sessel sinken. »Ich habe große Achtung vor Ihrer dienstlichen Vergangenheit, Bolitho. Ich weiß, daß Sie ein loyaler Offizier sind, aber ich weiß auch, daß Sie oftmals von zu großem Idealismus geplagt werden. Keinen anderen Offizier meines Geschwaders möchte ich lieber als Flaggkapitän haben.« Sein Ton wurde härter. »Aber Insubordination dulde ich nicht. Und nötigenfalls lasse ich Sie ablösen.«

Ein Gefühl der Hilflosigkeit überkam Bolitho, und widersprechende Gefühle rissen ihn hin und her. Einerseits verlangte es ihn, Broughton zu sagen, dann solle er ihn doch ablösen; andererseits konnte er die Vorstellung nicht ertragen, daß Fourneaux die geringen Reserven dieses Geschwaders kommandieren sollte.

»Meine Pflicht als Flaggkapitän ist es nicht nur, Ihren Befehlen zu gehorchen, Sir, sondern auch, Sie zu beraten.« Ihm war, als spräche er aus weiter Ferne.

Draffen strahlte. »Na also, meine Herren! Da sind wir uns ja endlich einig!«

»Was haben Sie also vor?« fragte Bolitho bitter.

»Mit Sir Lucius' Erlaubnis werde ich nochmals die Korvette benützen. Ich bin überzeugt, daß mein Agent auf Nachricht von mir wartet; das erleichtert uns die Sache.« Er blickte verschmitzt in Bolithos ernstes Gesicht. »Wie Sie selbst sagten, ist das Geschwader eher für den Kampf auf offener See geeignet als für sinnlose Attakken auf die Küste. Ich werde gut zwei Tage brauchen, in dieser Zeit müßten wir zum entscheidenden Angriff bereit sein.« Er lächelte, und Bolitho sah ein neuartiges Licht in seinen Augen funkeln. Sekundenlang war nur brutale Grausamkeit darin. »Wenn ein Unterhändler mit weißer Flagge die spanische Garnison aufsucht und dort erklärt, was ihnen bestimmt passieren wird, sobald Messadis Krieger die Festung erobern – den Verteidigern und ihren Frauen . . .« Er schwieg bedeutsam.

»Um Gottes willen, Sir Hugo«, murmelte Broughton bestürzt, »dazu wird es doch nicht kommen?«

»Natürlich nicht, Sir Lucius.« Draffen war offensichtlich wieder bester Laune.

Broughton schien plötzlich das Bedürfnis zu haben, diese Unterredung zu beenden. »Signalisieren Sie also der *Restless*, Bolitho. Die *Coquette* kann die Bewachung der Bucht übernehmen.«

Als Bolitho die Kajüte verließ, kam Draffen hinterher. »Nehmen Sie es nicht zu schwer, Captain«, murmelte er fast freundschaftlich. »Ich habe Ihre Qualitäten als Seeoffizier nie bezweifelt. Also könnten Sie meinen Fähigkeiten in gewissen Affären ebenfalls vertrauen, eh?«

Bolitho blieb stehen und sah ihn an. »Wenn Sie damit sagen wollen, daß ich von Ihren Machenschaften nichts verstehe, Sir Hugo, so haben Sie recht. Und ich will auch nichts damit zu tun haben – nie!«

Draffens Gesicht wurde hart. »Treiben Sie es nicht zu weit, mein Freund! Sie könnten eines Tages einen hohen Rang in der Flotte einnehmen, vorausgesetzt . . .« Das Wort blieb in der Luft hängen.

»Vorausgesetzt, daß ich den Mund halte?«

Ärgerlich fuhr Draffen herum. »Ausgerechnet Sie können es sich kaum leisten, sich zu exponieren, wenn Sie vorwärtskommen wollen! Vergessen Sie nicht: ich kannte Ihren Bruder. Höherenorts gibt es Leute, die es sich sehr überlegen würden, einen Offizier zu befördern, von dem sie erfahren, daß sein familiärer Hintergrund nicht ganz sauber ist – also benehmen Sie sich, Captain!«

Bolitho wurde auf einmal eiskalt. Ihm war, als schwebe er in der Luft. »Vielen Dank, daß Sie mich daran erinnern, Sir Hugo.« Er wunderte sich darüber, wie seine Stimme klang. Vollkommen fremd. »Von jetzt an brauchen wir einander wenigstens nichts mehr vorzumachen.« Er drehte sich um und schritt rasch zur Kampanjeleiter.

Unten auf dem Achterdeck ging Keverne gedankenversunken auf und ab.

»Signalisieren Sie der *Valorous* zur Weitergabe an die *Restless*: ›Anker lichten und sofort zum Flaggschiff. Sir Hugo Draffen an Bord nehmen und nach dessen Instruktionen handeln.‹« Kevernes erstaunten Blick ignorierte er. »Dann können Sie alle Geschütze festmachen lassen, und die Leute können essen. Nun? Was ist noch?«

»Ziehen wir uns zurück, Sir?«

»Kümmern Sie sich um das Signal, Mr. Keverne.« Er blickte auf die fernen Berge. »Ich muß nachdenken.«

Er wandte sich um, denn unter dem Achterdeck erschien Leutnant Sawle mit Witrand. »Wo wollen Sie mit dem Gefangenen hin, Mr. Sawle?«

Der Leutnant sah ihn verständnislos an. »Er soll doch auf die Korvette überstellt werden, Sir«, antwortete er, anscheinend völlig verwirrt. »Leutnant Calvert sagt, der Admiral hätte es befohlen.«

Der Franzose kam leichtfüßig die Leiter herauf, und Bolitho vergaß für den Augenblick seine Wut über Draffens Drohung.

»Ich will Ihnen Lebewohl sagen, *capitaine*.« Witrand reckte sich und sog die warme Seeluft ein. »Wer weiß, ob wir uns wiedersehen?«

»Ich hatte keine Ahnung davon, Witrand.«

»Das glaube ich Ihnen, *capitaine*. Anscheinend denkt man, ich könnte von Nutzen sein. Spaßhaft, wie?«

Bolitho dachte an Broughtons desperate Stimmung. Vielleicht hatte er Draffens Vorschlag zugestimmt, Witrand auf die Korvette zu überstellen, weil sie hofften, der Franzose würde etwas über seine Mission verraten. »Spaßhaft? Ja, vielleicht«, antwortete er nachdenklich.

Er beschattete die Augen und beobachtete, wie die *Valorous* Broughtons Signal hißte. Irgendwo hinter der vorspringenden Landzunge versteckt, würde die vor Anker liegende Korvette es sehen und eiligst dem Befehl folgen. Witrand würde vermutlich an Bord der *Restless* bleiben und später mit irgendwelchen Depeschen nach Gibraltar überstellt werden.

Bolitho hielt ihm die Hand hin. »Leben Sie wohl, *m'sieur*. Und vielen Dank für das, was Sie für mich getan haben.«

Der Franzose drückte ihm fest die Hand. »Ich hoffe, wir sehen uns doch noch eines Tages wieder, *capitaine*. Aber . . .« Achselzukkend brach er ab, als Sawle mit zwei bewaffneten Matrosen auf dem Achterdeck erschien, und sagte hastig: »Für den Fall, daß mir irgend etwas zustößt . . . Hier ist ein Brief an meine Frau in Bordeaux. Ich wäre Ihnen dankbar . . .« schloß er leise.

»Selbstverständlich«, nickte Bolitho. Dann brachte Leutnant Sawle den Franzosen zur Fallreepspforte, wo das Boot anlegen würde. »Seien Sie vorsichtig«, rief er ihm nach.

Witrand winkte ihm flüchtig zu. »Sie auch, *capitaine*!«

Eine Stunde später ging Bolitho immer noch an der Luvseite auf und ab, unempfindlich gegen die sengende Hitze, die sein Hemd in einen nassen Fetzen verwandelte, und gegen die blendenden Sonnenreflexe auf dem Wasser.

Draffen war auf die Korvette umgestiegen und hatte den Vorsprung der Küstenlinie umrundet; aber das hatte Bolitho kaum bemerkt, weil ihm die simple Mahnung Witrands im Kopf herumging.

Leutnant Weigall war Offizier der Wache und bemühte sich, seinem Kommandanten möglichst aus dem Wege zu gehen. Schwerhörig und einsam, das Preisboxergesicht in grimmigen Falten, hielt er sich in Lee und beaufsichtigte die Männer, die auf dem Oberdeck arbeiteten.

An der Kampanje stand Allday und sah mit Besorgnis, wie wütend Bolitho war. Er zermarterte sich den Kopf, wie er ihm helfen könne. Bolitho hatte es abgelehnt, zum Essen in die Kajüte zu kommen, und ihn blindwütig angefahren, als er ihn dazu überreden wollte, sich unter Deck etwas von der Hitze zu erholen.

»An Deck!« Der Ausguck konnte nur noch krächzen. Der arme Kerl war vermutlich halb verdurstet. »Segel in Luv voraus!«

Erwartungsvoll sah Allday zu Bolitho hinüber, doch der schritt immer noch auf und ab; er hatte den Kopf gesenkt, sein Gesicht war ausdruckslos. Und Weigall, das sah Allday mit einem raschen Blick, hatte überhaupt nichts gehört.

Schon flogen Signalflaggen den Rahen der *Tanais* empor; Allday trat zu einem dösenden Midshipman und stieß ihn scharf in die Rippen.

»Wachen Sie auf, Mr. Sandoe!« Der Junge starrte ihn verängstigt an. »Es gibt Arbeit für Sie!«

Dann ging er zur anderen Seite und wartete, bis Bolitho umkehrte.

»Captain?«

Bolitho blieb stehen und schwankte auf dem krängenden Deck vor Müdigkeit. Verschwommen sah er Alldays Gesicht vor sich und bemerkte mit aufsteigendem Ärger, daß dieser lächelte.

»Segel in Luv voraus«, sagte Allday entschieden.

»Was?«

Er schaute nach oben, von wo die Stimme kam: »Einzelnes Schiff, Sir!«

Weigall hatte endlich gemerkt, daß irgend etwas los war, und rannte hin und her wie ein Raubtier im Käfig. Hoch überm Deck stand jetzt die winzige Gestalt eines Midshipman neben dem Matrosen im Ausguck. Und da rief er auch schon zu den nach oben gerichteten Gesichtern hinunter: »Ein Bombenwerferschiff, Sir!«

Allday blickte wieder zu Bolitho hin und sah erschrocken, daß dessen Augen vor Bewegung feucht waren.

»Gott sei Dank!« sagte Bolitho nur. Er streckte die Hand aus und faßte Alldays kräftigen Unterarm. »Dann schaffen wir es doch noch!« Er wandte sich ab, um sein Gesicht zu verbergen, und befahl: »Rufen Sie den Master. Neuer Kurs für das ganze Geschwader: auf den Bombenwerfer! Und dann –«, er fuhr sich mit den Fingern durchs Haar –, »dann werden wir weitersehen!«

Später, als die *Euryalus* schwerfällig durch den Wind ging und auf den schmalen Strich des Segels zuhielt, stand Bolitho reglos auf dem Achterdeck an der Reling. Sämtliche Offiziere waren ebenfalls da, blieben aber respektvoll auf der anderen Seite, unterhielten sich leise und stellten allerlei Spekulationen an.

Dann kam Broughton an Deck und trat neben Bolitho. Beiläufig und wie von fern fragte er: »Welcher ist es?«

Eben hißten Tothills Männer eine neue Reihe Flaggen; und Bolitho antwortete: »Nur der eine, aber das genügt.«

Verwirrt über diese unbestimmte Antwort starrte Broughton ihn an.

Da rief Tothill: »Signal, Sir, *Hekla* an Flaggschiff: ›Erbitte Instruktionen‹.«

Wieder spürte Bolitho, wie ihm die unterdrückte Gemütsbewegung, die Anspannung den Atem verschlug. Die *Hekla* war da! Irgendwie hatte es Inch geschafft, ohne Eskorte, sogar ohne das andere Werferschiff, zum Geschwader zu stoßen!

Ohne eine weitere Äußerung des Admirals abzuwarten, sagte er: »Signal: ›Kommandant sofort an Bord!‹«

Erst dann wandte er sich an den Admiral, und seine Augen waren wieder ganz ruhig. »Mit Ihrer Erlaubnis, Sir, möchte ich jetzt versuchen, unsere Mission auszuführen.« Er hielt inne, denn er sah, wie Broughton die Röte in die Wangen stieg. »Außer Sie ziehen es immer noch vor, sich mit Piraten zu verbünden?«

Mit offensichtlicher Anstrengung schluckte Broughton und erwiderte: »Kommen Sie mit dem Kommandanten der *Hekla* zu mir, sobald er an Bord ist.« Damit wandte er sich ab und schritt steif zur Kampanje.

Bolitho blickte auf seine Hände. Sie zitterten, sahen aber sonst ganz normal aus – einen Moment hatte er gedacht, sein altes Fieber bräche wieder aus, denn ihm war, als bebe er am ganzen Körper.

Doch es war nicht das Fieber. Es war etwas viel Stärkeres.

Keverne kam von der anderen Seite zu ihm und faßte grüßend an den Hut. »Komischer Kahn, Sir!« Unter Bolithos starrem Blick zuckte er zusammen. »Der Werfer, meine ich.«

Nun lächelte Bolitho; die Spannung lief ab wie Blut.

»Gerade jetzt der willkommenste Anblick, den ich seit langer, langer Zeit gehabt habe, Mr. Keverne.« Er zupfte an seinem durchgeschwitzten Hemd und schloß: »Ich gehe nach unten und ziehe mich um. Rufen Sie mich, sobald das Boot der *Hekla* heran ist. Ich möchte ihren Kommandanten persönlich begrüßen.« Damit ging er.

»Wissen Sie«, sagte Keverne versonnen, »ich glaube, ich werde unseren Kommandanten nie verstehen.«

Weigall an der Reling fuhr herum. »Was haben Sie gesagt?«

»Nichts.« Keverne ging auf die andere Seite. »Träumen Sie weiter, Mr. Weigall.«

Er blickte zum Fockmast hoch, wo Broughtons Flagge baumelte, und dachte über den Stimmungswechsel Bolithos nach. Aber anscheinend war das Warten vorbei – wenigstens etwas.

Nach der Ofenhitze des Tages war die Nachtluft beinahe eisig. Bolitho stand am Bug der Kommandantengig und gab Allday ein Handzeichen.

»Auf Riemen!« blaffte Allday. Mit einem Schlag hoben sich die Riemen tropfend aus dem Wasser, und das Gurgeln der schwindenden Bugwelle klang auf einmal sehr laut in der tiefen Stille.

Bolitho wandte sich um und spähte angestrengt nach achtern. Sie kamen auf; am Bug der beiden vordersten Boote schimmerte phosphoreszierendes Seegras. Hier und da fiel es wie weiße Federn von einem der umwickelten Riemen.

Da kam das erste Boot. Hände streckten sich vor, um ein geräuschvolles Aneinanderstoßen zu verhindern. Es war Leutnant Bickford. Er sprach dienstlich und so normal, als melde er seine Division zur Musterung. »Die anderen sind dichtauf, Sir. Wie weit ist es noch, Ihrer Ansicht nach?«

Die beiden Boote dümpelten in der Brandung, und Bolitho fragte sich, wie weit das Geschwader gekommen sein mochte, als der Wind schließlich zu einer schwachen Brise abgeflaut war. Den ganzen Tag über, während der Vorbereitungen für seinen Angriffsplan, hatte er darauf gewartet, daß der Wind einschlief; es war so etwas wie ein unerklärlicher Instinkt gewesen. Hätte es abgeflaut, bevor er fertig war, dann hätte der Plan verschoben, vielleicht sogar aufgegeben werden müssen.

»Noch ungefähr drei Kabellängen, glaube ich«, erwiderte er. »Jetzt geht's weiter, Mr. Bickford, also passen Sie gut auf.«

Ein neues Kommando, die Boote drifteten auseinander; und als die Riemen wieder arbeiteten, setzte sich Bolitho auf die Ducht und spähte nach Steuerbord voraus, wo der westliche Arm der Bucht zuerst in Sicht kommen würde, vorausgesetzt, daß er die Abdrift richtig beurteilt hatte.

Er zwang sich, den hektischen Nachmittag nochmals zu überdenken, um eine schwache Stelle in seinem kühnen Plan zu entdecken. Jedesmal hatte er Inchs Gesicht wieder vor Augen, hörte er seine Stimme in der Heckkajüte der *Euryalus*: eine Stimme, so müde und ausgelaugt wie die eines alten Mannes, nicht die des sechsundzwanzigjährigen Inch.

Es fiel ihm schwer, sich Inch so vorzustellen, wie er einst als Erster Offizier gewesen war, diensteifrig, aber subaltern, loyal, aber unerfahren; und noch schwerer fiel ihm das, wenn er sich vergegenwärtigte, was Inch jetzt für ihn getan hatte.

Ungeduldig hatte Inch in Gibraltar auf die Eskorte gewartet; er wußte genau, wie verzweifelt sie benötigt wurden. Doch schließlich war ihm klargeworden, daß er seine Eskorte nie bekommen würde. Da hatte er allen Mut zusammengenommen und war beim zuständigen Admiral um Erlaubnis vorstellig geworden, allein loszusegeln. Typischerweise hatte ihm der Admiral diese Erlaubnis unter der schriftlich festgehaltenen Bedingung erteilt, daß das Ganze unter Inchs eigener Verantwortung lief. Das zweite Werferschiff, die *Devastation*, hatte ebenfalls Anker gelichtet. Beide waren sie aus dem Schutz des Felsens von Gibraltar gesegelt; beide Kommandanten hatten ständig damit gerechnet, von patrouillierenden spanischen Fregatten angegriffen zu werden.

Als Inch seine Geschichte erzählte, hatte Bolitho daran denken müssen, was er selbst über dessen Glück gesagt hatte. Auch jetzt hatte Inch wieder Glück gehabt, denn kein einziges Schiff war in Sicht gekommen. Bis heute früh, als Inchs Ausguck eine schnell aus einer Nebelbank heraussegelnde spanische Fregatte gemeldet hatte. Bolitho zweifelte kaum daran, daß es dieselbe war, die schon die *Coquette* gesichtet hatte, und die höchstwahrscheinlich mit größter Eile die Nachricht von Broughtons Angriff auf Djafou nach Spanien brachte. Vielleicht hatte der Kommandant gedacht, die beiden sonderbaren kleinen Schiffe gehörten zu einem Verband, der ihn abfangen sollte. Sonst hätte er sie kaum angegriffen.

Inch hatte gefechtsklar gemacht und seine paar Mann auf Stationen befohlen. Der andere Werfer stand etwa eine halbe Meile vor ihm.

Unter Vollzeug hatte die Zweiunddreißiger-Fregatte gewendet, um den Windvorteil zu bekommen; gleich ihre erste Breitseite hatte die *Devastation* entmastet und eine Salve Schrapnell und Kettenkugeln über ihr Deck gefegt. Aber der kleine Werfer war kräftig gebaut, und seine Geschütze hatten ebenso energisch geantwortet. Inch hatte gesehen, wie mehrere Kugeln in den Rumpf des Feindes dicht an der Wasserlinie einschlugen. Doch eine zweite wütende Breitseite hatte die *Devastation* endgültig zum Schweigen gebracht.

Inch hatte für sein Schiff das gleiche erwartet; doch hatte er seine *Hekla* zwischen die Fregatte und den anderen Werfer manövriert und das Feuer eröffnet. Vielleicht hatte der spanische Kommandant damit gerechnet, Inch würde abdrehen und fliehen, nachdem er gesehen hatte, wie es seinem Begleitschiff ergangen war; oder vielleicht rechnete er auch damit, die Bramsegel der *Coquette* in voller Fahrt über der Kimm auftauchen zu sehen. Er hatte jedenfalls genug gehabt und abgedreht. Inch konnte Boote zu Wasser lassen und die Überlebenden des Schwesterschiffes, das gekentert war und sank, an Bord nehmen.

Es war Bolitho klar, daß Inch zwischen zwei höchst realen Gefühlen hin- und hergerissen war. Der Verlust der *Devastation* und des größten Teils ihrer Mannschaft bekümmerte ihn tief; hätte er nicht so gedrängt, läge sie immer noch unbeschädigt in Gibraltar vor Anker.

Doch als Bolitho skizzierte, was er in dieser Nacht vorhatte, da hatte er auch wieder etwas vom alten Inch gesehen: nämlich – als seine Haupteigenschaften, die er so sehr zu schätzengelernt hatte – bedingungsloses Vertrauen und Stolz.

Jetzt ankerte Inch mit der *Hekla*, seinem ersten selbständigen Kommando, hinter der gegenüberliegenden Landzunge, und sehr bald würde er etwas in der bisherigen Marinegeschichte völlig Neues probieren: den indirekten Beschuß. Mit Bolitho und seinem eigenen Stückmeister war er an der äußersten Spitze des schnabelförmigen Vorsprungs an Land gegangen, wo die Marine-Infanteristen in der glühenden Sonne wie tot herumlagen, und hatte eine sorgfältige Lageskizze der Festung aufgenommen. Bolitho hatte keinen Ton gesagt, um Inchs Konzentration nicht zu stören; er hatte mit höchstem Interesse zugesehen, wie gekonnt Inch dabei zu Werke ging. Entfernungen, Schußwinkel, Höhen wurden eingetragen; der Stückmeister hatte allerlei von Ladung, Pulvermengen und Zündung gemurmelt – zum Teil war es für Bolitho wie eine Fremdsprache gewesen.

Was Inch über sein komisches Schiff auch sagen oder denken mochte, auf jeden Fall schien er darauf seinen richtigen Platz gefunden zu haben. Es war nur zu hoffen, daß seine Treffsicherheit so groß war wie sein Eifer. Sonst wurden Bolithos Boote samt allen bewaffneten Matrosen in Stücke gschossen.

Hätte Inch seine Granatwerfer bei Tageslicht abfeuern können, so hätte er nicht den geringsten Zweifel gehabt, daß seine Berechnungen stimmten. Doch Bolitho wußte, daß die Verteidiger gewarnt waren und ebenfalls Vorbereitungen treffen würden. Noch mehr Zeit, von Menschenleben ganz zu schweigen, würde geopfert, wenn man bis zum nächsten Tage wartete; so wurde sein Vorschlag, einen Nachtangriff zu machen, einstimmig angenommen; nicht einmal Broughton hatte etwas dagegen gehabt. Bolitho wußte aus Erfahrung, daß man eine Küstenverteidigung am besten bei Nacht attakkierte. Schildwachen wurden müde, und nachts gab es gewöhnlich so viele unbekannte, seltsame Geräusche, daß ein Schatten mehr oder weniger, ein Knarren oder Quietschen nicht allzuviel Beachtung fand.

Und warum auch? Die Festung hatte schon manchem Angriff standgehalten. Das britische Geschwader hatte abgedreht und nur ein paar Seesoldaten dagelassen, die selbst sehen mußten, wie sie in dem Gestrüpp und den Klippen der Landzunge zurechtkamen. Man hatte also sehr wenig zu befürchten.

»Da ist die Landzunge, Captain«, zischte Allday. »An Steuerbord voraus!«

Bolitho nickte. Er konnte das undeutlich schimmernde Kollier weißen Gischtes am Fuß der Klippen sehen, auch die dunkleren Schatten, wo sich die zerrissene Bergkette auftürmte. Jetzt war es bald soweit.

Er versuchte, sich seine kleine Flottille möglichst deutlich zu vergegenwärtigen. Seine Gig und Bickfords Kutter würden als erste in die Bucht einfahren. Dann vier weitere Boote in gleichen Abständen. Eins unter Leutnant Sawle, mit einem großen Sack Schießpulver befrachtet, der, wie er dort zwischen den mißtrauisch gespannten Rudergasten lag, genau wie ein toter Riese auf der Fahrt zur Beerdigung aussah. Er war in gefettetes Leder eingenäht, mit einer von Fittock, dem Stückmeister der *Euryalus*, persönlich und liebevoll hergestellten Zündung versehen und mußte ein paar Minuten, bevor Inchs Mörser das Feuer eröffneten, in Stellung gebracht sein.

Bolitho wünschte, er hätte Keverne mit dabei. Aber der war als sein Stellvertreter an Bord wichtiger. Meheux war ein zu wertvoller Batterieführer und Weigall zu schwerhörig für eine Nachtaktion; so blieben also nur die jüngeren Leutnants für das Unternehmen. Er runzelte die Stirn. Was machte er sich da für Gedanken? Ein Leutnant, jeder Leutnant, der sein Offizierspatent wert war, mußte bei jedem Einsatz brauchbar sein.

Trotz seiner Nervosität mußte er lächeln und war dabei der Finsternis dankbar, die sein Gesicht verbarg. Er fing wahrhaftig schon an, so zu denken wie Broughton, und das war bestimmt nicht das Richtige.

Er dachte auch an Leutnant Lucey, den Fünften Offizier, der beim ersten Angriff auf die Festung so große Angst gehabt hatte. Der saß irgendwo achtern in einem anderen Kutter und wartete darauf, seine Männer durch eine Mauerbresche zu führen, ohne auch nur einen Schimmer von dem zu haben, was ihn dahinter erwartete.

Und Calvert – wie würde der wohl da drüben am Berg zurechtkommen? Als Bolitho erklärt hatte, wie die Marine-Infanteristen unter Hauptmann Giffard beim letzten Angriff über den Fahrdamm vorgehen sollten, war Broughton dazwischengefahren: »Calvert kann Hauptmann Giffard die Instruktionen überbringen – wird ihm guttun!« Und dabei hatte er seinen Flaggleutnant kalt und mitleidslos von oben bis unten gemustert.

Der arme Calvert war ganz verstört. Mit einem Midshipman und drei bewaffneten Matrosen als Bedeckung war er in der Dämmerung an Land gesetzt worden, um einen gefährlichen und mühsamen Marsch über die Berge zu unternehmen und der Marine-Infanterie ihren Gefechtsbefehl zu überbringen, die jetzt einsatzbereit sein mußte und darauf wartete, daß es losging. Giffard konnte dankbar sein, dachte Bolitho. Seine Männer hatten den ganzen Tag in der glühenden Sonne geschwitzt und gejapst, hatten nur ihre Marschverpflegung zum Essen und das bißchen Wasser in ihren Feldflaschen zum Trinken gehabt – sie waren sicher nicht in der Stimmung für halbe Maßnahmen.

Die Ruderpinne knarrte; träge hob sich das Boot über die kurzen, schnellen, kabbligen Wellen. Sie rundeten jetzt die Landzunge, und die Bucht öffnete sich, als ginge ein riesiger, pechschwarzer Vorhang auseinander.

Er hielt den Atem an. Und da war sie, die Festung. Wie ein bleicher Felsblock lag sie da, nur oben in den mächtigen Mauern war ein Fenster erleuchtet. Der Gegensatz zu den anderen dunklen Fenstern wirkte seltsam bedrohlich.

»Ganz leise, Jungs!« Er stand auf, spähte über die Ruderer hinweg, war sich der Geräusche von Boot und Wasser deutlich bewußt, auch der keuchenden Atemzüge der Männer und seines eigenen Herzschlages.

Die Strömung trug sie an die linke Seite des Forts; Gott sei Dank stimmte wenigstens eine seiner Berechnungen. Weit hinter dem Fort konnte er noch einen anderen, nadelspitzen Lichtpunkt ausmachen – vermutlich die Laterne der vor Anker liegenden Brigg. Mit einigem Glück würde Broughtons Geschwader noch vor Sonnenaufgang um ein weiteres, wenn auch kleines Fahrzeug stärker sein.

Er ließ sich auf ein Knie nieder und öffnete ganz vorsichtig den Schieber einer Blendlaterne. Nur den Bruchteil eines Zolls, und doch kam ihm das dünne Licht, das ein paar kurze Sekunden übers Wasser spielte, wie der Strahl eines mächtigen Leuchtturms vor.

Wieder stand er auf. Trotz der tiefreichenden Dünung draußen vor der Bucht, der weiten Fahrt unter den schweren Riemen und all der sonstigen irritierenden Verzögerungen waren sie genau planmäßig angekommen.

Die Festung lag jetzt schon viel näher, nur eine gute Kabellänge entfernt. Er glaubte, den dunkleren Schatten unter der Nordwestecke sehen zu können, wo der Eingang von See lag, der, wie es hieß, durch ein massives Fallgitter geschützt war. Dort würde nun sehr bald Fittocks Sprengladung liegen und den Weg für ihren Angriff freimachen.

Er knirschte mit den Zähnen, denn irgendwo achtern in einem der Boote klirrte es metallisch. Ein unvorsichtiger Matrose mußte mit seinem Entersäbel angestoßen sein. Aber nichts geschah; auch von den hohen, unzugänglichen Mauern ertönte kein Alarmruf.

Gott sei Dank, dachte er grimmig. Denn Broughtons Schiffe würden inzwischen weit von Land entfernt sein, und ohne richtigen Wind konnten sie nicht zu Hilfe kommen.

Etwas Weißes blitzte in der Dunkelheit auf; er dachte, es sei ein Ruderblatt, aber es war nur ein Fisch, der hochgesprungen war und klatschend ein paar Fuß vom Boot entfernt ins Wasser zurückfiel.

Als er wieder zur Festung hinsah, war sie schon ganz nahe. Er konnte in der Mauer die einzelnen Schießscharten unterscheiden und sogar die helleren Flecken, wo die Kugeln des Geschwaders ihre Spuren hinterlassen hatten.

»Auf Riemen!« Bickfords Boot glitt langsam an ihm vorbei, und die anderen schwärmten in sicherer Rufentfernung fächerförmig aus. Es war soweit.

Das einzige Boot, das noch unter Riemen fuhr, pullte stetig weiter. Leutnant Sawle stand aufrecht im Heck, eine zweite Gestalt, wahrscheinlich Mr. Fittock, der Stückmeister, stand gebückt neben ihm. Das war der wichtigste Teil der ganzen Aktion und außerdem eine Chance für Sawle, sich auf eine solche Weise auszuzeichnen, daß seine fernere Karriere in der Flotte gesichert sein würde, mochte er nun ein Leuteschinder sein oder nicht. Freilich hatte er eine ebenso gute Chance, in Stücke gerissen zu werden, wenn mit der Sprengladung etwas schiefging. Er war ein tüchtiger Offizier, aber wenn er heute nacht ums Leben kam, so würde das, dachte Bolitho, an Bord der *Euryalus* nur milde Trauer erregen.

»Nicht der erste, was, Captain?« murmelte Allday, und Bolitho wußte nicht: sprach er von dem möglichen Tod des Leutnants oder von dem nächtlichen Angriff überhaupt. Beides war möglich. Aber er hatte andere Dinge im Kopf.

»Wir haben noch fünf Minuten«, sagte er kurz.

Bickfords Leute ruderten jetzt rückwärts, damit das Boot nicht in der wirbelnden Strömung querschlug.

Wieder dachte er an Inch und stellte ihn sich an Bord der *Hekla* vor, wie er die letzten Vorbereitungen traf, um mit seinen gedrungenen Mörsern hoch über den Bergrücken der Landzunge zu feuern. Inch brauchte sich jetzt nicht mehr zu verbergen. Er konnte so viel Licht machen, wie er brauchte; in den Hügeln oberhalb seiner Position lagen die Marine-Infanteristen, die ihm nicht nur die Einschläge signalisieren, sondern ihn auch gegen unerwünschte Störer absichern würden.

›Komischer Kahn‹, hatte Keverne gesagt. Die *Hekla* war nicht viel mehr als eine schwimmende Batterie mit gerade genügend Segelfläche, um sie von einem Einsatzort zum anderen zu tragen. Lag sie in Schußposition, so wurde sie an Bug und Heck fest verankert. Durch Anholen oder Nachlassen der einen oder der anderen Trosse konnte Inch das Schiff und damit die Zwillingsmörser ohne viel Anstrengung in den gewünschten Schußwinkel bringen.

»Mr. Sawles Boot ist unter der Mauer, Captain«, sagte Allday gespannt.

»Gut.« Er mußte sich auf Alldays Angabe verlassen, denn das Boot war nur ein tieferer Schatten vor dem dunklen Loch des Eingangs.

Ein Midshipman, der zu Bolithos Füßen hockte, gähnte lautlos.

Das war vermutlich auch eine Art, gegen die Angst anzukämpfen. Gähnen war manchmal ein Zeichen dafür.

Beruhigend sagte er: »Jetzt ist es bald soweit, Mr. Margery. Sie übernehmen das Boot, sobald der Angriff beginnt.«

Der Midshipman nickte; eine laute Antwort traute er sich anscheinend nicht zu.

Allday erstarrte. »Da – unterhalb der Mauer fährt ein Boot, Captain!«

Bolitho sah die Gischt eintauchender Riemen – wahrscheinlich war die Garnison so vorsichtig gewesen, ein Wachboot patrouillieren zu lassen. Vermutlich sollte es nur einen Angriff auf die vor Anker liegende Brigg verhindern, aber im Moment war es so tödlich wie ein ganzes Regiment Leibwache.

Auf und ab schwangen die Riemen, tauchten mit ermüdender Gleichmäßigkeit ins Wasser, und an dem grünlichen Leuchten um den Bug war das Näherkommen des Bootes besser zu verfolgen als bei Tageslicht.

Jetzt hielt die taktmäßige Bewegung inne; die Ruderer hatten sich wohl auf die Riemen gelegt, um sich auszuruhen und sich von der Strömung weitertreiben zu lassen, bevor sie die nächste Runde ihrer Patrouille begannen.

»Jetzt müßte Mr. Sawle seine Ladung eigentlich gelegt haben«, murmelte Allday.

Und wie als Antwort auf seine leisen Worte sprühte es auf: ein Licht wie ein helles rotes Auge unter der Mauer – Fittock hatte die Lunte gezündet. Das Wachboot konnte es nicht sehen, weil die Mauerecke davor war; aber sobald Sawles Leute aus dem Mauerschatten traten, mußte Alarm gegeben werden.

Bolitho biß sich auf die Lippen. Jetzt preßten sich Sawles Männer gegen das große eiserne Gitter, warteten auf den Abzug des Wachbootes und hörten das gleichmäßige Zischen der Lunte. Halb unbewußt murmelte er: »Los, Mann! Macht, daß ihr wegkommt!« Aber nichts rührte sich an jenem dunklen Fleck bei der Mauer.

Da – ein prasselndes Krachen, Bolitho sah die Augen des ihm zunächst sitzenden Ruderers gelbrot aufleuchten, als starre der Mann in einen gespenstischen Sonnenaufgang. Es war der Reflex des Mündungsfeuers von einem der Mörser jenseits der Landzunge; er fuhr herum und hörte ein scharfes, kurz abreißendes Pfeifen wie von einem aufgestörten Moorhuhn. Die Explosion war ohrenzerreißend. An der entferntesten Ecke des Forts leuchtete es hell auf, eine weißliche Rauchwolke stieg hoch, dann war wieder Finsternis, und er schloß geblendet die Augen. Aber so viel hatte er wenigstens feststellen können: Inchs erster Schuß lag fast genau im Ziel. Er hatte die gegenüberliegende Brustwehr des Kastells getroffen oder mindestens die untere Mauer. Mit berstendem Krachen stürzte das Mauerwerk zusammen; kaltschend fielen große Brocken ins Wasser.

Wieder ein Krachen. Der nächste Schuß schlug etwa an derselben Stelle ein wie der erste. Stürzendes Mauerwerk, Rumpeln und Grollen; in dicken Bänken trieb der Rauch übers Meer.

Das Wachboot war in Qualm gehüllt, aber er hörte Geschrei in der Finsternis, und dann das plötzliche Gellen einer Trompete von der Festung her.

Der dritte Schuß der *Hekla* lag zu weit; er hörte splitterndes Krachen von Steinen und nahm an, daß er auf dem Fahrdamm oder auf dem Eiland unter den Mauern eingeschlagen hatte. Die Marine-Infanteristen würden mit ihren Blendlaternen der *Hekla* signalisieren, wie die Einschläge lagen, und dann konnte Inch vor dem nächsten Schuß Seitenrichtung oder Erhöhung entsprechend ändern.

»Mr. Sawle zieht jetzt ab«, sagte Allday erleichtert. »Verdammt knapp war das.«

»Mr. Bickford!« rief Bolitho. »Sagen Sie durch: Fertig machen zum Angriff!«

Jetzt brauchten sie nicht mehr leise zu sein. Der Krach bei den Festungsmauern konnte Tote wecken. Die Spanier eilten auf Gefechtsstationen. Vielleicht ahnten manche von ihnen, womit sie es zu tun hatten; andere wieder mochten vor Schreck über die unter Inchs Granaten erzitternden und einstürzenden Festungsmauern keines klaren Gedankens mehr fähig sein.

In diesem Moment explodierte Sawles Sprengladung. In einer großen Feuerzunge flog der untere Eingang in die Luft, eine kleine Flutwelle brach unter der Mauer hervor und riß Sawles Kutter, Heck voraus, mit sich fort; Männer und Riemen wurden in wirbelndem Durcheinander in die See geworfen wie ein Fangboot, das ein verwundeter Wal angreift.

Bolitho zog den Degen und winkte damit zu Bickford hinüber. In diesem Augenblick stürzte ein Stück der oberen Brustwehr in die Flammen, dazu eine Kanone auf eisernen Rädern und eine lange schwere Kette – vermutlich von der Zugvorrichtung des Fallgatters.

»Und jetzt, Jungs, zu – gleich!« Er fiel beinahe um, so schoß das Boot vorwärts; heißer Rauch wirbelte ihm um den Kopf, ein Zeichen der Kraft dieser letzten Detonation.

Der gekenterte Kutter glitt in der Dunkelheit vorbei, hier und da sah er ein bleiches Gesicht, um sich schlagende Arme, stoßende Beine – sie mußten die Explosion überlebt haben.

Dann aber, als das zerrissene Fallgatter wie ein gähnendes Maul mit verfaulten Zähnen in der Mauer klaffte, direkt vor dem Bug seines Bootes, vergaß er alles außer dem, was er jetzt unmittelbar zu tun hatte.

Eine Musketenkugel schlug ins Dollbord, und irgendwo ertönte ein Schmerzensschrei.

Er schwang den Degen überm Kopf und brüllte: »Pullt, Jungs!« Mit höchster Geschwindigkeit schoß die Gig durch den Rauch. Verkohlte Holzstücke trieben auf dem Wasser, und dann zwei grotesk geformte Heckpforten, wohl von alten Galeassen, mit denen das Kastell sich einst gegen Piraten verteidigt haben mochte. Riemen krachten gegen Holz und Stein; Bickfords Boot kam gefährlich dicht hinterher, ein Pistolenschuß von der Mauer über ihnen erhellte für den Bruchteil einer Sekunde die Ruderer.

»Auf Riemen!« Alldays Stimme ging fast im Krachen des Einschlags einer weiteren Granate unter. »Riemen ein!«

Jetzt trieb das Boot heftig kratzend an einem niedrigen Steg entlang und kam zum Stillstand. Ein Mann sprang ihnen aus der Dunkelheit entgegen, aber ein Matrose schoß auf kürzeste Entfernung seine Muskete auf ihn ab, er wurde herumgerissen und stürzte lautlos über die Kante des Steges ins Wasser.

Bolitho tastete sich auf nassem Stein vorwärts und versuchte dabei, sich den Grundriß dieses fremdartigen Ortes zu vergegenwärtigen, wie er ihn auf der Zeichnung gesehen hatte. Jetzt konnte er nicht mehr umdisponieren – zu spät, es sich anders zu überlegen.

Er deutete mit dem Degen auf die steinernen Stufen; brüllend wie Teufel rannten die Matrosen über den Steg. Was auch geschah, jetzt ging es nur noch vorwärts.

Er rannte die Stufen hinauf in den Rauch hinein; in seinem Hirn war nur wahnsinnige Kampfeswut, sonst Leere. Und Allday blieb an seiner Seite.

Die gebogene Steintreppe zur obersten Brustwehr kam Bolitho endlos vor. Atemlos stürmte er auf das offene Sims zu, wo der Rauch immer noch an den Sternen vorbeitrieb, und wo das Rufen und Schreien immer lauter wurde, einzelne Musketenschüsse krachten und über all dem Lärm mahnend ein Trompetensignal erscholl. Inchs Mörser schwiegen zur festgesetzten Minute, und wäre der Angriff nicht auch zeitlich so sorgfältig abgestimmt worden, hätte ein weiterer Schuß der *Hekla* die brüllend vorwärtsstürmenden Matrosen töten können, ehe sie auch nur ihr erstes Teilziel erreicht hatten.

Von unten, wo der Kutter am Steg auf Grund gelaufen war, hörte Bolitho ebenfalls Schreie und Kommandorufe, als die Boote eins nach dem anderen durch den zerstörten Eingang kamen und die Mannschaften sich in den Qualm stürzten, ehe die Fahrzeuge richtig festgemacht hatten.

Draußen, auf dem breiten Sims der Hauptbatterie, stand Allday an seiner Seite; er spürte die kühle Nachtluft im Gesicht. Er konnte den kleineren Mittelturm sehen, die eckigen, gedrungenen Formen der schweren Geschütze, hin und her laufende Gestalten, die aus allen Richtungen zu kommen schienen.

Die spanischen Soldaten hatten endlich erkannt, daß eine der betäubenden Detonationen, die sie aus dem Schlaf gerissen hatten, nicht von einem Mörser stammte. Jetzt strömten sie aus dem mittleren Turm, luden und schossen bereits im Laufen; ein Teil der Kugeln flog ohnmächtig in die Nacht hinaus, andere rissen vorwärtsstürmende Matrosen zu Boden. Auch aus dem Schatten unter der Brustwehr ertönten Schmerzensschreie.

Während Bolitho mit seinen Leuten die Stufen erstürmte und dabei fast über zwei ineinander verschlungene Tote gestolpert wäre, gab er Bickford ein Zeichen mit dem Degen.

»In den Turm! So schnell Sie können!«

Bickford antwortete nicht erst, sondern rannte blindlings über die offene Fläche. »Mir nach!« brüllte er seinen Männern zu, den Mund wie ein schwarzes Loch im kreideweißen Gesicht.

Bolitho blieb stehen und sah zu den Stufen hin. Wo blieb Lucey? Er hätte bereits hier sein müssen, um den Angriff zu unterstützen und den weiten Hof auf der anderen Seite des Kastells zu besetzen. Schüsse fuhren krachend und blitzend in die innere Mauer. Stahl klang auf Stahl, dazwischen kurze verzweifelte Schreie und Flüche.

Allday brüllte: »Das Wachboot ist hinter ihnen reingekommen, Captain!« Er deutete mit seinem Entersäbel in eine tiefe Scharte. »Mr. Luceys Jungs kämpfen mit ihnen!«

Schon kamen etliche von Luceys Männern die Stufen hinaufgerannt, während andere auf dem Steg, von oben nicht zu sehen, noch mit der Besatzung des Wachbootes im Handgemenge lagen.

Von irgendwoher kam ein heiseres Hurra; ein flaches Gebilde schob sich durch die Bresche, und Allday keuchte: »Da ist die Gig, Captain, und keinen verdammten Augenblick zu früh!«

Jetzt waren die Angreifer in der Überzahl; die Männer des Wachbootes, von zwei Seiten in die Zange genommen, warfen die Waffen weg, und ihre Stimmen gingen im Siegesgeschrei der Matrosen unter.

Aber die Verzögerung durch das Wachboot hatte wertvolle Minuten gekostet, die Bolitho gebraucht hätte, um rechtzeitig die andere Treppe zu erreichen, welche in den Festungshof führte. Schon als er seine Männer einwinkte, sah er die Mündungsfeuer einer geschlossenen Reihe von Musketen, hörte eine Kugel dumpf in Muskeln und Knochen schlagen und neben sich einen Aufschrei. Der Vorstoß der Matrosen stockte; einige blieben auf den Stufen stehen, obwohl Männer aus den Booten nachdrängten.

»Los, Allday!« befahl Bolitho. »Jetzt oder nie!«

Allday schwang seinen Entersäbel und brüllte: »Recht so, Jungs! Stoßt die Tür zu den blöden Ochsen auf!«

Und wieder stießen sie vor. Ein Mann neben Bolitho sank mit einem Schrei zu Boden – der Ladestock einer Muskete stak in seinem Hals. Der Schütze mußte durch den Blitzangriff so durcheinander gewesen sein, daß er vergessen hatte, ihn nach dem Laden herauszuziehen.

Von überallher kamen ihnen jetzt plötzlich Soldaten entgegen, aus allen Ecken, von jeder Richtung. Und in der nächsten Sekunde klang Stahl auf Stahl im Kampf Mann gegen Mann. Sie hieben in der Dunkelheit um sich, mancher stürzte in das Blut seines Kameraden, ein spanischer Offizier hatte einen brüllenden Matrosen niedergehauen und kam auf Bolitho zugerannt. Bolitho riß seine Pistole aus dem Gürtel und drückte ab. Im hellen Mündungsfeuer sah er, wie die Schädeldecke des Offiziers barst und die Wand hinter ihm mit Blut und Hirn besprühte.

Lucey rannte an ihm vorbei, tränenüberströmt, aber mit zusammengebissenen Zähnen, von der wilden Kampfgier seiner Matrosen mitgerissen.

»Da ist die Treppe!« schrie Allday und hieb mit seinem Entersäbel nach einem Mann, der an der Mauer kniete. Vielleicht wollte er seine Muskete laden oder sich auch nur beim Aufstehen auf sie stützen, weil er verwundet war. Ohne einen Laut sank er tot zu Boden.

Im hinteren Teil des Hofes brannte eine Laterne; und als sie halb laufend, halb fallend die Treppe herunterkamen, sah Bolitho, daß sich dort eine Abteilung Soldaten zum Widerstand formierte. Manche waren nur halb bekleidet; andere mit Staub und Mauerbrocken vom Bombardement der Mörser bedeckt, so daß sie aussahen wie Müllersknechte.

Ein Offizier riß seinen Degen abwärts, und eine Salve krachte aus den schwankenden Musketen. Mehrere britische Matrosen stürzten verwundet zu Boden, aber die Soldaten hatten schlecht gezielt, und zu einer zweiten Salve blieb ihnen keine Zeit mehr.

Wieder wurde Mann gegen Mann gekämpft, Blut spritzte über Sieger und Besiegte gleichermaßen, niemand dachte an etwas anderes als an Töten und Überleben.

Aus dem Augenwinkel sah Bolitho Midshipman Dunstan, der die Gig gesteuert hatte und jetzt seine Abteilung um die Rundung der Mauer zum massiven Doppeltor führte. Ein Soldat sprang auf ihn zu, stieß ihm die Mündung der Pistole direkt vor die Brust und drückte ab. Aber es war ein Versager, und ehe der unglückselige Spanier zurückspringen konnte, wurde er von einem untersetzten Stückmeistersmaaten niedergehauen und erhielt noch mehrere Säbelhiebe von den brüllend vorstürmenden Matrosen.

»Sehen Sie, Captain!« keuchte Allday. »Mr. Bickford hat den inneren Turm genommen!« Weiß glänzten seine Zähne im emporgereckten Gesicht, und Bolitho sah, daß jemand auf der oberen Brustwehr eine Laterne schwenkte – noch vor ein paar Stunden hatte dort oben die spanische Flagge höhnisch geweht.

In diesem Moment sprangen die Tore auf; Bolitho rannte über den unebenen Hof und erkannte zu seinem Schrecken: hinter dem Tor war niemand.

»Jesus«, sagte Allday, »wo sind die verdammten Bullen?«

Noch mehr spanische Soldaten kamen aus dem anderen Tor am Fuße der inneren Mauer gerannt; auf ein lautes Kommando eröffneten sie das Feuer über die Köpfe ihrer versprengten Kameraden hinweg. Dann stürzten sie sich mit aufgepflanzten Bajonetten auf die Angreifer.

Bolitho hob den Degen. »Standhalten, Jungs!« Seine Stimme riß die Männer herum, und er war überrascht, daß sie so fest klang. Und doch drehte sich alles in seinem Kopf, weil Giffards Marine-Infanteristen nicht da waren und seine kleine Truppe bereits gespalten war. Bickford hielt den inneren Turm, aber solange sich die untere Garnison und der Hof nicht in ihren Händen befanden, war er eher Gefangener als Sieger.

Keuchend, brüllend, wie wütende Dämonen prallten die schattenhaften Gestalten aufeinander. Die Matrosen mit den Enterpiken waren den Bajonetten gewachsen, doch die, welche nur Säbel hatten, waren dem Tode geweiht; ihre blutenden Leiber wurden nur noch durch den Druck der Kämpfenden aufrecht gehalten.

Bolitho führte einen Hieb zum Hals eines Soldaten, dessen Gesicht sich im Todeskampf zu einer grotesken Maske verzerrte, ehe er unter der schwankenden, um sich hauenden Masse der Männer verschwand. Ein anderer versuchte, ihn mit seinem Bajonett über die Schulter eines Kameraden zu erreichen, doch eine Pike stach zu, und er stürzte zu Boden.

Aber die Linie wankte. Als Bolitho versuchte, sich zum anderen Ende der schwankenden Reihe seiner Matrosen durchzukämpfen, hörte er einen furchtbaren Schrei und sah Leutnant Lucey auf dem Bauch liegen, über sich einen riesigen Spanier mit erhobener Muskete. Im Schein der Laterne glänzte das Blut am Bajonett, ehe der Mann zum zweiten Mal mit aller Kraft zustieß – und obwohl der Soldat einen Fuß auf den Rücken des Leutnants stemmte, konnte er die Klinge nicht herausziehen.

Aber Lucey lebte noch, er schrie wie eine Frau in den Wehen.

»Um Gottes willen!« keuchte Allday und sprang über den schmalen Streifen Kies; ehe der Soldat wußte, was ihm geschah, schnitt ihm Alldays schwerer Entersäbel in blitzendem Bogen quer durchs Gesicht, und sein gurgelnder Schrei übertönte das Knirschen der Klinge auf Fleisch und Knochen.

Aber es hatte keinen Zweck mehr. Bolitho wischte sich die Augen mit dem Ärmel, schlug den Säbel eines Soldaten zur Seite, riß ihn mit herum und stieß ihm den Degen dicht unter der Achselhöhle in die Brust. Sein Degen kam ihm so schwer vor, daß er ihn kaum noch heben konnte; verzweifelt sah er, wie jenseits des Tores zwei bezopfte Matrosen die Hände hoben, um sich zu ergeben.

In diesen kurzen Sekunden stand ihm klar vor Augen, warum sie überhaupt hier waren: seines persönlichen Stolzes oder ganz einfach seiner Eitelkeit wegen. All diese Männer, die von ihm abhingen, waren tot oder schwer verwundet. Bestenfalls würden sie auf spanischen Galeeren elend zugrunde gehen oder in einem Gefängnis verfaulen.

Auch die spanischen Truppen hielten jetzt inne und zogen sich dann auf einen weiteren Kommandoruf zurück. Sie ließen die Toten und die zuckenden, sich windenden Blessierten in der Mitte des Hofes liegen und formierten sich zu den urprünglichen Linien, wobei sie noch Verstärkung aus der unteren Festung bekamen.

Erschöpft senkte Bolitho den Degen und musterte, was von seinen Leuten noch übrig war. Atemlos keuchend klammerten sie sich aneinander, um sich gegenseitig zu stützen, und warteten stumpf wie Verurteilte auf ihre Hinrichtung. Und eine Hinrichtung würde es werden, wenn er sich nicht sofort ergab.

Doch da hörte er wie aus einer anderen Welt einen heiseren Befehl: »Erstes Glied – niederknien!« Im ersten Augenblick bildete er sich ein, da gäbe ein spanischer Offizier sein Kommando auf Englisch, um es noch schlimmer für sie zu machen.

»Ziel erfassen!« tönte es weiter. Der eigentlich Feuerbefehl ging im Krachen der Musketen unter, und Bolitho konnte nur auf die Reihen der spanischen Soldaten starren, die unter der tödlichen Salve taumelnd hinsanken.

Aber es war Giffards Stimme! Tausendmal hatte Bolitho sie auf dem Achterdeck beim Exerzieren und bei militärischem Zeremoniell gehört. Der dicke, bombastische, wichtigtuerische Giffard, der Mann, der nichts lieber tat, als seine Seesoldaten vorzuführen. So wie jetzt.

Seine Stimme schmetterte wie eine Trompete, und obwohl er hinter einem Torbogen stand, meinte Bolitho, ihn ganz deutlich vor Augen zu sehen.

»Marine-Infanterie zur – Attacke! Das Zentrum, Laufschritt marsch – marsch!«

Und dann war alles so schnell vorbei wie ein Alptraum. Die Marine-Infanteristen standen in tadelloser Uniform, die Bajonette tödlich glitzernd im Laternenlicht, das Lederzeug kreideweiß gegen die schattenhafte Umgebung. Hinter ihnen folgte das zweite Glied, lud in präzisem Gleichmaß die abgeschossenen Musketen, und Boutwood, der Feldwebel, stampfte mit seiner Halbpike den Takt dazu.

Musketen klirrten aufs Kopfsteinpflaster, und fast dankbar drängten sich die Spanier auf den Stufen zusammen; aller Kampfgeist war von ihnen gewichen.

Giffard knallte die Hacken zusammen. »Abteilung – halt!« Dann machte er kehrt und hob mit einem Schwung, der König George selbst begeistert hätte, den Degen auf Nasenhöhe.

Es war auf einmal ganz still, und wiederum gruben sich Bolitho ein paar besondere Details ins Bewußtsein – wie Teile eines Teppichmusters: Giffards knarrende Stiefel. Sein nach Rum riechender Atem. Ein verwundeter Matrose, der ganz langsam, wie ein Vogel mit zerschossenen Flügeln, in den Lichtkreis der Laterne kroch.

»Bitte melden zu dürfen«, bellte Giffard, »Marine-Infanterie zur Stelle! Keine Verluste, alles planmäßig!« In sausendem Bogen senkte sich sein Degen. »Erbitte weitere Instruktionen, *Sir*!«

Sekundenlang sah Bolitho ihm in die Augen. »Danke, Hauptmann Giffard. Aber hätten Sie mit Ihrem Angriff nur noch ein bißchen länger gewartet, dann wäre Ihnen, fürchte ich, das Tor wieder vor der Nase zugeschlagen worden.«

Giffard wandte den Kopf nach seinem Leutnant, der die Übernahme der Gefangenen beaufsichtigte. »Hörte Detonationen, Sir. Sah Musketenfeuer auf Brustwehr und habe – äh – zwei und zwei zusammengezählt.« Es klang etwas beleidigt. »Konnte Sie das Fort doch nicht allein erobern lassen, ohne meine Marine-Infanterie, Sir. Waren schließlich den ganzen Tag da draußen in der blutiggottverdammten Sonne!«

»Was denn – Sie haben keinen Angriffsbefehl bekommen?«

Er schüttelte den Kopf. »Nichts. Hörten Musketenfeuer unten am Strand, aber da ist alles voll lausiger Marodeure. Mußte sogar heute nachmittag einen hängen lassen. Wurde lästig, wollte unsere Rationen klauen!«

»Aber Leutnant Calvert sollte doch zu Ihnen stoßen und Sie über unseren Angriff informieren.«

Giffard zuckte die Achseln. »In Hinterhalt geraten, wahrscheinlich.«

»Wahrscheinlich.« Bolitho versuchte, nicht an Calverts Angst zu denken.

Giffard musterte die erschöpften, keuchenden Matrosen. »Sie haben's ja anscheinend auch ohne unsere Hilfe ganz gut geschafft, Sir.« Er grinste. »Aber wenn's wirklich ernst wird, sind richtige Disziplin und kalter Stahl das Allerbeste!«

Bolitho blickte zu den Mauern empor – fast jedes Fenster, jede Schießscharte war erleuchtet. Bis Sonnenaufgang gab es noch eine Menge zu erledigen. Er rieb sich die Augen und merkte dabei, daß er seinen Degen noch immer fest in der Hand hielt. Die Finger taten ihm richtig weh, als er die Klinge in die Scheide steckte. So weh, als könnten sie den Griff nie mehr loslassen.

»Sichern Sie die Gefangenen«, sagte er, »und lassen Sie die Verwundeten in die unteren Räume schaffen. Bei Sonnenaufgang kommen die *Hekla* und die *Coquette* in die Bucht, und bis dahin ist noch ungeheuer viel zu tun.«

Klirrend lief Bickford die Stufen hinunter und faßte an den Hut. »Kein Widerstand mehr, Sir.« Da sah er den toten Lucey, aus dessen Rücken immer noch das Bajonett ragte, als wäre er an den Erdboden genagelt. »Mein Gott!« flüsterte er mit bebenden Lippen.

»Sie haben Ihre Sache gut gemacht, Mr. Bickford.« Langsam ging Bolitho zur Treppe, innerlich noch gespannt wie die Abzugsfeder einer Pistole. »Da Sie jetzt der einzige überlebende Leutnant sind . . .«

Bickford schüttelte den Kopf. »Nein, Sir. Mr. Sawle ist in Sicherheit. Ihre Kommandantengig hat ihn und Mr. Fittock aufgenommen.«

Bolitho wandte sich um und blickte auf den toten Lucey herab. Merkwürdig, daß in dieser Welt immer die Sawles überlebten, während andere . . . Er riß sich aus seinen Grübeleien und befahl kurz: »Kümmern Sie sich um die Verwundeten. Dann die Boote zurückrufen! Die ankernde Brigg sorgfältig bewachen, damit sie nicht in der Nacht entwischt!«

»Man hat sie vielleicht angebohrt, Sir.«

»Glaube ich nicht. Hier in Djafou? Das einzige Schiff, das sie haben?«

Irgend etwas hielt ihn immer noch hier, auf diesen blutbespritzten Stufen, und er sollte doch schon längst drinnen sein, in der Festung. Er mußte mit dem Garnisonkommandeur sprechen und zahllose andere Einzelheiten erledigen, ehe das Geschwader kam.

Giffard schien seine Gedanken zu lesen. Und das war ebenfalls merkwürdig, denn nie hatte Bolitho ihm irgendwelches Einfühlungsvermögen zugetraut. »Soll ich ein paar Mann losschicken und Leutnant Calvert suchen lassen, Sir?« Er wartete auf Antwort und wiegte sich in knarrenden Stiefeln. »Einen Halbzug hätte ich allenfalls für ein paar Stunden übrig.«

Bolitho stellte sich Calvert mit seinen vier Begleitern vor – irgendwo in der Finsternis, verschreckt, hilflos. Besser wären sie tot, als daß sie den marodierenden Beduinen in die Hände fielen, von denen Draffen gesprochen hatte.

»Dafür wäre ich Ihnen dankbar. Aber setzen Sie das Leben Ihrer Leute nicht sinnlos aufs Spiel, Hauptmann Giffard«, schloß er widerstrebend.

Der Marine-Infanterist erwiderte gravitätisch: »Meine Leute tun, was befohlen wird, Sir.« Dann grinste er, als amüsiere er sich über seine eigene Angeberei. »Ich schicke sie sofort los.«

Im mittleren Turm befanden sich vor allem die Unterkünfte der Offiziere, von denen drei ihre Frauen bei sich hatten. Während Bolitho vorsichtig über Steinbrocken, allerlei persönliche Habe, Kleidungsstücke und dergleichen nach oben stieg, fragte er sich, was eine Frau in der Gluthitze von Djafou wohl für ein Leben führen mochte.

Das Quartier des Kommandeurs befand sich ganz oben und hatte Ausblick über die Bucht und den schnabelförmigen Landvorsprung.

Er saß in einem hochlehnigen Sessel und wollte aufstehen, als Bolitho, gefolgt von Allday, ins Zimmer trat. Er trug einen elegant gestutzten grauen Bart, aber sein Gesicht hatte die Farbe ausgeblaßten Pergaments; wahrscheinlich hatte er mehrere schwere Fieberattacken hinter sich. Er war ein alter Mann mit runzligen Händen, die kraftlos auf den Armlehnen des großen Sessel ruhten, und hatte diesen Kommandeursposten vermutlich bekommen, weil niemand, auch er selbst nicht, ihn haben wollte.

Glücklicherweise sprach er gut englisch. Seine leise, kultivierte Stimme wirkte in dieser grimmen, kompromißlosen Umgebung fehl am Platze.

Bolitho hatte bereits von Bickford gehört, daß er Francisco Alava hieß und früher Oberst bei den Leibdragonern Seiner Katholischen Majestät des Königs von Spanien gewesen war. Und jetzt hatte er bis zu seinem Todestag die trübseligste Garnison in der Kette der spanischen Mittelmeerbesitzungen befehligen sollen. Bolitho nahm an, daß er einmal einen geringfügigen Bruch der Etikette begangen oder sich sonstwie falsch benommen hatte und deswegen auf diesen Posten abgeschoben worden war.

»Es wäre mir angenehm, wenn Sie mir Ihr Quartier für den Augenblick überlassen würden, Colonel Avala«, sagte Bolitho höflich.

Zitternd hoben sich die beiden Hände und fielen auf die Armlehnen zurück. Krankheit, Alter, die schrecklichen Detonationen von Inchs Mörsern hatten seinen an sich schon geringen physischen Reserven hart zugesetzt.

»Dank für Ihre Humanität, Captain«, entgegnete er. »Als Ihre Soldaten erschienen, fürchtete ich, sie würden alle meine Leute abschlachten.«

Bolitho lächelte grimmig. Giffard hätte bestimmt dagegen protestiert, daß man seine Marine-Infanteristen einfach »Soldaten« nannte. Er erwiderte: »Bei Tageslicht werden wir sehen, was sich tun läßt, um die Verteidigungsanlagen wieder instand zu setzen.« Er trat an eins der offenen Fenster und blickte auf die dunkle, wirbelnde Strömung unter der Festung. »Ich erwarte in Kürze weitere Schiffe. Eins davon müssen wir trockenfallen lassen, um Schäden zu reparieren.« Er schwieg einen Moment und drehte sich dann so scharf um, daß selbst Allday zusammenfuhr. »Sie kennen es vielleicht, Colonel – die *Navarra*?«

Nur für den Bruchteil einer Sekunde sah er Beunruhigung in den Augen des alten Mannes aufblitzen. Dann zuckten die Hände, und er nahm sich zusammen.

»Nein, Captain.«

Bolitho wandte sich wieder zum Fenster. Er lügt, dachte er, und das ist so gut wie der Beweis, daß dieses gottverlassene Felsennest tatsächlich Witrands Ziel gewesen war. Vermutlich war die Brigg dort unten das Schiff, das ihn auf hoher See hatte abholen sollen.

Aber für diese Dinge war später noch Zeit. Inzwischen konnte sich der Kommandeur überlegen, was jetzt, nachdem das Fort gefallen war, für seine eigene Sicherheit ausschlaggebend war.

Er nickte Bickford zu. »Eskortieren Sie ihn in den Nebenraum und halten Sie die anderen Offiziere von ihm getrennt.«

Der Kommandeur hinkte durch eine Tür, und von der anderen Seite kam Sawle herein. Sein Hemd war durchweicht und zerrissen, den Uniformrock trug er leger über dem Arm.

»Sie haben Ihre Aufgabe sehr gut gelöst.« Bolitho sah ein neuartiges Licht in den Augen des Leutnants aufblitzen: etwas wie gebändigte Wildheit oder das aus einer gefährlichen Tat geborene Selbstvertrauen. Er hatte mehr Angst davor gehabt, seine Angst zu zeigen, als Angst vor der eigentlichen Gefahr; und nun, da er noch lebte, würde er Anerkennung und mehr erwarten.

»Danke, Sir«, antwortete Sawle und versuchte gar nicht erst, diese neue Arroganz zu verbergen, die sein Erfolg in ihm ausgelöst hatte. »Es war leicht.«

Das kommt dir nur so vor, weil es jetzt vorbei ist, mein Freund, dachte Bolitho. Laut sagte er: »Melden Sie sich bei Mr. Bickford; er gibt Ihnen weitere Instruktionen.«

Allday sah Sawle nach und murmelte fast unhörbar: »Rindvieh!«

Ohne ihn anzusehen, befahl Bolitho: »Gehen Sie hinaus und kümmern Sie sich um Mr. Lucey.« Dann sank er in den Sessel des Kommandeurs. Ihm war, als trügen ihn seine Beine nicht mehr. »Sehen Sie auch zu, ob Sie was zu trinken finden. Ich bin ganz ausgedörrt.«

Als er allein war, starrte er in dem düsteren Raum umher. Eines Tages vielleicht, nach einer schwerer Krankheit oder weil er zum Krüppel geschossen war, würden sie auch ihn auf so einen Außenposten abschieben. Wo er großartig Gouverneur hieß, würde er den Rest seiner Tage hinbringen und versuchen, seine Verbitterung, seine Sehnsucht nach einem Schiff aus der Heimat vor seinen Untergebenen zu verbergen.

Er merkte, daß ihm die Augen zufielen. Und ohne daß er ihn gehört hatte, war Giffard hereingekommen. »Meine Männer haben Mr. Calvert gefunden, Sir«, berichtete er, und ihm schien nicht wohl dabei zu sein. »Er hatte sich verirrt und war angeblich ganz durcheinander.«

»Und seine Leute?«

»Keine Spur von den drei Matrosen, Sir. Den Midshipman trug er auf dem Rücken, doch der war schon tot.« Müde zuckte er die Schultern.

»Wer war das?«

»Mr. Lelean, Sir.«

Bolitho rieb sich die Augen, um die ziehende Müdigkeit und Erschöpfung loszuwerden. Lelean? Welcher war das?

Dann fiel es ihm ein: Keverne beugt sich über das Geländer, um seine Befehle an die Batteriedecks weiterzugeben. Drei eifrige Midshipmen und eins der nach oben gerichteten Gesichter voller Pickel: Lelean. Fünfzehn Jahre war er geworden.

»Sagen Sie Mr. Calvert, er soll sich bei mir melden. Ich will ihn allein sprechen.« Er sah Giffard bedeutsam in das rote Gesicht.

Allday erschien mit einem großen Glaskrug, der bis zum Rand

mit dunkelrotem Wein gefüllt war. Er war sehr herb, aber im Moment schmeckte er besser als der beste Bordeaux des Admirals.

»Mr. Calvert ist hier, Captain«, sagte Allday.

»Holen Sie ihn rein und warten Sie draußen.« Allday ging; das paßte ihm keineswegs, wie Bolitho an seinem steifen Rücken sah.

Calvert schwankte vor Erschöpfung, und als er vor Bolitho stand und ihn teilnahmslos anstarrte, sah er aus, als wolle er jeden Moment umfallen.

»Sachte, Mr. Calvert. Trinken Sie einen Schluck Wein. Das wird Sie erfrischen.«

Calvert schüttelte den Kopf. »Ich möchte lieber berichten, Sir.« Er schauderte. »Ich kann an nichts anderes denken.«

Mit seltsam flacher Stimme, nur gelegentlich von tiefem Schaudern unterbrochen, erzählte er seine Geschichte.

Von dem Moment an, als das Boot ihn abgesetzt hatte, war alles schiefgegangen. Die drei Matrosen hatten absichtlich jeden seiner Befehle mißverstanden; wahrscheinlich wollten sie einmal selbst die Unfähigkeit des Leutnants ausprobieren, über die im ganzen Schiff geredet wurde.

Midshipman Lelean hatte versucht, Disziplin zu halten, aber als er sah, daß Calvert nicht imstande war, mit drei gewöhnlichen Matrosen fertig zu werden, hatte er den Mut verloren.

Sie waren landeinwärts marschiert, hatten des öfteren Pause gemacht, weil sich immer der eine oder der andere Matrose über wunde Füße oder dergleichen beklagte. Calvert hatte sich mit der ungenauen Karte herumgeplagt und versucht abzuschätzen, wie weit sie noch von dem vorgeschobenen Posten der Marine-Infanterie entfernt waren.

»Dann habe ich mich verirrt«, sagte er leise. »Lelean versuchte, mir zu helfen, aber er war ja nur ein Junge. Als ich nicht wußte, wo wir waren, machte er mir Vorwürfe und sagte, ich *müßte* es doch wissen.« Er machte eine vage Handbewegung. »Dann kam der Überfall. Lelean wurde von einer Musketenkugel getroffen, zwei Matrosen waren gleich tot. Der dritte lief weg, ich habe ihn nicht wiedergesehen.«

Bolitho blickte ihm forschend in das zu Tode erschöpfte Gesicht, in dem sich noch die Schrecken dieser Nacht, der Konfrontation mit blitzschnellem Tod, widerspiegelten. Wahrscheinlich waren es Berber gewesen, die wie Schakale lauerten, ob bei den Kämpfen zwischen Engländern und Spaniern etwas für sie abfiel.

Calvert berichtete weiter: »Ich habe Lelean meilenweit getragen. Manchmal versteckten wir uns im Buschwerk und hörten sie sprechen. Und lachen.« Seine Stimme brach, und er schluchzte: »Und die ganze Zeit sagte Lelean immer wieder, er wüßte ganz bestimmt, daß ich ihn in Sicherheit bringen würde.« Mit seinen verschleierten, blicklosen Augen sah er Bolitho wieder an. »Er hat sich auf mich verlassen!«

Bolitho stand auf und goß Wein aus dem Krug in einen Becher. Er drückte ihn Calvert in die Hand und sagte leise: »Wo waren Sie, als die Marine-Infanterie Sie fand?«

»In einer Felsenspalte.« Der Wein lief an seinem Kinn hinunter und auf das schmutzige Hemd. Wie Blut. »Lelean war schon tot. Die Verwundung mußte schlimmer gewesen sein, als ich dachte. Ich wollte ihn nicht einfach so liegen lassen. Er war der erste, der mir etwas zugetraut hat. Ich wußte ... Ich dachte, kein Mensch würde mich suchen kommen. Da lief doch der Angriff ... all das hier ...«

Bolitho nahm ihm das leere Glas aus den schlaffen Fingern. »Ruhen Sie sich aus. Morgen kommt Ihnen vielleicht alles ganz anders vor.« Die Augen dieses Mannes! Morgen? Es war ja schon morgen ...

Calvert riß sich zusammen. »Ich werde es Ihnen nie vergessen, daß Sie mich suchen ließen.« Doch da war es mit seiner Fassung auch schon vorbei. »Ich konnte ihn doch nicht einfach so liegenlassen. Er war doch bloß ein Kind ...«

Broughtons schneidender Kommentar »Wird ihm guttun« klang Bolitho auf einmal in den Ohren, so deutlich, als ob er hier im Raum gesprochen würde. Nun – vielleicht hatte der Admiral schließlich doch recht gehabt.

Ernst erwiderte er: »Viele gute Männer sind heute gefallen, Mr. Calvert. Es ist an uns, dafür zu sorgen, daß sie nicht umsonst gestorben sind.« Und nach einer kleinen Pause: »Und auch dafür, daß Leleans Vertrauen nicht enttäuscht wird.«

Noch lange nachdem Calvert gegangen war, saß Bolitho zusammengesunken im Sessel. Was war mit ihm los, daß er Calvert auf solche Weise tröstete? Calvert war unbrauchbar und würde sich wahrscheinlich niemals ändern. Er kam aus einem sozialen Klima, dem Bolitho grundsätzlich mißtraute und gegen das er oft genug Abscheu empfunden hatte.

War es wegen des toten Midshipman? Konnte er sich solche

Empfindsamkeit leisten in einem Krieg, der alle Grenzen der Vernunft sprengte und alle traditionellen Gefühle beiseite ließ? Oder identifizierte er Lelean mit Adam Pascoe, seinem Neffen? Wäre es Calvert gegenüber fair gewesen, ihm obendrein Vorwürfe zu machen, daß er in seinem Versteck geblieben war, während er im tiefsten Innern genau wußte, er selbst hätte sich ebenso verhalten, wenn Adam da draußen tot in einer unbekannten Felsenspalte gelegen hätte?

Als das erste Morgengrauen zögernd das Zimmer des Kommandeurs erhellte, saß Bolitho immer noch im Sessel, im Erschöpfungsschlummer dämmernd, ab und zu von neuen Zweifeln und Problemen aufgeschreckt.

Bickford war bereits wach. Er stand oben auf dem mittleren Turm und spähte in den grauenden Morgen. Nach einer Weile konnte er es nicht länger aushalten und winkte einem in der Nähe stehenden Matrosen. »Na, ist es jetzt hell genug?« Der Leutnant grinste übers ganze Gesicht und konnte gar nicht aufhören zu grinsen – seinen Anteil an der Aktion hatte er geleistet, und er lebte noch. »Hiß die Flagge, Mann! Wenn die *Coquette* das sieht, macht sie Männchen wie ein Hund!«

Um Mittag stieg Bolitho auf den Hauptturm und betrachtete, über die Brustwehr gebeugt, den Betrieb in der Bucht. Gleich nach Sonnenaufgang war die *Coquette*, gefolgt von Inchs *Hekla*, durch den engen Kanal unterhalb der Festung gekommen, und eine Stunde später die angeschlagene, stark schrägliegende *Navarra*. Geschäftig pullten die Boote zwischen der Küste und den Schiffen, von den Außenposten der Marine-Infanterie auf der Landzunge und den Wachen auf dem Fahrdamm hin und her; man konnte leicht vergessen, wie öde und leer es noch am Vortag dort gewesen war.

Er setzte das Teleskop an und suchte über dem vor Anker liegenden Bombenwerfer hinweg nach Leutnant Bickford, der mit seiner Abteilung zwischen den niedrigen Gebäuden bei den Ausläufern der Bucht rekognoszierte. Giffard hatte bereits gemeldet, daß das Dorf – denn viel mehr war es nicht – völlig verlassen sei. Die Fischerboote, die sie bei der ersten Attacke gesichtet hatten, waren nur noch Wracks und seit Monaten nicht mehr benutzt. Überbleibsel aus der Vergangenheit, wie dieses ganze Geisterdorf.

Die einzige gute Beute war jene kleine Brigg, die *Turquoise*. Sie war ein Handelsschiff, nur mit ein paar unmodernen Vierpfündern und Drehbassen bewaffnet, aber sonst neu ausgerüstet, ein sehr nützlicher Zuwachs auf der Flottenliste. Sie würde ein hübsches Kommando für einen jüngeren Offizier abgeben. Bolitho war entschlossen, dafür zu sorgen, daß Keverne sie bekam – das war nur gerecht.

Er schwenkte das Glas etwas und beobachtete, wie die *Navarra* dichter an die Küste verholt wurde. Der Steuermannsmaat, der als Prisenkommandant fungierte, hatte so schnell er konnte Segel gesetzt, sobald er die britische Flagge über dem Kastell wehen sah. Die provisorischen Reparaturen hielten nicht mehr, und er hatte gerade noch Djafou erreichen können, bevor die Pumpen es nicht mehr schafften und das Schiff in Gefahr kam zu sinken.

Bolitho war froh, daß Keverne gerade diesen Steuermannsmaaten ausgesucht hatte. Ein nicht so intelligenter Maat hätte vielleicht seine letzte Order, nämlich sich von Land fernzuhalten, wortwörtlich ausgeführt, weil er Unannehmlichkeiten mit seinen Vorgesetzten fürchtete. Dann wäre die Prise tatsächlich verlorengegangen, denn eine halbe Stunde, nachdem sie eingelaufen war, schlief der Wind völlig ein, und von der Landzunge bis zur dunkleren Kimm war die See wie eine tiefblaue Glasplatte. Zahlreiche Boote hatten an der gefährlich schiefliegenden *Navarra* festgemacht, geschäftig waren Matrosen von den anderen Schiffen dabei, die Ladung zu übernehmen, die schweren Spieren, die Kanonen, das Ankergeschirr abzufieren, um den Rumpf vor dem Aufsetzen möglichst zu entlasten.

Die Mannschaft der kleinen Brigg, die sich ohne Widerstand ergeben hatte, sowie Besatzung und Passagiere der *Navarra* stellten ein weiteres Problem dar. Sie wurden bereits am Strand in Reihen aufgestellt; die bunten Kleider der Frauen hoben sich lustig vom silbriggrauen Sand und den dunstigen Bergen jenseits des Dorfes ab. Sie alle mußten verpflegt und untergebracht, auch vor marodierenden Berbern geschützt werden, die sich immer noch in der Nähe herumtrieben. Das war nicht so einfach. Für Broughton bedeuteten sie nur eine lästige Komplikation.

Das Geschwader war jetzt vermutlich dicht unter der Kimm, und Bolitho konnte sich vorstellen, daß sich der Admiral, der ja immer noch nicht wußte, ob die Aktion Erfolg gehabt hatte, bis zur Weißglut über die Flaute ärgerte. Aber sie hatte auch ihr Gutes. Denn wenn Broughton nicht nach Djafou konnte, dann konnte es der Feind auch nicht.

Metallisches Klirren und Kreischen an der unteren Brustwehr: Fittock, der Stückmeister, beaufsichtigte das Umsetzen einer der auf Eisenlafetten montierten Kanonen, damit die an dieser Stelle beschädigte Mauer provisorisch ausgebessert werden konnte. Die Kanonen hatten bereits bewiesen, daß sie die Einfahrt auch gegen schwere Kriegsschiffe verteidigen konnten. Und wenn die so unschuldig aussehende *Hekla* in der Mitte der Bucht verankert wurde, dann war selbst ein massiver Infanterieangriff längs der Küste ein erhebliches Risiko.

Er setzte das Glas ab und zerrte an seinem Hemd, das ihm bereits wie ein heißes Handtuch am Leibe klebte. Je mehr er darüber nachgrübelte, was er in Djafou vorgefunden hatte, um so mehr war er davon überzeugt, daß der Ort als Basis unbrauchbar war. Gedankenverloren verschränkte er die Hände auf dem Rücken und begann, langsam auf den heißen Steinen auf- und abzugehen; und wenn seine Füße eine Strecke zurückgelegt hatten, die seiner gewohnten Strecke auf dem Achterdeck der *Euryalus* entsprach, dann drehte er automatisch um.

Wenn die letzte Entscheidung bei ihm gelegen hätte – hätte er dann anders gehandelt als Broughton? Und würde er jetzt mit einer Mißerfolgsmeldung nach Gibraltar zurückkehren oder weiter nach Osten segeln, ohne den Oberkommandierenden zu fragen, auf die vage Hoffnung hin, eine passende Bucht oder einen passenden Meeresarm zu entdecken? Die Degenscheide schlug ihm bei jedem Schritt an den Schenkel, und seine Gedanken wanderten zu dem gräßlichen Mann-gegen-Mann-Kampf dieser Nacht zurück. Jedesmal, wenn er sich auf so ein tollkühnes Unternehmen einließ, verringerte er damit seine eigenen Überlebenschancen. Das wußte er ganz genau, aber er konnte nicht anders. Fourneaux und mancher andere dachten vielleicht, wenn er seine ihm zukommende Rolle als Flaggkapitän aufgab und persönlich an solchen gefährlichen Aktionen teilnahm, täte er das aus Geltungsbedürfnis oder sinnloser Ruhmsucht. Wie konnte er jenen seine wahren Gründe erklären, wenn er sie nicht einmal selber genau verstand? Eins wußte er jedenfalls: nie würde er seine Männer ihr Leben für einen zweifelhaften, seinem eigenen Hirn entsprungenen Plan riskieren lassen, wenn er nicht mit dabei war und Erfolg oder Mißlingen mit ihnen teilte.

Er lächelte grimmig. Deswegen würde er auch nie Admiral werden. Er mochte eine Schlacht nach der anderen mitmachen, seine Erfahrungen an die kaum ausgebildeten jungen Offiziere weitergeben, die befördert wurden, um die immer größer werdenden Lücken zu füllen, die der Krieg hinterließ. Und eines Tages, entweder an einem Ort wie diesem oder an Deck irgendeines Schiffes, würde er den Preis bezahlen müssen. Auch jetzt wieder betete er flehentlich, es möge so schnell gehen, wie eine Tür zugeschlagen wird. Und im selben Moment wußte er: das war unwahrscheinlich. Er dachte an Lucey und an jene anderen, die unten in dem großen kühlen Vorratsraum lagen, der als Krankenrevier benutzt wurde. Der Schiffsarzt der *Coquette* tat sein Bestes, gewiß – aber viele würden langsam sterben, ohne andere schmerzstillende Mittel als den Schnapsvorrat der Festung, der Gott sei Dank reichlich war.

Bolitho blieb an der Brustwehr stehen. Eben legte ein Boot von der *Coquette* ab und nahm Kurs aufs Kastell. Auch von der *Hekla* kam ein Boot. Vor lauter Nachdenken hatte er vergessen, daß er Inch und Captain Gillmor eingeladen hatte, mit ihm zu speisen. Jetzt fiel es ihm wieder ein. Vielleicht hatte einer von ihnen eine Antwort auf die Frage, warum die Spanier Djafou trotz seiner strategischen Nutzlosigkeit gehalten hatten.

Später, als er mit den beiden Offizieren in dem kühlen Kommandeurszimmer bei einem Krug Wein saß, wunderte ihn die Art, wie sie alle beide ihre Erfahrungen und Gesichtspunkte dieses kurzen, wilden Gefechts darlegten und Vergleiche zogen. Man konnte sich nur schwer vorstellen, daß sie nur eine knappe Stunde geschlafen hatten und auch in der nächsten Zeit kaum zur Ruhe kommen würden. Aber die Marine war eine gute Schule für Durchhaltevermögen. Jahrelanges Wachegehen mit kurzen Schlummerpausen zwischen dem endlosen Segelsetzen, Segelkürzen, Kreuzen oder Reparieren von Sturmschäden machte auch den Faulsten so hart, daß er eine fast unbegrenzte Zeit ohne Schlaf durchstehen konnte.

Inch schilderte gerade, wie aufgeregt sie alle an Bord der *Hekla* gewesen waren, als die Artilleriebeobachter der Marine-Infanterie den Einschlag des ersten Schusses signalisiert hatten; da trat Allday ein und meldete, Bickford sei von seiner Expedition ins Dorf zurück.

Bickford sah erschöpft aus, seine Uniform war voller Sand und Staub; er goß seinen Wein mit offensichtlichem Durst hinunter. »Ein Ort des Grauens, Sir«, berichtete er und schüttelte noch nachträglich den Kopf über seine schlimme Entdeckung. »Da wohnt schon seit Jahren niemand mehr. Keine Menschen, heißt das.«

Spottend sagte Gillmor: »Na, na, Mr. Bickford! Kobolde werden es doch bestimmt nicht sein!«

»Nein, Sir«, erwiderte Bickford mit tödlichem Ernst. »Hinter den Häusern haben wir eine große Grube gefunden, voller Menschenknochen. Viele Hunderte müssen sie da hineingeworfen haben, allem möglichen Viehzeug aus den Bergen zum Fraß.«

Erschrocken starrte Bolitho ihn an; Kälte stieg in seinem Herzen hoch. Die ganze Zeit war es dagewesen, und er hatte es nicht gesehen: das nächste Teilstück dieses Puzzlespiels.

»Die meisten Häuser«, fuhr der Leutnant fort, »bestehen bloß noch aus den Außenwänden. Aber da gibt es Ketten . . .«

»Sklaven!« sagte Bolitho, und alle starrten ihn an. Sklaven. Unglaublich, daß er so lange gebraucht hatte, um zu sehen, was auf der Hand lag. Oder vielleicht hatte sich sein Unterbewußtsein dagegen gesträubt. Was sonst hätte Draffen hier für Geschäfte tätigen können? Geschäfte, die ihn bis nach Westindien und in die Karibik geführt hatten, wo er während der amerikanischen Revolution mit Hugh zusammengekommen war? Die Mauren hatten dieses Kastell erbaut, um jenen scheußlichen Menschenhandel zu schützen und zu fördern, und nach ihnen waren andere gekommen: Berberpiraten, arabische Sklavenjäger, die weit umherschweiften und dann ihre hilflosen Opfer hierherschafften. Hier war der Umschlagplatz für ihren blühenden Sklavenhandel gewesen.

Wie einfach es für Draffen gewesen war! Sein anscheinend selbstloses Angebot, die britische Flottenpräsenz im Mittelmeer zu fördern, war purer Eigennutz, und indem er Broughton veranlaßt hatte, die spanische Garnison zu erobern, hatte er sich den Weg für den ständigen Sklavennachschub eröffnet.

»Sie müssen aus vielen Teilen des Landes hierhergebracht worden sein«, sprach Bolitho weiter. »Karawanenwege, die wahrscheinlich schon Jahrhunderte alt sind, führen in die Berge.« Er konnte seine bitteren Gedanken nicht für sich behalten. »Ich habe keinen Zweifel daran, daß mancher in Westindien und Amerika auf Kosten dieser armen Teufel reich geworden ist.«

»Na ja«, sagte Gillmor unbehaglich, »Sklavenhandel hat es immer gegeben.«

Bolitho musterte ihn gelassen. »Skorbut hat es auch immer gegeben, aber nur ein Narr würde nichts dagegen tun!«

Ärgerlich wandte Gillmor sich ab. »Mein Gott, wie mich dieses Land anekelt! Sobald man nur den Fuß draufsetzt, kommt man sich vor wie angesteckt, wie unrein!«

»Sir Hugo Draffen wird das nicht gern hören, Sir«, warf Inch ein.

»Da können Sie recht haben.« Bolitho schenkte ihnen ein; der Krug zitterte in seiner Hand. Sprach man zu Leuten seiner eigenen Art, dann schien alles klar und einfach. Aber er wußte aus alter Erfahrung, daß es in der strengen Atmosphäre eines Kriegsgerichtshofes, viele Meilen vom Ort des Geschehens entfernt und vielleicht viele Monate später, nicht mehr so sauber und richtig klang. Draffen war ein einflußreicher Mann, das bewies schon der Umfang seiner Geschäfte. Broughton hatte Angst vor ihm, und sicher besaß er in England viele Verbündete. Schließlich hatte er eine Basis für das erste Vordringen des Geschwaders im Mittelmeer entdeckt. Im Krieg mußte man alles nutzen. Sein glattzüngiges Versprechen, einen neuen Alliierten zu gewinnen, um die Bewegungen des Feindes an der Küste zu stören, konnte sehr wohl Deckmantel für seine ganz persönlichen Ziele sein.

Bolitho ging langsam zum Fenster und spürte ihre Augen in seinem Rücken. Ebenso leicht, wie er ihnen jetzt den Rücken drehte, konnte er auch Draffen und seinen Geschäften den Rücken drehen. Er war Flaggkapitän, und bei weiterreichenden Entscheidungen hatte er nicht viel mitzureden. Niemand konnte ihm deswegen etwas anhaben, und wenige würden ihn dafür tadeln. Broughtons Flagge wehte über dem Geschwader und seinen Aktionen, und damit hatte Broughton auch die Verantwortung.

Noch ein paar Minuten quälte er sich mit diesem Problem herum, und dabei fielen ihm Lucey und Lelean wieder ein und alle die anderen, die gestorben waren und noch sterben würden, ehe sie diesen verdammten Ort verlassen konnten.

Vielleicht hatte Draffen sogar versucht, ihm etwas Derartiges anzudeuten, dachte er. Denn als er erklärt hatte, daß sie Djafou sehr bald wieder aufgeben würden und dabei von Menschen gesprochen hatte, denen Djafou Vergangenheit und Zukunft bedeutete, hatte er nicht an seine Bewohner gedacht, denn die gab es gar nicht: nur einen ständigen Strom von Sklaven und Sklavenjägern, die für solche Händler wie Draffen arbeiteten. In dieser Minute trieb er sich wahrscheinlich irgendwo an der Küste herum und gab seinem Agenten Anweisungen, um seinen persönlichen Sieg so ertragreich und dauerhaft wie möglich zu machen.

»Wie lange hat es gedauert, bis die *Restless* Kontakt mit Draffens Agent hatte?« fragte er scharf.

Bickford hob die Schultern. »Höchstens einen Tag oder so, nehme ich an. Jetzt wird sie wohl auch in der Flaute liegen.«

Bolitho sah die drei an. »Dann kann das Redezvous nicht weit weg liegen.« Rasch ging er zur Tür. »Ich muß den Kommandeur sprechen. Machen Sie es sich inzwischen bequem, meine Freunde.«

Die Tür fiel ins Schloß, und Gillmor sagte: »So habe ich ihn noch nie gesehen.«

Inch trank sein Glas aus. »Ich ja.« Die anderen sahen ihn erwartungsvoll an. »Als ich unter ihm auf der *Hyperion* Dienst tat.«

Ungeduldig sagte Gillmor: »Raus aus dem Ofen und auf den Tisch damit, Mann!«

»Verräterei haßt er«, sagte Inch einfach. »Ich glaube kaum, daß er mit so einem Kieselstein unterm Sattel ruhig sitzenbleiben wird.«

Als Bolitho beim Kommandeur eintrat, saß dieser am Fenster. Mit seinem müden, nachdenklichen Gesicht und in dem gedämpften Sonnenstrahl, der durch die trüben Scheiben fiel, sah er wie ein holzgeschnitztes Heiligenbild in einer alten Kirche aus.

Bolitho wartete, bis sich die verschatteten Augen des alten Herrn ihm zuwandten. »Wir müssen uns beeilen, denn die Zeit wird knapp«, begann er. »Aber gewisse Dinge muß ich wissen, und Sie sind der einzige, der sie mir sagen kann.«

Die runzligen Hände hoben sich langsam. »Sie wissen, daß mein Eid mir zu sprechen verbietet, Captain.« Kein Unmut, nur Resignation klang aus seiner Stimme. »Als Festungskommandeur habe ich . . .«

Bolitho unterbrach ihn rauh: »Als Festungskommandeur haben Sie Pflichten Ihren Leuten gegenüber, auch den Matrosen und Passagieren der *Navarra*, die spanische Untertanen sind.«

»Mit der Eroberung von Djafou haben *Sie* diese Pflichten übernommen.«

Bolitho trat an ein Fenster und lehnte sich auf das sonnenwarme Sims. »Ich weiß von einem französischen Offizier namens Witrand. Ich glaube, Sie kennen ihn auch, und er ist vielleicht schon früher hiergewesen.«

»Früher?«

Nur zwei Worte, aber Bolitho hörte den Bruch in der Stimme des Mannes heraus.

»Er ist unser Kriegsgefangener, Colonel. Aber Sie sollen mir jetzt sagen, was er hier gemacht hat, und warum er an Djafou interessiert ist. Andernfalls . . .«

»Andernfalls? Ich bin zu alt, als daß Sie mir drohen könnten.«

Bolitho wandte sich wieder um und sah ihn unbewegt an. »Wenn Sie sich weigern, muß ich die Festung zerstören.«

Alava lächelte milde. »Das ist natürlich Ihr gutes Recht.«

»Ich habe aber«, erwiderte Bolitho absichtlich grob, um seine innere quälende Unsicherheit zu verbergen, »nicht genügend Schiffe zur Verfügung, um die Zivilisten und Ihre Leute in Sicherheit zu bringen.« Seine Spannung ließ etwas nach, denn an dem plötzlichen Erzittern der runzligen Hände sah er, daß seine Worte ihre Wirkung nicht verfehlt hatten. »Und obwohl die Kriegslage es erfordert, daß ich die Festung zerstöre, so daß sie uns in Zukunft nicht mehr bedroht, kann ich Ihnen keinen militärischen Schutz hierlassen.«

Er sah wieder aus dem Fenster, denn was er dem alten Mann antat, war ihm in der Seele zuwider. Unten lehnte sich Sawle über die Brüstung; sein Kopf war ganz dicht bei dem einer schwarzhaarigen Spanierin, der Frau eines der Offiziere der Garnison. Sie kam dichter heran, und Sawle legte ihr die Hand auf den Arm.

Er drehte der kleinen Szene den Rücken und fragte Alava: »Sie haben von einem gewissen Habib Messadi gehört?« Er nickte langsam. »Ja, ich sehe es Ihnen an.«

Ärgerlich fuhr er herum, denn die Tür sprang auf, und Hauptmann Giffard kam hereinmarschiert. Ihm folgte ein junger Seesoldat mit einem kleinen Korb.

»Was, zum Teufel, suchen Sie hier?«

Giffard stand bewegungslos stramm, den Blick irgendwohin über Bolithos linke Schulter gerichtet.

»Ein Reiter kam zum Damm galoppiert, Sir, irgend so 'n Araber. Meine Leute riefen ihn an, er drehte ab und floh, sie schossen hinterher, trafen ihn aber nicht.« Er deutete auf den hinter ihm stehenden Marine-Infanteristen. »Er hat uns diesen Korb hingeschmissen, Sir.«

Bolitho erstarrte. »Was ist darin?«

Giffard sah zu Boden. »Dieser französische Gefangene Witrand, Sir. Sein Kopf.«

Bolitho ballte die Fäuste so fest, daß er das Blut gegen die Knöchel pulsen fühlte. Irgendwie gelang es ihm, die aufsteigende Übelkeit und das Entsetzen zu unterdrücken, als er in Alavas schreckgeweitete Augen sah. »Anscheinend«, sagte er, »ist uns dieser Messadi näher, als wir dachten, Colonel.«

Der junge Seesoldat gab einen Laut von sich, als müßte er sich erbrechen.

»Also wollen wir keine Zeit verlieren.«

XV Vergeltung und Vergessen

Bolitho stand neben einem offenen Fenster im düsteren Zimmer des Kommandeurs, als Allday eintrat und ihm meldete, die Gig der *Hekla* sei da, um ihn abzuholen.

In den letzten paar Stunden hatte sich das Wetter erstaunlich verändert. Es war später Nachmittag, und es hätte eigentlich noch taghell sein müssen. Statt dessen war der Himmel mit niedrigen drohenden Wolken verhangen, und die Flagge auf dem oberen Turm stand steif in einem westlichen Wind, der allem Anschein nach ständig auffrischte.

Er war gerade im Begriff gewesen, den alten Kommandeur zu verlassen, als eine Schildwache auf der Brustwehr den Wetterwechsel meldete. Er wollte sich selbst ein Bild von der Lage machen und stieg daher auf den Turm. Vor seinen Augen verschwand der westliche Landarm der Bucht langsam unter einem riesigen Wirbel aus Sand und Staub, so daß der Verbindungsdamm plötzlich im Leeren zu enden schien. Selbst in der Bucht dümpelten die Schiffe heftig, und Gillmor seufzte erleichtert auf, als er sah, daß sein Erster Offizier für alle Fälle einen zweiten Anker ausgeworfen hatte.

Doch die Sorge um die Sicherheit ihrer Schiffe, alle Zweifel und sogar der Schreck über Witrands gräßlichen Tod hatten sich in gespannte Erregung verwandelt, als Bolitho ihnen mitteilte, was er herausgefunden hatte.

Als Alava erst einmal zu sprechen begonnen hatte, schien er gar nicht mehr aufhören zu können. Es war, als sei die Bürde der Mitwisserschaft zu schwer für seine gebeugten Schultern, und der Schock über das, was in dem kleinen Korb lag, war der letzte Anstoß für ihn, die Verantwortung abzuwerfen.

Bolitho hatte seiner leisen, kultivierten Stimme mit starrer Aufmerksamkeit zugehört, die ihm sowohl als Schranke gegen sein Mitleid mit Witrand diente, als auch gegen seine Abscheu vor jenen, für die sein Tod nur ein Detail der psychologischen Kriegsführung war.

Jetzt, während der Wind gegen die dicken Mauern heulte und

durch die ungeschützten Brustwehren fuhr, fiel es ihm immer noch schwer, sich einzugestehen, daß er mit seinem früheren Verdacht in vieler Hinsicht recht gehabt hatte. Witrand war schon einmal in Djafou gewesen, mit dem strikten Befehl, den Weg für weitere Entwicklungen freizumachen. Wieviel von Alavas Informationen auf Tatsachen und wieviel auf Spekulation beruhte, war schwer zu sagen. Eins war sicher: Witrand war nicht nur hiergewesen, um die Basis gegen jede zukünftige Aktivität der britischen Flotte im Mittelmeer abzuschirmen. Djafou sollte der erste einer Reihe Stützpunkte an der Küste Nordafrikas werden, ein Tor nach Osten und nach Westen. Truppen, Artillerie und die für Transport und Schutz nötigen Schiffe hätten es Frankreich ermöglicht, aufs neue mit Macht in einen Kontinent vorzustoßen, der ihnen bis jetzt verschlossen gewesen war, und das zu einer Zeit, da England es weniger denn je daran hindern konnte.

Und doch mußte Alava gewußt haben, daß Bolitho bluffte, wenn er damit drohte, Garnison und Passagiere den Berberpiraten preiszugeben. Er mußte mit dem Gedanken gespielt haben, seinen Standpunkt zu behaupten – bis zu dem Moment, als Giffard mit seinem furchtbaren Fund hereingeplatzt war. Genau im richtigen Moment; Bolitho selbst hätte es nicht besser arrangieren können.

Als er mit Gillmor und Inch sprach, hatte er sich an Broughtons Warnung, an sein Mißtrauen gegenüber Draffen erinnert. Was würde er sagen, wenn er den vollen Umfang von Draffens Verräterei – falls es das war – erfuhr? Draffen konnte ja ebenfalls tot sein oder sich schreiend unter der Folter krümmen.

Da jetzt der Wind endlich wieder aufgefrischt hatte, bestand ein Schimmer von Hoffnung. Von dem Moment an, als der Reiter Giffards Leuten den Korb vor die Füße geworfen hatte, war es klar, daß die Einnahme des Kastells an der ganzen Küste bekannt war. Das Geschwader war immer noch nicht da; der Himmel mochte wissen, wie weit es inzwischen bei dem auffrischenden Wind gekommen war; und somit konnte man durchaus mit einem massiven Angriff der Berber auf das Kastell rechnen. Alava hatte erwähnt, daß Messadi mit seinen Piraten erhebliche Teile des Küstengebiets beherrschte und terrorisierte. Schebecken vom gleichen Typ wie die, welche die *Navarra* angegriffen hatten, konnten nötigenfalls sehr dicht unter der Küste operieren, wo sie einen Angriff schwerer Kriegsschiffe nicht zu fürchten brauchten.

Messadis Nachrichtendienst mußte ebenso gut sein wie der Draffens, dachte Bolitho. Denn es war ganz klar, daß der Angriff auf die *Navarra* nicht auf einem zufälligen Treffen auf hoher See beruhte. Dafür waren die Schebecken viel zu weit ab vom Land gewesen, und wenn es nicht plötzlich Sturm gegeben hätte, wären es bestimmt noch mehr gewesen. In diesem Fall hätte die *Navarra* den Angriff nicht abschlagen können, und Witrand wäre mit den anderen an Ort und Stelle getötet worden; die Übernahme Djafous durch die Franzosen wäre so lange verzögert worden, bis seine ursprünglichen Eigner, die Berber, es wiedererobert hatten. Oder bis Broughton ihnen zuvorgekommen wäre und dann selbst gesehen hätte, daß die Bucht als britische Basis nicht zu gebrauchen war.

Nachdenklich sagte Gillmor: »Die *Frogs* wollen also Malta nehmen, eh? Und dann immer so weiter, und kein britisches Schiff ist da, um ihnen Widerstand zu leisten!«

»Ohne Hilfe können wir nichts machen«, hatte Inch noch gesagt.

Es war, als hätte er seine Gedanken laut ausgesprochen. Aber Bolitho erwiderte: »Ich habe immer gesagt: das Kastell *ist* Djafou. Fällt es, dann ist die Bucht für keinen sicher – weder für Franzosen, noch für Piraten, oder, was das anlangt, für uns. Wir müssen es zerstören, es so zerschlagen, daß es Monate, vielleicht ein Jahr dauert, es wieder aufzubauen. In dieser Zeit können wir in ausreichender Stärke wieder in diese Gewässer zurückkommen und den Franzosen da schlagen, wo es ihm am wehesten tut. Zur See!« Seine Worte bewirkten, daß ihr Pessimismus wich und schließlich in erregte Spannung umschlug.

Gillmor hatte etwas abgebremst. »Darüber müßten Sie doch wohl mit Sir Lucius Broughton sprechen?«

Darauf hatte Bolitho in die Bucht gedeutet, wo die Wellen im auffrischenden Wind bereits weiße Kappen bekamen. »Erst müssen wir den Schlag gegen jene führen, die diese Festung für ihre eigenen niederträchtigen Zwecke so nötig brauchen. Der Wind hält sich vielleicht, und wenn ja, ist das ein unerwarteter Vorteil für uns, den wir ausnutzen müssen.«

Das war erst vor einer Stunde gewesen. Jetzt war es Zeit zum Handeln, sonst würde die *Hekla* echte Schwierigkeiten bekommen, sich am Kastell vorbei in die offene See durchzukämpfen. Die *Coquette* sollte vor Anker bleiben und, falls Bolithos Angriff mißlang, nach seiner schriftlichen Order handeln: das Kastell demolieren, aber jeden Spanier, jeden Marine-Infanteristen, jede lebende

Seele überhaupt mit allen zur Verfügung stehenden Mitteln evakuieren.

So enttäuscht Gillmor war, daß er bleiben mußte, war er deswegen doch nicht weniger besorgt um Bolitho. »Angenommen, Alavas Informationen stimmen nicht, Sir, und diese Berberpiraten sitzen ganz woanders? Oder Sie werden überrannt? Dann muß ich den Befehlen gehorchen, die Sie mir hinterlassen. Das könnte sehr leicht Ihren Untergang bedeuten, und dabei wissen wir doch, daß Sie zum Besten aller handeln.«

»Wenn das passiert, Captain Gillmor, dann brauchen Sie wenigstens nicht mitanzusehen, wie ich wegen eigenmächtigen Handelns kassiert werde«, hatte Bolitho erwidert und über Gillmors verdutztes Gesicht gelächelt. »Dann bin ich nämlich ohne jeden Zweifel tot.«

Aber als er seinen Hut aufnahm, der an der Lehne des großen Sessels im Kommandeurszimmer hing, fiel ihm Gillmors Warnung wieder ein. Mit einigem Glück würden sie irgendwo draußen auf die *Restless* stoßen, und diese konnte, was der schweren Fregatte nicht möglich war, Unterstützung leisten. Mit einigem Glück! Aber es zahlte sich nie aus, sich allzusehr auf Glück zu verlassen.

Er sah Allday an. »Fertig?«

»Aye, Captain.«

Unten am Landungssteg, dessen Steine noch Spuren von Musketenkugeln und Sawles Sprengladung trugen, spürte man den Wind stärker; man kam nur mühsam vorwärts und spürte Sand zwischen den Zähnen. Bolitho sah mehrere Boote, gedrängt voll mit den Passagieren der *Navarra*, und ein paar von Giffards Marine-Infanteristen. Auf seine Anordnung hin wurden alle Truppen außer den Schildwachen eingezogen und zur Sicherung des Forts verwandt, und er fand noch Zeit, sich zu fragen, was sie wohl denken mochten, wenn sie dort drin wie Tiere in der Falle saßen und die finsteren Mauern anstarrten.

Giffard und Bickford warteten schon bei der Gig, und der Hauptmann sagte ärgerlich: »Ich bin immer noch der Ansicht, meine Truppe sollte im Eilmarsch quer durch das Hinterland stoßen, Sir.«

Bolitho musterte ihn mit einem gewissen Wohlwollen. »Wenn wir mehr Zeit hätten, würde ich dem zustimmen. Aber Sie haben selbst gesagt, daß in diesen zerklüfteten Bergen ein paar gutplazierte Scharfschützen eine ganze Armee aufhalten können. Haben Sie nur keine Angst, Sie werden bald reichlich zu tun bekommen.«

Zu Bickford sagte er: »Mr. Fittock soll sich daranmachen, im Magazin und den unteren Räumen Sprengladungen zu legen. Das ist was für ihn, glaube ich.« Der Leutnant machte dazu ein so verbissenes Gesicht, daß Bolitho lächeln mußte.

Da kam Calvert hastig die Stufen herunter, mit so grimmig entschlossener Miene, wie man es sonst nicht an ihm kannte.

»Mit Ihrer Erlaubnis, Sir, möchte ich zu Ihnen auf die *Hekla.*«

Bolitho merkte, daß Giffard mißbilligend die Mundwinkel herabzog und daß einige Matrosen der Bootsbesatzung Calvert neugierig oder sogar verächtlich ansahen. Spontan sagte er: »Sicher. Steigen Sie ins Boot.«

Dann sagte Giffard mit offensichtlichem Mißbehagen: »Ich haben den – äh – Korb vergraben lassen, Sir. Am Ende des Fahrdammes.«

»Danke.« Bolitho mußte an die Frau denken, die in Bordeaux wartete. Ob er ihr wohl schreiben sollte, wo Witrand ums Leben gekommen war? Und daß er neben einem britischen Leutnant und einem pickligen Midshipman lag?

Mit kurzem Abschiedsnicken sprang er ins Boot und befahl: »Ablegen!«

Inch begrüßte ihn am niedrigen Schanzkleid des Bombenwerfers. Der Hut saß ihm schief, und er spähte auf die weißen Wogenkämme jenseits der Landzunge. Dann sah er Calvert, öffnete den Mund, wollte etwas sagen, überlegte es sich jedoch anders. Er kannte schließlich Bolitho besser als die meisten anderen. Und wenn der etwas tat, dann hatte er gewöhnlich gute Gründe dafür.

Das Boot wurde an Bord gehievt und auf seinem Gestell festgelascht, und dann befahl Inch: »Klar bei Ankerspill!« Er blickte zu Bolitho hin: »Wenn Sie soweit sind, Sir?«

Sie sahen einander in die Augen, trotz des Altersunterschiedes wie Verschworene. »Ab dafür, Commander Inch!« grinste Bolitho.

Inch hüpfte vor Vergnügen. »Also dann – ab dafür, Sir!«

Im Vergleich zu seinem Logis auf der *Euryalus* war die Heckkajüte des Bombenwerfers eng wie ein Kaninchenstall. Selbst hier wurde deutlich, wie sehr das Schiff auf Festigkeit gebaut war, und die massiven Decksbalken machten den Raum noch niedriger und enger.

Bolitho hockte auf der Sitzbank, sah durch die dicken Fensterscheiben den Gischt draußen vorbeifliegen und spürte, wie der flache Schiffsrumpf knarrend in eine steile Welle tauchte und schwerfällig nach Backbord drehte. Die Hängelampen schlugen wilde Kreise. Wie mochte erst dem Rudergast auf dem ungeschützten Deck zumute sein, und jenen Unglückseligen, die jetzt oben in den Masten waren und reffen mußten? Sie taten ihm richtig leid.

Knallend sprang die Tür auf, und Allday erschien mit einer Kanne Kaffee. Er schwankte rückwärts, konnte sich gerade noch mit den Fersen abstützen, schwankte wieder und stolperte dann zum Tisch, wobei er sich den Kopf an einem Decksbalken stieß, weil die *Hekla* gerade in ein so tiefes Wellental rutschte, daß es einem übel werden konnte. Ein Wunder, daß kein Tropfen des glühendheißen Kaffees verlorenging. Das muß schon ein sehr geschickter Koch sein, dachte Bolitho, der auf einem derartig stampfenden Schiff kochen kann.

Allday rieb sich den Schädel und fragte: »Können Sie nicht ein bißchen schlafen, Captain? Es sind noch vier Stunden bis Tagesanbruch.«

Dankbar ließ sich Bolitho den heißen Kaffee in den Magen rinnen. Während sich die *Hekla* von der Küste freikämpfte, hatte er vor Nachdenken nicht schlafen können; jetzt aber, da die Zeit allmählich knapper wurde, mußte er es wenigstens versuchen. Calvert lag, in eine Decke gewickelt, in einer der beiden kistenartigen Kojen; doch ob er schlief oder über Leleans Tod nachgrübelte, war schwer zu sagen. Er hätte ihn in Djafou lassen sollen, das war ihm durchaus klar. Doch ebenso klar war ihm, daß Calvert verrückt geworden wäre, hätte er ihn der Folter seiner Gedanken überlassen.

»Ich lege mich gleich hin, Allday«, sagte er.

Inch kam in die Kajüte; auf seinem Ölzeug glänzten die Salzkristalle, und er stolperte zur Kaffeekanne. Er wischte sich das klatschnasse Gesicht ab und sagte: »Der Wind hat etwas gedreht, Sir. Westnordwest, soweit ich sagen kann. In einer Stunde gehe ich über Stag.« Er hielt inne, weil ihn seine Autorität als Schiffskommandant plötzlich genierte. »Wenn's Ihnen recht ist, Sir.«

Bolitho lächelte. »Sie sind der Kommandant. Bestimmt ist es richtig für unser Vorhaben. Bei Tagesanbruch sichten wir vielleicht die *Restless.*« Er zwang sein Gehirn, sich nicht mehr mit seinen Zweifeln und Bedenken herumzuschlagen.« Aber jetzt will ich schlafen.«

Allday folgte Inch zur Kampanjeleiter und murmelte: »Mein Gott, Sir, und ich habe mir eingebildet, ich würde gern wieder mal auf einem kleinen Schiff fahren!«

»Sie werden eben alt«, grinste der Kommandant.

Die See donnerte über das Deck, und eine gute Portion kam wie ein Sturzbach die Leiter hinunter auf sie zu.

Allday fluchte lästerlich und erwiderte dann: »Und, mit Respekt, Sir, ich möchte sogar noch 'n bißchen älter werden, bevor ich sterbe!«

»Guten Morgen, Sir.« Inch faßte an den Hut, als Bolitho an der Kampanje erschien und über das Süll trat.

Bolitho nickte und ging zur Leereling, bereits hellwach von der frischen, feuchten Luft. Das Tageslicht war erst ein ferner Schimmer, und jetzt, da die *Hekla* über Stag gegangen war und fast parallel zur Küste segelte, konnte er schätzen, daß sie kaum mehr als zwei Meilen von ihr entfernt waren. Der Wind hatte noch weiter gedreht und kam jetzt stetig von Backbord; manchmal schlug Spritzwasser über das starke Schanzkleid und floß geräuschvoll durch die Speigatten ab. Er konnte Land sehen; es war allerdings nicht mehr als ein purpurner Schatten. Man konnte sich nur schwer vorstellen, daß Djafou erst knappe dreißig Meilen achteraus lag; aber das kam daher, daß die *Hekla* zunächst so mühsam gegen den Wind hatte ankreuzen müssen.

Inchs Schiffsführung war gut, und seinem langen Pferdegesicht war überhaupt nicht anzusehen, daß er fast die ganze Zeit an Deck gestanden hatte, während sein Schiff in weitem Bogen unter ständigem Kreuzen bis zu seiner jetzigen Position gelangt war.

Eine dichte Nebelbank kam hinter ihnen her, so daß der falsche Eindruck entstand, das Schiff mache überhaupt keine Fahrt; doch dieser Eindruck wurde durch den Schaum und das Spritzwasser korrigiert, die um den Bug flogen, und durch die straffen bräunlichen Segel über Deck.

Er spähte nach vorn und sah einen matten Silberschein über den tanzenden Wogenkämmen: nun mußte die Sonne gleich aufgehen, wenn auch der östliche Horizont noch immer hinter Sprühwasser und Schatten verborgen lag. Ein paar Möwen segelten kreischend um die Masttopps; und er fragte sich, ob wohl auch andere Augen als die ihren die vorsichtige Annäherung der *Hekla* beobachteten. Vorsichtig nicht nur wegen des Überraschungsmoments. Während er die bereits so nahe Küstenlinie beobachtete, hörte er den Lotgasten aussingen: »Sieben Faden!« Sein Ruf ging in dem Knattern und Krachen der Segel fast unter.

Doch Inch schien nichts dabei zu finden – er kannte schließlich den flachen Rumpf besser als Bolitho.

Die Schatten an Deck bekamen allmählich Charakter und Persönlichkeit: ein paar Matrosen werkten an den Geschützen, andere liefen auf dem Vorschiff umher, wo Mr. Broome, der alte Stückmeister, seine Mörser überprüfte.

Aber die Mörser waren nicht die einzigen Zähne, mit denen die *Hekla* beißen konnte. Außer ein paar Drehbassen hatte sie noch sechs schwere Karronaden. Und die kräftige Konstruktion der massiven Planken hatte auch etwas für sich.

»Fünf Faden!«

»Einen Strich anluven, Mr. Wilmot!« rief Inch. Sein Erster (und einziger) Offizier schritt breitbeinig über das krängende Deck, und als das Ruder quietschend herumkam, rief er: »Liegt an, Sir! Ost zu Süd!«

»Sieben Faden!«

»Verdammt!« sagte Inch zu der Welt im allgemeinen, »das ist Seemannslos! Mal rauf, mal runter – wie'n Wasserfall!«

Am Fockmast hatten ein paar Matrosen einen Schleifstein festgelascht und schliffen geschäftig ihre Entersäbel – das Knirschen ging Bolitho durch und durch. Wie übervölkert das Deck war – aber außer der normalen Besatzung der *Hekla* waren ja noch die Überlebenden der *Devastation* und seines Landekommandos an Bord.

Inch rieb sich das windgerötete Gesicht. »Dauert nicht mehr lange, Sir.« Er deutete nach oben. »Ich habe einen guten Mann im Mast, der nach der *Restless* Ausschau hält.«

Bolitho erwiderte: »Es soll da so eine schmale Bucht geben, wo dieser Messadi seinen Schlupfwinkel hat. Windschutz genug für seine Schebecken, und mehrere Dörfer in Reichweite, wo er kriegen kann, was er braucht.« Er blickte Inch forschend an. »Sie können doch mit den Mörsern feuern, ohne zu ankern, hoffe ich?«

»Aye, Sir«, antwortete Inch stirnrunzelnd; »wir haben es allerdings noch nie gemacht.« Doch dann lächelte er zuversichtlich. »Aber eine Festung hatten wir ja auch noch nie beschossen – und es ging ganz gut.«

»Schön. Sobald Sie das Nest aufgestört haben, schießen wir auf jeden, der rauskommt.« Er sah zum Himmel empor. »Die *Restless* wird hoffentlich in der Nähe sein und uns unterstützen, sobald wir Feindberührung haben.«

»Und wenn sie nicht verfügbar ist, Sir?« fragte Inch trocken.

»Dann ist sie eben nicht verfügbar«, entgegnete Bolitho achselzuckend.

Wieder grinste Inch. »Als ob man in einem Wespennest herumstochert.« Auf eine neue Meldung des Lotgasten eilte er nach vorn und ließ Bolitho mit seinen Gedanken allein.

Das Land nahm jetzt deutlich Form an; es waren dieselben schwarzen und öden Berge wie um Djafou. Die Küstenlinie verlief zwar unregelmäßig, aber von einer Einfahrt oder einer schmalen Bucht war bis jetzt noch nichts zu sehen. Doch das täuschte, wie er aus seiner Knabenzeit wußte. Einmal, fast noch als Kind, war er in einem kleinen Boot von Falmouth losgefahren und zu seinem Schrecken in eine schnelle Küstenströmung geraten. Irgendwo in der Nähe mußte eine Bucht sein, wo er in Sicherheit gewesen wäre, doch in dem schwindenden Licht konnte er nichts als diese grimmigen, feindseligen Klippen sehen. Er hatte schon alle Hoffnung und fast allen Mut verloren, da fand er sie ganz unerwartet. Ein paar Klippen lagen davor und verbargen sie fast; hinter ihnen war das Wasser glatt und ruhig. Vor Erleichterung war er in Tränen ausgebrochen. Sein Vater fuhr damals zur See. Hugh, sein Bruder, hatte ihn gesucht und hatte ihm eine Ohrfeige verpaßt, als er ihn fand.

Dünnes Sonnenlicht lag über dem driftenden Dunst; er hörte den Ausguck rufen: »Da is' was in Lee voraus, Sir! Kabbelwasser!«

Bolitho nahm ein Teleskop und suchte eifrig die spärliche Küstenlinie ab. Tatsächlich: da waren die charakteristischen kleinen Brecher an der inneren Biegung eines Landvorsprungs. Angestrengt versuchte er, diese Bucht in seine Vorstellung von Inchs Karte einzuordnen. Das mußte die Stelle sein, die Avala mit seiner leisen Aristokratenstimme beschrieben hatte.

Jemand kam an Deck, rutschte aus und entschuldigte sich verlegen. Es war Calvert, der sich in der Dämmerung an der Leereling entlangtastete. Er sah verhärmt und unausgeschlafen aus; dunkle Schatten waren unter seinen Augen.

»Ausguck!« rief Inch durch die hohlen Hände. »Was von der *Restless* zu sehen?«

»Nichts, Sir!«

»Der verdammte Kerl muß sich verirrt haben«, sagte Inch. Er war nervöser als sonst. Bolitho musterte ihn verstohlen. Vielleicht war Inch besorgter, als er sich anmerken ließ, weil er sich an dieser verräterischen Küste so entlangtasten mußte. Oder vielleicht verbarg er damit seine wahren Gefühle über die Aufgabe, die ihm zugeschoben worden war? Es würde nicht einfach für ihn werden. Jetzt flüsterte Inch nickend mit dem Stückmeister und dem Ersten. Oder hatte er keine Lust, Bolithos Mißerfolg mit anzusehen?

Langsam, aber sicher kam der runde Landvorsprung näher; sein Gipfel schimmerte bereits im Frühlicht. Nun war es bald soweit.

Inch kam nach achtern. »Mit Ihrer Erlaubnis, Sir, lasse ich die Mörser feuern, sobald wir in Höhe der Landspitze sind. So haben meine Leute Zeit, neu zu laden; und die nächsten Schüsse fallen dann, sobald wir die Einfahrt passieren. Mr. Broome glaubt bestimmt, daß wir eine ganz schöne Konfusion anrichten werden, selbst wenn wir nichts treffen.«

Bolitho lächelte befriedigt. Inch hatte offenbar neues Selbstvertrauen gewonnen, und schon allein das war ansteckend.

»Recht so. Machen Sie weiter.«

»Mannschaft auf Stationen, Mr. Wilmot! Sie wissen, was wir heute vorhaben!«

Die Geschützbedienungen waren schon vor Stunden herausgerufen worden. In der Kombüse löschte der Koch das Feuer; aber sonst konnten sie nur warten und Mr. Broome zusehen, der mit seinen Maaten wie eine Gruppe Hohepriester bei den niedrigen Mörsern stand.

»Die werden diese stinkigen Bastarde schon aufwecken!« murmelte Allday grimmig.

»Drei Faden!« sang der Lotgast aus. Hart und klar stand das Vorland jetzt gegen den Himmel und verlief in den kabbligen Wolkenkämmen, als wolle es dem Bugspriet einen freundschaftlichen Schubs versetzen.

Broome hob seine Hand. »Weg von den Mörsern, Jungs!« Bolitho sah, wie eine Lunte aufsprühte und der Stückmeister blitzschnell den Arm vorstreckte. Er hielt den Atem an.

In Sekundenabstand gaben beide Mörser Feuer, und zu seiner Überraschung war das Krachen der Schüsse gar nichts gegen den furchtbaren Rückstoß. Das Deck sprang und vibrierte so stark unter seinen Füßen, daß ihm die Zähne schmerzhaft aufeinanderschlugen und ihm das Genick weh tat, als sei er von einem durchgehenden Pferd gefallen.

Inch sah zu ihm herüber. »Ganz ordentlich, Sir.«

Bolitho nickte nur, denn seiner Stimme traute er nicht. Dann eilte er zur Reling und sah, wie es auf dem Grat des Vorlandes dunkel aufglühte; Sekunden später kam der dumpfe Schall der Detonation übers Wasser und ließ die Luft erzittern.

Brüllend trieb Broome seine Geschützbedienungen an, neu zu laden; aufgeregt redeten die wartenden Männer auf dem Hauptdeck durcheinander. Was für eine seltsame, entnervende Art der Kriegsführung, dachte Bolitho. Hoch über eine feste Landmasse zu schießen, ohne zu wissen, ohne sich auch nur darum zu kümmern, was dahinter lag!

»Achtung aufs Ruder, Mr. Wilmot!« rief Inch, rannte an die Reling und starrte in die vorderste Reihe der Brecher. »Wir müssen anluven, wenn wir noch näher herankommen!«

»Fertig, Sir!« bellte Broome.

»Noch nicht«, sagte Bolitho und wartete ab, bis sie an einer Reihe schaumfleckiger Riffe vorüber waren. »Gleich haben wir die Landspitze umrundet!«

Er riß seine Augen von den glitzernden Klippen los und stellte sich vor, was passiert wäre, wenn das Schiff etwas mehr Tiefgang gehabt hätte.

»Jetzt kommt's«, sagte Inch. »Da brennt irgendwas, wir müssen getroffen haben.«

Bolitho versuchte, mit seinem Teleskop die Stöße der Strömung auszugleichen. In der Bucht war es noch sehr dunkel, und das glosende Feuer war schon am Erlöschen – auf einem ausgedörrten Abhang hinten in der Bucht mochte ein Fleck Heidekraut in Brand geraten sein.

»Und noch mal!« Er riß den Mund auf und war froh, daß ihm diesmal die Zähne nicht so stark aufeinanderschlugen. Aber trotzdem – daß die Decksplanken der *Hekla* dieser gewaltigen Beanspruchung stand hielten, sprach sehr für die Konstrukteure dieses Schiffstyps.

Ein einziger heller Blitz, der sich zu einer mächtigen Feuerwand auswuchs, spiegelte sich in dem geschützten Wasser der kleinen Bucht wider, so daß er doppelt und dreifahch so stark wie in Wirklichkeit erschien. In den wenigen Sekunden, in denen er aufflammte und erstarb, sah Bolitho die schwarzen Silhouetten einiger unbewegt vor Anker liegender Fahrzeuge, und vor Erleichterung wurde ihm beinahe schlecht.

»Na, da sind sie ja!« sagte Allday und lehnte sich ungeduldig gegen die Reling. »Möcht' ich doch wetten, daß wir ihnen die gottverdammten Bärte angesengt haben!«

Bolitho hörte gar nicht hin. »Wir sind nahe genug, Commander Inch! Drehen Sie bei, dann werden wir ja sehen, was passiert.«

Er schritt nach achtern an die Heckreling, um den Matrosen aus dem Wege zu gehen, die zu den Brassen und Fallen rannten. Soweit, so gut. In den nächsten Minuten würde es sich herausstellen, ob sie nur ihre Zeit verschwendeten. Wenn die Piraten sich entschlossen, in ihrer tiefen Bucht zu bleiben, dann war weiter nichts zu tun, als das Bombardement von See aus fortzusetzen. Die Mörser waren ja sehr eindrucksvoll, aber unter diesen Bedingungen konnten sie allenfalls eine Panik hervorrufen. Sie brauchten Stabilität, einen guten Ankerplatz und Beobachter an Land, um die Trefferlage zu signalisieren.

Mit schlagenden Blöcken und klatschenden Fallen holte die *Hekla* unter dem schweren Druck von Ruder und Segel über und drehte protestierend in den Wind.

Im Verhältnis zu seiner geringen Länge war das Deck sehr breit, und jeder Quadratfuß war gedrängt voll mit hastenden Männern, bis das Manöver beendet war und der Bomber auf Steuerbordbug lag, das Heck jetzt wieder dem Lande zugewandt.

Die *Hekla* war ein schwer zu handhabendes Schiff, und zum erstenmal seit langen Jahren fühlte Bolitho den unangenehmen Krampf der Seekrankheit im Magen.

Inch jedoch grinste nur und schwenkte die Arme, denn seine Stimme ging im Tosen des Windes und der See vollkommen unter. Die *Hekla* war für ihn mehr als nur ein Schiff, das er befehligte. Sie war wie ein neues Spielzeug, dessen Geheimnisse ihn immer noch überraschten und erregten.

Es dauerte noch eine halbe Stunde, bis das Manöver ganz beendet war und das Schiff wieder in seiner ursprünglichen Position lag, mit dem Landvorsprung in Lee. Mittlerweile war es so hell geworden, daß man schon die nächste Kette runder Bergkuppen ausmachen konnte und gelegentlich auch den kleinen, halbkreisförmigen Strand, sowie erheblich mehr Riffe, als er zuerst gedacht hatte.

Nachdenklich sagte Inch: »Wind flaut ab, Sir.« Geräuschvoll rieb er sich die Bartstoppeln. »Wird vielleicht doch noch heiß.«

Aber vor der Kimm lag noch reichlich Dunst und Nebel. Trotz der immer heller werdenden Lichtreflexe auf dem Wasser wurde es nicht warm, und sie fröstelten unter ihren durchweichten Uniformen.

Bolitho wandte den anderen den Rücken zu. Wahrscheinlich fand Inch die Aussicht bedenklich, bei dem abflauenden Wind so dicht unter Land zu liegen. Auch manche Matrosen steckten die Köpfe zusammen – bestimmt machten sie sich ebenfalls Sorgen.

Es war unfair, Inch einer solchen Gefahr auszusetzen, aber er mußte noch etwas abwarten. Vielleicht hätte er doch Befehl geben sollen, daß die Marine-Infanterie über Land marschierte, ohne Rücksicht auf Verluste. Aber er wußte, das war alles nur Pessimismus. Er hatte recht, er mußte recht behalten. Selbst wenn alle verfügbaren Seesoldaten die Bucht erreicht hatten, konnten die Schebecken immer noch entwischen; die kleinkalibrigen Musketen hätten sie nicht daran hindern können.

Er sah sich um, denn Calvert sagte: »Hören Sie?« Alle starrten ihn an, und er schlug die Augen nieder, faßte sich jedoch und sprach schnell weiter: »Bestimmt habe ich etwas gehört.« Es war beinahe das erstemal, daß Calvert etwas sagte, seit er an Bord war.

Dann hörte auch Bolitho es und verspürte das gleiche Kältegefühl wie an Bord der *Navarra*: der regelmäßige, hallende Takt der Trommeln; leicht konnte er sich die schlanken Schebecken mit den kraftvollen Ruderreihen vorstellen, wie sie elegant und mit latenter Grausamkeit zum Angriff fuhren.

Er konnte Inchs Beunruhigung durchaus verstehen. »Achtung! Sie kommen heran!« stieß er hervor.

Eine Welle der Erregung lief über das Deck; die Geschützführer holten sich ihre Männer vom Schanzkleid weg und brachen die lautlose Spannung durch Drohungen und Flüche.

»Jetzt haben wir sie, Sir«, murmelte Inch. »Sie können uns nicht den Windvorteil wegnehmen.«

Bolitho, die Hand am Degengriff, ging zu ihm hinüber. »Die brauchen keinen Windvorteil. Sie fahren aus eigener Kraft.«

Aufgeregte Rufe erklangen, als die erste Schebecke aus dem Schatten schoß; Gischtstreifen flogen von ihrem langen schlanken Bug, als sie über die niedrigen Brecher ritt.

Die Trommeln erklangen jetzt deutlicher, denn eine Schebecke nach der anderen löste sich vom Land; Bolitho hörte Inch laut zählen – vielleicht wurde ihm erst jetzt klar, mit was für einem Gegner sie es zu tun hatten.

Gelassen bemerkte Allday: »Das sind viel mehr als neulich, Captain.« Er leckte sich die Lippen. »Zwanzig, vielleicht auch zweiundzwanzig.«

Bolitho beobachtete sie genau; sein Gesicht war wie eine Maske, die wachsende Betroffenheit verbarg. Sobald sie von den Klippen klargekommen waren, schwärmten die Schebecken zu einem riesigen Fächer aus; die eintauchenden Riemen und die Bugwellen wühlten die weite Wasserfläche auf wie eine Bö.

An Deck der *Hekla* blieb alles totenstill. Wie Statuen standen die Geschützbedienungen da und starrten auf die näher kommenden Fahrzeuge. Es war eine richtige Flotte. Niemand hatte je etwas dergleichen gesehen; wenn es ihnen nicht gelang, diese Flotte in den Grund zu bohren, würde keiner am Leben bleiben, um später davon zu erzählen.

Bolitho trat an die Reling. Deutlich spürte er, daß die Männer, die bis vor kurzem noch erwartungsvoll und erregt gewesen waren, jetzt auf einmal Angst bekamen.

»Vergeßt eins nicht«, rief er mit fester Stimme, und alle Gesichter wandten sich ihm zu, »so etwas wie eure *Hekla* haben die bisher genausowenig gesehen wie ihr so einen Haufen Schebecken. Und auch einer Karronade haben sie wahrscheinlich noch nicht ins Maul geblickt. Also an die Geschütze und klar zum Feuern!« Sie sahen einander unschlüssig an, und er befahl kurz: »Jeder Geschützführer sucht sich sein Ziel aus. Und dann schießt wie noch nie, Jungs! Auch ihr an den Drehbassen und mit den Musketen – schießt, schießt und hört nicht auf, ganz egal, was kommt! Wenn sie uns entern, sind wir verloren!« Er zwang sich zu einem Lächeln. »Also sorgt dafür, daß jeder Schuß trifft!«

Er hörte metallisches Klirren: Inch hatte seinen krummen Säbel gezogen und befestigte ihn eben mit einer golddurchwirkten Kordel an seinem Handgelenk. Mit einem Blick auf Bolitho erläuterte er verschämt grinsend: »Ein Geschenk, Sir.«

Ein dumpfer Krach hallte von der Küste wider, und eine Kugel flog jaulend dicht übers Deck. Ein Geschützführer trat erschrocken von seiner Karronade zurück, aber Bolitho brüllte: »Näher kommen lassen! Noch nicht feuern!« Das Buggeschütz einer Schebecke spie Feuer und Rauch, eine Kugel traf den Rumpf der *Hekla* hart an der Wasserlinie. Die feindliche Flotte war inzwischen noch weiter ausgefächert, so daß die *Hekla* fast von ihr umzingelt war – die vordersten Boote glichen den Spitzen des Halbmondes, den sie in ihren Flaggen über den Lateinersegeln führten.

Immer schneller schlugen die Trommeln, immer näher trieben die langen Ruder die Fahrzeuge an die langsame *Hekla* heran; es war wie eine Kavallerieattacke auf ein Karree Fußsoldaten.

Er riß seinen Degen heraus und hielt ihn hoch. »Immer mit der Ruhe, Jungs!« Ein paar Matrosen, die dicht bei ihm standen, schwitzten trotz des kühlen Windes. Für sie mußte es so aussehen, als wollten die Schebecken direkt durch ihr Schiff fahren.

Das spärliche Sonnenlicht blitzte auf der Klinge – er hieb den Degen nieder und kommandierte: »Karronaden – Feuer!«

Unter der Reling detonierte das ihm nächste Geschütz mit ohrenbetäubendem Brüllen, polternd glitt das kurze stumpfe Rohr auf seinem Schlitten binnenbords, und die Bedienung stürzte bereits wieder mit Schwabber und Ladestock herzu. Bolitho fühlte die Detonation in seinem Kopf wie einen furchtbaren Schmerz und sah, wie die große Achtundsechzig-Pfund-Kugel mit blendendem, gelbrotem Blitz in eine Ruderbank schmetterte, dort zerbarst, und wie die Schrapnells alles niedermähten; wie die Riemen brachen und Splitter in alle Richtungen flogen, und wie die Schebecke herum und gegen das Nachbarfahrzeug geworfen wurde. Wieder spuckte eine Karronade Feuer und Rauch, und dann eine dritte auf der Gegenseite – eine Schebecke war zu nahe an den Steuerbordbug der *Hekla* herangekommen und bekam die schwere Kugel voll ins Vorschiff. Kreischende Berber, der abgebrochene Fockmast und das noch nicht in Aktion getretene Geschütz der Schebecke verschwanden in einem Schwall erstickenden braunen Rauches. Als er sich verzog, war das Fahrzeug bereits gekentert und versank in den wirbelnden Wellen.

Drehbassen knallten und krachten vorn und achtern, jaulend flog das gehackte Blei in die weißgewandeten Gestalten, die sich immer noch, Skimitars schwingend, Musketen abfeuernd, Kampfrufe brüllend, auf den Decksgängen der Schebecken drängten.

Wieder erzitterte der Schiffsrumpf, eine Kugel schmetterte in das Schanzkleid, riß die dort stehenden Matrosen um und hinterließ eine Spur von Blut und zerfetztem Fleisch.

Eine Schebecke rammte die *Hekla* krachend unterhalb der Heckreling; ihr Steuermann mußte wohl tot oder so benommen sein, daß er sich in der Entfernung verschätzt hatte. Beim Anprall bestrichen die Drehbassen ihr Deck vom Bug bis zum Heck, und als sie abfiel, bekam sie noch zwei Treffer von den Backbordkarronaden, so daß sie auseinanderbrach und sank.

Aber zwei andere Schebecken kamen längsseit, und als die

Matrosen zur Abwehr herbeirannten, kletterten schon die ersten der brüllenden Piraten die Enternetze hoch, die Inch vor Sonnenaufgang hatte ausbringen lassen.

»Drauf, Leute!« schrie Bolitho durch die hohlen Hände. Aus dem Luk strömten die anderen Matrosen, darunter viele seiner eigenen Besatzung, die bereits im Kampf um Djafou dem Tod ins Auge gesehen hatten.

Unter gellendem Hurrageschrei stürmten sie vorwärts, stießen ihre Piken, hieben ihre Säbel in die enternden Seeräuber, die, von dem rasiermesserscharfen Stahl aufgespießt, zuckend in den Netzen hängenblieben.

Doch da hörte er warnende Rufe durch den Rauch: im Vorschiff mußten zum mindesten einige Piraten die Netze zerschnitten haben und an Bord gekommen sein. »Inch, bleiben Sie hier«, rief er. »Und Sie, Allday, kommen mit mir! Wir müssen dafür sorgen, daß die Karronaden weiterfeuern, sonst sind wir alle verloren!«

Am Gangspill sprühten Funken, und oben sauste Eisen durch die Luft. Ein paar Kugeln trafen den Schiffsrumpf, wobei die Kanoniere der Schebecken wahrscheinlich auch ihre eigenen Leute umbrachten, denn sie feuerten mit ihren langen Geschützen blind in den dicken Rauch.

An der vordersten Karronade waren mehrere Matrosen ausgefallen; Bolitho hörte sie schreien, als die ersten Enterer aus dem Qualm auftauchten und mit ihren Skimitaren und breiten Säbeln blindwütig um sich hieben.

Am Vorschiff bellte eine Drehbasse, blutend stürzten ein paar Piraten auf die Planken und zuckten im Todeskampf; aber andere schwärmten durch einen großen Riß im Netz an Deck und stürzten sich mit geschwungenen Säbeln auf die Matrosen.

Bolitho packte einen Geschützführer an der Schulter und schrie: »Versuch, das Boot da zu treffen!« Halb betäubt nickte der Mann und ließ neu laden.

Allday fuhr herum und hieb einen Enterer nieder, der sich irgendwie durch Leutnant Wilmots Abteilung gekämpft hatte. Der Berber rutschte das Deck entlang, ein Matrose stieß ihm die Pike zwischen die Rippen, und er bleckte die Zähne im Todesschrei.

Bolitho schwenkte den Degen und winkte eine Gruppe von Matrosen unter dem Großmast herbei. Er fühlte eine Pistolenkugel dicht an seiner Wange vorbeifliegen, drehte sich um und sah Wilmot fallen – Blut strömte aus seinem Mund. Eben hatte er noch an der

Spitze seiner Männer gekämpft.

Inch rief seinen Leuten zu, eine brennende Schebecke mit ihren Bootshaken wegzustoßen, die gefährlich nahe herangetrieben war. Bolitho hörte furchtbare Schreie aus diesem Boot und sah, daß die Ruderer an ihren Bänken festgekettet waren – es mußten Sklaven sein, die jetzt einem schrecklichen Tod geweiht waren.

Ein Mann kam von oben; sein Gesicht war von einer Musketenkugel zerfetzt. Ein anderer rollte sich von einer Karronade weg; das zurückstoßende schwere Rohr hatte ihm den Fuß zerquetscht.

Der Geschützführer von vorhin winkte Bolitho zu; weiß leuchteten seine Zähne in dem pulvergeschwärzten Gesicht. Er hatte es geschafft, die Schebecke zu treffen, die direkt unter dem Riß im Netz festgemacht hatte.

Ein bärtiger Pirat duckte sich unter eine Pike weg und kam direkt auf Bolitho zu, den schweren Krummsäbel in Brusthöhe vorstoßend. Bolitho parierte, Funken sprühten, er fühlte den Anprall bis in die Schulter hinein, aber es riß den Kerl halb herum, und bevor er sein Gleichgewicht wiederfand, hatte Stückmeister Broome ihn schon mit einem Belegnagel zu Boden geschlagen.

Auf einmal stand Inch neben ihm und schrie: »Wir haben schon über die Hälfte versenkt, und den anderen geht's auch ziemlich dreckig!«

Er schwenkte den Hut, und als der Qualm über den schwitzenden Kanonieren dünner wurde, sah Bolitho, daß die See mit zerschossenen Schiffsrümpfen und Wrackteilen bedeckt war. Hier und dort ruderte noch eine havarierte Schebecke eilends dem Lande zu. Es würde eine Weile dauern, dachte er benommen, bis Messadi an diesem Küstenstrich wieder sein Schreckensregiment ausüben konnte.

Da kam ein Ruf von Broome: »Bei Gott, Sir! Da ist noch eine, direkt vorm Bug!«

Durch den Rauch sah Bolitho den gespaltenen Wimpel ganz nahe – irgendwie wußte er, daß es das Führerschiff war. Da versuchte wohl Habib Messadi in eigener Person, der *Hekla* zu entkommen und noch einmal die schützende Bucht zu erreichen.

Er rannte mit Inch nach achtern, wo die Rudergasten breitbeinig über zwei toten Kameraden standen, deutete mit dem Degen auf die fliehende Schebecke und rief: »Eine Guinea für den Geschützführer, der sie versenkt!«

Das Bewußtsein ihres Sieges, das plötzliche Begreifen, daß sie einen furchtbaren, zahlenmäßig weit überlegenen Feind abgeschlagen hatten, war genug. Hurraschreiend oder vor Erschöpfung schluchzend rannten sie wieder an die Taljen; Drehbassen- und sogar Musketenkugeln durchschnitten die Luft, um die schnelle Schebecke zu treffen.

Da fuhr eine der schweren Karronaden im Rückstoß binnenbords, und aufblitzend schlug das Geschoß dicht unter dem ausladenden Bug der Schebecke ein. Ein zweites traf die reichgeschnitzte Kampanje und zermalmte die dichtgedrängten Männer zu blutigem Brei.

Alles brüllte und schrie; Bolitho stieg ein Stück in die Wanten, um über die rollende Rauchwolke blicken zu können: die Masten der Schebecke kippten bereits.

Inch rief ihm etwas zu, doch als er sich umwandte, spürte er einen Schlag gegen die rechte Schulter – nicht sonderlich schlimm, aber er taumelte und brach in die Knie. Mit dumpfer Überraschung sah er Blut, das über seine weiße Kniehosen auf die Planken rann. Er lag auf der Seite, das mächtige Großsegel über sich, und dahinter ein blasses Wölkchen. Rufe ertönten, Inch kam mit schreckensstarrem Gesicht herbeigerannt. Bolitho öffnete den Mund, um ihn zu beruhigen, aber da durchfuhr ihn ein Schmerz, so stark und furchtbar, daß er in gnädige Dunkelheit versank.

Und dann kam das Vergessen . . .

XVI Ein Ehrenhandel

Langsam, beinahe angstvoll, öffnete Bolitho die Augen. Es schien ewig zu dauern, bis er klar sehen konnte. Er mußte sich zusammennehmen, um dem furchtbaren Schmerz standzuhalten, der todsicher gleich kommen mußte. Wie Eiswasser rann ihm der Schweiß über Gesicht und Hals, doch obwohl er ängstlich gespannt darauf wartete, spürte er gar nichts. Er versuchte, sich zu bewegen, gab sich Mühe, die Geräusche der See oder der knarrenden Balken zu hören, doch vernahm er keinen Ton. Seine Unsicherheit drohte in Panik umzuschlagen, denn alles um ihn war so still, so völlig lautlos, und beinahe dunkel – wie in einem Grabgewölbe.

Mühsam versuchte er, sich aufzustützen, aber da schoß es ihm wie glühender Stahl durch die Schulter, bis er glaubte, sein Herz würde aussetzen. Er knirschte mit den Zähnen, kniff die Augen zu, um den Schmerz zu überwinden, doch er versank wieder in seinen Fiebertraum. Wie lange lag er schon so? Tage, Stunden – oder war es eine Ewigkeit, seit er ... Er konzentrierte seine schwindende Willenskraft darauf, sich zu erinnern, seinen Geist davor zu bewahren, daß er unter dem Druck des körperlichen Schmerzes zusammenbrach.

Er erinnerte sich an Gestalten und Stimmen, schwebende Gesichter und die unbestimmten Bewegungen des Schiffes. Gewisse wenn auch kurze Episoden traten deutlicher hervor, doch ungeordnet und anscheinend beziehungslos. Inch, der ihm an Deck etwas Weiches unter den Kopf schob. Und Alldays schreckensstarres Gesicht, das sich bald von dieser, bald von jener Seite über ihn beugte. Auch hörte er sich selbst sprechen und versuchte, sich zuzuhören, als stünde er bereits neben sich selbst, und sein Geist schwebe über seiner sterbenden Hülle wie ein etwas neugieriger, aber unbeteiligter Zuschauer.

Auch andere Gesichter waren darunter gewesen, die ihm irgendwie bekannt vorkamen: ernst, jung, ruhevoll, traurig. Immer wieder hatte seine Stimme zeitweilig ausgesetzt, doch einmal, als er sich in der erstickenden Dunkelheit laut schreien hörte, hatte ein Unbekannter beruhigend gesagt: »Ich bin Angus, Sir, Schiffsarzt der *Coquette.*« Bolitho versteifte sich, aufs neue rann ihm der Schweiß aus allen Poren. Dieses Gesicht und die bloße Erinnerung an die gelassenen Worte brachten ihm die Wirklichkeit, den Schock seiner Verwundung wieder nahe. Wild und unbewußt hatte er gegen den Schmerz, gegen die Unfähigkeit, sich verständlich zu machen, gegen die tastende Hand des Arztes angekämpft.

Mit verzweifeltem Aufstöhnen versuchte er, die Schulter zu bewegen, in Arm und Fingern Gefühl zu entdecken. Nichts.

Er wurde wieder schlaff, vergaß den brennenden Schmerz, empfand nur noch die bohrende Verzweiflung, die ihn für alles andere blind machte.

Wie aus innerster Seele hörte er sich schreien: »O Cheney, Cheney, hilf mir! Sie haben mir den Arm abgenommen!«

Sofort scharrten Stuhlbeine über Steinboden, Schritte kamen auf ihn zu. Jemand rief: »Er kommt wieder zu sich! Sagt Bescheid!«

Sanft legte sich ein kühles Tuch über seine Stirn; und als er die Augen wieder öffnete, sah er Allday, der auf ihn niederblickte; seine harten Hände stützten ihm den Kopf, damit jemand anderer ihm den Schmerzens- und Angstschweiß abwischen konnte.

Er erinnerte sich jetzt an diese Hände. Sie hatten ihn gehalten, hatten sich fest an seine Schläfen gedrückt, um den ersten Schmerz von Angus' Sonde zu lindern.

Wie aus weiter Ferne hörte er Alldays Stimme: »Captain – wie geht's?«

Bolitho starrte zu ihm auf, so überrascht, Tränen in Alldays Augen zu sehen, daß er im Moment seine eigenen Schmerzen vergaß.

»Ist ja gut, Allday«, antwortete er, »ist ja schon gut!« Wie heiser seine Stimme klang!

Noch mehr Gesichter umschwebten ihn; Angus schob die anderen zur Seite, tastete nach seinem Puls, und dann fiel ihn wieder der Schmerz an, so daß er laut aufstöhnte. »Mein Arm?« konnte er noch fragen. »Sagen Sie's mir!«

Angus sah ihn an, gelassen, ohne zu lächeln. »Glauben Sie mir, Sir, er ist noch dran. Aber es ist zu früh, um etwas Bestimmtes zu sagen. Besser, man ist auf alles vorbereitet.«

Er verschwand aus Bolithos Blickfeld und sagte: »Sofort Verbandswechsel. Und er muß was essen. Kräftige Fleischbrühe und ein bißchen Brandy.«

Mühsam wandte Bolitho die Augen zu Allday hin. »Wo bin ich?«

»In der Festung, Captain. Die *Hekla* hat Sie vor zwei Tagen hergebracht.«

Zwei Tage. Aber er wollte es genau wissen. »Und vorher?«

»Die *Hekla* hat zwei Tage bis hierher gebraucht, Captain.« Es klang ganz verzweifelt. »Ich dachte, wir schaffen's überhaupt nicht mehr bis zu diesem verdammten Steinkasten.«

Also im ganzen vier Tage. Zeit genug, daß die Wunde an zu eitern fing. Warum sollte er nicht ebensogut der Wahrheit ins Auge sehen wie Angus? Er hatte weiß Gott oft genug erlebt, wie es anderen passierte.

Ganz ruhig fragte er: »Also, wie ist das – und keine Lügen, um mich zu schonen –, muß der Arm ab?«

Wieder sah er die elende Hilflosigkeit in Alldays Augen.

»Nein, Captain. Bestimmt nicht.« Er versuchte zu lächeln, aber das machte es nur schwerer. »Wir haben schon Schlimmeres durchgestanden. Also reden Sie nicht solches Zeug.«

»Sie dürfen nicht so viel sprechen, Sir.« Wieder schwamm Angus' Gesicht über ihm. »Sie werden ruhen, bis der Verband gewechselt wird. Dann müssen Sie eine Kleinigkeit essen.« Er hielt etwas gegen das Licht, ein mattglänzendes, abgeflachtes Stückchen Metall.

»Diese arabischen Musketen sind manchmal sehr treffsicher. Die Kugel hätte Sie bestimmt getötet, wenn Sie sich nicht gerade umgedreht hätten.« Er lächelte ernsthaft. »Also müssen wir zumindest dafür dankbar sein, wie?«

Eine Tür knarrte, und er fügte hinzu: »Aber Sie haben eine ausgezeichnete Pflegerin.« Er machte eine Kopfbewegung zur Tür hin. »Kommen Sie, Mrs. Pareja. Der Kommandant ist gleich soweit.«

Ungläubig sah Bolitho sie herankommen. Vielleicht schwebte er immer noch im Fiebertraum?

Sie blieb stehen und sah auf ihn nieder, sehr bleich unter dem langen schwarzen Haar, ernst, ohne Lächeln. Und schön. Nur schwer konnte man sie sich an Bord der *Navarra* vorstellen, wie der Kopf ihres toten Mannes auf ihrer blutigen Schürze geruht und sie Bolitho so voll Zorn und bitterer Verzweiflung angestarrt hatte.

»Sie sehen schon viel besser aus«, sagte sie.

»Danke für alles, was Sie getan haben.« Er fühlte sich auf einmal völlig hilflos und leer unter ihrem kühlen Blick und konnte nicht weitersprechen.

Lächelnd zeigte sie ihre starken weißen Zähne. »Jetzt sehe ich, daß Sie wieder gesund werden. Es war schlimm, was Sie in den letzten beiden Tagen alles gesprochen haben.«

Sie lächelte immer noch, als Angus den Verband aufschnitt und nach allen Regeln der Kunst einen neuen anlegte.

Wortlos musterte Bolitho sie. Die ganze Zeit war sie hier bei ihm gewesen, hatte gesehen, wie er gegen die Schmerzen kämpfte, hatte sich um seine körperlichen Bedürfnisse gekümmert, während er hilflos war. Er war sich seiner Nacktheit unter der Bettdecke bewußt, seiner vom Schweiß verfilzten Haare, und er schämte sich.

»Anscheinend sind Sie schwer umzubringen.«

Während Angus seine Schale mit den blutigen Verbandsfetzen wegräumte, sah sie Allday an und sagte zu ihm: »Gehen Sie und ruhen Sie sich aus.« Und als er zögerte: »Weg mit Ihnen, Mann! Sie haben weiß Gott keine Ruhe gehabt, seit Sie zurück sind, und, soviel ich gehört habe, überhaupt keine, seit Ihr Pflegling hier verwundet wurde.«

Bolitho bewegte seinen linken Arm unter der Decke und sagte leise: »Meine Hand!«

Allday hob die Decke an und nahm Bolithos Finger in die seinen. Bolitho fühlte den Schweiß über seine nackte Brust rinnen, als er mit dem Rest seiner Kraft Alldays Hand drückte.

»Tun Sie, was sie sagt, Allday.« Er versuchte, ihm nicht ins Gesicht zu sehen. »Ich schlafe besser, wenn ich weiß, daß Sie munter und kräftig sind, sobald ich Sie brauche.« Er zwang sich zu lächeln. »Wahre Freunde sind kostbar.«

Allday verschwand, und die Tür fiel ins Schloß.

Als Bolitho Mrs. Pareja wieder ansah, glänzten Tränen in ihren Augen. Sie schüttelte ärgerlich den Kopf. »Verdammt, Captain, aber es stimmt, was man sagt! Sie behexen alle, die in Ihre Nähe kommen. Das muß die Kornische Magie in Ihnen sein!«

»Ich fürchte, diese angebliche Magie kommt von den anderen, Mrs. Pareja.«

Sie setzte sich an sein Bett und rührte in einer Schale Fleischbrühe. »Mein Name ist Catherine.« Sie lächelte dabei, und sekundenlang spürte er wieder die Kühnheit, die ihm schon auf der *Navarra* an ihr aufgefallen war. »Aber nennen Sie mich Kate. So hat man mich genannt, bevor ich Luis heiratete.«

»Es tut mir leid um Ihren Mann«, sagte er leise.

Der Löffel zitterte nicht in ihrer Hand; er ließ die heiße Brühe durch die Kehle rinnen, und sie belebte ihn trotz seiner Schmerzen.

Da sagte sie: »Sie haben mehrere Male den Namen ›Cheney‹ gerufen. Ist das Ihre Frau?«

Er blickte sie an. »Ja, aber sie ist tot.«

»Ich weiß. Einer Ihrer Offiziere hat es mir erzählt.« Kate wischte ihm die Lippen mit einem sauberen Tuch ab. »Sie haben sehr viel geredet, allerdings habe ich nicht alles verstanden. Manchmal haben Sie von zu Hause gesprochen und von irgendwelchen Porträts. Aber wir wollen das jetzt vergessen. Sie sind sehr schwach und müssen ruhen.«

Bolitho bemühte sich, seinen Arm zu bewegen. »Nein. Ich will nicht allein bleiben.« Fast verzweifelt bat er: »Erzählen Sie mir von sich.«

Sie lehnte sich zurück und lächelte wie über etwas lange Vergangenes. »Ich habe in London gelebt. Kennen Sie London gut?«

Er schüttelte leicht den Kopf. »Ich war manchmal dienstlich dort.«

Überraschenderweise hob sie das Kinn und lachte. Es war ein kehliger, ungehemmter Laut, als hätte er etwas höchst Erheiterndes gesagt. »Ich kann an Ihrem Gesicht sehen, daß London nichts für Sie ist, mein lieber Captain. Aber ich denke doch, daß Ihr London von meinem sehr verschieden ist – dem London, wo Ladies Quadrille tanzen und sich ein Bukett vors Gesicht halten, damit man denken soll, sie erröten; wo die jungen Stutzer zierlich um sie herumschwänzeln und ihnen den Hof machen.« Sie hob den Kopf hoch, und das üppige Haar fiel ihr locker um den Hals. »Es ist eine Art zu leben, die ich zu erlernen versucht habe. Aber nun scheint es, daß meine Mühe umsonst war.« Eine Sekunde stieg etwas wie Sehnsucht in ihren Augen auf, aber dann schloß sie kurz: »Das Leben ist eben grausam.«

Sie stand auf und setzte die Schale auf den Tisch, und Bolitho sah, daß sie ein anderes Kleid trug – gelbe Seide, tief ausgeschnitten und mit zierlicher Stickerei um die Taille. Sie bemerkte seinen Blick und sagte: »Eine der spanischen Damen hat es mir gegeben.«

»Haben Sie Ihren Gatten in London kennengelernt?« Er wollte keine traurigen Erinnerungen in ihr wachrufen, aber irgendwie interessierte ihn das.

»Meinen ersten.« Sie sah sein verwirrtes Gesicht und lachte wieder ihr perlendes Lachen. »O ja, ich habe schon zwei Männer begraben, sozusagen.« Sie kam rasch wieder ans Bett und legte ihm die Hand auf die gesunde Schulter. »Machen Sie nicht so ein bekümmertes Gesicht. Das sind alte Geschichten. Der erste war ein wirklich brillanter Mann. Wir wollten zusammen die Welt erobern. Er war ein Glücksritter, ein Söldner, wenn Sie wollen. Er nahm mich mit nach Spanien, wo er gegen die *Frogs* kämpfen wollte. Aber alle Schlachten, die er schlug, schlug er in Tavernen um Weiber. Eines Tages muß er dabei an einen ebenbürtigen Gegner geraten sein, denn er wurde tot in einem Straßengraben vor Sevilla aufgefunden. In Sevilla habe ich dann Luis kennengelernt. Er war doppelt so alt wie ich, aber er brauchte mich.« Sie seufzte. »Er war Witwer, und nur seine Arbeit hielt ihn aufrecht. Ich glaube, er war glücklich mit mir«, schloß sie etwas leiser.

»Davon bin ich überzeugt.«

»Danke, Captain.« Sie wandte das Gesicht ab.

Wieder ging die Tür knarrend auf, aber diesmal war es Gillmor. Er grüßte durch ein höfliches Kopfneigen und trat dann zum Bett.

»Ich bin aufrichtig froh, daß Sie sich erholen, Sir.«

Bolitho fiel auf, wie überanstrengt der Kommandant der *Coquette* aussah; vermutlich hatte er durch den Ausfall Bolithos doppelte Sorgen.

Eilig sprach Gillmor weiter. »Die Ausgucks haben soeben gemeldet, daß unser Geschwader in Sicht ist.« Er atmete langsam aus.

»Endlich.«

»Was verschweigen Sie mir?« fragte Bolitho mit plötzlicher Spannung. »Da ist doch was nicht in Ordnung?«

»Die *Euryalus* wird geschleppt. Anscheinend hat sie Bugspriet und vordere Bramstenge verloren. Ich habe Mr. Bickford mit dem Kutter entgegengeschickt.«

»Ich *muß* aufstehen!« Bolitho versuchte, sich aus den Decken zu befreien. »Bringt mich auf mein Schiff, um Gottes willen!«

Gillmor trat beiseite und überließ es Mrs. Pareja, ihn auf sein Lager zurückzudrücken. »Tut mir leid, Sir, aber wir haben beschlossen, daß Sie hierbleiben.«

Bolitho biß vor Schmerzen die Zähne zusammen. »*Wir*? Wer ist *wir*?«

Gillmor schluckte heftig, blieb aber fest. »Commander Inch und ich, Sir. Es hat keinen Sinn, daß Sie jetzt sterben, da Sie das Schlimmste überstanden haben.«

»Seit wann erteilen Sie mir Befehle, Captain Gillmor?«

Diese Demütigung, die Hilflosigkeit, das Gefühl, mehr an sich selbst als an das Wohl des Geschwaders gedacht zu haben, erfüllte ihn mit sinnlosem Zorn.

Bevor Gillmor antworten konnte, mischte Mrs. Pareja sich ein: »Also, das ist kindisch! Regen Sie sich nicht so auf, sonst rufe ich Mr. Angus!«

Gillmor fing wieder an. »Entschuldigen Sie bitte, Sir. Aber ich glaube, wir brauchen Sie bald, und zwar gesund.«

Bolitho schloß die Augen. »Nicht doch – *ich* muß mich entschuldigen. Bei Ihnen beiden. Ist die *Restless* beim Geschwader?«

Gillmor zögerte. »Nein, Sir. Aber vielleicht segelt sie so weit draußen, daß Giffards Leute sie nicht gesichtet haben.«

»Vielleicht.«

Er wurde wieder müde; der pulsierende Schmerz in seiner Schulter verstärkte sich. Er konnte sich nur schwer auf das konzentrieren, was Gillmor sagte, und noch schwerer wurde es ihm, Ordnung in seine Gedanken zu bringen.

»Ich gehe jetzt, Sir«, sagte Gillmor. »Sobald wir etwas hören ...« Er verschwand, ehe Bolitho protestieren konnte.

»Ein guter Offizier.« Sie setzte sich auf sein Bett und wischte ihm mit einem kühlen Tuch die Stirn ab. »Als ich so alt war wie er, hatte ich auch ein Schiff wie die *Coquette*. In der Südsee. Das war eine ganz andere Welt.« Es fiel ihm immer schwerer, sich daran zu erinnern. »Drei Fuß lange Eidechsen und Schildkröten, so groß, daß ein Mann auf ihnen reiten konnte. Unberührt von der Zivilisation . . .«

»Ruhen Sie, Captain.« Ihre Stimme verklang, und Bolitho sank in einen tiefen Erschöpfungsschlaf.

Ein paar Stunden später erwachte er mit heftigem Schüttelfrost. Obwohl die Läden des Fensters geschlossen waren, wußte er, daß es Nacht war; und als er den Kopf zur Seite drehte, hörte er Allday sagen: »Er ist aufgewacht, Ma'am.«

Hinter einem Wandschirm kam eine kleine Laterne hervor, und zwei Gesichter beugten sich über ihn.

»Mein Gott«, flüsterte Allday, »ich muß Mr. Angus rufen!«

»Warten Sie noch.« Sie beugte sich so tief über ihn, daß ihre Haare sein Gesicht berührten. »Holen Sie ihn noch nicht. Sie wissen doch, wie diese Chirurgen sind. Die denken immer gleich an Messer und Säge. Schlächter sind das«, zischte sie wütend.

»Aber sehen Sie ihn doch bloß an!« Allday war ganz verzweifelt. »Wir müssen was tun!«

Bolitho konnte nicht sprechen. Er war sehr schwach, aber zum erstenmal hatte er wieder Gefühl in der rechten Hand. Auch sein Arm schmerzte und war steif, aber er konnnte ihn fühlen. Diese aufregende Entdeckung verstärkte noch das Fieber und den Schweiß, und er konnte nicht verhindern, daß ihm die Zähne klapperten.

Ruhig und bestimmt sagte sie: »Gehen Sie nach nebenan, Allday. Ich weiß, was ich zu tun habe.«

Die Tür öffnete und schloß sich, und Bolitho hatte die vage Vorstellung, daß Allday, geduckt wie ein Hund, dahinter hockte. Dann hörte er Seide rascheln, und kurz bevor die Laterne verschwand, sah er ihren Körper hell vor der dunklen Wand schimmern; lose hing ihr Haar über die nackten Schultern. Seine Bettdecke wurde angehoben, und lautlos glitt sie neben ihn, Brust und Schenkel dicht an seinen Körper gepreßt, seinen Kopf in ihrem Arm.

Die Nacht verstrich; zwischen tiefem Schlaf und verrückten Träumen hörte er, daß sie leise und sanft zu ihm sprach, wie eine Mutter zu ihrem kranken Kind; der Klang war beruhigender als die Worte selbst. Die Wärme ihres Körpers hüllte ihn ein wie ein warmer Mantel, vertrieb die Eiseskälte und brachte seine rasenden Gedanken zur Ruhe.

Als er dann wieder die Augen öffnete, sah er Streifen hellen Sonnenlichts durch die Läden scheinen; ein paar Sekunden lang dachte er, auch das wäre nur wieder ein Traum gewesen. Allday saß halb schlafend im Stuhl; und neben dem Fenster sah er ein Stück von ihrem gelben Kleid – sie ruhte dort in einem hochlehnigen Sessel.

Kate stand auf und murmelte: »Nun sehen Sie schon viel besser aus.« Dabei lächelte sie ihm verstohlen zu, und da wußte er, daß es kein Traum gewesen war. »Wie fühlen Sie sich?«

Fast unbewußt lächelte er ebenfalls. »Hungrig.«

Allday sprang auf. »Ein Wunder!«

Draußen kamen Schritte über den Steinfußboden: Keverne und dahinter Calvert. Kevernes düstere Miene erhellte sich etwas, als er Bolitho sah.

»Ich bin so schnell gekommen, wie ich konnte, Sir«, sagte er.

Bolitho stützte sich auf den Ellbogen. »Was ist passiert?«

Resigniert hob der Leutnant die Schultern. »Wir sichteten zwei französische Vierundsiebziger und segelten hinterher. Es wurde dunkel, aber Sir Lucius bestand darauf, wir sollten dranbleiben, und zwar –«, es klang bitter –, »in geschlossener Formation.«

»Weiter!« Er konnte es sich genau vorstellen: die Schiffe versuchten, unter vollen Segeln eng beieinander zu bleiben; dazu der Wind, die schwere See, die verzweifelten Versuche, die Hecklichter im Auge zu behalten . . .

»Gleich nach Sonnenaufgang sichteten wir den Feind wieder. Der Admiral gab Befehl, daß die *Zeus* allein wenden sollte, aber durch die enge Formation wurde das Signal falsch abgelesen. Die *Tanais* geriet dazwischen, und wir kollidierten mit ihrem Heck. Wir verloren das Bugspriet, und obendrein brach noch die Bramstenge weg. Als wir uns endlich auseinandermanövriert hatten, waren die *Frogs* schon außer Sicht, mit Kurs Nord mit jedem Quadratmeter Leinwand, den sie hatten, hol sie der Satan!«

»Der Schaden?«

»Ist in einem Tag repariert. Ich habe die Maststenge schon ersetzen lassen, und zur Zeit wird an Bugspriet und Klüverbaum gearbeitet.«

Bolitho wandte den Kopf ab. Wenn die Fregatte, die den Werfer *Devastation* in Grund geschossen hatte, nicht schon über das Geschwader Bescheid wußte – die beiden französischen Vierundsiebziger würden jetzt keinen Zweifel mehr haben.

Keverne berichtete weiter: »Sir Lucius läßt beste Wünsche ausrichten und bestellen, er wird Sie aufsuchen, sobald es sich machen läßt.« Neugierig sah er Mrs. Pareja an. »Sie haben sehr viel geleistet, wenn ich das sagen darf, Sir. Ich habe auch von Witrands Tod gehört. Tut mir leid.«

»Ich gehe am besten wieder an Bord, Sir«, mischte sich Calvert ein; aber er schien nicht sehr glücklich über diese Aussicht.

Keverne ignorierte ihn. »Was sollen wir tun, Sir?« Er schritt zum Fenster und spähte durch die Jalousien. »Das kommt mir alles so hoffnungslos vor.«

Bolitho dachte an Draffen, an seine Lügen und Täuschungen, und wieder pulste ihm das Blut schmerzhaft in der Schulter. Dort draußen war Broughton an Bord seines Flaggschiffs der Gefangene seiner Zweifel und trüben Ahnungen. Wenn sein Stolz es ihm nicht erlaubte, Bolitho oder jemand anderen um Rat zu fragen – um so schlimmer für ihn. Bolitho konnte ihn seines Stolzes wegen bewundern, aber mit seiner immer wieder durchbrechenden Sturheit konnte er sich nicht abfinden.

Hauptmann Giffard erschien keuchend im Türrahmen, das Gesicht ebenso rot wie sein Uniformrock.

»Die *Restless* rundet soeben die Landzunge, Sir!«

Wieder stützte sich Bolitho mühsam auf den Ellbogen, ungeachtet seiner Schmerzen.

»Signalisieren Sie, daß der Kommandant sich schnellstens bei mir melden soll!« Er sah Giffard bedeutsam in die Augen. »Bei *mir*, verstanden?«

Als Giffard draußen war, fuhr er fort: »Gehen Sie wieder an Bord, Mr. Keverne, und bestellen Sie Sir Lucius mit allem Respekt, ich käme bald wieder an Bord.« Er sah, wie Allday den anderen rasche Blicke zuwarf. »Sehr bald. Sagen Sie ihm das!« Und zu Calvert gewandt: »Sir Lucius hatte angeordnet, daß Sie an Land Dienst machen. Sie bleiben also hier.« Er sah Calverts dankbare Erleichterung und schloß: »Jetzt gehen Sie und halten Sie Ausschau nach der *Restless*!«

Als sie wieder allein waren, sagte er: »Ich weiß schon, was Sie sagen wollen, Mrs. Pareja – Kate«, verbesserte er lächelnd.

»Warum sind Sie dann so widerspenstig?« Sie war plötzlich errötet, und ihr Atem ging schneller.

»Weil ich jetzt dort gebraucht werde. Allday – Sie müssen mich rasieren, und ich brauche ein neues Hemd. Und zwar *gleich*!« betonte er, denn Allday machte wieder seine starrköpfige Miene.

»Es ist doch merkwürdig«, fuhr er fort, als Allday gegangen war, »daß ich jetzt klarer denken kann als vorher.«

»Weil Sie so viel Blut verloren haben.« Sie seufzte. »Aber wenn Sie müssen, dann müssen Sie eben, nehme ich an. Männer sind nun mal für den Krieg geschaffen, und Sie sind keine Ausnahme.«

Sie kam ans Bett und stützte seine Schultern, bis er in sitzender Stellung war.

»Was wird aus Ihnen, wenn hier alles vorbei ist?« fragte er nachdenklich.

»Nach Spanien gehe ich nicht zurück. Ohne Luis wäre ich dort wieder eine Fremde. Vielleicht fahre ich nach London.« Sie lächelte nachdenklich. »Ich habe meine Juwelen, viel mehr als seinerzeit in London.« Aus ihrem Lächeln wurde ein Kichern. »Sie könnten mich doch mal in London besuchen, hm? Wenn Sie hinkommen, um eine neue Beförderung in Empfang zu nehmen, Captain.«

Doch als er sie ansah, merkte er, daß sich hinter ihrem Lächeln mehr als nur Neckerei verbarg. Eine ernstgemeinte Aufforderung oder sogar eine dringende Bitte? Schwer zu sagen.

Er lehnte sich vertrauensvoll an sie. »Das tue ich bestimmt. Glauben Sie mir.«

Allday legte eben letzte Hand an Bolithos Hemd und Halsbinde, als Kommander Samuel Poate von der *Restless* ins Zimmer trat. Er war klein, rosig und, wie Bolitho fand, auch so aggressiv und munter wie ein junges Schweinchen. Wie er so dastand, den Hut vorschriftsmäßig unterm Arm, seine Stupsnase zuckend vor Wichtigtuerei und unterdrücktem Zorn, war die Ähnlichkeit unverkennbar.

»Ihren Bericht, Commander!« befahl Bolitho kurz. »Und zwar rasch. Ich habe so ein Gefühl, daß es bald losgehen wird.«

Poate hatte eine so kurze, abgehackte Sprechweise wie ein Zeuge vorm Kriegsgericht, der weder Worte noch Zeit verschwenden will.

»Setzte Sir Hugo Draffen und Gefangenen an Land, wartete dann draußen auf See auf Signal, Sir. Kam aber nichts. Wind setzte aus, mußte ankern, wäre sonst auf Grund getrieben. Hörten Explosionen, mußte Angriff auf Djafou sein, aber von wem und wie – keine Ahnung. Immer noch nichts von Sir Hugo zu sehen; als wieder Wind aufkam, kreuzte ich hinaus und fuhr Patrouille vor der Küste.«

»Warum haben Sie den Gefangenen mit an Land gehen lassen?«

»Befehl von Sir Hugo, Sir. Konnte nichts machen. Sagte, er wäre eine Geisel. Hab das zwar nicht richtig begriffen, hatte aber auch zu viel zu tun, um lange darüber nachzudenken.« Kalt glitzerten seine

Augen, als er jetzt weiter berichtete: »Haben aber am Strand einen Mann winken sehen, setzte ein Boot ab – war einer von Ihren Matrosen, Sir. Überlebender von der Abteilung Calvert. War ganz durcheinander vor Angst, dachte, der Kerl wäre verrückt. Hat später zugegeben, daß er den Flaggleutnant und einen Midshipman bei Überfall durch Berber verlassen hat; ist weggelaufen. Hat sich stundenlang versteckt, schließlich Höhle im Berg gefunden.«

Ganz vorsichtig und mit Alldays Hilfe stand Bolitho auf.

Poate fuhr fort: »Von der Höhle aus will er gesehen haben, wie Witrand erst gefoltert und dann geköpft wurde. Weiß allerdings nicht, was davon stimmt.«

»Es stimmt, Commander.«

»Hat außerdem noch gesagt, als er von seinem Versteck aus diesen Mord beobachtete, hätte er auch Sir Hugo gesehen.« Er holte tief Atem. »Ein Matrose könnte sich kaum so eine Geschichte ausdenken. Er will tatsächlich beobachtet haben, daß Draffen mit den Berbern sprach, die den Gefangenen folterten!«

»Aha.« Er sah auf – Poate hatte anscheinend noch mehr zu sagen.

»Habe inzwischen erfahren, daß Sie verwundet und andere getötet wurden, weil Ihnen Unterstützung der *Restless* fehlte, Sir. War aber so wütend und empört über diese Geschichte, daß ich weiter längs der Küste fuhr und schließlich, mit Glück und Gottes Hilfe, auf eine kleine Dhau stieß.«

»Mit Draffen?« Bolitho kochte das Blut in den Adern.

Poate nickte. »Habe ihn unten, Sir. Unter Bewachung.«

»Bringen Sie ihn her!« Er blickte zum Fenster hin und horchte auf den Wind, der leise in den Jalousien sang. »Sie haben sich sehr richtig verhalten. Wahrscheinlich weiß noch niemand, wie bedeutungsvoll das unter Umständen werden kann.«

Draußen im Flur gab Poate seine Befehle. »Lassen Sie mich allein, Kate. Und Sie mich auch, Allday.« Er lächelte über ihre Betroffenheit. »Keine Angst, ich werde schon nicht mit dem Arm herumfuchteln.«

Als er allein war, stützte er sich auf die Sessellehne und bewegte vorsichtig den Arm in der provisorischen Schlinge.

Als Draffen zusammen mit Poate und Calvert eintrat, verriet er weder Angst noch Unsicherheit. Gelassen sagte er: »Vielleicht sind Sie so freundlich, mich zum Admiral zu bringen. Ich habe keine Lust, mich von diesen Leuten so behandeln zu lassen.«

»Sie sind unter Arrest«, stotterte Calvert.

Draffen fuhr herum und sah ihn kalt und verächtlich an. »Still, Sie junger Laffe!«

Ohne Umschweife kam Bolitho zur Sache: »Sie wollten Djafou für Ihre eigennützigen Zwecke zurückerobern lassen, Sir Hugo. Es hat keinen Zweck, wenn Sie leugnen.« Merkwürdig, daß er so ruhig sprechen konnte, obwohl er diesen Mann zutiefst verabscheute. »Ganz gleich, wie es hier ausgeht, Sie werden vor ein Kriegsgericht gestellt.«

Draffen starrte ihn an und lachte dann laut auf. »Mein Gott, Captain, in was für einer Welt leben Sie eigentlich?«

»In unserer Welt, Sir Hugo. Was wir hier in Djafou gefunden haben, dürfte reichen, Ihnen die Unschuldsmaske herunterzureißen.«

Draffen breitete die Hände aus. »Sklaverei ist eine Tatsache, Captain, ganz gleich, was die Stimme der Öffentlichkeit dazu sagt. Und wo Nachfrage besteht, muß ein Angebot her. Es gibt Leute in London, denen ein gesunder Sklave mehr wert ist als eine ganze Bootsladung Ihrer Matrosen, die in der Schlacht gefallen sind, das können Sie mir glauben! Lernen Sie Ihre Lektion, wie ich sie gelernt habe. Gesetz und Recht gelten nur für Leute, die sie auch bezahlen können!«

Poate öffnete schon den Mund, um einzugreifen, da erschien plötzlich ein heller Blutfleck auf Bolithos sauberer Binde. Aber Bolitho bedeutete Poate, still zu sein, und erwiderte: »Dann ist zu hoffen, daß diese Leute Ihnen helfen werden, Sir Hugo, denn für alle anderen Engländer sind Sie ein verdammenswerter Lügner, Betrüger und ...« Er biß vor Schmerz und Wut die Zähne zusammen ». . . Ein Schweinehund, der zusehen konnte, wie ein Mann erst gefoltert und dann ermordet wurde – der Kriegsgefangene Witrand, der unter dem Schutz des Königs stand!«

Jetzt blitzte ein Funken Angst in Draffens Augen auf. Aber er entgegnete grob: »Selbst wenn das wahr wäre – Witrand besaß keinen Kombattandenstatus und stand nicht unter Kriegsrecht. Als Offizier in Zivil war er als Spion zu betrachten.«

Doch er kniff betroffen die Lippen zusammen, als Bolitho antwortete: »Das jedoch wußten nur der Admiral und ich, Sir Hugo. Wenn Sie ihn nicht bereits kannten – was meiner Ansicht nach der Fall ist, denn Sie versuchten nicht, an Bord der *Euryalus* mit ihm zu sprechen –, dann müssen Sie gehört haben, daß er unter der Folter seine Identität preisgab. So oder so sind Sie gebrandmarkt!« Er spürte, wie seine Wunde unter dem Verband blutete, aber er konnte sich nicht beherrschen. »Hinrichtungen ekeln mich an, aber ich würde weiß Gott einen Monatssold dafür geben, Sie in Tyburn am Galgen tanzen zu sehen!«

Draffen musterte ihn verächtlich. »Schicken Sie die Leute hier raus!«

»Kein Schachern, Sir Hugo. Sie haben genug Tod und Leiden verursacht.«

»Na schön. Dann werde ich eben vor allen sprechen.« Er stützte die Hände in die Hüften und sagte gelassen: »Ich habe, wie Sie bemerkten, mächtige Freunde in London. Die können Ihnen das Leben in Zukunft sehr schwermachen und Ihnen jede Hoffnung auf Beförderung vereiteln.«

Angewidert wandte Bolitho den Kopf ab. »Ist das alles?«

Draffen zuckte zusammen und antwortete dann grob: »Sie haben doch einen Neffen in der Flotte? Den Bastard Ihres verstorbenen Bruders?«

Bolitho blieb ganz unbeweglich. Er hörte Poates Füße auf dem Steinboden scharren und Calvert erschrocken auffahren.

»Was würde der dazu sagen«, sprach Draffen weiter, »wenn er hörte, daß sein Vater, der Kaperkapitän, meine Sklavenschiffe passieren ließ? Daß er durch meine Schmiergelder reich geworden ist?«

Bolitho wandte sich ihm wieder zu und sagte ganz ruhig: »Das ist eine Lüge.«

»Die Leute werden es schon glauben. Und vor allen Dingen wird es mit der Laufbahn Ihres Neffen vorbei sein – nicht wahr?«

Bolitho blinzelte, weil sich seine Augen vor Schmerzen trübten. Er durfte jetzt nicht ohnmächtig werden – er durfte nicht!

»Hätte ich bisher irgendwelches Verständnis oder Mitgefühl für Sie empfunden, Sir Hugo, es wäre jetzt damit vorbei. Kein Mann verdient das, der das Leben eines jungen Menschen zerstören will, der bisher nur Not und Elend erfahren hat. Bringen Sie ihn weg, Mr. Poate!«

Gelassen erwiderte Draffen: »Sie haben mich vieler Vergehen beschuldigt. Was andere auch dazu sagen mögen – Sie werden mir Satisfaktion geben, sobald Sie wieder gesund sind!«

»Wie Sie wünschen. Sie werden mich durchaus dazu bereit finden.«

Bolitho sank in den Sessel, und Draffen wurde hinausgebracht.

Später war sie wieder bei ihm und führte ihn unter Vorwürfen zu seinem Bett.

»Ich kann noch nicht schreiben«, sagte er, »darf ich Ihnen diktieren? Ich muß dem Admiral sofort einen Bericht schicken.«

Sie musterte ihn neugierig. »Stimmt das, was er von Ihrem Bruder sagte?«

»Zum Teil. Nicht alles «

Die Tür flog wieder auf, und Poate stürmte herein. »Sir! Leutnant Calvert muß verrückt geworden sein!«

Bolitho faßte die Stuhllehne fester. »Was ist passiert?«

»Er hat Draffen auf die Plattform des Turmes gebracht und uns die Falltür vor der Nase zugeworfen. Als ich ihn aufforderte, sie wieder zu öffnen, gab er keine Antwort.« Poate schien es kaum fassen zu können.

»*Hören Sie!*«

Alle sahen zu Allday hin, der sich aus dem Fenster beugte. Über dem sanften Brausen von See und Wind hörte man das alarmierende Klirren von Stahl auf Stahl.

Es hielt nicht lange an. Calvert erschien in der Tür, zwei Degen unterm Arm. Er sah außerordentlich gefaßt aus, beinahe melancholisch. »Ich melde mich zum Arrest«, sagte er. »Sir Hugo ist tot.«

Leise erwiderte Bolitho: »*Mich* hatte er gefordert, Calvert.«

Doch der schüttelte den Kopf. »Sie vergessen, Sir – vorher hatte er mich ›junger Laffe‹ genannt.« Er wandte sich ab, schien Poate und die anderen, die sich an der Tür drängten, überhaupt nicht zu sehen. »Sie wären jedenfalls in einem Duell nie mit ihm fertig geworden, Sir. Schon gar nicht, wenn Sie links fechten mußten.« Müde hob er die Schultern. »Sie sind ein Kämpfer, Sir, aber als Duellant weniger geübt, fürchte ich.« Mit blitzenden Augen fuhr er herum. »Sie haben mich gerettet und mehr: Sie haben mir meine Ehre wiedergegeben. Ich kann doch nicht untätig zusehen, wie Sie kaputtgehen, wenn ich helfen kann – und vielleicht besser als irgend jemand sonst.«

Schiffsarzt Angus stieß sich durch die Umstehenden. »Seid ihr denn alle verrückt? Könnt ihr nicht sehen, in welchem Zustand der Kommandant ist?«

Bolitho sah ihn abweisend an. »Gehen Sie auf den Turm. Da oben liegt ein Toter.« Und zu Calvert gewandt: »Sie meinen es gut, aber . . .«

Calvert zuckte die Achseln. »*Aber*: Was dieses Wort alles ausdrücken kann! Ich weiß, was ich mir damit eingebrockt habe, aber es ist mir egal. Vielleicht tat ich es, um Lelean zu rächen – ich weiß nicht genau.« Mit plötzlicher Entschlossenheit blickte er Bolitho ins Auge. »Lelean brauchte mich, ebenso wie das Geschwader jetzt Sie braucht. Vielleicht war das mein stärkstes Motiv, Draffen zu töten.«

Er schnallte sein Koppel ab und überreichte es Hauptmann Giffard mitsamt dem Degen.

Die Gaffer an der Tür zerstoben, denn Broughtons kratzige Stimme ertönte: »Geben Sie ihm seinen Degen wieder, Giffard!«

Der Admiral trat ins Zimmer, nickte Bolitho kurz zu und sagte: »Ich habe Ihnen unrecht getan, Calvert. Ein Gerichtsverfahren kann ich Ihnen zwar nicht ersparen.« Er musterte den Leutnant mit offensichtlichem, ganz neuartigem Interesse. »Aber falls wir je wieder nach England kommen, werde ich dafür sorgen, daß Sie einen tüchtigen Verteidiger bekommen.«

Calvert blickte zu Boden. »Danke, Sir Lucius.«

Jetzt wandte sich Broughton an Bolitho. »Nun, obwohl Sie anscheinend wieder gesund und kräftig genug sind, um meine Angelegenheiten zu regeln, muß ich doch zu Ihnen kommen – eh?« Ärgerlich sah er sich um. »Schaffen Sie mir diese Leute vom Hals!« Doch dann wurde er etwas freundlicher. »Außer Ihnen natürlich, verehrte Dame, denn ich habe gehört, daß ich ohne Ihre, äh, Bemühungen jetzt keinen Flaggkapitän mehr hätte.« Kühl lächelnd musterte er sie von oben bis unten. »Und das wäre schade.«

Unerschüttert hielt Kate seinen Blicken stand. »Da haben Sie recht, Sir Lucius. Anscheinend haben Sie ihn sehr nötig.«

Broughton runzelte die Stirn, zuckte aber dann lässig die Achseln. »Das war ein gutes Wortgefecht, Ma'am.« Und wieder zu Bolitho gewandt: »Folgendes habe ich vor . . .«

Kein Wort, kein Zeichen von Schreck oder Zorn über Draffens Tod. Typisch für Broughton, daß er den Mann bereits abgeschrieben hatte. Eine Erinnerung, nichts weiter. Später, in England, würde sie sich nicht mehr so leicht verdrängen lassen.

»Es ist ziemlich sicher, daß die Franzosen versuchen werden, uns von hier zu vertreiben.« Sir Lucius hielt inne, als erwarte er einen Einwand. »Daß ich sie gesichtet und dann dank Rattrays Dummheit mit dem Signal wieder verloren habe, macht mich geneigter,

Ihre seinerzeitige Ansicht über Djafou zu akzeptieren. Sie haben Giffard einen sehr guten Bericht hinterlassen, ehe Sie sich in diesen überflüssigen Privatkrieg gegen die Piraten stürzten. Wirklich, Bolitho –«, er seufzte –, »Sie müssen sich endlich damit abfinden, daß Sie über diese leichtsinnigen Heldentaten hinaus sind!«

»Es schien mir ratsam, diese Gefahr zu beseitigen, ehe wir uns auf weiteres einließen, Sir.«

»Vielleicht.« Es klang etwas vorsichtig. »Aber inzwischen wissen Franzosen und Spanier, daß sie das Geschwader aus Gibraltar jetzt vor ihrer Nase haben. Es ist daher um so wichtiger geworden, daß sie zu Ende führen, was geplant war, das ist ganz klar.« Er nickte bekräftigend. »Ich beabsichtige, mit dem Geschwader Kurs auf Cartagena zu nehmen. Denn wenn nur die Hälfte von dem stimmt, was die Agenten berichten, so zieht der Feind dort seine Kriegs- und Transportschiffe zusammen. Was könnte auch wahrscheinlicher sein? Es wäre ein weiterer Versuch, die Beziehungen der beiden Länder nach ihrer Niederlage bei St. Vincent zu kräftigen.«

Bolitho nickte. Offenbar hatte der Admiral in den letzten Tagen gründlich über die Lage nachgedacht. Verständlicherweise. Denn wenn er nach Gibraltar zurückkam und dort berichtete, daß Djafou nutzlos und Draffen von einem seiner eigenen Offiziere getötet worden war, dann konnte ihn das teuer zu stehen kommen. Broughton hatte bereits mit seiner Rolle bei der Spithead-Meuterei und dem Verlust der *Auriga* das Mißvergnügen der Admiralität erregt, und mehr als jeder andere brauchte er einigen Zuwachs auf seinem Habenkonto; aber dazu reichte die Aufbringung der *Navarra* und einer kleinen Brigg schwerlich aus.

»Sehr wahrscheinlich, Sir«, antwortete er. »Doch ebenso möglich ist es, daß wir dem Feind auf offener See begegnen.«

»Darauf hoffe ich sogar.« Broughton, der jetzt einige Erregung erkennen ließ, schritt zum Fenster. »Wenn wir sie in ein Gefecht verwickeln, müssen wir ihnen zeigen, daß wir nicht zum Spaß hier sind. Und daß nach uns noch andere und Stärkere kommen.«

»Und wenn wir in Cartagena nichts vorfinden – was dann, Sir?«

Broughton wandte sich um und sah ihm gelassen ins Gesicht. »Dann, Bolitho, bin ich ruiniert.« Er schien zu merken, daß er zu viel Vertraulichkeit gezeigt hatte, und fuhr knappen Tones fort: »Wir lichten morgen früh Anker. Commander Inch segelt mit der *Navarra* und der Brigg nach Gibraltar zurück. Er nimmt außerdem die ganze Kastellbesatzung und die, äh, Zivilisten mit, die wir übernommen haben. Zweifellos wird es dem Gouverneur von Gibraltar sehr lieb sein, sie gegen britische Kriegsgefangene austauschen zu können.«

»Ich habe im Festungsmagazin Sprengladungen legen lassen, Sir.«

»Gut. Wir werden sie zünden, bevor wir segeln.« Er seufzte. »Also dann.«

Er machte Miene zu gehen, und Bolitho fragte rasch: »Ich hoffe, Sie werden Mr. Keverne als Kommandant auf der Brigg einsetzen, Sir?«

Der Admiral wich jedoch seinem Blick aus. »Ich fürchte, das geht nicht. Sie haben schon genug Ausfälle, und wir brauchen jeden erfahrenen Offizier. Ich werde Fourneaux anweisen, daß er einen Prisenoffizier abstellt.«

Fragend nickte er zu Angus hinüber, der, sich die Hände abwischend, hereinkam. »Draffen war tot, Sir«, sagte der Arzt.

Gleichgültig erwiderte der Admiral: »Dachte ich mir. Nun, Mr. Angus, Captain Bolitho bleibt über Nacht hier und geht erst morgen früh, eine halbe Stunde vor Segelsetzen, an Bord. Arrangieren Sie das. Dann lassen Sie Calvert suchen und ihm bestellen, ich brauche ihn sofort, um die Geschwaderbefehle auszuschreiben.« Auf einmal lächelte er und sah um Jahre jünger aus. »Wissen Sie, Bolitho, ich war mal in Versuchung, mit Calvert das Rapier zu kreuzen, um ihm eine Lehre zu erteilen. Hätte ich das getan, so wären Sie jetzt Geschwaderkommandeur und müßten statt meiner in Gibraltar den Kopf hinhalten!« Der Gedanke schien ihn mächtig zu amüsieren, denn er lächelte immer noch, als er aus dem Zimmer ging.

Bolitho schloß die Augen und lehnte sich in den Sessel zurück. Alle Kraft und Energie hatten ihn verlassen; er fühlte sich vollständig ausgelaugt.

»Nur eine Nacht«, sagte er, halb zu sich selbst.

Sie strich ihm übers Haar und sagte leise: »Ja. Eine Nacht.« Und dann: »Für uns.«

XVII Wiedervereint

Leutnant Charles Keverne stand mit verschränkten Armen an der Achterdecksreling und überwachte die geschäftige Tätigkeit an Deck und in den Masten. Die *Euryalus* war nicht in die Bucht eingelaufen, sondern hatte mit dem gesamten Geschwader vor der schnabelförmigen Landzunge Anker geworfen. Jetzt, im bleichen Morgenlicht, wirkten sogar die kahlen Berge weniger feindselig, schien die Festung ein ruhiger, harmloser Bau zu sein.

Keverne ließ sich vom Midshipman der Wache ein Teleskop geben und richtete es auf die *Tanais*, die im auffrischenden Wind an ihrem Kabel zerrte und deren Rahen von Matrosen wimmelten. Er konnte die Narben am Heck erkennen, wo der massive Rumpf der *Euryalus* kollidiert war. Gott sei Dank waren die Reparaturen am Rigg fertig geworden, ehe der Kommandant wieder an Bord gekommen war.

Wie die Offiziere und Mannschaften, die Bolitho gesehen hatte, als er durch die Fallreepspforte stieg, war auch Keverne erleichtert und gleichzeitig besorgt. Das Lächeln des Kommandanten war echt gewesen, und zweifellos freute er sich, daß er wieder an Bord seines Schiffes war. Aber der Arm lag steif in der Tragschlinge, und als er mit Alldays Hilfe durch die Pforte kletterte, war ihm deutlich anzusehen, daß er große Schmerzen litt.

Seit der trübseligen Rückkehr von der ergebnislosen Jagd und der Kollision mit der *Tanais* schwirrten die Gerüchte nur so durch das Schiff. Broughtons Laune entsprach den Umständen; und schon aus diesem Grund hoffte Keverne, daß Bolitho imstande sein würde, sowohl seinem Vorgesetzten mit gutem Rat zur Seite zu stehen, als auch sein unruhig gewordenes Schiff wieder in den Griff zu bekommen.

Keverne überdachte, was er selbst bisher geleistet hatte. Er hatte die bei den Gefechten verwundeten und gefallenen Mannschaften zum Teil ersetzt, die Marine-Infanteristen wieder an Bord genommen, das Schiff wieder seeklar gemacht. Lucey und Lelean waren tot und Bolitho noch keineswegs wieder dienstfähig; somit war das Schiff gerade in dieser kritischen Lage erheblich unterbemannt.

Auf dem Backborddecksgang kam Leutnant Meheux herbei und lüftete den Hut.

»Anker ist kurzstag, Sir!« Es klang ganz vergnügt. »Ich bin nicht traurig, wenn wir dieses Loch auf Nimmerwiedersehen verlassen!«

»Auf der Festung wird die Flagge niedergeholt«, verkündete Partridge.

Wieder hob Keverne das Teleskop. »Ja, stimmt.« Er sah zu, wie der Wimpel unter der Brustwehr verschwand, und fragte sich, wie es wohl dem letzten zumute sein mochte, der die Festung verließ, wo schon die Lunten glommen.

Er winkte einem Midshipman. »Melden Sie dem Kommandanten mit allem Respekt, daß der Anker kurzstag ist und der Wind auf Südwest gedreht hat, Mr. Sandoe.«

Partridge sah dem hinwegeilenden jungen Manne nach. »Da haben wir Glück und brauchen uns nicht so zu quälen, um von der Landzunge klar zu kommen.«

Soeben legte ein Fahrzeug mit lohfarbenen Segeln von der Festung ab – Keverne sah es mit Verbitterung. Es war die *Torquoise*, die Brigg; in dem klaren Morgenlicht bot sie ein schönes, lebensvolles Bild. Wieder eine Chance verpaßt. Beinahe wäre das sein Schiff geworden! Flüchtig fragte er sich, ob Bolitho ihn wohl deswegen an Bord behalten hatte, weil er selbst nicht voll dienstfähig war. Aber er ließ den Gedanken ebenso schnell wieder fallen. Weder Bickford, der mit dem Kommandanten zusammen gekämpft hatte, noch Sawle, den er nicht ausstehen konnte, hatten die *Torquoise* bekommen. Somit war es ganz offensichtlich Broughton gewesen, der mit einem Federstrich einen kleinen Leutnant von der *Valorous* auf die erste Stufe der Beförderungsleiter katapultiert hatte. Ärgerlich stampfte Keverne mit dem Fuß auf. Was hatte er sich für Mühe gegeben! Und zweifellos erwarteten ihn, wenn sie die feindliche Küste erreichten, irgendwelche neuen Enttäuschungen; der Admiral würde bestimmt wieder was zu schimpfen haben.

»Die *Navarra* hat abgelegt, Sir!«

Keverne beobachtete, wie das Prisenschiff die Marssegel setzte und sich schwerfällig an der Festungsmauer vorbeiquetschte. Wie alle Schiffe des kleinen Geleits nach Gibraltar war es mit Menschen vollgestopft, Gefangenen und Zivilisten. Das würde eine unbequeme Reise werden, dachte Keverne.

Er hörte Schritte hinter sich – Bolitho. »Sieht nach gutem Wind aus«, sagte er. »Signal an Geschwader: ›Anker lichten.‹ Dann laufen Sie bitte Kurs Nordwest zu Nord, wie Sir Lucius angeordnet hat.«

»Klar bei Ankerspill!« brüllte Keverne. Ein Midshipman kritzelte die Order auf seine Tafel, und die Signalgasten suchten bereits die Flaggen heraus.

»Die *Hekla* kommt jetzt von der Festung klar, Sir«, meldete Midshipman Tothill.

Bolitho nahm ein Teleskop und richtete es auf den kleinen Bombenwerfer. Abgesehen von einem Kutter, der das Sprengkommando im allerletzten Moment aufnehmen sollte, war die *Hekla* das letzte Fahrzeug, das die Bucht verließ. Jetzt lag Djafou wieder einsam da mit seiner Hinterlassenschaft an Leid und Tod, den Erinnerungen an Sieg und Niederlage. Vielleicht würde eines Tages wieder jemand versuchen, diesen Ort zu besetzen, das Kastell aufzubauen, dort wieder eine Basis für Tyrannei und Sklavenjagd zu errichten. Aber hoffentlich würden bis dahin derartige Praktiken der allgemeinen Verurteilung anheimgefallen sein.

Die *Hekla* stürzte sich mit vollen Marssegeln in die ersten Wellen der ablandigen Dünung. Es war nicht leicht, das Teleskop mit einer Hand zu halten; betroffen merkte er, daß ihm bereits vor Anstrengung der Atem stockte. Aber nur noch einen Augenblick! Er ließ das Glas langsam über das Vorschiff der *Hekla* gleiten, wo die Matrosen in den karierten Hemden scheinbar sinnlos durcheinanderliefen und das Schiff auf Kurs brachten. Dann sah er Inch, der sich an der niedrigen Reling festklammerte, den mageren Körper gegen die Schräglage neigend – er schwenkte seinen Hut. Vor ein paar Tagen noch hatte er auf dem gleichen ungeschützten Deck gestanden, umtost von den wild feuernden Karronaden; und dann hatte er sich erschrocken und bekümmert über Bolitho gebeugt, den die Kugel jenes unbekannten Schützen auf die Planken geworfen hatte. Wie deutlich er sich daran erinnerte! Jetzt segelte Inch mit seiner merkwürdigen Ladung voll schwatzender Passagiere einem neuen Wendepunkt seines Lebens entgegen; und es war nur zu hoffen, daß er Gibraltar erreichte, ohne auf einen Feind zu stoßen.

Bolitho fuhr zusammen: dort neben Inch stand jetzt jemand. Obwohl die *Hekla* schon eine gute halbe Meile entfernt war, konnte er Kates Haar im Wind fliegen sehen; hell glänzte ihr gelbes Kleid in der strahlenden Sonne. Sie winkte ebenfalls, zeigte lächelnd die weißen Zähne im gebräunten Gesicht, und er glaubte ihre Stimme zu hören, der er nachts gelauscht hatte, als ringsum alles still gewesen war.

»Hier, nehmen Sie das Glas, Mr. Tothill!«

Immer noch steif vom Wundfieber faßte er mit gespreizten Beinen festen Stand und schwenkte langsam den Hut. Manche, die es sahen, wunderten sich. Aber Allday, der bei der Leiter stand, lächelte dankbar.

Es war eine knappe Sache gewesen. Und wenn sie nicht . . . Ein Schauer überlief ihn. Er wandte sich um und sah Calvert nach, der niedergeschlagen den Decksgang entlangschlenderte und sich lustlos gegen die Netze lehnte. Er schien sich mehr denn je in sein Inneres zurückzuziehen und sprach kaum, auch nicht mit den anderen Offizieren. Sehr schade, dachte Allday, denn der Flaggleutnant hatte keine Ahnung, mit welcher Bewunderung man von ihm in den überfüllten Wohndecks sprach, seit er wieder an Bord war. Allday schüttelte den Kopf. Zweifellos hatte Calvert einen reichen Vater, der ihm den Hals retten würde, aber vielleicht lag ihm gar nichts mehr daran. Wie er dastand und in die kabbelige See starrte, war sein Gesicht vollkommen ausdruckslos.

»Ah, Calvert!« Alle blickten sich um: Broughton eilte munteren Schrittes aus der Hütte. »Kommen Sie her!« rief er.

Calvert ging nach achtern und faßte an den Hut. »Sir?« fragte er mißtrauisch.

»Ich habe eine Menge für Sie zu tun.« Lässig blickte Broughton zur *Hekla* hinüber, die ihren stumpfen Bug in eine träg anrollende Welle grub. Dann warf er einen kurzen Blick auf Bolitho, verzog die Lippen zum Schatten eines Lächelns und wandte sich wieder an Calvert: »Vielleicht würden Sie mit mir speisen, wenn wir mit dem Schreibkram fertig sind – eh?«

Allday sah, daß Calvert der Mund offen blieb, und war verwirrter denn je. Sogar Broughton hatte anscheinend seine Haltung Calvert gegenüber geändert.

Bolitho hatte den Admiral gehört und wandte sich ihm zu. »Pardon, Sir. Ich habe Sie nicht kommen sehen.«

»Schon gut«, nickte Broughton.

»Das Geschwader hat bestätigt, Sir«, meldete Tothill, der die flüchtige Episode nicht mitbekommen hatte.

Bolitho drehte sich um und rief: »Machen Sie weiter, Mr. Keverne!«

Während das Signal des Flaggschiffs von der Rah verschwand, wurde es an Deck lebendig: Segel wurden gesetzt. Auf die Reling gestützt sah Bolitho zu, wie die Toppmatrosen oben auslegten und die Leinwand freigaben, die sich mit explosionsartigem Knall im Winde entfaltete.

»Anker ist los, Sir!« meldete Meheux. Dort im Vorschiff, wo er stand und Handzeichen gab, sah er gegen die ferne Landzunge ganz wichtig aus.

Schwerfällig neigte sich die *Euryalus* über ihr Spiegelbild, bis die unteren Stückpforten durch die Wasserlinie schnitten. Die Matrosen holten die Brassen noch dichter, die Männer am Rad hielten hart gegenan; majestätisch, doch gehorsam beugte sich das Schiff den

Kräften von Wind und Ruder.

Keverne brüllte durch sein Sprechrohr: »Lebhaft bei Leebrassen! Treiben Sie die faulen Hunde an! Auf der *Valorous* klappt es besser als bei uns!«

Bolitho lehnte sich über die Reling und sah zu, wie der Anker, mit triefenden Strängen gelben Seegrases an den mächtigen Fluken, gelichtet und von Meheux' geschäftigen Matrosen gereinigt wurde.

Er sah zur anderen Seite hinüber. Auf der *Coquette* und der *Restless* standen bereits die Bramsegel. Beide Schiffe stürmten durch Fontänen von Gischt vorwärts und entfernten sich rasch von den schweren Schiffen.

»Nordwest zu Nord, Sir!« rief Partridge, rieb sich das Salzwasser aus den Augen und spähte hinauf zu den gebraßten Rahen, zu dem immer steifer stehenden Großmarssegel, unter dessen Druck die *Euryalus* jetzt merklich überholte. »Kurs liegt an, Sir!« meldete er.

Broughton griff sich ein Teleskop und befahl nervös: »Signal an alle: ›Positionen einhalten!‹« Interessiert musterte er durch sein Glas die *Valorous*, die mit killendem Klüver drehte, um ins Kielwasser des Flaggschiffs einzuscheren.

»Kann ich Bramsegel setzen, Sir?« fragte Keverne.

Bolitho nickte. »Nutzen Sie den Wind ruhig aus.«

Gerade als Keverne eilig zur Reling schritt, war ein vibrierendes Dröhnen zu vernehmen. Jedes freie Teleskop im ganzen Geschwader blinkte in der Sonne. Aller Augen waren auf die ferne Festung gerichtet. Dann brach das Dröhnen ab, und mit furchtbarer Plötzlichkeit stiegen mehrere turmhohe Flammen- und Rauchwände auf, massig und fest wie für die Ewigkeit und alles verbergend, was dahinter geschah.

Doch der Wind blies den widerstrebenden Rauch schließlich auseinander, und Bolitho sah die Ruinen des Kastells. Der innere Turm war vollkommen eingestürzt, wie der Schornstein eines alten Brennofens; Mauern und Brustwehren waren nur noch Schutt. Nacheinander folgten noch ein paar Explosionen im Festungsinnern; er konnte sich vorstellen, wie liebevoll Inchs Stückmeister, Mr. Broome, die einzelnen Ladungen plaziert hatte. Er hielt den Atem an, als etwas Kleines, Dunkles, Schmales aus dem Rauch kam und hinaus auf See glitt: Broome und seine Männer hatten sich im letzten Moment abgesetzt.

Nachdenklich sagte Giffard: »Dieser Bau hat allerhand erlebt, bei Gott!«

»Das läßt sich nicht leugnen, Hauptmann Giffard«, stimmte Broughton mit einem Blick auf Bolithos Rücken und einem leichten Lächeln zu.

Als acht Glasen angeschlagen wurden und die Vormittagswache den Dienst übernahm, war das kleine Geschwader bereits sieben Meilen von Land entfernt.

Bolitho saß in seiner Heckkajüte auf der Sitzbank und ruhte sich aus. Er konnte eben noch die *Valorous* vor dem verschwimmenden Land ausmachen, das nur noch Dunst war, einer dunkelroten Wolkenbank ähnlich, über der sich der schwärzliche Qualm aus der Festung Djafou erhob und wie ein mächtiger Pilz den blauen Himmel besudelte.

Er dachte an Lucey und Lelean, an Witrand und viele andere, die für immer dort geblieben waren. Von ihnen war Draffen der einzige, der mit dem Geschwader segelte, denn sein Leichnam war sorgfältig in einem Faß Rum konserviert, um in England ein würdigeres Begräbnis zu erhalten.

Bolitho lehnte sich auf das Fenstersüll, das wohlbekannte Knarren von Stagen und Wanten im Ohr, und versuchte, seine Schulter in eine Stellung zu bringen, in der ihm das langsame Rollen des Schiffes nicht noch mehr Schmerzen verursachte.

Wieder einmal hatte er das Schicksal überlistet. Er faßte an seine Schulter und zuckte zusammen. Bald mußte der Verband gewechselt werden, und er würde wieder nicht zu atmen wagen aus Angst, daß die Wunde schlimmer geworden sei.

Dann dachte er an Catherine Pareja und ihre letzte gemeinsame Nacht im Turm. Ihr wildes Begehren hatte alles so einfach gemacht – und dann hatten sie ganz still nebeneinander gelegen und auf das Murmeln der unten an die Felsen schlagenden Wellen gelauscht. Wäre es auch geschehen, wenn er nicht so schwer verwundet gewesen wäre? Hätte er es dann so weit kommen lassen? Er dachte an ihre zärtlichen Arme, da wußte er die Antwort.

Spargo, der Schiffsarzt der *Euryalus*, hielt Bolitho seine breite, haarige Hand hin und sagte: »Hier, fassen Sie mal fest zu, Sir!«

Bolitho stand vom Schreibtisch auf. »Er ist ein harter Lehrmeister«, sagte er zu Keverne und lächelte dabei, um seine Angst zu verbergen. »Ich fürchte, wir geben ihm nicht genug zu tun.« Dann faßte er Spargos Hand, und der Krampf riß in seinem Arm, als er mit aller Kraft zudrückte.

Es war drei Tage her, daß das Geschwader von Djafou ausgelaufen war, und seitdem hatte Spargo alle paar Stunden den Verband kontrolliert, die Wunde angesehen und betastet, bis Bolitho dachte, diese Quälerei würde nie ein Ende nehmen.

Spargo ließ Bolithos Hand los. »Gar nicht so übel, Sir.« Er sprach mit widerwilliger Befriedigung, was, wie Bolitho bereits herausgefunden hatte, seine Art war, jemanden für eine gute Leistung zu loben. »Aber erst müssen wir mal sehen.« So redete er immer – seine Skepsis war wie ein Treibanker, sozusagen eine Rückversicherung für alle Fälle.

Keverne jedenfalls schien etwas beruhigter zu sein. »Ich darf wohl jetzt gehen, Sir. Für heute sind wir ja mit den Schiffsangelegenheiten fertig.«

Vorsichtig legte Bolitho den Arm wieder in die Schlinge und trat ans Fenster. Eine gute halbe Meile achteraus nahm die *Valorous* Bramsegel weg; wie kleine schwarze Flecken sahen die Matrosen aus, die auf den Rahen mit der salzverhärteten Leinwand kämpften. Es war fast zwölf Uhr mittags. Drei Tage Kampf gegen einen ungewöhnlich widerborstigen Wind; und alle Augen suchten den blinkenden Horizont nach einem Segel ab. Nach irgendeinem Segel.

Das Geschwader befand sich etwa vierzig Seemeilen vor Cartagena, und wäre ein Feind in Sicht gekommen, hätten sich Broughtons Schiffe aus guter Gefechtsposition heraus zum Angriff formieren können. Während er noch einen kurzen Blick auf die Papiere warf, die er mit Keverne durchgesprochen hatte, vernahm er Broughtons lebhafte Schritte in der Kajüte über der seinen, wo der Admiral einsam auf- und abwanderte und sich ärgerte, daß sich kein einziges Schiff zeigte und er infolgedessen nichts über die Bewegungen des Feindes erfuhr. Er konnte Bolitho leid tun, denn, wie er wußte, gab es bereits gewisse Komplikationen, die man nicht mehr allzu lange vor sich herschieben konnte.

Buddle, der Zahlmeister, war vormittags bei ihm gewesen und hatte ziemlich pessimistisch über das knapp werdende Wasser und die Fässer mit ranzig gewordenem Fleisch berichtet. Im ganzen Geschwader war es ebenso. So viele Menschen ließen sich eben auf Dauer nicht verpflegen, ohne daß die Vorräte von Zeit zu Zeit ergänzt wurden; es war aber durchaus unsicher, ob und wann man Wasser und Proviant fassen konnte.

Mit einem Seufzer sah Bolitho zur Tür, die hinter dem Arzt ins Schloß fiel. »Als Ersatz für Lucey haben wir also Sawle zum Fünften

Offizier befördert«, überlegte er laut. »Aber da bleibt immer noch eine Fehlstelle in der Offiziersmesse. Midshipman Tothill könnte vielleicht . . . Aber . . .«

»Er ist erst siebzehn«, wandte Keverne ein, »und mit Geschützen hat er noch wenig Erfahrung. Auf jeden Fall ist er so gut beim Signaldienst, daß wir ihn dort jetzt nicht entbehren können.« Er grinste schadenfroh. »Meiner Ansicht nach, Sir.«

»Ich muß Ihnen da leider beipflichten. Wir müssen eben sehen, wie wir auskommen.« Er horchte auf die Schritte oben.

Keverne legte die Papiere zusammen und fragte: »Wie stehen die Chancen für Feindberührung, Sir?«

Er zuckte die Achseln. »Das weiß ich wirklich nicht.« Wenn doch Keverne endlich gehen wollte, damit er Arm und Schulter testen konnte, dachte er. »Die *Coquette* und die *Restless* müßten jetzt vor Cartagena kreuzen. Vielleicht kommen sie bald mit einer Nachricht wieder.«

Es klopfte, und Midshipman Ashton trat ein. Er trug keinen Kopfverband mehr und schien sich besser erholt zu haben, als zu erwarten gewesen war.

»Sir – Mr. Weigall meldet: Segel in Nordwest.«

Bolitho sah Keverne lächelnd an. »Eher als ich dachte. Ich komme an Deck.«

Auf dem Achterdeck war es glühend heiß, und obwohl die Segel gut unter einem stetigen Nordwest zogen, bot dieser Wind den Männern der Wache nicht viel Erfrischung.

Weigall behielt die Kampanje scharf im Auge, um Bolitho nur ja nicht zu verpassen.

»Der Ausguck meldet, sie sieht wie eine Fregatte aus, Sir.«

Wie zur Bestätigung ertönte es von oben: »Is' die *Coquette*, Sir!«

Eilig wie immer erschien Broughton an Deck. »Nun?«

Ashton enterte bereits mit einem großen Teleskop ein Stück in die Wanten auf, und Bolitho sagte lächelnd: »Was täten wir ohne Fregatten?«

Minuten verstrichen. Am Kompaß drehte ein Schiffsjunge unter Partridges wachsamen Augen das Halbstundenglas um.

Dann rief Ashton: »Signal von *Coquette*, Sir!« Eine ganz kleine Pause. »Negativ!«

Broughton wandte sich ab. »Also niemand mehr da. Alle Schiffe unterwegs!« knurrte er wütend und starrte mit zusammengekniffenen Augen in die Sonne. »Wir müssen sie verpaßt haben, Bolitho! Herrgott, die sehen wir nie wieder.«

Die Fregatte ging auf neuen Kurs, der große, schwarz-weiße Signalwimpel stand noch steif an der Rah. Ein Wimpel nur, doch für Broughton und vielleicht für manchen anderen bedeutete er so viel! Die feindlichen Schiffe hatten den Hafen verlassen und konnten jetzt praktisch überall sein. Während sich das Geschwader bei Djafou herumgetrieben, die Festung genommen und dann zerstört hatte – im Endeffekt ein fruchtloses Unternehmen –, war der Feind verschwunden.

»Hol sie allesamt der Teufel!« murmelte Broughton resigniert. Da rief der Ausguck: »Die *Valorous* hat Signal gesetzt, Sir!« Bolitho fuhr auf.

Bitter bemerkte der Admiral: »Fourneaux wird auch schon Halluzinationen haben!«

Doch alle fuhren herum, als Tothills schrille Stimme erscholl: »Signal von *Valorous*, Sir: ›Fremdes Segel in Peilung West!‹«

»Muß fast genau achteraus sein, Sir«, sagte Bolitho und befahl sodann: »Mr. Keverne, informieren Sie das Geschwader!«

Broughton war vor Ungeduld fast außer sich. »Die dreht bestimmt ab, sobald sie uns sieht!« Er spähte zur *Coquette* hinüber. »Aber es hat keinen Zweck, Gillmor hinzuschicken. Er kommt nicht rechtzeitig genug gegen den Wind auf, um sie anzugreifen.«

In Bolithos Arm klopfte das Blut, vielleicht vor Aufregung. Das Schiff konnte wieder ein Kauffahrer sein oder aber eine feindliche Patrouille. Vielleicht sogar die Spitze eines großen Verbandes. Aber diesen Gedanken ließ er fallen. Wenn das Schiff zum Geschwader aus Cartagena gehörte, hatte es sich erheblich von seiner Station entfernt; und wenn der Feind wirklich hinter Broughton hergewesen wäre, hätte er keine Zeit verschwendet und gleich den ganzen Verband eingesetzt.

Er nahm ein Teleskop und ging rasch aufs Achterdeck. Jetzt konnte er das Glas schon besser mit einer Hand regieren; und als er es über die *Valorous* hinaus richtete, sah er das kleine Viereck eines Segels, das auf der Kimm zu ruhen schien.

Ashton, hoch überm Deck und mit seinem starken Glas, hatte weit bessere Sicht. »Zweidecker, Sir«, erklang seine Stimme schrill über das Rauschen der Takelage. »Hält auf uns zu!«

Bolitho eilte wieder aufs Hüttendeck. »Wir sollten lieber Segel kürzen, Sir. Dann wissen wir genau Bescheid.«

»Na schön«, nickte Broughton, »geben Sie entsprechendes Signal.«

Die Zeit schlich dahin, die Matrosen faßten ihr Mittagessen, schwerer Rumgeruch hing in der Luft. Es hatte schließlich keinen Sinn, die tägliche Routine zu unterbrechen, wenn noch reichlich Zeit für die Entscheidung war, welche Aktion man einleiten sollte – falls überhaupt eine.

Für einen Zweidecker kam das fremde Schiff sehr schnell auf. Die voll ziehende Leinwand war gut zu erkennen. Der Kommandant hatte sogar Leesegel setzen lassen, so daß der Rumpf beinahe unter der Pyramide aus steifem Tuch verschwand.

Erregt gellte Ashton: »Sie setzt Erkennungssignal, Sir!«

»Ach du lieber Gott!« Broughton biß sich auf die Lippe und starrte zu dem Midshipman hinauf, der auf dem Eselshaupt des Großmastes saß. Tothill war zu Ashton aufgeentert, und beide blätterten im Signalbuch; es schien sie gar nicht zu stören, daß das Deck so tief unter ihren baumelnden Beinen lag.

»Einer von uns, Sir«, sagte Bolitho. »Verstärkung, möglicherweise. Aber auf alle Fälle werden wir Neues hören.«

Ungläubig starrte er zum Mast empor und wollte seinen Ohren nicht trauen. Denn: »Die *Impulsive*, Sir, vierundsechzig Geschütze, Kommandant Captain Herrick!« schrillte Tothill.

Broughton fuhr herum und fragte scharf: »Kennen Sie den Mann?«

Bolitho konnte nicht gleich antworten. Thomas Herrick! Wie oft hatte er an ihn gedacht und an Adam, seinen Neffen, hatte sich ausgemalt, wo sie waren und was sie erleben mochten. Und jetzt war er hier. *Hier!*

»Seit Jahren, Sir«, antwortete er endlich. »Er war mein Erster Offizier. Und ist mein bester Freund.«

Broughton musterte ihn mißtrauisch und befahl dann kurz: »Signal an Geschwader: ›Beidrehen.‹ Und an die *Impulsive*: ›Kommandant zu mir an Bord!‹« Er sah zu den Flaggen auf, die sich im Wind entfalteten. »Hoffentlich taugt er was!«

Bolitho lächelte. »Wäre er nicht gewesen, Sir, würde dieses Schiff noch unter französischer Flagge segeln.«

»Na, wir werden ja sehen«, knurrte der Admiral. »Ich bin achtern, wenn er an Bord kommt.«

Keverne wartete, bis Broughton gegangen war, und fragte dann: »War er tatsächlich so entscheidend daran beteiligt, daß dieses

Schiff genommen wurde, Sir? Mit einem kleinen Vierter-Klasse-Schiff?«

Nachdenklich sah Bolitho ihn an. »Mein eigenes Schiff war fast kampfunfähig. Captain Herrick hat sich ohne zu zögern dazwischengeworfen, mit seinem kleinen Vierundsechziger, der außerdem noch erheblich älter ist als Sie.« Er deutete auf das geschäftige Achterdeck. »Genau da, wo Mr. Partridge steht, war es – da hat sich der französische Admiral ergeben.«

»Das habe ich nicht gewußt«, antwortete Keverne betroffen. Er starrte auf das ordentliche Deck, als erwarte er, noch Spuren des blutigen Kampfes zu sehen.

Tothill kam an einem Backstag heruntergerutscht und rief: »Alle Schiffe haben bestätigt, Sir!«

»Mr. Keverne«, sagte Bolitho, »führen Sie das Manöver aus. Und lassen Sie die Ehrenwache antreten, damit unser Gast anständig empfangen wird.«

Bolitho führte seinen Freund auf die Kampanje, weg von der brütenden Hitze und der schlagenden Leinwand, und sah ihm erst einmal gründlich ins Gesicht. »Thomas, es ist wirklich schön, daß Sie da sind!«

Beim Anblick von Bolithos verwundetem Arm war Herrick zunächst erschrocken, jetzt aber grinste er übers ganze Gesicht. »Ich brauche nicht erst zu erläutern, wie mir war, als ich Order bekam, zu Ihrem Geschwader zu stoßen.«

Bolitho fing das unregelmäßige Schwanken ab, mit dem die *Euryalus* auf den Seegang reagierte, und musterte ihn neugierig. Er war etwas voller im Gesicht, unter dem goldbetreßten Dreispitz sahen einige graue Haare hervor, aber er war immer noch derselbe. Dieselben Augen vom hellsten Blau, das Bolitho je gesehen hatte.

»Erzählen Sie mir von Adam. Ist er noch bei Ihnen?«

»Aye. Und der Wunsch, Sie wiederzusehen, brennt ihn fast zu Asche.«

Bolitho lächelte. »Wenn Sie mit Sir Lucius gesprochen haben, können wir uns unterhalten.«

Freudig faßte Herrick seinen gesunden Arm. »Das werden wir!«

Als Bolitho zur Seite trat, um Herrick den Vortritt auf der Leiter zu lassen, sah er die beiden goldenen Epauletten auf seinen Schultern. Ein älterer Kapitän war er also jetzt! Trotz allem hatte Herrick es geschafft und sich durchgesetzt, genau wie er selber.

Sie traten in die geräumige Kajüte, und Broughton erhob sich von seinem Schreibtischsessel. »Sie haben Depeschen für mich, Captain?« Er tat sehr dienstlich. »Ich habe nicht damit gerechnet, daß ich Verstärkung bekomme.«

Herrick legte einen versiegelten Umschlag auf den Tisch. »Von Sir John Jervis, Sir.« Er verzog den Mund. »Pardon, ich meine Lord St. Vincent, wie sein Titel jetzt lautet.«

Broughton warf den Umschlag dem verlegen dabeistehenden Calvert zu und sagte: »Erzählen Sie mir, was es Neues gibt. Was wurde aus der verdammten Meuterei?«

»Es gab einiges Blutvergießen«, antwortete Herrick zurückhaltend, »und ziemlich viel Geschrei; doch als Ihre Lordschaften gewisse Konzessionen gemacht hatten, erklärten sich die Leute bereit, den Dienst wieder aufzunehmen.«

»Erklärten sich *bereit*?« Ungläubig starrte Broughton ihn an. »Ist das alles?«

Ernst wandte Herrick die Augen ab. »Die Rädelsführer wurden gehängt, Sir, aber vorher wurden einige Offiziere wegen Unfähigkeit abgelöst.«

Broughton sprang auf. »Woher wissen Sie das alles?«

»Mein eigenes Schiff war an der Nore-Meuterei beteiligt, Sir.«

Der Admiral schien zu glauben, er habe nicht richtig gehört. »*Ihr* Schiff? Heißt das, Sie haben dabeigestanden und sich das Schiff wegnehmen lassen?«

Gelassen erwiderte Herrick: »Ich hatte keine Wahl, Sir.« Bolitho sah die altbekannte Dickköpfigkeit aus Herricks Augen blitzen, als er jetzt weitersprach: »Und überhaupt hielt ich die meisten Forderungen für berechtigt. Ich konnte auch an Bord bleiben, weil sie wußten, daß ich sie verstand – wie viele andere Offiziere übrigens auch.«

Eilig unterbrach Bolitho: »Das ist sehr interessant, Captain.« Hoffentlich verstand Herrick die Warnung. »Sir Lucius hat ganz ähnliche Erfahrungen in Spithead gemacht.« Er lächelte Broughton freundlich an. »Nicht wahr, Sir, das stimmt doch?«

Broughton öffnete den Mund, schloß ihn wieder und sagte dann: »Äh. Bis zu einem gewissen Grade, ja.«

Herrick trat einen Schritt näher. »Aber, Sir, ich habe Ihnen noch nicht berichtet, was sich auf der Fahrt hierher ereignet hat. Ich stieß bei Cadiz zu Lord St. Vincent und bekam Order, Ihr Geschwader zu suchen. Er braucht die Bombenwerferschiffe für einen Angriff auf Teneriffa, glaube ich. Unter Führung von Konteradmiral Nelson.«

»Konteradmiral ist er schon?« knurrte Broughton.

Herrick verkniff sich ein Lächeln. »Aber vor zwei Tagen sichteten wir ein fremdes Segel vor Malaga. Ich schnitt ihm den Weg zur Küste ab und machte mich an die Verfolgung. Es war eine Fregatte, Sir, und obwohl mein Vierundsechziger ziemlich schnell ist, kam ich da nicht mit. Aber ich blieb zunächst dran; heute früh erst habe ich sie verloren. Als ich Ihre Nachhut sichtete, dachte ich, sie wäre es.«

Trocken erwiderte Broughton: »*Sehr* aufregend. Sie haben sie also verloren – wo ist da Grund zum Jubeln?«

Gelassen sah Herrick ihm ins Gesicht. »Ich habe gehört, was unlängst passiert ist, Sir. Dieses Schiff würde ich überall wiedererkennen. Es war die *Auriga.*«

»Sind Sie sicher, Thomas?« fragte Bolitho.

Er nickte bestimmt. »Nicht der geringste Zweifel. Ich habe ein paar Monate auf ihr gedient. Es war die *Auriga*, ganz sicher.«

Calvert legte die geöffnete Depesche auf den Tisch, aber Broughton fegte sie beiseite und suchte nach einer Seekarte. »Hier! Zeigen Sie es mir! Markieren Sie die Stelle auf der Karte!«

Mit einem fragenden Blick auf Bolitho beugte sich Herrick über das Blatt. »Sie war fast genau auf Ostkurs, Sir.«

»Und Sie hätten sie beinahe eingeholt? Mit einem Zweidecker?« Es klang ganz verzweifelt.

»Aye, Sir. Die *Impulsive* mag ja alt sein und ihr Rumpf so mürbe, daß er nur noch vom Kupferboden zusammengehalten wird, aber sie ist das schnellste Schiff ihrer Klasse in der Flotte.« Echter Stolz klang in seiner Stimme mit. »Die *Auriga* könnte Cartagena angelaufen haben, Sir, und in diesem Falle . . .«

Broughton schüttelte den Kopf. »Ausgeschlossen. Meine Patrouillen hätten sie gesichtet und angegriffen.« Er rieb sich heftig das Kinn. »Genau Ost, sagten Sie? Beim Himmel, wir können sie immer noch erwischen! Und ich«, schloß er mit einem bedeutsamen Blick auf Herrick, »ich hätte weiß Gott nicht bloß ein paar von diesen elenden Meuterern gehängt – sondern alle!«

»Das glaube ich Ihnen gern, Sir Lucius«, sagte Herrick respektvoll.

Broughton hörte gar nicht darauf. »Signalisieren Sie Gillmor«, sagte er zu Bolitho, »er soll sofort die Verfolgung aufnehmen. Er kann völlig nach eigenem Ermessen handeln, um die *Auriga* festzunageln oder wenigstens aufzuhalten. Die *Restless* soll in Lee Verbindung halten. Sie, Captain Herrick, halten Ihrerseits Sichtverbindung mit der *Restless* –«, er lächelte flüchtig –, »da Ihr Schiff ja so schnell ist, und übermitteln ihr unverzüglich meine jeweiligen Instruktionen. Das wär's«, schloß er mit kurzem Nicken.

Draußen fragte Herrick: »Ist er immer so?«

»Meistens.« An der Achterdecksleiter blieb Bolitho stehen. »Wie macht sich Adam? Ich meine, können Sie ihn . . .«

Herrick grinste. »Er kann sich jederzeit zum Leutnantsexamen melden, wenn Sie das meinen.« Er wartete ab, was Bolitho für ein Gesicht dazu machte, und fuhr fort: »Soll ich ihn zur *Euryalus* abgeben?«

»Ja, gern, vielen Dank. Ich bin knapp an Offizieren.« Er konnte seine freudige Erregung nicht verbergen.

Herrick legte ihm die Hand auf den Arm. »Ich habe ihm alles beigebracht, was ich weiß.«

»Dann schafft er es auch.«

Jetzt grinste Herrick übers ganze Gesicht. »Ich hatte ja selbst einen guten Lehrer – wissen Sie noch?«

Herricks Boot hatte noch nicht von den Rüsten abgelegt, da wehten schon die Flaggen an den Rahen der *Euryalus* aus.

Leicht wie ein Vollblut drehte die *Coquette* ab, als wäre ein Tau gekappt, das sie an die anderen Schiffe fesselte; und als die Matrosen aus den Niedergängen an Deck schwärmten, fühlte Bolitho neue Kraft in sich.

»Der Käpt'n scheint sich über irgendwas zu freuen«, murmelte Partridge.

Keverne nickte. »Sieht so aus.« Dann griff er nach seiner Sprechtrompete und eilte an die Reling.

XVIII In der Falle

Allday öffnete die Tür zur Kajüte und meldete: »Midshipman Pascoe, Captain!« Es sollte streng dienstlich klingen, aber er grinste vor Vergnügen übers ganze Gesicht.

Es war schon spät am Abend, und abgesehen von ein paar Worten, als der Junge eilig aus dem Boot geklettert war, hatte Bolitho noch nicht mit Adam sprechen können. Es war merkwürdig gewesen. Pascoe hatte seine freudige Erregung bezwungen und ein

Dienstgesicht gemacht; er hatte an den Hut gefaßt und gesagt: »Melde mich zum Dienst an Bord, Sir!«

Bolitho war ebenfalls dienstlich geblieben, da Keverne und andere dabeistanden und das unerwartete Wiedersehen neugierig beobachteten.

»Mr. Keverne wird Sie einweisen«, hatte er nur entgegnet. »Sie dienen als provisorischer Sechster Offizier. Mr. Keverne wird Ihnen die notwendigen Uniformstücke und was Sie sonst noch benötigen zweifellos besorgen können . . .« Er brach ab, denn soeben wurde eine zerschrammte Midshipman-Seekiste unzeremoniös aus dem Boot an Bord gehievt. Erst dabei wurde ihm richtig klar, was dieser Moment bedeutete.

Leise hatte Pascoe gesagt: »Ich dachte, ich könnte vielleicht auf Ihr Schiff versetzt werden, Sir . . . Ich hoffte es. Deswegen habe ich mich bereitgehalten.«

Jetzt, als Allday die Tür hinter sich schloß und sie allein ließ, durchströmte Bolitho ein Gefühl der Wärme; trotzdem war er sich der Tatsache bewußt, daß zwischen ihnen manches anders geworden war.

»Hier, Adam, setz dich zu mir.« Er deutete zur Tafel, die Trute mit besonderer Sorgfalt gedeckt hatte. »Das Essen ist nicht aufregend, aber zweifellos auch nicht schlechter, als du es gewohnt bist.«

Er mühte sich einhändig mit einer Karaffe ab, und die ganze Zeit hingen die Augen des Jungen an ihm. Wie er sich verändert hatte! Er war größer und selbstsicherer geworden, und doch war er immer noch so lebhaft und unruhig wie ein schwarzes Fohlen, wie damals vor zwei Jahren, als sie sich getrennt hatten.

Der Junge nahm das Glas entgegen und sagte nur: »Auf diesen Augenblick habe ich gewartet.« Dann lächelte er, und das erinnerte Bolitho wiederum an die Porträts in Falmouth. »Als Captain Herrick mir sagte, du wärest verwundet . . .«

Bolitho hob sein Glas. »Reden wir nicht davon. Wie ist es dir ergangen?« Er trat mit ihm an den Tisch; wie immer fühlte er unbestimmt das gleichmäßige Vibrieren des Decks, das regelmäßige Rollen des Schiffes, das befehlsgemäß der *Coquette* folgte.

Er zog eine dampfende Schüssel Fleisch heran. Es kam aus dem Faß und war vermutlich zäh. Doch in dem warmen Lampenschein und auf dem besten zinnernen Geschirr serviert, sah es beinahe delikat aus. Bolitho zögerte; es irritierte ihn, daß er das Messer nicht richtig gebrauchen konnte. Und dabei sollte heute abend alles aufs beste sein, er brauchte nicht an Deck und hatte sogar fast gar keine Schmerzen.

Pascoe reichte über den Tisch und nahm ihm das Messer aus der Hand. Eine Sekunde lang sahen sie sich in die Augen. »Laß mich das machen, Onkel«, sagte er leise. Und dann lächelte er wieder. »Captain Herrick hat mir alles mögliche beigebracht.«

Er beugte sich über die Platte, und Bolitho sah ihm zu, wie er an dem zähen Fleisch herumsäbelte. Das Haar, schwarz wie sein eigenes, fiel ihm rebellisch in die Stirn.

»Danke, Adam.« Er mußte lächeln. Siebzehn Jahre. Er konnte sich unschwer daran erinnern, wie es ihm als jungem Midshipman ergangen war. Auch Adam machte der Dienst offensichtlich Spaß. Weder Selbstmitleid noch falscher Optimismus klangen mit, als er angeregt über die Rolle der *Impulsive* bei der Meuterei, über Herrick und über die vielen Dinge plauderte, die aus dem Knaben ein getreues Abbild seines Vaters und Bolithos gemacht hatten.

Bolitho machte sich nicht viel aus dem Fleisch, obwohl Adam es ihm kleingeschnitten hatte – es war wirklich nicht mehr frisch. Doch Adam kannte keine solchen Hemmungen; er griff immer wieder zu.

»Wie kannst du dich so vollstopfen und doch dünn wie ein Stock bleiben?« fragte Bolitho kopfschüttelnd.

Ernsthaft sah der Junge ihn an. »Ein Midshipman hat's schwer.«

Beide lachten, und Bolitho sagte: »Nun, vielleicht sind deine Tage im Logis gezählt. Wenn wir eine Prüfungskommission zusammenkriegen, sehe ich keinen Grund, weswegen du nicht dein Leutnantsexamen machen solltest.«

Der Junge schlug die Augen nieder. »Ich werde versuchen, dieses Vertrauen nicht zu entttäuschen.«

Bolitho musterte ihn sekundenlang. Nie würde dieser Junge jemanden enttäuschen. *Er* war es, dem man unrecht getan hatte. Wieder hatte er das drängende Gefühl, daß er etwas für Adam tun mußte, und zwar unverzüglich. Die Wunde in der Schulter war ihm eine Warnung. Die nächste schon konnte tödlich sein.

Mühsam begann er: »Da ist ein Rechtsanwalt in Falmouth, Quince heißt er.« Er hielt inne und versuchte, einigermaßen nüchtern und geschäftlich weiterzusprechen. »Wenn wir nach Hause kommen, wollen wir beide zu ihm gehen.«

Pascoe schob seinen Teller zurück und wischte sich den Mund.

»Warum, Onkel?«

Warum? Ein kleines Wort nur, aber eine riesengroße Frage. Er stand auf und ging durch die schwankende Kajüte zu den Fenstern. Unten glänzte das schäumende Kielwasser im Licht der Hecklaterne wie Schnee, und er glaubte, die *Valorous* zu sehen, die ihnen in respektvollem Abstand durch die Finsternis folgte. In der dicken Fensterscheibe sah er Pascoes Spiegelbild, der, das Kinn in die Hände gestützt, am Tisch saß. Wie ein Kind genoß er diese private, von Zuneigung erfüllte Stunde, die schnell genug vergehen würde.

»Ich will sicher sein, Adam, daß du das Haus und das Gut bekommst, wenn ich tot bin«, sagte Bolitho. Er hörte, daß der Junge erschrocken auffuhr, und war wütend über seine unverblümten Worte. »Ich weiß«, milderte er sie ab, »daß ich dich noch jahrelang hinhalten werde, wenn ich ein bißchen Glück habe.« Er wandte sich um und sah Adam lächelnd an. »Aber wenigstens will ich es sicherstellen.«

Der Junge machte Miene aufzustehen, aber Bolitho trat zum Tisch und legte ihm die Hand auf die Schulter. »Es wäre von Rechts wegen eines Tages sowieso dein, wenn das Leben etwas freundlicher zu dir gewesen wäre. Ich will aber dafür sorgen, daß dir dein Recht nicht streitig gemacht werden kann.« Er konnte sich nicht mehr beherrschen; seine Worte überstürzten sich fast. »Du trägst zwar nicht den Namen unserer Familie, aber du bist trotzdem ein Teil von ihr – und von mir.« Da der Junge sich die Augen wischte, drückte er ihm beruhigend die Schulter. »Jetzt mach, daß du auf Wache kommst. Ich wünsche nicht, daß meine Offiziere hinter meinem Rücken sagen, ich begünstige irgendeinen hergelaufenen Neffen!«

Langsam stand Pascoe auf und sagte leise: »Captain Herrick hatte recht.« Er ging; Bolitho konnte sein Gesicht nicht sehen, bis er sich unter der Tür wieder umwandte. »Er sagte, du wärest der großartigste Mann, den er je getroffen hätte. Und dann sagte er noch . . .« Doch er konnte nicht zu Ende sprechen und ging schnell hinaus.

Bolitho trat wieder ans Fenster und starrte blicklos ins Kielwasser. Er war zufrieden mit sich selbst, zum erstenmal seit . . . Er konnte sich nicht mehr daran erinnern. Vielleicht würde er wenigstens dem Jungen helfen können und etwas von dem Unrecht gutmachen, das ihm angetan worden war. Wenigstens war ihm ein Zusammenstoß mit Draffen erspart geblieben. Hätte er sich dessen Gerede über Hughs Beteiligung am Sklavenhandel anhören müssen, es wäre wie ein Messer in seinem Herzen gewesen, und er hätte einen nicht wiedergutzumachenden Schaden davongetragen.

Es klopfte – Midshipman Ashton. »Mr. Meheux läßt mit allem Respekt melden, Sir, er würde gern noch ein Reff einbinden. Der Wind frischt von Nordwesten auf.« Hungrig wanderten seine Augen über die fettigen Teller.

Bolitho nickte und nahm seinen Hut. Die kurzen friedlichen Minuten waren wieder vorbei.

»Ich bin gleich oben.« An der Tür sagte er noch: »Wenn ich zurückkomme, werde ich es Ihnen nicht übelnehmen, wenn das Fleisch da verschwunden ist.« Lächelnd schloß er die Tür hinter sich. Es war das gleiche frugale Essen, das auch die Mannschaft bekam. Doch Ashton, in der nie erträumten Pracht der Kapitänskajüte an gedeckter Tafel sitzend, mußte denken, es sei ein Bankett. Was allerdings Trute dazu sagen würde, war schwer vorstellbar.

Die Morgenwache hatte noch eine Stunde Dienst, als Bolitho am nächsten Tag aufs Achterdeck kam. Obwohl er mehrfach in der Nacht aufgestanden und oben gewesen war, fühlte er sich bemerkenswert frisch, und in seiner Schulter hatte er zwar ein wundes Gefühl, aber nicht eigentlich Schmerzen. Er hielt inne und warf einen Blick auf den kardanisch aufgehängten Kompaß. Kurs Nordost, wie schon bei der letzten Inspektion vor Sonnenaufgang.

Der Himmel war sehr klar, wie frisch gewaschen; unter einem frischen Nordwest erstreckte sich die See in kleinen, weißbemähnten Wellen endlos bis zur Kimm.

Während Bolitho in seinem Frühstück herumstocherte und langsam an einem Becher Kaffee nippte, hatte er darauf gewartet, daß ein Ruf des Ausgucks oder die trappelnden Füße eines Läufers melden würden, die *Coquette* sei in Sicht. Es wurde jedoch immer heller, schon waren die Geräusche von Putzwasser und Schwabber an Deck zu hören, und immer noch war kein Schiff zu sehen. Und jetzt, als er zum Achterdeck schritt und die aufsteigende Unsicherheit hinter einer maskenstarren Miene verbarg, wurde ihm klar, daß er Broughton die weitere Jagd nach der *Auriga* ausreden mußte.

Über siebzehn Stunden lang, seit Broughton die *Coquette* hinter der verlorengegangenen Fregatte hergejagt hatte, war das Geschwader, so viele Segel gesetzt wie nur irgend möglich, vorwärtsgestürmt. In der Nacht, als sie auf den jetzigen Kurs gegangen waren, hatte es ein paar atemberaubende Momente gegeben, als die

Valorous wie ein Geisterschiff aus dem Dunkel auftauchte und beinahe ins Heck der *Euryalus* gesegelt wäre.

Vorhin, beim Kaffee in der privaten Welt seiner Kajüte hinter der Schottwand, hatte er die Karte studiert. Sie waren jetzt sechzig Meilen südlich von Ibiza und stießen immer tiefer ins Mittelmeer hinein. Ironischerweise hatte Broughtons Entschluß, die *Auriga* zurückzuerobern, das Geschwader in dieselben Gewässer geführt, die es gerade verlassen hatte. Sie befanden sich knapp achtzig Seemeilen nordöstlich von Djafou.

Keverne dachte, jetzt sei der richtige Moment, den Kommandanten anzusprechen. »Guten Morgen, Sir.« Er lächelte. »Wieder einmal.«

Hinter Keverne, weit draußen in Lee, standen die vollen Bramsegel der *Impulsive*. Broughton hatte angeordnet, daß sie als einziges Schiff die Flanke des Geschwaders sichern sollte. Sie war schneller als die anderen, und da Broughton keine weitere Fregatte zur Verfügung hatte, sondern nur die kleine *Restless* weit draußen an der Kimm, blieb ihm kaum eine andere Möglichkeit als diese Marschordnung.

»Signalisieren Sie bitte der *Tanais*, sie soll mehr Segel setzen«, sagte Bolitho. »Sie ist schon wieder zurückgefallen.«

Stirnrunzelnd faßte Keverne an den Hut. »Aye, Sir.«

Bolitho ging nach Luv und nahm dort seinen Morgenspaziergang auf. Die *Tanais* lag zwar ein wenig in Lee der Formation, aber kaum so sehr, daß unter diesen besonderen Umständen ein solches Signal gerechtfertig gewesen wäre. Jedes Schiff tat sein Bestes, und das Geschwader hatte seit der letzten Kursänderung ständig sieben Knoten geloggt.* Keverne dachte vielleicht, er hätte es nur befohlen, um ihn an die seinerzeitige Kollision zu erinnertn. Vielleicht glaubte er auch, Bolitho hätte einfach das Bedürfnis, etwas zu tadeln.

Seine Gedanken überstürzten sich, und automatisch schritt er schneller aus. Keverne mochte glauben, was er wollte. An diesem Morgen stand mehr auf dem Spiel als Kevernes Seelenfrieden. Auf den ersten Blick schien Broughtons Hartnäckigkeit durchaus gerechtfertigt. Entweder war die Fregatte, obwohl die *Coquette* und die *Restless* vor der spanischen Küste standen, irgendwie durchgeschlüpft; oder aber, was ebenso möglich war, sie hatte die spanische

* Log: Gerät zur Bestimmung der Schiffsgeschwindigkeit
Knoten: Seemeilen (1852 m) pro Stunde

Küste nicht erreichen können, ohne ihren Vorsprung einzubüßen; dann konnte es sein, daß man sie noch erwischte. Der herrschende Nordwestwind, der für Broughton so günstig war, mußte den Vorteil der *Auriga* rasch zunichte machen.

Doch Bolitho runzelte die Stirn, denn damit kam er nicht weiter. So war es allenfalls gestern gewesen, als noch wirkliche Hoffnung bestand, die *Auriga* zu fassen. Aber ihr Kommandant hatte vielleicht gar nicht die Absicht, sich nach Spanien oder Frankreich zu wenden. Vielleicht wollte er in irgendeiner geheimen Mission nach Mallorca oder Port Mahon oder sogar noch weiter ostwärts, immer weiter, mit aller Geschwindigkeit, die seine Segel hergaben.

Wäre er nicht so in seine persönlichen Angelegenheiten vertieft gewesen, in seine Wiedersehensfreude, dann hätte er Broughton vielleicht früher darauf angesprochen. Ärgerlich zog er die Brauen noch stärker zusammen. Immer dieses »Vielleicht« und »Möglicherweise«!

»Guten Morgen, Sir.«

Er blieb stehen. Vom Steuerborddecksgang blickte Pascoe auf ihn hinunter.

Bolitho lockerte sich etwas. »Na? Schon eingelebt?«

Der Junge nickte freudig. »Ich habe mir das ganze Schiff angesehen, Sir.« Dann sah er auf einmal sehr ernst drein. »Man kann sich nur schwer vorstellen, daß sich hier die Franzosen ergeben haben.« Er ging ein paar Schritte nach achtern und starrte auf die feuchten Planken. »Ich dachte an Mr. Selby, den Steuermannsmaat, der starb, um mich zu retten. Ich denke oft an ihn.«

Bolitho preßte die Hände auf dem Rücken zusammen. Würde das nie aufhören? Immer schien Hugh, den Adam nur unter dem Namen »Selby« kannte, ihm über die Schulter zu blicken, voller Spott über seine Anstrengungen, die Vergangenheit zu vergessen.

Er merkte, daß Adam ihn besorgt ansah. »Ist irgend etwas nicht in Ordnung, Sir? Ihre Wunde?«

Bolitho schüttelte den Kopf. »Ich bin heute ein schlechter Gesellschafter. Aber ich freue mich, daß du noch an Mr. Selby denkst. Auch ich kann mich nur schwer an den Gedanken gewöhnen, daß die *Euryalus* dasselbe Schiff ist, das uns damals so teuer zu stehen gekommen ist«, entgegnete er.

»Der Admiral kommt, Sir«, sagte Pascoe und entfernte sich rasch. Broughton trat an Deck und starrte mißmutig auf dic Kimm.

Bolitho machte seine gewohnte Meldung und sagte dann: »Ich denke, wir sollten abdrehen, Sir.«

Broughton tat, als hätte er nichts gehört.

»Vielleicht wird Gillmor sie stellen können, aber *wir* haben nicht viel davon, wenn wir so weitermachen, finde ich.«

Broughton wandte den Kopf und sah ihn starr an. »So – finden Sie?«

»Jawohl, Sir. Die *Coquette* müßte durchaus imstande sein, mit der *Auriga* fertig zu werden, denn die französische Mannschaft ist ganz neu auf dem Schiff. Gillmor hat sich bereits als sehr tüchtig in Einzelgefechten erwiesen.«

»Wir machen weiter.« Broughtons Kiefermuskeln traten hervor. »Die *Auriga* wird vielleicht versuchen, auf Gegenkurs zu gehen – *und ich will sie haben*!«

»Das ist, als zerschlüge man ein Ei mit einem Schmiedehammer, Sir«, erwiderte Bolitho gelassen.

Heftig fuhr Broughton herum, wutbleich im Gesicht. »Meine letzten Befehle lauten, daß ich zur Flotte nach Cadiz zurück soll, wenn ich nicht eine geeignete Basis gefunden und für uns in Besitz genommen habe. Wissen Sie, was man sagen wird? Ja? Wissen Sie es?« schrie er und wartete die Antwort nicht ab. »Man wird mir vorwerfen, daß ich nicht ein einziges Teilziel meiner Mission erreicht habe. Daß ich Kontakt mit dem Feind verlor, weil ich den Verlust der *Auriga* nicht verhindert habe. Das ist meine Schuld, und dafür muß ich über die Klinge springen – so verdammt einfach ist das!«

Von der anderen Deckseite blickte Meheux neugierig herüber, und der Admiral blaffte wütend: »Sagen Sie diesem Herrn da, er soll sich eine Arbeit suchen, sonst sorge ich dafür, daß er den Tag seiner Geburt verflucht!«

Unbewegt erwiderte Bolitho: »Der erste Bericht der *Impulsive*, daß sie die Fregatte gesichtet hat . . .«

»Die *Impulsive*?« unterbrach der Admiral. »Woher in Gottes Namen wissen wir denn, daß sie auch nur versucht hat, dieses verdammte Schiff zu kriegen? Sie war an der Nore-Meuterei beteiligt, ihr Kommandant tut fast, als ob er auch noch stolz darauf ist – da liegt doch die Annahme sehr nahe, daß die Mannschaft die Verfolgung verhindert hat. Vielleicht war die *Auriga* für sie ein Symbol ihres eigenen verdammten Hochverrats in der Nore!«

»Das ist unfair, Sir!«

»So – unfair?« Broughton hatte jetzt alle Zurückhaltung fahrenlassen und achtete überhaupt nicht darauf, daß einige Matrosen, die in der Nähe der Geschütze arbeiteten, mit gespannter Aufmerksamkeit lauschten. »Ich werde Ihnen sagen, was ich denke.« Er stieß das Kinn vor, und sein Gesicht war nur ein paar Zoll von dem Bolithos entfernt. »Ich glaube, Sie haben noch nicht einmal die Anfangsgründe der höheren Flottenführung begriffen. Sie sind beliebt, ich weiß! O ja, ich habe gesehen, wie beliebt Sie bei der Mannschaft sind!« Er hielt einen Moment inne und starrte, ohne etwas zu sehen, über die Netze. »Mir hat nie daran gelegen, bewundert zu werden oder beliebt zu sein – ich will, daß man mir gehorcht! Können Sie sich das vorstellen? Bei Gott, wenn Sie jemals Flaggoffizier werden sollten, dann werden Sie merken, daß es da keinen Mittelweg gibt!«

Bolitho erwiderte nichts, sondern sah ihn nur an. Er war immer noch wütend über diese ehrabschneiderische Attacke auf Herrick; aber gleichzeitig konnte er durchaus verstehen, wie tief enttäuscht und verzweifelt der Admiral war. Die *Auriga* war in der Tat ein Symbol, aber nicht in dem Sinn, den der Admiral meinte. Für ihn bedeutete sie den Beginn seiner Mißerfolge, beinahe von dem Augenblick an, als er seine Flagge an Bord gehißt hatte.

Schließlich sagte Bolitho: »Ich glaube, daß Captain Herrick die *Auriga* gesichtet hat, war purer Zufall, Sir. Der Gegner muß, als er die *Impulsive* sah, ebenso überrascht gewesen sein wie wir es waren, daß sie so unerwartet bei uns aufkreuzte.«

Broughton riß sich aus seinen Grübeleien. »Und?«

»Wir wurden beobachtet, als wir in Gibraltar in See gingen; andere feindliche Schiffe haben uns unterwegs gesichtet, darunter solche, von denen wir vielleicht gar keine Ahnung haben.« Wieder schoß Broughton wütende Blicke, doch Bolitho ließ sich nicht beirren: »Überhaupt – was hat die *Auriga* eigentlich hier zu suchen?«

»Das weiß ich genausowenig wie Sie, Bolitho«, erwiderte der Admiral eiskalt, »aber ich werde sie finden und aufbringen. Wenn wir zur Flotte zurückkehren, dann als komplettes Geschwader, das jederzeit bereit ist, wieder ins Mittelmeer vorzustoßen und gemäß der *mir* zustehenden vollen Befehlsgewalt zu handeln!«

Er setzte zum Gehen an, befahl aber noch: »Informieren Sie mich sofort, wenn die *Coquette* in Sicht kommt!« Damit schritt er in die Hütte.

Bolitho trat zur Reling und sah auf den Segelmacher und seine Maaten hinab, die jeden Quadratfuß Deck besetzt hielten und an den ausgebreiteten Segeln mit blitzenden Nadeln die nie endenden Reparaturen ausführten. Überall waren die Männer an der Arbeit: Mit Spleißen, Kalfatern, Leinen erneuern oder auch nur hier und dort, wo es besonders nötig war, einen Klecks Farbe auftragen. Eine Gruppe Marine-Infanteristen enterte schwerfällig zum Vortopp auf, um dort am Drehgeschütz zu exerzieren, und auf dem Backborddecksgang sah er Pascoe in angeregter Unterhaltung mit Meheux.

Das alles hatte Broughton eben *nicht* gesehen. Er sah diese Männer als eine Art Bedrohung oder bestenfalls als Verkörperungen menschlicher Unzulänglichkeit, die seine festgefügten Pläne gefährden konnten. Und doch lag gerade in den Menschen die wahre Stärke eines Schiffes, ohne die es nur totes Holz und Tauwerk war. Oft genug sprach Broughton von Loyalität, aber er hatte nie verstanden, daß das nur ein anderes Wort für Vertrauen war, und Vertrauen beruhte auf Gegenseitigkeit; es war nicht der persönliche Besitz eines einzelnen.

Bolitho fuhr hoch, denn Tothill rief: »Geschützfeuer, Sir!«

Er stützte sich auf die Reling, beugte sich weit vor und horchte angestrengt über die normalen Schiffsgeräusche hinaus. Da war es, ganz schwach, wie Brandungsrauschen in einer tiefen Grotte. Aber bei der kräftigen Brise, die von Backbord über das Achterdeck wehte, konnte es auch nur schwach zu hören sein.

Broughton, das Gesicht vor Erregung verzerrt, kam unter der Kampanje hervorgeschossen und rannte beinahe Trute um, der ein Tablett mit leeren Bechern in Händen hielt. Der Admiral hatte keinen Hut auf, aber noch eine Schreibfeder in der Hand, wie einen Dirigentenstab.

»Hören Sie das?« Er sah sich unter den Männern der Wache um. »Ja?« Er trat neben Bolitho und kniff die Augen zusammen. »Was haben wir nun von Ihrer verdammten Vorsicht?«

Bolitho musterte ihn gelassen. Broughtons Geschimpfe erleichterte ihn mehr als daß es ihn ärgerte. Mit einigem Glück konnte Gillmor die *Auriga* innerhalb einer Stunde kampfunfähig machen oder sie sogar aufbringen, und dann war diese Eskapade vorbei.

»Sagen Sie dem Ausguck, Mr. Keverne, daß er sofort meldet, wenn er sie in Sicht bekommt.«

»Sir – die *Impulsive* signalisiert«, rief Tothill.

Ärgerlich sagte Broughton: »Na – darauf wird sich wohl Ihr Freund Herrick jetzt eine ganze Menge einbilden!«

Bolitho nahm ein Teleskop und richtete es auf den fernen Zweidecker. Er hatte etwas gedreht und lag schwer im Wind, der Kommandantenwimpel stand starr wie eine Lanze.

Tothill enterte in die Wanten, das mächtige Teleskop schwankte in seinen Händen wie ein widerspenstiges Kanonenrohr. Lautlos bewegte er die Lippen, und als er an Deck hinunterblickte, sah er ganz blaß aus. »*Impulsive* an Flaggschiff, Sir. ›Unbekannte Segel in Richtung West zu Nord.‹«

»Bestätigen!«

Bolitho wandte sich dem Admiral zu, der immer noch mit geneigtem Ohr auf den fernen Kanonendonner lauschte.

»Haben Sie das gehört, Sir?«

Broughton starrte ihn wütend an. »Natürlich! Ich bin doch nicht taub!«

Da ertönte die Stimme des Ausgucks, und er fuhr hoch. »An Deck! Segel Backbord voraus! Ich kann Mündungsfeuer sehen!«

Broughton rieb sich die Hände. »Jetzt muß es jede Minute aus und vorbei sein mit der *Auriga*!«

»Ich glaube, wir sollten die *Impulsive* abordnen, damit sie die anderen Segel rekognosziert, Sir.« Doch es war, als spräche er zu einem Tauben. Offensichtlich hatte Broughton nichts anderes im Kopf als die beiden Fregatten, die da draußen an der Kimm miteinander fochten.

Da kam Tothill mit einer neuen Meldung: »Von der *Impulsive*, Sir. ›Schätzung: vier unbekannte Segel!‹«

Jetzt endlich schien sich Broughton von seinen Gedanken an die *Auriga* loszureißen. »*Vier*? Wo, zum Teufel, kommen die denn her?«

Die *Impulsive* wurde kleiner. Sie hatte Segelfläche gekürzt und fiel infolgedessen zurück. Bolitho biß sich auf die Lippen, froh über Herricks Initiative. So weiterzumachen wie bisher, war reiner Wahnsinn. Die gesichteten Schiffe, und es konnten nur Feinde sein, stießen mit vollem Windvorteil in die Flanke des Geschwaders. Wenn Herrick genau feststellen konnte, was sie vorhatten, mochte immer noch Zeit dazu sein, daß Broughton seine Schiffe in Gefechtsordnung manövrieren konnte.

»Geschützfeuer hat anscheinend aufgehört, Sir«, sagte Keverne.

»Gut«, antwortete Broughton stirnrunzelnd, »jetzt werden wir sehen.«

»Schade, daß die *Coquette* so weit voraus ist«, warf Hauptmann

Giffard ein. »Nun könnten wir sie gut zum Rekognoszieren gebrauchen, nicht wahr, Sir?«

»Was haben Sie da gesagt?« blaffte Broughton ihn an, und der Hauptmann schrak zurück.

Ehe er sein Sprüchlein wiederholen konnte, fuhr Bolitho in hellem Zorn zu Broughton herum: »Hol sie der Teufel, sie müssen es gewußt haben! Bestimmt hat Brice ihnen bei der Gefangennahme alles erzählt, was er wußte, und den Rest haben sie sich zusammengereimt!«

Broughton starrte ihn an, als sei er verrückt geworden; aber Bolitho sprach voll bitterer Wut weiter. »Sie haben uns die *Auriga* entgegengeschickt, weil sie genau wußten, wie Sie darauf reagieren würden!« Er deutete mit seinem gesunden Arm über die Netze. »Und genau den Gefallen haben Sie ihnen getan, Sir!«

»Was, zum Teufel, quatschen Sie da, Mann?«

Kalt erwiderte Bolitho: »Die *Auriga* war der Köder. Ein Köder, den Sie wegen Ihrer gröblich verletzten Würde einfach nicht ignorieren konnten!«

Broughton lief rot an. »Wie können Sie es wagen, so zu mir zu sprechen? Ich stelle Sie unter Arrest, ich . . .«

Da rief Tothill erregt hinunter: »*Impulsive* an Flaggschiff, Sir: ›Unbekannte Flotte in Peilung West zu Nord.‹«

Langsam schritt Bolitho zur Reling. »Nicht ›Schiffe‹, Sir Lucius, sondern eine ganze Flotte.« Er wandte sich zu ihm um und war auf einmal wieder ruhig. »Und jetzt werden diese Leute, denen Sie alle möglichen Verbrechen unterstellt haben, von der Faulheit bis zur Meuterei, kämpfen und sterben müssen – für Sie, Sir Lucius!« Er ließ die Worte einwirken.

»*Impulsive* erbittet Instruktionen, Sir«, rief Tothill mit bebender Stimme. Broughton starrte auf den Federkiel, den er immer noch in der Hand hielt. »Es war eine Falle«, murmelte er. Es klang ganz seltsam.

Bolitho sah ihm fest in die Augen. »Jawohl. Colonel Alava hatte völlig recht, auch in bezug der Absichten Frankreichs auf Ägypten und Afrika.« Er hob den Kopf und blickte auf die gischtgekrönten Wellen. »Diese Schlacht ist für die Franzosen hochwichtig, und zwar deswegen, weil sie genau wissen, sie können uns so zerschlagen, daß wir nie wieder ins Mittelmeer vorstoßen werden. Und dann haben sie freie Bahn!«

Tothill traute sich kaum zu unterbrechen. »Von der *Impulsive*,

Sir: ›Schätzung zehn Linienschiffe.‹«

Broughton konnte sich anscheinend zu keiner Reaktion aufraffen. Er stand reglos. Endlich sagte er gepreßt: »Dann werden wir eben kämpfen.« Doch es klang nicht sehr überzeugt.

Bolitho verdrängte sein Mitleid. »Wir haben auch gar keine andere Wahl, Sir. Der Feind hat den Windvorteil, und wenn wir fliehen, können sie uns nach Belieben so lange jagen, bis sie uns wie Motten am Land zerquetschen. Bestimmt sind schon von Toulon und Marseille noch mehr Schiffe unterwegs, damit die Falle auch ja genug Zähne hat!« schloß er bitter.

Der Admiral riß sich zusammen. Man sah ihm die körperliche Anstrenung an, die es ihn kostete. Er hatte die Augen zusammengekniffen und sprach kurz und abgehackt.

»Signal: ›Ganzes Geschwader halsen und Feind auf Gegenkurs ansegeln.‹ Schiff gegen Schiff können wir . . .« Er sah Bolithos ablehnende Miene und stieß verzweifelt hervor: »Mein Gott – zwei gegen einen!«

Bolitho wandte sich ab; er konnte Broughtons offensichtliche Hilflosigkeit nicht mitansehen.

»An Deck! Segel in Luv!«

Bolitho nickte. So waren sie also schon in Sichtweite und kamen eilig heran zum tödlichen Schlag.

Zehn Linienschiffe. Er kniff sich mit der gesunden Hand in die Seite, um sich zum Denken zu zwingen und nicht angesichts dieses Kräfteverhältnisses seinen Geist stumpf und untätig werden zu lassen. Zwei zu eins hatte Broughton gesagt; aber die *Impulsive* war nicht viel mehr als eine große Fregatte. Und außerdem alt; ihr Rumpf war mürbe von jahrzehntelangem schwerem Dienst. Er lächelte melancholisch. Ja, mürbe – das hatte Herrick selbst gesagt.

Doch jetzt war sein Kopf wieder klar. »Mit Ihrer Erlaubnis, Sir«, wandte er sich an Broughton, »wir sollten die Schlachtordnung ändern und zwei Formationen bilden.« Er sprach schnell; er sah den Plan vor sich wie mit Fähnchen auf der Karte markiert. »Die Franzosen kämpfen gern in feststehender Gefechtslinie. Sie haben zu lange im Hafen gelegen, als daß sie etwas wesentlich anderes hätten einexerzieren können.« Genau wie du, dachte er, als er sah, wie unsicher Broughton zuhörte. »Wir können die Formation in Luv übernehmen, mit nur der *Impulsive* hinter uns. Rattray kann den Keil in Lee in der bisherigen Formation führen. Wenn es uns gelingt, die feindliche Gefechtslinie an zwei Stellen zu durchbrechen, könnten wir immer noch einigermaßen günstig abschneiden.« Da er sah, daß Broughton nach wie vor unentschlossen war, wurde er beinahe grob: »Wenn Sie aber Schiff gegen Schiff und Linie gegen Linie kämpfen, werden Sie erleben, daß in Ihrem Geschwader eine halbe Stunde nach Feuereröffnung kein Mast mehr steht!«

Leutnant Bickford unterbrach: »Ich kann die *Auriga* sehen, Sir.« Er ließ sein großes Signalteleskop sinken. »Sie hat die *Coquette* angegriffen.« Es war wie der letzte Hohn auf Broughtons Wünsche.

Verloren sah der Admiral Bolitho an. »Ich gehe einen Moment nach unten. Sie sind ermächtigt, Ihren Plan auszuprobieren.« Vielleicht wollte er noch der Form halber von sich aus einen Befehl geben, tat es aber nicht, sondern knurrte wütend: »Ich wünschte bloß, Draffen wäre hier an Deck und würde selbst erleben, was uns sein Betrug kostet!«

Bolitho sah Broughton nach und winkte dann Keverne und Tothill herbei. »Signal an alle: ›Geschwader geht nacheinander über Stag und nimmt dann Kurs West.‹«

Keverne eilte an die Reling und rief den wartenden Matrosen Befehle zu. Pfeifen schrillten, die Männer rannten auf ihre Stationen, Signalflaggen stiegen hoch – sehr bunt standen sie gegen den bleichen Himmel.

Nachdem alle Bestätigungen gemeldet waren, sagte Bolitho: »Noch ein Signal an alle, Mr. Tothill: ›Gefechtsklar!‹« Er lächelte etwas mühsam in das gespannte Gesicht des Midshipman. »Ja, es sieht aus, als ob es an diesem schönen Morgen ein Gefecht gibt, also passen Sie gut auf Ihre Leute auf.«

An allen Decks herrschte jetzt Ordnung; die Unteroffiziere hakten ihre Wachrollen ab, Partridge stand bei den Rudergängern, bereit, hinter der *Tanais* durch den Wind zu drehen. »Alle Bestätigungen eingegangen, Sir!« rief Tothill.

Sie waren bereit. »Ausführungsbefehl!«

Keverne wartete auf den richtigen Moment: auf die Zehen gereckt beobachtete er, wie erst die *Zeus* und dann die *Tanais* mit schlagenden Segeln drehten. »Legen Sie das Schiff auf Backbordbug. Ich mache inzwischen die Gefechtsorder für die Kommandanten fertig«, sagte Bolitho zu ihm.

»Und dann, Sir?« Keverne hatte immer noch die *Tanais* im Auge.

»Dann können Sie Klarschiff zum Gefecht anschlagen lassen.« Er lächelte. »Und diesmal werden wir es in acht Minuten schaffen!«

»Achterdeck! An die Brassen!« brüllte Keverne.

Beim Klang seiner Stimme wandte Bolitho sich noch einmal um: Pascoe stand bei der Achterwache an den Besanbrassen, den Hut tief über das widerspenstige Haar gezogen, die Augen im grellen Sonnenlicht zusammengekniffen.

Eine Sekunde lang trafen sich ihre Blicke, und Bolitho wollte schon die Hand heben, um ihm zuzuwinken. Aber ein plötzlicher Schmerz erinnerte ihn an seine Wunde, und er sah die Bestürzung im Gesicht des Jungen; es war, als fühle er seine Schmerzen mit.

»Ruder hart Backbord! Los die Vorschoten! Hol dicht Besan!«

Matrosen rannten in alle Richtungen; unter dem Druck von Wind und Ruder kam die *Euryalus* unter Knarren und Stöhnen herum.

Und dann war es wieder einmal soweit: wie ein gigantischer Elefantenstoßzahn reckte sich ihr Klüverbaum einem Feind entgegen.

IXX Im Gefecht

»Kursänderung ein Strich nach Backbord, Mr. Partridge!«

Bolitho ging nach Lee, um nach der *Zeus* zu sehen, die fast genau voraus an der Spitze der anderen Formation segelte. Es hatte fast eine Stunde gedauert, bis das Geschwader über Stag gegangen war und jeder Kommandant seinen Platz in seiner Gefechtslinie eingenommen hatte. Gott sei Dank hatten sie inzwischen genügend Zeit gehabt, sich aufeinander einzuspielen.

»West zu Süd liegt an, Sir«, bestätigte Partridge mit grimmiger Entschlossenheit.

»Recht so.«

Bolitho schritt zur Achterdecksreling und musterte sein Schiff. Jetzt, da die *Euryalus* an der Spitze fuhr, konnte man die Lage viel besser übersehen und überdenken. Vor den mächtigen, klauenförmigen Klüversegeln und den dichgebraßten Vorbramsegeln, die das Schiff stetig auf Backbordbug hielten, konnte er den Feind so deutlich sehen wie auf einem Seeschlachtengemälde. Die zehn Schiffe segelten in beinahe vollkommener Gefechtslinie diagonal auf das britische Geschwader zu. Für ein ungeübtes Auge mochte es aussehen, als sei der Weg nach vorn von einer Reihe mächtiger Schiffe total blockiert, und selbst einem erfahrenen Beobachter konnte es bei diesem Anblick kalt über den Rücken laufen.

Widerwillig tat Bolitho ein paar Schritte über das totenstille Achterdeck und blickte dabei ab und zu nach der *Zeus*, um sich zu vergewissern, daß sie ihre Position einhielt. Ihr folgten in regelmäßigen Abständen die *Tanais* und die *Valorous*; die Doppelreihen ihrer Kanonen glänzten im harten Frühlicht wie schwarze Zähne.

Die hohe Kampanje der *Euryalus* verdeckte die *Impulsive* zum größten Teil, doch er konnte ihre festgezurrten Bramsegel und den flatternden Wimpel sehen und vermochte sich leicht vorzustellen, wie Herrick breitbeinig an Deck stand und mit seinen hellblauen Augen das Flaggschiff beobachtete.

»Glauben Sie«, fragte Keverne nachdenklich, »daß die *Frogs* erraten, was wir vorhaben, Sir?«

Zum zehnten Male schätzte Bolitho die Entfernung zwischen den beiden kleinen Formationen ab. Rattrays *Zeus* lag etwa drei Kabellängen entfernt, und er sah die roten Röcke der Marine-Infanteristen schimmern, die auf ihre Gefechtsstationen in den Masten kletterten. Die besten Scharfschützen würden heute verdammt nötig sein.

»Unsere Formationen sind so ungleich, daß der französische Admiral hoffentlich glaubt, wir hätten überhaupt keinen Plan.«

Das wäre auch ganz verständlich gewesen, dachte er grimmig. Fünf Schiffe in zwei ungleichen Stoßkeilen, die auf diese unerschütterliche Gefechtslinie zusegelten – das war, als galoppiere eine Gruppe Jäger blindlings auf einen Abgrund zu.

Nochmals überschaute er sein Schiff. Keverne hatte trotz allem in acht Minuten gefechtsklar gemacht. Vom ersten nervenreißenden Wirbel der Trommeljungen an waren Matrosen und Seesoldaten ernst wie zum Tode Verurteilte auf ihre Gefechtsstationen gegangen. Jetzt herrschte lautlose Stille. Nur hier und da bewegte sich jemand: da streute ein Schiffsjunge rasch noch Sand, damit die Füße der Geschützbedienungen besseren Halt auf den Planken fanden. Fittock, der Feuerwerker, hatte seine mächtigen Filzschuhe an und stieg noch einmal in die bedrohliche Dämmerung seiner Pulverkammer hinab.

Schutznetze waren über dem Deck aufgeriggt und Ketten um jede Rah geschlungen; an jedem Niedergang stand ein bewaffneter Seesoldat, damit nicht etwa jemand, der die Schrecken der Schlacht nicht mehr ertragen konnte, in die trügerische Sicherheit des Schiffsrumpfes zu flüchten versuchte.

Wie sauber und offen das alles aussah. Die Boote trieben an langen Leinen achteraus. Unter den Decksgängen hockten die Geschützbedienungen, nackt bis zum Gürtel, starrten durch die offenen Stückpforten und warteten darauf, daß der Wahnsinn losging.

Und das würde nicht mehr lange dauern. Bolitho richtete sein Teleskop auf das vorderste feindliche Schiff. Es war knapp zwei Meilen vor ihrem Backbordbug und segelte so, daß es den Kurs der *Zeus* kreuzen mußte.

Es kam ihm merkwürdig bekannt vor; aber dafür hatte Partridge eine Erklärung. Mit fachmännischen Interesse hatte er gesagt: »Ich kenn' sie, Sir. Die *Glorieux*, Vizeadmiral Duplays Flaggschiff. Bin mal vor Toulon mit ihr aneinandergeraten.«

Natürlich – das hätte er gleich sehen müssen. Da hatte sich das Schicksal noch einen Extraspaß ausgedacht, denn die *Glorieux* kam aus derselben Werft wie sein eigenes Schiff und war bis zum letzten Bolzen nach den gleichen Plänen gebaut. Abgesehen von der Bemalung, den breiten scharlachroten Streifen zwischen den Stückpforten, war sie die Zwillingsschwester der *Euryalus*.

Langsam führte er das Glas nach Steuerbord zu den beiden Schiffen in der Mitte der gegnerischen Formation. Zum Unterschied von den anderen führten sie die rot-gelbe Flagge Spaniens; der Sicherheit halber waren sie in der Mitte stationiert, wo sie ihrem Admiral folgen konnten, ohne zu sehr auf eigene Initiative angewiesen zu sein. Solche Initiativen hatten ihre französischen Alliierten bei St. Vincent schon einmal teuer bezahlen müssen.

Er hörte, wie Calvert etwas zu Midshipman Tothill sagte, und als er das Glas absetzte, sah er, wie der Leutnant das Signalbuch studierte, als wolle er sich unbedingt noch im letzten Augenblick nützlich machen. Armer Calvert. Wenn er diesen Tag überlebte, erwarteten ihn in England Arrest und Gerichtsverfahren. Dafür würden Draffens Freunde schon sorgen.

Bolitho wandte sich um und sah Pascoe bei den Neunpfündern stehen, einen Fuß auf einem Poller. Der Junge starrte auf den Feind und sah ihn nicht.

Bolitho sagte zu Keverne: »Wenn es irgend geht, brechen wir bei den spanischen Schiffen durch. Sie sind die Schwachpunkte, das kenne ich.«

Keverne beobachtete die *Zeus*. »Und Captain Rattray, Sir?«

»Der wird nach eigenem Ermessen handeln«, sagte Bolitho ernst. Rattray mit seinem Bulldoggengesicht würde schon von selbst angreifen; der brauchte keine Aufforderung. Jetzt war nur eins wichtig: sie mußten das französische Flaggschiff so lange von den anderen Schiffen trennen, daß sie durch die Schlachtordnung brechen und sich in Luv den Windvorteil verschaffen konnten. Und dann hieß es: Jeder für sich, so gut er konnte.

Vizeadmiral Broughton trat in die Sonne hinaus und nickte den Offizieren auf dem Achterdeck kurz zu. Etwas länger musterte er die Lee-Formation – zweifelnd, besorgt. »Schlachtenlärm kann ich ertragen«, sagte er, »aber das Warten ist eine Qual.«

Nachdenklich sah Bolitho ihn an. Er schien ruhiger geworden zu sein. Oder war es Resignation? Der Admiral trug seinen schönen Galadegen, und unter dem Uniformrock leuchtete das scharlachrote Band des Bath-Ordens. War er so verzweifelt, daß er sich irgendeinem französischen Scharfschützen absichtlich als Ziel anbot? Plötzlich tat er Bolitho leid. Vorwürfe und Anklagen waren jetzt sinnlos. Der Mann sah sein Geschwader und alle seine stolzen Hoffnungen in den fast sicheren Untergang segeln.

»Wollen Sie nicht ein bißchen auf und ab gehen, Sir Lucius? Ich finde, es lockert die Spannung«, fragte Bolitho.

Ohne Widerspruch fiel Broughton neben ihm in Gleichschritt, und während sie langsam auf und ab spazierten, sprach Bolitho gelassen weiter: »Die Mitte der Formation ist die günstigste Stelle, Sir. Zwei spanische Vierundsiebziger.«

Broughton nickte. »Ja, ich habe sie gesehen. Dahinter fährt der Stellvertreter des Admirals.« Plötzlich blieb er stehen und fragte irritiert: »Wo, zum Teufel, steckt die *Coquette*?«

»Sie repariert ihre Schäden, Sir. Auch die *Auriga* ist beschädigt – Fock und Besan. Beide können uns jetzt nicht viel nützen.«

Broughton blickte ihm sekundenlang starr in die Augen. »Werden unsere Leute kämpfen?« Er hob wie beschwörend die Hand. »*Wirklich* kämpfen, meine ich?«

Unwillig wandte Bolitho sich ab. »In dieser Hinsicht brauchen Sie keine Angst zu haben. Ich kenne sie und . . .«

»Und sie kennen Sie«, ergänzte Broughton.

»Jawohl, Sir.«

Als er wieder hinsah, stand die feindliche Linie zu beiden Seiten des Bugs, so daß die ganze Kimm von einer Wand aus Segeln verdeckt schien. Jeden Moment konnte der französische Admiral jetzt begreifen, was sie vorhatten, und dann waren sie geschlagen, ehe sie auch nur einen Treffer angebracht hatte. Hätten sie mehr Zeit gehabt oder noch besser die Beweglichkeit und Selbständigkeit, die ihnen durch Broughtons sture Führung versagt geblieben war, so hätten sie Rattray und den anderen irgendein Scheinsignal geben können; und dann hätte der Feind angenommen, sie würden jetzt halsen und in dem starren, alten, bei so vielen noch beliebten traditionellen Stil angreifen. Aber da sie dergleichen noch nie exerziert hatten, konnte ein falschverstandenes Signal den schon nicht sehr kampfstarken Verband in verhängnisvollster Weise durcheinanderbringen.

Es sei denn . . . Bolitho sah Broughton von der Seite an. Er hatte eine Idee.

»Darf ich vor dem Angriffssignal ein generelles Signal vorschlagen, Sir?« Ein Muskel zuckte auf Broughtons Hals, aber er sah den ansegelnden Schiffen unbewegt und stumm entgegen. Doch Bolitho ließ nicht locker. »Ein Signal von Ihnen, Sir.«

»Von mir?« Broughton wandte den Kopf und sah ihn überrascht an.

»Sie sagten vorhin, daß die Leute *mich* kennen, Sir. Aber es ist auch mein Schiff, und sie verstehen meine Art, wie ich versucht habe, ihre Art zu verstehen.« Er deutete auf die *Zeus*. »Doch alle diese Schiffe sind *Ihre* Schiffe, Sir, und die Leute müssen sich heute auf *Sie* verlassen.«

Broughton schüttelte den Kopf. »So etwas kann ich nicht.«

»Darf ich etwas sagen, Sir?«

Das war Calvert. »Dieses Signal müßte lauten: ›*Ich vertraue auf euch!*‹« Er wurde rot, denn Keverne trat rasch auf ihn zu und schlug ihm auf die Schulter. »Bei Gott, Mr. Calvert, ich hätte nicht gedacht, daß Ihnen so was einfallen würde!«

Broughton leckte sich die Lippen. »Wenn Sie tatsächlich glauben . . .«

Bolitho nickte Tothill zu. »Ja, das glaube ich, Sir. Stecken Sie das an, Mr. Tothill, und hissen Sie es sofort. Wir haben wenig Zeit.«

Mehrere Offiziere der *Zeus* beobachteten mit blinkenden Teleskopen die Reihe Flaggen, die da auf einmal an der Rah der *Euryalus* flatterte.

Doch er fuhr herum, denn plötzlich erzitterte die Luft im Donner der Kanonen. Das französische Flaggschiff hatte das Feuer eröffnet – ein Rohr nach dem anderen spuckte gelbrote Flammen, eine langsame Breitseite auf das ansegelnde Geschwader. Da es auf diagonalem Kurs lag, gingen die meisten Geschosse fehl; er sah sie durch die Wellenkämme fliegen und weit hinter der Lee-Formation Fontänen aufwerfen. Wie dicker brauner Nebel rollte der Qualm ab, bis von der *Zeus* nur noch die Mastspitzen zu sehen waren.

Broughton faßte seinen Degengriff. Sein Gesicht war vor Konzentration verzerrt, als ein zweites französisches Schiff feuerte. Eine Kugel durchschlug mit lautem Knall das Vormarssegel und flog jaulend übers Wasser.

»Horchen Sie, Sir!« sagte Bolitho knapp und trat neben den Admiral. »Hören Sie das?«

Über den Wind und das ersterbende Echo des Kanonendonners war, unbestimmt und verzerrt, als gäben die Schiffe untereinander den Takt an, fernes Hurrarufen zu vernehmen. Die Kunde verbreitete sich von Geschütz zu Geschütz, von Deck zu Deck, und die Matrosen der *Euryalus* schrien mit, laut und alles übertönend. Die Zwölfpfünderbedienungen sprangen sogar hoch und winkten Broughton zu, der wie aus Stein gehauen stand, mit totenstarrem Gesicht und stocksteifen Schultern.

»Sehen Sie, Sir«, sagte Bolitho leise, »es braucht gar nicht viel.«

»Gott im Himmel!« murmelte Broughton, und Bolitho wandte sich ab.

Jetzt feuerten weitere französische Schiffe, und mehrere Kugeln sausten in ziemlicher Nähe übers Wasser; die Segel der *Zeus*, die zielstrebig in den Qualm tauchte, wiesen schon einige Löcher auf.

Bolitho wandte sich wieder um, denn Broughton sagte entschlossen: »Ich bin bereit. Geben Sie dem Geschwader das Angriffssignal.« Noch im Weggehen sah Bolitho, daß Broughtons Augen glänzten – sei es vor Schreck oder vor Freude über das Hurrarufen. Jubel für ein kurzes banales Signal, das aber an der Schwelle des Todes viel bedeuten konnte.

»Signal hoch, Mr. Tothill«, rief Bolitho. »Mr. Keverne, an die Brassen! Wir wollen sehen, daß wir bis zum letzten Moment unsere Position zur *Zeus* halten!«

Wieder hallte das Echo des Kanonendonners über den kürzer werdenden Wasserstreifen zwischen ihnen und dem Feind. Er spürte das Deck erzittern – ein Treffer. Meheux stand jetzt bei den Geschützen im Vorschiff; eindringlich sprach er zu den Kanonieren, und sein rundes Gesicht war wie versteinert vor Konzentration.

»Fertig, Sir!«

Ganz langsam hob Bolitho die Hand. »Ruhig, Mr. Partridge!« Der Schmerz klopfte wieder in seiner Schulter – ein Zeichen seiner wachsenden inneren Anspannung. Die Hand fuhr nieder. »Jetzt!«

Die Flaggen an der Rah der *Euryalus* verschwanden, die Männer warfen sich in die Brassen, knarrend arbeitete das Rad gegen die Ruderleinen, wie ein riesiges Tor schien sich die französische Linie zu öffnen, bis der Bugspriet der *Euryalus* senkrecht zu ihr stand.

Ein rascher Blick bestätigte ihm, daß die *Zeus* befehlsgemäß ihre Abteilung anführte; heftig schlugen ihre Segel, als mehrere feindliche Kugeln sie trafen. Doch jetzt hatten die französischen Kanoniere es nicht mehr mit einem ganzen Pulk von Schiffen zu tun, sondern mit mehreren Einzelzielen. Hintereinander, die Batterien noch immer stumm, segelten die beiden britischen Stoßkeile gleichzeitig auf sie zu, durch die leichte Drehung nach Steuerbord lag die *Euryalus* allerdings eine gute Schiffslänge vor der *Zeus*.

Bolitho packte die Reling. Von den aufblitzenden Kanonen zog Rauch ab. Eisen jaulte über das Achterdeck, ein paar gebrochene Leinen und lose Blöcke fielen ohne Schaden anzurichten in die straffgespannten Netze.

»Abwarten!«

Er rieb sich die Augen, denn wieder wirbelte Qualm übers Deck; dicht vor dem Backbordbug standen, wie abgesägt, die Masten des Schiffes, das ihnen am nächsten war. Wieder ruckte das Deck, mehrere Treffer schmetterten in den Rumpf, und plötzlich fiel ihm ein, wie er seinerzeit Draffen auseinandergesetzt hatte, die *Euryalus* sei wegen ihrer französischen Konstruktion ein Schiff von überlegener Kampfkraft. Ein makabrer Gedanke: Draffen lag jetzt tief unten in der finsteren stillen Kabellast in seinem Rumfaß; und die Lebenden warteten indessen auf Kampf und Tod.

Er trat an die Hängemattsnetze – ein kleiner Farbfleck wurde über dem Qualm sichtbar. Die spanische Flagge wehte von der Gaffel; er hatte also die richtige Stelle für seinen Durchbruch abgepaßt.

»Batteriedecks klar zum Feuern!«

Die Midshipmen eilten zu den Niedergängen, und er stellte sich Weigall und Sawle vor, dort unten in ihrer Dämmerwelt; doch vielleicht blinkten die mächtigen Rohre schon in den offenen Stückpforten.

Meheux stand mit dem Blick aufs Achterdeck; Bolitho fiel auf, daß er den Degen wie bei der Parade an die Schulter gelehnt hatte.

Mit plötzlichem Erschrecken faßte er an seine Hüfte und rief:

»Meinen Degen!«

Allday kam gelaufen. »Aber Captain, Sie können ihn doch jetzt gar nicht halten!«

»Her damit!« Bolitho befühlte seine Seite und wunderte sich selbst über die abergläubische Bedeutung, die er seinem Degen beimaß. Doch er war ihm wichtig, obwohl er es nicht in Worte fassen konnte.

Er blieb stehen, bis Allday ihm das Koppel umgeschnallt hatte, und sagte nur: »Linkshändig oder nicht – man kann nie wissen!«

Allday nahm bei den Netzen Aufstellung und behielt ihn fest im Auge. Solange er seinen Entersäbel halten konnte, würde der Kommandant seinen Degen nicht brauchen müssen, das hatte er sich geschworen.

Ein neuer Laut ließ alle nach oben blicken. Kreischend, heulend wie ein Gespenst, fuhr es hoch über Deck dahin und verschwand im driftenden Qualm.

»Kettenkugeln«, sagte Bolitho kurz.

Die Franzosen versuchten stets, den Gegner zu entmasten, wenn irgend möglich, oder ihn manövrierunfähig zu schießen, während die britischen Batterien normalerweise auf den Rumpf zielten, um dort so viel Schaden an Schiff und Mannschaft anzurichten, daß der Gegner sich ergab.

Der Qualm glühte rot, vom Vorschiff her kamen Schreie, denn noch weitere Kettenkugeln sägten an den Karronaden vorbei und schnitten durch Wanten und Stage wie die Sichel durch Gras.

Eine starke Fallbö trieb den Rauch zur Seite, und während das Geschützfeuer die feindliche Linie entlanglief, sah Bolitho den nächsten spanischen Vierundsiebziger nur eine knappe Kabellänge vor ihrem Backbordbug. Kurz bevor sich der Qualm wieder setzte, stand das Schiff auf der glitzernden See, klar und deutlich, die vergoldeten Schnitzereien und die eleganten Heckaufbauten schimmerten, und auf der hohen Kampanje knallten bereits Musketen.

An Steuerbord schor das zweite spanische Schiff etwas aus; Klüver und Vormars killten, als der Kommandant sich bemühte, dem ansegelnden Dreidecker auszuweichen.

Broughton stand noch so da wie vorhin: reglos, mit herabhängenden Händen, wie versteinert.

»Sir! Nicht stehenbleiben!« Bolitho deutete auf das spanische Schiff. »Da sind Scharfschützen!«

Wie zur Bestätigung dieser Warnung flogen Splitter von den

Planken hoch wie Daunenfedern, und ein Mann am Geschütz schrie schmerzlich auf, denn eine Kugel war ihm in die Brust gefahren. Trotz seines Schreiens und Sträubens wurde er nach unten geschafft; er war wohl noch so weit bei Sinnen, daß er wußte, was ihn dort im Orlopdeck erwartete.

Broughton erwachte aus seiner Trance und ging weiter auf und ab. Er zuckte nicht einmal, als ein Toter von der Großrah abstürzte, auf die Netze fiel und dann über Bord rollte. Er schien jenseits von Furcht und Schmerz zu sein: als wäre er schon tot.

Schmetternd krachte es gegen den Rumpf; und dann, als der Qualm wieder abzog, sah Bolitho das spanische Schiff in Höhe seines eigenen Fockmastes. Sie passierten die feindliche Linie! Jeder Nerv in seinem Leib zuckte bei dem Gedanken. Er packte die Reling. »Mr. Meheux! Beide Batterien! Befehl weitergeben!« Hoffentlich konnte er den Krach überschreien. Tastend und fluchend versuchte er, seinen Degen zu ziehen. Es war hoffnungslos.

»Moment, Sir, ich mache das!« Pascoe.

Bolitho nahm den abgewetzten Griff in die Linke und lächelte ihm zu. »Danke, Adam.« Dachte der Junge in diesem Sekundenbruchteil dasselbe? Daß diese alte Klinge eines Tages ihm gehören würde?

Er hielt sie hoch über den Kopf, das dunstige Sonnenlicht blinkte auf der scharfen Schneide, bis sich der Qualm wieder übers Deck wälzte.

»Ziel erfassen!« Er zählte die Sekunden. »Feuer!«

Das Schiff schwankte heftig, als Deck für Deck, Geschütz für Geschütz, die todbringenden Breitseiten an Backbord und Steuerbord blitzten und krachten. Er hörte das Stöhnen brechender und fallender Spieren, spitze Schreie im Qualm – das nächstliegende Schiff mußte schwer getroffen sein. Und das war noch nicht einmal der eigentliche Anfang. Das tiefe Aufbrüllen der untersten Batterie von Zweiunddreißigpfündern übertönte alles; ihr Rückstoß erschütterte das Schiff bis in den Kiel. Ihre Doppelsalve fegte mit erbarmungsloser Genauigkeit in die spanischen Schiffe. Das an Steuerbord hatte die Stengen von Fock- und Großmast verloren, die verkohlte Leinwand stürzte ins Wasser wie Müll. Der nächste Zweidecker trieb vorm Winde ab, sein Ruder war weg, und das Heck gähnte als riesige schwarze Höhle in das Sonnenlicht. Was die Breitseite in den Batteriedecks angerichtet hatte, konnte man nur ahnen.

Ein verschwommenes Gebilde kam hinter dem anderen Spanier aus demRauch, und Bolitho vermutete, es sei das Schiff des stellvertretenden Admirals. Die untere Batterie der *Euryalus* hatte bereits neu geladen und harkte über den Bug des Franzosen, bevor dieser von seinem Nebenmann freigekommen war. Bolitho sah, wie seine Geschütze Feuer und Rauch spuckten, wußte aber, daß man sich dort wenig um genaues Zielen kümmern konnte.

»Klar zum Halsen, Mr. Partridge!«

Sie waren durch! Schon war der manövrierunfähige Vierundsiebziger im Rauch verschwunden, und bis zum nächsten Schiff, dem dritten in der Linie, klaffte eine mächtige Lücke.

Mit knarrenden Rahen, unter Befehlsgebrüll, das den Kanonendonner übertönte, drehte die *Euryalus* langsam und ging die feindliche Linie von hinten an. Das war ganz etwas anderes! Nun hatten sie in Luv den Windvorteil und konnten den Feind unbehindert vom Kanonenqualm beobachten. Bolitho atmete erleichtert auf, denn Masten und Rahen der *Euryalus* waren noch unbeschädigt. Allerdings waren die Segel durchlöchert, Tote und Verwundete lagen an Deck. Einige waren Opfer der Scharfschützen in den Masten des Feindes, die meisten jedoch waren von Splittern und herumfliegenden Holzstücken niedergemäht worden.

Irgendwo achtern ertönte nervenzerreißendes Krachen, und als er sich über die Reling beugte, wollte er seinen Augen nicht trauen: wie betrunken schwankte die *Impulsive* in einem Chaos zerbrochener Spieren; sie hatte die feindliche Linie erst zur Hälfte passiert. Der Fockmast war vollkommen weg, nur das Kreuzmarssegel schien noch intakt zu sein. Große Löcher klafften überall, und eben jetzt stürzte die Großmaststenge krachend in den Rauch, driftete längsseit und zog das Schiff noch mehr in den Feuerbereich des französischen Zweideckers. Kettenkugeln hatten sie fast entmastet; er sah bereits, daß noch ein weiteres französisches Schiff über Stag ging, um sie unter Feuer zu nehmen, so wie die *Euryalus* vorhin den Spanier. Er mußte sich wieder seinem eigenen Schiff zuwenden, aber seine Ohren konnte er vor dem Donner dieser furchtbaren Breitseite nicht verschließen. Er sah Pascoe mit schreckgeweiteten Augen hinüberstarren.

»Boote kappen!« brüllte er. Adam wandte sich ihm zu und sagte etwas, doch es ging im Krachen einer Musketensalve unter.

Eiskalt beobachtete Bolitho den nächsten Franzosen, auf dessen Heck der Wind die *Euryalus* langsam zutrieb. Der Kommandant dieses Schiffes mußte sich entweder zum Kampf stellen oder versuchen, abzufallen und mit raumem Wind wegzukommen. Dann war sein Schicksal ebenso besiegelt wie das der *Impulsive*. Bolitho mußte die Zähne zusammenbeißen, um nicht laut Herricks Namen zu rufen. Damit, daß er die Boote kappen ließ, hatte er in erster Linie den Jungen beruhigen wollen; von den Überlebenden der *Impulsive* würden sich wohl nur wenige retten können.

»Achtung, Vorschiff!« brüllte er. »Mr. Meheux! Karronade auf den da!«

»Feuer!«

Die ersten Geschütze der Backbordbatterie brüllten los, und dann erzitterte die Luft unter dem tiefen Dröhnen der Karronade. Balken und Stücke des Schanzkleids flogen von der Kampanje des Feindes hoch, und der Besan mitsamt der Trikolore taumelte in die anrollende Qualmwolke.

»Sehen Sie da! Gott verdammt!« schrie Broughton ihm zu. Er hüpfte vor Aufregung, denn jetzt stieß wie der Finger eines Riesen erst ein Klüverbaum und dann eine goldglänzende Galionsfigur am nächsten französischen Schiff vorbei.

»Die *Zeus* hat die Linie durchbrochen!« Keverne schwenkte seinen Dreispitz. »Mein Gott, seht sie bloß an!«

Beidseitig aus allen Rohren feuernd, kam die *Zeus* durch, die Segel in Fetzen, den Rumpf durchlöchert und schwarz vom Pulverrauch. Dünne rote Fäden rannen aus den Speigatten, als blute das Schiff selbst – Rattray mußte hart und ohne Rücksicht auf Verluste gekämpft haben, um es dem Flaggschiff gleichzutun.

Soweit Bolitho sehen konnte, waren jetzt alle Schiffe im Gefecht. Vorn und achtern hämmerten Geschütze, an Backbord und Steuerbord waren Schiffe in Einzelgefechte verwickelt. Die saubere französische Gefechtsformation war zum Teufel, ebenso die Einteilung bei Broughtons Geschwader. Der französische Admiral hatte keine Kontrolle mehr über seine Schiffe, er war vorm Wind abgetrieben und stand von seinem Verband getrennt, von Rauch geblendet, irgendwo in dieser kampfgepeitschten See.

»Signal an alle!« brüllte Broughton: »›Formiert Schlachtordnung vor und achtern vom Flaggschiff!‹«

Tothill nickte heftig und rannte zu seinen Männern. Die Chancen, daß dieser Befehl befolgt wurde, waren nicht allzu groß, aber jedenfalls würde das Geschwader sehen, daß Broughton immer noch das Kommando führte.

Und da kam die *Tanais* – ihr Besan war weg, das Vorschiff ein Chaos von Splittern, ihr Wimpel von Musketenkugeln geschlitzt, aber die meisten ihrer Geschütze feuerten noch und beharkten den Feind beim Durchbruch.

Wieder bellte Kanonendonner durch den Qualm – das mußte Fourneaux sein, der gegen zwei schwer beschädigte, aber immer noch gefährliche Schiffe um sein Leben kämpfte.

»Schiff an Steuerbord achteraus, Sir!«

Bolitho rannte übers Deck und sah einen noch völlig intakten französischen Zweidecker ohne ein einziges Loch in den Segeln auf sich zukommen; gerade setzte er Breitfock und Bramsegel, um noch mehr Fahrt zu bekommen. Unter dem Druck des Windes lag er stark über.

Während alle anderen Schiffe in Kämpfe verwickelt waren, hatte dieser Kommandant sein Schiff aus der Linie genommen und versucht, den Windvorteil zurückzugewinnen. Jetzt drehte es etwas, sein Umriß verkürzte sich; und nun sah Bolitho auch wieder die *Impulsive*. Sie war entmastet und lag so tief, daß die unteren Stückpforten fast die Wasserlinie schnitten. Ein paar winzige Gestalten bewegten sich undeutlich auf dem schiefen Deck, andere sprangen über Bord; sie waren wohl so verstört durch die blutige Schlachterei, daß sie nicht mehr wußten, was sie taten.

»Da werden nicht viele durchkommen«, sagte Keverne heiser.

»Nein, nicht viele«, entgegnete Bolitho, doch er zuckte mit keiner Wimper. »Sie war ein gutes Schiff.«

Dann ging er wieder an die Reling, und Keverne sah ihm nach. »Er nimmt es sehr schwer«, sagte er zu Pascoe. »Trotz seiner Selbstbeherrschung. Allmählich kenne ich ihn.«

Pascoe starrte achteraus auf das sinkende Schiff unter der großen driftenden Rauchwolke. »Sein bester Freund.« Er wandte sich ab, tränenblind. »Und meiner auch.«

»An Deck!« Vielleicht hatte der Ausguck schon ein paarmal gerufen. Keverne sah hoch. »Neues Schiff, Sir!« rief der Mann heiser. »An Backbord voraus!«

Bolitho faßte den Degengriff mit der Linken, bis ihn die Finger schmerzten. Durch die Wanten und Stage, backbords vom massiven Fockmast, sah er es. Umgeben von einem Vorhang aus Pulverqualm, riesenhaft, die Rahen ganz dicht gebraßt, kam sie langsam quer zum Kurs der *Euryalus* auf sie zu.

Haß und unvernünftige Wut durchglühten ihn. Die *Glorieux*, das französische Flaggschiff, kam ihn begrüßen, ihm die beschämende Vernichtung heimzahlen, die er den Schiffen und dem Selbstbewußtsein des Admirals zugedacht hatte.

Er faßte den Degen fester, geblendet von Haß und dem Bewußtsein seines Verlustes. Dieses Schiff vor allem sollte ein Mahnmal zu Herricks Gedächtnis sein!

»Klar zum Feuern!« Er deutete mit dem Degen auf Meheux. »Befehl weitergeben! Doppelladung und Schrapnell obendrein!«

Broughton starrte ihn entgeistert an. »Da drüben ist Ihr Rivale, Sir!« sagte Bolitho heiser. Die Augen brannten ihn, er hörte nicht, was Broughton entgegnete, er sah nur Herricks Gesicht vor sich, das ihn aus dem Qualm seines sterbenden Schiffes anzublicken schien.

Broughton drehte sich um und schritt den Steuerborddecksgang entlang. Seine Epauletten glitzerten in dem rauchigen Sonnenlicht. Seine Füße schienen ihn zu tragen, wohin er gar nicht wollte, und während er über den qualmverschmierten Geschützbedienungen dahinschritt, blieb er manchmal stehen, nickte ihnen zu und wünschte ihnen Glück. Manche blickten ihm nur stumm und stumpf nach, weil sie schon so wirr und abgekämpft waren, daß sie nichts mehr interessierte; andere aber grinsten ihn an und winkten ihm zu. Ein Geschützführer spuckte auf seinen heißgeschossenen Zwölfpfünder und krächzte: »Sie kriegen schon Ihren Sieg, Sir Lucius, bloß keine Angst!«

Broughton blieb stehen und hielt sich an den Netzen fest. Achtern, über den durcheinanderredenden Matrosen und den Marine-Infanteristen, die schon mit ihren Musketen in den Rauch zielten, sah er Bolitho. Den Mann, der diesen Leuten irgendwie ein Vertrauen eingeflößt hatte, das so stark war, daß sie nicht aufgeben konnten, selbst wenn sie es gewollt hätten. Und auf ihre Art war es das gleiche Vertrauen, das er zu seinem Flaggkapitän hatte.

Reglos stand Bolitho an der Reling, weiß hob sich die Armschlinge von seinem Uniformrock ab, die Hand mit dem Degen hing hinunter. Hinter dem Kommandanten sah Broughton auch dessen Bootsführer und Pascoe, der ihn verzweifelt anstarrte.

Beim Anblick dieser drei riß er sich zusammen. Bolitho hatte ihm und dem Schiff sein Bestes gegeben, doch war er jetzt so tief bekümmert, daß ihm niemand helfen konnte.

Fast wütend schritt er nach achtern und stieß hervor: »Bei Gott, dem Kerl wollen wir's zeigen, was, Jungs?« Er spürte beinahe, wie seine straff gespannte Gesichtshaut knisterte. »Wie wär's, Mr.

Keverne? Noch einen Dreidecker für die Flotte?«

Keverne schluckte mühsam. »Gewiß, Sir.«

Bolitho hob den Kopf und sah Broughton an. Mit einem Seufzer der Erleichterung legte er den Degen über die Reling. »Danke, Sir.«

Als er jetzt zu dem französischen Flaggschiff hinübersah, war es schon viel klarer zu erkennen. Sein Hirn war vollkommen leer bis auf den einen Gedanken: dieses Schiff zu vernichten.

»Sie fällt ab, Bolitho! Sehen Sie doch!« rief Broughton von der anderen Seite des Achterdecks herüber.

Das feindliche Schiff drehte schwerfällig und wies dem Steuerbord-Achterdeck der *Euryalus* seine volle Breitseite. Entweder hatte der Kommandant schon einmal vergeblich versucht, das Heck der *Euryalus* zu kreuzen, oder er hatte es sich anders überlegt und wollte lieber nicht so nahe heran.

Dann feuerte der Franzose. Da er zum erstenmal in dieser verzweifelten Schlacht mitmischte, war seine Breitseite gut gezielt und kam im richtigen Moment. Dicker Rauch wallte am Schiffsrumpf entlang, die Decksplanken sprangen hoch, und plötzlich schwirrte die Luft von Splittern und jenen schrecklichen Schreien, die sie heute schon mehrmals gehört hatten.

Noch einmal wurden die Planken hochgerissen, und als er wieder hören konnte, war es Giffards Stimme: »Der Besan! Die Hunde haben ihn erwischt!« gellte er.

Ehe er Giffards schreckensstarrem Blick folgen konnte, sah er auch schon den Schatten über die Kampanje gleiten, und mit allen Wanten und Stagen, mit den schreienden Menschen, die rechts und links aus den Toppen fielen, stürzte der Mast mit Rahen und Segeln donnernd auf das Deck, mitten zwischen die Menschen.

Fallen und Brassen fegten durch die geduckten Kanoniere und die durcheinanderrennenden Soldaten wie giftige Schlangen, dann folgte ein neuer, wilder Krach: wie trunken sackte der Mast über die Schanz.

Wieder blitzten die feindlichen Kanonen auf, der Qualm riß auseinander, denn wirbelnd sausten oben die Kettenkugeln. Pulvergeschwärzte Gestalten rannten an Bolitho vorbei; Tebbutt, der Bootsmann, schwang die Axt, trieb seine Männer an, das schwere Gewicht des treibenden Mastes zu kappen. Der Mast, die Spieren, zerfetzte Leichname und ein paar in den Toppen hängengebliebene Matrosen, die verzweifelt versuchten, sich freizukämpfen, bevor sie achteraus wegtrieben – das alles wirkte wie ein Treibanker, der das Schiff in einem Alptraum von Rauch und ohrbetäubenden Detonationen herumriß.

Wo Sekunden vorher noch eine Reihe Seesoldaten gestanden hatte, war jetzt ein groteskes Chaos von zerrissenen, zerquetschten Körpern, zerbrochenen Musketen und Strömen von Blut, die sich rasch nach allen Seiten ausbreiteten. Schon brüllte Giffard seine Befehle, und seine Männer liefen bereits blindlings in den blutigen Brei hinein und schossen in den beißenden Rauch.

Mitten in diesem Tohuwabohu sah Bolitho den Admiral, der einen schluchzenden Midshipman hinter den Großmast in Deckung zerrte; sein Dreispitz war weg, doch seine Stimme klang scharf wie immer: »Neu laden und ausrennen, Jungs! Trefft gut, verdammt noch mal, trefft, Jungs!«

Bolitho kletterte über einen großen Haufen gebrochener Stage und Blöcke, fast blind vor Qualm, und schrie: »Mr. Partridge! Mehr Leute ans Ruder! Sie legt sich quer!«

Doch der Master hörte nicht mehr. Eine Kettenkugel hatte ihn fast entzweigeschnitten; beinahe mußte Bolitho sich erbrechen bei diesem grauenhaften Anblick.

Ein Stück des Doppelrades war weggerissen, doch ein paar Matrosen, keuchend, fluchend, rutschend und stolpernd, kamen herzu und warfen sich in die Speichen.

Mit einem langen Erschauern schlippte der Besan von seinen Leinen frei und trieb in der See davon. Das Schiff reagierte fast unmittelbar, Bolitho konnte es spüren; doch als er nach vorn stürzte, sah er das französische Flaggschiff: es war zu spät. Ohren und Hirn dröhnten ihm unter dem Donner der Zweiunddreißigpfünder, er suchte verzweifelt nach dem Ausweg der letzten Minute. Aber der Zug des schweren Besans, die momentane Steuerlosigkeit hatten die *Euryalus* vom Kurs abgebracht, so daß ihr Bugspriet jetzt direkt auf das Vorschiff des Feindes zeigte. Die Kollision war unvermeidbar, selbst wenn der Abstand größer gewesen wäre; die Segel waren zu zerlöchert, zu zerfetzt und gaben nur noch wenig Steuerkraft her.

Er sah Keverne und brüllte: »Nach vorn! Enterer abschlagen!«

Wieder krachte es, wieder bebte der Rumpf, langsam passierte der französische Zweidecker an Steuerbord, aus allen Rohren schießend, Masten und Segel intakt.

Bolitho zog sich an die Reling und sah sich in dem Chaos aus Qualm und brüllenden Geschützbedienungen nach Meheux um. Er sah die schweißblanken Körper halbnackter Matrosen, pulvergeschwärzt, kaum noch menschenähnlich, wie sie sich in die Taljen warfen und die rumpelnden, quietschenden Lafetten an die Pforten zurückholten. Längs der ganzen Batterie zogen die Geschützführer die Reißleinen ab, spien die Rohre Flammenzungen, rollte der Qualm binnenbords, blendete und erstickte die verzweifelte Mannschaft.

Aber Meheux brauchte keine Anweisungen. Er kauerte neben einem Geschütz, brüllte dem Geschützführer etwas zu, hell leuchteten seine Augen in dem pulververschmierten Gesicht. Immer noch flogen die Kugeln jaulend über das Deck, und ein Matrose, der eine Meldung überbringen sollte, stürzte hin, mit Armen und Beinen um sich schlagend: eine Kugel hatte ihm den Kopf abgerissen.

Dann hob Meheux den Degen; die Kanoniere duckten sich tiefer an den Pforten, wie Wettläufer in Erwartung des Startsignals. »Feuer!« schrie Meheux seinen Männern zu.

Die Salve krachte, und Bolitho sah, wie Fockmast und Großstenge des Franzosen im Rauch verschwanden. Abermals feuerten die unteren Batterien, und der Franzose, von den driftenden Spieren behindert, wurde wieder und wieder getroffen. Als sich der Rauch über der *Euryalus* verzogen hatte, feuerte der Feind nicht mehr.

Bolitho stürzte fast zu Boden, als Bugspriet und Klüverbaum in die Wanten des französischen Flaggschiffs fuhren und die beiden Schiffsrümpfe mit knirschendem Erzittern aufeinanderstießen.

Mündungsfeuer von Musketen und Drehbassen durchblitzten den Qualm, so daß Bolitho sehen konnte, wie Leutnant Cox von der Marine-Infanterie an der Spitze seines Detachements zum Entern vorging. Im unteren Deck begannen die Backbordgeschütze wieder zu feuern, während die beiden Schiffe wie Teile einer gigantischen Türangel gegeneinanderarbeiteten. Vorn stießen die Kanonenmündungen beinahe aneinander, die Kugeln des Feindes schmetterten durch den Rumpf, warfen Geschütze um und machten aus der unteren Batterie ein grauenvolles Schlachthaus.

Musketenkugeln jaulten über das ungeschützte Achterdeck, und Meheux spähte nach oben, wo die Drehbassen in die Kampanje des Feindes feuerten.

»Holt die Scharfschützen runter!« brüllte er. Doch niemand hörte ihn, so laut war der Kampfeslärm. Verzweifelt kletterte er auf den Decksgang und rief noch einmal durch die hohlen Hände. Ein Seesoldat, das Gesicht zu einem irren Grinsen verzerrt, spähte zu ihm hinunter und richtete dann das Drehgeschütz auf den Großtopp des Feindes. Im Moment, als er die Reißleine zog, bekam Meheux einen Bauchschuß, und mit dumpf überraschter Miene und schon brechenden Augen fiel er hinunter und blieb, von niemandem gesehen, neben einem seiner geliebten Zwölfpfünder liegen.

Broughton sah zu, wie die französischen Scharfschützen von den bösartigen Schrapnells niedergemäht wurden. Manche blieben zappelnd an der Großrah hängen, andere hatten mehr Glück, stürzten an Deck und waren sofort tot.

Dann sagte er gelassen: »Unsere Leute können sie nicht aufhalten.«

Bolitho sah zum Backborddecksgang: die feindlichen Enterer überfluteten bereits das Vorschiff; zwischen den beiden Schiffsrümpfen kämpften noch Angreifer und Verteidiger, Stahl gegen Stahl, Pike gegen Bajonett. Hier und da verschwand ein Mann plötzlich und wurde zwischen den beiden Schiffsrümpfen zermalmt, oder auf einmal stand einer ganz allein auf dem feindlichen Deck und wurde gnadenlos niedergemacht, ehe er nur einen Gedanken fassen konnte.

Ein Offizier der Marine-Infanterie fiel schreiend an Deck, das weiße Lederzeug blutverschmiert, Giffard brüllte wütend: »Cox hat's erwischt!« raste fluchend den Decksgang hinunter und war bald im dichten Getümmel nicht mehr zu sehen.

Immer stärker arbeiteten die beiden Schiffsrümpfe gegeneinander, und mit einem heftigen Ruck zersplitterte der Bugspriet der *Euryalus* und kam frei; sinnlos flatterte der Klüver wie ein Banner über dem Chaos.

Immer mehr Männer schwärmten von dem anderen Schiff herüber, und Bolitho sah, daß sich eine Gruppe unbeirrt zum Achterdeck durchkämpfte. Wie durch Zauberei tauchte ein junger Leutnant an der Leiter auf und stürzte sich mit geschwungenem Degen auf das Deck. Bolitho versuchte, ihn zu parieren und seitlich abzudrängen, doch mit wildem Triumph in den Augen schlug der Franzose Bolithos Klinge weg und holte zum tödlichen Hieb aus.

Calvert stieß Bolitho beiseite und rief mit steinernem Gesicht: »Der gehört mir, Sir!« Seine Klinge zuckte so schnell nieder, daß Bolitho es überhaupt nicht sah. Er sah nur, daß das Gesicht des Franzosen vom Auge bis zum Kinn aufgeschlitzt wurde und er mit ersticktem Schrei gegen die Reling taumelte. Mit einer eleganten Drehung seines Handgelenks fiel Calvert aus und traf den Franzosen mitten ins Herz.

»Amateur!« sagte er verächtlich, stürzte sich zwischen die Angreifer, suchte sich einen Offizier aus und trieb ihn fechtend gegen die Leiter zurück.

Keverne stolperte durch den Rauch; Blut troff ihm von der Stirn. »Sir!« Er duckte sich unter einem sausenden Entersäbel durch und schoß seine Pistole in den Bauch des Mannes ab, der von der Wucht des Einschlags seinen nachdrängenden Kameraden in die Arme geschleudert wurde. »Wir müssen klarkommen!«

Seine Stimme wirkte sehr laut, und verwirrt merkte Bolitho, daß die Geschütze schwiegen. Durch die offenen Stückpforten beider Schiffe stießen die Männer mit Piken aufeinander ein oder schossen blindwütig mit Pistolen.

Bolitho packte Keverne beim Arm; sein Degen hing an einer Kordel vom Handgelenk. »Was ist los, Mann?«

»Ich – ich bin nicht ganz sicher, aber . . .«

Keverne riß Bolitho zu sich heran und fiel mit seinem Degen nach einem brüllenden Matrosen aus. Der Mann wich zurück, und da stürzte auch schon Allday von achtern herbei – er stieß so heftig zu, daß die Spitze seines Entersäbels am Bauch des Mannes herauskam.

»Der Franzose brennt, Sir«, keuchte Keverne.

Bolitho sah, wie der Admiral ausrutschte, auf die Knie fiel, nach seinem Degen tastete und hilflos einem französischen Unteroffizier entgegenstarrte, der mit gefälltem Bajonett auf ihn zurannte.

Eine schlanke Gestalt warf sich dazwischen, und Bolitho hörte seine eigene Stimme: »Adam! Zurück!«

Aber Pascoe hielt stand, er hatte nur seinen Dolch, doch sein Gesicht war wild entschlossen. Das Bajonett stach zu, aber im letzten Augenblick sprang jemand durch den Rauch, ein blutgeschwärzter Degen stieß die Bajonettklinge nach oben und von der Brust des Jungen weg. Die Muskete ging los. Pascoe taumelte zurück und sah mit Grauen, daß Calvert ihm zu Füßen lag – sein Gesicht war von der Kugel weggerissen. Aufschluchzend stieß er mit dem Dolch nach dem Unteroffizier, der unter dem Stich das Gleichgewicht verlor. Alldays Entersäbel gab ihm den Rest.

Bolitho riß die Augen von der Szene los und eilte zur Bordwand. Hinter dem Großmast des Franzosen stieg eine steile, fedrige Rauchsäule hoch. Männer rannten durch das Luk hinunter; er hörte Schreckensrufe, Alarm, das laute Klappern der Pumpen.

Vielleicht war in dem Tohuwabohu eine Laterne umgefallen, oder ein glimmender Putzlappen war irgendwie unter Deck geraten. Aber die Anzeichen eines Brandes waren unverkennbar, und sie mußten sich unbedingt und so schnell wie möglich befreien.

»Weitergeben!« brüllte er. »Untere Batterie neu laden! Feuer erst auf Befehl!«

Er sah sich auf den zerschmetterten Planken um, sah die hingestreckten Toten, die stöhnenden Verwundeten. Es war nur eine schwache Hoffnung, aber mehr hatte er nicht. Wenn sie sich nicht von der *Glorieux* lösen konnten, würde bald alles ein einziges flammendes Inferno sein.

Der schrille Ruf eines Midshipman: »Fertig, Sir!« Es war Ashton.

»Feuer!«

Sekunden später detonierte die untere Batterie in einem einzigen krachenden Donner. Es war, als wolle das Schiff auseinanderfallen; als Rauch und Trümmer hoch über die Netze flogen, sah Bolitho das andere Schiff trunken schwanken unter der Wucht dieser vollen Breitseite.

Immer noch zogen die Segel des französischen Flaggschiffes und zitterten im Wind; und als es langsam abdriftete, kam sein Heck immer näher an den Bug der *Euryalus* heran. Jetzt stieg der Rauch schon dick aus dem Großluk, und Bolitho konnte ein Zittern nicht unterdrücken, als eine erste Flamme wie eine gespaltene Schlangenzunge herüberleckte.

An Deck der *Euryalus* hatte jeder Kampf aufgehört; die französischen Enterer, die noch auf dem Schiff waren, standen mit den Händen in der Luft und starrten hinter der abtreibenden *Glorieux* her.

»Sie sind fertig!« sagte Broughton heiser. Doch klang weder Stolz noch Befriedigung mit. Wie alle anderen war er völlig ausgehöhlt von dem wilden, blutigen Kampf.

Tothill kam zur Reling gehinkt. »Die *Zeus* signalisiert, Sir.« Bolitho blickte hinab und sah, daß Tothill grinste, obwohl ihm Tränen scharfe Linien in das pulvergeschwärzte Gesicht schnitten. Gelassen fragte er: »Nun, Mr. Tothill?«

»Zwei Feindschiffe haben Flagge gestrichen, Sir. Eins ist gesunken, die anderen stellen die Aktion ein.«

Bolitho seufzte und sah mit stummer Erleichterung hinter dem Flaggschiff her, das jetzt schnell vor dem Wind davontrieb. Als

Qualm und Rauch lichter wurden, sah er auch die anderen Schiffe, weit verstreut, geschwärzt und voller Narben. Von der *Impulsive* war nichts zu sehen, aber die Korvette *Restless*, die im Verlauf des Kampfes unbemerkt herangekommen sein mußte, hatte Boote ausgesetzt und suchte nach Überlebenden.

Ein heißer Luftzug an seiner Wange ließ ihn zusammenfahren; und als er sich umwandte, sah er Segel und Rigg der *Glorieux* wie Fackeln brennen. Auch aus den unteren Stückpforten glühte es brandrot, und ehe jemand etwas sagen konnte, zerriß eine ohrenbetäubende Explosion die Luft.

Rauch umgab die Vernichtung und wurde zu Dampf, als die See mit triumphierendem Brausen in die zerschmetterte Hulk strömte und das Schiff in einem Chaos von Blasen und grauenvollem Gurgeln hinunterzog. Kanonen sprangen krachend aus den Laffetten; die Männer, die dort unten in völliger Finsternis gefangen saßen und blind nach einem Ausweg suchten, verschlang das Feuer oder die See.

Als der Rauch endlich abgezogen war, sah man nur noch einen großen, langsam kreisenden Wirbel, in dem Wrackteile und menschliche Körperteile sich zu einem grauenvollen Tanz vereinten. Und dann war nichts mehr.

Broughton räusperte sich mühsam. »Der Sieg!« Er sah den Verwundeten nach, die unter Deck getragen oder geschleift wurden. »Aber er war zu teuer erkauft.«

»Wir fangen gleich mit den Reparaturen an, Sir«, sagte Bolitho müde. »Der Wind hat etwas abgeflaut . . .« Er hielt inne, rieb sich die Augen mit den Handknöcheln und versuchte nachzudenken. »Die *Valorous* sieht schlimm aus. Ich denke, die *Tanais* kann sie in Schlepp nehmen.«

In der Ferne hörte er Hurrarufe: die Männer auf dem zerstörten Vorderkastell der achtern abgedrehten *Zeus* winkten und schrien. Die konnten immer noch jubeln, nach allem, was geschehen war! Er wandte den Kopf: da kletterten seine eigenen Männer in die Wanten, um das Hurra zu erwidern.

»Mit solchen Männern, Sir Lucius, brauchen Sie nie mehr Angst zu haben«, sagte er leise.

Aber Broughton hatte nicht hingehört. Er war dabei, seinen schönen Degen abzuschnallen, betrachtete ihn kurz und hielt ihn Pascoe hin. »Hier, nehmen Sie! Als ich ihn am nötigsten brauchte, habe ich ihn fallengelassen.« Und brummig fuhr er fort: »Ein verdammter Midshipman, der mit einem Dolch gegen ein Bajonett angeht, hat mehr Recht darauf.« Er lächelte dem Jungen in das erstaunte Gesicht. »Und außerdem – ein *Leutnant* muß schließlich anständig aussehen – eh?«

Pascoe nahm den Degen und drehte ihn in den Händen. Dann sah er sich nach Bolitho um, doch der stand starr aufgerichtet an der Reling und hielt sie so fest gepackt, daß seine Fingerknöchel weiß waren.

»Sir?« Adam eilte zu ihm hin – vielleicht war er wieder verwundet?

Bolitho ließ die Reling los und legte den Arm um die schmalen Schultern des Jungen. Er war verzweifelt müde, und die Wunde in seiner Schulter brannte wie glühendes Eisen. Aber ein bißchen mußte er noch durchhalten. Ganz langsam sprach er: »Adam – sag du's mir.« Er schluckte mühsam. Kaum traute er sich, es auszusprechen. »In dem Boot da . . .«

Adam starrte ihn an und dann auf die See hinaus. Ein Kutter pullte auf die von Schußnarben übersäte Bordwand der *Euryalus* zu, bis zum Dollbord mit triefenden, erschöpften Männern vollgepackt. »Ja, Onkel«, antwortete er, »ich sehe ihn auch.«

Bolitho faßte ihn fester um die Schulter und starrte in das Boot, das jetzt an die Bordwand stieß. Neben dem Bootsführer saß Herrick und sah zu ihm auf; er stützte einen verwundeten Matrosen und grinste über sein ganzes, zu Tode erschöpftes Gesicht.

Keverne kam nach achtern mit einer unausgesprochenen Frage auf den Lippen, die er aber unterdrückte, als Broughton dazwischenfuhr: »Auch wenn Sie künftig die *Auriga* übernehmen, Mr. Keverne, wäre ich Ihnen doch verbunden, wenn Sie hier noch so lange Stellvertretung machen würden, bis ein Transfer möglich ist.« Er sah Bolitho an, der sich immer noch schwer auf Pascoes Schulter stützte. »Ich glaube nämlich, mein Flaggkapitän hat fürs erste genug geleistet. Für uns alle.«

Und da rannte Allday auch schon zur Fallreepspforte.

Epilog

Die Admiralitätsordonnanz führte Bolitho und Herrick in einen Warteraum und schloß die Tür, ohne ihnen einen weiteren Blick zu schenken. Bolitho trat an ein Fenster und sah auf die dichtbelebte

Straße hinunter. Auf einmal war seine hochgespannte Erwartung verflogen. Es war sehr still im Wartezimmer, und durch das Fenster spürte er die Wärme der letzten Septembersonne auf seinem Gesicht. Doch die Leute, die dort unten in solcher Hast und Eile ihren Geschäften nachgingen, waren warm eingewickelt, und die zahlreichen Pferde, die vor Kutschen und Wagen trabten, gaben mit ihren dampfenden Nüstern und bunten Decken bereits einen Vorgeschmack des nahenden Winters.

Hinter ihm lief Herrick ruhelos im Zimmer herum, und Bolitho fragte sich, ob er sich wohl auch, entweder resigniert oder ängstlich gespannt, auf die kommenden Unterredung vorbereitete.

Wie dieses London an den Nerven riß! Kein Wunder, daß die Ordonnanz Herrick und ihn mit solcher Gleichgültigkeit behandelt hatte, denn die Eingangshalle und die Flure waren voller Marineoffiziere, und nur wenige davon unter Kapitänsrang. Alle hatten nur ihre Vorladung oder ihr Schiff im Kopf oder wollten sich vielleicht auch bloß einmal hier im Zentrum von Britanniens Seemacht sehen lassen und so tun, als hätten sie sehr viel Arbeit.

Fast drei Monate waren vergangen, seit das französische Flaggschiff in jener furchtbaren Explosion auseinandergeborsten war, und zunächst hatte Bolitho mehr als reichlich damit zu tun gehabt, das angeschlagene Geschwader ohne weitere Verluste nach Gibraltar zu bringen. Dort sollte es auf neue Befehle warten.

Die zahlreichen Verwundeten waren entweder gestorben oder irgendwie durchgekommen; die Mannschaften hatten sich rastlos bemüht, die Havarien auszubessern, soweit das bei den beschränkten Mitteln, die Gibraltar zu bieten hatte, möglich war. Und Bolitho hatte auf irgendeine Anerkennung für ihre Mühen gewartet.

Endlich war eine Brigg mit Depeschen für Broughton eingelaufen: Die Schiffe, die seetüchtig waren, mußten unverzüglich Segel setzen, und zwar sollten sie nicht vor Cadiz zu Lord St. Vincent stoßen, sondern nach England zurückkehren. Nach allem, was sie zusammen durchgemacht und geleistet hatten, kam es Bolitho hart an, das kleine Geschwader auseinanderzureißen.

Aber die *Valorous* war fast nicht mehr reparaturfähig und mußte mit der *Tanais*, die in nicht viel besserem Zustand war, in Gibraltar bleiben. Die übrigen waren mit zwei französischen Prisen, den beiden Vierundsiebzigern, in See gegangen und hatten ohne weitere Zwischenfälle in Portsmouth Anker geworfen. Dort gingen die notwendigen Routinearbeiten weiter: Reparaturen und Neuverteilungen. Aber das hieß, von manchen vertrauten Gesichtern Abschied zu nehmen. Keverne, verdientermaßen zum Commander befördert, hatte die *Auriga* bekommen. Captain Rattray war an Land ins Hospital geschafft worden, wo er, halb blind und mit nur einem Bein, vermutlich seine Tage beschließen würde. Fourneaux war im Kampf gefallen. Gillmor hatte Seperatorder erhalten, mit seiner *Coquette* zur Kanalflotte zu stoßen, die immer knapp an Fregatten war.

Während im Hafen von Portsmouth ein Tag nach dem anderen verging, hatte Bolitho Zeit gefunden, sich zu überlegen, was die Admiralität von Broughtons Bericht denken würde. Das alles war ja schon sehr lange her, und so schienen die Kämpfe um Djafou und das, was man dort vorgefunden hatte, schien die letzte verzweifelte Schlacht gegen einen doppelt so starken Feind zu verblassen und an Realität zu verlieren. Broughton fühlte offenbar ähnliches, denn die meiste Zeit verbrachte er in der Abgeschlossenheit seiner Kajüte oder ging allein auf der Kampanje auf und ab, wobei er jeden außerdienstlichen Kontakt vermied.

Und dann, vor zwei Tagen, war die Vorladung gekommen. Broughton und sein Flaggkapitän sollten sich unverzüglich auf der Admiralität melden. Unerwarteterweise war mit ihnen zusammen auch Herrick vorgeladen worden. Er hatte Bolitho schon im Vertrauen gesagt, er würde sich wohl zu dem Verlust der *Impulsive* des näheren äußern müssen; doch Bolitho glaubte das nicht. Er hielt es für wahrscheinlicher, daß Herrick als der einzige Kommandant, der nicht von Anfang an an den Aktionen des Geschwaders beteiligt gewesen war, als unparteiischer Zeuge seine Aussage machen sollte. Dabei war nur zu hoffen, daß er nicht etwa aus blinder Loyalität seine eigene Stellung gefährdete.

Doch was auch geschah, Adam hatte jedenfalls den ersten Schritt auf der Erfolgsleiter getan. Er hatte sein Leutnantspatent mit einer Leichtigkeit erhalten, die ihn offenbar selbst überraschte, und befand sich jetzt an Bord der *Euryalus*, wo er sich vermutlich über die Zukunft seines Onkels Gedanken machte.

Eine Tür ging auf, und Broughton schritt durchs Zimmer auf den Korridor. Bolitho hatte ihn seit Verlassen des Schiffes nicht mehr gesehen, und so fragte er rasch: »Ich hoffe, es ist alles gutgegangen, Sir Lucius?«

Broughton schien seine Anwesenheit erst jetzt gewahr zu werden und musterte ihn abweisend. »Ich habe einen Posten in New South

Wales bekommen: Aufbau und Verwaltung unserer australischen Flotte.«

Bolitho suchte seine Bestürzung zu verbergen. »Das ist aber eine große Aufgabe, Sir.«

Flüchtig sah der Admiral zu Herrick hinüber. »Kaltgestellt.« Er wandte sich um. »Ich hoffe, Ihnen wird's besser gehen.« Und mit einem kurzen Nicken ging er hinaus.

Herrick explodierte. »Bei Gott, ich weiß ja nicht sehr viel von Broughton, aber das ist verdammt grausam! Er wird da draußen verfaulen, und hier in London werden ein paar gepuderte Lackaffen fett, dank der Anstrengungen solcher Männer!«

Bolitho lächelt melancholisch. »Sachte, Thomas. Ich denke, Sir Lucius hat so etwas erwartet.«

Mit plötzlicher Bitterkeit dachte er an den Rädelsführer der *Auriga*-Meuterei, diesen Tom Gates. Er sah ihn noch vor Augen, wie er da in dem kleinen Wirtshaus an der Veryan Bay ihm gegenüber am Tisch saß, und dann wieder in der Kajüte mit Captain Brice. Fast das erste, was ihm in Portsmouth Point vor Augen kam, war der verwitterte Leichnam eben jenes Tom Gates gewesen, der als grauenhafte Mahnung an den Preis der Revolte dort am Galgen baumelte. Wie seltsam das Schicksal spielt: der Zweite Offizier der *Auriga* war von den Franzosen gegen einen in England gefangenen französischen Offizier ausgetauscht worden. Er hatte eine Stelle auf einer anderen Fregatte bekommen und dort Tom Gates entdeckt, der sich unter falschem Namen verbarg. Alle seine ehrgeizigen Hoffnungen begrabend, hatte sich Tom Gates unter einfachen Matrosen verbergen müssen und war doch am Strick geendet, wie so viele nach der Meuterei.

Wieder ging die Tür auf, und ein Leutnant sagte: »Sir George läßt bitten.« Und als Herrick zurücktreten wollte: »Sie ebenfalls, bitte.«

Es war ein elegantes Zimmer, mit vielen Bildern und einer großen Büste Raleighs* auf dem Kaminsims, unter dem ein lebhaftes Holzfeuer prasselte.

Admiral Sir George Beauchamp blieb an seinem Schreibtisch sitzen, deutete aber kurz auf zwei Stühle. Verstohlen musterte Bolitho diesen Mann, der da in Papieren blätterte. Das also war Beau-

* Sir Walter Raleigh, 1618 hingerichtet; Seefahrer, Günstling der Königin Elisabeth I., Gründer der englischen Kolonie Virginia in Nordamerika

champ, seit Kriegsbeginn Reorganisator der britischen Flotte. Ein Mann, der wegen seiner Weisheit und seines Humors bekannt war. Und wegen seiner Strenge. Er war dünn und hielt sich ziemlich gebückt, als drücke ihn sein goldbetreßter Rock zu Boden.

»Ah, Bolitho.« Mit kalten, unbewegten Augen blickte er hoch. »Ich habe Ihre Berichte aufmerksam gelesen. Interessante Lektüre.«

Bolitho hörte Herrick neben sich schwer atmen. Was würde Beauchamp jetzt weiter zu sagen haben?

»Ich kannte Sir Charles Thelwall, Ihren vorigen Admiral.« Wieder der gelassen musternde Blick. »Ein feiner Mann.« Er wandte sich wieder den Papieren zu. Immer noch kein Wort über Broughton. Bolitho wurde beinahe nervös.

»Glauben Sie immer noch«, fragte der Admiral, »daß das, was Sie getan und herausgefunden haben, der Mühe wert war?«

Ruhig erwiderte Bolitho: »Jawohl, Sir.« Die Frage war ganz beiläufig gekommen, und doch fand Bolitho, daß sie das ganze Geschehen zusammenfaßte. »Die Franzosen werden es weiter versuchen. Und sie müssen aufgehalten werden.«

»Ihre Aktion in Djafou, und wie Sie mit einer Situation fertig geworden sind, die Sie für hoffnungslos halten mußten – das war gut. Auch Sir Lucius hat das in seinem Bericht gesagt.« Er zog die Brauen zusammen. »Hatte auch allen Grund dazu.«

»Danke, Sir.«

Der Admiral ging nicht darauf ein. »Neue Taktiken, neue Ideen, neue Gesichtspunkte, all das ist wichtig, wenn wir diesen Krieg überleben wollen, vom Siegen gar nicht zu reden. Sie haben dieses Verständnis. Wohingegen . . .« Er hob die Schultern und ließ den Rest ungesagt, aber in Bolithos Hirn stieg das Wort wieder hoch: kaltgestellt.

Beauchamp warf einen Blick auf die vergoldete Schreibtischuhr. »Sie werden ein paar Tage in London bleiben, bis ich Ihre neuen Befehle fertig habe, verstanden?«

Bolitho nickte. »Jawohl, Sir.«

Der Admiral trat zum Fenster und betrachtete die vorüberfahrenden Kutschen und die Fußgänger mit offensichtlicher Geringschätzung. »Captain Herrick geht sofort nach Portsmouth zurück.«

»Darf ich wissen warum, Sir?« fragte Herrick gepreßt.

Mit dünnem Lächeln sah Beauchamp ihm ins Gesicht. »*Commo-*

dore Bolitho wird seinen Wimpel auf der *Euryalus* hissen, sobald er wieder in Portsmouth ist.« Unbewegt sah er in Herricks überraschtes Gesicht. »Ich weiß jetzt schon, daß er Sie als Flaggkapitän anfordern wird, und da dachte ich, wir sollten einmal etwas weniger Zeit verschwenden, als es unter diesem Dach sonst üblich ist!«

Mit ausgestreckter Hand trat er auf sie zu. Da Bolitho seinen Arm unter dem Rock in der Schlinge trug, bot er ihm die Linke. »Ich gebe Ihnen ein Geschwader, Bolitho. Bloß ein kleines, aber genug, um Ihre Ideen erfolgreich in die Tat umzusetzen.« Ein fester Händedruck. »Viel Glück! Ich hoffe, ich habe keinen Fehler gemacht!«

Bolitho schlug die Augen nieder. »Danke, Sir.« Das Zimmer schien sich um ihn zu drehen. »Auch dafür, daß Sie mir Captain Herrick gegeben haben.«

Der Admiral setzte sich wieder an den Schreibtisch. »Ach, Unsinn!« Aber als sie aus dem Zimmer gingen, sah er ihnen mit stiller Freude nach.

Draußen auf der Straße, zwischen den hastenden Menschen und den wirbelnden Blättern, sagte Bolitho: »Das kommt mir vor wie ein Traum, Thomas.«

Herrick grinste übers ganze Gesicht und schüttelte den Kopf. »Ich kann es gar nicht erwarten, das Gesicht Ihres Neffen zu sehen. Ein Kommodorestander! Gottverdammt, ich dachte schon, die würden Ihnen nie zuteil werden lassen, was Sie verdienen!«

Bolitho lächelte, von zwei Gefühlen hin und her gerissen. Broughton hatte ihm gesagt, wie es war, wenn man Flaggrang bekam. Man wurde ein höheres Wesen, unerreichbar, jenseits aller persönlichen Beziehungen. Es war eine Herausforderung, etwas, das er im Grunde immer gewollt hatte. Und doch, wenn die Wache herauskam, zum Segelsetzen oder Ankerlichten, wie würde ihm da zumute sein? Ein anderer würde das Schiff kommandieren; er war dann nur Zuschauer.

Er sagte: »Sie gehen am besten in den Gasthof zurück, Thomas. Wenn Sie die Eilpost nach Portsmouth erwischen, können Sie morgen abend an Bord sein.«

»Ich werde Allday sagen, daß er alles für Sie zurechtmacht, Sir.«

»Ja.« Er legte ihm die Hand auf den Arm. »Wir sind einen langen Weg miteinander gegangen, Thomas. Und ich könnte mir keinen besseren Weggefährten, keinen besseren Freund wünschen.«

Er blickte Herricks untersetzter Gestalt nach, bis diese in einer

Querstraße verschwunden war, und wandte sich dann wieder der geschäftigen Straßenszene zu.

Er wollte den Fahrdamm kreuzen, blieb aber stehen, um ein schönes Paar Grauschimmel vor einer eleganten, smaragdgrünen Equipage vorbeizulassen. Doch der Kutscher parierte sie durch und trat dann mit dem blitzblanken Stiefel hart auf die Bremse.

Bolitho blieb unschlüssig stehen. Von den Geschehnissen dieses Vormittags und von dem hektischen Betrieb dieser großen Stadt schwirrte ihm immer noch der Kopf.

Das Fenster der Kutsche öffnete sich, und eine Frauenstimme sagte: »Ich hörte, daß Sie auf der Admiralität waren, Captain.«

Er blickte die elegante Dame an, die verschwörerisch auf ihn herablächelte: Catherine Pareja.

»Kate!« stammelte er. Ein anderes Wort fand er nicht.

Sie klopfte ans Kutschendach. »Robert! Helfen Sie dem Captain beim Einsteigen!« Und als Bolitho neben ihr in die Polster sank, flüsterte sie: »Wir werden zusammen dinieren.« Ihre Mundwinkel hoben sich zu dem Lächeln, das er so gut kannte. »Und dann . . .« Ihr leises Lachen ging im Rollen der Räder unter, als die Kutsche sich flink in den Strom der Wagen einordnete.

Von seinem hohen Fenster sah Admiral Beauchamp hinter ihnen her und nickte nachdenklich. Er hatte einen guten Griff getan, soviel war klar. Ganz entschieden war Bolitho ein Mann, auf den die Flotte stolz sein konnte.